Tessa Korber, 1966 in Grünstadt geboren, studierte Germanistik und Kommunikationswissenschaft und promovierte anschließend. Sie arbeitete in Verlagen, im Buchhandel sowie als Werbetexterin und Dozentin und schreibt seit 1998 Historische Romane. Nach einigen in der vorchristlichen Zeit angesiedelten Romanen wandte sich Tessa Korber mit *Die Hüterin* und *Das Erbe der Schlange* dem europäischen Mittelalter zu. Sie lebt mit ihrer Familie in der Nähe von Erlangen. Mehr über die Autorin erfahren Sie unter www.tessa-korber.de.

Weitere Titel der Autorin:

Die Hüterin

Tessa Korber

Das Erbe der Schlange

Historischer Roman

BASTEI
LÜBBE
TASCHENBUCH

BASTEI LÜBBE TASCHENBUCH
Band 16545

1. Auflage: März 2011

Vollständige Taschenbuchausgabe
der im Gustav Lübbe Verlag erschienenen Hardcoverausgabe

Bastei Lübbe Taschenbuch und Gustav Lübbe Verlag
in der Bastei Lübbe GmbH & Co. KG

Textredaktion: Martina Sahler, Kürten
Titelillustration: HildenDesign
Umschlaggestaltung: HildenDesign, München
Autorenfoto: Monika Schell
Satz: Kremerdruck GmbH, Lindlar
Gesetzt aus der ITC Berkeley Oldstyle
Druck und Verarbeitung: GGP Media GmbH, Pößneck
Printed in Germany
ISBN 978-3-404-16545-2

1

Der Ruf »Wir sind verloren« flog über das Schiff, kaum zu hören gegen das wütende Brüllen der See. Und doch drang er ins Bewusstsein der verzweifelt kämpfenden Menschen und ließ sie einen Moment innehalten. Wie zur Bestätigung ihrer schlimmsten Befürchtungen überspülte im selben Moment eine Welle das Deck, nahm Eimer, Fässer, vom Sturm herabgebrochene Rahen und das Gewirr zerfetzter Takelage mit sich. Schwer neigte die *Lady of Dover* sich auf die Seite. Ein hoher Schrei ertönte, eine Hand griff ins Leere und wurde im letzten Moment gepackt. Ein Matrose starrte in den Abgrund, der sich für Augenblicke unter seinen Füßen auftat, mit dem ganzen Grauen desjenigen, der nicht schwimmen kann, ehe seine Mannschaftskameraden ihn zurück auf die Planken zogen.

Der Kapitän warf einen verzweifelten Blick in den Himmel, der ihnen in dieser Nacht jegliche Hilfe versagt hatte. Kein Stern war zu sehen; schwarzviolett türmten sich die Wolkenberge und zogen vor einem Mond dahin, der hie und da sein Licht auf den dunklen, gezackten Saum der Klippen warf, die viel zu nah vor ihnen aufragten, um noch eine Hoffnung zu erlauben. Er begriff es noch immer nicht. Sie mussten in der Dunkelheit Point Seal und den Fels des heiligen Andrew übersehen haben. In dem Glauben, die Landspitze der Robbenbucht noch vor sich zu haben, waren sie zu weit nach Nordosten abgekommen und hatten genau auf das Kliff am Ende der Bucht zugehalten. Die Flut war rückläufig; nicht nur der Wind, auch die Gezeiten würden sie auf die Felsen drängen, an denen schon so viele Schiffe gescheitert waren. Er fluchte.

Der Ort war berüchtigt, manchen galt er sogar als verhext. Wie hatte es nur geschehen können, dass sie hierher gerieten? Der Sturm brüllte auf, übersprühte ihn mit neuer Gischt und schlug weißen Schaum auf Wellen, die wie Wände vor ihnen aufragten. *Das ist die Antwort*, dachte er. *Gegen dieses Toben ist Menschenkraft machtlos.*

Vom Deck herauf erklang ein Choral. Dort hatten sich die Passagiere zusammengedrängt, in Erwartung des Kommandos, dass jeder für sich selbst verantwortlich wäre und sein Heil oder Ende suchen konnte, wo er wollte, im Wasser oder in den Trümmern des Schiffes. Dünn, vom Wind zerfetzt, wehten die Stimmen herauf. *Ja, singt nur*, dachte der Kapitän und bekreuzigte sich, um gleich darauf seinem Steuermann in den Arm zu fallen, der das Rad in diesem Moment sich selbst überließ.

»Bist du wahnsinnig?«, brüllte er. Sein Mund füllte sich mit Regen, der salzig schmeckte. »Halten, Mann, halten.« Er griff in das wirbelnde Holzrad und verbiss sich den Schmerz, als die Holme mit Wucht gegen seine klammen Finger schlugen. Der Mann an seiner Seite ging in die Knie und fiel vornüber. Dem Kapitän blieb nichts, als den Körper mit dem Fuß so weit beiseitezuschieben, dass er selbst festen Stand hatte. Wild kurbelnd schaffte er es, das Schiff, das gefährlich Schlagseite bekommen hatte, wieder so in den Wind zu drehen, dass es sich aufrichtete und die nächste Welle halbwegs von vorne nahm. Sie überspülte alles mit kalter Gewalt, brachte das Lied zum Verstummen und löschte die Laterne, die wie ein letzter Funken Hoffnung vom Mast herab geblinzelt hatte.

Die nächste, dachte der Kapitän, *die nächste ist unser Ende.* Der Mann zu seinen Füßen, der sich wie ein Tier zusammengerollt hatte, betete in abgehackten Sätzen.

Da riss die Wolkenwand für einige Momente auf. Kaltes Mondlicht ergoss sich über die Küste, eine schwarze, schrundige Wand, über dessen kahle Kante der Sturmwind fegte. Weiter unten leuchtete das schmale Band eines Strandes, von Felsen durchzogen, auf denen man am nächsten Morgen ihre Leichen finden würde. Es gab kein Entrinnen. *Jetzt*, beschloss der Kapitän, und er trat vor, um den Passagieren an Deck zuzurufen, dass der Moment gekommen war. Jeder für sich selbst, so lautete die Parole. Wenn sie jetzt nach Fassdauben oder Planken griffen, um sich daran geklammert dem Wasser anzuvertrauen, dann sahen sie wenigstens, wohin sie sprangen.

Für einen Moment gingen ihm die Gesichter der Menschen, die in seine Obhut gegeben worden waren, durch den Sinn, und er spürte ein leises Bedauern bei dem Gedanken, dass sie um sich schlagend und tretend, gegen die Kälte ankämpfend, von ihren vollgesogenen Kleidern nach unten gezogen, von mörderischen Wellen ersäuft oder nach langem Kampf auf den Klippen zerschmettert werden sollten.

Er sah seine eigenen Männer, die den Kampf schon aufgegeben und, ohne auf sein Kommando zu warten, begonnen hatten, sich mit Tauen an alles zu binden, was ihr Gewicht zu tragen vermochte. Zwei bemerkte er, die um eine Planke rangen, mit Zähnen und Klauen aufeinander losgehend ohne menschliche Hemmung und ohne jede Scham.

Da brüllte er noch einmal mit aller Kraft. Alle hoben die Köpfe. Aber sie wandten sich nicht ihm zu, sondern schauten an ihm vorbei nach Osten, auf die Küste, den Ort ihres Verderbens, dessen Umriss sich in diesem Moment in klarstem Licht abzeichnete. Und für diesen Augenblick vergaßen sie ihr Leben und den Tod. Wie gebannt starrten sie auf das, was sie sahen und doch nicht zu glauben vermochten.

Der Kapitän folgte ihrem Blick und erschrak. Sämtliche Haare stellten sich ihm auf. Seine Fäuste packten die Reling fester. Dort oben warteten Menschen, stumm und starr wie Statuen, und ebenso gefühllos.

»Wrecker«, flüsterte er. Dann brüllte er es – war das er, der da schrie wie ein Tier? »Wrecker!« Alle Verzweiflung, aller Hass lag in diesem Ruf. Ja, dort standen sie, Menschen, zumindest der Gestalt nach, eine lange, dunkle Reihe von Silhouetten. Seite an Seite blickten sie reglos und erwartungsvoll auf das Meer. Der Wind zerrte an ihren Kleidern und ließ ihre langen Haare züngeln wie Schlangen. Sie rührten sich nicht.

»Sie warten auf uns«, knurrte der Kapitän. »Sie können es nicht abwarten, bis wir kalt sind.« Wrecker! Er wusste, dass es sie gab; an allen Küsten konnten sie lauern, dreckige Bauern, Schafhirten, Fischer, die das Nötige zum Leben kaum zusammenkratzen konnten. Vom Hunger und dem eigenen Elend getrieben warteten sie darauf, dass die Wracks unglücklicher Schiffe angespült wurden, um sie zu plündern und auszuschlachten. Von Rechts wegen gehörte ihnen, was an den Strand trieb, und nicht einmal der König machte es ihnen streitig. Sie schreckten auch vor dem Leichenfleddern nicht zurück; jeder kannte die Geschichten. Keine helfende Hand reichten sie den Ertrinkenden, da sie sich nur an den Toten bereichern konnten. Im Gegenteil. Wer das Pech hatte, in ihrer Nähe lebend an Land zu kommen, lief Gefahr, erschlagen zu werden wie eine junge Robbe. Und mancherorts, so munkelte man, mancherorts und in besonders harten Wintern ernährten sie sich sogar vom Fleisch der Angespülten.

Unwillkürlich griff der Kapitän nach dem Messer in seinem Gürtel. Sein Blick fiel auf den Ordensritter, der zu seinen Passagieren gehörte und dessen Gestalt in dem markanten weißen Mantel die meisten anderen überragte. Trotz des Sturms hatte er seinen Harnisch nicht abgelegt, ganz so, als könnte er den Elementen trotzen wie einem Sarazenenkrieger. *Ob er auch sein Schwert in der Hand hielt?*, fragte sich der Kapitän. *Ob er im Heiligen Land jemals einem Feind wie diesem in die Augen geblickt hatte?* Denn Heiden mussten sie sein, die dort drüben. Kein Christenmensch könnte tun, was sie zu tun beabsichtigten. Und keiner konnte dem ins Auge blicken, ohne wahnsinnig zu werden. Auch er spürte nun, wie die schwarze Panik in ihm hochstieg und ihn zu verwirren begann.

Sein Herz raste, und in seinen Ohren begann es zu pfeifen und zu sirren. Er glaubte, keine Luft mehr zu bekommen. Unwillkürlich schrie er auf und hielt sich mit beiden Händen den Kopf. Dieser Ton, wenn nur dieser Ton enden würde! Der Kapitän ging in die Knie.

»Sie singen!«, erklang es von unten entgeistert. Niemand wusste, wer den Satz als Erster auszusprechen gewagt hatte. Doch alle begriffen im selben Moment, was gemeint war. Die dort oben, die dunklen Gestalten, die Seite an Seite standen, ohne sich zu regen, übten eine fast magische Gewalt aus. Keiner vermochte den Blick von ihnen zu lösen. Und langsam verwandelte sich das lähmende Grauen, das ihr Anblick im ersten Moment hervorgerufen hatte, in eine Art Trance. Noch immer tobte der Sturm, noch immer wankte das Boot unter ihren Füßen, und die Gischt überspülte sie. Und doch wirkte alles für den Augenblick wie ferngerückt, ein Traum, den ein anderer träumte. Sie hingegen wurden festgehalten und umhüllt von einer fremden Kraft. Es war ein Sirren, ein Beben, etwas, das mit der Dunkelheit und dem Meer verwoben schien, überall um sie herum. Es hob und senkte sich, es wiegte sie, stieg an und kehrte zurück, erfüllte ihre Gedanken mehr als ihre Ohren und hallte in ihren Köpfen wider. Wahrhaftig: Es war Gesang.

Aber keiner, den je ein Mensch vernommen hätte. Alle bekreuzigten sich, und einer, der vom Schicksal des Odysseus gehört hatte, versuchte, sich die Ohren zu verstopfen. »Sie rufen uns!«, krächzte der alte Seemann und zeigte hinauf zu den unheimlichen Wesen. »Es sind Boten des Todes!«

»Boten der Hölle sind sie.« Das war der Ordensritter. Wie die anderen starrte er zu den Gestalten hinauf, die im

Mondlicht etwas Übermenschliches an sich hatten. Aber in seiner Miene malte sich neben Furcht und Abscheu noch etwas anderes: eine grimmige Befriedigung. Mit einer Handbewegung befahl er seinen Knappen heran. »Kannst du sie mit dem Bogen erreichen?« Es war keine Frage, sondern ein Befehl.

Wortlos griff der Angesprochene in seinen Köcher. Genau wie sein Herr war er in voller Bewaffnung an Deck angetreten, bereit, dem, was kam, wie ein Krieger entgegenzugehen. Nun aber war sein Gesicht bleich und seine Hand zitterte mehr, als es sich durch Kälte und Gefahr hätte erklären lassen.

»Ich kann nicht«, murmelte er. »Es ist zu weit, und der Sturm …« Ein Wellenschlag gegen die Schiffseite, hart wie Holz auf Holz, warf ihn beinahe von den Beinen. Dankbar spürte er, wie sein ungeduldiger Herr ihm den Bogen aus den Händen riss, um selbst zu zielen. In der Tat war es weit, und weder Wind noch Wogen ließen viel erhoffen. Doch war es nicht das gewesen, was den Arm des Knappen hatte beben lassen. Es war die Stimme, die in seinem Kopf erklang, der fremde Klang, der zu ihm sprach, so nah und intim, als flüstere ihm jemand direkt ins Ohr. Es war dieser Klang, der ihn mehr erschreckte als jede Waffe, die jemals gegen ihn erhoben worden war. Wimmernd robbte er an die Reling, kauerte sich in ihrem Windschatten zusammen, dankbar, dass er die Klippen nicht mehr zu sehen brauchte.

Auch der Kapitän spürte, dass seine Hände zitterten. »Sie sprechen zu mir«, murmelte er fassungslos, beinahe sicher, dass er dem Wahnsinn verfallen war, der dem sicheren Tod vorausging. Und doch war es so und nicht anders: In seinem Kopf formten sich Sätze, nein, undeutlicher, Klänge, Bilder, eine Absicht, ein Vorsatz, etwas wie ein Impuls, dem er dringend nachgeben wollte. Er streckte die Hände nach dem Steuerrad aus.

»Herr, es ist die Stimme des Teufels!« Wie ein Schlafwandler blickte der Kapitän hinab und sah das Gesicht seines

Steuermannes, der sich auf die Knie aufgerichtet hatte und die Arme hob. »Sie wollen uns auf die Klippen locken, wie schon so viele vor uns. Es ist der Fluch dieser Bucht.«

Der Kapitän hörte es und zögerte. Aber dann war da wieder dieses Beben, das durch seinen ganzen Körper ging, dieser Befehl, den er hörte. Ehe er darüber nachdenken konnte, schlug er nach dem Mann, schüttelte seinen Griff ab und riss das Steuer energisch herum.

Der Aufschrei des Steuermannes ging im Stöhnen des Holzes unter, als sich die *Lady of Dover* auf die Seite legte. Für einen Moment glaubte der Kapitän, sie werde umschlagen und kentern. Der Wimpel ihrer Mastspitze streifte bereits die See. Dann aber, mit einer quälenden Anstrengung, richtete sie sich wieder auf und drehte dabei nach Westen. Der Sturm setzte für ein Atemholen aus. Im selben Augenblick entdeckte er es zwischen zwei Wellentälern: eine Rinne tieferen Wassers, dunkel wie die Nacht und ohne verräterischen Schaum. Dort war eine schmale Durchfahrt, die Passage, die ihrer aller Leben retten konnte. Unmittelbar darauf verschwand der Mond wieder, und alles wurde schwarz. Aber der Kapitän hatte gesehen, was er sehen musste. Er brüllte seine Kommandos und hielt auf die Stelle zu.

Eine Woge hob sie an und schob sich dann zwischen sie und das Land, so hoch, dass sie alles verdeckte. Mit einem entschlossenen Schrei ließ der Kapitän sein Schiff darauf reiten, drehte auf ihrem Höhepunkt und sauste hinab in die Lücke, die sich zwischen den Gebissen der Riffe vor ihnen auftat. Wie ein Geschoss glitten sie hindurch und erreichten das Kap.

»Noch sind wir nicht in Sicherheit«, rief er, seine Matrosen anfeuernd. Noch immer konnten Wind und Gezeiten sie zurück zur Küste treiben. Aber dennoch machte sich eine Zuversicht breit, eine Erleichterung, die mit den Händen zu greifen war. Der Steuermann lachte, schlug ihm auf die Schulter und übernahm das Ruder wieder. Der Maat trieb die Matrosen in die Wanten, dass sie das nasse Segelzeug bargen oder herabrissen. Die Passagiere fielen einander in die Arme, manche beteten laut. Es dauerte eine Weile, bis sie sich wieder der Klippen erinnerten und ihre Blicke suchend über deren Höhe wandern ließen. Aber dort war nichts zu sehen, kein Mensch, nichts als Stein. War es eine Täuschung gewesen? Hatten sie sich in ihrer Todesangst von ein paar seltsam geformten Felsen foppen lassen? Oder war es ein Spuk?

Der Kapitän schüttelte den Kopf, seine Hände zitterten, als er sich mit allen zehn Fingern das Wasser aus dem Haar kämmte. War er einem Wahn erlegen, oder konnte er seinen Sinnen trauen? Wie hatte der Befehl eigentlich gelautet?

Sie locken uns auf die Klippen, hatte sein Steuermann gerufen. Hatte nur das Glück oder gar – welch süßer Gedanke – seine eigene Findigkeit sie im letzten Moment gerettet? Hatte er sie alle vor einem bösen Plan gewarnt? Oder war der rettende Kurs das gewesen, was diese Wesen ihnen hatten zeigen wollen? Der Kapitän warf einen letzten Blick zurück auf das leere Land. »Wer seid ihr?«, flüsterte er. In seinem Kopf wogten die Gedanken nicht weniger wild als die See. Er kam zu keinem Ergebnis. Es war mehr, als er zu begreifen vermochte. Wie ein Tier schüttelte er sich, schüttelte Wassertropfen und Vorahnungen ab. Eine Menge Arbeit lag vor ihnen, bevor sie ihren Hafen erreichen würden.

Der Ordensritter ließ den Bogen sinken, den Pfeil noch immer auf der Sehne. Seine Lippen waren fest aufeinandergepresst. »Herr«, murmelte sein Knappe und nahm ihm ohne ein weiteres Wort zaghaft die Waffe ab. Als er bemerkte, wohin sein Herr immer noch starrte, bekreuzigte er sich unwillkürlich. »Herr, das Schlimmste haben wir hinter uns, glaube ich«, wagte er schließlich mit einem Seitenblick auf seine vor Begeisterung zugleich lachenden und weinenden Mitreisenden zu bemerken.

Der Ritter würdigte keinen von ihnen eines Blickes. Auch er schüttelte den Kopf. »Nein«, sagte er. »Es hat eben erst begonnen.«

2

Rowena legte den Kopf in den Nacken und schloss die Augen vor Behagen. Der Wind war warm und streichelte ihre Wangen, das Sonnenlicht malte goldene Kreise auf die Innenseite ihrer Lider. Die sanfte Bewegung des Pferdes unter ihr wiegte sie und ließ sie sich eins fühlen mit diesem Sommertag. Und als sie die Augen öffnete, begegnete sie dem strahlenden Blick des Mannes, der an ihrer Seite ritt, ihres Mannes. Allein der Gedanke erzeugte eine Woge warmen Glücksgefühls in ihr. Sie erwiderte sein Lächeln und streckte die Hand nach ihm aus. Er ergriff sie und legte sie an seine Wange, die noch immer braun verbrannt war von der Sonne Jerusalems, unter der er an der Seite König Richards gekämpft hatte. Mit seinen wilden schwarzen Locken sah er selbst ein wenig aus wie ein Araber, fand sie, eher wie ein Sarazene als ein ehemaliger Kreuzritter. Aber seine Augen leuchteten so dunkelblau wie die wilde See der Küste, der sie entgegenritten, seiner nördlichen Heimat.

Cedric of Cloagh! Noch immer konnte sie es nicht fassen, dass er ihr Gemahl geworden war. Sie liebte ihn, seit er ihr das erste Mal begegnet war, bei jenem Turnier vor den Toren von Exeter, als sie ihm, dem Unbekannten, ihre Farben zu tragen gab. Mit wild pochendem Herzen, ohne ihren Vater um Erlaubnis zu fragen, ohne eine Sekunde zu zögern und ohne die geringste Scham. Wie lange war das nun her, kaum ein ganzes Jahr? Und doch schien es ihr, als wäre es in einem anderen Leben gewesen.

Zu einer Zeit, da sie nichts anderes gewesen war als ein ahnungsloses Burgfräulein aus den englischen Wäldern, das hungrig war auf ein wenig Leben. Als sie noch dachte, ihre Eltern wären einfache kleine Adlige und der dichte Wald um ihre Burg beherberge nichts anderes als Rotwild und Pilze.

Damals hatte sie noch nicht gewusst, nicht einmal geahnt, was nun der Inhalt ihres Lebens war: Dass ihre Familie ein Amt besaß, ein Geheimnis, das sie vor aller Welt bewahren mussten: Sie waren die Hüter der Letzten des Alten Volkes. Älter als die Angeln und Sachsen, älter als die Kelten, so alt wie die Steine von Stonehenge waren sie und dem Lande verwachsen. Im Gedächtnis der übrigen Menschen nicht mehr als eine Sage, ein Feenvolk, lebten sie auf dem Land ihrer Familie im Verborgenen fort.

Zuerst war Rowena entsetzt gewesen. Sie war als gute Christin erzogen und konnte es nur schwer fassen, dass ihr Vater sich mit zauberischen Heiden abgab, sie hegte und verehrte, ja, dass ihre eigene Mutter eine von ihnen gewesen war und auch in ihr selbst das Blut der Alten floss. Sie hatte dazugelernt seither. Hatte gelernt, das Erbe in sich anzunehmen. Und als offenbar wurde, dass auch ihr geliebter Cedric aus einer Familie von Hütern stammte, war ihr Glück vollkommen gewesen.

Er wendete ihre Hand und küsste sacht die Innenfläche. »Ich kann es noch immer nicht glauben«, sagte er.

»Was?«, fragte sie und gab ihm einen spielerischen Klaps, ehe sie wieder nach den Zügeln griff. »Dass wir einen Zug von Feen durch halb England führen?« Sie blickte über die Schulter zu den Wagen, die ihnen folgten und die Habe derjenigen trugen, die aus dem Volk der Alten bereit gewesen waren, ihr in die neue Heimat zu folgen. Neben den Karren marschierten und ritten sie selbst, getarnt durch die Kleider einfacher Bauern, Handwerker und Knechte und doch schon auf den ersten Blick als etwas Besonderes erkennbar.

War es ihre Schönheit, die sie verriet, überlegte Rowena, ihre schlanke, ebenmäßige Gestalt, ihre noble Haltung? Oder eher die langen Haare der Männer, die sie sorgsam unter Hüten und Kappen versteckt halten mussten? Dann betrachtete sie Urdis, die Älteste und Anführerin, deren langes Silberhaar ihr in dünnen Strähnen bis auf die Hüften fiel über dem lose sitzenden Kleid und deren hellblaue Augen aus einem Gesicht leuchteten, so hutzelig und braun wie ein ledriger Winterapfel. Urdis *war* schön, befand Rowena, aber auf eine Weise, die sich dem normalen Betrachter nicht sofort erschloss. Nein, es war etwas anderes, was den Zauber ausmachte, der über den Ihren lag. Es war etwas an der Freiheit, der Selbstverständlichkeit, mit der sie sich bewegten, an ihrem Blick, der verträumt und intensiv zugleich war, was sie von allen anderen unterschied, denen sie begegneten. Rowena dankte Gott täglich für die Dumpfheit der Menschen, die es nicht bemerkten oder die Ursache für die sehnsuchtsvolle Heiterkeit, die sie plötzlich beim Anblick ihres Waldvolkes erfüllte, anderswo suchten.

»Nein«, erwiderte Cedric und holte sie aus ihren Gedanken. Er trieb sein Tier wieder nahe an ihres. »Ich kann noch immer nicht glauben, dass du tatsächlich meine Frau bist.« Liebevoll strich er über ihr leuchtend rotes, geflochtenes Haar, das sie auf dem Ritt unter keinem Schleier verbarg.

Rowena strahlte ihn an. »Etwas Ähnliches ging mir auch gerade durch den Kopf«, gestand sie.

Der innige Blick, den sie tauschten, wurde rüde gestört.

»Verzeiht, Herr«, sagte Cedrics Knappe und räusperte sich.

»Was gibt es denn, Colum?«, fragte Rowena nachsichtig. Sie hatte den groben, hässlichen Mann schätzen gelernt, der ihrem Gatten niemals von der Seite wich. Entgegen seinem Äußeren und trotz seines stets zur Schau getragenen Missmuts war er voller Herz und dem Alten Volk bedingungslos ergeben.

»Wir haben die Grenze zum Gebiet der Cloaghs überschritten, wollte ich nur sagen. Ihr schient mir ein wenig abgelenkt.«

Freudig überrascht wandte Rowena sich an Cedric. »Der Grund deines Vaters?«, fragte sie.

Cedric schüttelte den Kopf. »Nein, hier herrscht mein Onkel Connor«, erklärte er. »Er ist kein Hüter. Obwohl er und Vater sich gut verstehen, sollten wir uns hier nicht zu lange aufhalten. Mit ihnen«, sagte er und deutete vielsagend in Richtung ihres Zuges. »Wir sind noch nicht zu Hause.« Rowena nickte. Da hörte sie ihn hinzufügen: »Ich frage mich, wie es dort sein wird.«

»Glaubst du, es hat sich verändert?«, fragte sie und ritt an seine Seite. »Dein Zuhause?«

Er zuckte mit den Schultern. »Wie sollte es nicht?«, gab er zurück. »Als ich aufbrach, war es eine Grafschaft wie alle anderen. Mein Vater war in meinen Augen ein ganz normaler, strenger, ein wenig fantasieloser Mann. Und ich verbrachte meine Jugend damit, in den Klippen nach Möweneiern zu suchen und von Turnieren zu träumen.« Er lachte, erstaunt über sich selbst. »Jetzt weiß ich, dass Cloagh mehr ist als die Heimat von Schafzüchtern und Seefahrern. Das Alte Volk lebt versteckt in seinen Buchten, mein Vater ist ihr heimlicher Hüter, und ich bin dazu ausersehen, dieses Amt fortzuführen.« Er hob ein wenig ratlos die Hände und betrachtete sie, als zweifelte er an ihrer Fähigkeit, die vor ihm liegende Aufgabe zu bewältigen.

Spontan ergriff Rowena sie. Sie waren braungebrannt, schlank, aber kräftig, dabei trocken und rau vom Führen der Waffen. Und wenn sie über ihren Körper glitten, erzeugten sie ein Gefühl wie nichts sonst. Sie presste seine Finger in einer plötzlichen Aufwallung.

Colum räusperte sich, wie um seine Belustigung zu überspielen.

Cedric wandte sich zu ihm um. »Du wusstest es von Anfang an. Auch die Sorge meines Vaters kanntest du, dass sein Seevolk ausstarb. Und den wahren Grund unserer Mission.«

Colum, der sonst so düster dreinblickte, schaffte es nicht ganz, ein selbstzufriedenes Grinsen zu unterdrücken.

»Ja, lach nur«, gab Cedric mit gespieltem Missmut zurück. »Du wusstest, dass wir auf der Suche waren nach anderen wie wir. Ich dachte fröhlich, es ginge nur darum, auf Turnierplätzen Erfahrungen zu sammeln und sich ein wenig die Hörner abzustoßen. Vielleicht eine Braut zu finden.«

»Was du ja getan hast«, wandte Rowena neckisch ein. Der Schatten auf seinem Gesicht verschwand für einen Moment.

»Und was für eine«, gab er zu, endlich den Druck ihrer Hand erwidernd. »Und die Lösung unserer Probleme dazu.« Wieder wandte er sich um und ließ seinen Blick über diejenigen schweifen, die ihnen folgten.

Kinderlachen drang zu ihnen, gut gelaunte Mädchen schäkerten mit den jungen Reitern unter dem Kommando von Arval, dem Jäger, der sich auf den Wochen ihrer Reise gut an das Reiten gewöhnt hatte. Er saß inzwischen besser zu Pferde als jeder Ritter. Es wunderte Cedric nicht. Nach allem, was er über das Alte Volk gelernt hatte, teilte er dem Tier vermutlich seine Gedanken mit und lenkte es auf diese Weise ohne Worte oder Gesten.

Das war möglich – Rowena hatte es ihm erklärt. Auch sie selbst verstand sich mehr und mehr darauf. Es ging darum, die Grenzen zwischen sich und den anderen aufzulösen und die Einheit des Lebens zu begreifen. Sie sagte, wenn sie nebeneinanderlägen, könne sie das Blut in seinen Adern fließen fühlen, ihr Herzschlag antworte dem seinen und sie verschmölzen miteinander, als gäbe es nur einen Körper, einen Atem, ein Sein. Cedric war diese Empfindung verwehrt. Sicher, er begehrte sie und genoss ihr Zusammensein mit allen Sinnen. Sein Körper schrie nach Rowena, wann immer er von ihr getrennt war. Sie war in gewisser Weise ein Teil von ihm geworden. Aber ihre Gedanken lesen, das konnte er nicht. Und manchmal hoffte er, dass auch sie die seinen nicht zu lesen vermochte. Da war zu vieles, was er gerne vor ihr verborgen hätte.

Colum, der das erneute Stirnrunzeln seines Herrn missdeutete, räusperte sich erneut. »Es ist nicht so, dass er Euch misstraut hätte, Herr.«

Kein Satz wäre geeigneter gewesen, Cedrics Stimmung endgültig zu verderben. Dass sein Vater das Familiengeheimnis so lange auch vor ihm, seinem Erben, gehütet hatte, wollte ihm nicht aus dem Kopf. Hatte sein Vater gezweifelt, ob er des Amtes würdig wäre? Hatte er erwogen, ihn nicht einzuweihen? Er verzog den Mund zu einem unglücklichen Lächeln. »Tja«, meinte er, »aber vertraut hat er mir auch nicht. Sondern dir.«

Colum senkte den Kopf. Es war wahr. Als der Graf von Cloagh sie fortgeschickt hatte, kannte nur er, der Knappe, den wahren Grund ihrer Reise: andere zu suchen, die wären wie sie.

Rowena griff erneut nach der Hand ihres Gatten, um ihn aufzumuntern. »Er wird es dir zu deinem eigenen Besten so lange verschwiegen haben.« Sie bemühte sich um einen heiteren Ton. »Schau dir meinen Bruder an. Er war von Kindesbeinen an eingeweiht und trainiert worden, ein Hüter zu sein. Schon als Kind war er verantwortungsbewusster als ein Priester. Er war niemals unbeschwert. Und was für ein pedantischer, rechthaberischer Trauerkloß ist aus ihm geworden.«

Cedric wollte nicht so recht in ihr Lachen einstimmen. Er war Rowenas Bruder Kai in Jerusalem begegnet, wo er den verschollen Geglaubten aus der Sklaverei befreite und heimbegleitete. Dabei hatte er den schweigsamen Mann schätzen gelernt. Er war ihm ein zuverlässiger, mutiger Gefährte gewesen, mit dem Herz eines Kämpfers. »Du verkennst ihn«, widersprach er.

»Oh, sicher«, gab Rowena zurück, noch immer gut gelaunt. »Ich bin ja auch nur seine Schwester.« Sie zog einen Schmollmund. »Nie hat er mich mitmachen lassen bei seinen ach so wichtigen Spielen, und er hat mich verpetzt, wenn ich mal wieder allein im Wald gewesen war. Und an den Haaren hat er mich gezogen.«

Dabei schnitt sie ein so beleidigtes Gesicht, dass Cedric lachen musste. Er griff nach ihren Flechten, die verführerisch in der Sonne schimmerten, und zog leicht daran. »Du Arme«, sagte er, und fügte mit gespieltem Verständnis hinzu: »Es ist sicher zu viel verlangt von geplagten kleinen Schwestern, ihren großen Brüdern Gerechtigkeit widerfahren zu lassen.« Ihr Gelächter verebbte.

Etwas leiser meinte Rowena schließlich: »Er wird es dir erklären, bestimmt.«

Cedric nickte versonnen und blickte vor sich hin. Danach verstummten sie für eine Weile. Mit den Blicken folgten sie den Möwen, die sich hier, noch ein gutes Stück von der Küste entfernt, wie Fremdkörper ausnahmen. Leuchtend weiß hoben sie sich ab von der grünen Silhouette der Wälder. Und doch lag in der Luft schon eine Ahnung des Meeres, ein Hauch von Salz, ein Schleier, wie er sich über die blaugrauen Horizonte der See an einem Tag wie diesem senkte. Cedrics Herz ging auf bei dem bloßen Gedanken daran. Wie er sie vermisst hatte, diese Weite, und die grandiose, schroffe Einsamkeit der Klippen von Cloagh, gegen die anzurennen das mal raunende, mal schäumende Meer nie müde wurde. Da drang ein fernes Donnern an seine Ohren. Er brachte sein Pferd zum Stehen.

Auch Rowena neben ihm hielt inne. Sie tat es ihm gleich und lauschte. Dann glitt ein erwartungsvolles Lächeln über ihre Züge. »Ich glaube, ich kann es schon hören«, sagte sie.

Colum neben ihr aber schüttelte den Kopf. »Das ist keine Brandung«, sagte er.

Die Schreie der Möwen erfüllten die Luft. Besonders einer, hoch und schrill, schnitt in ihre Ohren. Arval galoppierte heran. Er sah besorgt aus.

Auch Cedric saß mittlerweile kerzengerade im Sattel.

»Reiter, sie kommen auf uns zu«, bestätigte er und griff nach seinem Schwert. »Vielleicht zehn oder zwölf.«

»Fünfzehn«, korrigierte Arval ihn. »Und die vor ihnen flüchten, sind erschöpft und krank vor Angst.«

Mit großen Augen starrte Cedric ihn an. Doch er kam nicht mehr dazu, etwas zu fragen. Aus dem nahen Saum des Waldes brach das erste Pferd, einen Bewaffneten auf seinem Rücken. Und nun sahen sie auch die Menschen, die dicht vor ihm rannten. Es schienen Bauern zu sein, Männer, aber auch Frauen. Cedric konnte die fliegenden Haare und die weit geöffneten Münder erkennen. Was sie gehört hatten, war nicht der Ruf der Möwen gewesen. Gänsehaut lief ihm über den Rücken.

Ihre eigene kleine Schar geriet in Unruhe, die Karren hielten, die Menschen drängten sich dicht an die Räder. Das Böse, noch fern und doch mit den Händen zu greifen, legte sich wie eine schwarze Wolke über sie. Dann kamen mehr Reiter, alle in vollem Harnisch, drei, vier, fünf. Lautlos zählte Cedric bis zum fünfzehnten Mann mit. Einer von ihnen hob die Hand, das Schwert darin blitzte in der Sonne. Eine der laufenden Gestalten überschlug sich wie ein vom Pfeil getroffener Hase und blieb liegen. Die anderen duckten sich kreischend und hasteten weiter.

Rowena ächzte. »Cedric«, flüsterte sie.

Er nickte. »Ja«, brachte er mit Mühe hervor. Er hatte es auch gesehen. Der Mantel des Ritters, der im Sonnenlicht flatterte, war weiß. Und in seiner Mitte leuchtete das Kreuz so rot wie Blut. Ordensritter, Kreuzfahrer! Er kannte ihr Zeichen nur zu gut. Aber wie kamen diese Kriegermönche hierher?

»Todesanbeter.« Rowena dachte an das, was die Herrin der Alten über die Templer gesagt hatte. Dass sie mit ihrem Schwert und ihrer Enthaltsamkeit das Leben doppelt verhöhnten. Ihre Finger umklammerten ihn so fest, dass es beinahe schmerzte. »Wir müssen etwas tun, Cedric, wir müssen sie aufhalten.« Und ehe er sie daran hindern konnte, hatte sie ihrem Pferd die Sporen gegeben und ritt unbewaffnet und barhäuptig, mit flatterndem Haar, auf die mordenden Ritter zu.

Cedric öffnete den Mund, aber der Wind riss ihm ihren Namen von den Lippen.

3

»Rudern, Mädchen, schlaf nicht ein.«

Nyssa seufzte und legte sich in die Riemen für ein paar kräftigere Züge. Die Wellen hoben ihr Boot sacht auf und ab, und ein frischer Wind zerblies die Schaumkronen zu Gischt, die ihr bei jedem Schlag kühl ins Gesicht spritzte. Bedauernd schaute sie zurück zur Küste, deren Steilwand immer noch so dicht über ihnen aufragte, dass sie die Hälfte des Himmels bedeckte. In einer kleinen, weißen Kiesbucht war eine Gestalt zu erkennen, zu der ihr Blick heimlich wanderte, wann immer ihr Vater seine Aufmerksamkeit von ihr abwandte. Doch sie wurde mit jedem Ruderschlag kleiner.

Eben neigte sich ihr Vater weit über die Bordwand und suchte einen Blick in die Tiefe zu erhaschen. Das Wasser war klar und ließ ihn weit hinabschauen. Blaue Schatten wogten zwischen grauem Gestein. Er sah mächtige, schlickbedeckte Brocken, auf denen sich Algenbärte wiegten, Felsklüfte, ganz ähnlich denen über ihren Köpfen, in deren Schründen aber keine Vögel ihre Nester bauten, sondern Muränen hausten. Dazwischen streckten sich Felder von Kies dem Abgrund entgegen, in dem Form und Farbe der Dunkelheit verschmolzen. Und dort, ehe es in lichtlose Tiefen ging, die sein Auge nicht mehr erreichte, lag auch das Wrack, das er suchte, mit seinem geisterhaften, bis wenige Fuß unter die Oberfläche reichenden Mast. Der Rumpf war geborsten und mit Muscheln verkrustet. Das Trümmerfeld ringsum glich von Jahr zu

Jahr mehr einem Riff als irgendetwas, das einmal von Menschenhand geschaffen worden war. Er sah Fischschwärme in zuckendem Gleichmaß durch die Takelage schwimmen, die ihre neue Heimat geworden war.

Dies war ihr Treffpunkt; sie waren angekommen.

Er hob die Hand, und Nyssa stellte gehorsam das Rudern ein. Sie kannte das Zeremoniell bereits, barg die nassen Ruder und setzte sich bequemer auf ihrem harten Holzbrett zurecht, die Arme wärmend um sich geschlungen unter dem Umschlagtuch, bereit für eine lange Wartezeit.

»Glotz bloß nicht dauernd zu ihm hin. Du weißt, das bringt nichts.« Der Alte warf ihr einen scharfen Blick zu, ehe er sich wieder seinen Verrichtungen widmete.

Nyssa zuckte zusammen, sagte aber nichts, sondern schaute gehorsam über die gleichmäßige Dünung, auf der sich einige Kormorane leicht wie Spielzeuge wiegten. Er hatte Recht, sie wusste es: Was sie dachte und fühlte war fruchtlos. Die Trauer ließ sie langsam stumpf werden. Sie schrak nicht einmal zusammen, als plötzlich die Stimme ihres Vaters von neuem erklang, mit einem hohen, klagenden Ton.

Eroc war ein alter Mann, sein Gesang zittrig und rau. Aber er hatte nichts von seiner Magie verloren. Einst war er der größte Sänger des Seevolkes gewesen, damals, als es noch viele von ihnen gegeben hatte und sie einmal im Jahr zum Wettstreit ihrer Sänger aus den Buchten zusammenströmten. Damals, als sie noch große Feste feierten und sich erzählten, wie ihre Vorfahren es vermocht hatten, die Flut herbeizusingen und die Sterne am Himmel zum Tanzen zu bringen.

Nyssa kannte die Geschichten, die man sich davon erzählte. Sie war mit ihnen aufgewachsen. Es waren Märchen, das wusste sie. Dennoch hatte sie früher oft auf den Felsen gesessen und versucht, mit ihrer eigenen Stimme das Meer zu betören. Manchmal meinte sie, etwas geschehe tatsächlich dabei. So, als täte ein Weg sich vor ihr auf, eine unsichtbare Brücke, die ins Weite führte. Und manchmal war sie kurz davor, den

Fuß darauf zu setzen und zu versuchen, über das Wasser zu wandeln. Doch nie hatte sie es wahrhaftig gewagt. Aber in ihrer Stimme hatte sich etwas von der Hoffnung bewahrt und auch von dem Kummer. Sie klang älter als sie selbst. Alle sagten, sie wäre eine würdige Nachfolgerin Erocs. Nur machte ihr das Singen keine Freude mehr.

Ihr Vater hatte wenig Interesse an ihr. Er verfolgte nur seine eigenen Geschäfte und achtete ihrer wenig, wenn er sie nicht herumkommandierte.

Nyssa fröstelte. Lag es an der Gischt oder an dem Lied, das Eroc angestimmt hatte? Es kam Nyssa so grau und dunkel, so kalt und schroff vor wie die Felsen dort unten, über denen ihre Nussschale sich wiegte. Sie tastete nach dem Holz der Bordwand, in dem noch ein Rest des Lebens war, das es einmal erfüllt hatte, als suche sie dort Schutz vor der ungeheuerlichen Leere, die sie unter sich ahnte. Die tiefen, seltsamen Töne aus Erocs Mund ließen die Luft vibrieren. Plötzlich flogen die Kormorane auf.

Eroc lächelte. »Er kommt«, stellte er in befriedigtem Ton fest.

Nyssa rutschte auf den Boden des Bootes, umschlang ihre Knie und schaute zu, wie er nach dem kopfgroßen Steinbrocken griff, den er im Boot bereitgelegt hatte. »Vater«, begann sie, biss sich dann aber auf die Lippen. Er würde nichts geben auf das, was sie sagte. Dann überkam sie Trotz. »Eines Tages wird er dich töten«, erklärte sie patzig.

Zu ihrem Erstaunen lachte Eroc auf. »Wenn ich ihn darum bitte«, sagte er. Er hielt den Stein so zärtlich im Arm wie einen Säugling. Dann ließ er sich rücklings über die Bordwand fallen.

Das kalte Wasser umschloss ihn wie eine Faust. Er riss die Augen auf und fühlte beglückt den Zugriff des Meeres, der stärker wurde mit jedem Fuß, den er sank, den Stein mit beiden Armen fest umklammernd. Fische näherten sich ihm neugierig, ein Schwarm silbriger Körper schoss davon, kehrte in faszinierendem Gleichmaß um und umschmeichelte den fremden Eindringling in eleganten Serpentinen, ohne ihn doch je zu berühren.

Schlick wogte auf, als Erocs Füße den Grund berührten, und vernebelte ihm die Sicht. Eroc tastete nach Halt auf dem glitschigen Grund und wagte dann die ersten, langsamen Schritte auf das Wrack zu. Als er die muschelverkrusteten Planken berühren konnte und die Wolke aus Algenpartikeln und feinem Matsch sich langsam senkte, erblickte er auch den fernen, blauschattigen Horizont des Meeres und darin den kleinen schwarzen Punkt, der so rasch wuchs. Er erschauerte.

Wenige Augenblicke später war der Hai heran. Er war gigantisch. Eroc spürte jedes Mal erneut sein Herz pochen, wenn er ihn sah, obwohl ihre Freundschaft nun doch schon so lange währte. *Wir sind beide alt*, dachte er und streckte die Hand aus, um die Flanke des vorbeigleitenden Tieres zu berühren, das seinen Schatten auf alles warf. Es war Eroc, als würde das Wasser noch um ein paar Nuancen kälter. Die Haut des Hais war so rau, dass es wehtat, sie zu streicheln, aber er zog seine Finger nicht zurück. Der Schmerz wärmte ihn, gab ihm Wachheit und Kraft. Schon spürte er den Mangel an Luft, aber nicht umsonst war er ein Sänger. Er wusste, wie man seine Lungen füllte und sich die Reserven einteilte. Noch musste er nicht gehen. Er hatte Zeit.

Das Lied, das zuvor erklungen war, erfüllte noch immer seinen Kopf, seinen Geist. Und er wusste, der Hai konnte es hören. Gespannt verfolgte er die nervösen Kurven, die der große Fisch schwamm. *Na, komm schon*, lockte er, *komm zu mir, du kennst mich. Wir sind alt, wir beide, du und ich. Und wir besitzen das Gedächtnis unserer Art. Also komm her.* Noch einmal streckte er die Hand aus und legte sie auf den grauen Leib, der so kühl war wie das Wasser selbst. Und dann, endlich, nahm er ihn wahr. Es war, als ströme es in sein Gehirn. Wasser, unendliche Massen, wogende, wallende, sich türmende Gewalten, erfüllt von urtümlichen Schreien. Er sah, wie der Boden aufriss und blendende Lava hervorquoll, orangerot, unglaublich leuchtend, mit bösen, schwarz klaffenden Rändern. Erocs Füße lösten sich vom Grund. Als er den Mund öffnete, strudelten Blasen heraus. Er schrie.

Nyssa fröstelte. Sie hatte die dreieckige Flosse gesehen und sich in die Bootsmitte zurückgezogen, als der Hai das Gefährt neugierig umkreist hatte. Nun war er verschwunden, genau wie ihr Vater. Und sie wagte es nicht, über den Rand ins Wasser hinabzublicken.

Wie lange war er schon fort? Die Kormorane kreisten noch immer kreischend über ihr. Dankbar ließ Nyssa sich von ihnen ablenken. Endlich richtete sie sich auf die Knie auf und blickte zurück zum Land. Die Gestalt war noch immer dort. Sie schien ruhig am selben Platz zu stehen, nur ihre Arme vollführten große, weit ausholende Gesten. Nyssa lächelte, als sie es sah.

Fast vermeinte sie seine Stimme zu hören: »Ich webe den Wind. Ein guter Weber muss die Fäden der Brise und der Brandung verweben können. Dazu die Möwenschreie und das Rauschen der Eichen droben auf der Ebene.« Sie hatte gelacht, als sie es das erste Mal hörte. Aber heute glaubte sie, begriffen zu haben: Ein guter Weber musste es vermögen, den Teppich des Lebens zu erstellen.

»Auled«, flüsterte sie.

Im selben Moment durchbrach der Kopf ihres Vaters die Oberfläche. Wasser troff aus seinen langen weißen Haaren und dem Bart. »Hilf mir«, herrschte er sie an.

Sie griff nach ihm und zog ihn unter Aufbietung all ihrer Kräfte in das Boot. Dort lag er wie ein gefangener Fisch und schnappte nach Luft. Seine Haut war grau und er zitterte. Dabei sprach er kein Wort.

Eilig griff Nyssa nach der mitgebrachten Decke und hüllte ihn ein. Unaufgefordert nahm sie dann das Ruder und begann, das Boot zu wenden. Auled verschwand aus ihrem

Blickfeld, die Felswand glitt beiseite, dafür erstreckte sich vor ihr die immense Fläche des Wassers. Ob es stimmte, dass sie in Ewigkeit nicht endete, diese große, wogende Ungeheuerlichkeit? Zu ihren Füßen klapperte ihr Vater jämmerlich mit den Zähnen.

Dann riss der Dunstschleier entzwei, der den Himmel bedeckt hatte, und die Meeresoberfläche flammte silbern auf. Es war, als zöge ein dunkler Schatten sich immer weiter in die Ferne zurück, zöge seine Hand von ihnen ab und überließe sie dem Leben.

Nyssa spürte mit einem Mal die Wärme der Sonne auf ihrem Rücken. Sie nahm das Rudern auf. Langsam beruhigte die Bewegung ihren Körper, ihr Puls schlug regelmäßig, und ihre Sicherheit kehrte zurück.

Auch Eroc kam langsam wieder zu sich. Er setzte sich auf und spuckte Salzwasser aus. Angelegentlich zog er den Rotz durch die Nase. Dann rieb er seine fast erstorbenen Finger und Zehen.

»Diesmal habe ich es übertrieben«, stellte er mit grimmigem Vergnügen fest. »Aber bei Gott, sie sind alt, älter als wir, sage ich dir. Es ist ungeheuerlich.« Sein herbes Gesicht nahm einen weichen, sehnsüchtigen Schimmer an. »Ich habe Dinge gesehen …« Er vollendete den Satz nicht.

»Hast du auch gefunden, was du suchst?«, fragte seine Tochter ein wenig spitz.

Erocs Gesicht verdüsterte sich mit einem Schlag. »Rudere, Mädchen.« Sie schwiegen, bis sie den Strand erreichten.

4

Zwischen Cedric und Colum bedurfte es keines Wortes der Verständigung. Sie preschten wie ein Mann los und stürmten mit gezückter Waffe den Feinden entgegen. Die Templer hielten inne, als sie sie bemerkten. Und einer, der der Anführer sein musste, trieb sein Pferd an, um ihnen in den Weg zu treten. Die anderen formten einen Kreis um die verfolgten Bauern, die sich eingeschlossen sahen und zitternd die weitere Entwicklung der Dinge erwarteten.

Rowena, die die Gruppe als Erste erreichte, umrundete sie und versuchte, sich näher drängend, einen besseren Blick auf die Eingesperrten zu erhaschen, aber die Kreuzritter hielten ihre Reihen geschlossen und hoben die Schilde vor ihren spähenden Blick, um sie aber im Übrigen zu ignorieren. Diese Frau, die so kostbar gekleidet und offensichtlich von Stand war, sich dabei aber benahm wie eine Furie und sie beschimpfte, irritierte sie zutiefst. Sie warfen einander hilflose Blicke zu und warteten auf ein Kommando ihres Anführers.

Der aber wandte sich Cedric zu, der in scharfem Ton begann: »Wer seid Ihr, und was treibt Ihr auf meinem Land?«

Der Templer schob das Visier zurück und gewährte ihnen einen Blick auf sein maliziös lächelndes Gesicht. »Ich dachte, das sähe man«, entgegnete er mit aufreizender Gelassenheit. »Und im Übrigen, wer verlangt das zu wissen?«

Cedric richtete sich im Sattel auf. »Ich bin Cedric of Cloagh«, verkündete er mit lauter Stimme. »Erbe der Cloaghs und derjenige, der eine Erklärung dafür fordert, wie Ihr es wagen könnt, Blut zu vergießen auf unserem Land.« Er unterließ es, darauf hinzuweisen, dass er einer anderen Linie entstammte und selbst in diesen Gefilden nur ein Gast war.

Seine Hoffnung, dass die fremden Ritter dies nicht wussten, erfüllte sich. Ein leises Murmeln ging durch ihre Reihen. Der Anführer warf seinen Männern einen raschen Blick zu und hob begütigend die Hand.

»Ein Cloagh«, entgegnete er und bemühte sich, seinem Ton etwas Abfälliges zu geben. »Wir waren eben auf dem Weg, Euch aufzusuchen.«

»Nun haben wir uns ja getroffen.« Cedrics Stimme blieb unvermindert scharf. Er ließ sich die Erleichterung darüber, dass seine Täuschung unbemerkt blieb, nicht anmerken. »Und darf ich also fragen, wie Ihr dazu kommt, meine Bauern anzugreifen und den Frieden zu stören?« Er hob das Schwert und wies auf die Eingeschlossenen.

Zu seinem Schrecken bemerkte er, dass seine Frau dort in eine Rangelei mit einem der Bewaffneten geraten war, dessen Berührungen sie sich gerade lautstark verbat. »Rowena«, herrschte er sie an und atmete auf, als sie wider Erwarten gehorsam an seine Seite ritt.

»Es sind einfache Bauern«, flüsterte sie ihm zu, »Kinder dabei, einige sind verletzt. Und wer weiß, wie viele sie schon getötet haben.« Sie zitterte vor Erregung bis in die Fingerspitzen, und ihre Augen funkelten, als wollte sie den Templer allein mit der Glut ihres Blickes verbrennen.

Der erwiderte ihre Aufmerksamkeit mit einer ironischen Verbeugung. »William of Gentford«, stellte er sich vor, um dann, an Cedric gerichtet, in salbungsvollem Ton fortzufahren: »Gott gab uns den Befehl hierzu.« Mit einer wegwerfenden Handbewegung zeigte er auf die Bauern. »Er führte uns diese Heiden über den Weg, wie sie ihre sündigen, schamlosen Rituale begingen, damit wir ihr lästerliches Tun aufdecken und bestrafen …« Er redete sich mehr und mehr in Rage. Aus seinen anfangs so spröden Worten sprach Abscheu und Wut.

»Wie könnt Ihr es wagen«, ereiferte Rowena sich und drängte vor. »Diese Menschen haben doch nur …« Mit einer raschen Bewegung lenkte Cedric sein Pferd erneut zwischen sie und Gentford.

»Heiden?«, erkundigte er sich und runzelte die Stirn. Ein verstohlener Blick zu den Gefangenen hinüber verriet ihm, dass die Weiber aufgelöste Haare hatten, auf denen manche von ihnen noch zerrupfte Kränze aus Mohn und Getreide trugen. Auch die Männer waren bekränzt, einige ohne Hemd, und was er im ersten Moment für Blut gehalten hatte, waren bei manchen Zeichen aus Beerensaft, die auf die Haut gemalt waren. *Der Erntedank*, fiel ihm ein. Natürlich, es war die Nacht des Festes gewesen. Vermutlich waren diese Menschen von den Reitern aus weinseligem Schlummer im hohen Gras aufgescheucht worden. Aber was für ein Erwachen war es diesmal geworden!

Fast überall auf der Insel wurde die Feier mit mehr begangen als nur der Prozession zur Kirche und dem Weihen der Ernte. Es wurde geschäkert, getanzt, auch einmal Wein vergossen, auf dass der Boden fruchtbar bliebe. Manche trieben Vieh zwischen zwei Feuerstellen hindurch, andere legten Gesichter aus Früchten vor ihren Schwellen aus, und die Zahl der Neugeborenen neun Monate später überstieg stets die anderer Zeiten.

Die Priester pflegten meist dabeizustehen und den uralten Bräuchen zur allgemeinen Beruhigung christliche Namen und Erklärungen zu geben. Und denen, die es mit dem sinnlichen Überschwange gar zu arg trieben, wurde am nächsten Sonntag mit einer Bußpredigt der Kopf gewaschen, die es in sich hatte. Damit war die Sache dann zu aller Zufriedenheit erledigt. Der Gedanke, dass diese Menschen hier dasselbe mit dem Leben büßen sollten, trieb Cedric ob der Ungerechtigkeit das Blut ins Gesicht.

»Gott also und niemand Geringerer«, knurrte er. »Soso. Nun, mir hat er etwas anderes gesagt.«

Auch das Gesicht seines Gegenübers rötete sich. Er wollte etwas entgegnen, schnappte aber nur nach Luft. Schließlich presste er hervor. »Wollt Ihr Euren Spott treiben mit dem Höchsten?«

»Nicht mehr als Ihr«, gab Cedric zurück. Er trieb sein Pferd nahe an den Mann heran und schaute ihm direkt ins Gesicht. »Aber auf meinem Land führe ich Gottes Befehle aus. Ich bin derjenige, der bestimmt, welche Strafen für die Vergehen verhängt werden, die Er namhaft macht, und ich alleine vollstrecke sie auch. Keiner sonst. Habt Ihr mich verstanden?«

Der Templer knirschte sichtlich mit den Zähnen. Man sah die Muskeln in seinem Gesicht arbeiten, dessen untere Hälfte von einem dichten braunen Bart bedeckt war, aus dem fleischige rote Lippen leuchteten. Cedric konnte förmlich darin lesen, wie er das Für und Wider der Situation abwog. Gentford stand nur zwei Bewaffneten gegenüber, dazu ein paar junge Burschen mit leichten Bogen und wehrloses Volk, dem er und seine Männer für den Moment nur allzu überlegen wären. Andererseits hatte Cedric sich als der Sohn des Landesherrn vorgestellt, die Autorität, die sie bei einem Angriff auf ihn herausforderten, war also nicht unbeträchtlich. Man konnte sehen, wie er mit sich rang.

»Ihr müsst verstehen«, lenkte er schließlich ein. »Jahrelang kämpften wir in der glühenden Wüste. Sand, Durst, Skorpione und die Schwerter der Sarazenen schreckten uns nicht. Wir berannten Festungen und schleppten uns durch Einöden, das Lob Gottes auf den Lippen und das Paradies vor Augen. So stritten wir, so starben wir. Wir gaben unsere Jugend und unsere Gesundheit hin. Und wofür?«, fragte er mit wachsender Bitterkeit. »Wir durften Jerusalem von weitem sehen, bevor wir unter dem Gelächter der Barbaren abziehen mussten. Und nun kehren wir heim und treffen an, was wir andernorts bekriegt haben, hinter unserem Rücken gewachsen. Ja, soll denn alles umsonst gewesen sein?« Der Zorn ließ seine Stimme beben, als er angeekelt auf seine Gefangenen wies. »Sollen wir, was wir in der Ferne bekämpften, nun in der Heimat dulden?« Wütend schüttelte er seine gepanzerte Faust. Es sah aus, als wollte er sich jeden Augenblick erneut auf die Eingeschlossenen stürzen.

Unwillkürlich griff Rowena nach ihrem Dolch im Gürtel. Cedric dagegen atmete auf. Ihm verriet die Litanei vor allem, dass der Templer seine Autorität anerkannt hatte. Statt ihn herauszufordern, hatte er begonnen, sich zu rechtfertigen. Jetzt galt es, nicht zurückzuweichen.

»Auch ich habe mit König Richard gekämpft«, verkündete er mit wohldosiertem Pathos und konnte befriedigt feststellen, dass diese Ankündigung nicht ohne Wirkung blieb. »Und ich habe Jerusalem gesehen. Ich kenne den Feind, von dem Ihr sprecht, nur zu gut. Auch mein Schwert hat sich gegen ihn erhoben.« Dabei dachte er jedoch vor allem an die beiden Kinder, das arabische Geschwisterpaar, das er in jener verfallenen Siedlung gefunden hatte, halb verhungert inmitten verbrannter Felder und gefällter Obsthaine. Im ersten Schreck hatte er tatsächlich die Waffe gegen sie gehoben, dann aber den Finger an die Lippen gelegt und ihnen bedeutet, dass er ihr Versteck nicht verraten würde. Der spärliche Brunnen, den sie bewachten, erhielt ihnen das Leben. Die Kreuzritterschar, der er angehörte, hätte ihn leer getrunken, ohne dabei auch nur ihren Durst zu stillen.

So bin ich aus dem Osten zurückgekehrt, dachte Cedric bei sich, *durstig an Leib und Seele und mit mehr Fragen auf den Lippen, als ich vorher hatte*. Vielen war es so gegangen, die immer und immer wieder getötet hatten und allmählich nicht mehr begriffen, warum. Manche waren zu Eremiten geworden, andere zu Berserkern. Aber man konnte zweifelhafte Gewalt nicht durch noch mehr Gewalt mit Sinn erfüllen.

Dies hier, hätte er Gentford und den Seinen gerne gesagt, ist unsere Heimat. Die wir hüten müssen und nicht ebenfalls durch Mord und Brand verheeren. Es lässt sich nicht hier gewinnen, was wir dort verloren haben, dachte er in Erinnerung an Richards Niederlage, aber auch an die eigenen Gewissheiten, die ihm dort erschüttert worden waren und die wiederzugewinnen ihm erst in der Begegnung mit Rowena und dem Alten Volk gelang. Es nützte nichts, verbittert zu sein ob des hohen Preises, den man zahlte. Hinter dem Verlust der alten Glaubenssätze wartete eine neue Erkenntnis, ein neues Richtig und Falsch, Gut und Böse. Man musste nur bereit sein, die Augen dafür zu öffnen. Aber er wusste, sie würden es nicht verstehen. Ein Blick in das Gesicht Gentfords genügte, um zu sehen, dass dieser Mann nur auf eines aus war: Blut.

Also sagte er laut nur: »Daher zweifelt nicht an meiner Autorität. Ich fordere Euch ein letztes Mal auf, die Schwerter zu senken und kein Blut zu vergießen auf meinem Grund.«

Einen Moment lang schwiegen alle. Nur das Schnauben der Pferde und das dumpfe Scharren ihrer Hufe auf dem Grund waren zu hören. Dann atmete Cedric auf, als Gentford seine Klinge mit lautem Scharren zurück in die Scheide fahren ließ. Mit einer Handbewegung wies er seine Männer an, dasselbe zu tun. Der Ring der Templer lockerte sich, wenn auch langsam und widerwillig, um die Gefangenen freizugeben. Und die Bauern, die zuerst ihrem Glück nicht vertrauten und nur einige zögerliche Schritte wagten, sprangen bald los und rannten, ohne sich noch einmal umzusehen, ohne Dank und ohne Fragen dem nahen Walde zu.

Cedric holte tief Atem. Das war glimpflicher abgegangen, als er erwartet hatte. »Wohlan …«, begann er. Da fuhr Gentfords Kopf herum.

»Mordred, zurück«, rief der Templer und stieß einen Pfiff aus.

Cedric nahm eine Bewegung wahr und hob unwillkürlich das Schwert. Er hatte die riesige Dogge bislang nicht bemerkt, die vom hohen Gras verborgen dagelegen und wohl ein wachsames Auge auf die Bauern geworfen hatte. Jetzt aber war sie aufgesprungen und hielt zielstrebig auf Arval zu, der von allen unbeachtet herangeritten und vom Pferd geglitten war. Mit gesenktem Kopf und tropfenden Lefzen stand sie vor ihm.

»Bleibt stehen und rührt Euch nicht«, empfahl Gentford mit einer gewissen Selbstgefälligkeit, »sonst springt er Euch an die Kehle. Mordred, steh!«

Weder hörte der Hund, noch folgte Arval dem Befehl des Templers. Ohne Zögern schritt er weiter, bis er dicht vor dem mächtigen Tier stand, das mit seiner Schnauze beinahe an sein Brustbein heranreichte. Er sprach kein Wort und streckte auch nicht in der Art Unerfahrener die Hände aus. Wenn er überhaupt irgendetwas tat, so war es nicht zu erkennen, und doch reagierte Mordred auf das heftigste. Unvermittelt brach er in ein lautes Winseln aus, legte sich auf den Boden und kroch ergeben an den jungen Jäger heran, um den Kopf auf seinen Fuß zu betten.

Gentford schnappte bei dem Anblick nach Luft. Fluchend gab er seinem Pferd die Sporen und holte mit den Zügelenden aus, um sie seinem ungehorsamen Hund überzuziehen. »Wirst du wohl«, rief er. Er war nicht weniger erschrocken als die anderen, als die Dogge ohne Vorwarnung aufsprang, sich gegen ihn wandte und ein tiefes Knurren von sich gab. Ihre Haltung verriet, dass sie bereit war, sich auf ihn zu stürzen.

»Mordred!« Er war fassungslos.

Arval streckte nur die Hand aus. Im selben Moment brach der Hund seinen Angriff ab. Der Sprung, zu dem er angesetzt hatte, verwandelte sich in ein, zwei neckische Hüpfer. Verlegen biss er in ein Grasbüschel, ehe er eifrig wedelnd zu Arval zurücktrabte, um ihm seine Schnauze gegen die Finger zu drücken. Gentford dagegen war blass vor Zorn. Er führte sein Pferd einmal um Arval herum, der sich nicht rührte, und musterte ihn ebenso eingehend wie unschlüssig.

»Wer seid Ihr?«, herrschte er ihn an, als er wieder vor ihm stand, nach einem langen Blick in Arvals gleichmütig dreinblickende schwarze Augen.

»Er ist mein Hundeführer«, kam Cedric jeder Antwort rasch zuvor. »Wie Ihr seht, versteht er sein Geschäft.«

»Hmmm«, erwiderte Gentford nur. Er neigte den Kopf schräg.

Cedric folgte seinem Blick und bemerkte, dass Arvals Kappe verrutscht war und die Federn freigab, mit denen er sich die geflochtenen Strähnen an seinen Schläfen zu schmücken pflegte. Er fluchte leise.

»Sein Haar ist lang, selbst für einen Angelsachsen«, bemerkte der Templer.

»Sein Haar ist, wie es ihm behagt«, schnappte Rowena, und mit Schärfe fügte sie hinzu: »Euer Verhalten ist auch nicht, wie es sich für einen Ritter geziemt, scheint mir.«

Cedric schloss die Augen. Im Geiste sah er für einen Moment, wie sich die Tempelritter auf seine kleine Schar stürzten. Sie waren nur zwei Bewaffnete, dazu Arval und seine Gefährten mit ihren leichten Jagdbogen, die es gelernt hatten, die schwache Stelle an einer Rüstung zu finden. Sie würden drei erledigen können, vier, vielleicht fünf. Die anderen würden es schaffen, zu den Wagen durchzukommen. Cedric zuckte innerlich zusammen bei dem Gedanken an deren kostbare, verletzliche Fracht. Sei's drum, sagte er sich dann. Ohne Gegenwehr würden sie sie nicht erreichen. Entschlossen straffte er sich.

Da hörte er Gentford lachen. »Mylady«, verkündete er. »Ich will Euch kein zweites Mal enttäuschen. Man soll auf einen guten Umgang achten unter Nachbarn.«

Ehe Cedric etwas erwidern konnte, hatte er sein Pferd gewendet und ritt ab, gefolgt von seinen Männern. Cedric und die Seinen folgten ihnen lange mit den Blicken.

»Das ist noch einmal gutgegangen, Herr«, wagte Colum schließlich zu bemerken.

»Ja«, warf Rowena ein, »aber was meinte er mit ›Nachbarn‹?«

Cedric schüttelte den Kopf. »Ich weiß es nicht«, bekannte er. »Nichts weiter, vermutlich.« Vor allem war er froh, dass die Gefahr nun gebannt schien. »Ich glaube, wir können jetzt …«, begann er.

Da drehte Gentford sich im Sattel herum. Er hob den Arm. Cedric sah es und hatte gerade noch Zeit, sich vor seine Frau zu werfen. Im selben Moment sauste die Lanze dicht vorbei. Sie hatte nicht ihr gegolten.

»Arval!«, rief Rowena aus, als die Waffe sich mit einem dumpfen Schlag in warmes Fleisch bohrte.

5

Der junge Jäger ging in die Knie und streckte die Hand aus. Vorsichtig berührte er die Schnauze des großen Hundes, in dessen bebender Flanke der Pfeil steckte. Blut sickerte aus den Nüstern. Arval murmelte etwas, bevor er dem Tier die Augen schloss. Der Pfeilschaft erzitterte ein letztes Mal, dann ragte er still. Alle schwiegen, nur das Huftrappeln der sich entfernenden Ritterschar war zu hören.

»Diese Kanaille«, knurrte Colum. »Konnte es nicht ertragen, dass sein Hund nicht pariert.« Ratlos kratzte er sich den Kopf.

Arval richtete sich auf. »Er hatte Menschenblut an der Schnauze. Seine Seele wird von neuem beginnen müssen.«

»Ich helfe dir, ihn zu begraben«, erbot Colum sich.

»Beeilt euch«, gebot Cedric ihnen. Er behielt den Waldrand im Auge.

Rowena folgte seinem Blick. »Hatten die Templer im Heiligen Land auch Hunde, die auf Menschen trainiert waren?«, fragte sie.

Cedric schüttelte den Kopf. »Nein«, sagte er. »Diese sind anders. Seltsam.« Er schob den Gedanken beiseite und wandte sich wieder ihr zu. »Aber vielleicht kommt mir das auch nur so vor, weil ich selbst ein anderer geworden bin.«

Ihre Augen begannen zu strahlen. »Für mich«, flüsterte sie.

»Für dich«, bekannte er und neigte sich zu ihr, um sie zu küssen.

»Fertig«, verkündete Colum und klopfte sich den Staub von den Händen.

Mit einem entschuldigenden Lächeln zog Cedric sich zurück. »Warte, bis wir zu Hause sind«, sagte er zu Rowena. »Dort werden wir für uns sein, zur Ruhe kommen. Endlich.«

Sie nickte beglückt. »Zum allerersten Male.«

Die Nachricht von der Ankunft des Grafensohnes machte rasch die Runde in den Dörfern, durch die sie kamen. Je näher die Ländereien der Cloaghs rückten, umso häufiger waren die Wege von wartenden Menschen gesäumt, die dem lange verschollenen Erben ihres Herrn zujubelten. Hände streckten sich ihnen entgegen und Becher wurden ihnen gereicht, damit sie sich erfrischten. Mehr als einmal sah Cedric sich genötigt, eine kleine Ansprache zu halten und wohlmeinende Einladungen auszuschlagen, um die Ankunft nicht noch weiter zu verzögern.

Rowena fand sich zu ihrem Erstaunen im Mittelpunkt von kichernder Aufmerksamkeit. Es war ihr nicht bewusst gewesen, dass sie als die Erwählte eines begehrten Junggesellen galt, der ahnungslos viele Herzen gebrochen hatte und der Held vieler Mädchenträume war. Jungfern und Weiber flüsterten hinter den Händen verborgen miteinander und gaben jedes Detail ihrer Kleidung und Frisur weiter. Rowena hatte manchmal Mühe, nicht zu erröten unter all den Blicken. Seit jenem Turnier, mit dem alles begonnen hatte und bei dem sie ausersehen worden war, den Siegespreis zu überreichen, hatte sie nicht mehr so im Zentrum des öffentlichen Interesses gestanden. Sie war es nicht gewohnt und fühlte sich zunächst ein wenig unbehaglich. Aber die bewundernden Blicke überwogen, ja, sogar schmeichelhafte Zurufe wurden laut, und bald begehrten die Jubelnden ihren Namen zu erfahren, um ihn in ihre Segenswünsche einzuflechten. Eine Woge der Zustimmung begann sich aufzubauen, der Rowena sich mehr und mehr anvertraute. Erst schwebte sie, dann flog sie dahin. Sie lächelte scheu und wagte ein zaghaftes Winken. Bald strahlte sie und lachte aus vollem Hals, nahm Blumenkränze entgegen, gab sich der Freude hin und badete in Cedrics bewundernden, von der allgemeinen Begeisterung befeuerten Blicken.

Als schließlich die Türme der Burg sichtbar wurden, klopfte ihr Herz bis zum Hals. Cedrics Heim stand hoch über den

Klippen, umgeben von einem Kranz spitzer Felsen. Seine Türme ragten in den Himmel über der See, die tief drunten gegen die Fundamente des Landes anrannte. Ihr salziger Atem blies scharf und fegte über die kurzmattigen Weiden der Hochebene, die sich anschloss. Nur wenige Bäume duckten sich hier oben unter dem Wind. Rowena strich mit der Hand ihr rotes Haar zurück, das ihr aufgelöst wie ein Banner voranwehte. Dies also war ihre neue Heimat. Sie erkannte die blauen und silberfarbenen Fahnen mit den Schlangen der Cloagh darauf, die sich wie Drachen über den Himmel schlängelten. Wie vertraut war ihr das Wappen geworden, das ihren Liebsten schmückte.

»Sieh nur«, rief sie und zeigte voraus. Das Tor stand offen, die Zugbrücke war herabgelassen und aus dem Inneren der Burg drängten sich ihnen Menschen entgegen. Offenbar war man auch hier gewillt, ihnen einen großen Empfang zu bereiten.

»Sie wissen es«, stellte Cedric fest. »Die Nachricht reiste schneller als wir. Oder, Colum?«, fügte er hinzu und sandte seinem Knappen einen Blick, der streng gemeint war, ohne es wirklich zu sein.

Colum zuckte mit den Achseln und hob in gespielter Ahnungslosigkeit die Hände. Aber sein Grinsen verriet ihn. Cedric gab ihm einen derben Klapps. »Du hast doch wohl nicht geglaubt, du könntest dich unbemerkt nachts vom Feuer wegstehlen.«

»Vergebt mir, Herr«, bat Colum.

Cedric winkte ab. Er gestand sich, froh darüber zu sein. Ersparte es ihm doch, schon im ersten Moment so vieles erklären zu müssen. Und es gab ihm die Möglichkeit, im Auge seines Vaters zu lesen, was der davon hielt, dass sein Sohn heimgekehrt war als ein anderer: ein Hüter.

»Ist der Mann in dem blauen Mantel dein Vater?«, fragte Rowena.

Sie erhielt keine Antwort. Cedric rutschte bereits vom

Pferd, warf Colum die Zügel zu und eilte mit langen Schritten den Wartenden entgegen.

Rowena hob die Hand und gebot ihrem Tross, innezuhalten. Sie wollte ihrem Mann die wenigen Augenblicke gönnen, die er mit den Seinen alleine sein konnte. Wusste sie doch, wie wichtig dieser Moment für ihn war. Und ihr selbst blieb so Muße, ihre neue Familie ein wenig zu beobachten. Der Graf war älter, als sie es erwartet hatte, ein hagerer, hochgewachsener Mann mit eisgrauen Haaren. Der kurz geschorene Vollbart betonte sein klassisches Profil. Seine meerblauen Augen lagen tief und blickten streng drein, weit strenger als die seines Sohnes. Aber als er Cedric in seine Arme schloss, bemerkte Rowena, dass ihm Tränen über die Wangen liefen. Innig drückte er den Sohn.

Cedrics Mutter dagegen wahrte ihre Haltung und reichte ihm mit erhobenem Kopf die Hand zum Kuss. Rowena konnte nicht umhin, die Frau zu bewundern. Sie war nur wenig kleiner als ihr Gemahl, betonte aber ohne Furcht ihre Größe noch durch das hochgesteckte Haar, dessen helles Blond fast unsichtbar von Silber durchwirkt wurde. Ihre Stirn war blass und klar, ihre Züge makellos wie ihre Figur. Sie musste einmal eine Schönheit gewesen sein, überlegte Rowena. Nein, korrigierte sie sich, Cedrics Mutter war noch immer schön. So schön und gebietend, dass das junge Mädchen neben ihr vollständig dagegen verblasste. »Wie eine Statue«, flüsterte Rowena und schämte sich ein wenig für die Kühle ihres Urteils.

Mit noch immer leicht geröteten Wangen glitt auch sie nun vom Pferd und trat zögernd näher. Zu ihrer Erleichterung wandte Cedric sich im selben Moment um und streckte die Hand nach ihr aus. Dankbar umfasste sie seine warmen Finger und glitt an seine Seite. Sie bemerkte das anerkennende Aufblitzen in den Augen seines Vaters und senkte, ein amüsiertes Lächeln auf den Lippen, ihre Lider, während sie vor ihm knickste. »Vater, das ist Rowena, mein Weib«, hörte sie Cedric sagen. Offenbar unfähig zu einer Antwort, nahm der Graf sie bei den Armen und zog sie an sich, um sie auf die Wangen zu küssen. Seine Verwirrung rührte Rowena und nahm sie sofort für ihn ein.

Das Erste, was sie von Cedrics Mutter aus der Nähe sah, waren die bestickten Spitzen ihrer Schuhe. Sie zeigten die Häupter zweier Schlangen mit funkelnden Augen. Auf den beruhigenden Druck von Cedrics Fingern hin hob sie den Kopf, bereit für das Begrüßungslächeln.

»Du erinnerst dich an Nyssa, Cedric?«, vernahm sie die Stimme, die mit ihrer beherrschten Sanftheit so gut zu der Frau passte.

»Nein, Mutter«, stotterte Cedric, »ich muss bekennen, ich …«

»Nyssa hat auf dich gewartet. Und ich muss sagen, ich bin heute stolzer auf meine Wahl als je, mein Sohn.«

»Aber …« Die Verwirrung in Cedrics Stimme ließ Rowena aufmerken. Sie reckte den Kopf, um über seine Schulter zu blicken. Als Erstes trafen ihre Augen die des jungen Mädchens, das sie für eine Zofe gehalten hatte. Nun, aus der Nähe, erkannte sie, dass sie sich getäuscht hatte. Nyssa mit ihren großen, sprechenden Augen konnte nur ein Kind des Alten Volkes sein. Der Kranz ihrer Wimpern wirkte lang und strahlend und ein wenig so, als wäre sie eben aus dem Wasser gestiegen. In der Tat sah sie mit ihrem verwilderten, mehr als hüftlangen Haar ein wenig wie eine Seejungfrau aus. Eine Nixe, die man an Land gezwungen hatte. Das edle Seidenkleid, das sie trug, war nicht das ihre, zu schwer, zu groß legte es sich um ihre blassen Schultern, gemacht für eine reifere Frau, die sich ihrer Wirkung gewisser war. Es war ein triumphierendes Gewand, das Kleid einer Braut. Rowena war es, als täte sich der Boden unter ihren Füßen auf.

»Mary!« Das war die Stimme des Grafen. Er war an die Seite seiner Frau getreten und blickte sie mit gerunzelter Stirn an.

»Was ist denn, mein Lieber?« Die Gräfin lächelte ihrem Mann zerstreut zu. Sie griff nach den Händen ihres Sohnes und zog ihn näher. »Soll ich ihm nicht sagen, dass er ganz der Mann geworden ist, den eine Mutter sich erhofft. Und nun …«

»Mary!«, wiederholte der Graf mahnend.

Nun endlich löste die Gräfin den Blick von Cedric. Und als sie sich zu ihrem Mann umwenden wollte, entdeckte sie Rowena, die zitternd noch immer hinter Cedric stand, der ihr mit einem Mal wie ein Fremder vorkam. Ihr schwindelte so, dass sie sich am liebsten mit beiden Händen an ihm festgeklammert hätte. Zugleich war es ihr unmöglich, ihn auch nur zu berühren. Alle Freude war von ihr gewichen und ihr Gesicht bleich geworden bis an die Lippen. Keine der rasch wandelnden Emotionen, die sie über das Gesicht der Gräfin ziehen sah, war dazu angetan, ihr die Sicherheit wiederzugeben. Cedric stand noch immer da wie ein Stock. Endlich siegte in Rowena der Stolz. Sie biss die Zähne zusammen und hob das Kinn.

Mary of Cloagh rang erfolgreich um Fassung. Dann musterte sie Rowena mit einem Blick, kühler als der Atlantik. »Und wer«, fragte sie, »ist das?«

6

Abends saß Rowena am Fenster des Zimmers, das man ihr zugewiesen hatte, und starrte auf das Meer, dessen Anblick sie so lange herbeigesehnt hatte. Ein kalter Wind blies herein, aber sie mochte die Läden nicht schließen.

Neben ihrem Bett hatte Colum ein Kohlenbecken aufgestellt. Colum! Er war der Einzige, der sich um sie kümmerte, seit sie die Burg betreten hatten. Er war es auch, der in ihrem Zimmer herumging und mit schuldbewusstem Eifer dafür sorgte, dass sie mit allen Annehmlichkeiten versorgt war. Cedric befand sich noch immer in einer Unterredung mit seinen Eltern.

»So«, meinte Colum, als er die letzten Kerzen auf dem kleinen Tisch entzündete, und schaute sich um.

Sie beantwortete seinen besorgten Blick mit einem kleinen Lächeln. »Es ist alles gut«, sagte sie. Der Ton allerdings strafte ihre Bemerkung Lügen.

»Es tut mir leid.« Der Knappe nahm seine Lederkappe ab und drehte sie in der Hand. »Ich hatte ganz vergessen, der Gräfin von der Hochzeit zu erzählen. Es gab so viele gute Nachrichten, und da …«

»Tja.« Rowenas Lachen klang bitter. »Da hält man die schlechten natürlich gerne zurück.«

Sie starrte weiter nach draußen und wandte den Kopf erst, als sie Colums Hand auf ihrer Schulter spürte. Die wachsende Dunkelheit, die flackernden Lichter, ihre Gesichter so nahe beieinander – für einen Moment erinnerte sie die Situation an ihre erste Begegnung, als sie sich über das Lager des im Turnier verwundeten Cedric geneigt hatten, einander fremd und unsicher, was einer vom anderen erwarten konnte. Damals hatte sie sich vor Colum gefürchtet.

Jetzt aber griff er nach ihrer Hand und kniete sich hin. »Ich für meinen Teil«, sagte er unbeholfen, »habe es immer für das größte Glück gehalten, dass wir Euch begegnet sind.« Er räusperte sich.

»Danke, Colum.« Rowena strich ihm in einer Aufwallung von Zuneigung über das struppige Haar. »Ich weiß es zu schätzen.« Der hässliche Mann errötete tief. Verlegen stand er auf und klopfte sich die Hosenbeine ab. Als er schon an der Tür war, drehte er sich noch einmal um. »Und ich weiß, der Herr tut das auch.«

»Danke, Colum.« Diesmal klang ihre Stimme weniger gnädig. Der Knappe zog den Kopf ein und begriff. Sie hatte ihm verziehen, ihrem Mann aber noch lange nicht, der sie hier alleine ließ. Wie viele Stunden nun schon?

Er öffnete den Mund, um seinen Herrn zu rechtfertigen: Er war so viele Monate fort gewesen, so vieles war geschehen, was zu bereden war. Die Unterbringung der Neuangekommenen musste geklärt, die Gespräche mit den Vertretern der beiden Stammesgruppen eingeleitet werden. Dazu kam die Aussprache zwischen Vater und Sohn, die beide so lange ersehnt hatten. Und zweifellos die mit der Mutter. Colum konnte seinen Herrn nur zu gut verstehen, aber er fand nicht die rechten Worte dafür. Es war ein delikates Geschäft. »Er muss nun so vieles bereden«, begann er zaghaft.

Endlich wandte Rowena ihm das Gesicht zu. »Oh ja«, bestätigte sie und nickte. »Es gibt viele Personen auf dieser Burg, mit denen er dringend sprechen müsste.«

»Genau.« Colum schob sich in den Türspalt. Die Antwort klang richtig, und doch hatte er das Gefühl, dass etwas ganz und gar falsch lief. Aber er beschloss, dass dies seine Kompetenzen als Knappe überschritt. »Gewiss«, murmelte er und flüchtete.

Es war weit nach Mitternacht, als Cedric das Gemach betrat. Einen Augenblick lang hoffte er, sie würde bereits schlafen, doch als er die auf das Lager hingestreckte Gestalt sacht auf die Schläfe küsste, richtete sie sich sofort auf. Sie schlang die Arme um die Knie und blickte ihren Mann erwartungsvoll an. Cedric seufzte.

»Ich wusste es nicht«, begann er. »Darauf gebe ich dir mein Ehrenwort. Ich hatte keine Ahnung, dass Nyssa als meine Braut vorgesehen war. Ich wusste ja nicht einmal, dass sie existierte«, setzte er etwas heftiger hinzu, als er Rowenas verschlossenes Gesicht sah.

»Deine Mutter schien da anderer Ansicht zu sein«, erwiderte Rowena. »Sie sprach von einer Erinnerung.«

»Nun ja«, gab Cedric zu. »Vielleicht bin ich ihr hier und da einmal begegnet. Ich glaube, sie war das Mädchen, das ich manchmal auf einem Felsen sitzen sah und gegen den Sturm ansingen hörte, damals, als ich noch ein Junge war und mich viel in den Klippen herumtrieb.«

»Das glaubst du, aha.« Rowena war nicht zufrieden. »Weißt du was, das glaube ich auch. Und erinnerst du dich zufällig auch an die Verlobung, die bei dieser Gelegenheit geschlossen wurde?«

»Rowena, bitte.« Er ergriff ihre Hand und barg sie in den seinen. »Das hältst du doch nicht wirklich für möglich oder?« Als sie seinen Griff nicht erwiderte, seufzte er erneut. »Ich wusste doch weder, wer sie war, noch, was für eine Bedeutung ihr Volk für uns hatte. Sie war einfach irgendjemand, ein Fischermädchen, eine Zufallsbekanntschaft ohne Folgen. Sie hatte gar nichts mit mir zu tun.«

»Aber nun weißt du es«, erwiderte Rowena tonlos. Endlich fasste sie ihrerseits Cedrics Hände, konnte sich aber nicht dazu entschließen, sie festzuhalten, sondern spielte unentschlossen mit seinen Fingern. »Weißt du, ich verstehe das ja. Mit meinem Bruder war es genauso. Er war von Kindheit an einer aus dem Alten Volk versprochen. Es ist eine Sitte, ein Band, das zwischen Hütern und Behüteten geknüpft wird. Mein Vater hatte es so gehalten und sein Vater vor ihm, bis …« Sie stieß seine Hand von sich. »Bis zurück zur Sintflut, nehme ich an.« Verzweiflung wallte in ihr auf. Warum nur war ihre eigene Argumentation so stichhaltig, so unwiderlegbar? Warum musste sie sich den Dolch ins eigene Herz stoßen? Wieder und wieder war sie es in den einsamen Stunden durchgegangen. Immer aufs Neue hatte sie die Tränen des Grafen vor sich gesehen, als er seinen Sohn umarmte, und die heftige Aufwallung, mit der Cedric seine Arme um den Vater geschlungen hatte. Lange hatten sie so aneinandergeschmiegt dagestanden und sich ohne Worte verständigt. Der verlorene Sohn war heimgekehrt; Cedric war da, wo er hingehörte. Und sie fürchtete, sie glaubte, nein, sie fühlte es deutlich: Er würde sich den Gesetzen seiner Heimat fügen.

Hätte er es sonst zugelassen, dass man sie in diese Kammer abschob?, überlegte sie mit neu aufkeimender Erbitterung und starrte auf das Bett, das schmal war, für einen Einzelnen gemacht. Nicht die Lagerstatt eines Brautpaares. Wahrlich, diese Familie verstand sich darauf, ihr zu zeigen, wo ihr Platz war.

Ihr war danach, etwas zu zertrümmern, um sich zu schlagen, sich die Nägel ins Fleisch zu treiben. Mit viel Mühe beherrschte sie sich. Als sie endlich weitersprach, wirkte sie ihrer selbst völlig sicher. Sie schaffte es sogar, beiläufig zu klingen. »Als wir dachten, Kai, mein Bruder, wäre tot und ich hätte das Hüteramt anzutreten, da wurde auch mir ein Bräutigam aus ihren Reihen zugesprochen.«

Cedric hob die Brauen. »Das wusste ich nicht«, entfuhr es ihm. In rascher Folge blitzten Gesichter von jungen Männern vor seinem inneren Auge auf, die er in der Burg der Forresters kennengelernt hatte. Er unterdrückte den eifersüchtigen Impuls. »Und du?«, erkundigte er sich. »Was hast du dazu gesagt?«

Rowena gab sich spröde. »Es war die Forderung meiner Familie«, wich sie aus. »Es war das Gesetz.«

»Und du hast nicht auf das Gesetz gepfiffen?«, fragte er und sprang auf. Erregt lief er auf und ab, und mit jedem Schritt wuchs der Ärger in ihm. »Ich streite mich stundenlang mit meinen Eltern, mit den Menschen, die ich über alles auf dieser Welt achte und liebe, die ich seit einer Ewigkeit nicht mehr gesehen habe und beinahe in diesem Leben auch nicht wiedergesehen hätte. Ich riskiere mein Erbe, den Frieden unseres Hauses und meinen Nachtschlaf, um dich zu verteidigen. Und du teilst mir in aller Seelenruhe mit, dass, wenn ich nicht zufällig deinen Bruder in Palästina getroffen hätte und rechtzeitig heimgekehrt wäre, du die Frau eines anderen geworden wärst. Herzlichen Dank, Rowena! Du machst es einem wahrhaftig nicht leicht.«

»Was hätte ich denn tun sollen«, gab sie zurück, »nachdem du damals einfach so auf Nimmerwiedersehen über den Ozean verschwunden warst?«

»Einfach so?« Cedrics Empörung wuchs. »Du hattest mir mitgeteilt, dass du einen anderen heiraten und mich nie wiedersehen wolltest.«

»Aber dazu hatte der Graf de Montfort mich gezwungen. Er hätte sonst meinen Vater getötet, das weißt du doch!« Rowena schrie beinahe. Auch sie hatte sich nun erhoben. Das Bett zwischen sich, standen sie einander gegenüber.

»Damals wusste ich es nicht«, fauchte Cedric, »vermutlich klang es deshalb so überzeugend.«

»Allerdings«, zischte sie. »Es musste überzeugend klingen, sonst wären wir beide gestorben. Ich habe damals nicht nur um meines und Vaters Leben gekämpft, auch dich musste ich schützen vor diesem Monster. Ganz allein, umgeben nur von Feinden. Und das alles wäre nicht passiert, Montfort hätte mich nie bemerkt, wenn du ihn auf dem Turnier nicht herausgefordert hättest.« Sie spürte selbst, wie ungerecht das war, und biss sich auf die Lippen. Sie war damals mehr als glücklich gewesen, dass Cedric dem Wink ihrer Augen, der Aufforderung ihres Lächelns gefolgt war und sich in die Kampfbahn gestellt hatte, um ihre Farben zu tragen. Was danach kam, hatte keiner von ihnen geahnt. Fast schon wollte sie einlenken. Aber sie war so wütend auf ihn. Sein nächster Satz traf sie unvorbereitet.

»Es hat dich ja keiner gebeten, dich in mich zu verlieben.« Cedric verschränkte die Arme vor der Brust, damit sie nicht sah, wie sehr sie bebten.

Einen Moment war es still. Beide waren entsetzt über das, was gesagt worden war. Dann öffnete Rowena den Mund. Ihre Stimme war mit einem Mal sehr leise. »Ich habe es aber getan«, sagte sie.

Cedric schaute sie an, und die Heftigkeit seines Gefühls für sie überwältigte ihn schier. »Rowena«, stammelte er und streckte die Hände nach ihr aus.

Eng umschlungen sanken sie auf das Bett. Sie schluchzte so heftig in seinen Armen, dass er sie wiegte wie ein Kind. »Rowena«, murmelte er, wieder und wieder. »Das sind doch nicht wir. Wie hat das nur geschehen können.« Er befreite ihr Gesicht von den tränennassen Haarsträhnen und nahm es in beide Hände, um es mit Küssen zu übersäen. »Rowena, Liebste.«

Sie umschlang ihn, dass es ihm fast den Atem nahm. »Sag, dass du mich nicht aufgibst«, flüsterte sie.

»Aber was glaubst du denn?« Mit ehrlichem Erstaunen schaute er sie an. »Meinst du im Ernst ...« Erneut setzte er sich auf.

Sie wischte sich übers Gesicht. »Ich sitze hier Stunde um Stunde und male mir aus, was ich tue, wenn du nicht wiederkommst. Im Geiste war ich schon auf dem Heimritt.«

»Aber Rowena.«

Nun, da die Spannung von ihr abgefallen war, konnte sie wieder lächeln. »Ich habe Colum gebeten, mich zu begleiten, damit ich meinem Bruder nicht alleine gegenübertreten muss.«

»Colum!« Cedric musste lachen. »Das ist der Rechte für so einen delikaten Auftrag.«

»Ich hatte niemand anderen.«

»Du hast mich.« Cedric zog sie erneut in die Arme. Er rüttelte sie sanft. »Du hast mich.«

»Und du hast Pflichten«, warf sie ein.

Cedric schüttelte den Kopf. »Sie verstehen es«, sagte er. »Meine Eltern sind einverstanden, sogar sehr. Im Übrigen war das Arrangement nie mehr als eine Idee meiner Mutter. Und sie sieht ein, dass ich den besseren Einfall hatte.«

»Tatsächlich?« Noch wollte Rowena nicht recht glauben, was sie hörte. Zu deutlich noch klang die Stimme der Gräfin in ihrem Ohr. Wie herb ihr Gesicht gewesen war, wie ablehnend. Nein, sie konnte sich nicht vorstellen, darin auch nur einen Funken Zuneigung zu finden.

Cedric neigte sich an ihr Ohr und flüsterte: »Vater war sogar regelrecht angetan von dir.« Er knabberte an ihrem Ohrläppchen und lachte, als er ihr erstauntes Gesicht sah. »Wie soll er auch nicht«, fuhr er frohgemut fort. »Er hat sich ja selbst eine Braut aus der Ferne mitgebracht. Ich glaube sogar, dass er mich sehr gut versteht.«

»Deine Mutter ist nicht aus dem Alten Volk?«, fragte Rowena. Rasch rief sie sich die Gestalt Marys of Cloagh in Erinnerung. Da war so vieles, was sie an Angia erinnerte, die frühere Führerin des Waldvolkes, deren Körper nun tot unter dem alten Tempelhügel lag. Sie hatte dieselbe stille, verborgene Kraft ausgestrahlt, die auch die Gräfin besaß. Wo Angia allerdings lebensvoll gewesen war und mütterlich, da war Cedrics Mutter steif und würdevoll. Sie gemahnte an eine Schwertscheide, dachte Rowena, schlank und kerzengerade, äußerlich ein Schmuckstück, aber darin verborgen die Schärfe einer Klinge.

»Nein, ist sie nicht«, bestätigte Cedric. »Sie entstammt einer hochnoblen Familie aus Mittelengland. Vater hatte sie am Königshof kennengelernt, wo ihre Schwester irgendwie mit der Tante einer Cousine des Königs verwandt war. Oder so ähnlich.« Er fuhr ihr mit beiden Händen übers Haar und strahlte sie an. »Aber sie nimmt ihre neue Berufung sehr ernst.«

»Wirklich«, murmelte Rowena. Die lange Reise und der überstandene Kummer hatten sie müde gemacht. Und nun, da der Druck von ihr abgefallen war, überfiel sie die Erschöpfung mit sanfter Gewalt. Wie süß war es, ihr an der Seite Cedrics nachzugeben, sich an ihn zu lehnen, seine Wärme, seinen Herzschlag zu spüren. Ihr war mit einem Mal, als schwebe sie.

Cedric bettete sie auf die Kissen. »Wenn es anders gewesen wäre«, flüsterte er an ihrem Ohr, während er sie sachte, trotz ihrer vagen Gegenwehr entkleidete, »dann hätten sie sich eben damit abfinden müssen.« Er hielt inne, um ihren hell schimmernden Leib zu bewundern. »Ich habe die perfekte Frau gefunden. Und ich werde sie niemals aufgeben. Nicht um meines Erbes willen und nicht wegen eines Hüteramtes.«

Rowena umschlang seinen Hals. Mit großen Augen blickte sie zu ihm auf, während er sich entkleidete. »Dies ist ein schmales Bett«, flüsterte sie. Ihr Atem ging schneller.

Mit einer energischen Bewegung presste er sie an sich. »Mehr Platz werden wir nicht brauchen.«

7

»Was sagst du, Urdis?« Zweifelnd schaute Arval der alten Frau zu, die hinter ihm vom Pferd geglitten war und nun begann, die kleine Lichtung abzuschreiten, die er ihr hatte zeigen wollen. Das Abendrot schimmerte bereits zwischen den Baumkronen. Dennoch hatte das Waldvolk, das mit Rowena zur Burg der Cloaghs gekommen war, das Anerbieten abgelehnt, innerhalb der Mauern zu nächtigen. Zu lange schon waren sie in fremden Kleidern gereist und hatten sich Sitten gefügt, die nicht die ihren waren. Nun zog es sie wieder hinaus in die Natur, der sie sich am nächsten verbunden fühlten. Die Umgebung allerdings war fremd für sie.

Fremd die Klippen, fremd der stetige Wind, der die Vögel über den Himmel trieb, und fremd auch das Meer, das doch stets in ihren Träumen zu ihnen gesprochen hatte. Keiner unter ihnen, der nicht schon den hohen Himmel über dem Ozean in seinem Inneren erblickt hatte. Sie wussten, sie stammten von dort. Aber stets war es ein Traum geblieben, und der vielstimmige Chor, in dem die Küste zu ihnen sprach mit all ihren Geräuschen, verwirrte sie zunächst. Als Arval in einem Taleinschnitt, der sich zur Bucht hin schluchtartig verengte, einen dichten Eichenwald entdeckte, führte er die Gemeinschaft erleichtert dorthin.

Im letzten Licht des Tages stand Urdis zwischen den Stämmen und sog die feuchte, von Moos- und Pilzduft gesättigte Luft ein. Ja, dies war ihnen vertraut. Und der Ort schien wohnlich. Ein schmaler Bach wand sich zwischen großen Steinen und sprang bergab. Holunder, Hasel und Brombeere verschlangen sich am Fuß der Felswände ineinander. Wo die Bäume weiter standen, breiteten sich Felder von hüfthohem Farn aus. Hier, wo Urdis angehalten hatte, war das Tal zu einem fast runden Kessel erweitert. Die Bäume waren alt und knorrig, selbst auf den Felsvorsprüngen ringsum ragten einzelne, abenteuerlich verdrehte, vom Wind geschliffene Baumgestalten in die Höhe. Efeu bekletterte graue Findlinge, die vor Urzeiten herabgestürzt sein mochten. Auf einer Lichtung zitterte seltsam feines Gras im Abendwind.

»Was meinst du?«, wiederholte Arval seine Frage. Er dachte an die Kinder, die bald ein Nachtlager brauchten. »Ich wünschte«, entfuhr es ihm, »Gondal wäre hier.«

Urdis wandte sich zu ihm um und lächelte spitzbübisch. Gondal war derjenige in ihrem Volk gewesen, der am besten die Schwingungen zu erfassen verstand, die von Erde und Steinen, Wasser und Erzen im Boden ausgingen. Stets fand er Plätze, an denen Fleisch sich länger hielt, an denen Heilkräfte besser wirkten, an denen positive Energie am Werke war. Mit schlafwandlerischer Sicherheit tat er das, und kein Haus war errichtet worden, ohne sich mit ihm zu beraten. Aber er war nicht der Einzige, der sich darauf verstand.

Sieh an, der junge Jäger, dachte sie und kicherte in sich hinein. Setzt sich auf ein Pferd und vertraut den Alten nicht mehr. »Gondal hätte es hier gefallen«, bestätigte sie und grinste, als sie den hoffnungsvollen Schimmer in Arvals Gesicht sah.

»Bist du sicher?«, fragte er.

»Spürst du es denn nicht?«, fragte die Alte, die es nicht lassen konnte, ihn zu necken. Sie breitete die Arme aus und legte den Kopf in den Nacken. »Dies ist ein guter Platz, ein sehr guter sogar. Alles liegt in Harmonie miteinander.« Sie hielt inne und spürte weiter in sich, lauschte auf die Vibrationen, die unhörbaren Klänge, die der Boden durch ihre Füße, ihre Haut, ihre Knochen sandte. »Es ist ein Ort, an dem die Trennwände dünn sind zwischen den Dingen, zwischen unserer Welt und den anderen.«

»Andere Welten?«, fragte Arval, halb erleichtert, dass der Platz gut zu sein schien, und halb beunruhigt davon, dass Urdis so seltsam sprach. Er war ein Jäger, kein Priester, seine Welt war das Hier und Jetzt, in der der Puls seines Blutes mit dem seiner Beute im gleichen Takt schlug. Alles andere überließ er den Begabten. »Du meinst also, wir sollen hier siedeln?«, erkundigte er sich zur Sicherheit.

Urdis nickte amüsiert. »Hier lagern, hier siedeln, hier beten«, bestätigte sie. Beruhigend legte sie ihm einen Moment die Hand auf das Knie. »Gut gemacht«, verkündete sie warm und erwiderte sein aufblühendes Lächeln. »Dies hier ist wahrhaftig eine Heimat. Es würde mich nicht wundern, wenn auch Gondal hier wäre, ein Teil von ihm. Viele waren hier, und sie alle ließen etwas zurück. Was ich einzig nicht begreife«, fuhr sie fort und blickte sich dabei wie eine Erwachende um, »ist, dass keiner von unserem Volk an diesem gesegneten Ort verkehrt.«

Arval, der inzwischen ebenfalls abgestiegen war, schien darum wenig bekümmert. Er war vor allem erleichtert, dass seine Suche Erfolg gezeitigt und er sich der neuen Verantwortung, die auf ihm lastete, würdig erwiesen hatte. Fröhlich pfiff er und winkte, bis die Ersten aus ihrer Gruppe sichtbar wurden. Er ging nun ebenfalls umher, hob Steine beiseite und suchte einen Teil des Bodens zu ebnen und zu säubern. »Sie wohnen draußen auf einer Insel, hat Colum gesagt«, meinte er. »Sie sind ein Seevolk.« Er richtete sich wieder auf. »Ich weiß nicht, ob ich das wollte: auf einer Insel leben. Ohne die Verbindung zu diesem Land.«

»Es ist eine Gezeiteninsel«, sagte da eine Stimme. »Sie ist die meiste Zeit mit dem Festland verbunden.«

Überrascht wandten sie sich zu der Stelle um, an der der Mann, der eben gesprochen hatte, aus dem Gestrüpp trat. Er war alt, sein grauer Bart lang. In der Hand hielt er einen Stab, auf dem eine gedrechselte Spitze saß, die weiß schimmerte. Arval hatte noch nie zuvor das Horn eines Narwales gesehen, aber er spürte sofort, dass dieses Ding von einem Tier stammte, einem Wesen, das selbstbewusst und kraftvoll gewesen war und das geschickt gekämpft hatte, ehe es sich seinem Jäger ergab.

»Ich bin Eroc«, stellte der Fremde sich vor, »der Älteste des Seevolkes.« Unvermittelt wandte er sich Urdis zu, so, als hätte sie ihn angesprochen. Dabei sprach die Alte kein Wort. Eine Weile standen die beiden einander schweigend gegenüber. Arval spürte, dass etwas zwischen ihnen hin- und herging, verschloss jedoch aus Ehrfurcht seinen Geist.

Nach einer Weile lächelte Eroc säuerlich. »Es wird einfacher sein, wenn wir einander besser kennen«, meinte er.

Auch Urdis lächelte. Ihr Eindruck war keineswegs gewesen, dass sie einander nicht verstünden. Wenn sie es denn wollten. Ihr schien es eher, dass Eroc über ihr Verständnis nicht besonders glücklich war.

Langsam kamen nun die Angehörigen des Waldvolkes näher. Mütter setzten ihre Kinder ab, räkelten sich und blickten prüfend in die Runde. Männer begannen, sich nach Holz für ein Feuer umzusehen, Bündel wurden aufgeschnürt, Trinkschläuche herumgereicht; die ersten Hiebe eines Hackmessers erklangen. Eroc betrachtete das häusliche Treiben aus der Ferne. Er stieß ungeduldig mit dem Stock auf eine Felsplatte.

»Ich hatte mich gerade gefragt, warum ihr nicht an diesem besonderen Ort zu finden seid«, bemerkte Urdis, ohne auf sein Unbehagen einzugehen. »Nicht ein Zeichen, dass ihr ihn nutzt.«

»Er interessiert uns nicht«, antwortete Eroc würdevoll. »Dieses ganze Land hier.« Er machte eine vage Geste in Richtung des ansteigenden Tales.

»Aber es ist wunderbar«, entfuhr es Arval. »Es hat alles, was man sich wünschen kann. Ich habe sogar schon Rotwild gesehen. Es liegt geschützt. Das Meer ist nicht fern«, fügte er nach kurzer Überlegung hinzu. »Es ruft förmlich nach einem.«

Eroc schüttelte den Kopf.

»Man muss seine Ohren verschließen vor dem Lärm dieser Welt«, erklärte er und ignorierte das verständnislose Gesicht des jungen Jägers.

Arval verstand gar nichts mehr. War denn nicht das ihre Aufgabe, ja, ihr eigentliches Wesen: zu lauschen und zu spüren, die Natur zu erfassen und sich selbst als einen Teil davon? Auch Urdis hatte die Brauen gehoben, aber wiederum nichts dazu gesagt.

Falls Eroc ihr Befremden wahrnahm, so ging er nicht darauf ein. Einen Moment lang blickte er zu Boden, wo er mit dem Fuß seines Stabes Muster ins Laub zeichnete. Dann holte er tief Luft und kam zu seinem eigentlichen Anliegen. »Lieder«, sagte er. »Habt ihr Lieder in eurem Volk?« Seine Stimme war knapp und fordernd.

»Du meinst Gesänge?« Arval war so überrascht von der Frage, dass er ins Stottern geriet. »Ja, sicher haben wir Lieder, ich meine … Hat die nicht jeder?« Er blickte zu Urdis hinüber und fuhr unsicher fort: »Wir Jäger zum Beispiel singen, um uns auf die Jagd einzustimmen. Und hernach zum Feiern natürlich. Die jungen Mädchen singen alle gerne.« Er überlegte. Wieder suchte sein Blick Urdis. »Bei den Festen singen wir gemeinsam, zur Begrüßung des Frühlings und bei den Heilzeremonien, nicht wahr …?« Er wartete auf das Nicken der Alten, die sich ihrerseits abwandte und Eroc nun genauer betrachtete.

Der hörte nur ungeduldig zu und wischte, was Arval ihm

zu sagen hatte, mit einer heftigen Handbewegung zur Seite. »Ich meine kein Gesinge, ich meine Lieder, Fäden im Gewebe der Welt, die uns den Weg weisen.«

»Wir sind jeder ein Faden in diesem Gewebe.« Endlich ließ Urdis sich vernehmen. »Jede einzelne Stimme.«

Eroc starrte sie so intensiv an, dass Arval stellvertretend der Schweiß auf die Stirn trat. Was trieb diesen Alten nur um, dachte er. Woher kommt diese … diese … Er wagte es zunächst nicht, dem Feuer einen Namen zu geben, das in Erocs Augen loderte. Doch es war Wut, schien ihm, ein bitterer, lange gehegter Zorn, der vieles umschloss und nun auch sie beide.

Als wollte er diese Schlussfolgerung bestätigen, stieß der Alte vom Seevolk seinen Stock heftig in den Boden. Er schüttelte den Kopf. »Ihr habt keine Ahnung«, stieß er hervor. Noch einmal prüfte sein Blick sie. »Kann das sein?«, murmelte er, mehr zu sich selbst, um dann erneut die Stimme zu erheben und ihnen seine Enttäuschung entgegenzuschreien. »Ist es möglich, dass ihr nicht das Geringste begreift?«

Erschrocken hoben die Waldleute ihre Köpfe und blickten einander ratlos an. Eroc verharrte noch einige Momente, dann warf er sich herum und stürzte mit wehenden Haaren in den Wald. Seine Abschiedsgeste schien sie alle zu verfluchen.

8

Wohlig fröstelnd stand Rowena auf den Zinnen und blickte aufs Meer hinaus, dessen Oberfläche im dünnen Herbstsonnenlicht silbern glitzerte und das sich, von einer mächtigen Dünung bewegt, hob und senkte wie die Flanke eines atmenden Tieres. Sie konnte nicht genug davon bekommen, diese riesige, in sich ruhende, stetig sich bewegende Kraft zu beobachten.

Cedric stand hinter ihr und hielt sie umschlungen, wärmte sie mit seinem Körper, während er ihr die Namen der Buchten, Vorsprünge und Felsnadeln nannte und wies.

Der alte Graf war da gewesen und hatte Rowena einen artigen Morgengruß entboten, den diese mit Anstand entgegennahm. Beide spürten sie den Versuch des anderen, echte Herzlichkeit zu erzeugen, spürten, dass es vorerst beim Versuch blieb, anerkannten aber den guten Willen.

Für den Augenblick war Rowena, deren Glieder noch schwer waren von der Liebe der Nacht, so versöhnt, dass sie die Abwesenheit von Cedrics Mutter mit keinem Wort erwähnte. In ihrem Rücken fühlte sie die vertraute Wärme und Stärke Cedrics, auf ihrem Gesicht prickelte kühl der Seewind. Sie fühlte sich leicht wie ein Vogel und geborgen zugleich. Was konnte es Besseres geben?

Über ihnen im Wind knatterten die Fahnen der Cloagh. »Was bedeuten eigentlich die Schlangen auf eurem Banner?«, fragte sie und lehnte sich noch ein wenig zurück, um ihre Stirn der Sonne entgegenzustrecken. Selbst mit geschlossenen Augen sah sie noch die sich im Wind schlängelnden Fahnen mit den silbernen Schlangenleibern auf einem Grund, dessen leuchtendes Blau den Himmel herauszufordern schien. »Ich habe hier noch keine einzige Schlange gesehen.«

»Stimmt«, gab Cedric zu. »Das Klima hier ist den meisten zu rau. Es gibt geschützte Hänge, wo Heidekraut über Geröll wächst, da findet man einige kleine, graubraune Exemplare. Du kannst die Hirten fragen. Manchmal verirrt sich eine in die Futterraufen der Ställe. Aber keine Sorge«, fügte er sofort hinzu und umschlang sie mit beiden Armen. »Sie sind harmlos. Ungiftige und friedfertige Tiere, die ihre Ruhe suchen. Ich habe einmal gehört, die Römer hätten sie mitgebracht vor langer Zeit, um sie in Tempeln zu verehren. Ein paar von ihnen sollen abhandengekommen oder nach dem Abzug des Imperiums verwaist zurückgeblieben sein und sich auf unseren kargen Ebenen vermehrt haben. Aber das sind Geschichten alter Männer. Ich weiß nicht, ob sie wahr sind.«

»Ich glaube an alte Geschichten«, meinte Rowena. Sie dachte an die Feenmärchen ihrer Heimat, die für sie selbst so plötzlich wahr geworden waren. »Und die Schlange in eurem Wappen ist also solch eine römische Gottheit?«

»Nein«, bekannte Cedric, »das heißt, ich weiß es nicht. Auch dazu gibt es nur eine Geschichte. Sie ist noch fantastischer und besagt, dass einer meiner Vorfahren vor langer, langer Zeit einen sagenhaften Schatz besaß, so wertvoll, dass er ihn gut verbarg und von einer Schlange hüten ließ. Natürlich nicht von irgendeiner Schlange, sondern von einem großen, mächtigen Urwesen.« Er demonstrierte ihr deren vermutete Kraft mittels einer heftigen Umschlingung, in die sie sich kichernd ergab. Erst nach einer ganzen Weile lösten sie sich wieder voneinander. Er seufzte spielerisch und fuhr ihr über das Haar, dessen Strähnen ungebändigt im Wind flatterten und sich um seine Finger wickelten wie Lebewesen. »Leider hat er verabsäumt, uns zu hinterlassen, wo sich dieser Schatz befindet. Die Sage berichtet zwar von einem Tempel …«

»Was für die römische Schlange sprechen würde«, fiel Rowena ein.

»Was für die römische Theorie spricht«, bestätigte Cedric. »Allerdings hat diese den Haken, dass es hier keinen römischen Tempel gibt, nicht einmal eine Ruine. Ich bin in meiner Jugend hier überall herumgeklettert und habe jeden Stein umgedreht, glaub mir. Wenn hier irgendwo ein altes Bauwerk stünde, hätte ich es entdeckt.«

»Ach«, erwiderte Rowena und wandte sich zu ihm um. Liebevoll nahm sie sein Gesicht in ihre Hände. »Und ich dachte, du hättest nur Möweneier gesucht. Da habe ich dich wohl unterschätzt.«

»Man soll seiner Frau nie alles erzählen«, murmelte er, zum Schweigen gebracht von ihrem Kuss. »Mmmh«, bemerkte er anerkennend. »Ich glaube, es gefällt mir, wenn du mich unterschätzt. Man erlebt dann angenehme Überraschungen.«

»Ach du«, rief sie und zog seinen Kopf noch einmal zu sich herab. »So, du Schlangenbändiger«, erklärte sie nach diesem zweiten, gründlichen Kuss. Ihr entging, dass er bei diesen Worten sacht errötete. Zufrieden kuschelte sie sich wieder an ihn. »Dass du den Schatz nicht gefunden hast, heißt noch lange nicht, dass er nicht da ist. Vielleicht entdecke ich ihn ja eines Tages.«

»Ich wäre nicht wirklich erstaunt«, meinte er und schlang seine Arme erneut um sie. »Kalt?«, fragte er, da sie ein wenig zitterte.

Sie nickte und genoss es, dass er ihre Arme rubbelte. »Du willst mich also nicht unterschätzen?«, fragte sie dabei gespielt naiv.

Er stutzte einen Moment, dann lachte er. Als er seine Lippen erneut auf die ihren drückte, erglühte Rowena. Lustvoll gab sie dem Drängen seiner Zunge nach, die heiß Einlass begehrte. Der Wind trieb sie eng zusammen, und sie trennten sich erst nach langer Zeit schwer atmend wieder voneinander. »Ich«, flüsterte er heftig atmend, »unterschätze dich jederzeit, wann und wo und solange du willst.«

Sie lehnte ihre Stirn an seine und schloss für einen Moment die Augen. Als sie sie wieder öffnete und ihre Umgebung erneut wahrnahm, fiel ihr etwas auf. »Dort ist doch ein Tempel«, rief sie und streckte den Finger aus. »Dort oben auf der kaminartigen Klippe.«

Cedric kniff die Augen zusammen und blickte gegen die Sonne. »Das ist die Marien-Kapelle«, sagte er. »Wenn du willst, gehen wir einmal dorthin. Es ist ein schöner Ort. Sehr einsam«, fügte er hinzu und neigte sich zu ihrem Ohr. »Vielleicht entdecken wir dort etwas.«

Schaudernd genoss sie das Kitzeln seines Atems. »Nicht ausgeschlossen«, bestätigte sie und legte ihre Arme um seinen Hals, als der Ruf erklang. Unverkennbar war es die

Stimme der Gräfin. Sittsam traten sie ein wenig auseinander. »Wollen wir hineingehen?«, bot Cedric an, ohne sie jedoch völlig aus seiner Umarmung zu lassen.

»Speisen wir gemeinsam?«, fragte Rowena. Ihre Finger spielten mit den Haaren in seinem Nacken.

Er nickte. »Morgenmahl mit der Familie«, bestätigte er. Ein Schauer überlief ihn, als ihre Fingernägel über seine Haut fuhren.

»Ich bin gar nicht hungrig«, meinte Rowena unschuldig.

»Vielleicht sollten wir einen Spaziergang machen«, schlug Cedric vor.

Ihre Augen leuchteten auf. »Zu der Kapelle? Ich würde sie sehr gerne sehen.« In Rowenas Stimme lag mehr als die Begeisterung für Bauwerke.

»Dann komm«, sagte Cedric mit vor Begehren rauer Stimme und zog sie mit sich. »Wir gehen einfach über den Hof.« Und er zog sie in den Windschatten der Treppe.

Wenig später marschierten sie über den Klippensaum. Der Wind riss an ihren Haaren und bauschte Rowenas Schleier und Röcke, die sich kaum bändigen ließen. Sie aber lachte und genoss es. Mit ausgebreiteten Armen stellte sie sich der Naturgewalt entgegen und legte sich förmlich auf die Luft.

»Rowena«, rief Cedric besorgt, als er sah, wie nahe sie an die Klippen trat. »Nicht so weit vor.« Er umfasste ihre Taille und neigte sich besorgt über sie.

Sie lachte. »Ich kann fliegen, wusstest du das nicht?« Und noch einmal warf sie sich dem Wind entgegen, ehe sie sich von ihm wieder in Sicherheit ziehen ließ. »Nein, im Ernst«, sagte sie. »Ich bin schon einmal von den Klippen gestürzt, damals auf dem Weg zum Turnier. Mein Pferd trat fehl. Und für ewige Moment segelte ich durch die Luft.« Ihr Blick wurde versonnen, während Cedric sie unvermittelt fester an sich zog. Der Gedanke, dass sie beinahe gestorben und sie einander nie begegnet wären, ließ jähe Zärtlichkeit in ihm aufwallen. »Damals«, fuhr Rowena fort, »rettete mich ein schlichter Felsvorsprung. Aber ich sah mich schon abstürzen, hinabgleiten, umspielt von den Möwen. Und weißt du was?« Sie wandte sich ihm zu und blickte ihn mit kindlichem Ernst an. »Ich hatte nicht das kleinste bisschen Angst. Ganz ehrlich. Es war mir, als würde ich einfach davonfliegen, fort in ein anderes Leben.« Sie hielt einen Moment inne. »Und ganz anders ist dann ja auch alles geworden.«

»Rowena.« Er presste sie an sich. Den Rest des Weges legten sie Arm in Arm zurück.

Als sie sich mit aller Kraft gegen die Tür der Kapelle gestemmt und durch den engen Spalt hineingezwängt hatten, umfing sie die plötzliche Windstille wie ein Schock. Ihre Haut brannte, ihre Haare klebten von Salz. In ihren Kleidern brachten sie einen feuchten, wilden Hauch in die Stille der kleinen Kirche, die sie mit derselben Festigkeit umgab wie die steinernen Mauern, um die der Wind piff und heulte. Herein drang nur ein dumpfes Echo davon, übertönt vom lauten Knirschen ihrer Schritte auf dem marmornen Boden.

»Schön«, flüsterte Rowena, als ihre Augen sich an die Dunkelheit gewöhnt hatten. Sie ging auf den Altar zu, auf dem einige dicke Kerzenstümpfe brannten und die Statue der Mutter Gottes schwach erleuchteten, die mit demütig niedergeschlagenen Augen vor sich hin blickte.

»Die Frauen des Dorfes zünden sie an«, gab Cedric leise zurück. »Sie beten hier für ihre kleinen Wünsche.«

»Wie liebevoll sie sie geschmückt haben.« Rowena zupfte an dem handgeschneiderten Mantel der Madonna, der so blau schimmerte wie die Banner der Cloagh. Als dabei die Füße des kleinen Standbildes sichtbar wurden, hielt sie hörbar den Atem an. Sie griff nach Cedrics Arm und deutete mit der freien Hand. »Da haben wir ja die Schlange.«

In der Tat stand die Muttergottes auf einer Weltkugel, die von einer Schlange umgürtet war. Ihr linker Fuß ruhte dabei auf dem Kopf des Tieres.

»Das ist die Erbsünde, die sie zertritt.« Cedric teilte ihre Erregung keineswegs. »Solche Darstellungen gibt es viele.«

»Ja, schon, aber ...« Rowena griff nach einer der Kerzen und hob sie hoch, um den düsteren Raum besser auszuleuchten. »Es ist doch ein merkwürdiger Zufall, meinst du nicht? Mal sehen, was wir noch alles entdecken.« Sie suchte die Decke ab, fand aber weder Bildwerke noch Friese. Als sie die Flamme senkte, fiel ihr das Fußbodenmosaik ins Auge. Wie in vielen Kirchen zeigte es ein Labyrinth, Sinnbild des unübersichtlichen Lebens, dem – wenn auch für den Menschen, der darin gefangen ist, unsichtbar – Gottes Plan zugrunde liegt. »Meine Mutter hat mir ein Kästchen überlassen«, sagte sie, »dessen Deckel ebenfalls ein Labyrinth ziert. Es ist diesem hier nicht unähnlich, es ist nur ...« Sie bückte sich, um dem Verlauf weiter zu folgen.

»Rowena?«, fragte Cedric besorgt. Sie hatte sich aufgerichtet, die aufgerissenen Augen in ihrem Gesicht schimmerten im Kerzenschein.

»Was war das?«, fragte sie.

»Das?« Cedric lauschte einen Moment, dann lächelte er. »Das ist das Meer. Die Brandung schlägt hier manchmal so kräftig gegen den Felsen, dass er dröhnt wie eine Trommel.« Er trat einen Schritt auf sie zu. »Ich bin schon so daran gewöhnt, dass ich es gar nicht mehr bemerke. Komm her.« Verlangend streckte er die Arme nach ihr aus.

»Gleich.« Rowena wandte sich ab und setzte ihre Untersuchung fort. Gebückt folgte sie dem Pfad ins Labyrinth. »Ich möchte nur noch sehen, wo diese Linie hinführt. Da ist etwas, ich habe es gleich.« Ihre Stimme stockte, als sie in die Knie ging. »Da ist etwas eingelassen ...« Mit bloßem Auge war es kaum zu erkennen, aber ihre Finger ertasteten deutlich eine erhabene Form inmitten des steinernen Bandes. Sie versuchte, sie zu fassen zu bekommen, glitt aber immer wieder davon ab. Was immer es war, es war offensichtlich schon sehr lange im Stein eingebettet. Aber mit etwas Glück musste es sich doch bewegen lassen. Sie blies ihren warmen Atem gegen die Fingerspitzen, um sie sensibler zu machen. Im selben Moment, als Rowena erneut nach ihrer Entdeckung greifen wollte, stellte sich ein Fuß darauf.

Einen Augenblick lang konnte Rowena nichts tun, als ihn anzustarren, ehe es ihr gelang, sich aufzurichten. Unvermittelt zeigte ihr die Flamme ihrer Kerze, die sie wie einen Schutzschild vor sich hielt, ein geisterblasses Gesicht, aus dem zwei schwarze Augen brennend auf sie niederblickten. Bleiche Lippen, scharf geschnitten wie eine Klinge, öffneten sich zur dünnen Grimasse eines Lächelns. Entsetzt schrie Rowena auf.

Alarmiert rief Cedric ihren Namen. Er wollte zu ihr stürzen, als sie mit einem zweiten Schrei die Kerze fallen ließ und alles in Dunkelheit tauchte.

9

Als Führer der Ihren stiegen Arval und Urdis hinab ans Ufer. Der Anblick, der sich ihnen bot, erstaunte sie. »Dieser Eroc hatte Recht«, entfuhr es Arval, seine Stimme klang andächtig.

Urdis nickte. Die Insel, deren Umrisse sie am Tag zuvor noch vor der Küste ausgemacht hatten, war keine Insel mehr. Als einsamer Berg in steinigem, schlammigem Gelände hob sie sich heute heraus, noch immer abgeschieden vom Festland, aber trockenen Fußes zu erreichen. Eingeschlagene Pfähle markierten den Pfad hinüber. Und besser noch tat dies der Zug von Gestalten, der sich von der Insel aufgemacht hatte. Singend kam ihnen das Seevolk entgegen, einer hinter dem anderen schreitend, ein buntes Band, das sich durch den braunen Schlick schlängelte.

Urdis hörte den Grafen an ihrer Seite seufzen, was sie spontan für ihn einnahm. »Auch für uns«, bestätigte sie, »ist es ein großer Anblick. Wir hätten nie geglaubt, dass wir mehr wären als einsame Überlebende.«

Dankbar ergriff er ihre Hand und drückte sie.

Arval vermochte nur zu nicken. Er hatte eines der Kinder auf den Arm genommen, um es davon abzuhalten, den Fremden vorwitzig entgegenzulaufen und diesen magischen Augenblick zu zerstören. »Schau«, flüsterte er der Kleinen ins Ohr, als sie sich an ihn drückte. Und auch er selbst schaute. Das Inselvolk war auf dem Weg zu ihnen.

An der Spitze ging eine Frau, deren Alter schwer zu schätzen war. Ihr langes Kraushaar bauschte sich üppig um die Schultern, war aber von silbernen Strähnen durchzogen, ihr Gesicht kantig, jedoch von Falten frei. Es war nicht eigentlich schön zu nennen; und doch beeindruckte es bereits auf die Entfernung mit seiner Offenheit und Kraft. Ein, zwei Momente wurde Arval unsicher, ob er überhaupt eine Frau in ihr zu sehen habe. Ihre Bewegungen waren energisch und kraftvoll, die Umrisse ihrer Figur wurden durch das lange, lose fallende Gewand verborgen. Zusätzlich trug sie einen Mantel, der sie umflatterte und ein wundersam in sich verschlungenes Webmuster aus vielen Blautönen zeigte. Es war, als woge das Meer hinter ihr her.

Nach ihr kam Eroc mit seinem Stab, den sie bereits kannten. Sein langes Haar wehte um ihn wie ein silbernes Banner. Aufreizend heiter umspielte es seine auch heute düstere Miene. Hinter ihm schritt das junge Mädchen mit dem leuchtend hellblonden Haar, das sie schon an der Seite der Gräfin gesehen hatten. Sie sang konzentriert, mit geschlossenen Augen, ohne ein einziges Mal fehlzutreten. Ihr folgte ein junger Mann, dessen zu einem Knoten hochgestecktes Haar rötlich schimmerte. Groß gewachsen, schlank und langgliedrig, überragte er die meisten seiner Gefährten. Auch er trug einen prächtig gewebten Umhang, in Farben, so warm wie der Ton seiner Stimme, die kräftig in Nyssas Lied mit einstimmte.

Und hinter ihm schritten sie alle, gemessen, ohne Eile, geborgen in ihrem Gesang, der erst verstummte, als sie die grüne Grasnarbe überschritten hatten und vor den andächtig Wartenden standen. Da öffnete die Anführerin die Augen.

Für einen Moment war allen zumute, als bebe der Boden unter ihren Füßen vom Ansturm der graugrünen See, die in diesem Blick wogte. Wild und gelassen zugleich, wie das Meer selbst, durchsichtig und tief, von einem Alter, das niemand zu schätzen vermochte. Sie schien um die Macht dieses Blickes zu wissen, denn sie ließ ihn wirken und hielt sich mit Begrüßungsworten zurück.

Als Urdis jedoch nicht mit der Wimper zuckte, lächelte die Älteste – oder war es doch ein Mann? Arval wusste es noch immer nicht zu sagen. »Willkommen«, erklang es. »Willkommen in der Heimat. Ich bin Biran.«

Urdis senkte dankend den Kopf. »Sei gegrüßt, Biran«, antwortete sie und hielt inne. Sie suchte nach einem Satz, der ausdrückte, was sie in diesem Augenblick fühlte. Denn so bewegt sie war, »Heimat« war nicht das, was ihr zu dieser Küste und diesen Menschen einfiel. Heimat war das, was hinter ihnen lag. Dies hier war ein Abenteuer, eine Reise in die Fremde, wenn sie auch am Ende zu ihnen selbst führen könnte. Urdis wog ihre Worte. Sie hätte sich eine weniger hoheitsvolle, weniger vereinnahmende Begrüßung gewünscht. »Wir sind am Ort unserer Träume«, bekannte sie schließlich. »Denn vom Meer geträumt hat mein Volk, solange es sich erinnert. Ich bin froh, dass ich es noch erblicken durfte. Und mit mir alle, die kommen wollten. Hier sind wir.«

»Schsch«, erklang es da leise in das Schweigen. »Nicht jetzt.« Alle wandten sich zu Arval um. Entschuldigend zuckte er mit den Schultern und verwies auf das Mädchen, das sich unter der allgemeinen Aufmerksamkeit eng an seine Wange schmiegte und von ihm wiegen ließ. »Sie wollte wissen, wo die Kinder sind.«

Die Sicherheit in Birans Gesicht verschwand; das Lächeln,

das folgte, wirkte traurig. »Es gibt keine«, bekannte die Anführerin und musste vernehmen, wie ein aufgeregtes Flüstern durch die Reihen der Waldleute ging. »Erocs Tochter Nyssa hier ist die Letzte, die uns vor siebzehn Jahren geboren wurde.« Das Mädchen senkte die Wimpern, als es seinen Namen hörte.

Wieder schwieg Urdis lange. Endlich sagte sie: »Ich glaube, dass wir einander viel zu geben haben.« Lange starrten sie und Biran sich an. Ungesagtes ging zwischen ihnen hin und her, Positionen wurden eingenommen, Linien gezogen, Grenzen abgesteckt, Hände ausgestreckt. Dann nickte Biran. Man spürte das Aufatmen, das durch die Reihen der beiden Gruppen ging, die einander noch immer gegenüberstanden, flankiert von dem Grafenpaar, das in vollem Ornat dem Moment die nötige Weihe gegeben hatte und das sich nun erleichtert an den Händen fasste. In einer kaum merklichen Bewegung drängte es die Reihen aufeinander zu, erste verhohlene Blicke suchten die Gesichter der anderen. Die Mutigeren probten bereits ein Lächeln.

Doch es war Eroc, der als Erster wieder das Wort ergriff. In der ungestümen Weise, die sie nun schon an ihm kannten, stieß er seinen Stock auf den Boden. »Wir sind eure Vergangenheit«, verkündete er laut, »aber ihr seid nicht unsere Zukunft.«

Biran runzelte kurz die Brauen. Mit tadelnder Stimme sagte sie: »Das werden die Kinder zu entscheiden haben, Eroc, diese Kinder.«

Der Alte schien mit der Antwort nicht zufrieden zu sein, denn er antwortete nicht, sondern brummelte nur etwas in seinen Bart. Der Graf hielt es in diesem Moment für angebracht, vorzutreten. An diesem kargen Strand wirkte er mit seiner prächtigen Kleidung seltsam unangemessen, so als wäre er die Märchenfigur und nicht die Gestalten um ihn. Seine Frau strich ihm fürsorglich den vom Wind zerblasenen Pelz seines Mantelkragens zurecht. Dann reichte sie ihm eine verzierte Schatulle, der er ein Pergament entnahm. Für einen Moment hing der Duft sehr alten Leders in der frischen Luft. »Als neuen Bewohnern unserer Küste und ihrer Inseln«, begann er nach einem Räuspern, »übergebe ich Euch diese Karte. Sie verzeichnet die genauen Zeiten von Ebbe und Flut im Jahreslauf, aufgeschrieben von unseren Ahnen, und ist unverzichtbar, wenn man sicher zwischen Insel und Festland hin- und hergehen möchte.«

Urdis lächelte, noch während sie der ernsten Ansprache lauschte. Sie hob die Hand, nahm die Karte aber nicht entgegen, wie der Graf erwartet hatte, sondern schloss seine Finger wieder darum. Erstaunt blickte der Graf sie an. Sie aber schüttelte den Kopf. »Wir danken Euch«, sagte sie, »aber wir werden das nicht brauchen. Wir hören die Stimmen der Natur sehr gut, auch die des Meeres. Und wir werden niemals fehlgehen.«

Der Graf und die Gräfin tauschten einen raschen, ratlosen Blick. »Ich weiß nicht«, begann der Graf unsicher, »Ihr seid fremd hier und …«

Begütigend drückte Urdis noch einmal seine Finger. »In dieser Welt«, sagte sie, »werden wir nirgendwo ganz fremd sein.«

»Hah!« Der empörte Ausruf kam wiederum von Eroc. Biran sah unbehaglich aus, hinderte ihn jedoch nicht daran zu sprechen. »So sind sie, ich habe es euch gesagt: Lauschen auf die Melodien des Hier und Jetzt, singen sie gedankenlos nach, lassen sich mit allem ein. Kein Wunder, dass sie den rechten Weg verloren haben.« Wütend schüttelte er seinen Stock. Dann, übergangslos, drehte er sich auf dem Absatz um und marschierte davon. »Nyssa«, kommandierte er aus der Entfernung. Das Mädchen holte hörbar Luft, zögerte aber nur kurz, dann wandte es sich ab und ging seinem Vater hinterher.

Der Rothaarige blickte ihr lange nach. Als er sich wieder umwandte, bemerkte Urdis, dass seine Augen braun waren mit dem warmen, rötlichen Schimmer, der auch sein Haar umgab. Impulsiv lächelte sie ihn an, und er erwiderte das Lächeln strahlend.

Biran nutzte den Moment der Entspannung, um die Neuankömmlinge zu einem Mahl einzuladen. Sie hatten Speisen mitgebracht und wickelten sie nun aus den Tüchern, in denen sie verpackt waren. See- und Waldvolk ließen sich umstandslos auf dem Boden nieder, das Hüterpaar nahm seinen Sitz auf einem flachen Felsen ein, der für diesen Zweck behauen zu sein schien. Es war einer in einem unregelmäßigen Kreis von Steinen, der verriet, dass der Ort ihrer Begegnung nicht zufällig gewählt war. Eingemeißelte Muster schmückten manche der Findlinge, Labyrinthe, Fischgestalten und Schlangen.

»Was meint er damit, wenn er sagt, wir wissen den Weg nicht?«, eröffnete Urdis nach einigen Bissen das Gespräch.

Biran machte eine abwehrende Geste. »Eroc ist ein eigenwilliger Mensch«, meinte sie entschuldigend, »aber von großen Kräften und großem Verdienst. Er ist nur …« Sie brachte den Satz nicht zu Ende. »Stimmt es wahrhaftig, dass ihr euch zutraut, Ebbe und Flut nach eurem Empfinden zu bestimmen?«, fragte sie stattdessen.

»Warum sollten wir lügen?«, warf Arval, der gelauscht hatte, temperamentvoll ein. »Es ist so, wie Urdis gesagt hat.«

Urdis hob begütigend die Hand. »Nach unserer *Wahrnehmung*«, fügte sie korrigierend hinzu und fragte ihrerseits: »Haltet ihr es anders?«

»Wir haben unsere Lieder.« Es lag eine gewisse Zurückhaltung in Birans Antwort. »Aber Eroc hat mir schon mitgeteilt, dass ihr das Erbe der Lieder nicht mehr kennt.«

Urdis legte Arval, der schon aufbegehren wollte, die Hand auf den Arm. »Ich bin nicht sicher«, sagte sie, »ob wir über dasselbe sprechen, wenn wir von Liedern reden.«

Biran atmete tief ein. Dann schien sie einen Entschluss gefasst zu haben. »Auch ihr scheint noch zu begreifen«, begann sie, »dass es Schwingungen in der Welt gibt, die mit mehr als den fünf Sinnen erfasst werden.«

»Das ist, wie wir sie wahrnehmen«, warf Arval rasch ein.

Biran nickte zerstreut. »Wir veredeln diese Wellen zu Klängen. Aus der Umwelt schaffen wir ein Lied, das diese abbildet, sie wiedergibt, so klar und einmalig wie sie selbst. Diese Lieder singend bewegen wir uns in der Welt und orientieren wir uns. Sie sind sehr alt und enthalten damit nicht nur die Welt, sondern auch die Wege, die unser Volk darin gegangen ist. Sie enthalten gleichermaßen die Zeit, versteht ihr, unsere Geschichte.«

»Und anhand des richtigen Liedes findet ihr auch über die Schlickebene?«

»Es trägt uns sicherer als jede gezeichnete Karte«, bestätigte Biran voller Stolz. »Wir folgen dem Weg wie all unsere Vorfahren, ja, mehr als das, wir durchschreiten sie mit ihnen, Seite an Seite.«

»Die Ebene selbst nehmt ihr dann gar nicht mehr wahr?«, fragte Arval, der Jäger, der es nicht anders gewohnt war, als mit der Umgebung, die er durchstreifte, zu verschmelzen, wo immer das auch war. Er machte ein verdutztes Gesicht und nahm den kritischen Ton gar nicht wahr, der in seiner Frage mitklang.

Biran hingegen vernahm ihn sehr wohl. Würdevoll wandte sie sich ihm zu. »Das ist nicht nötig«, erklärte sie. »Wir haben das Lied, das unendlich mehr ist als diese Ebene. Es umfasst den Weg und zugleich alle, die je diesen Weg geschritten sind, ihre Stimmen, ihre Kraft. Es ist sozusagen der Weg zu jeder Zeit. Sein Heute ist nur ein dünner Faden, im Gegensatz zu dem kräftigen Strang, den wir mit unseren Stimmen drehen.«

»Aha.« Arval ließ sich zurück auf seine Fersen fallen und ließ die Schultern hängen. Er begriff noch immer nur halb, was er da vernommen hatte. Mehr noch, er wusste nicht recht, ob es ihn interessierte. Der Hirsch, den er jagte, war stets der Hirsch im Hier und Jetzt.

Auch Urdis rang noch mit der Erkenntnis. »Und dieser

Strang eures Gesanges leitet euch also durch die Welt? Er ist eine Karte aus Lauten?«

Biran lächelte überlegen. »Viel mehr als das«, bestätigte sie. »Er ist so mächtig, so wahr, dass er das unmittelbare Sein verändern kann.« Sie überlegte kurz, entschloss sich dann aber zu sprechen. Voller Stolz erklärte sie: »Wenn wir unsere ganze Kraft hineinlegen, wenn wir gemeinsam unsere Stimme erheben, dann können wir auf die Welt einwirken.«

»Ihr meint: sie verändern?« Arval wäre beinahe sein Bissen aus dem Mund gefallen. Auch Urdis sah zweifelnd drein. Die verborgenen Mächte der Natur aufspüren und zur Entfaltung bringen, sie freisetzen und verstärken – ja, diese Dinge waren ihr vertraut. Als Heilerin wandte sie solche Prinzipien beinahe täglich an. Sie nutzte die Kraft von Pflanzen und Steinen und auch die von Orten, deren Atmosphäre heilsam war für Geist und Körper. Aber eine Umgestaltung der Welt, das ging über ihre Begriffe, und es schien ihr – als Frau eines Volkes, das nach Harmonie mit ihrer natürlichen Umgebung strebte – sogar beinahe etwas Verbotenes zu sein.

Biran fühlte sich offensichtlich durch ihre verstörte Reaktion geschmeichelt. Nicht ohne leise Herablassung bestätigte sie: »Wir können zum Beispiel ein wenig auf die Wogen des Meeres einwirken, sie glätten oder zurückhalten, eine Strömung beschwichtigen oder sie herausfordern. Wir tun es nicht oft, denn es ist sehr anstrengend und es hat seinen Preis. Für den Sänger ist ein solches Wirken nicht ohne Gefahr. Es kann ihn erschöpfen, gefährlich erschöpfen. Aber ja«, sie richtete sich auf, »wir sind dazu in der Lage.«

»Das Meer zu beherrschen?«, entfuhr es Arval missmutig.

»Nun, nun, beherrschen«, suchte Urdis ihn zu beschwichtigen und schnalzte mit der Zunge.

Biran aber schien das Wort nicht für unangemessen zu halten. Sie neigte sich vor und blickte Arval direkt in die Augen. »Es würde uns vielleicht töten, ja, aber wenn wir es wollten, dann könnten wir das Meer teilen.«

Die ungeheuren Worte hingen eine Weile in der Luft. Die Anführerin des Seevolkes selbst war es, die als Erste den Bann brach, indem sie sich, zufrieden mit der Wirkung ihrer Worte, zurücksetzte und nach einem Stück gebratenem Fisch griff. »Aber das größte Lied von allen«, sagte sie bedauernd, »ist uns verloren gegangen.« Sie kaute versonnen. »Manche meinen sogar, es sei nur eine Sage und könne gar nicht gefunden werden.« Ihr Blick wanderte in die Runde. »Eroc gehört allerdings zu denen, die das nicht glauben.«

Urdis schickte sich schon an zu fragen, was für ein Lied das sei, als plötzlich ein aufgeregter Ruf ertönte.

»Vater? Vater!« Außer Atem kam Cedric angelaufen, gefolgt von Rowena, die beim Anblick der lagernden Gruppe auf einmal wie bezaubert stehen blieb. Sie vergaß, weswegen sie hierher gerannt war und was sie dem Grafenpaar sagen wollte. Für diesen Moment war sie so lange unterwegs gewesen! Ihr Blick wanderte von einem zum anderen, über Bekannte und Unbekannte, und ihr war, als müsse sie alle berühren, sich davon überzeugen, dass sie echt waren, sie mit der Zärtlichkeit überschütten, die plötzlich in ihr aufwallte. Tränen traten in Rowenas Augen. »Vater«, flüsterte sie unwillkürlich. Sie wünschte, er wäre hier und könnte sehen, wofür er Kerker und Folter ertragen hatte. Und sie war sicher, er hätte den Preis für angemessen gehalten.

Urdis streckte die Hand nach ihr aus und zog das Mädchen an ihre Seite. Mit einem Lächeln vermerkte sie, dass auch das Waldvolk etwas besaß, was die Inselleute staunen machte, denn Biran war von Rowenas Anblick sichtlich beeindruckt. Die wiederum musterte die Ehrfurcht einflößende Anführerin des Seevolks ohne jede Scheu.

»So viele Leben«, bekannte diese nach einer ersten Musterung, »in einer Hülle so frisch wie eine Blüte.« Sie wandte sich an Rowena. »Deine Seele ist schon weit gewandert.«

Rowena lächelte. »Ich weiß, ich bin den anderen schon begegnet.«

»Du weißt?« Biran verhehlte ihr Erstaunen nicht.

Rowena nickte. »Es war in einem Traum, eine Reihe von Gesichtern, wie fallende Blätter, und ich wusste, als ich sie sah, es waren meine früheren Leben.«

»Sehen ist nichts«, beschied Biran sie nach einigem Nachdenken. »Warte, bis du den Chor ihrer Stimmen vernommen hast. Vielleicht könnte ich dir dazu verhelfen.« Ihre Stimme sank zu einem Murmeln herab, während sie ihre Inspektion fortsetzte. Nach einer kleinen Weile glitt ein triumphierendes Lächeln über Birans Gesicht. »Sie ist nur halb von unserem Volk«, stellte sie fest, zufrieden, Rowenas offensichtlichen Wert dadurch ein wenig gemindert zu haben.

Urdis nickte, lehnte sich zu Rowena und strich ihr übers Haar wie eine stolze Mutter. »Ja, das ist sie. Und vielleicht ist es gerade ihr menschliches Erbe, das sie so stark macht.«

Biran hob die Brauen. »Worin besteht es?«, fragte sie.

Urdis kicherte nur und tätschelte Rowenas Wange. »Uns hat es gerettet«, sagte sie leise, mehr für das Mädchen selbst bestimmt als für andere Zuhörer.

Im selben Moment erwachte Rowena aus ihrer Verzauberung. Ihr fiel wieder ein, warum sie hier war. »Gerettet«, wiederholte sie. »Oh, mein Gott, Urdis, es ist etwas Schreckliches geschehen.« Ihr Blick suchte Cedric, der bereits heftig gestikulierend auf seinen Vater einsprach, der ihm mit gefurchter Stirn lauschte. Der alte Graf war sichtlich blass geworden, die Falten in seinem Gesicht schienen mit einem Mal deutlicher hervorzutreten, und er wirkte schlagartig älter. Nur das Gesicht der Gräfin war glatt und gefasst wie je.

Rowena griff nach Urdis' Hand. »Etwas Schreckliches«, flüsterte sie. »Ich hätte es wissen müssen.«

10

Seit sie im Dunkeln der Kirche nach einem neuen Licht getastet hatte und im Schein einer hastig entzündeten neuen Kerze das Gesicht des Fremden sichtbar geworden war, jenes Mannes, der nun in der Burg vor den Grafen von Cloagh hintrat, war Rowena nicht mehr zur Ruhe gekommen. Noch immer klopfte ihr Herz bis zum Halse.

Es war Cedric gewesen, der in der Kapelle droben die Geistesgegenwart besessen hatte, das kleine Kirchentor aufzustoßen, um im spärlich hereinsickernden Tageslicht den Leuchter neu zu entzünden. Cedric war es auch, der auf die Silhouette des Reisenden zutrat, der sich keinen Schritt bewegt hatte.

Rowena umklammerte Cedrics Arm, während sie an ihm vorbeilugte, und sie spürte, dass er sich ebenso anspannte wie sie selbst, als sie den Mantel des Ankömmlings erblickten: weiß mit roten Kreuzbalken. Und sie wussten, ohne ein Wort miteinander zu wechseln, was sie dachten: Dies konnte kein Zufall sein. Im Geiste vernahmen sie die Schreie der sterbenden Bauern. Doch war in diesen ersten Momenten des Schweigens zwischen ihnen nichts zu hören als der hungrige Anprall des Meeres gegen die Steilküste.

Cedric, der sein Schwert gezogen hatte, steckte es demonstrativ langsam in die Scheide zurück, nachdem der Ritter artig gegrüßt und seinen Namen genannt hatte: »Johan de Boisgilbert.«

Cedric stellte sie ebenfalls vor. »Sind wir einander nicht schon einmal begegnet?«, fragte er misstrauisch.

»Im Heiligen Land?«, fragte der Fremde. »Ich glaube nicht, an einen schönen Knaben wie Euch würde ich mich erinnern.«

Cedric verzog das Gesicht. »Ich meine vor wenigen Tagen«, stellte er spröde richtig. »Als wir nicht weit von hier auf eine ganze Gruppe Eurer Ordensbrüder stießen.«

Boisgilbert hob die Brauen. »Gentford ist schon hier? Dem Himmel sei Dank. Ich hatte gefürchtet, der Landweg würde ihn mehr Zeit kosten.«

»Ich wusste doch, dass dies kaum ein Zufall sein kann.« Cedric starrte ihn an. »Darf ich fragen …?«

Mit erhobener Hand gebot Boisgilbert ihm Einhalt. »Ihr tadelt mich zu Recht«, sagte er schnell. »Ich war mehr als unhöflich, und Ihr müsst mich für einen Mensch mit mangelnder Erziehung halten. Aber es lag keineswegs in meiner Absicht, Euch so« – er warf einen raschen Blick zu Rowena und verneigte sich in ihre Richtung – »überraschend nahezutreten. Das ist wahrhaftig ein unglückliches erstes Zusammentreffen.« Sein Blick blieb ein wenig zu lang an Rowena hängen. Rasch kaschierte er es mit einem väterlichen Lächeln. Als sie darauf nur sehr kühl reagierte, hob er die Brauen. »Ihr habt Schlangen gesucht, mein Fräulein?«, erkundigte er sich.

»Vielleicht habe ich welche gefunden?«, gab Rowena zurück, der die Anwesenheit des Mannes geradezu körperlich unangenehm war. Dabei sah er keineswegs schlecht aus. Er war groß, breitschultrig, das blonde Haar, das ihm bis auf die Schultern fiel, war in weichem Schwung aus der fast ein wenig zu hohen Stirn zurückgekämmt. Sein Gesicht war ebenmäßig. Rowena konnte kaum sagen, woran es lag, dass sie am liebsten einen größeren Abstand zwischen sich und ihn gebracht hätte. Aber sein Lächeln gefiel ihr ebenso wenig wie der intensive Blick seiner blauen Augen, die einen Tick zu hell waren und ihr Gegenüber mit einer gnadenlosen Intensität fixierten, die in der Tat ein wenig an eine Schlange erinnerte.

»Meine Frau«, Cedric betonte jedes Wort, »kann als künftige Gräfin von Cloagh in dieser Kapelle suchen, was immer sie zu suchen wünscht.«

»Sicher doch, sicherlich«, beeilte sich Boisgilbert zu versichern. »Solange es gottgefällig ist.« Er lachte, als hätte er einen guten Witz gemacht, und Cedric hielt es für angebracht, zumindest ein Grienen beizusteuern.

Boisgilbert seufzte nach seinem Ausbruch von Heiterkeit. Er schnäuzte sich. »Habe ich doch selbst mich von diesem Fleck angezogen gefühlt und beschlossen, mich hier erst einmal zu sammeln, ehe ich vor Euren Vater trete. Der Graf ist doch Euer Vater?«, fragte er rasch und fuhr, als Cedric nickte, fort: »Es war keineswegs meine Absicht, mich bei meinen neuen Nachbarn einzuschleichen. Bitte verzeiht.« Er breitete die Arme aus und verneigte sich formell.

Rowena schnappte nach Luft. Da war sie wieder, diese Bemerkung. Schon Gentford hatte von Nachbarschaft gesprochen. Cedric erwiderte noch die Höflichkeit des Gastes, als dieser sich bereits wieder aufrichtete. »Und nun«, forderte er in plötzlich geschäftsmäßigem Ton, »bringt mich zu Eurem Vater.«

Es hatte Cedric seine ganze Beherrschung gekostet, den Mann einzuladen, ihm zur Burg zu folgen.

Eine Weile zwangen der Wind und der schmale Pfad sie, hintereinanderzugehen. Als sie sich wieder zueinander gesellen konnten, versuchte er ihren neuen Bekannten dazu zu bringen, mehr von sich preiszugeben.

Boisgilbert wich zunächst jeder Frage aus mit dem Hinweis, dass gegenüber dem Grafen, den es zunächst anging, alles seine Erklärung finden würde. Als Cedric andeutete, dass sein Vater möglicherweise am heutigen Tage zu beschäftigt wäre, um einen Reisenden zu empfangen, der in unklarer Mission vor ihn hintrat, lächelte er nur mokant. »Glaubt mir, Euer Vater wird mich empfangen, wenn er erfährt, wie weitreichend meine Mission ist und wie überaus klar mein Wille.« Er blieb mitten auf den Klippen stehen und wies hinaus auf die Bucht, wo die Insel als einsame Bergspitze in der Ebene aus Geröll und Schlick aufragte. »Dort«, verkündete er im Ton eines Propheten, der seine Vision leibhaftig vor sich sieht, »dort wird das neue Heim unseres Ordens stehen.

Ein Kloster, von dem die Kraft des Geistes über das Meer und die Küsten ausstrahlen wird.«

»Aber …« Mehr brachte Cedric im ersten Moment nicht heraus.

»Das ist absurd.« Es war Rowena, die als Erste Worte fand. »Die Insel gehört zum Land des Grafen von Cloagh. Er und kein anderer ist Eigentümer der Küste.« Sie schaute ihren Mann an und verstärkte ihren Griff um seinen Arm. *So ist es doch*, flehte ihr Blick, *oder?*

»Der Küste, gewiss.« Der Kreuzritter ließ sich nicht aus der Ruhe bringen. »Auf die Insel aber haben wir einen Rechtsanspruch, der unabweisbar ist.« Er blieb notgedrungen stehen, als Cedric abrupt im Laufen innehielt und ihn anstarrte. »Lüge«, knurrte der junge Graf. Ein feiner Sprühregen setzte ein und ließ Tropfen über ihre Gesichter laufen, während sie einander anstarrten. Keiner gab nach. Schließlich war es der Templer, der lächelte. »Ihr werdet doch nicht erwarten, dass ich meine Dokumente hier ausbreite?«, fragte er und hob die Hände gegen den grauen Himmel.

Cedric war unschlüssig, da kam Colum ihnen entgegen. Der Knappe hatte sie bereits verzweifelt gesucht. Er wedelte mit den Armen. »Endlich«, rief er. »Die anderen warten schon. Wie konntet Ihr …« Er wollte sie an das anstehende Treffen erinnern, verstummte aber, als er den Fremden bemerkte.

Rowena begrüßte ihn mit einem eiligen Wortschwall, um den peinlichen Moment zu überspielen und zu vermeiden, dass Colum doch noch eine verräterische Bemerkung entschlüpfte. Cedric verpflichtete ihn eindringlich, den Ordensritter ohne Umweg zur Burg zu führen und am Feuer in der Halle auf sie zu warten, während er sich mit Rowena auf den Weg machte.

»Wie konnten wir das Treffen vergessen?«, klagte Rowena. »Die allererste Begegnung!« Im Laufschritt hetzten sie voran.

Cedric hatte andere Sorgen. Und nun erwies sich, wie berechtigt sie waren.

11

Das Feuer knisterte lebhaft, als der Graf von Cloagh das Schriftstück in beide Hände nahm, das der Besucher ihm reichte, um seinen vorgetragenen Anspruch auf die Gezeiteninsel zu unterstreichen. Jede seiner Gesten war so demonstrativ wie die eines Schauspielers.

Boisgilbert stand ihm in nichts nach und verharrte mit dick aufgetragener Verbindlichkeit, als erwarte er das Urteil eines Richters, sei sich seiner Sache aber gewiss.

Der Graf neigte sich nahe an das Feuer, um in seinem Schein lesen zu können. Je länger er das Pergament anstarrte, desto verschlossener wurde sein Gesicht. »Es ist die Schrift meines Vaters«, bekannte er schließlich.

Boisgilbert hob die Hand und deutete aus der Ferne. »Und wenn Ihr auch das Siegel zur Kenntnis nehmen wollt«, sagte er in gespieltem Eifer.

Der Graf warf ihm einen strengen Blick zu. »Ich kenne das Siegel meiner Ahnen.«.

»Gewiss tut ihr das.« Die Stimme Boisgilberts hätte nicht freundlicher sein können. »Dann seid Ihr über die Gültigkeit der Schenkungsurkunde nicht weiter im Unklaren und …«

Er verstummte erwartungsvoll, als der Graf die Hand hob. »Das Dokument scheint echt«, stellte Cloagh fest, »die Schrift stimmt überein, das Siegel, selbst das Alter scheint zu passen.« Dabei rieb er prüfend eine Ecke des Pergamentes zwischen seinen Fingern. Dann fuhr er mit lauter werdender Stimme fort: »Allerdings erlaubt Ihr, dass ich mich eines weiteren Punktes versichere.« Er winkte nach Colum. »Mein Vater«, erläuterte er dabei, »hat wie alle unsere Vorfahren jede Transaktion und jedes Schriftstück in einem Register verzeichnet. Ich kann mich nicht erinnern, dass eine Schenkung der Insel dort irgendwo verzeichnet wäre. Sicher ist sie nur ein vollkommen unbedeutender Felsen«, beeilte er sich hinzuzufügen, eine Bemerkung, die Boisgilbert mit einem wohlwollenden Lächeln quittierte, »aber dennoch …« Die Stimme des Grafen ging in ein Murmeln über.

Für einen Moment herrschte Stille zwischen den Anwesenden. Rowena saß verkrampft auf einem Stuhl, Cedric stand hinter seinem Vater wie eine Leibwache; schwer zu sagen, ob es die Nähe des Feuers oder die Erregung war, die ihm die Schweißtropfen auf die Stirn trieb. Er und Rowena vermieden so angestrengt, einander anzusehen, dass die Spannung fast mit Händen zu greifen war. Die Gräfin saß ein wenig abseits über eine Näharbeit geneigt, die ihre ganze Aufmerksamkeit zu beanspruchen schien. Rowena fixierte sie eine ganze Weile, fassungslos ob der Ruhe, die von Mary of Cloagh ausging, ohne es auch nur einmal zu schaffen, diese zum Aufschauen zu bringen. Als sich der Kopf der Gräfin schließlich anmutig hob, war es Boisgilbert, den sie ansah. Einen kurzen Moment lang trafen sich die Blicke der beiden und trennten sich wieder, ohne dass einer von beiden eine Miene verzogen hätte. Rowena, die es sah, fragte sich, was in ihnen vorgehen mochte. Ihr Blick blieb an dem silbernen Kreuz hängen, das vor der Brust der Gräfin pendelte, als diese sich vorbeugte, um an einem widerspenstigen Faden zu zupfen.

Dann aber kam Colum mit einer Truhe zurück, die er schwer vor dem Grafen abstellte. Noch einmal wurden die Nerven aller auf eine harte Probe gestellt, als Cedrics Vater sich bückte, um in den darin aufbewahrten Papieren zu wühlen. Er ließ sich Zeit dabei und ging mit aller Sorgfalt vor. Hin und wieder zog er ein Dokument heraus und widmete sich einer eingehenderen Prüfung, ehe er es wieder zurücklegte. Bei alldem fiel kein Wort. Endlich richtete sich der Graf schnaufend wieder auf. In sein Gesicht war ein wenig Farbe gekommen. »Ich kann keinen Hinweis darauf finden, dass dieses Schriftstück je von einem Cloagh ausgestellt worden wäre«, verkündete er. »Darf ich fragen, woher Ihr es habt?«

Der Templer verneigte sich. »Die Gruppe von Ordensbrüdern, für die ich stehe, erhielt es von König Richard persönlich, nach der Schlacht von Jaffa. Für unsere Verdienste um den Schutz der Königin Berengaria«, fügte er fromm hinzu und faltete die Hände.

Cloagh nickte. Die Nachrichten von der fast völligen Zerstörung der Stadt waren inzwischen zu ihnen gedrungen, und auch die über den Frieden, den Richard kurz darauf mit Saladin schloss. Er seufzte. »Ich wünschte, der König könnte darüber befragt werden«, sagte er und hob den Kopf. Er bemühte sich, seiner Stimme einen abschließenden Klang zu geben. »Bevor etwas entschieden wird, möchte ich seine Rückkehr abwarten, um seine Meinung darüber zu vernehmen.«

»Das wird leider nicht möglich sein«, erklärte Boisgilbert nicht weniger bestimmt. »Der König wurde auf seinem Rückweg aus dem Heiligen Land gefangen genommen und harrt nun in einem Kerker seiner Auslösung.«

Gelassen stand er da und ließ die Nachricht wirken. Keiner, dem nicht ein Laut des Schreckens entfuhr. Selbst die Dienstboten, die bislang unauffällig jenseits des Lichtkreises gestanden hatten, vergaßen sich und traten mit weit aufgerissenen Augen näher. Der Graf ächzte. Gerade noch konnte er nach der Hand seines Sohnes greifen, der unbedacht vorstürzen wollte. Colum gelang es nicht, an sich zu halten: »Lüge«, entfuhr es ihm. Sogar die Gräfin verlor ihre unerschütterte Haltung. Rowena, selbst verwirrt, bemerkte, wie sie sich für einen Moment an den Hals griff. Sie ist mit ihm verwandt, erinnerte sie sich. Was mochte dies für sie bedeuten?

Als Boisgilbert die ungläubigen, betroffenen Gesichter sah, fügte er hinzu: »Die Nachricht erreichte England mit demselben Schiff, das auch mich aus Palästina hierher führte. Es ist leider nur zu wahr.« Er schlug die Augen nieder, wartend, dass das Gemurmel ringsum verstummte. Ein Wink des Grafen stellte die Ordnung wieder her.

»Dann bleibt mir noch eines zu tun«, sagte er und starrte auf das Pergament, als müsse es ihm sein Geheimnis offenbaren.

Rowena schlängelte sich an Cedrics Seite. Sie stellte sich auf die Zehenspitzen und flüsterte in sein Ohr: »Was hat er vor?«

Cedric neigte sich zu ihr und gab ebenso leise zurück: »Mein Großvater pflegte all seine Verträge mit einem geheimen Zeichen zu versehen. Wie er das machte, wusste nur er. Vater erklärte mir einmal, es hätte mit einer Frucht zu tun, die er von einer Pilgerreise nach Palästina mitgebracht hat. Ich weiß nicht, welche er meinte. Aber als ich selbst dort war, konnte ich sehen, dass es dort seltsames Obst gibt. Es sieht wundersam aus, schmeckt paradiesisch und mag in der Tat noch andere Geheimnisse besitzen. Warte es ab.«

»Glaubst du, der Vertrag ist eine Fälschung?«, wisperte sie hoffnungsvoll.

»Er muss es sein«, erwiderte Cedric im Brustton der Überzeugung. »Kein Hüter würde die Heimat des Seevolkes hergeben. Wir wissen das.« Sein Blick wanderte zu Boisgilbert, der mit harmlosem Lächeln dastand und von der Ankündigung des Grafen nicht im Mindesten beunruhigt schien. »Aber wie sollen wir ihm das erklären?«

»Tut, was ihr tun müsst«, erwiderte der Templer soeben, von der drohenden Miene des Grafen unbeeindruckt, der erklärte, dass es in seiner Macht stünde, diese Angelegenheit aufzuklären, ein für alle Mal und mit derselben Gewissheit, die das Wort eines Königs gäbe. Ob er noch etwas dazu sagen wolle?

Boisgilbert schüttelte nur leicht den Kopf. »Meine Gewissheit ist unerschüttert.«

»Nun denn.« Die Stimme des Grafen grollte. Es spielte fast so etwas wie ein Lächeln um seine Lippen. »Dann lasst uns Licht in diese Angelegenheit bringen.«

Rowena schrie unwillkürlich auf, als er das Dokument mit ausgestrecktem Arm ins Feuer hielt. Sie schlug sich die Hand vor den Mund. Doch als sie schon glaubte, er wolle es verbrennen und das gefährliche Zeugnis auf diese Weise vernichten, als sie sich schon fragte, ob er wirklich so verzweifelt war oder so naiv zu glauben, das ändere irgendetwas, da hielt der Graf in seiner Bewegung inne.

Für alle sichtbar hing das Pergament nun im Raum, dicht über den Flammen und doch knapp außerhalb ihrer Reichweite. Das Feuer beschien es so, dass es beinahe durchsichtig wirkte. Es leuchtete wie von innen heraus, und von den Rändern stieg sich kräuselnder weißer Rauch auf. Rowena wagte kaum zu atmen. Der Graf hielt diesen Fetzen in seinen Fingern, musste die Hitze ihm nicht Schmerzen bereiten? Ihr Blick wanderte zwischen dem Alten, der eisern den Vertrag hochhielt, und dem Templer hin und her, der seinerseits mit keiner Wimper zuckte. Die Blicke der Männer waren ineinandergebohrt, und Rowena begriff, dass keiner von ihnen zu wanken bereit war, selbst wenn der Geruch verbrannter Haut die Luft verpesten sollte.

Sie klammerte sich an Cedrics Hand und ging im Geiste bereits die Kräuter durch, die sie dem Grafen für seine Brandwunden verabreichen wollte. Noch immer dauerte der stumme Kampf an. Hört auf!, wollte sie rufen. Am liebsten wäre sie vorgestürzt. Hört damit auf! Was sollte all dies beweisen?

Da auf einmal veränderte sich das Pergament.

12

Alle starrten ungläubig das Schriftstück an. Auf seiner vollen Größe, quer über die Zeilen, erschien mit einem Mal wie aus dem Nichts die Gestalt einer Schlange.

Im ersten Moment war Rowena versucht zu glauben, sie winde sich lebendig zwischen den schwarzen Zeichen hindurch. Erst nach einer Weile begriff sie, dass sie eine braune Zeichnung vor sich sah. Aber wo war sie hergekommen?

Eine der Mägde kreischte: »Zauberei!«, und brach in hysterisches Schluchzen aus. Auf Colums Stirn standen Schweißperlen. Der Graf und die Gräfin starrten die Schlange an wie eine Erscheinung. Es dauerte eine Weile, bis Rowena sich von dem Bann des allgemeinen Entsetzens freimachen konnte und begriff, was all dies bedeutete. Es war kein Wunder, keine Zauberei, es war schlimmer als dies: Es war das Zeichen, dass der Vertrag echt war. Die Gezeiteninsel gehörte den Templern. Wie betäubt trat sie vor und ergriff die Hand des Grafen, um sie aus der Nähe der Flammen zu ziehen. Es war höchste Zeit, die Kuppen seiner Finger färbten sich bereits schwärzlich. Jeder im Raum konnte das Aroma verbrannten Fleisches riechen, den Geruch der Niederlage.

»Das ist unmöglich«, stieß der Graf hervor, während Rowena seine Wunde verband. Er nahm seine Schwiegertochter gar nicht wahr. »Das kann nicht sein.« Sein zutiefst verwunderter Blick suchte und fand Boisgilbert.

Dieser verneigte sich mit einem leisen Lächeln. »Habt Ihr das Zeichen Eures Ahnen erkannt?«, erkundigte er sich im Tonfall von jemandem, der fragte, ob das Essen gemundet hat.

Der Graf schüttelte dumpf den Kopf. Dann hielt er inne. Mit von plötzlichem Misstrauen verengten Augen starrte er Boisgilbert an. »Woher wusstet Ihr es?«, verlangte er zu wissen.

Der neigte den Kopf. »Wusste ich was?«, fragte er. Die Frage stand eine Weile im Raum, in einer Stille, die angefüllt war mit Unausgesprochenem. Als es unerträglich zu werden drohte, stand die Gräfin abrupt auf. Das gequälte Quietschen der Stuhlbeine brach den Bann und holte die anderen in die Wirklichkeit zurück. Boisgilbert machte einen Schritt zur Seite und verneigte sich, als sie mit wehenden Kleidern an ihm vorbeieilte. Rowena sah, dass sie sich noch die Zeit nahm, ihm zum Abschied einen Blick zuzusenden, einen langen, rätselhaften Blick, den sie nicht zu deuten vermochte. Doch sie fand weder Hass darin noch Unruhe.

Der Templer wartete, bis Mary of Cloaghs Schritte verhallt waren, ehe er sagte: »Als ich eben die Schlange sah, nahm ich an, dass dies eine Art geheimes Siegel sein muss, da es sich dabei um Euer Wappen handelt. Ist es nicht so?«, fügte er in unschuldigem Tonfall hinzu.

Der Graf, der aufgestanden war, ließ sich wieder auf seinen Sessel sinken. Er blickte rasch zu Rowena hoch und tätschelte ihre Hand, ehe er sie von seinem Arm entfernte. Seine Augen und auch seine Geste waren erschreckend müde. Mit gesenktem Kopf trat Rowena zurück.

»Doch, so ist es«, musste der Graf zugeben. Er tat es mit einem tiefen Seufzer. Dann stemmte er sich noch einmal aus seinem Sessel. Alle nahmen unwillkürlich Haltung an. Erschüttert und ratlos starrten sie auf ihren Herrn, der hoch aufgerichtet, aber wankend dastand. »So begrüße ich Euch denn an der Küste von Cloagh, Boisgilbert.«

»Im Namen des Herrn. Amen«, setzte dieser hinzu und bekreuzigte sich. Kurz darauf versank er in einer Verbeugung, als auch der Graf die Halle verließ, langsamer und gebeugter als zuvor seine Frau.

Rowena blickte Cedric an. »Und was wird nun?«, fragte sie leise. Sie packte seinen Arm fester. Die Angst schnürte ihr die Kehle so zu, dass ihre Stimme nur als kaum mehr vernehmbares Krächzen herauskam. »Was wird aus ihnen?«

Trotz Rowenas Drängen bestand der Graf darauf, mit seinem Sohn Cedric alleine über die Angelegenheit zu beraten. Dass sie die Hüterin des Waldvolks und auch verantwortlich für die Menschen war, die künftig durch die Nähe der Templer in besondere Gefahr gerieten – nichts wollte den Grafen überzeugen.

»Wir Männer waren Hüter, seit alters her.« Der Graf blieb unbeirrbar.

»Aber bei den de Forresters war ich …«, begann Rowena.

Der Graf ließ sie nicht ausreden. »Ihr mögt Euch in einer Ausnahmesituation tapfer geschlagen haben, meine Liebe.« Er lächelte und strich ihr über die Wange. »Aber nun ist Euer Bruder wieder der Hüter der de Forresters, nicht wahr? Und bei den Cloaghs bin ich es und nach mir sein Sohn.« Trotz seines freundlichen Gesichtes war seine Stimme unnachgiebig.

»Aber sie sind hier, weil sie mir vertraut haben, mir, nicht Cedric oder Euch, mir sind sie gefolgt.« Rowena wurde immer aufgeregter. »Cedric!«, forderte sie schließlich ihren Mann auf. Er musste doch wissen, was sie und die Ihren verband. Erwartungsvoll verschränkte sie die Arme.

»Rowena«, antwortete er gequält und blickte an ihr vorbei. »Bitte, Liebste, lass uns später darüber reden, ja?«

Rowena war, als würde ihr der Boden unter den Füßen weggerissen. »Später?« Sie schnappte nach Luft. »Später, wenn ihr alle Entscheidungen bereits gefällt habt?«

»Seid nicht trotzig, meine Liebe«, fügte der Graf hinzu und nickte noch einmal grüßend, als sie in seinem Zimmer verschwanden.

Trotzig! Rowena wäre beinahe geplatzt. Er behandelte sie wie ein Kind, nahm weder ihre Sorge ernst, noch hielt er sie eines Gespräches unter Gleichen für wert. Und ihr Mann stand dabei und sagte keinen Ton dazu. Sie musste sich auf die Lippen beißen und an sich halten, um nicht sofort diese Tür aufzustoßen und beiden ihre Meinung entgegenzuschreien. *Ist es falsch von mir, mich einzumischen?*, fragte sie sich. *Aber ich will doch nur helfen!*

Mit Groll und Verzweiflung betrachtete sie erst die verschlossene Tür, dann den verlassenen Gang. Hätte sie etwas zur Hand gehabt, sie hätte es zu Boden geschmettert vor Zorn. So stand sie hilflos da und wusste nicht, wo als Nächstes hingehen in dieser Burg, die ihr noch immer fremd war. Es gab keinen Ort und keine Person, die so etwas wie eine Zuflucht für sie darstellten. Niemand, mit dem sie nun reden und sich hätte beraten wollen. Allenfalls Colum, fiel es ihr ein. Wer hätte gedacht, dass der hässliche alte Knappe, dem sie anfangs so tief misstraut hatte, einmal ihre Stütze und ihr Halt werden sollte. Aber auch Colum war nicht zu finden. Rowena erfuhr, dass er den Auftrag erhalten hatte, Boisgilbert heimlich zu folgen, der aufgebrochen war, um sich mit seinen Männern zu treffen.

Rowena hieß diese Entscheidung gut, fand aber, sie hätte von ihr durch ihren Mann erfahren müssen. Aber Cedric war beim Grafen. Er hatte ihr zum Abschied einen liebevollen, ja sogar bedauernden Blick zugeworfen, aber starkgemacht dafür, dass sie an der Beratung teilnahm, hatte er sich nicht. Rowena ballte wieder die Faust. Seine Blicke konnte er sich sparen. Begriff er denn nicht, dass sie eine Hüterin war? Dass es in ihrer Verantwortung lag, was aus den Menschen wurde, die sie hierher geführt hatte? Urdis und Arval und all die anderen waren nicht zuletzt ihre Verwandten.

Auf ihrem ziellosen Weg durch die Gänge kam Rowena am Kapellenraum vorbei, einem kleinen Anbau an den Pallas, der auch von dessen Gemächern aus zugänglich war. Sie blieb überrascht stehen, als sie die Gestalt bemerkte, die dort drinnen vor dem Altar kniete, das Haupt geneigt, die gefalteten Hände erhoben und offenbar in inbrünstige Gebete vertieft. Es war nicht, wie sie es im Hause von Hütern erwartet hatte, eine der Zofen, sondern die Gräfin selbst.

Rowena hielt inne, verblüfft und für einen Moment hin- und hergerissen. Sollte sie sich bemerkbar machen, ihre Schwiegermutter in einem geeigneten Moment ansprechen? Sie betrachtete die Kniende, die trotz ihrer demütigen Haltung innerlich zu brennen schien. Rowena sah, wie ihre Lippen sich unabänderlich in leisem Gebet bewegten. Mary of Cloagh musste ebenso aufgewühlt sein wie sie selbst. So verschieden sie sein mochten – vielleicht fanden sich in dieser Situation Worte, die sie einander näherbrachten?

Gerade, als sie sich bemerkbar machen wollte, war es Rowena aber, als hörte sie noch eine zweite Stimme dort drinnen, flüsternd, eifrig, tief wie die eines Mannes. »Amen«, hörte Rowena es raunen. Zögernd senkte sie die Hand wieder, die sie nach ihrer Schwiegermutter ausgestreckt hatte.

Im selben Moment, so als hätte sie ihre Anwesenheit, das sanfte Anklopfen von Rowenas stummer Frage gespürt, hob Mary of Cloagh den Kopf und schaute ihr direkt in die Augen. Rowena fuhr zurück, erschrocken über die Härte, die sie im Blick der Gräfin spürte. Es war beinahe wie eine Ohrfeige. Für einen Atemzug betrachtete die Frau sie ohne jede Regung, dann trat sie kurz und entschlossen mit dem Fuß nach der Tür, die sich mit einem dumpfen Laut dicht vor Rowenas Nase schloss. Das Mädchen schnappte nach Luft.

13

»Nicht«, sagte Nyssa und schob Auleds Hand beiseite, die sich ihrer Wange genähert hatte.

Der Weber presste die Lippen zusammen und wandte sich ab. Wie lange noch würde ihre Unentschlossenheit ihn quälen? Während Nyssa zu den Teppichen an den Wänden seiner Hütte blickte, während sie um ihre Fassung rang, wandte er sich wieder seinem Webstuhl zu.

Es war eine uralte, denkbar simple Konstruktion. Steinerne Gewichte hielten die Fäden straff, die über das hölzerne Gestänge liefen. Nyssa war sie so vertraut wie nichts sonst, genauso wie Auleds der offenen Tür zugewandter Rücken, wenn er mit gekreuzten Beinen am Boden saß und das Gewebe vor ihm aufwuchs; genauso wie sein Profil, das durchs Fenster zu betrachten sie nie versäumte, wann immer sie an seiner Hütte vorbeiging. Und sie fand oft genug Vorwände dafür. Betreten – so wie heute – hatte sie sie allerdings selten. Ihr Vater missbilligte es. Und sie richtete sich danach.

Auch jetzt hatte Auled sich wieder niedergelassen. Sie sah seine Arme sich bewegen, während er das Holz mit dem Faden führte, sah das Spiel seiner Schultermuskeln. Jetzt hielt er inne und bändigte seine Haare, die ihn störten, zu einem Zopf, den er mit einer routinierten Bewegung zu einem Knoten seitlich am Kopf aufdrehte und feststeckte.

Nyssa schluckte, als sie es sah. Da, als sie die Hoffnung schon fast aufgegeben hatte, erklang seine Stimme erneut.

»Du bist keine Braut mehr«, sagte er, nicht scharf, nicht spöttisch, in völlig neutralem Ton. Dennoch traf Nyssa der Satz wie ein Messer.

Auled hatte innegehalten, um auf ihre Bewegungen zu lauschen. Als er nichts hörte und sicher war, dass sie nicht aufgesprungen war, um zu flüchten, webte er weiter. »Der junge Graf hat bereits eine Frau.«

Nach einer ganzen Weile kam ihre Antwort. »Das hat nichts zu bedeuten.« Nyssa gab sich alle Mühe, zuversichtlich zu wirken, aber sie hörte selbst, wie wenig überzeugend es klang. »Vater sagt, man muss nur abwarten, und …« Sie verstummte.

Mit einer heftigen Bewegung wandte Auled sich um. »Das ist doch Unfug, Nyssa. Abwarten? Was denn? Dass der junge Cloagh sie verstößt? Hast du sie dir angesehen?«

»Was meinst du?«, gab Nyssa zurück. Abrupt warf sie ihr Haar über die Schulter. »Dass keiner mich wollen kann, der erst sie gesehen hat?« Ein blauer Funke brannte in ihren Augen, nur für einen Moment, der aber genügte, um Auleds Gefühle für sie schmerzhaft aufwallen zu lassen.

»Nein, nein!«, rief er betroffen und sprang auf. »Das habe ich nicht gemeint. Du weißt, dass ich so nicht denke. Niemals«, setzte er leise hinzu und streckte die Hand nach ihr aus.

Nyssa senkte den Kopf und verschränkte die Finger fest in ihrem Schoß. »Vater sagt, wir müssen warten, es würde sich alles fügen. Man sorge bereits dafür.«

Auled hielt inne und betrachtete sie lange. Es lag ihm auf der Zunge, zu fragen, wer ›man‹ sei. Aber dann ließ er es. Er war der Sache überdrüssig, mehr als das. Er wollte es gar nicht wissen. »Und du?«, forderte er sie stattdessen auf. »Was willst *du*?«

»Vater sagt …« Erschrocken verstummte Nyssa, als Auled plötzlich mit einer zornigen Bewegung das Führungsholz auf den Boden warf.

»Vater sagt, Vater sagt«, äffte er sie nach.

Nyssa betrachtete die im Staub liegende Wollschnur in dem wunderschönen Rotton, der nun beschmutzt war, und sie erschien ihr ein wenig wie ein Bild ihrer eigenen traurigen Situation. Plötzlich schossen ihr die Tränen in die Augen. Sie schluchzte einmal auf, dann bückte sie sich nach dem roten Faden. Während sie ihn angelegentlich neu aufwickelte, fing sie sich wieder. Bis die Arbeit beendet war, waren auch ihre Tränen versiegt. Sie reichte Auled Faden und Holz. »Er würde mich dir so oder so nicht geben«, sagte sie mit tonloser Stimme. »Das weißt du.«

»Ja«, bekannte er und setzte bitter hinzu. »Weil er mich für einen Versager hält. Weil ich ihm sein verdammtes Lied nicht geben kann.« Er schüttelte den Kopf. »Als ob irgendjemand das vermöchte. Als ob wir nicht alles versucht hätten. Dieser Verrückte.«

»Mein Vater ist nicht verrückt«, protestierte Nyssa. Ihre erstorbene Stimme belebte sich wieder. Aber auch er wurde lauter, während sie fortfuhren, sich zu streiten. Schon hoben draußen die ersten Vorbeigehenden die Köpfe. Durchs Fenster konnten sie den jungen Mann und das Mädchen sehen, die gestikulierend voreinander standen, sich Vorwürfe und Verdächtigungen an den Kopf warfen und sich doch nach nichts anderem sehnten, als einander in den Arm zu nehmen.

Nach einer Weile wurde Nyssa es müde. »Mein Vater ist nicht verrückt«, wiederholte sie zum Abschluss.

Auled trat zum Webstuhl und hieb mit der Faust dagegen. »Bist du sicher?«, fragte er nur. Wie oft hatten sie dieses Gespräch schon geführt. Ob hier oder am Strand, auf den Klippen oder hinter der Düne, wo andere Liebespaare sich trafen, um einander Zärtlichkeiten zuzuflüstern. Aber sie beide sprachen in den gestohlenen, heimlichen Minuten immer nur über das eine. Er war es leid. All das schien ihm so sinnlos. Als der Grafensohn mit seiner Gemahlin auftauchte, hatte er für einen Moment Hoffnung geschöpft, dass sich nun alles ändern würde, dass Nyssa ihre Reserviertheit ihm gegenüber aufgäbe und auch Eroc mit der Zeit Vernunft annehmen würde. Aber wie es aussah, gelang es ihm ja nicht einmal, das Herz der Tochter zu bewegen. Sie war genauso starrköpfig wie der Alte. Anklagend blickte er sie an. »Bist du da ganz sicher?«, fragte er.

Nyssa dachte an den Hai und biss sich auf die Lippen. Aber stur hob sie das Kinn und verriet mit keiner Miene, was sie dachte. Nur dass ihr die Tränen über die Wangen flossen.

Erbittert betrachtete Auled die Schweigende. »Dann hältst auch du mich für einen Versager«, sagte er.

Stumm und heftig schüttelte sie den Kopf und verharrte dann einen Moment. Auled hielt die Luft an. Aber statt sich ihm in die Arme zu werfen, wirbelte sie herum und stürmte zur Tür hinaus. Blind vor Zorn starrte er ihr nach und wusste in diesem Moment nicht, ob er sie festhalten wollte, um sie zu umarmen oder zu schütteln.

»Darf ich eintreten?«

Die Frauenstimme riss den jungen Weber aus seinen widerstreitenden Gefühlen. Einen Moment lang blinzelte er und versuchte sich zu sammeln. Weder wusste er, wie viel Zeit vergangen war, seit Nyssa aus seiner Hütte gelaufen war, noch, wie lange sein Gast schon dort gestanden haben mochte. Als er die Frau erkannte, war er so verblüfft, dass er einen

Moment benötigte, ehe er sich so weit gesammelt hatte, dass er sie mit einer leichten Verneigung begrüßen und hereinbitten konnte.

»Tretet ein, Herrin«, bat er mit einer anmutigen Handbewegung. Er zog ein Kissen aus einer Truhe und legte es auf die Bank aus gestampfter Erde, die an den runden Wänden seiner Behausung entlanglief. Sie diente an manchen Stellen als Ablage, an einer anderen als sein Lager. Nun hatte er einen Gästesitz geschaffen, auf den er seinen Besuch einlud. Er selbst nahm in der Mitte des Hauses Platz, vor seiner Webarbeit.

»Nennt mich Rowena«, sagte seine Besucherin und dankte ihm, während sie Platz nahm. Sie überließ ihn einer Weile der Weberei, die er instinktiv wieder aufgenommen hatte, um seine Gedanken zu sammeln. Und ein wenig wohl auch, weil er der Frau, die seiner Geliebten so viel Kummer bereitet hatte, nicht zu vertraut gegenübertreten wollte. Aus den Augenwinkeln allerdings betrachtete er sie. Und was er sah, gefiel ihm. Sie war wahrhaftig schön, mit ihrem Kupferhaar und der biegsamen Gestalt, mit dem lebendigen Mund und ihren Waldaugen, die nun aufmerksam seine Hütte musterten. Vor allem aber wirkte sie lebhaft und klug. Auled musste sich gestehen, dass er sie mochte. Von ihr ging etwas aus, das ihn heiter stimmte. Es fühlte sich richtig an, dass sie dort saß.

Rowena ihrerseits blickte sich begeistert um. Wie lange war sie nicht mehr in einer Hütte des Alten Volkes zu Gast gewesen. In der Heimat hatten die Krieger des Bischofs das Walddorf zerstört, einen Ort, den sie als ihre Heimat begreifen gelernt und in dem sie so wichtige, wunderbare Tage verbracht hatte. Als sie aufbrachen, war alles erst im Wiederaufbau gewesen.

Wie sehr sie das alles vermisst hatte, begriff sie jetzt erst. Die runde Form der Behausung umschloss einen wie die Muschel die Perle, wie der Brustkorb das Herz; man fühlte sich aufgehoben und behütet. Angia hatte in so einer Hütte gelebt, ihre Freundin und Lehrerin. Sie hatte sie beherbergt und gepflegt und ihr die Augen für so vieles geöffnet.

Auch die übrigen Formen, der gestampfte Boden, die kunstvoll ohne Mörtel gefügten Steine, die einfachen Gegenstände aus Holz oder Stein erschienen ihr bekannt und begrüßten sie wie alte Vertraute. Diese Schlichtheit und Schönheit der Proportionen, die Achtsamkeit, die aus allem sprach, entfaltete mehr Wirkung, als alle Schnörkel und Verzierungen es vermocht hätten.

Bei Auled kam hinzu, dass die Teppiche, die Teile der Wände verhängten und das Innere mit ihren Farben und ihrer Wärme erfreuten, von ganz besonderer Qualität waren. Wie diejenigen, die auch Rowena kannte, waren sie mit lebhaften Ornamenten geschmückt, ohne Bilder oder Gestalten, dafür von solch anmutiger Linienführung und verschlungener Kompliziertheit, dass man kaum seinen Augen traute. Rowena suchte die Grundmuster zu erkennen, sicher, dass es eines geben müsse in all den Bögen und Schattierungen. Doch sie verlief sich darin wie in einem Irrgarten. Bisweilen erschien es ihr, als habe sich in dem Wirrwarr doch hier eine Pflanze oder dort ein Gesicht versteckt, aber stets erwies es sich als Täuschung, und je mehr sie sich darauf konzentrierte, sie deutlich zu erkennen, desto weniger vermochte sie den ursprünglichen Eindruck festzuhalten. Alles lockte und entzog sich gleichermaßen; es flirrte ihr vor Augen. Und doch hatte sie das Gefühl, dass eine Welt in diesen Mustern verborgen war, eine geheime Welt, die nur auf das Losungswort wartete, um sich ihrem Besucher zu öffnen und ihn aufzunehmen.

Auled musste wider Willen lächeln, als er ihre Versunkenheit bemerkte. Sein Gesicht rötete sich ein wenig und er fragte bemüht beiläufig: »Schön, nicht wahr?«

»Mehr als das«, entfuhr es Rowena. Sie wandte den Kopf und schaute ihn voll an.

Auled erwiderte den Blick. »Es ist auch mehr«, bekannte er und erhob sich, um an den Teppich heranzutreten, den Rowena mit besonderer Aufmerksamkeit bedacht hatte. Es war ein kleines Exemplar, das Blau- und Grüntöne ineinanderfließen ließ zu einem Muster, das vage an Wellen erinnerte, aber vielgestaltig und dicht war. »Könnt Ihr es lesen?«, fragte er, mit den Fingern über das Gewebe fahrend.

Rowena errötete heftig. »Ich kann nicht lesen«, bekannte sie nach einem Moment des Zögerns. »Mutter hielt es nicht für nötig, weil unser Volk doch alles mündlich überliefert. Und Vater hatte es nach ihrem Tod wohl irgendwie aus den Augen verloren …« Ihre Stimme wurde immer leiser.

Auled lächelte und schüttelte den Kopf. »Nicht so, wie die Burgbewohner lesen«, erklärte er. »Auch bei uns ist es ja nicht anders: Wir kennen weder Buchstabe noch Schrift. Und wir meiden diejenigen der anderen, damit unsere Geheimnisse nicht in deren Archive einfließen und irgendwann offenbar werden. Unsere Traditionen ruhen in unserem Blut.«

Rowena nickte.

»Und sie werden mit unseren Stimmen weitergegeben.« Als er den fragenden Ausdruck in ihrem Gesicht sah, fuhr er fort: »Mit unseren Singstimmen.«

»Ihr meint …«, begann sie und vollendete, da er nur auffordernd die Brauen hob, den Satz selbst. »… ihr bewahrt eure Traditionen in euren Liedern auf.«

»So in etwa«, bestätigte Auled und lachte leise. »So in etwa.« Er erinnerte sich, dass sie bei dem ersten Gespräch zwischen Biran, Eroc und ihren eigenen Leuten nicht dabei gewesen war.

»Ihr erzählt eure Geschichte in Liedern«, murmelte Rowena, die aufgestanden war, um den Teppich aus der Nähe zu betrachten. »Faszinierend.«

»Wir erzählen sie nicht«, korrigierte Auled ihre letzte Bemerkung. »Wir singen sie.«

Mit gerunzelter Stirn schaute Rowena ihn an. Sie suchte

zu begreifen. »Ihr verwendet keine Worte?«, wagte sie sich tastend vor.

Er nickte. »Es sind nur Klänge«, bestätigte er. »Aber diese Töne entsprechen ...«

»... dem Klang der Dinge«, fiel Rowena ihm ins Wort. Sie war begeistert von der plötzlichen Erkenntnis. Ihre Augen leuchteten und sie klatschte in die Hände wie ein Kind vor Begeisterung über ihre Entdeckung. »Ihr singt das Lied der Welt.«

»So in etwa«, wiederholte Auled. Aber diesmal lag Anerkennung in seiner Stimme. Diese Frau hatte begriffen, was er meinte, das spürte er. Und sie hatte es weit schneller erfasst als die anderen ihres Volkes, ja, als manche ihrer eigenen Leute, die zwar mit den Liedern aufwuchsen, aber in die hohe Kunst, sie selbst zu singen und die darin liegende Macht zu beherrschen, erst mühsam und über viele Jahre eingeweiht werden mussten. Es war ein langer Lernprozess, bis man ein Sänger wurde. Manche waren besonders begabt dafür, wie Nyssa, die über größere Kräfte verfügte als selbst die Alten unter ihnen. Andere lernten es nie wirklich. Rowena hier, das spürte er, hatte im ersten Moment verstanden, worum es ging. Er war erschrocken und stolz zugleich.

Um es zu verbergen, konzentrierte er sich wieder auf das Teppichbild. »Dieses hier zum Beispiel ist ein Lied über die Gezeiteninsel draußen.«

Rowena nickte. »Ja«, rief sie eifrig, »das Grün und das Blau, Land und Meer, wie es ineinandergreift. Es entspricht ihrer Stellung zwischen Küste und See.« Intensiv blickte sie auf die Darstellung, bis sie fast das Gefühl hatte, die Linien darauf bewegten sich. Etwas, so schien es ihr, wollte darin für sie greifbar werden. Erst im letzten Moment entzog es sich ihrem Zugriff wie ein Wort, das einem auf der Zunge liegt; man weiß, es ist da, und doch bleibt es verborgen.

Auled beobachtete sie aufmerksam. »Schließt die Augen«, sagte er dann leise. »Es gilt nicht, zu sehen, es gilt zu hören.«

Rowena gehorchte. Vor ihrem geschlossenen Auge tanzten die Linien noch immer ihren neckenden, wilden Tanz, in dem ihr Körper sich unwillkürlich mitzuneigen sehnte. Es zuckte und bebte in ihren Armen, in ihren Beinen. Und dann erklang mit einem Mal leise, wie aus dem Nichts, aber anschwellend und Gestalt gewinnend, der erste Ton des Liedes. Sie öffnete den Mund und entließ ihn.

Auled hatte auf diesen Augenblick gewartet. Er holte Atem und unterstützte den dünnen, unsicheren Ton aus Rowenas Kehle mit dem warmen, vollen Klang seiner Stimme. Rowena war es, als glitten Wogen über sie hin, verwirrend, liebkosend, überwältigend.

Sie öffnete die Augen und sah Auled lächeln. »Das Meer«, sagte er.

Rowena vermochte nur zu nicken. Ihr war noch immer ein wenig schwindelig. Mit glänzenden Augen blickte sie Auled an, der sich neben ihr niederließ und sie bewundernd betrachtete. Sie öffnete die Lippen und atmete; ihr war, als hätte sie es bislang vergessen, als wäre dies ihr erster Atemzug nach einer langen Weile unter Wasser. »Ich möchte es lernen«, sagte sie, noch ehe sie begriff, was da aus ihrem Munde kam.

Auled blickte sie noch immer an. Sein Blick war wie ein wärmendes Licht. »Ich glaube wahrhaftig, Ihr könntet es«, sagte er.

Mit einer heftigen Bewegung wurde da der Vorhang vor dem Hütteneingang beiseitegerissen. Wie ertappt blickten die beiden auf und entdeckten Eroc, die Brauen drohend gerunzelt. Als er Rowena sah, öffnete er den Mund, doch im ersten Moment kam kein Ton heraus. Auled und Rowena nutzten die Pause, um ein wenig auseinanderzurücken.

Eroc schien sich zu fangen. »Ist meine Tochter hier?«, fragte er in herrischem Ton.

Statt einer Antwort hob Auled die Hand und wies einladend in der Hütte herum, die ganz offensichtlich niemanden sonst beherbergte und auch keine Verstecke bot. »Warum sollte sie?«, konnte er es sich dann nicht verkneifen zu fragen.

Eroc stieß ein missbilligendes Schnauben aus, zog es dann aber vor, nicht zu antworten. Trotzdem blieb er, wo er war. In seinem Gesicht arbeitete es. Und man konnte sehen, wie sehr es ihn drängte, zu fragen, was Rowena hier wollte, und zu verkünden, wie wenig es ihm behagte.

Wenn er könnte, dachte die junge Hüterin, *würde er mich einfach hinauswerfen, verscheuchen wie einen fremden Hund. Würde er es wagen?* In ihren Augen begann es zu funkeln.

Aber Eroc war wohl zu dem Schluss gekommen, dass er sich damit der Schwiegertochter des Hüters gegenüber im Ton vergriffe. Er schnaubte ein weiteres Mal, sandte ihnen einen letzten bösen Blick zu und verschwand.

»Er hasst mich«, stellte Rowena halb verwundert, halb amüsiert fest.

Auled stieß ein unfrohes Lachen aus. »Stellt Euch hinten an«, sagte er.

14

Der Umzug des Seevolkes vollzog sich still und in Eile. Man hatte beschlossen, sie fürs Erste in der waldigen Schlucht anzusiedeln, die sich Rowenas Leute als ihre neue Heimat erkoren hatten. Dort wollten sie neue Hütten errichten, näher hin zu dem Meer, von dem sie nicht lassen konnten.

Die Arbeiten hatten schon am frühen Morgen begonnen, unter einem Himmel, in dem sich graue Wolken zu Gebirgen ballten. Eilig hasteten darunter die klein wirkenden Gestalten hin und her, schleppten Hausrat, Bündel, Körbe, geleiteten die Alten und Kranken über die Schlickebene und zerrten schließlich Schleiftragen hinter sich her mit den Steinen, aus denen ihre Häuser bestanden hatten.

»Wir dürfen keine Spuren hinterlassen«, hatte der Graf angeordnet. Allenfalls Grundmauern sollten noch zu sehen sein. Die Feuerstellen wurden eingegraben, Geröll auf verräterische Stellen gehäuft, Grassoden auf dem Festland ausgestochen und herübergeschafft, um sie hier und da festzutreten. »Es gibt hier viele Inseln, auf denen zuweilen Schäfer hausen«, hatte Cedric seiner Frau erklärt. »Ein paar Mauerreste sind nichts Ungewöhnliches. Aber es muss alt aussehen und vereinzelt.«

»Selbst die Steine«, murmelte Rowena, während sie den Menschen zusah, denen ihr ganzes Mitgefühl gehörte. Hatte sie nicht selbst eben erfahren, wie es war, entwurzelt zu werden? Am liebsten wäre sie hinuntergestiegen, um ihnen zur Hand zu gehen. »Es ist ein wenig so, als sammele man die Knochen aus einem geliebten Grab, nicht wahr?«

Cedric gab durch ein Kopfschütteln zu verstehen, dass er diese Bemerkung für ein wenig übertrieben hielt. »Ihre Toten«, erklärte er steif, »übergeben sie dem Meer.«

»Das Meer«, echote Rowena. Heute war es grau, bleiern, es wirkte, als würde es all seinem Wogen nicht gelingen, die straff gespannte Oberfläche zu durchbrechen. Nur am äußersten Rand der Brandung, wo sie auf den Strand traf, rüschte es ein wenig perlgraue Gischt. Sosehr der Himmel mit seinen Wolkengebilden auch drohte, hier unten herrschte die angespannte, lastende Stille der Erwartung.

Selbst zwischen Cedric und Rowena war sie greifbar. Sie standen nebeneinander und hatten einander doch noch nicht wieder berührt, seit sie vor der Kammer des Grafen auseinandergegangen waren. Er war in dieser Nacht nicht zu ihrem Lager zurückgekehrt, und der nächste Morgen hatte ihn beschäftigt gesehen.

Rowena hingegen hatte sich Colum angeschlossen und mit ihm in der großen Burgküche gespeist, wo sie die Sensation unter den Knechten und Mägden gewesen war, denen die Ehre, mit der jungen Herrin zu speisen, zunächst Stimme und Appetit verschlagen hatte. Angesichts von Rowenas natürlicher Art und auch wegen des vertrauten Tons, den sie Colum gegenüber anschlug, tauten sie aber rasch auf. Rowan, der alte Hundeführer, war entzückt, wie gut es sich mit ihr über seine Lieblinge fachsimpeln ließ. Die Köchin freute sich über das Interesse Rowenas an ihrer Kräutersammlung und gestand verschämt, sie bisweilen nicht nur des Geschmacks wegen zu sammeln, sondern auch um ihrer Wirkung willen.

»Stimmt«, hatte der Kastellan bestätigt, der anfangs nicht wusste, ob es seiner Würde abträglich wäre, wenn er sich in den Chor des Gesindes mischte. »Die gute Glandys heilt jeden Husten mit ihren Tees.«

Die Köchin errötete vor Stolz. Und wie strahlte sie erst, als Rowena sich nach ihren Rezepten erkundigte, aufrichtig interessiert offenbar und ohne zu verschweigen, dass sie selbst etwas von der Sache verstand. Wenn Rowena fort war, würde sie das Lob der jungen Herrin in allen Räumen singen. »So schön und freundlich, und eine echte Heilerin dazu!« Vorerst begnügte sie sich damit, Rowena einen ihrer Sude zu kochen, die die Seele aufhellen. »Da Ihr so blass seid, liebes Kind«, sagte sie eifrig besorgt und vergaß ganz, mit wem sie redete.

Die Wächter hielten sich am längsten zurück, bis Rowena mitbekam, dass sie Colum auf verdeckte Weise aufzogen. Es ging um eine gewisse Isolde. Mit ihrer glasklaren Stimme wandte sie sich an den alten Knappen. »Was ist eigentlich mit der Müllerstochter?« Sie erinnerte sich gut, dass ihr Gatte Colum damit zu drohen pflegte, ihn mit dieser Jungfer zu vermählen, die wohl als ebenso füllig wie streitsüchtig galt.

Zu ihrer Freude grinste Colum nur still in sich hinein. »Wisst ihr«, sagte er dann nach einer Weile, »manche Frauen streiten nur mit Gott und der Welt, weil ihnen etwas fehlt. Und wenn sie das haben, werden sie lammfromm.«

Rowena ignorierte das anzügliche Gewieher der Männer. »Und das, was ihr fehlte, warst du? Bist du dir sicher?«

Colum hob den Becher an die Lippen. »Ganz sicher.« Er trank einen Schluck, und an seiner Oberlippe blieb ein Schurrbart frischer Milch hängen, der ihn aussehen ließ wie ein zufriedener Kater.

Rowena lächelte zum ersten Mal an diesem Tag. »Dann gratuliere ich«, sagte sie und fügte leise hinzu: »Ich freue mich sehr.« Im selben Moment fiel ihr Cedric ein, und ihr Lächeln erlosch.

Glandys stellte mütterlich einen Becher vor sie. »Euer Tee«, sagte sie. »Nun trinkt.«

»Wenn Ihr dann so weit seid, Mylady«, bemerkte der Hundeführer, »werde ich Euch Galahad zeigen. Er ist eine Seele von Tier, Ihr werdet schon sehen, und der Vater von Martas Kleinen. Ich kann Euch eines reservieren, wenn Ihr wollt.«

Einer der Wächter neigte sich vor, um ihr zuzuraunen: »Habt Ihr diese Isolde schon einmal gesehen?« Dabei vollführte er eine ausufernde Bewegung mit den Armen.

Als es hieß, die junge Herrin werde droben in der Halle vermisst, sank Rowenas Stimmung rapide. Sie stellte den Teebecher ab und erhob sich. »Die Welpen werden warten müssen, Rowan. Aber sie sind nicht vergessen.«

»Bemerkenswert, höchst bemerkenswert«, verkündete der Kastellan in die andächtige Stille hinein, die nach Rowenas Weggang entstand. Und zu seiner Freude widersprach ihm ausnahmsweise keiner der Anwesenden.

Rowena, die seine Worte auf der Treppe noch vernommen hatte, lächelte bei der Erinnerung daran. Droben dann wurde ihr weniger Anerkennung zuteil. Nicht, dass irgendjemand es an Höflichkeit hätte fehlen lassen, oh nein. Wie die Dinge standen, musste sie es wohl als Kompliment auffassen, dass der Graf ihr seine Entschlüsse mitteilte, ehe sie in die Tat umgesetzt wurden. Es war auch nicht so, dass Rowena die Entscheidung, das Seevolk von der Insel zu holen, nicht gutgeheißen hätte. Es war eine unumgängliche Maßnahme und betraf ihre eigenen Leute nur so weit, als die Nachbarschaft zwischen den beiden Gruppen jetzt enger wurde als zunächst geplant. Rowena wurde deshalb auch den Verdacht nicht los, dass eine leise Ironie in den Erläuterungen des Grafen mitschwang, die sie ein ums andere Mal zwangen, beifällig zu nicken. So als wollte er ihr vorführen, wie überflüssig es war, sie zu konsultieren, da sie ja doch nur zustimmen konnte.

Die Gräfin saß bei alldem still da und verzehrte mit energischen, sparsamen Gesten ihr Frühstück. Rowena hatte ein paarmal zu ihr hinübergesehen und sich bei dem Gedanken ertappt, wer wohl der Mann war, den sie bei ihrer Schwiegermutter in der Kapelle gesehen hatte. Sie hatte es sich nur knapp verkneifen können, danach zu fragen. Dann hatte eine Bemerkung des Grafen sie aus der Bahn geworfen. Es war diese Sache, die sie immer noch beschäftigte, selbst jetzt, da sie mit Cedric alleine war und sie die Gelegenheit hätten nutzen sollen, sich zu versöhnen.

Sie griff nach seinem Arm. »Ihr wollt wirklich aufbrechen?«, fragte sie, den Blick auf die Menschen dort drunten geheftet, die sich in ihr Versteck flüchteten. »Gerade jetzt?«

Cedric seufzte. Hatten sie darüber nicht ausführlich beim Frühstück geredet?

»Wann, wenn nicht jetzt?«, hielt er dagegen. »Die Frage der Besitzrechte muss so schnell wie möglich geklärt werden, damit dieser Spuk ein Ende findet.« Er nahm sie bei den Armen und drehte sie so, dass sie ihm ins Gesicht blickte. »Ich gebe Vater Recht: Er muss an den Hof, um den Vertrag dort anzufechten.«

Rowena biss sich auf die Lippen. Sie hatte all ihre Argumente bereits aufgezählt. Dass der König zu dem Fall nicht befragt werden konnte. Dass es sie nicht weiterbrachte, wenn seine Kanzlei auch nicht mehr wüsste. Dass all dies so oder so zu lange dauern könnte, um sie hier vor Ort zu schützen.

Cedric bemerkte den Widerstreit in ihren Zügen und zog sie an sich. Rowena widerstrebte. »Aber warum muss er dich mitnehmen? Wir brauchen dich hier!«

»Glaub mir«, flüsterte er in ihr Haar, »ich würde gerne bleiben. Mehr als das.« Er umarmte sie mit aller Kraft, ehe er sie freiließ. »Aber ich habe meinen eigenen Auftrag im Haus meines Oheims.«

Er wollte nicht mehr sagen, obwohl ihr Blick ihn ausforschte. Dann sagte sie ihm auf den Kopf zu: »Du bittest ihn um Geld, nicht wahr?«

Als sie sein Stirnrunzeln sah, fuhr sie aufgebracht fort: »Dein Vater will gar nicht gegen den Vertrag protestieren. Er reist an den Hof, um jemanden zu bestechen, das ist es. Ihr wollt die Vertragsauflösung kaufen. Nun sag schon.« Jetzt war sie es, die Cedric die Hände auf die Schultern legte.

Der kämpfte ein paar Augenblicke mit sich. Es war nicht ehrenhaft, und vor allem hatte sein Vater angeordnet, Stillschweigen darüber zu bewahren. Aber er konnte Rowena einfach nicht belügen. »Ja«, gestand er schließlich. »Prinz John wird Geld brauchen, viel Geld, um König Richard auszulösen, wenn es stimmt, was der Templer gesagt hat.« Er lachte bitter. »Die Chancen stehen also nicht allzu schlecht, sollte man meinen.« Er hielt inne. »Für Leute, die Geld haben«, fügte er in bitterem Tone hinzu. »Ich werde also meinen Onkel aufsuchen und um Geld bitten.« Als er den Zweifel in ihren Augen sah, wurde sein Ton schärfer. »Du kannst mir glauben, es gibt Dinge, die ich lieber täte. Unser Verhältnis war nie sonderlich innig.«

Zweifelnd fragte Rowena: »Kann denn dein Vater nicht …?«

Cedric unterbrach sie mit einem trockenen Lachen. »Leider nicht.« Er schluckte. »Tut mir leid, dass ich zu erwähnen vergaß, wie wenig reich wir sind.«

Rowena gab ihm einen Stoß, halb berührt und halb verärgert. »Du!«

»Tja, wenn wir den Schatz der Schlange hätten, aber so …«

Sie packte ihren Mann und schüttelte ihn. »Du hast mir überhaupt nichts verschweigen«, sagte sie, »niemals. Und jetzt hör auf, dich und mich zu beleidigen.« Sie schaute ihn ernst an, ehe sie ihm um den Hals fiel.

»Tut mir leid«, murmelte er und umschlang sie. Seine Hand strich über ihr Haar, das unter seinen Fingern knisterte. Wie ein Vorhang wehte es vor der tristen Szenerie drunten im Watt. Er holte tief Luft. Einen Moment lang erwog er, ihr zu gestehen, dass er ihr sehr wohl etwas verschwiegen hatte, etwas Schwerwiegendes aus ihrer beider Vergangenheit. Er dachte an die Schlangenfrau im Gebirge Jerusalems und ihre Höhle, die er so lange mit ihr geteilt hatte, und sein Herz zog sich zusammen. Aber wie all die anderen Male brachte er es nicht über sich, davon zu beginnen. Mit angehaltenem Atem stand er da, während seine Gedanken wanderten und sich verloren.

Rowena wartete, ebenfalls voll innerer Spannung, aber ratlos. »Es ist nur so, dass ich dich lieber hier hätte«, murmelte sie schließlich an seinem Hals.

Er schob sie von sich. »Du gibst wohl nie auf?«, fragte er. Aber es lag ein Lächeln in seinen Augen. Sie antwortete nicht. »Nein«, gab er sich selbst die Antwort. »Das tust du nicht. Und genau dafür liebe ich dich.« Er küsste sie. Als sie sich voneinander lösten, sagte er: »Der Kastellan befehligt zwanzig Mann.«

»Weiß er …?« Rowena vollendete den Satz nicht. Seltsam, dachte sie dabei, wie rasch man sich an all das Unausgesprochene gewöhnt. In dieser Burg schien die Luft voll davon zu sein.

Cedric schüttelte den Kopf. »Nein«, sagte er. »Aber er ist gehalten, sich nach den Weisungen meiner Mutter zu richten.«

Rowena war nicht zufrieden. »Ich weiß nicht, ob das im Notfall reichen wird«, meinte sie. »Oh, nicht dass ich an der Autorität deiner Mutter zweifle«, warf sie ein, als sie sein Erstaunen bemerkte. Aber sie konnte sich dabei einen gewissen Tonfall nicht verkneifen.

»Du magst sie nicht«, stellte Cedric fest.

»Es ist wohl eher so, dass sie mich nicht mag«, parierte Rowena rasch.

»Sie war überrascht von deinem Auftauchen, das ist doch verständlich«, meinte Cedric beschwichtigend. »Aber inzwischen hat sie eingesehen …«

»… was? Dass ich der Dorn in ihrem Fleisch bin? Überflüssig? Vorlaut? Unpassend?«

»Das hast alles du gesagt, Liebling.« Cedric versuchte, sie wieder an sich zu ziehen.

Rowena wehrte sich nur halb. »Sie mag all dies nicht laut sagen, aber sie ist sehr wohl in der Lage, ihre Meinung auch ohne Worte zum Ausdruck zu bringen.«

Cedric seufzte. »Meine Mutter ist ein sehr warmer, liebevoller Mensch. Ich verdanke ihr viel, und wenn du sie erst richtig kennst, wirst du sicher …«

»Ich weiß nicht, ob sie mir die Gelegenheit dazu geben wird«, unterbrach Rowena ihn spröde.

Cedric verstummte. Sie spürte seine Enttäuschung, und sie ahnte, dass das, was sie als Nächstes sagen wollte, ihm nicht gefallen würde. Aber sie konnte nicht anders. Es lag ihr schon so lange auf der Zunge; sie hatte den Gedanken wieder und wieder in sich bewegt, ohne jemanden zu haben, dem sie ihn hätte mitteilen können. Seit das Gespräch auf Mary of Cloagh gekommen war, wusste sie, dass sie es einfach aussprechen musste. »Du hast einmal gesagt, deine Mutter sei nicht vom Alten Volk«, begann sie vorsichtig.

»Und?«, fragte Cedric. »Ist das etwas, was man ihr vorwerfen müsste?«

»Nein, nein«, erwiderte Rowena hastig, »allerdings …« Sie suchte einen Augenblick lang nach Worten, während sich Cedrics Gesicht bereits verdüsterte. Dennoch holte sie tief Atem und wagte es, ihm von der seltsamen Begegnung mit ihrer Schwiegermutter zu erzählen. Wie sie es erwartet hatte, war Cedric der Ansicht, dass sie den Vorfall überbewertete.

»Es muss ein Zufall gewesen sein, ein Luftzug, der die Tür zuwarf«, meinte er, »Mutter ist nicht wütend auf dich, und sie wäre viel zu wohlerzogen, viel zu gütig, um das zu tun, was du da behauptest. Das kann einfach nicht sein.«

»Ach!« Rowena schnaubte. »Aber dass ich lüge, das ist möglich.«

Cedric winkte ab. »Deine Erinnerung spielt dir einen Streich. Das ist in gewisser Weise verständlich, bei den Vorurteilen, die du gegen sie hegst.«

Rowena war schon versucht, ihre Meinung zu diesem Punkt ausführlich darzulegen, winkte dann aber ab. Ihr war der andere Aspekt an der Sache wichtiger: der Mann, mit dem Cedrics Mutter gesprochen hatte und mit dem sie offensichtlich nicht hatte gesehen werden wollen.

»Ihr Beichtvater«, erwiderte Cedric so prompt wie zuversichtlich.

»Sie hat einen Beichtvater?«

»Bruder Clemens ist nicht immer auf der Burg, er stammt aus einem Kloster in der Nähe. Aber er besucht uns oft«, erläuterte Cedric und runzelte die Stirn. »Was schaust du so? Soweit ich weiß, gab es auf eurer Burg ebenfalls einen Geistlichen.«

Rowena vermochte nicht ohne Trauer an den Priester denken, der sein Leben für sie und die Ihren gegeben hatte. Er war ein Mann mit großer, schmerzlicher Lebenserfahrung gewesen, ein Suchender, ein ganz besonderer Mensch. Um das Alte Volk hatte er gewusst und es mit offener Neugier und wachsender Zärtlichkeit studiert, als, wie er sagte, einen anderen Ausdruck der vielgestaltigen Liebe Gottes zum Leben. Und wäre nicht sein geistliches Gewand gewesen, so hätte er Angia, die Anführerin, geliebt. So war ihm nur geblieben, an ihrer Seite in den Tod zu gehen. Beide lagen sie im eingestürzten Heiligtum tief im Wald der Forresters für immer begraben. Dort hatte Rowena Abschied von ihm genommen, ehe sie hierher gereist war. Es dauerte einen

Moment, ehe sie sich wieder gesammelt hatte. »Das ist etwas anderes«, begann sie.

Aber Cedric fiel ihr ins Wort. »Natürlich«, sagte er bissig. »Bei euch war ja alles ganz anders, einmalig, einzig richtig.« Die Bitterkeit seiner Worte erstaunte Rowena. Aber sie kam nicht zu einer Entgegnung.

»Damit du es weißt«, fuhr er fort. »Meine Mutter ist die großartigste Frau, der ich je begegnet bin. Sie ist es, die eine Ausnahme darstellt, etwas ganz Besonderes. Ich habe in den letzten Tagen viel mit ihr gesprochen, und sie hat mir über manches die Augen geöffnet, was ich vorher nicht sah. Es war kein leichtes Leben hier für sie, für niemanden von uns. Aber sie hat ihr Bestes gegeben für alle. Ich dulde nicht, dass sie mutwillig verdächtigt und verleumdet wird.«

»Aber sie wollte dieses Treffen so sichtlich geheim halten, und ich frage mich …«

»Ist das nicht ihr gutes Recht?«, hielt Cedric unbeirrt dagegen. »Clemens ist ihr Beichtvater. Sie hat doch wohl den Anspruch, mit ihm ungestört sein zu dürfen.«

»Wenn es Clemens war.«

»Rowena!« Cedric schnappte nach Luft. »Das ist aber nun … wirklich, Vater hat Recht, du solltest dich mehr darauf besinnen, was deine Aufgabe ist.«

»Ach, sagt das dein Vater?«, gab sie heftig zurück.

»Allerdings.« Einen Moment lang holten sie beide Atem, aber der Groll wollte nicht schwinden. Sie vermieden es, einander in die Augen zu blicken.

»Im Übrigen«, setzte er ein wenig unsicherer nach, »könnte ich dich mit dem gleichen Recht fragen, was du die ganze Zeit über bei dem Weber wolltest.«

»Auled?«, entfuhr es Rowena verblüfft.

»Wenn das sein Name ist.« Cedric hob das Kinn. »Siehst du, jetzt findest du, dass das eine hanebüchene Anschuldigung ist, nicht wahr?«

»Du nicht?« Sie schüttelte ungläubig den Kopf. Das konnte doch nicht sein, so etwas konnte Cedric doch nicht im Ernst glauben. Andererseits: Irgendjemand tat es ganz offenbar, denn man hatte ihm ihren Besuch bei Auled hinterbracht, von dem er sonst nichts wissen konnte; sie selbst war noch nicht dazu gekommen, ihm davon zu erzählen. Sie hatte auch noch nicht das Bedürfnis verspürt, gestand sie sich im Stillen ein. Es war tatsächlich so, dass sie die Angelegenheiten des Alten Volkes im Grunde als ihre eigenen betrachtete. »Du glaubst das nicht wirklich«, sagte sie, »du sagst das nur, um dich zu verteidigen und mir weh zu tun, oder?« Als er nicht antwortete, blickte sie ihm endlich ins Gesicht. Was sie dort las, ließ sie weich werden.

»Nein«, murmelte er, schon halb erstickt von ihrer Umarmung. Lange blieben sie stumm aneinandergeklammert stehen. Es hätte noch viel zu sagen gegeben, so vieles noch. Und so weniges war geklärt. Aber sie schwiegen beide, weil sie nicht das verlieren wollten, was sie verband. Jäh wurde ihnen wieder bewusst, dass sie sich trennen mussten, in unsicheren Zeiten, und sie wollten einander noch einmal spüren.

»Ich liebe dich«, flüsterte sie in sein Ohr, atemlos vor Weinen. Seine drängende Umarmung war ihre Antwort. Dann, noch ehe sie es begriff, waren ihre Arme mit einem Mal leer. Schmerzlich griff sie in die Luft. Seine Gestalt, die sich entfernte, verschwamm durch den Schleier ihrer Tränen. *Es tut weh*, stellte sie fest, es war, als zöge man ihr den Boden unter den Füßen fort. Sie fühlte sich einsamer als ein verlassenes Kind. In ihrem Kopf aber hörte der Reigen der Gedanken nicht auf, sich zu drehen.

15

Arval hob den Arm und wollte ein letztes Mal rufen. Aber seine Finger griffen nur hilflos in die Luft. Kein Laut drang aus seinem Mund. Er schloss für einen Moment die Augen.

»Hurvi«, flüsterte er dann, zu leise, als dass das Mädchen es hätte hören können, das mit energischen, empörten Schritten durch den Wald von ihm fortging. Arval sah, wie die Eichelhäherfedern, mit denen ihre Zöpfe geschmückt waren, wippten und ihr Blau zwischen den Stämmen blitzte, ehe sie verschwand.

Der junge Jäger seufzte. Wie hatte das nur geschehen können?, fragte er sich. Dabei war er doch am Morgen so glücklich gewesen, als sie zugestimmt hatte, mit ihm auf die Pirsch zu gehen. Eine Weile war es gewesen wie in den alten Zeiten; Seite an Seite wanderten sie durch den Wald, untersuchten die Wasserstellen und verfolgten Fährten ins Unterholz, bis sie den Schlafplatz des Hirsches entdeckten, das zertretene Gehölz, die Büschel von Fell in den Zweigen, den intensiven Geruch seines Schweißes. Wie immer waren sie sich ohne Worte einig, wo sie ihm auflauern sollten, und lagerten sich so dicht beieinander ins Moos, dass er die Wärme ihrer Haut fühlen konnte. Er war glücklich gewesen.

Und dann, irgendwie, waren sie auf das unselige Thema gekommen. Schon seit einiger Zeit war Arval besorgt gewesen. Hurvi hatte sich immer seltener an seiner Seite blicken lassen. Wie viele andere hatte sie Urdis bei ihren täglichen Gängen an die Bucht begleitet, wo das Seevolk sich einzurichten begann, hatte die Gespräche verfolgt und den Kontakt zu den Neuen gesucht. An all dem gab es nichts auszusetzen, sagte Arval sich. War das nicht der Grund ihrer Reise gewesen, der Zweck ihres Hierseins: andere zu finden, die waren wie sie? Warum also sie nun nicht kennenlernen, mit ihnen zusammen sein? Er wusste keine Antwort darauf, hatte auch keine gefunden, als Hurvi sich eifrig mit denselben Argumenten verteidigt und ihn ihrerseits angegriffen hatte: seine einsiedlerische Art, oben im Wald zu bleiben, seine Eifersucht.

An dieser Stelle war er zusammengezuckt und hatte eine scharfe Bemerkung gewagt. Er war nicht eifersüchtig. Er hatte auch gar nichts dagegen, dass sie sich mit dem Seevolk verbrüderten. Aber musste es gerade jener Bursche mit dem blonden Zopf sein, an dessen Seite Hurvi seit Tagen immer wieder zu sehen war, Schulter an Schulter? Und zugegeben, seine Schultern waren breit und seine Haut von der Sonne gebräunt, die beim Fischen auf ihn schien. Hätte sie nicht eine nette Freundin finden können, um von ihr mehr über die Seeleute zu lernen, zum Beispiel diese Nyssa, Erocs Tochter?

Hurvi hatte gelacht, was Arval zusammenzucken ließ. Nyssa, hatte sie erklärt, sei ein seltsames Mädchen, das viel für sich blieb und wenig mit anderen redete.

»Ganz im Gegensatz zu Eroc«, hatte Arval geknurrt und sich wieder eine Entgegnung eingefangen. Eroc sei faszinierend. Ob er, Arval, wusste, dass der Alte auf der Suche war nach einem Lied sei, einem uralten Lied, das ihm und seinem Volk den Weg zu ihren Ursprüngen weisen könnte?

Arval hatte das ohne großes Interesse verneint. Ihm war lediglich aufgefallen, dass Eroc ihrer Ankunft bei weitem nicht das Interesse entgegenbrachte, das sie in seinen Augen verdiente angesichts der Gefahren, die sie dafür in Kauf genommen hatten. Schließlich waren sie es, die angetreten waren, diese bedrohte, aussterbende Gruppe hier zu retten.

Hurvi zuckte erstaunlich gelassen mit den Schultern, als er ihr seine Ansicht darlegte. »Es war nicht mehr dasselbe zu Hause nach Angias Tod. Ich bin froh, dass wir jetzt hier sind. Achtung, dort!« Ihr Körper spannte sich an, als sie das leise Knacken im Gebüsch vernahm. Sie griff über die Schulter an ihren Köcher und zog vorsichtig einen Pfeil heraus. Ihre Augen leuchteten.

»Aber …«, flüsterte Arval. *Froh!* Das Wort wollte ihm nicht aus dem Sinn gehen. Sie war froh, hier zu sein. Und jeder Zug in ihrem Gesicht, das Leuchten ihrer Augen und die Vorfreude verrieten ihm, dass es tatsächlich so war. Er konnte den Blick nicht von ihr nehmen. Sie war so schön! Und so fern von ihm. Er wandte sich keinen Wimpernschlag nach dem Hirsch um, der vorsichtig zwischen den Baumstämmen hervortrat, verhielt und mit argwöhnisch erhobenem Kopf zwischen den Felsblöcken tänzelte, ehe er sich entspannte, um vorsichtig zu grasen. Das Rupfen seines Maules klang laut in der Stille.

»Hurvi«, begann er flüsternd.

Sie versuchte ihn mit einem ungeduldigen »Schsch« zum Schweigen zu bringen.

Das war der Moment, in dem er seine Vorsicht vergaß und den Namen des Fischers ins Spiel brachte. Der Hirsch reagierte als Erstes und flüchtete in einem Galopp, der Brocken von Erde durch die Luft wirbelte. Hurvis Aufbruch vollzog sich stiller, aber nicht weniger endgültig.

Seither saß Arval da und meditierte darüber, ob sein Verhalten klug gewesen war. Er roch das Pferd, ehe er den Hufschlag hörte. Und er wusste, wer darauf saß, lange ehe er die Stimme vernahm, die ihn grüßte.

»Sei gegrüßt, Arval Jägersohn.« Cedric gab seinem kleinen Gefolge mit einem Kopfnicken zu verstehen, dass er nachkommen würde, zog die Zügel an und stieg ab.

Arval hob nicht einmal den Kopf. »Gruß auch dir, Gemahl der Hüterin«, antwortete er und bemerkte nicht, wie der Angesprochene zusammenzuckte.

Cedric entschloss sich, nicht zu sagen, was ihm auf der Zunge lag. »Ich habe einen Hirsch gesehen.«

Arval antwortete mit einem Seufzen.

»Stellt Hurvi ihm nach?«, erkundigte Cedric sich.

»Nein.« Arval machte eine Pause. »Sie wollte an die Bucht, glaube ich.« Noch immer hob er den Blick nicht, rückte aber zur Seite, als Cedric Anstalten machte, sich neben ihm niederzulassen.

»Die Bucht, hm«, sagte er nachdenklich, und die Traurigkeit in seiner Stimme war unüberhörbar. »Es scheint, dass es unsere Frauen heftig dorthin zieht.«

Arval gab keine Antwort. Dennoch hatte Cedric das Gefühl,

dass sie einander verstanden, und zum ersten Mal glaubte er zu begreifen, wie die wortlose Verständigung des Alten Volkes funktionierte. Für eine Weile saßen er und der junge Jäger in melancholischem Frieden beieinander und hingen ihren Gedanken nach.

Irgendwann räusperte sich Arval. »Ihr geht an den Hof des Königs?«

Cedric schüttelte den Kopf. »Mein Vater ist auf dem Weg dorthin. Ich muss zunächst bei meinem Onkel Connor vorbeischauen. Wir hoffen, dass er uns Geld vorstrecken kann für die Verhandlungen.« Cedric lächelte bitter. »Weißt du, es könnte sein, dass es unsere Sache positiv beeinflusst, wenn wir für eine Entscheidung zu unseren Gunsten etwas anzubieten haben.« Er machte eine zählende Bewegung.

Arval runzelte die Stirn und dachte nach. »Sollte ein König nicht wissen, dass Geld nichts ist, was zählt?«, fragte er dann.

Cedric konnte sich ein leises Auflachen nicht verkneifen. *Mein Freund*, dachte er voller Wärme. *Du überschätzt die Könige dieser Welt. Nicht einer ist dabei, der mit dem Geringsten deines Volkes in Konkurrenz treten könnte.* Und er fühlte etwas von der bedingungslosen Liebe in sich aufwallen, die Rowena für die Alten empfand. »Ja, das sollte er.« Er schwieg einen Moment, bevor er fortfuhr: »Der König – der rechtmäßige König – ist in einem fernen Land gefangen genommen worden. Um ihn freizubekommen, muss sein Bruder Lösegeld aufbringen. Er wird dankbar sein für jede Summe, die ihm unverhofft angeboten wird.«

Arval überdachte das Gehörte. »Und so wollt Ihr die Gezeiteninsel zurückkaufen?«

Cedric nickte. »So erhoffen wir uns das, ja.« *Falls Connor mitspielt*, überlegte er für sich im Stillen weiter. Er war sich über seinen Onkel und dessen Einstellung zu ihnen alles andere als im Klaren. Früher hatte er auf diese Dinge nicht geachtet, weil er nichts vom Geheimnis der Familie ahnte.

Aber der Umgang mit dem älteren Bruder seines Vaters war ihm stets ein wenig distanziert, ja, gespannt vorgekommen. Einzig seine Mutter schien ein gutes Verhältnis zu ihm zu haben. Aber mit wem verstand sie sich nicht, fragte er sich voller Zuneigung. Als ihm Rowena einfiel, verdüsterte sich sein Gesicht.

Es dauerte eine Weile, bis er registrierte, dass Arval ihn erneut ansprach. *Hütergemahl*, wie er dieses Wort hasste! Seinem Empfinden nach war er der Sohn eines Hüters. Er öffnete schon den Mund, um etwas zu sagen.

Da hörte er den Ruf seines Knappen. Wahrhaftig, er hatte hier schon viel zu lange verweilt! Es hatte keinen Zweck, sich endlos zu vergrübeln. Hastig sprang Cedric auf und griff nach den Zügeln seines Pferdes, das mit einem erwartungsvollen Wiehern reagierte. Mit neuer Entschlossenheit schwang Cedric sich hinauf. Als er Arvals seltsam fragenden Blick bemerkte, neigte er sich noch einmal im Sattel hinab und legte dem Jäger die Hand auf die Schulter. Er wollte Arval nicht unnötig beunruhigen. Gleichzeitig musste er daran denken, wie er ihn und seine Gefährten auf dem Wehrgang von Rowenas Burg hatte stehen sehen, bemalt für die Jagd, die bescheidenen Waffen in der Hand und entschlossen, sich gepanzerten Rittern entgegenzustellen. Und wahrhaftig, sie waren siegreich gewesen. Diese schlichten Jäger vermochten gefährliche Krieger zu sein.

Er verstärkte den Griff seiner Hand und hoffte, dass der andere alles verstünde, seine Ängste, seine Hoffnungen, seine Zweifel. »Falls etwas geschehen sollte«, sagte er nur, »wirst du die Frauen beschützen, nicht wahr?«

Arval wollte etwas fragen. Aber Cedric war bereits im Aufbruch begriffen. Verwirrt nickte er nur und blickte dem Grafensohn hinterher. Hatte dieser seine Frage nicht gehört? Oder hatte er selber sich geirrt, und es war nicht von Bedeutung, dass einige von ihnen in der Lage waren, das gelbe Erz im Boden aufzuspüren? Gondal hatte es gekonnt, und er war sich beinahe sicher, dass auch Urdis etwas davon verstand. Falls sie alle ihre Kräfte bündelten …

Arval führte den Gedanken nicht weiter. Offenbar hielt der Hütergemahl ihn nicht für wichtig. Vielleicht hatte er ja einen Fehler gemacht; er war sich durchaus nicht sicher, ob dieses Geld, von dem die Menschen so oft sprachen, tatsächlich aus dem Erz gemacht war. Wie nannten sie es gleich? »Gold«, flüsterte er noch einmal vor sich hin. Cedric hatte sich nicht dafür interessiert. War es das falsche Wort gewesen?

Ein Knacken im Unterholz riss ihn aus seinen Gedanken. Noch immer hing der Geruch von Cedrics Gefolgschaft in der Luft, der Duft nach Pferden und Männern. War der junge Graf zurückgekehrt, um doch noch mit ihm zu reden? Arval wandte sich um, so viele Fragen auf den Lippen. Als er das Gesicht des Templers sah, erstarrte er.

16

»Ahhh!« Boisgilbert stand auf der höchsten Erhebung der Gezeiteninsel und räkelte sich. Tief atmete er die frische Seeluft ein und füllte seinen Brustkorb damit. Rowena, die ihn stumm beobachtete, fand, er sah aus wie ein Kommandant auf dem Turm seiner Festung, einer uneinnehmbaren Feste, von der herab er verächtlich auf seine Feinde blicken konnte.

In der Tat schien der Templer sehr zufrieden. Leutselig erklärte er ihr und Mary of Cloagh, die offiziell seine Begleiterin auf diesem Rundgang war, was ihm durch den Kopf ging. »Ich finde, dieser Ort ist von der Natur dazu geschaffen worden, ein Kloster zu bergen. Abgeschieden und in sich ruhend, wie eine Insel es ist, und doch verbunden mit dem Land und den Bewohnern zugewandt. So wollen auch wir wirken: eine verschworene Gemeinschaft, ganz dem Himmel ergeben« –

er breitete die Arme aus, als wollte er den Horizont umfangen – »und doch voller Wirkung in der Welt. So will ich es hoffen. Unser Orden wird noch viel erreichen. Dieser Ort, an dem wir heute stehen«, fuhr er ein wenig pathetisch fort, und Rowena konnte nicht umhin, auf den Boden zu starren, wo sich graue Felsbrocken durch einen zähen grünen Bewuchs aus Moos und Flechten drängten, gefleckt mit Möwenkot und alten Schafsköteln, »dieser Ort soll einer der meistgenannten im ganzen Königreich werden.« Lächelnd wandte er sich an die Gräfin. »Ein Wallfahrtsort, dessen Ruhm auch auf die umliegenden Ortschaften ausstrahlen wird.«

Mary of Cloagh lächelte unverbindlich. »Bislang lebten hier nur einige Schäfer, die Sommermonate über. Wir hatten die Insel verpachtet.«

»Schäfer?«, erkundigte Boisgilbert sich mit zackiger Schärfe.

Mary of Cloagh stieß mit ihrem bestickten Schuh gegen ein halbverkohltes Stück Holzscheit. »Jemand aus Point Seal, glaube ich. Mein Mann hat den Namen des Bauern in seinen Unterlagen. Ich kann sie Euch gerne heraussuchen lassen, wenn Ihr es wünscht.«

Großzügig winkte Boisgilbert ab. Mit auf dem Rücken verschränkten Händen schritt er sein Territorium ab, hob in Gedanken bereits Gräben aus, errichtete Mauern, sah die Flagge wehen und hörte, wie der Klang einer Glocke sich gegen die Wogen und den Wind Gehör verschaffte, das trockene Land tränkend mit ihrem Geist. Dem Geist seines Ordens. Er achtete kaum auf das, was die Gräfin erzählte. Erst nach einer Weile merkte er auf. »Was sagtet Ihr?«, fragte er knapp.

Rowena zuckte ob der Unhöflichkeit zusammen, aber die Gräfin verlor nicht einen Moment ihren Gleichmut. Als wäre sie es gewohnt, tauben Ohren beliebig oft ihre Botschaft aufzusagen, wiederholte sie: »Einen ständigen Bewohner gibt es doch, einen alten Einsiedler.« Boisgilbert und Rowena wandten sich ihr gleichzeitig zu. Sie fuhr fort: »Er ist nicht ganz richtig im Kopf, fürchte ich. Ich hätte ihn fast vergessen, so wie der Rest der Welt es wohl getan hat.« Sie neigte das Haupt mit einem entschuldigenden Lächeln. »Aber er ist ein guter Christenmensch, der alte Eroc.«

»Ich wünsche ihn zu sehen.« Boisgilbert marschierte so forsch los, dass sein Umhang wie eine Flagge wehte. Rowena bemühte sich, Schritt zu halten und zu ihrer Schwiegermutter aufzuschließen. »Was soll das bedeuten?«, flüsterte sie scharf. »Ich dachte, alle wären …«

Mary of Cloagh schnitt ihr mit einer heftigen Geste das Wort ab. »Ich konnte ihn nicht hindern«, zischte sie nur, ehe sie ihre Röcke raffte, um mit energischen kleinen Schritten den Abstand zu Boisgilbert zu verringern.

Vergebens bemühte sich Rowena, noch einmal ihre Aufmerksamkeit zu erregen; alles, was sie erntete, war ein bitterböser Blick über die Schulter. Ratlos blieb sie stehen. Vor ihnen wurde bereits das Dach von Erocs Hütte sichtbar. Falls man von einer Hütte reden konnte. Es war nicht viel mehr als eine aus Bruchsteinen aufgeschichtete Mauer, die eine Mulde im Fels abschirmte. Silberfarbenes, von Salz und Sonne gebleichtes Treibholz bedeckte diesen Winkel, Moos verstopfte die Ritzen. Die Behausung war kaum mannshoch und so an den Boden geduckt, als hätte der Wind es ebenso geformt wie die wenigen krüppeligen Kiefern, die sich ringsum an den Boden krallten.

Einzig solide an dem ganzen Bau war die Tür, die aus massiven Balken gefügt war, die einst zu einem Schiff gehört haben mochten. In Kopfhöhe gab es eine Aussparung mit einem rostigen, aber noch immer starken Eisengitter. Dahinter erkannte Rowena, als sie näher trat, Erocs grauhaariges Haupt. Natürlich, er war es, wie hätte sie zweifeln können. Schon bei den Versammlungen in der Bucht war er ihr vorgekommen wie einer jener Wanderprediger, die bisweilen auftraten, um den Weltuntergang zu verkünden. Diesem hier allerdings, so musste sie zugeben, hätte sie geglaubt. Etwas

Machtvolles ging von Erocs düsterer, verbitterter Gestalt aus, das sie durchaus verstehen ließ, was Nyssa an den Alten band. Wäre er ihr Vater gewesen, hätte sie sich womöglich auch ein Leben lang nicht entscheiden können, ob sie ihn lieben oder hassen sollte. Gleichgültig wäre er ihr nie gewesen. Aber was zum Teufel wollte er hier?

Wieder trat sie an die Gräfin heran, während Boisgilbert sich neugierig dem Türgitter näherte. »Was tut er hier?«, wisperte Rowena, den Templer nicht aus den Augen lassend, der sich nun vorneigte, um im Halbdunkel der Hütte einen Blick auf den Alten zu erhaschen.

Mary of Cloagh hob die Hand, und beide verstummten, als Erocs schmutzig grauer Schopf sichtbar wurde. Rowena sandte im Stillen ein Dankgebet ab, dass er als einer vom Alten Seevolk nicht zu erkennen war. Wie er da mit verzerrtem Gesicht durch das Gitter blinzelte, sah er tatsächlich aus wie ein gewöhnlicher, von Hunger, Entbehrung und Einsamkeit halb verblödeter Eremit.

Überraschend ließ Mary of Cloagh sich vernehmen. »Ich habe ihm gesagt, er muss die Insel räumen«, erklärte sie und schien vor allem gereizt damit beschäftigt, ihre Schleier zu ordnen, an denen der Wind zerrte. Nur Rowena bemerkte den raschen Seitenblick in ihre Richtung, der ihr verriet, dass diese Bemerkung ihr mehr als jedem anderen galt. Ein freundlicher Blick war es dennoch nicht. Anklagend fuhr die Gräfin fort: »Aber er wollte einfach nicht hören. Ich …«

Boisgilbert gebot ihren Rechtfertigungen mit einer Handbewegung Einhalt. Er neigte sich noch näher zu dem Greisengesicht in der Tür. »Gelobt sei Jesus Christus«, begann er mit volltönender, geübter Predigerstimme.

Eroc zögerte nicht zu erwidern. »In Ewigkeit, Amen«, gackerte er. »Kennt Ihr die Ewigkeit, mein Herr Ritter? Jeder nennt's, keiner kennt's. Die Fische pfeifen ein Liedchen davon, jaja.« Er kicherte, als er Boisgilbert verwirrt zurückfahren sah.

Mary of Cloagh ließ unter seinem Blick ihre Schleier ruhen und zuckte mit den Schultern. *Sagte ich es nicht?*, hieß diese Geste. Leise formten ihre Lippen den Satz: »Er ist schon sehr lange hier.«

»Nicht von dieser Welt!« Mit lauter Stimme eroberte Eroc sich ihre Aufmerksamkeit zurück.

»Was sagst du, Alter?«, fragte der Templer.

»Nicht von dieser Welt«, wiederholte der »Einsiedler«. »Wir sind alle nicht von dieser Welt. Ihr wisst das, Herr Ritter, nicht wahr? Euer Zeichen verrät mir, dass Ihr es wisst.«

»In der Tat«, bestätigte Boisgilbert nicht ohne Stolz. »Wir sind dem Reiche Gottes geweiht, mein guter Alter.«

»Amen, amen, amen«, krähte Eroc. »Mit Feuer und Schwert, nicht wahr? Die Fische singen das Lied, ich habe sie reden hören. Mit Feuer und Schwert.«

Boisgilbert fasste den Knauf seines Schwertes fester. »Kennst du die Templer, Alter?«, fragte er.

Statt einer Antwort streckte Eroc eine schmutzige Hand durch die Gitter und fuhr dem Mönchsritter rasch über die Schulter hinab, strich über Mantel, Harnisch und Hand. »Feueratem, Drachenhaut«, flüsterte er fiebrig. »Und Eure Waffe schlägt den Takt dazu. Treibt sie ins Paradies.«

In Boisgilberts Auge glomm ein Funke auf.

Auch Rowena sah es. *Oh ja*, dachte sie bitter. *Ich habe es selbst gesehen, wie du und deinesgleichen die Menschen ins Paradies treiben. Auf direktem Wege.* Trieb Eroc seinen Spott mit dem Ritter? Wusste er nicht, dass das gefährlich sein konnte? War er tatsächlich wahnsinnig geworden? Oder verfolgte er ein anderes Ziel?

»Tag des Gerichts, Tag des Gerichts«, schnatterte der Alte. »Tage der Ordnung. So richtet, was in diese Welt gehört und was in die nächste. Die Schlange der Cloagh wird zum Drachen, der die Wasser pflügt und das Böse verschlingt.« Er steigerte sich immer weiter in einen Erregungszustand hinein, dem Boisgilbert mit angeekelter Faszination lauschte.

»Die Fische pfeifen das Lied, die Möwen kreischen es. Sie kreisen über dem Schlangenhaupt. Reinheit!« Eroc musste um Atem ringen.

»Er ist wirklich …«, setzte die Gräfin erneut mit einem hilflosen Lächeln an.

Aber Boisgilbert winkte ab. »Es ist gut«, meinte er und tätschelte Erocs Finger, die sich an die Gitter geklammert hatten. Mit großer Geste schlug er das Kreuzzeichen über dem Alten, der in Demut sein Haupt neigte. »In gewisser Weise hat er Recht«, meinte Boisgilbert. »Tatsächlich wird von hier aus bald mit Feuer und Schwert gegen alles Unreine vorgegangen werden. Und Euer Schlangenbanner«, er blickte erst der Gräfin, dann Rowena tief in die Augen, »mag darüber flattern.« Er sprach einen Segensspruch. Mary of Cloagh senkte demütig den Kopf und flüsterte: »Amen.«

»Amen«, tönte es auch laut aus der Hütte. Boisgilbert lächelte. »Es steckt etwas in diesem Alten«, meinte er mehr zu sich selbst.

Eroc brabbelte vor sich hin. »Lied der Fische, tralala, sie pfeifen es, ich hör's, ich hör's.« Rowena konnte sich ein mokantes Lächeln nicht verkneifen. Boisgilbert bemerkte es und wollte schon etwas sagen, als Eroc noch einmal lauter wurde: »Wusstet Ihr«, posaunte er, »dass früher die Engel auch Drachen geheißen wurden? Furchterregend und schön durchflogen sie die Himmel! Mit Feuer und Schwert! Feuer und Schwert!« Er wurde wieder leiser.

»In der Tat«, gab Boisgilbert zu. »Sie waren Krieger des Himmels, der ausgestreckte Arm des Richters.«

»Ich weiß nicht«, konnte Rowena es sich nicht verkneifen zu bemerken. »Waren Drachen nicht dafür bekannt, dass sie handfeste Schätze sammelten?« Beinahe hätte sie aufgeschrien, so fest hatten sich die weißen Finger Mary of Cloaghs mit einem Mal um die ihren geschlossen. Eine solche Kraft hätte sie ihrer Schwiegermutter gar nicht zugetraut. Sie biss sich auf die Lippen, während Boisgilbert sie nachdenklich musterte.

An ihrer Stelle sagte die Gräfin rasch und entschlossen: »Und die Seelen der Gläubigen sind wahrhaftig der größte Schatz von allen. Amen«, fügte sie nach einem Moment, in dem niemand sprach, fromm hinzu.

»Amen.« Eroc kicherte hinter seinen Gittern. Rowena hielt die Lider züchtig gesenkt. Dennoch spürte sie die Aufmerksamkeit des Templers wie eine schwere Hand auf sich lasten. Erst als das Gespräch zwischen ihm und der Gräfin seinen normalen Fortgang nahm, wagte sie es, verstohlen ihre Finger zu reiben. Als sie den Blick hob, sah sie direkt in Erocs Augen. Spöttisch funkelte er sie aus dem Dunkel seiner Eremitenhöhle heraus an. Ratlosigkeit überfiel sie angesichts der schwarzen Bosheit, die daraus sprach. Und dann, mit einem Mal, begriff sie. Es war, als fasste eine kalte Hand nach ihrem Herzen, und sie musste nach Luft schnappen.

Zum Glück neigten alle sich gerade unter der Wucht einer Böe – Boisgilbert, der eben über die Anlage der Nebengebäude referierte, die Gräfin, die mit züchtigem Anstand ihr Frösteln verbarg, um dem geschätzten Gast zu lauschen, und auch die Wachen, die sie begleiteten.

»Oh, einen Brunnen gibt es schon«, hörte sie die Gräfin sagen. »Hier entlang, glaube ich. Rowena?«, wandte sie sich nicht ohne Schärfe ihrer Schwiegertochter zu, die vor Erocs Hütte wie festgewachsen stehen geblieben war.

Widerwillig gehorchte Rowena. Doch zuvor trat sie ihrerseits dicht an die Tür. Ein stechender Geruch nach längst gestorbenen Schafen, nach Schweiß, alter Haut, Schlaflosigkeit und Enttäuschung stieg ihr in die Nase. »Ich weiß, was du planst, Eroc«, flüsterte sie angeekelt. »Und ich warne dich.«

Ein Kichern antwortete ihr. Dann ein heiseres Flüstern: »Tust du das, kleine Hüterin?«

Wütend wollte sie nach den Gittern greifen. Da ertönte der zweite Ruf der Gräfin. »Ich warne dich«, wiederholte sie nur, ehe sie sich umwandte und dem wartenden Grüppchen folgte, an dem der Wind zerrte.

»Kennt Ihr den Alten?«, fragte Boisgilbert sie, noch immer mit nachdenklichem Blick, während Mary of Cloagh sich energisch an der Kleidung ihrer Schwiegertochter zu schaffen machte. Rowena dankte ihr nervös und zog ihren Mantel um sich, ehe sie sich Boisgilbert zuwandte. Mit klarem Blick schaute sie ihn an. »Ich habe den *Einsiedler* Eroc noch nie zuvor gesehen«, erklärte sie ebenso spröde wie aufrichtig.

Und es ist wahr, dachte sie. *Der Abgrund, in den ich geblickt habe, ist neu.*

17

Als Arval erwachte, stand die Welt auf dem Kopf. Unter Schmerzen und mühsam aus verklebten Augen blinzelnd versuchte er das schwankende Bild der in den Himmel wurzelnden Bäume festzuhalten. Seine Finger griffen in die Luft wie die eines Schiffbrüchigen, der nach der nächsten Planke hascht. Sie waren kalt und steif, kaum fähig, sich zu krümmen. Ein Schmerz hielt seine Gelenke umfangen. Angestrengt hob Arval den Kopf. Er sah die angelaufenen Handgelenke, den Stock, den Strick und begriff, als er wieder zurücksackte. Sein pendelnder Kopf stieß seitlich gegen einen Stein. Beinahe wäre er erneut ohnmächtig geworden. Blut rann von seiner Schläfe in das Gras, das dicht unter ihm dahinglitt, im Rhythmus der schnellen Schritte seiner Träger. Arval, der sich ans Wachsein klammerte, fühlte es über seinen Rücken streifen. Ja, er verstand. Er hing an einer Tragestange wie ein erlegtes, an den Läufen gefesseltes Wild. Wie oft hatten er und seine Gefährten auf diese Art einen Hirsch transportiert, nachdem sie ihn gejagt und ihm nach einem Dankgebet die Kehle durchgeschnitten hatten.

Er schluckte und suchte sich zu konzentrieren. Der Schmerz machte es schwierig, aber nach einer Weile kam er zu dem Schluss, dass er keine weiteren Verletzungen hatte als jene von dem ersten Schlag, der ihn niederstreckte, dazu die Misshandlungsspuren durch die Fesselung. Probeweise spannte er seine Muskeln an. Arme und Beine waren beinahe taub; aber noch gehorchten sie ihm. Arval öffnete endgültig die Augen und versuchte sich zu orientieren. Sie hatten die Ausläufer des Waldes verlassen und gingen über Heideland, aus dem sich nur hie und da niedrige, stachelige Gehölze wie kleine Kuppeln erhoben. Er reckte den Hals, so gut er es vermochte, aber er war sicher, noch nie hierhergekommen zu sein. Wie lange war er ohnmächtig gewesen?

Mit aller Kraft lauschte er dem Meer nach, vermochte seinen mächtigen Herzschlag aber nur noch schwach als Vibration tief im Boden zu erspüren. Die Küste war fern. Dafür roch er den scharfen Geruch von Pferden und von brennendem Birkenholz. Vor ihnen befand sich ein Lager, voll mit Männern, Ledersätteln und metallischen Waffenaromen. Arval presste die Lippen zusammen und unterdrückte ein Stöhnen. Dann hatte seine letzte Erinnerung ihn doch nicht getrogen.

Er wurde ohne Vorwarnung abgesetzt, auf den Erdboden geworfen wie ein Sack. Mit einer schnellen Bewegung schaffte er es, seinen Kopf vor der niederstürzenden Stange zu schützen, die sich schwer auf ihn legte.

»Puh, der Bastard hat vielleicht ein Gewicht.« Der Träger reckte sich und ließ seine Gelenke knacken. Er unterstrich seine Worte mit einem gehässigen Tritt in Arvals Seite.

»Schwerer als eine Wildsau«, bestätigte ein zweiter.

Andere Templer kamen näher, um die Beute in Augenschein zu nehmen.

»Noch schwerer«, sagte eine Stimme, die Arval bekannt vorkam. »Er wiegt so viel wie ein Sack voll Gold, Freunde.

Ach, was sage ich, viele Säcke. Stimmt's?«, fragte er mit falscher Freundlichkeit und neigte sich zu dem Liegenden.

Arval wandte ihm den Kopf zu, blickte aber zunächst auf die gefletschten, verfärbten Reißzähne eines riesigen Hundes. In hechelnden Stößen kam ihm der stinkende Atem entgegen.

Angewidert wandte sich Arval ab. Die Dogge reagierte sofort. Mit einem tiefen Knurren zog sie die Lefzen zurück und legte das schwarz-rosa gefleckte Zahnfleisch frei.

»Sssch, Draco!« Der Templer neigte sich vor und zog gerade so weit am Halsband des Hundes, dass dessen Geifer nicht mehr in sein Gesicht tropfte. Zufrieden tätschelte er den mächtigen Kopf des Tieres. »Draco wirst du nicht so leicht beeindrucken können.« Der Mann sagte es nicht ohne Stolz. »Ich habe ihn selbst aufgezogen, mit dem blutigen Fleisch der Schlachtfelder.«

»Ich weiß.« Es war das Einzige, was Arval sagte. Ja, er wusste. Er sah es alles vor sich, so deutlich, als wäre er dabei gewesen in jenen fernen, wüsten Bergen. Er sah es mit derselben Klarheit, wie das von Triumph und Gier verzerrte Gesicht William of Gentfords.

Der nickte befriedigt, dann gab er seinen Männern ein Zeichen. Sie zerrten Arval hoch und rammten den Stock, an dem er immer noch hing, in ein vorbereitetes Loch im Boden. Er stand nun aufrecht, die Hände etwas über dem Kopf, die Stirn an das Holz gelehnt. Nachdem die Templer sich überzeugt hatten, dass der Pfahl festsaß und Arval noch sicher an ihn gefesselt war, traten sie wiederum zurück, bis auf zwei, die sich nun mit einem Gefäß näherten, aus dem üppiger, graugelber Rauch quoll. Unsicher blickte der junge Jäger ihnen entgegen.

Wieder war es Gentford, der sprach. Dabei fächelte er genießerisch ein wenig von dem Rauch in seine eigene Richtung, ehe er mit einer energischen Bewegung des Kinns befahl, die glimmende Schale vor Arval aufzustellen. »Geht aus dem

Wind«, befahl er seinen Männern, die sofort gehorchten. Mehrere Hunde bellten aufgeregt, ehe sie zum Schweigen gebracht werden konnten.

Arval versuchte angestrengt zu erkennen, was da zu seinem Gesicht aufwolkte. Aber er sah nur ein Häuflein glühende, an den Rändern ascheweiß gesäumte Kohlen, auf dem ein Kraut verbrannte, das ihm nicht bekannt vorkam.

Gentford lächelte. »Sagt dir der Name ›Der Alte vom Berg‹ etwas?«, fragte er und wartete Arvals Kopfschütteln gar nicht ab, ehe er weitersprach. »Ich war eine Weile sein Gast. Es war eine schmerzhafte Erfahrung, anfangs. Aber ich habe viel gelernt bei ihm und seinen Assassinen.« Arval versuchte sich zu konzentrieren, nach den Bildern zu greifen, die hinter den sparsamen, unverständlichen Worten Gentfords standen, suchte in dessen Gedanken zu lesen. Aber so wie die Züge des Templers hinter dem Rauchvorhang undeutlich wurden, so begannen auch seine eigenen Gedanken, sich langsam aufzulösen. Langsam wie Rauch neigten sie sich in trägen Schlieren hierhin und dorthin, berührten Gentford, Urdis, Cedric, seine letzte Jagd, alles und nichts und bekamen nichts davon zu fassen. Wann immer er die Bilder greifen wollte, flatterten sie davon wie eine Schleiertänzerin, die sich mit vielen Arabesken entzog, um sich immer weiter zu drehen und weiter und weiter. Arval stöhnte.

Gentford hielt sich einen Zipfel seines weißen Mantels vor Mund und Nase und neigte sich näher zu ihm.

»Du machst das mit dem Kopf, nicht wahr?«, sagte er und tippte Arval so hart gegen die Stirn, dass dessen Schädel zurückgebogen wurde, um dann wieder schmerzhaft gegen das Holz zu schlagen. Vage sah Arval sich die Muskeln anspannen, um sich aufzurichten. Aber er spürte, dass nichts von alldem geschah.

»Jawohl, mit dem Kopf«, bestätigte Gentford. »Ich wusste es in dem Moment, als ich Mordred sah. Den ich deinetwegen töten musste.« Mit plötzlicher Wut packte er Arvals

Haar und zwang den halb Betäubten, ihn anzusehen. »Du bist etwas *anderes*«, fuhr er dann fort, nachdem er seinen Gegner gemustert hatte. »Du bist mehr als nur ein betrunkener, dummer Bauer, nicht wahr?« Sein Ton wurde ruhiger, aber auch gefährlicher. »Deshalb habe ich dir auch sofort geglaubt, was du sagtest. Jedes Wort. Ich stand nämlich im Gebüsch und hörte euch reden, dich und den jungen Cloagh, weißt du? Weißt du auch das?«

Arval hatte Mühe, genug Spucke zu sammeln, um ein Wort herauszubringen. Er mühte sich vergebens, den Rauch zu vermeiden, und atmete so flach, dass ihm schwarz vor Augen wurde und alles an den Rändern zu flimmern begann. Sein ganzer Körper schrie nach Luft. Dennoch antwortete er. Es war eine Übung, eine Chance zu sehen, wie weit er sich noch unter Kontrolle hatte. »Ja«, stieß er hervor und musste husten. Mit einem keuchenden Atemzug verschaffte er sich Erleichterung. Sofort fühlte er sich hochgehoben, wie schwebend. Die Schmerzen ließen nach, dafür verwirrten ihn die Bilder tanzender, sich in unwahrscheinlichen Farben auflösender Baumstämme, die sich in seltsamen Choreographien vor seinen Augen drehten. »Ich nahm die Pferde und die Männer wahr, aber ich dachte …«

»… dass sie zu Cloagh gehören«, vollendete Gentford für ihn den Satz. »Was für ein Glück für uns.« Den letzten Satz sprach er laut, an seine Männer gewandt, die mit Lachen und kurzen Zurufen ihre Zustimmung bekundeten. Dann konzentrierte er sich wieder auf Arval. »Denn so werden wir die einmalige Chance haben, an Gold zu kommen, an viel Gold, nicht wahr, Missgeburt?«

Arval rang um Luft. Er hatte es aufgegeben, gegen den giftigen Rauch zu kämpfen, der jede Faser seines Ichs durchdrungen zu haben schien. Was war das nur?, dachte er, ehe er weitertrieb, zu Erinnerungen an Lieder, an Tage im Wald, an Gesichter. Da war Urdis. Urdis würde wissen, was für ein Kraut das war. Sie arbeitete in ihrem Garten, seltsam. Wuchsen denn die Linsen schon in diesem neuen Wald? Ja, sie wuchsen und rankten sich und griffen nach ihm, um ihn zu erwürgen. Und Hurvi lachte!

Hustend spuckte Arval Schleim aus. »Ich werde Euch nicht helfen können«, brachte er schließlich hervor und schaffte es sogar, zu lachen. »Ich vermag es nicht.«

»Du weißt nicht, wo Gold im Boden liegt?«, fragte Gentford mit gespielter Enttäuschung. »Gibt es denn wirklich etwas, was du nicht weißt, mein allwissender Freund?« Auffordernd blickte er sich nach Lachern um und legte den Finger auf die Lippen, als er sie erhielt. »Richtig!«, rief er dann, noch immer in jenem falschen Ton. »Du erwähntest es ja. Nicht du kannst es aufspüren, sondern eine Alte. Ursis, nicht wahr? Oder Urwis? Weiß der Teufel, was ihr euch für Namen gebt.« Angewidert spuckte er aus. Dann aber war er mit einem Mal vollkommen konzentriert. Wieder griff er in Arvals langes Haar und wickelte es sich um die Faust, bis der Jäger vor Schmerz das Gesicht verzog. »Wo ist sie?«, fragte er.

Urdis, dachte Arval und suchte das Wort von sich zu stoßen. *Wald*, dachte Arval und suchte der Umarmung des Dickichts zu entkommen. Er durfte nichts davon denken, nichts davon erwähnen, nicht das Moos, nicht den Farn, die Schlucht nicht und nicht den Ort, an dem sich zwischen den Felsbrocken die Linien der Zeit überlagerten. *Hüterin*, rief es in ihm, als sich etwas über seine Lippen legte. Er leckte daran. Es war der Rand von Gondals Schale, getaucht in die heilige Quelle. Arval lächelte. Gondal war tot, und er, Arval, wusste, was er zu tun hatte. Seine Lippen bewegten sich.

Gentford hob die Brauen. »Was sagt er?«, fragte einer der Männer erwartungsvoll.

Gentford schüttelte den Kopf. Er hatte »Samenkörner« verstanden, aber das konnte nicht sein.

Ärgerlich schüttelte er Arval. »Damit du auch das weißt«, sagte er dicht am Ohr des Jägers. »Wenn wir sie gefunden haben, wird sie unsere Sklavin sein, sie und alle, die dasselbe können. Den Rest von euch werden wir vernichten, zerstampfen, ihre Körper an unsere Hunde verfüttern und ihre Seelen für alle Zeit zur Hölle schicken. Hast du das verstanden?«

Als er sah, dass Arvals Augen fortrollten, machte er seinen Gefährten ein Zeichen, die Glutschale fortzurücken. »Nicht zu weit«, sagte er, »nur, damit er wieder zu Bewusstsein kommt. Ich will vermeiden, dass er seine Leute irgendwie warnt. Dieser Bastard hat seltsame Fähigkeiten.«

Keiner der Männer wusste, wie das geschehen sollte, aber sie vertrauten ihrem Anführer. Sie hatten in der Bergfestung der Assassinen gesehen, wie ihr Anführer seine Anhänger, ohne ein Wort zu sagen und ohne sie auch nur zu berühren, in Trance versetzte und sie dazu brachte, von der hohen Mauer hinab in den Tod zu springen. Sie hatten Flammen auf dem Wasser tanzen und Hexen lachend verbrennen sehen. Was sollte nicht möglich sein?

Auch Arval hörte Gentfords Worte. *Er hat Recht*, dachte er mit dem letzten Rest seines Bewusstseins, *ich sollte sie warnen*. Aber er hatte bereits begriffen, dass er es nicht mehr schaffen würde. Alles, was er nun noch für sie tun konnte, war, seine außer Kontrolle geratenen Gedanken zum Schweigen zu bringen, ehe sie vielleicht sogar Schaden anrichteten, irgendetwas verrieten oder gar jemanden in die Falle lockten. Er musste seine letzten Kräfte sammeln, um alles zu vergessen, sich selbst zu vergessen und zu verstummen, für immer.

Gondal, dachte er, *Gondal hat es mir vorgemacht. Er starb, als er es wollte.* Arval holte tief Atem, schmeckte frische Luft und dankte dafür. Er suchte sich zu sammeln, seinen Herzschlag zu spüren und aufzurufen. Er sprach zu ihm, sanft und lockend, wie zu einem, nach dem er die Hand ausstreckte, bis sein Puls endlich in einem wilden Wirbel noch einmal ausbrach.

Gentford schüttelte den Kopf, während er seinen Gefangenen betrachtete. »Eine Fackel«, verlangte er.

Ein Templer ging zu dem Lagerfeuer hinüber, das vor dem dunkler werdenden Abendhimmel an Kontur gewann, und zog ein Scheit heraus. Gentford ergriff es mit der Linken, mit der Rechten zückte er einen Dolch. »Nun, wie ist es?«, fragte er laut und rüttelte an Arval, bis dieser tatsächlich die Augen öffnete. »Ich will, dass du das siehst«, sagte er und hielt seinem Gefangenen Flamme und Dolch vor die Augen. »Feuer oder Eisen?«, forderte er ihn dann auf. »Womit werde ich es wohl aus dir herauskitzeln? Schneiden oder Brennen, was wird wirken? Weißt du es? Der du alles weißt?«

Arval sah, ohne zu sehen. Er hörte, ohne zu hören. Nur noch ein Weniges, dachte er verzweifelt, ein kleines Weniges. Sein Geist reckte und mühte sich. Da senkte Gentford die Fackel. Arval bäumte sich in den Flammen und schrie auf wie ein Tier. Der Schmerz biss zu und beutelte ihn, er überschwemmte ihn und drohte ihn mit sich fortzureißen. Ein letztes Mal suchte Arval sich zu bewahren, sich zu sammeln, sich wie ein Ertrinkender festzuklammern an seinem letzten Gedanken. Aber ein roter Strom kam über ihn und spülte ihn fort.

Gentford lächelte. »Sterblich«, murmelte er, »und schwach wie wir alle.« Dann erhitzte er die Klinge in der Flamme für den nächsten Schritt.

Arval fühlte, wie sich das Eisen in seinen Körper fraß. Er roch den Gestank seines verkohlenden Fleisches. Tränen rollten über seine Wangen, lösten Schmutz und blutigen Schorf auf ihrem Weg und verdampften in der Hitze der Fackel, die sich seinen Augen näherte. »Wo?«

Arval zitterte am ganzen Körper. Er wusste, sein Fleisch würde noch nicht so bald nachgeben, er würde noch lange leben, lange. Irgendwo lauerte der ersehnte Tod auf ihn, aber der Weg dorthin war undeutlich und verschlungen. Taumelnd tat er den ersten Schritt. Als er den Fuß aufsetzte, schrie er erneut. Schneller, wenn er doch nur schneller gehen könnte!

Gentford nickte befriedigt. »Jetzt Wasser«, kommandierte er. »Wir wollen doch nicht, dass er von uns geht, ehe er geredet hat. Guy«, wies er dann einen Templer an und überreichte ihm den Dolch. »Mach du weiter. Aber achte darauf, dass du die Lunge unversehrt lässt. Mit seinem letzten Atemzug soll er uns den Ort nennen.«

Dann richtete er sich auf, ließ die Knochen knacken und wandte sich auffordernd an seine Gefährten, die sich ans Feuer zurückgezogen hatten. »Ist das Essen fertig? Das wird eine lange Nacht.«

18

Als Cedric die Burg verließ, hielt es auch Rowena nicht mehr in ihren Mauern. Sie ertrug die Einsamkeit des noch immer fremden Zimmers ebenso wenig wie den Gedanken, ihrer Schwiegermutter zu begegnen. Nach einem kurzen Blick in den grauen Nachmittagshimmel nahm sie ihren Mantel, schlang den Wollstoff um sich, der hier an der Küste stets ein wenig klamm war vom Salz, zog sich die Kapuze tief in die Stirn und machte sich auf den Weg. Sie kam sich ein wenig wie ein Eindringling vor, obwohl Glandys sie ehrerbietig grüßte und Rowan sie mit vielen Verneigungen an den Hundezwinger führte, um ihr endlich seine Welpen zu zeigen. Er sah so glücklich aus, als sie einen der Kleinen aus dem Gewimmel griff und vor ihr Gesicht hob, dass sie selbst lächeln musste. Der eifrige Welpe, der sich zappelnd in ihrem Griff wand, fiepte und versuchte, ihr Gesicht abzuschlecken, um dieses neue, große Wesen in seinem Leben geneigt zu stimmen, tat ein Übriges, ihre Stimmung zu heben.

»Seht Euch die Pfoten an, Mylady, der wird einmal groß wie sein Vater. Alle Knochen gerade, glänzende Augen … Und wie er die Ohren stellt!«

»Ihr seid stolzer, als der leibliche Vater es sein könnte,

Rowan«, neckte Rowena ihn. Sie drückte ihr Gesicht in das weiche, noch lose um den Körper hängende Fell des Welpen und fühlte sich seltsam getröstet. Dann reichte sie ihm den Hundeführer zurück, der ihn sich an die Brust legte wie ein Baby und es zuließ, dass der Kleine seinen faltigen Adamsapfel heftig mit der Zunge bearbeitete. »Also gut«, sagte Rowena und nickte. »Ich werde mich freuen, wenn du ihn für mich erziehst.«

Rowan strahlte. »Er wird Euch nicht vom Fuß gehen, Mylady, das verspreche ich.«

Rowena winkte ihm zum Abschied und dachte bei sich: *Das wäre wenigstens einer.* Sofort schalt sie sich ungerecht. Cedric hatte gute Gründe für das, was er tat. Sie selbst wollte nicht weniger, dass die Templer wieder von hier verschwanden. Trotzdem fühlte sie sich verlassen, und die Unruhe in ihr wuchs sofort wieder, als sie den Zwinger verließ. Mit jedem Schritt durch den Wald steigerte sich ihre Anspannung. Jedes Rascheln, jedes leise Knacken ließ sie zusammenzucken. Immer wieder wanderte ihr Blick über die knorrigen Stämme. Auch als sie die Bäume hinter sich gelassen hatte und zwischen den grauen Felsen hindurch über die windgezähmten, zähen Grasmatten des Küstenstreifens zur Bucht hinabstieg, war ihr nicht wohler zumute. Selbst in den knatternden Böen, die an ihrer Kapuze zerrten, glaubte sie noch, fremde Stimmen und Hufgetrappel zu vernehmen. Und mehr als einmal blieb sie wie angewurzelt stehen. Erst der Anblick der fernen Gestalten unten am Wasser entspannte sie ein wenig.

Auch heute, trotz der Gefahr, waren einige des Seevolkes zu ihrem geliebten Meer gepilgert. Zwei Boote lagen auf dem Wasser; Rowena konnte die Netze erkennen, die zwischen ihnen ausgespannt waren. Männer und Frauen saßen auf den Felsen, und als sie näher kam, konnte sie sogar einige im Wasser erkennen. Rowena traute ihren Augen nicht. Sie selbst fröstelte an diesem kühlen Tag samt ihrer Kleidung – und die dort unten gingen baden?

Sie wurde freundlich begrüßt, als sie am Strand ankam und über den knirschenden Sand zu den Fischern ging. Eines der Boote drehte bei und näherte sich. Winkend wurde sie eingeladen. Rowena zögerte nur kurz; sie hatte in ihrem ganzen Leben noch nicht auf den schwankenden Planken eines Schiffes gestanden. Ihre Schwimmkünste reichten lediglich für den stillen Teich ihrer heimatlichen Burg, wo man mit wenigen Stößen das andere Ufer erreichte, fast nirgends den Boden unter den Füßen verlor und hauptsächlich im hautwarmen Schlick herumlag und träge blinzelnd darauf wartete, dass einer der kühlen Karpfenleiber einen mit neugierigem Stupsen berührte, während man den Libellen zusah.

Dies hier – diese vielfarbigen, glasklaren Wellen, die düsteren Umrisse der Felsen in der Tiefe, die wilde, unberechenbare Bewegtheit und der drängende Wind – war das Gegenteil des Friedens, den sie mit Wasser verband. Und doch faszinierte es sie. Sie streckte die Hand aus und ließ sich an Bord helfen. Sofort griffen die Fischer zu den Rudern und brachten sie mit raschen, routinierten Schlägen über die heftigste Brandung hinaus in tieferes Wasser.

Dort war das Wasser dunkelblau und frostig, der Grund nicht mehr zu erkennen. Fasziniert starrte Rowena zu den Köpfen der Schwimmenden hinüber, die auf den sanft, aber mächtig sich hebenden Wogen tanzten wie ausgestreute Blüten. Sie erkannte Nyssa und winkte.

»Was tut ihr da?«, fragte sie, als die Schwimmer näher kamen und sich mit feuchten Armen ans Boot hängten. Sie betrachtete die von Gänsehaut gekörnten Arme, die blauen Lippen und tropfenden Haare.

Nyssa krauste erst die Stirn und begriff nicht. Ihr kam ihr Tun nicht fragwürdig vor. Dann lachte sie. »Komm herein und sieh«, lud sie Rowena ein. Als sie das entsetzte Gesicht der jungen Hüterin sah, lachte sie lauter. Auch ihre Gefährtinnen kamen jetzt heran und umkreisten auffordernd das Boot.

»Bei diesem Wetter?«, fragte Rowena schaudernd.

»Was hat das Wetter damit zu tun?«, fragte eines der Mädchen lachend. Rowena blickte von einer zur anderen. Dann erkannte sie zu ihrer Überraschung Hurvi, die Gefährtin Arvals, die sich mit den anderen in den Fluten tummelte.

»Wir rufen die Delfine«, sagte Hurvi errötend. Aber ihre Augen leuchteten.

»Delfine?« Rowena blickte über sie hinweg zum Horizont, wo sich keine Flosse abzeichnete. Ihre Neugier war endgültig geweckt. Erst zögernd, dann immer entschlossener begann sie, ihre Kleider abzulegen. Nach anfänglicher Befangenheit und einigen Seitenblicken war sie sicher, dass die Fischer im Boot sich vollkommen natürlich und diskret verhielten. Sie plauderten miteinander oder mit den Mädchen im Wasser und belästigten Rowena, die sich unter der schützenden Hülle ihres Mantels mit den Bändern ihrer Cotte abmühte, mit keinem Blick. Endlich war die kratzige, feuchte Wolle des Mantels alles, was Rowenas nackten Leib noch vor der kalten Außenwelt schützte. Sie hielt noch einmal inne, holte tief Atem, warf sie dann ab und kletterte, ohne innezuhalten, über die Bordwand, wo sie sich eilig ins Wasser hinabließ. Sie schnappte nach Luft, als der Ozean sie umfasste wie eine eisige Faust. Mit aufgerissenen Augen starrte sie Nyssa an, die zu ihr glitt, umgeben von ihren Haaren wie von wogendem Seetang.

»Wie haltet ihr das nur aus?«, fragte Rowena bibbernd, überzeugt, dass die Finger der Linken, mit der sie sich noch am Holz des Schiffes festklammerte, jetzt bereits blau und erfroren waren.

»Wir lassen es geschehen«, antwortete Nyssa. »Und: Wir bleiben in Bewegung.«

Mit gutem Zureden lockte sie Rowena endlich von dem Boot weg und zwang sie dazu, mit kräftigen, regelmäßigen Stößen zu schwimmen. Sie umrundeten zunächst die Fischer, dann wagten sie sich weiter hinaus, umkreisten einander, tauchten spielerisch. Rowena, die anfangs glaubte, der Atem würde ihr stillstehen, und die zwischen jedem Schwimmzug keuchend nach Luft schnappte, wurde bald ruhiger, geschmeidiger. Sie spürte, wie Kälte und Wärme höherer und tieferer Wasserschichten an ihrem Leib vorbeizogen wie eine Liebkosung, wie ihr Fleisch fest zu werden schien in der Kälte und ihr Geist wach. Als sie es das erste Mal wagte, mit dem Kopf in die Fluten einzutauchen, musste ihr keiner raten, die Augen zu öffnen. Sie tat es von allein, neugierig und weit. Und wurde belohnt mit der sagenhaften, dämmrigen, unendlichen Bläue, die sie umgab und in der die weißen Leiber ihrer Freundinnen schwammen wie Nymphen.

Vorsichtig stimmte sie, als sie wieder auftauchte, in den Gesang der Mädchen ein, ein Lied ohne Worte, mit hohen Tönen zwischen den Melodiebögen, die wie im Übermut ausgestoßen wurden. Manche tauchten hinab und schrien voller Lebensfreude ihre Laute ins Meer. Glitzernde Blasen stiegen auf wie Spielzeuge, und Rowena war, als könnte sie das Lied selbst unter Wasser hören. Sie hielt den Atem an, als der erste graue, feuchtglänzende Leib eines Delfins die Wogen durchteilte, um wieder zu verschwinden.

»Sie sind da, sie sind da«, jubelte es von den Booten. Die Mädchen hielten inne und ließen sich in Erwartung ihrer Gäste treiben. Rowena starb fast vor Angst vor der unsichtbaren, heimlichen Berührung unter Wasser, und doch war sie auch gespannt darauf. Sie schrie auf, als es endlich geschah, sie war nicht die Einzige. Als das erste Tier seinen Kopf aus dem Wasser hob und sie schnatternd begrüßte, war ihr Erstaunen vollkommen.

»Sie lächeln!«, rief sie aus. Begehrlich streckte sie die Hand aus, um das Tier zu berühren, das rückwärts die Wellen peitschte, um sich für sie aufrichten zu können, und sich nun mit einem übermütigen Platschen wieder zurückfallen ließ. Es verschwand, tauchte aber, noch ehe sie ihre Enttäuschung hinausrufen konnte, dicht neben ihr wieder auf. Für einen Moment hatte Rowena das Gefühl, das dunkle Auge wäre auf sie gerichtet. Sie öffnete die Hand und strich über die Haut der Flanke, die an ihr vorbeizog. Unzählige Empfindungen und Bilder strömten auf sie ein.

»Sie sind Jäger«, hörte sie sich sagen.

Nyssa nickte und betrachtete sie einen Augenblick lang mit neuem Interesse. »Sie jagen für uns«, sagte sie dann. »Sieh her.«

Einer der Fischer hatte sich vorgeneigt und klopfte mit dem Ruder einige Male gegen das Holz des Bootes. Zu Rowenas Entzücken näherten sich ihm die Delfine und streckten dicht vor der Reling ihre Köpfe aus dem Wasser wie eine aufmerksame Zuhörerschar. Die Fischer begannen einen Singsang, der klang wie ein Gebet. Ein ums andere Mal wiederholten sich darin dieselben seltsamen, fremden Worte. Die Delfine schienen rasch die Geduld zu verlieren und ließen sich wieder ins Wasser zurückfallen, schwammen scheinbar ziellos umher, drängten aber immer wieder zum Boot zurück. Bis sie plötzlich wie auf ein geheimes Kommando hin verschwanden.

»Wo sind sie?« Enttäuscht paddelte Rowena im Kreis und schaute sich um. Weit draußen entdeckte sie noch einmal eine der Flossen. Ihre Gefährtinnen schwammen zu den Booten und ließen sich herausziehen, einige hielten auch auf das Ufer zu.

»Unsere Aufgabe ist erledigt«, sagte Nyssa, die bereits an Bord geklettert war und ihr nun den Arm entgegenstreckte, um sie ebenfalls herauszuziehen. Als die kalte Luft in ihre Haut biss, merkte Rowena erst, wie ausgekühlt sie war. Dankbar wickelte sie sich in ihren Mantel und kauerte sich im Bug neben Nyssa zusammen. Ihr Blick folgte dem der anderen, dorthin, wo die Delfine, die Meertänzer, wie sie sie bei sich nannte, verschwunden waren. Lange Zeit geschah nichts, dann aber schäumten auf einmal die Wellen auf.

»Jetzt!« Die Fischer verständigten sich mit Zeichen und

brachten mit einigen energischen Schlägen ihre Boote so auf Kurs, dass sich das Netz, das zwischen ihnen gespannt war, straffte. Das Schäumen kam näher, als wäre dort das Wasser verhext. Rowena konnte sich nicht erklären, was sie dort sah, bis die ersten silbernen Leiber sprangen und sich krümmend auf die Wellen zurückklatschten. Dort schwamm ein Fischschwarm, dicht unter der Oberfläche und offenbar in höchster Aufregung. Jetzt, da er nahe war, konnte sie die pulsierende, zuckende Wolke aus schuppenglänzenden Leibern erkennen und auch die dunkleren Schatten der Delfine, die sie in spielerischen Bahnen umkreisten.

»Sie treiben sie!«, rief sie erstaunt aus, während sie beobachtete, dass die Delfine wie Hütehunde um den Schwarm patrouillierten, ihn zusammendrängten, wo er sich aufzulösen drohte, ihn in der Höhe hielten und manchmal lustvoll in ihn hineinstießen, um sich selbst ein Maul voll zu gönnen, ehe sie ihn wieder zu einem engen Ball zusammentrieben. Die Fische in ihrer Panik suchten zu fliehen, wo es keinen Weg gab, nur tödliche Luft, und brachten mit ihren Sprüngen die Wogen zum Schäumen.

»Sie füllen unsere Netze«, bestätigte einer der Männer. Befriedigt sahen sie zu, wie der Schwarm in ihre Maschen trieb. Als es so weit war, stürzten sie zu den Tauen und zogen an. Wasser spritzte, Schuppen glitzerten, Mäuler schnappten, dann lag ihr Fang im Boot, eine zappelnde, glänzende, dicht gedrängte Masse, die sich unter dem Netz bewegte wie ein noch immer zuckendes Herz.

Einige der Mädchen ließen sich noch einmal ins Wasser gleiten, um das Spiel fortzusetzen, doch Rowena fror zu sehr. Aber während sie sich mit klammen Fingern mühte, ihre Wäsche über die nasse Haut zu ziehen, wandte sie keinen Blick von den anderen, die sich an die Flossen ihrer Gefährten gehängt hatten und sich von ihnen mit schäumendem Kielwasser dem Ufer zutragen ließen. Noch bibbernd und mit blauen Lippen beneidete Rowena sie.

Später am Feuer, an dem schon die ersten Exemplare des frischen Fanges grillten, war ihr wieder wohlig zumute. Ihr ging das Herz auf, als sie sah, dass sich nicht wenige ihrer eigenen Leute unter das Seevolk gemischt hatten. Urdis war da und mit ihr eine ganze Schar Kinder, zwei junge Jäger, die verhohlen Umschau unter den Schwimmerinnen hielten, und auch Hurvi. Rowena vergaß für eine Weile ihre Sorgen. Sie lachte und plauderte mit den anderen, ließ sich Geschichten über das Schwimmen mit den Delfinen erzählen und Anekdoten vom Fischfang. Manchmal traf sich ihr Blick mit Nyssas, die endlich ein schüchternes Lächeln wagte.

Als das Gespräch auf Eroc und seine besonderen Fähigkeiten als Fischer kam, wandte Rowena sich zum ersten Mal direkt an sie.

»Ich habe deinen Vater auf der Insel gesehen«, begann sie.

Nyssas Miene wurde sofort wieder verschlossen. »Er ist dickköpfig, was das angeht. Er will den Boden dort nicht mehr verlassen.«

»Sag lieber, er will das Festland nicht mehr betreten«, warf jemand anderes ein. Leises Gelächter erklang. Nicht alle glaubten so fest an die bevorstehende Abreise des Seevolkes, hin zu den alten Wurzeln, wie Eroc das tat. Manche blieben still, in anderen Gesichtern war der Spott zu lesen.

»Glaubt er tatsächlich, er könnte diese sagenhafte Heimat finden?«, fragte Hurvi interessiert ihren Nachbarn, einen jungen Mann, dessen struppiger blonder Zopf ihm lang über die linke Schläfe herabhing und der eine Muschel im durchbohrten Ohrläppchen trug. Seine Augen leuchteten, als er sich vorneigte, um Hurvi zu antworten.

Aber Rowena interessierte sich nicht für das, was er zu sagen hatte. Ihr war etwas anderes aus Erocs Reden im Gedächtnis haften geblieben, und sie ergriff die Gelegenheit, ihren vagen Gedanken Gestalt zu verleihen. »Dein Vater«, setzte sie erneut an, ohne Rücksicht auf Nyssas ängstlich verschlossenes Gesicht zu nehmen, »hat etwas erzählt von einer Schlange der Cloagh, die wie ein Drache über ihre Feinde käme. Und die etwas hüte.« Sie hielt inne. Ein älterer Mann, der ihr einen weiteren Fisch reichte, wollte etwas einwerfen, aber Rowena wehrte ab. »Ja, ja, ich kenne die Geschichte vom Schatz der Cloagh«, sagte sie ungeduldig. »Aber was mich verwirrt hat, ist, dass er sagte, sie pflüge das Wasser. Gibt es so etwas denn?«

»Gibt es Drachen?«, fragte ein Scherzbold und erntete Gelächter.

Endlich beugte sich Nyssa dem Drängen von Rowenas Blick und schaute auf. »Es ist nur eine Version der Geschichte«, sagte sie, »dass die Schlange ihren Kopf aus den Gewässern heben wird. Es gibt auch andere …« Sie verstummte und zuckte schließlich mit den Schultern. »Es gibt hier ja nicht einmal an Land viele Schlangen. Und im Wasser habe ich noch nie welche gesehen.«

Die anderen Mädchen, unter denen sich Rowenas Frage murmelnd verbreitete, mischten sich ein und stimmten Nyssa zu. Sicher, es gab schlangenförmige Fische dort unten. Aale und andere, die zwischen den Felsen wohnten und ihre Gestalt selten zeigten, nur wenn sie hervorschossen, um Beute in ihre Höhlen zu ziehen. Aber Schlangen lebten dort nicht.

»Es ist ihnen zu kalt«, sagte ein Mädchen mit tropfenden braunen Ringellocken. »Sie lieben ja auch an Land die südlichen Hänge und die sonnengewärmten Steine. Wenn es ein Meer gäbe, das warm wäre wie ein Fels in der Mittagssonne, dann vielleicht wäre es denkbar.«

Sie erregte reichlich Echo, und man überbot sich darin, sich solch ein fabelhaftes Meer auszumalen, in dem man schwimmen könnte, ohne zu frieren, stundenlang, das hell wäre vom Sonnenlicht und voll von unbekanntem Leben. Wo Schlangen einen anmutig umschwebten. Nyssa, die versonnen die Augen schloss und begann, zu diesen Fantasiebildern Töne zu ahnen, die sie beinahe hörte und doch nicht zu fassen bekam, krönte das Spiel schließlich mit der Bemerkung: »Vielleicht ist es ja so ein Meer, aus dem wir alle stammen.«

Heiterkeit kam auf und verebbte. Wer hätte sich so etwas auch vorstellen können. Eine Weile saßen alle schweigend da und kauten.

Mit einem Mal erklang ein heller, durchdringender Schrei. Alle fuhren herum und starrten Hurvi an. Die hatte ihren Fisch fallen lassen und sich aufgerichtet. Sie presste die Hände auf ihren Unterleib, als hätte ein plötzlicher Schmerz sie durchzuckt. Ihr Gesicht war verzerrt, ihre Augen weit aufgerissen. Sie entspannte sich nur langsam und wehrte die Hände des Blonden ab, der sie wieder an seine Seite ziehen wollte, wo sie vorher an seine Schulter geschmiegt geruht hatte. Das Grauen in Hurvis Gesicht wich Staunen, Verunsicherung. Ihre Finger, eben noch gewaltsam in ihr Gewand verkrampft, lösten sich und tasteten unsicher über ihren Leib. Langsam klärte sich ihr Blick und suchte den der anderen, fragend und erfüllt von dem Schrecken, der nur langsam verging.

»Ich dachte, ich hätte …«, murmelte sie, schüttelte dann den Kopf und lauschte in sich hinein. Noch immer war sie verwirrt. »Es hat sich angefühlt, als stoße mir jemand eine Klinge in den Leib«, gestand sie auf die drängende Nachfrage ihres Gefährten, »aber …«

Urdis trat an ihre Seite und legte ihr beruhigend die Hand auf die Wange. Eine Weile blickten die beiden Frauen einander an, die junge mit der glatten braunen Haut und den dicken Flechten und die alte, deren Augen aus einem Netz von Runzeln leuchteten, während der Seewind ihr dünnes Silberhaar zauste. Dann lächelte Urdis. Zärtlich strich sie über Hurvis Scheitel. »Es wird alles gut«, sagte sie. Dann wandte sie sich an Nyssa. »Bitte entschuldige mich bei Biran«, sagte sie leichthin. »Ich werde mich zur Zeremonie heute Abend verspäten.«

Nyssa nickte pflichtbewusst, doch leicht irritiert. Aber das mütterliche Tätscheln, mit dem die Alte sich von Hurvi verabschiedete, beruhigte die meisten wieder, und das Gespräch wandte sich anderen Dingen zu, während Urdis mit vorsichtigen Schritten ihren Weg über den Kies suchte und verschwand.

Rowena blickte ihr nach. Und auch Hurvi, in deren Augen noch immer die Schatten jener namenlosen Angst zuckten.

19

Aus der kleinen Kapelle erklang Gesang, als Cedric im Hof der Burg vom Pferd glitt und dem Knecht Anweisungen gab, es gut zu versorgen. Selbst trank er nur rasch einen Schluck aus der hohlen Hand, über die Viehtränke gebeugt. Sie waren scharf geritten den ganzen Tag, aber die Sache erlaubte kein Verweilen. Er verabschiedete sein müdes Pferd mit einem anerkennenden Klapps. Das Klappern der Hufe mischte sich in den Choral von Knabenstimmen, der den weitereilenden Cedric begleitete, bis die schwere Holztür des Palas sich hinter ihm schloss. Und noch während er mit schwerem Schritt die Wendeltreppe hinaufstieg, glaubte er, dass die klaren Stimmen sich gleich dem hölzernen Handlauf mit ihm in die Höhe schraubten. In diesem Haus schien sich nichts verändert zu haben.

Cedric hatte keine guten Erinnerungen an seinen Onkel von den wenigen Malen, da er ihn als Knabe besucht hatte. Strenge Mönche hatten das Treiben der Jungen, seines und das seiner Cousins, zu jeder Stunde überwacht. Er entsann sich noch gut des unheilvollen Rauschens ihrer dunklen Kutten. Selbst im Kräutergarten zwischen den Mauern war man ihnen nicht entgangen. Gar einen Fuß in den Wald zu setzen war streng untersagt. Stets hatte man in Sichtweite zu bleiben und still zu sein. Man übte nicht mit den Schwertern, sondern hockte in kalten Stuben und kritzelte auf Pergament, das danach wieder abgeschabt und gewaschen wurde, um die nächsten ungelenken Übungen aufzunehmen. Wer seine Kleider beim Klettern auf Bäume zerriss, die langen Gottesdienste schwänzte oder während des Mittagsgebetes kicherte, wurde in die Holzkammer gezerrt und kniete dort auf Scheiten.

Voller Empörung hatte Cedric damals gegen die eines Ritters unwürdige Behandlung protestiert, von seinem Onkel aber nur erfahren, dass Selbstbeherrschung und Entsagung auch eines Ritters höchste Tugenden wären. Sowenig sich gegen diesen Satz sagen ließ, heute noch weniger als damals, so übel hatte er Cedric doch geschmeckt. Noch schlechter sogar als das kärgliche Essen, das es an der Tafel des Onkels gab. Und er hatte sich, wenn er abends mit knurrendem Magen schlafen ging, gefragt, warum zum Teufel ein Ritter hungern sollte, umgeben von kostbar geschnitzten Möbeln und alten Wandteppichen, von Wäldern voller Wild und den Feldern seiner Bauern im vollen Korn.

Sein Onkel hatte auch dazu feste Ansichten, wie beinahe zu allem, wie Cedric sich nur zu gut erinnerte. Und sie alle liefen seinen eigenen und denen seiner Familie entgegen. Wann immer Cedric von hier zurückgekehrt war, war er sich vorgekommen wie ein Sünder, ein Lüstling, ein Verweichlichter oder auch ein Grobian, wie ein Dummkopf oder ein Haarspalter, ein Nichtsnutz oder ein Neunmalklug, egal, jedenfalls wie jemand, der ganz und gar und vom Grunde seines Wesens auf verkehrt war. Es war kein gutes Gefühl gewesen.

Vergebens ermahnte er sich, dass der Onkel seinem Vater stets den nötigen Respekt gezollt hatte, ja, und dass er es war, der seine Eltern damals miteinander bekannt gemacht hatte. Er ist ein guter Freund von Mutters Eltern, sagte er im Stillen vor sich hin, während er den langen, düsteren Korridor durchmaß, aber all die guten Vorsätze waren wie weggeblasen, als er die Gestalt seines Onkels Connor in dem hochlehnigen Stuhl am Kamin erblickte.

Er saß nahe am Feuer wie ein Greis, und Cedric erinnerte sich betroffen, dass er bereits an die sechzig sein musste. Doch war er über die Zeit hinaus gealtert, zusammengedrückt seine Gestalt, die Schultern nach vorne gesenkt und der Nacken verkrümmt. Es schien für einen Betrachter, als drücke die Last des Kruzifixes, das schwer und schwarz über dem Kamin hing, ihn nieder. Erst im letzten Moment entdeckte Cedric im düsteren Winkel jenseits der Glut die Gestalt eines Mönchs in seiner dunklen Kutte.

Cedric presste die Lippen zusammen. Es war alles genau wie damals. »Ich hatte um ein Gespräch mit meinem Onkel gebeten. Allein«, sagte er spröde und musste zusehen, wie der Mönch sich in aller Ruhe seinem Onkel zuneigte und mit ihm flüsterte, ehe er sich sehr gerade aufrichtete und langsam den Raum verließ. Cedric schaute ihm nach, bis er die Halle verlassen und die Tür hinter sich zugezogen hatte. Er wusste, es war unmöglich, dass es noch derselbe wäre, der ihn damals mit so viel Behagen gezüchtigt hatte; jener war damals schon ein alter Mann gewesen. Aber er konnte die Abneigung, die er lächerlich schalt, dennoch nicht überwinden.

»Onkel«, begann er eilig, als sie endlich alleine waren, und trat näher. Als Connor of Cloagh aufsah, verstummte er kurz. Bleich war das Gesicht des Onkels und eingefallen. Die Falten standen wie aus Wachs geformt rechts und links seines Mundes. Die Nase sprang bösartig vor, gleich einem Raubtierschnabel. Und die Augen, die denen seines Bruders so ähnlich gewesen waren, lagen so tief in den Höhlen, dass sie beinahe unter den buschigen Bögen der weißen Brauen verschwanden. Cedric, an den strengen, aber offenen Blick seines Vaters gewöhnt, schauderte leicht. Umso mehr, da die beiden Männer trotz aller Unterschiede so offenkundig Brüder waren. »Onkel Connor«, wiederholte er leiser, räusperte sich dann und begann mit den Worten, die er sich zurechtgelegt hatte.

Sein Onkel allerdings winkte schon nach wenigen Sätzen

ab. »Dein Vater hat mir bereits alles in diesem Schreiben geschildert«, sagte er und wedelte schwach mit einem Stück Pergament.

Cedric nickte. »Ja, aber die Dringlichkeit, die besondere Eile der Sache, die wollte er der Feder nicht anvertrauen, Onkel, darum hör mich bitte an.« Aufgeregt holte er Atem.

»Er bittet mich um Geld.« Missmutig wandte Connor of Cloagh das Gesicht von seinem Neffen ab und blickte zum Fenster, durch dessen talggetränkte Leinenscheiben nur trübe ein wenig Helligkeit sickerte. »Es ist immer unangenehm, wenn man um Geld gebeten wird. Und dann vom eigenen Bruder.« Er schüttelte den Kopf. »Geld sollte innerhalb der Familie kein Thema sein.«

Erleichtert atmete Cedric auf. »Ich bin froh, Onkel, dass du es so siehst, denn …«

Connor hob die Hand, um ihn zum Schweigen zu bringen. Säuerlich blickte er seinen Neffen an. »Was ich meinte, war, dass niemals – ich wiederhole: niemals – ein Mitglied der Familie einem anderen gegenüber von Geld sprechen sollte. Die Sache ist einfach zu heikel.«

Cedric schaute seinen Onkel lange an. Schließlich öffnete er den Mund. »Es tut mir leid, Onkel«, sagte er, »aber das kann ich nicht.« Kein Wort weiter, nichts von all dem Sarkasmus, der ihm auf den Lippen lag.

Sein Onkel seufzte schwer, rückte sich in seinem Sessel zurecht, faltete die Finger und begann mit einer langen, einstudiert wirkenden Litanei, die erklären sollte, wie gering seine Einkünfte, wie schwach seine Rücklagen und wie schwierig die Zeiten waren.

Cedric, den noch immer niemand aufgefordert hatte, Platz zu nehmen, stand da und starrte mit wachsender Abneigung auf den Greis hinab, der es kaum für nötig hielt, seine Heucheleien mit einer auch nur annähernd täuschenden Mimik zu bemänteln. Es war quälend, den ungerührt vorgetragenen Jammereien darüber zu lauschen, dass die Ernten schlecht gewesen waren, die Bauern widerspenstig, gierig Prinz Johns Steuereintreiber, oder dass das neue Dach für die Kornscheune die letzten Reserven aufgezehrt hätte. Quälender noch als das Knien auf Scheiten war es, und in Cedric kochte die Wut hoch.

»Ich glaube, Onkel«, sagte er mühsam beherrscht, ohne auf ein einziges der vorgebrachten Argumente einzugehen, »du begreifst nicht, wie wichtig diese Angelegenheit für uns ist.«

Einen Moment war es still. Dann, zu seiner Überraschung, blickte Connor ihn direkt an und sagte: »Doch, ich glaube, das weiß ich.« Etwas in seinem Ton erschreckte Cedric.

»Was weißt du?«, entfuhr es dem jungen Mann. Hatte sein Vater sich in seiner Verzweiflung hinreißen lassen? Doch nein, das war unmöglich. Er selbst hatte ihm noch unmittelbar, bevor sie sich an der Wegkreuzung trennten, eingeschärft, Connor auf keinen Fall etwas vom Seevolk zu verraten. Sein Puls raste, sein Atem ging scharf. Aufs höchste alarmiert starrte er seinen Onkel an.

Es musste etwas in seinem Blick gelegen haben, das diesen beeindruckte, denn wieder wandte er den Kopf, wippte mit verschränkten Händen und erwiderte deutlich leiser: »Nun, nichts Genaues. Mein Bruder scheint in diesem Punkt sehr verschwiegen zu sein, nicht wahr. Absolut verschwiegen.« Und er schoss Cedric einen raschen Seitenblick zu.

Dieser spürte die Röte in seinem Gesicht. »Ich weiß nicht, wovon du sprichst«, gab er hastig zurück.

Connor nickte abwägend. »Mag sein, mag nicht sein. Dann wäre mein Bruder klüger, als ich dachte.«

Cedric schnappte nach Luft. Er trat einen Schritt vor. Aber im selben Moment erhob sich Connor mit einer energischen Bewegung aus seinem Sitz. Erstaunt hielt Cedric inne. Sein Onkel mochte alt sein und verkrümmt, aber er war immer noch ein Mann, der ihm an Größe gleichkam. Und auch an Wut. Seine Augen blitzten in ihren Höhlen, und er spuckte die nächsten Sätze förmlich aus. »Ich weiß nicht genau, was mein Bruder dort treibt an seiner Küste, seit Jahr und Jahren. Aber ich weiß genug, um mir sicher zu sein: Das muss ein Ende haben.« Er hieb auf die Lehne seines Sessels, um die letzten Worte zu unterstreichen. Es ließ sich nur erahnen, wie alt der Groll war, der aus ihm sprach. »Es ist besser so, besser für ihn, besser für uns. Auch besser für dich, mein Junge, wenn du ein guter Christenmensch bleiben willst. Gott weiß, dass ich versucht habe, dich zu einem zu machen.«

»Ich weiß selbst, was gut für mich ist«, schnappte Cedric.

»Törichtes Gerede!« Sein Onkel ballte erneut die Faust. »Ihr wisst doch gar nicht, was ihr tut, ihr allesamt. Ins Unglück würdet ihr uns bringen, ohne mit der Wimper zu zucken. Ein Glück war es, dass diese Templer vorbeikamen, jawohl, ein Glücksfall. Ihr werdet mir noch alle dankbar sein. Wenn nicht die Urkunde gewesen wäre …« Er hielt inne.

Im selben Moment schnappte Cedric nach Luft. »Du?«, fragte er nach einer Weile. Noch begriff er es nicht ganz. Aber wie anders sollte es gewesen sein! Wer sonst verfügte über das Siegel der Cloaghs und über das Wissen um die Gewohnheiten seines Großvaters? Mit einem Mal schien ihm alles klar. Dennoch konnte er es nicht glauben. Und ihm war, als spräche ein anderer mit seiner Stimme: »Du hast ihnen die Urkunde gegeben?«

20

Urdis hatte noch nie auf einem Pferd gesessen, aber als sie Arvals Tier fand, es streichelte und mit ihm flüsterte, folgte es ihr willig zu einem Stein, der es ihr erleichterte, auf seinen Rücken zu steigen. Sie lag mehr auf dem Hengst, als dass sie saß, die dünnen Arme um seinen starken Hals gelegt, den Mund an seinem Ohr. Ihr silbernes Haar vermischte sich mit der langen, hellen Mähne zu einem. Vertrauensvoll schmiegte sie sich an den warmen Leib, und das Tier wiederum gehorchte ihr, ohne zu zögern. Niemand bemerkte, wie sie ins Landesinnere aufbrachen.

Urdis folgte dem Ruf, den sie vernahm. Durch Hurvis Augen war er zu ihr gelangt, sie hatte ihn erspürt, als sie das Mädchen berührte, und obwohl unhörbar, war er für sie so deutlich sichtbar wie eine scharlachrote Schnur, der sie durch den Abend folgte. Urdis brauchte sich keine Gedanken zu machen. Sie konnte nicht fehlgehen.

Fest hielt sie die Verbindung, die sie leitete, ihr galt all ihre Konzentration, nicht dem schmalen Waldweg, den kurzkrautigen Wiesen oder den Felsen, die das Pferd sorgsam umging. Urdis ritt mit geschlossenen Augen und lauschte in sich hinein. Sie ignorierte den Schmerz, der sie durchfuhr, jedes Mal, wenn die Klinge in Arvals Fleisch schnitt. Sie blinzelte die Tränen fort, die ihr in die Augen traten vom Rauch, der aufstieg, wann immer sich das heiße Metall in sein Fleisch brannte. Sie unterdrückte die Schreie, die in seiner Kehle aufstiegen. Sie musste ruhig sein für das, was sie vorhatte. Und es gelang ihr. Das Pferd gab ihr Kraft, die Ruhe stärkte sie, die sie in der Sicherheit ihres Entschlusses fand, das Wissen darum, dass alle, die sie jemals geliebt hatte, bei ihr waren. Sie fühlte Angias Augen auf sich und Gondals und andere, die noch älter waren, aber tot nicht. Niemals. Urdis lächelte. Sie wusste, dass der Tod nur ein Übergang war.

Als der Rauch des echten Lagerfeuers in ihre Nase drang, hielt sie an und glitt vom Rücken des Pferdes. Sie band das Tier an einen Schlehenstrauch. Langsam schritt sie näher. Was sie nach einer kurzen Weile entdeckte, waren die Silhouetten von Männern, schwarz vor den Flammen ihres Feuers. Sie saßen oder lagen lässig auf die Ellenbogen gestützt da. Alle wirkten sie sorglos und entspannt, aber auch müde. Einige schliefen schon, nur einer hielt Wache, den Blick in die Finsternis gerichtet, doch schaute er nicht zu ihr. Zwei waren über etwas gebeugt, das nur anhand der Arme, die über einen Kopf ragten und dort an einen Pfahl gefesselt waren, als Mensch zu erkennen war. Keiner der beiden blickte auch nur einmal auf. Sie hantierten und schwitzten dort bei ihrem Werk, das sie mit ernster Konzentration verrichteten, zwei Handwerker des Schmerzes.

Als sie von ihrem Opfer abließen, konnte Urdis Arval erkennen, sein herabhängendes Haar, die schweißglänzende Brust. Der Kopf war nach vorne herabgesunken. Er schien nicht bei Bewusstsein zu sein. Einer seiner Folterer richtete sich auf und gähnte. »Lass gut sein«, hörte Urdis ihn sagen. »Soll er bis morgen schmoren, dann wird er schon weich werden.« Sie wandten sich von ihrem Opfer ab, nachdem sie ihm einen Kübel Wasser über den Kopf gegossen hatten. Arval rührte sich auch dann nicht. Urdis sah zu, wie die Tropfen aus seinen Haaren fielen. Regungslos sprach sie ein Gebet.

Die alte Frau wartete, bis sich sonst im Lager nichts mehr rührte, bis das Feuer zu einem Häufchen orangefarbener Glut heruntergebrannt und das letzte verschlafene Murmeln in ein leises Schnarchen übergegangen war, unterbrochen von gelegentlichen Seufzern. Urdis bog einige Zweige zur Seite, die kaum vernehmlich knackten. Sie hielt inne. Ein Käuzchen rief und mahnte sie zur Geduld. Noch saß der Wächter da, an seinen Spieß gelehnt. Nun wandte er den Kopf dem Vogelruf zu.

Da stand Urdis auf. So lange hatte sie im Moos gelegen, zwischen Farn und Weißdorn, dass ihr Blut begonnen hatte, im selben Rhythmus zu rauschen wie die Säfte in den Pflanzen. Ihre Finger waren mit der Borke verschmolzen, ihre Haare mit dem Gras. Kein Holz krachte unter ihren Füßen, kein Sandkorn knirschte, denn Urdis und der Boden, über den sie schlich, waren eins.

Angia hatte sie einst diese Kunst gelehrt, die jeder vom Alten Volk beherrschte, diese Momente des Aufgehens in der Welt, die einen umgibt. »Wir können uns nicht unsichtbar machen«, hatte sie damals gesagt. »Es sind nur die Augen, die niemals sehen, was wirklich ist, nie das Ganze erfassen.« Und so war es. Auch die Templer nahmen die Alte nicht wahr. Weder die schlafenden noch die wachenden Sinne erahnten eine Spur von ihr.

Nein, Urdis war nicht unsichtbar. Und doch hätte keiner der Männer sie sehen können, selbst wenn er nach ihr Ausschau gehalten hätte. Auch der Wächter konnte es nicht, an dem sie vorbeistrich wie ein Abendhauch, ohne sich zu ducken, ohne sich zu verbergen, eingehüllt in ihr Tuch aus Nacht. Wie ein Wind ging sie vorbei, ein Schauer, ein ferner Vogelruf. Sie schritt mitten durch das Lager, direkt auf Arval zu und kniete sich vor ihn hin. Mitleidig streckte sie die Hand nach ihm aus und berührte sacht seine feuchte, vom Fieber brennende Haut.

Es war nicht mehr viel Leben in dem jungen Jäger, sie spürte es. Angesichts seiner schrecklichen Wunden brauchte man kein Heiler zu sein, um es zu erkennen, aber Urdis hörte den Schlag seines Herzens und spürte das Rauschen seines Blutes in ihrem eigenen. Für einen Moment verschmolzen sie miteinander. Sie schloss die Augen und verströmte sich, ihre Liebe, ihre Wärme, all ihre Kraft. Als sie fühlte, wie er langsam erwachte, lächelte sie.

Urdis, wollte Arval flüstern, doch sie legte ihm den Finger auf die aufgesprungenen Lippen. Nur für einen Moment ließ sie ihn los, um ihm das Amulett um den Hals zu hängen, das sie getragen hatte. Es war ein Bergkristall, ein kinderfaustgroßes Stück, geknüpft an eine Lederschnur, und es trug die Wärme ihres Körpers in sich. Arvals Augen wurden klarer. Noch immer wollte er etwas sagen, aber Urdis' Blick verbot es ihm. So hockten sie eng beieinander, inmitten der Ritter, die dort schliefen, sich wälzten, träumten. Und nicht einer erwachte.

»Geh nach Westen«, flüsterte Urdis nach einer langen Weile. Ihre Stimme erstarb fast. Arval, der es bemerkte, umschloss mit beiden Händen ihr Handgelenk. Ihr Arm war dünn und so kalt wie eine Eidechse in der Nacht. Er schluckte. »Urdis, ich …«

Sie schüttelte mühsam den Kopf. »Dort im Gebüsch steht dein Pferd. Du musst dich beeilen, es wird nicht lange vorhalten. Meine Kraft ist nur die einer alten Frau und wird deinen Körper nicht lange wärmen. Deine Wunden …« Sie verstummte und strich mit ihren Fingern sacht über einen tiefen Schnitt in seiner Seite. Die Berührung ließ ihn trotz ihrer Zartheit zusammenzucken. »Rowena wird sich deiner annehmen.« Sie war kaum noch zu verstehen. »Gib ihr die Kette, wenn du dort bist, und sag ihr …« Wieder brach ihre Stimme. Sie hatte Mühe, sie noch einmal erklingen zu lassen. Ihre Augen schlossen sich in angestrengter Konzentration. Endlich stieß sie hervor: »Sie wird das Richtige tun.« Urdis brachte ein letztes Lächeln zustande. Sie ergriff seine blutverschmierten Finger. »Genau wie du, Arval.« Sein Name war nur mehr ein Hauch. »Wir schulden dir großen Dank.«

»Dank«, entfuhr es Arval. Er kniete sich vor sie hin und nahm sie an den Schultern, wie um sie wachzurütteln. »Dank? Mir?« Es erschien ihm wie Hohn. Flehend starrte er sie an und konnte sich nicht von ihr lösen.

»Geh!«, vernahm er da ihren Befehl in seinem Geist. Er war klarer und gebieterischer, als ihre Stimme im Leben je geklungen hatte, voll einer Autorität, die Urdis zwar besaß, deren sie sich aber nie direkt bediente. Nun erklang sie, gebündelt in einem Wort, und Arval konnte nicht anders, als zu gehorchen. Erschrocken rappelte er sich hoch und richtete sich mit Mühe auf. Seine Beine trugen ihn wie durch ein Wunder, sein gequälter Rücken streckte sich. Er fühlte den Schmerz und fühlte ihn doch nicht. Wie etwas Fremdes, das ihn nicht wirklich berührte, nahm er ihn wahr.

Arval hinkte los. Es gelang ihm nicht, die Tränen zurückzuhalten, und die Umrisse der schlafenden Ritter verschwammen vor seinen Augen. Doch er brauchte sie nicht zu sehen. Wie vor ihm Urdis trat er nicht fehl und verursachte kein

Geräusch, als er zwischen ihnen hindurchging, eingehüllt in seinen Schmerz und ihre Kraft. Und niemand bemerkte ihn.

Als er seinen Hengst gefunden hatte und aufsaß, blickte er auf zu dem Sternenhimmel, der sich über ihnen beiden spannte. Er fragte sich, ob Urdis' Seele bereits dort oben schwebte. Und er wusste, es würde in seinem Volk kein Kind geboren werden, ohne dass er in seinem Gesicht forschte, seine unschuldigen Augen befragte, ob er eine Spur von ihrem Geist darin entdecken dürfe.

Da erklang hinter ihm ein Schrei, lang gezogen und quälend. Wie ein Schlafwandler blickte Arval zurück. Gentford hatte sich halb aufgerichtet. Mit weit aufgerissenen Augen starrte der Templer zu ihm hinüber.

21

Rowena konnte einfach nicht einschlafen. Es gab zu vieles, was ihr durch den Kopf ging. Die Sorgen hielten sie wach, die vielen offenen Fragen. Was hatte die alte Gräfin vor? Wo waren Boisgilberts Männer und wann würden sie hier sein? Konnte sie sich auf die Kämpfer der Cloaghs verlassen? Auch Auled tauchte in ihren Gedanken auf, der zu der Runde am Ufer dazugestoßen war. Nach kurzem Zögern hatte er sich an ihrer Seite, Nyssa gegenüber, niedergelassen. Wie rasch war es ihm gelungen, sie zum Lachen zu bringen! Nachdem Nyssa früh aufgebrochen war, hatte er sich sogar noch weiter angestrengt und eine eifrige Tätigkeit entwickelt, die anderen zum Singen zu animieren. Mit seinem samtigen Bariton hatte er die Chöre angeführt und auch Rowena immer wieder ermutigt. Es war ein fröhlicher Abend gewesen.

Aber nun war sie alleine. Das Zimmer war nur allzu still, die Mauern kalt, und Cedrics Wärme fehlte ihr fast schmerzhaft, sein Lachen, die Zuneigung in seinem Blick. Rowena wälzte sich herum und wickelte sich fester in die Laken.

Dann konnte sie sich wenigstens einbilden, er hielte sie im Arm. Nur einmal war sie in einen kurzen, nervösen Schlaf gefallen, doch hatte ein Albtraum sie daraus vertrieben. Seufzend musste sie sich eingestehen, dass sie ihn nicht zum ersten Mal geträumt hatte. Oft schon hatte sie das Bild gesehen, zum allerersten Mal damals, als sie in der väterlichen Burg eingesperrt war, niedergedrückt von der neuen Last ihres Hüteramtes, voller Angst um das Leben ihres Vaters und bedroht von der Aussicht, den Mann ehelichen zu müssen, den sie mehr als alles andere in dieser Welt hasste und verachtete. In ihrer Not hatte sie sich über den Orakelquell des Alten Volkes geneigt, der tief unter den Gewölben des Stammsitzes der Forresters verborgen war. Sie hatte mit ihrer Stirn den dunklen, stillen Spiegel des Wassers berührt, und was sie erblickte, hatte sie wie ein Messer durchschnitten: Cedric, den sie verloren geglaubt hatte, nackt in den Armen einer anderen liegend, einer Frau, die eine Schlange auf den Leib tätowiert hatte, die sich von ihrer Scham aufsteigend zwischen ihren Brüsten hindurchringelte bis zu ihrem Kinn, wo der Kopf des Tieres abgebildet war. Und dieser Kopf hatte sich erhoben und Rowena angezischt.

Auch heute war sie wieder schreiend erwacht, um mit einem Seufzer in die verschwitzten Kissen zurückzusinken. Mehrfach schon hatte es ihr auf der Zunge gelegen, Cedric nach der Frau zu fragen und der Bedeutung der Vision. Jedes Mal hatte sie sich zurückgehalten, unsicher, ob sie es erfahren wollte. Seit sie im Heim der Cloaghs angekommen war, schwankte sie zwischen der Angst, die Frau könnte stellvertretend stehen für ein fremdes Leben, das er zu führen hätte im Zeichen der Schlange, der Schlange der Cloaghs. Und der höchst konkreten Vorstellung, die nackte Fremde könnte eine weitere Nyssa sein.

Rowena zerknüllte ihr Kissen auf der Suche nach einer angenehmen Position; schließlich setzte sie sich auf und umschlang ihre Knie. Sie hätte gerne mit jemandem geredet und war erstaunt, dass Auled ihr als Erstes einfiel. Sie spielte mit dem Gedanken, sich an den Wachen vorbei hinaus ins Dorf zu schmuggeln. Vielleicht war dort noch jemand wach, vielleicht würde Licht sie in einer der Hütten begrüßen, Wärme und ein menschliches Gespräch. Die Erinnerung an Auleds Lächeln ließ ihre Haut ein wenig prickeln, und sie rieb sich erschrocken über die Arme. Eventuell war es doch besser, zum Zwinger zu gehen und sich den Welpen zu holen, damit sein kuscheliges Babyfell und seine zutrauliche Nase sie trösteten?

Rowena entfuhr ein lautes »Ach«. Warum nur musste alles so sein? Warum war sie so fremd hier und von so vielen Zweifeln umstellt? »Verdammte Cloaghs«, murmelte sie, »verdammte Cloaghs und ihre Schlangen.« Nyssas Erzählungen fielen ihr wieder ein, all diese Märchen von mythischen Ungeheuern und Schätzen. Sie musste zugeben, dass sie auch ihren Geist entzündet hatten. Wie schade, dass sich ihre Idee als unhaltbar erwiesen hatte, es könnte eine Wasserschlange geben, die irgendwo auf dem Grund des Meeres ihr Geheimnis hütete. Ein Schatz wäre ihnen allen jetzt doch mehr als willkommen. Er würde Cedric das Betteln bei den Verwandten ersparen, ihm und seinem Vater die gefahrvolle Reise und das Taktieren bei Hofe, das seine eigenen Tücken barg.

Ob sie damals in der Kirche doch auf dem richtigen Weg gewesen war, überlegte Rowena und schmiegte sich erneut in die Kissen. Sie hatte doch in dem Bodenlabyrinth etwas entdeckt, nur einen Moment lang, ehe Boisgilbert sie so erschreckte und all ihre Gedanken in eine andere Richtung lenkte. Ganz deutlich glaubte sie unter ihren Fingerspitzen, die jetzt so nachdenklich über das Laken glitten, die Kühle eines Metallringes zu spüren. Und wenn es so gewesen war? Wenn dort ein Griff darauf wartete, gezogen zu werden? Wenn eine Bodenplatte sich höbe? Möglich, dass sie nur zu einer Krypta führte, aber Cedric hatte keine erwähnt. Und war es nicht genauso gut möglich, dass es sich um den Zugang zu einem Geheimnis handelte? Langsam kam Rowenas Fantasie in Fahrt. Sie war nun hellwach. Bei ihr zu Hause war es doch dasselbe gewesen: Direkt unter der Burgkapelle, im massiven Gestein, wo niemand auch nur einen Kellerraum vermutete, hatte sich die Höhle befunden, in der die Alten sich um ihre Quelle scharten. Ein Ort, der zu unterschiedlichen Zeiten und von Menschen ganz verschiedenen Glaubens als das erkannt worden war, was er von Anbeginn an sein sollte: ein Ort der Kraft, ein besonderer Platz. Konnte es hier nicht ebenso sein? Warum sonst sollte die Kapelle dort oben thronen, allen Winden ausgesetzt, abseits der Dörfer und Wege, nur dem Meer zugewandt und dem unendlichen Horizont. Dort oben fühlte man mehr als sonst die Macht des Himmels und seiner Weite; Rowena hatte sie gespürt an dem Tag, als sie mit Cedric dort gewesen war, selbst im dunklen Inneren des Kirchleins, das einen barg wie eine Muschelschale und einen unsicher machte, ob es der Atem der Stürme war, der einen dort drinnen umgab, oder die rauschende Macht der See.

Je mehr sie sich dies vergegenwärtigte, je stärker das Erlebnis sie wiederum erfüllte, umso sicherer wurde Rowena.

Sie schwang die Füße aus dem Bett, zuckte bei der Berührung mit dem kalten Boden kurz zusammen, zögerte dann aber nicht, nach ihren Kleidern zu angeln. Sich anziehen mitten in der Nacht? Es war niemand da, der ihr Vorhaltungen hätte machen können. Warum also sollte sie Rücksicht auf so etwas nehmen? Sie war sich selbst überlassen, ihr eigener Herr. Diese Aussicht beschwingte sie.

In Windeseile war Rowena in Cotte, Surcot und Mantel gehüllt. Sie schlüpfte in ihre Stiefel und griff nach der kleinen Laterne, die ihr bisher auf einer Truhe stehend Licht gespendet hatte. So ausgerüstet öffnete sie die Tür und spähte den verwaisten Flur entlang. Noch legte sie sich keine Rechenschaft darüber ab, was sie eigentlich vorhatte. Sie war unterwegs, das alleine erleichterte sie schon. Der Gedanke, dass niemand hier es mitbekam, dass die strenge Gräfin ahnungslos war, sich aber weidlich empören würde, wenn sie es wüsste, erfüllte Rowena mit einer unsinnigen, pochenden Vorfreude. *Und wenn ich*, überlegte sie, *heimkehre mit einem Schatz, ich, der keiner hier etwas zutraut, was wird sie dann wohl sagen?*

Niemand war in den Fluren zu sehen. Rowena gab ihre Vorsicht auf und eilte bis zur Treppe, leise summend kletterte sie hinab und öffnete die Tür zum Hof. Wie sie es erwartet hatte, war auch hier alles friedlich. Das Tor war geschlossen, aber Rowena kannte die kleine Pforte, die es ihr erlauben würde, rasch hinauszuschlüpfen. Weder war das Gitter herabgelassen, noch standen nachts Wachen davor. Zu beidem hatte Rowena dem Grafen geraten, der ihre Mahnungen in den Wind geschlagen hatte wie alles, was sie vorschlug. Jetzt erfüllte sie grimmige Genugtuung. Schon tauchte sie in den tieferen Schatten der Mauer ein, als eine dunkle Stimme sie herumfahren ließ.

»Was tut Ihr hier?«

»Colum!« Sie griff sich an die Brust. »Ihr habt mich erschreckt.«

»Das will ich hoffen«, knurrte er. »Hier nächtens herumzuschleichen.«

»Wie Ihr auch«, gab sie schnippisch zurück. »Darf ich fragen, was Euch hier umtreibt?«

Colum zögerte mit der Antwort. Schließlich gab er zu: »Ihr hattet doch empfohlen, besonders wachsam zu sein.«

»Aber soweit ich mich erinnere, hat Euer Herr diese Empfehlung für unbedeutend gehalten.«

Der Knappe räusperte sich. »Mein Herr Cedric«, er betonte den Namen, »hat mir befohlen, Euch zu Diensten zu sein, solange er fort ist.« Er verstummte.

Rowena begriff, und ihre anfängliche Feindseligkeit schmolz. Für Colum hieß das auch, ihre Bedenken ernst zu nehmen. Er wenigstens hörte ihr zu, und was noch wichtiger war, er hielt es für beachtenswert. Sie legte ihm die Hand auf den Arm. »Es ist gut«, sagte sie nur, um ihn nicht in Verlegenheit zu bringen, aber ihre Stimme war weich. Dann fiel ihr etwas ein. Die Vorstellung, nächtens über die schmalen Küstenpfade zu der Kapelle hochzusteigen und ihr düsteres Inneres zu erforschen, wurde gleich viel konkreter und vor allem um vieles angenehmer, wenn sie sich Colum dabei an ihrer Seite vorstellte. »Wenn es denn so ist«, sagte sie, »dann habe ich gleich eine Aufgabe für dich.« Sie erläuterte ihm ihren Plan.

Colum schüttelte den zottigen Kopf. »Das ist verrückt«, erklärte er. Dort wäre nichts, er sei von Kindheit an dort ein und aus gegangen. Dort gäbe es keine Krypta, der Fels sei massiv. Und überhaupt, was für ein Gedanke, die nächtliche Kletterei. »Nein«, wiederholte er. Falls die Gräfin es erlaube, morgen vielleicht. Habe sie nicht selbst gesagt, dass Gefahr jenseits der Mauern lauern könne? »Nein«, wiederholte er abschließend, nachdem er mehr gesprochen hatte, als es seine Art war.

»Gut«, erklärte Rowena. »Dann müsst Ihr mich jetzt mit Gewalt festhalten. Oder ich gehe alleine.«

Wenige Augenblicke später waren sie beide unterwegs. Sie fanden den Küstenpfad ohne Schwierigkeiten. Colum, der vorausging, ermahnte sie noch ein letztes Mal. Sie sollte die Laterne löschen, das Licht blende mehr, als es nütze. Danach sprach er kein Wort mehr. Rowena, die nur zögernd gehorchte, musste ihm Recht geben. Der Mond und das Licht der Sterne genügten, um ihnen zu leuchten. Sie erkannte den Weg als helleres Band inmitten der schwarzen Felsen. Auch der Abgrund zeichnete sich deutlich ab. Es war, als erhelle das Meer den Himmelsraum über sich, als gebe es das tagsüber gespeicherte Licht in der Nacht wieder ab und mache den Horizont über sich durchsichtig. Sie war nicht einen Moment in Gefahr, fehlzutreten.

Langsam, aber stetig näherten sie sich der Kapelle, die als dunkler Umriss zu erkennen war. Wie ein Tier hockte sie auf dem Felsen. Einen Moment musste Rowena an einen zusammengekauerten Drachen denken, der jeden Augenblick seine Flügel entfalten und auf sie herabrauschen konnte. Dann aber erkannte sie das vertraute Dach mit dem stumpfen Turm und die spitzen Fensterbögen. Salzkristalle klebten am Holz der Tür, als sie sie aufstießen. Drinnen umfing sie kalter Weihrauchduft und ein schwacher Hauch verwelkter Blumen. Mit Fingern, die klamm geworden waren, ohne dass sie es bemerkt hatte, entzündete Rowena die Laterne neu. Entschlossen hob sie sie an, um den Raum auszuleuchten.

Diesmal untersuchte sie alle Winkel, bis sie sicher waren, allein zu sein mit dem vom Stein gedämpften Rauschen der See und dem leidenden Blick der Madonna. Rowena trat an die Statue heran und hob die Laterne vor ihrem Gesicht, als erwartete sie, dass sie aufblickte und ihr Rede und Antwort stünde. »Seht Ihr die Schlange?«, fragte sie Colum, der als Antwort nur etwas grummelte, das vage wie »Kenn ich« klang.

»Ja«, sagte sie, die Stimme bebend vor Erwartung, »aber kennt Ihr auch dies?« Mit raschen Schritten ging sie in den Raum hinein, bis sie fand, was sie gesucht hatte: das Ende des Labyrinthes, dort, wo die schwarze Steinlinie in einen unauffälligen, bei klarem Hinsehen aber dennoch deutlich zu erkennenden Schlangenkopf auslief.

Ratlos neigte Colum sich vor. Dann ging ein Ruck durch seine bullige Gestalt. Rowena bemerkte es mit Befriedigung. Er streckte die Hand aus und berührte, was die Schlange im Maul hielt: einen bronzenen Ring, groß genug, um eine Bodenplatte damit anzuheben. Wenn man genau hinsah, wenn man danach Ausschau hielt, konnte man die feine Linie ihres Umrisses unter den verwirrenden Mäandern des Labyrinthes sehr wohl ausmachen.

»Nein«, gab er zu, »das sehe ich zum ersten Mal.«

Colum spannte seine Muskeln an und zog. Eine Ader auf

seiner Stirn pulsierte, auf seinen Schläfen sammelte sich der Schweiß. Nichts geschah. Der Staub von Jahrzehnten, von Jahrhunderten womöglich, hatte die Platte an ihrem Ort festgebannt.

Rowena griff zu dem Messer in Colums Gürtel und zog es unbeachtet seiner Proteste heraus. Auf den Knien liegend machte sie sich daran, die Umrisse der Einstiegsplatte freizustochern. Sie brauchte all ihre Kraft, um in die Ritze einzudringen. Schmutz und Mörtel förderte sie mit hastigen Bewegungen zutage. Ihr Handgelenk schmerzte bereits, als Colum ihr die Klinge abnahm. »Ihr brecht sie noch ab«, murmelte er und setzte ihre Arbeit fort. Rowena folgte ihm mit ruhelosem Blick.

»Jetzt, versucht es noch mal«, forderte sie ihn mehrfach auf. Aber Colum fuhr gewissenhaft die Seiten des Rechteckes entlang, ehe er sich noch einmal aufrichtete. Sein Atem ging rau. »Wenn ich da unten bloß ein paar Mönchsgerippe finde«, brummte er vor sich hin.

»Habt Ihr nicht selbst gesagt, es gibt hier keine Krypta?«, konterte Rowena, ohne den Blick vom Boden zu wenden, wo sich nun langsam ein Eck der Platte aus ihrem Bett hob. Ein fremder, modriger Hauch streifte ihre Fesseln und sie erschauerte.

»Was«, keuchte Colum, »weiß ich schon über das hier.« Er sprach abgehackt. Mit jedem Wort ruckte er den schweren Stein ein Stück weiter nach oben und endlich beiseite. Als das dunkle Viereck der Öffnung vor ihnen lag, verstummten sie beide.

»Und jetzt?«, fragte Rowena nach einer Weile. Ihr Atem ging kurz und schnell. Die Worte hallten in der Öffnung wider. Gleichzeitig traten sie vor. »Ich gehe«, verkündete sie. »Es war meine Idee.« Sie schickte sich an, die Laterne zu senken, um den Einstieg zu erforschen.

Ohne Vorwarnung entwand Colum ihr das Licht. Mit der anderen Hand zog er sein Schwert. »Der Herr«, sagte er nur, und Rowena verstand. So würde Cedric es von ihm erwarten. Sie fügte sich, schmiegte sich aber eng an seinen Rücken, um ihm über die Schulter blicken zu können.

»Eine Treppe«, stellte sie fest.

Colum zuckte zusammen, als sie so dicht an seinem Ohr sprach. Rowena klammerte sich an sein Wams bei den ersten Schritten. Die Stufen waren glatt und trocken. Nach den ersten, zögernden Schritten stiegen sie sicher darauf in die Tiefe. Reste von Mauerwerk ragten hier und da in das aus dem Stein gehauene Gewölbe und ließen sie ahnen, das hier einst ältere Bauwerke gestanden hatten, verschmolzen mit dem massiven Fels und seinen Höhlen.

»Da«, hauchte Rowena, als ein Bild in der Wand sichtbar wurde: ein menschliches Gesicht, aus dem Stein gehauene Umrisse und von Spinnweben und Staub überzogen. Sie strich im Vorbeigehen mit der Hand darüber und erspürte das unsterbliche Lächeln auf seinen Lippen. Ein Säulenstumpf erwartete sie, wo die Treppe endete und in ein Gelass überging, größer, als sie es erwartet hatten.

»Es ist warm hier«, stellte Colum fest.

Rowena musste ihm Recht geben. Es war nicht nur die Aufregung, die sie ins Schwitzen brachte. Sie verfluchte die schwache Kraft der Laterne, die es ihnen unmöglich machte, das Ausmaß des Raumes und seine Höhe zu erfassen. Die Decke über ihnen blieb ebenso in Dunkel gehüllt wie die Rückwand.

Als sie sich ein Herz nahmen und tiefer hineinschritten, enthüllte sich ihnen allerdings ein überwältigender Anblick. Die lebensgroße Statue eines Gottes stand dort, in ein bodenlanges, in edle Falten geworfenes Gewand gehüllt, die Augen so lebendig, als könnten sie sie wirklich erblicken.

»Eine Einlegearbeit«, stellte Colum erleichtert fest, als er näher herangetreten war. »Das muss man den Römern lassen, auf so was verstanden sie sich.«

Rowena widersprach nicht. Es war offensichtlich, dass sie

vor einem antiken Altarbild standen. Es besaß den realistischen Ausdruck und die volle Gestalt jener Marmorstatuen. Ein Kranz steinerner Locken umgab das jugendliche Gesicht von androgyner Schönheit. Und von dem Stab in seinen erhobenen Händen ringelte sich aufwärts, was Rowena den Atem raubte.

»Eine Schlange!« Sie brachte es kaum heraus.

»Ja«, bestätigte Colum. Er folgte jedoch nicht ihrer ausgestreckten Hand, sondern starrte auf den Boden, wo etwas unter seinen Füßen verräterisch geknackt hatte. Als er dorthin leuchtete, erkannte er mit Mühe auf den hellen Marmorfliesen ein gekrümmtes Band aus elfenbeinfarbenen Gliedern, das er vorsichtig mit dem Fuß anstieß. Obwohl sein voriger Tritt einige von ihnen zermalmt und den Umriss zerstört hatte, war doch offensichtlich, was vor ihnen lag: das Skelett einer Schlange. Rowena trat einen Schritt zurück, dann noch einen. »Nein«, flüsterte sie.

Colum neigte sich vor. »Nicht weniger als eine Armlänge«, stellte er fest, »erstaunlich. In all den Jahren habe ich in den Wäldern nichts annähernd so Großes gesehen.«

Rowena fühlte ein Frösteln. Gegen ihren Willen sah sie mit einem Mal jene andere Schlange vor sich, wie sie sich aus dem Bild in der Heiligen Quelle erhob, vom Leib jener nackten Fremden, um sich zwischen Cedric und sie zu drängen, riesenhaft anwachsend, unwiderstehlich, böse. Es trieb sie unwillkürlich weiter rückwärts. Auch unter ihren Füßen knirschte es.

Colum fuhr herum und hob die Laterne. »Vorsicht!«, rief er. Doch es war zu spät. Mit einem Aufschrei trat Rowena fehl. Sie ruderte mit den Armen. Aber da war kein Boden, kein Halt. Sie begriff es zu spät. Rowena stürzte in die Dunkelheit.

22

Cedric trieb sein Pferd so heftig an, dass dem Tier der Schweiß in Flocken auf dem Fell stand und vom Wind davongerissen wurde. Auch sein eigener Atem ging kurz und scharf. Im Geiste legte er sich wieder und wieder die Worte zurecht, mit denen er seinem Vater berichten wollte, was er erfahren hatte. Und immer wieder stieg die Wut seine Kehle hoch und er brach unvermittelt in einen unbändigen Schrei aus, der die Krähen aus den Wipfeln der Eichen trieb, unter denen er entlangritt.

Es gab kein Schimpfwort, mit dem er seinen Onkel nicht belegte. Er wusste nicht mehr zu sagen, wie er aus der Burg des Oheims herausgekommen war, ohne die Waffe gegen ihn zu ziehen oder irgendetwas zu zerschlagen. Dass er Angst um die eigenen Bauern gehabt hatte angesichts dieser Rotte heruntergekommener, zu allem bereiter Kämpfer, das konnte er ja verstehen. Er selbst war ihnen bereits entgegengetreten, er hatte gesehen, wozu sie fähig waren, und den brutalen Geist gespürt, der sie regierte, diese Gleichgültigkeit gegenüber Leben und Tod, auch dem eigenen, die schwarze Verkommenheit, gepaart mit einem kühl kalkulierenden Geist. Furcht, das hätte er verstanden, es wäre noch immer keine Rechtfertigung für den Verrat gewesen, aber zumindest eine Entschuldigung, die er bis zu einem gewissen Grad hätte akzeptieren können. Aber nicht diese heimliche Genugtuung angesichts des Verlusts der Insel, nicht diese Kumpanei mit dem Feind, nicht die Erleichterung, dass den seltsamen, stets suspekten Bruder endlich das verdiente Schicksal getroffen hatte.

Cedric ballte die Fäuste. Oh, es war nur allzu deutlich gewesen, obwohl sein Onkel, nachdem ihm die ersten Worte herausgerutscht waren, versucht hatte, es zu vertuschen und den üblen Eindruck zumindest teilweise wieder zu verwischen: Mindestens ebenso sehr, wie er sich dem Druck gebeugt, der Erpressung nachgegeben hatte, hatte er auch die Gelegenheit beim Schopfe ergriffen, seinen Bruder von dem abzubringen, was er für einen Irrweg hielt: von seinem Hütersein.

Cedric bezweifelte, dass der Onkel wirklich begriff, was dieses Amt bedeutete. Aber seine christliche Spürnase war fein und witterte auch kleinste Sünden. Sie hatte ihm gesagt – wie viele Jahre, Jahrzehnte wohl schon –, dass der ältere Bruder dort an der Küste Dinge trieb, die nicht rechtens waren in den Augen der gestrengen Mutter Kirche. Und er hatte gelauert wie eine Schlange in ihrem Loch auf eine Chance, sie zu beenden und diesen Schandfleck vom Schild der Familie zu tilgen. Der Preis dafür erschien ihm gering: ein Felsen im Schlick. Sein Verlust würde das Vermögen der Cloaghs kaum mindern. Ja, er war sich sehr klug vorgekommen. Und er hatte seine Zufriedenheit mit der Entwicklung nicht verbergen können. Nicht dass er sich allzu sehr bemüht hätte.

Cedric dachte an sein Gesicht zurück, an das Glimmen in den halbverborgenen Augen und das Lächeln dieser welken Lippen, die nur widerwillig, wie es schien, ein paar gelbe Zähne freilegten, und er hasste ihn mehr als jemals in seiner Jugend, während er gesenkten Hauptes auf den harten Scheiten knien und sich die salbungsvollen Reden über seinen entarteten Charakter anhören musste. Oh ja, er hasste ihn, aus vollem Herzen. Noch einmal brüllte er es hinaus.

Da antwortete ihm unverhofft das Wiehern eines Pferdes. Der Wald öffnete sich zu einer kleinen Lichtung, auf der zwei Wege sich kreuzten. Schon von weitem erblickte er das Gefolge seines Vaters und atmete auf: So hatte er sie also doch rechtzeitig eingeholt. Er preschte so rücksichtslos auf sie zu, dass die Wachen schon zu ihren Spießen griffen, ehe sie ihn erkannten und einander verwundert anblickten.

Der Graf von Cloagh hob die Hand und befahl, sich um das Pferd seines Sohnes zu kümmern, das dieser – trotz des schlimmen Zustandes, in dem es sich befand – nicht eines Blickes würdigte. Sowie er aus dem Sattel glitt, lief er auf seinen Vater zu. Mit einer Handbewegung verbot der ihm zu sprechen, nahm ihn am Ärmel und zog ihn beiseite, nachdem er die anderen angewiesen hatte, im Schatten der großen Ulme, die die Kreuzung beschattete, vorläufig zu rasten.

Sie gingen ein paar Schritte, während derer Cedric beinahe platzte vor Verlangen, seine Botschaft loszuwerden. Endlich meinte der alte Graf mit erstaunlich ruhiger Stimme: »Ich brauche dich wohl nicht zu fragen, ob Connor uns das Geld geben wird.« Er klang weder erregt noch erstaunt. Er wusste nur zu gut um die christliche Sparsamkeit seines Bruders und hatte sich weniger Hoffnungen gemacht als sein Sohn.

Cedric wiederum konnte so viel Selbstbeherrschung kaum fassen. Er verwarf all die diplomatischen Worte, an denen er gefeilt hatte. »Ich habe ihn gar nicht erst gefragt«, entfuhr es ihm bitter. Beinahe fühlte er etwas wie Triumph, als er sah, dass sich nun doch Erstaunen im Gesicht seines Vaters malte. Sofort tat es ihm leid. Um wie viel aufrichtiger, schöner, liebevoller erschien ihm doch in diesem Moment das Gesicht seines Vaters als jenes des Onkels, das sich ihm so tief ins Gedächtnis gegraben hatte. Kaum ertrug er es, an die Schmähungen zu denken, die dieser gegen ihn ausgesprochen hatte. Wie konnte jemand, der ihn auch nur oberflächlich kannte, an der Rechtschaffenheit des Grafen von Cloagh zweifeln! Wenn er als Kind manchmal unsicher gewesen war: Heute wusste er, dass er im richtigen der beiden Häuser geboren war. Ungebeten verzieh Cedric ihm alles, was er ihm je vorgeworfen hatte, sein langes Schweigen, seine Vorbehalte gegen Rowena, und er verlor jeden Rest kindlichen Grolls, den er noch im Herzen getragen hatte. Er liebte seinen Vater, und er wünschte, er hätte ihm anderes berichten können.

Der alte Graf von Cloagh ahnte vage, was in seinem Sohn vorging. Es rührte ihn, wenn es auch seine Besorgnis eher noch vermehrte. Warm ergriff er dessen Hand.

»Vater«, sagte Cedric ernst. »Es war Connor. Er hat ihnen die Urkunde gegeben.«

»Aber …«

Cedric fühlte den Schmerz, der seinem Vater das Wort im Hals erstickte. Atemlos fuhr er fort: »Es war eine Schenkung, die sich auf einen kleinen Grenzstreifen bezog, ein unbedeutendes Stück Land am Fluss, der unsere Gebiete trennt. Kein Hof, kein Feld, nur eine Einsiedelei.«

Der alte Graf nickte. »Ich erinnere mich, glaube ich«, murmelte er. »Bee's Hide.«

Cedric fiel mit grimmiger Miene in sein Nicken ein. »Connor hat das Pergament bearbeiten lassen. Er hat den ursprünglichen Namen ausgeschabt, den der Insel eingesetzt und es anschließend neu gesiegelt. Schließlich besitzt er Großvaters Ring.«

Der Graf hielt inne und lauschte einen Moment auf das Rauschen des Laubes. Er blickte zu seinen Leuten hinüber, die ihre Rast genossen, auf die Männer, die ausgestreckt im Gras lagen, einen Halm zwischen den Lippen, auf die Knappen, die mit den Hunden tollten, und er spürte schwer die Verantwortung, die auf ihm lastete. Es waren solche Momente, in denen er sich alt fühlte. Nicht einmal die Wut, vor der sein Sohn glühte, so spürbar, dass man die Hände daran hätte wärmen können, vermochte er noch zu empfinden. Hatte er deshalb so mühsam die Hitze seines Gemütes unterdrückt, all die Jahre, um jetzt der Kühle anheimzufallen? Er verschränkte seine Hände hinter dem Rücken, kalte Altmännerhände, und räusperte sich. »Er muss wahrhaftig enorme Angst gehabt haben«, meinte er nachdenklich.

Wieder konnte Cedric einen abfälligen Laut nicht unterdrücken. Auch er schaute zu ihren Männern hinüber, aber der Frieden des Bildes erbitterte ihn. »Er konnte es doch gar nicht erwarten«, schnaubte er.

»Cedric!«, rief sein Vater ihn zur Ordnung. In seinem

Gesicht malte sich Verständnis und Schmerz. »Ich weiß, du liebst deinen Onkel nicht, aber …«

»Vater«, fiel Cedric ihm ins Wort. »Du musst den Tatsachen ins Auge sehen. Er hatte keine Schwertspitze an seinem Hals. Er fürchtete nicht um sein Leben. Er hat schlicht und einfach die Chance ergriffen, dir auszutreiben, was er für dein ketzerisches Tun hält.« Schwer atmend hielt er inne. »Die Templer kamen ihm gerade recht. Er hat es mit Vorsatz getan. Und mit Freude.«

»Connor!« Der Ausruf klang so gequält, dass Cedric erschrocken innehielt. Der alte Graf hatte sich abgewandt und seine Stirn gegen die Rinde der Ulme gepresst. So verharrte er lange, während Cedric es nicht einmal wagte, ihn zu berühren. Er stand neben ihm, starrte benommen auf eine Ameisenstraße, auf der die Tierchen eifrig den Stamm hinauf- und hinabkrabbelten, dicht neben dem silbernen Haar seines Vaters. Rowena fiel ihm ein und ihr Verhältnis zur Natur. Hätte sie die Spur der Ameisen zu lesen vermocht? Einen Sinn gefunden, wo er weder Plan noch Einheit, weder Schönheit noch Trost entdecken konnte? Ihre Stimme hätte er nun gerne gehört und ihre Umarmung gespürt. Ratlos stieß er mit dem Fuß gegen einen Stein. Den Hundeführer, der aufmerksam geworden war und sich anschickte, näher zu treten, winkte er mit einer schroffen Geste zurück. Wusste er doch selbst nicht, wie seinem Vater, wie ihnen allen jetzt zu helfen wäre.

Als er gerade überlegte, wie er ihn ansprechen sollte, richtete sich der alte Graf plötzlich auf. Auf seiner Stirn war das Muster der Rinde eingedrückt, rot wie eine Mahnung. Cedric musste an sich halten, es nicht zu berühren. Er war es nicht gewohnt, mit seinem Vater zärtliche Gesten auszutauschen, die waren alle seiner Mutter vorbehalten gewesen. Sie hatte auch stets die Mittlerin gespielt, wenn es darum ging, dem einen die Gedanken und Empfindungen des anderen zu vermitteln, all die Geständnisse, die sie einander nicht zu machen vermochten.

»Ich …«, begann Cedric.

Der Graf winkte ab. »Ich weiß, du möchtest gerne zurückreiten, seine Mauern schleifen und ihm den faltigen Hals zusammendrücken.« Sein Lächeln drückte mehr Qual als Frohsinn aus.

Cedric erwiderte es entsprechend unsicher. Er hob die Hände. »Was sollen wir tun?«, fragte er.

»Zurückreiten«, erklärte der Graf sehr bestimmt.

Erstaunt riss Cedric die Augen auf.

Der Graf schüttelte den Kopf. »Zurück nach Hause und die Urkunde anfechten. Wir wissen nun, dass sie eine Fälschung ist. Mein Bruder mag ein Narr sein, aber er wird nicht so weit gehen, seine Tat zu leugnen. Nicht, wenn ich ihm gegenübertrete. Ich kenne ihn«, fügte er hinzu, als Cedric protestieren wollte, dem dies alles andere als gewiss schien. »Ein paar Jahre länger schon als du, mein Sohn.« Sein Ton war warm bei diesen Worten, wurde dann jedoch härter. »Ich weiß, wie ich mit ihm umgehen muss.«

»Wenn du meinst …«, gab Cedric zögernd zu. Er war sich nicht sicher, was seinen Onkel anbelangte. Allerdings die Aussicht, so bald wieder nach Hause zurückzukehren, gefiel ihm. Rowenas Vorhaltungen hatten ihn unruhig gemacht. Er würde erst wieder Frieden finden, wenn er zurück in der Burg wäre, um sie und die Ihren zu beschützen.

Der Graf hörte vor allem den Zweifel in seiner Stimme. Er lachte und schlug seinem Sohn auf die Schulter. Sein Blick allerdings blieb ernst. »Am Ende wird er es deiner Mutter zuliebe tun.« Als er den erstaunten Blick Cedrics sah, wurde sein Gelächter doch noch beinahe fröhlich, so sehr, dass die Männer seines Gefolges sich aufrichteten und hoffnungsvoll herüberblickten. Der Graf wandte sich seinem Sohn mit gespieltem Erstaunen zu: »Habe ich dir das nie erzählt?«, fragte er.

23

William of Gentford war als Erster auf den Beinen. Einen Moment lang glaubte er, Pferdehufe zu hören, dann aber wurde seine Aufmerksamkeit von der Gestalt am Fuß des Pfahls abgelenkt. Er packte einen Ast, warf ihn mit Schwung in die erlöschende Glut, sodass die Holzkohlestückchen prasselnd umherflogen, trat dem Wächter in den Hintern, der sich noch immer ratlos um sich selbst drehte, und rief: »Hör auf zu brüllen, Idiot. Er ist noch da.«

Aber ein Blick genügte ihm, um zu sehen, dass der Gefangene nicht mehr in derselben Haltung dahing, in der er ihn zurückgelassen hatte. Schlimmer noch, er musste die Fesseln gelöst haben, sonst wäre es ihm unmöglich, so in sich zusammenzusinken. Oder duckte er sich nur zum Angriff? Wer wusste schon, was für Kraft in diesen seltsamen Wesen schlummerte; ein anderer wäre nach der Behandlung, die sie ihm hatten zukommen lassen, längst gestorben. Gentford traute dem mysteriösen Jäger einiges zu. Er kniff die Augen zusammen. Die aufflackernde Glut machte ihn einige Momente blind für alles, was jenseits des Lichtkreises lag. Entschlossen marschierte er auf den Pfahl zu, das Schwert gezückt und vorsorglich in beiden Händen erhoben. Im Gehen trat er rechts und links gegen die Gestalten derer, die noch lagen, fluchte und trieb sie hoch.

Als er endlich vor Arval stand, wie er dachte, entfuhr ihm ein letztes »Heiliger Gott!«. Dann verstummte er.

Die Männer hinter ihm allerdings schrien auf und ächzten. Mehr als einer rief die Heiligen an und er wusste, dass sie sich bekreuzigten. Gentford schluckte, hatte selber Mühe, die Panik, die in ihm aufstieg, zu beherrschen. Die Gestalt, die vor ihnen lag, war nackt bis auf die Hüften, wie es der Jäger gewesen war. Sie glänzte von Schweiß und wies dieselben Wunden auf. Aber ihr gelöstes Haar war nicht glänzend schwarz, sondern leuchtete silbern auf im Feuerschein, und ihre geschundene Haut war nicht glatt und braungebrannt, sondern blass und runzlig wie die eines sehr alten Mannes.

Gentford bekreuzigte sich. Er hatte schon erlebt, dass nach einem einzigen Tag der Belagerung die Haare eines Mannes ergraut waren. Er hatte Gesichter gesehen, eingefallen, um Jahre gealtert im Angesicht der anstürmenden Feinde und der blutigen Gräuel des Zusammenstoßes. Aber das hier war anders. Es grenzte an Hexerei.

Vorsichtig streckte er das Schwert aus und berührte die noch immer bewegungslose Gestalt mit der Spitze. Die Angst, sie könnte plötzlich aufspringen, um sich auf ihn zu stürzen, verflog, so gebrechlich sah sie aus. Er schob die Klinge unter ihre Schulter und schob sie herum. Und wieder stockte den Rittern der Atem. »Ein Weib!« Gentford wusste nicht, wer von ihnen zuerst den Atem gefunden hatte, das Offensichtliche festzustellen. Zwei alte, faltige Brüste hingen wie Ledersäcke über den eingefallenen Brustkorb. Angst und Ekel würgten Gentford gleichermaßen. Der Leib des Weibes, Sitz der Versuchung, Einfallstor des Satans, Werkzeug der Verdammnis, war ihm grundsätzlich zuwider. Die Hässlichkeit dieses Körpers hier bestätigte ihn in dem Verdacht, dass es sich um einen Teufelsspuk handeln musste. Diese unerklärliche Verwandlung stellte eine Probe für sie alle dar, eine schreckliche Strafe. Welche Sünde nur hatten sie auf sich geladen? Es schüttelte ihn.

»Wir hätten uns nie mit diesem Zaubervolk einlassen dürfen.« Boisgilbert spuckte bekräftigend aus nach diesen Worten, seine Stimme aber klang lange nicht so sicher.

Gentford presste die Lippen zusammen. Er hätte gerne etwas auf diesen Vorwurf erwidert. Als die Aussicht bestand, Gold, viel Gold zu erwerben, hatte keiner von ihnen irgendwelche Vorbehalte gehabt, den Jungen zu verschleppen. Bei Tageslicht war er keinem von ihnen so wundersam erschienen oder gar beängstigend. Allein seine Fähigkeit, Schmerz zu ertragen, grenzte ans Unglaubliche. Während all der Qualen, die sie für ihn ersannen – und sie kannten viele, hatten sie doch selbst in den Kerkern der Ungläubigen geschmachtet und waren von Saladins Folterknechten in eine lange Lehre genommen worden, die viele von ihnen nicht überlebt hatten –, hatte er nicht einen Laut von sich gegeben. Gentford war es gewohnt, dass sie schrien. Er hatte selbst geschrien; zu gut erinnerte er sich, die Demütigung brannte noch in ihm. Man brüllte wie ein Tier, man bettelte, man schwor. Manchmal packte einen die Wut, Hass wechselte mit Panik, am Ende aber kam das Zerbrechen. Darauf arbeitete er hin, danach gierte er. Nachdem es ihm selbst nicht gelungen war, sich davor zu bewahren, sollte es auch keinen anderen geben, der davonkäme. Danach strebte er mit einem missionarischen Eifer, der ihm selbst nicht bewusst war. Jede Niederlage, der er beiwohnte, entlastete ihn selbst von der Erinnerung an sein Versagen.

In den Augen dieses Jungen aber war nichts von alledem zu lesen gewesen, keine Furcht, keine Demütigung, keine Selbstaufgabe. Es war eher, als nähme er seine Peiniger gar nicht wahr, als wandle er in einer völlig anderen Welt. Sosehr Gentford sich angestachelt gefühlt hatte, ihn in seine Welt zu holen und ihn dazu zu zwingen, anzuerkennen, dass er sein Meister war und der Herr über Leben und Sterben, so wenig war es ihm gelungen. Und nun foppte er ihn zu guter Letzt mit dieser Verwandlung. Als wollte er ihm zeigen, dass er sich ihm zu entziehen vermochte, selbst noch im Tod.

Wieder fühlte er den glühenden Zorn darüber in sich aufsteigen. Er holte mit dem Fuß aus und rammte dem toten Wesen die Stiefelspitze in die Rippen.

Ein Schrei antwortete ihm. Urdis hatte die Lider geöffnet. Ihre blauen Augen glühten. Die Templer drängten rückwärts, bis ein großer Kreis um die Greisin entstanden war, die blicklos in den Nachthimmel starrte, während ihr Mund sich tonlos öffnete und schloss wie bei einem gefangenen Fisch.

Gentford war der Erste, der sich fing. »Sie lebt«, stellte er fest und musste sich räuspern; die wenigen Worte hatten seine zugeschnürte Kehle angestrengt.

»Ja.« Mehr brachte Boisgilbert nicht heraus.

Urdis hörte die Sterne singen, jeden einzelnen. Ihr Lied erhob sich über das Knacken des Feuers, das Rauschen der Baumwipfel, das Sirren des Wassers, das in ihren Wurzeln stieg, den zarten Ton der Quarzadern im Erdreich unter ihr. All das wob sich um sie. Sie hörte auch die Hufe von Arvals Pferd, das sich entfernte, unbemerkt, unsichtbar, den Ihren entgegen. Sie hörte Gondal, ihren verstorbenen Gefährten. Nahe an ihrem Ohr fühlte sie seine Lippen. Sein liebevoller Blick hüllte sie ein und half ihr, den Schmerz in Wärme zu verwandeln. »Das Richtige getan«, hörte sie ihn flüstern.

Zu einer Antwort war sie nicht mehr in der Lage. Ihre Kraft floh noch immer mit Arval, in jedem Schlag seines Herzens, der leiser wurde, leiser und ferner. Wie einen abspulenden Faden spürte sie seine Gegenwart, länger und länger, dünner und dünner. Und mit jedem Schritt trennte er das Gewebe von Urdis' Leben auf. Sie musste lächeln. Die Tempelritter fröstelten, als sie es sahen.

Noch einmal ließ Gentford seinen Blick über den Körper wandern, der alles war, was er zu hassen gelernt hatte: hässlich, heidnisch, weiblich. Ihr irres Grinsen ließ all diese Empfindungen mit schmerzhafter Intensität in ihm aufwallen. Als er sah, wie ihre dürre, knochige Hand sich bewegte, als wolle sie etwas berühren, gar am Ende ihn, riss etwas in ihm.

Einen entschlossenen Schritt vorzutreten und das Schwert zu heben war eine Bewegung. Mit beiden Händen hielt er die Klinge und stieß sie mit all seiner Kraft direkt nach unten. Sie traf Urdis' Gesicht, ging glatt durch die Knochen ihres Schädels und fuhr mit einem bösen Knirschen in das Erdreich, das sich unauflöslich mit ihrem Blut, ihrem Hirn und ihren Knochen vermischte. Atemlos starrten die Ritter auf das Bild: Augen und Nase waren verschwunden, an ihrer Stelle steckte nackter Stahl in einem Brei von Blut. Der Mund, grotesk geöffnet, war ein Quell des roten Saftes, der in Stößen über diejenigen Zähne quoll, die heil geblieben waren. Ein Augapfel, aus seiner Höhle gesprungen, hing an einem weißen Strang über das, was von der linken Wange übrig war.

Als Gentford sein Schwert zurückzog, hob ein anderer ungefragt einen Stein auf und ließ ihn auf das niederfallen, was von Urdis' Antlitz übrig war. Erst dann atmeten sie auf. Eine lange Weile standen sie da, in Erwartung eines Wunders. Blitz und Donner, Stimmen vom Himmel, eine Rauchwolke oder die Verwandlung des Leichnams zurück in Arval oder in einen Ziegenbock – für alles suchten sie ihre Seelen zu wappnen. Aber nichts von alledem geschah.

Und noch immer standen sie, die Hände um ihre Schwertgriffe gefaltet. Sie wollten beten, doch gelang es ihnen nicht.

24

»Rowena! Rowena!« Colums Stimme war heiser vor Furcht. Er stürzte vor zu der Kante, über die seine Herrin verschwunden war, und suchte den Raum darunter mit der Fackel auszuleuchten. Lange musste er nicht suchen.

»Schrei doch nicht so«, erwiderte eine noch leicht schockierte, vor allem aber verdrossene junge Gräfin. Sie hockte mit ausgestreckten Beinen in etwa brusthohem Wasser, aus ihren Haaren triefte es, und der Stoff ihres Surcot wolkte um sie herum.

Colum seufzte erleichtert. Der vermeintliche Abgrund erwies sich als ein Bassin von höchstens einer halben Körperlänge Tiefe. Es schien eine Art Weihbecken zu sein. Nach all der Zeit, die es existierte, war es zu seinem Erstaunen noch immer mit Wasser gefüllt. Er erkannte Fliesen an den Wänden, von einer Farbigkeit und einem Glanz, wie er ihn zuletzt an der Seite seines Herren Cedric in den Bädern von

Jaffa gesehen hatte, wo sie sich im heißen Dampf von der Mühsal der Heidenbekehrung in heidnischen Bädern erholten. Noch mehr als das allerdings verwunderte ihn der leise Dampf, der von der Wasseroberfläche ausging. »Es muss eine heiße Quelle sein«, entfuhr es ihm. Er hob die Fackel höher.

»Ja«, stellte Rowena säuerlich fest und streckte die Arme aus, um das Wasser aus ihren Ärmeln laufen zu lassen. »Und sie muss hier drüben austreten, denn sie versengt mir beinahe die Füße.« Mit einem leisen Fluch rappelte sie sich auf. Wasser rann an ihr herab, und das Gewicht wich nur langsam aus ihren Kleidern.

Colum wollte schon erwidern, dass sie dankbar sein sollte, dass es nicht ihren Hintern erwischt hatte, besann sich aber rechtzeitig, dass man über den Allerwertesten seiner Herrin keine Bemerkungen machte. Auch dann nicht, wenn diese Herrin wie ein Häuflein Elend aussah.

»Lach gefälligst nicht«, zischte Rowena ihn an, konnte dann aber nach einem Blick an sich hinunter selbst nicht umhin, leise zu kichern. Colum wiederum widerstand der Versuchung nicht, einzustimmen, und so waren seine Versuche, sie aus dem Becken zu ziehen, mehrfach erfolglos aufgrund ihrer Lachanfälle. »Ihr seid schwerer, als ich dachte«, meinte der Knappe, als er ihre nasse Hand endlich fest gepackt hatte und zog.

»Das liegt am Wasser im Stoff«, erwiderte sie und wandte sich ab, um mühsam Cotte, Surcot und Mantel auszuwringen. »Zur Strafe«, stellte sie fest, »werdet Ihr mir für den Heimweg Euren Mantel leihen.« Ihren eigenen klatschte sie mit Schwung gegen den Knappen. Dieser allerdings vergaß, sich zu wehren. »Herrin«, flüsterte er.

»Was ist?«, fragte sie, dann fiel es ihr wieder ein. »Das Skelett«, flüsterte sie. Sie blickte über Colums Schulter. »Viele Skelette.«

Der Knappe rührte sich noch immer nicht. Er starrte auf das Bassin mit großen, im Fackellicht schwarzen Augen, in denen die geweiteten Pupillen die Iris ganz verdrängt zu haben schienen. »Es sind nicht die Knochen, die mir Sorgen machen«, sagte er.

Sein Ton veranlasste Rowena herumzufahren. Eine Weile betrachtete sie das Bassin. Sie erfasste seine Schönheit, den blauen Schimmer der Kacheln, die Bilder des Fußbodenmosaiks, in dem unter einer dünnen Schicht von Schlamm menschliche Gestalten erahnbar waren, auch Fische, Seegetier, Girlanden, und aus dem heraus einzelne Steinchen so verheißungsvoll blinkten, dass sie nicht zweifelte, es mit echtem Blattgold zu tun zu haben. Wie alt mochte all dies sein? Ihre Begeisterung allerdings erstarb jäh, als sie die Bewegung wahrnahm.

»Meinst du ...«, hauchte sie. Weiter wagte sie nicht zu sprechen.

Statt einer Antwort ergriff Colum ihre Hand, um sie ein, zwei, drei Schritte von dem Becken zurückzuziehen. Jetzt war auch das leise, kaum wahrnehmbare Plätschern zu hören. Es war nicht das Murmeln der Quelle. Ein feiner Streifen teilte die Oberfläche. An seinem Anfang wurde ein Kopf sichtbar, flach, zugespitzt, mit blinkenden, reglosen Augen. Dahinter holte im Wasser ein Schemen aus zu einer eleganten, ansatzlosen Bewegung, die sich fortsetzte, Windung um Windung um Windung, und die ein Frösteln über Rowenas Körper trieb.

Sie ließ sich nicht länger ziehen. Freiwillig wich sie einen weiteren Schritt mit zurück, bis sie in ihrem Rücken den Stein des Götterbildes spürte. Zum ersten Mal, seit sie hier unten waren, hatte sie wahrhaftig Angst. Der Rand des Beckens war niedrig. Wenn das Tier dort hineingekommen war, würde es auch wieder herausfinden. Überhaupt, sie hatte bereits dort drinnen gesessen, war ihm so nahe gewesen, wie es nur denkbar war. Hektisch versuchte sie sich zu erinnern, ob sie die Berührung des schuppigen Körpers schon irgendwo verspürt hatte. Sie rieb sich über die Arme.

»Meint Ihr«, würgte sie heraus, »dies ist die Schlange der Cloagh?«

Colum war nicht nach heraldischen Überlegungen zumute. Er versuchte den glänzenden Kopf im Auge zu behalten, der in den Schatten der Beckenumrandung glitt. Schlangen im Wasser, er schüttelte sich. Gott helfe ihm, wenn er davon schon jemals gehört hatte. »Wir müssen hier heraus«, sagte er, und in seiner Stimme lag viel Überzeugungskraft.

»Ja«, gab Rowena zu, die gleich ihm nicht anders konnte, als immerzu das Becken anzustarren. »Aber ich frage mich …«

»Ob das die Einzige ist?«, fiel Colum ihr harsch ins Wort.

Rowena fuhr herum. Entsetzt starrte sie ihn an. Da hörten sie beide ein Geräusch.

»Was ist das?« Rowena flüsterte unwillkürlich. »Ist das ein Echo der Brandung?«

Colum lauschte einen Moment. Tatsächlich war ihm, als hörte er ein fernes Echo des Meeres unter ihnen. Aber das, was jetzt wieder erklang, war anders. »Nein«, gab er zurück. »Es kommt von über uns.«

Rowena nickte bereits. Auch sie hatte es diesmal gehört. Ganz deutlich erklangen über ihnen nun Schritte, regelmäßig erst, dann zögernd, als sähe sich jemand um. Dann herrschte für einen Moment Stille. »Er hat den Einstieg gefunden. Verdammt.« Colum biss sich auf die Lippen. Nach einem kurzen Moment des Überlegens zog er Rowena mit sich. Seiner Überzeugung nach wäre es am besten, den Eindringling gleich am Fuß der Treppe zu überraschen. Eine Frage ging ihm dabei nicht aus dem Kopf.

Rowena, die nicht anders konnte, als sich bei jedem Schritt umzusehen, ob nicht eine weitere Schlange auftauchte, und die alle Mühe hatte, die Panik niederzukämpfen bei dem Gedanken, dass bald ein kühler, glatter Leib den ihren berühren könnte, stellte sie laut für ihn: »Wer treibt sich um diese Zeit in der Kapelle herum? Mitten in der Nacht?«

»Wir müssen beobachtet worden sein. Hier.« Colum hatte gefunden, was er suchte, und schob Rowena in eine Nische, wo sie für den Herabkommenden im ersten Moment nicht zu sehen sein würde.

»Boisgilbert!«, entfuhr es Rowena. Sie war sich im selben Moment sicher, dass der Templer es war, der sich dort droben bewegte. War er nicht auch bei seinem letzten Besuch heimlich und ohne Vorankündigung hier heraufgekommen? Womöglich wusste er etwas, ahnte er etwas von dem, was auch sie suchten? Rowena hielt den Atem an bei dem Gedanken. Auch bei ihrer letzten Begegnung hatte er dicht am Einstieg in das Heiligtum gestanden. War es Zufall gewesen, dass er sie bei der Suche beobachtet, ja, ihr den Zugang hier herab verwehrt hatte? Sie legte Colum die Hand auf den Arm. »Es ist der Templer«, flüsterte sie.

Der Knappe nickte mit düsterem Blick. »Ich dachte es mir.« Er überlegte. »Wir müssen die Fackel löschen«, sagte er dann leise. »So haben wir den Vorteil der Überraschung. Wir wissen, wo er als Nächstes auftauchen wird.«

Rowena starrte ihn mit angstgeweiteten Augen an. Er wusste, was sie dachte: die Schlangen. »Es muss sein«, flüsterte er und löschte, ehe sie etwas erwidern konnte, das Licht. »Betet«, hauchte er danach an ihrem Ohr, »dass er die Flamme nicht schon gesehen hat.«

Sie verharrten regungslos in ihrer geduckten Stellung; keiner von beiden hätte zu sagen vermocht, wie lange. Auch oben blieb es zu ihrer atemlosen Verwunderung still. Mit der Zeit gewöhnten ihre Augen sich so weit an die Finsternis, dass sie das Viereck des Einstieges ausmachen konnten und die schwarze Spitze der Platte, die, schief über die Öffnung gelegt, einen Teil davon verdeckte. Dahinter war die Dunkelheit weniger schwarz als braun, weniger steinern als belebt vom sachten Flackern der Lichter am Altar. Rowena in ihrer Starre schien es sogar, als dufte sie ein wenig nach dem Weihrauch der bronzenen Altargefäße. Mit Sehnsucht dachte sie an das Gesicht der Marienstatue dort droben, die mit so viel Gleichmut die Schlange unter ihren Füßen ertrug. Unwillkürlich scharrte sie mit dem Fuß. Colums schwere Hand legte sich auf ihren Schenkel, ohne dass sie protestierte. Sie hörten es im selben Moment.

»Stimmen.« Rowena hielt den Atem an.

»Es sind mehrere«, stellte Colum fest.

»Er hat seine Gefährten geholt.« In Rowena stieg die Wut auf. *Na gut*, dachte sie, *ich werde hinaufgehen und sie zur Rede stellen, sich nachts hier einzuschleichen wie Diebe. Ich bin immer noch die Frau des jungen Grafen und sie nichts als feige Eindringlinge.* Sie raffte ihre Gewänder.

Colum, der ihre Absicht erriet, packte sie am Handgelenk. Nur mit Mühe unterdrückte sie einen Schmerzenslaut. »Sie dürfen Euch auf keinen Fall in die Hände bekommen«, raunte er an ihrem Ohr.

Ärgerlich schüttelte Rowena den Kopf. »Sie wissen nicht, was ich bin«, sagte sie, nicht eben leise, wie um sich durch den Klang ihrer Stimme Mut zu machen.

Colum jedoch ließ seinen Griff nicht locker. »Glaubt mir, sie wissen es.« Sie spürte, wie er ihr den Kopf zuwandte. Und sie meinte, sein Lächeln durch die Finsternis hindurch zu erkennen. »Sogar ich wusste es im ersten Moment, als ich es sah. Ich wusste es, noch ehe Ihr selbst es ahntet.« So war es, er spürte es mit ganzem Herzen, und ebenso, dass er bereit war, sie mit seinem Leben zu verteidigen. So lautlos es eben möglich war, zog er sein Schwert aus der Scheide. Der Durchgang war eng, es müsste ihm möglich sein, ihn eine Weile zu halten. Wie lange und was danach geschehen würde, daran verbannte er jeden Gedanken aus seinem Kopf. Er fühlte, wie Rowena sich neben ihm regte, und wusste, sie hatte das Messer aus ihrem Gürtel gezogen. Er schwieg dazu, so wie auch sie. Es gab nichts mehr zu sagen.

Seite an Seite standen sie so und starrten nach oben. Endlich geschah es, eine Bewegung. Sie sogen die Luft ein.

Die schwarze Spitze des Lukendeckels bewegte sich; Stein knirschte auf Stein. Aber dann kam nicht, wie sie es erwarteten, die Silhouette eines Angreifers durch die Lücke, nein, der Umriss des Steines wuchs an, verschlang das hoffnungsvolle Dämmerlicht und jede Erinnerung an blinkende Leuchter und sanfte Altarwärme. Unbarmherzig schob der Deckel sich in seine alte Position, Staub wolkte herab, als er in die alten Ritzen einrastete, in denen er Jahrhunderte gelegen haben mochte und nun wieder lag. Etwas klickte. Rowena und Colum wandten einander die Köpfe zu, aber sie vermochten sich nicht zu erkennen. Sie schluckten schmerzhaft, es war, als drücke die Finsternis ihnen die Luft ab. Noch immer schwiegen sie; es gab nichts mehr zu sagen. Sie waren eingesperrt.

25

Arval hielt sich auf dem Pferd, bis er das Dorf erreichte, keinen Augenblick länger. Im selben Moment, in dem die erste Hütte in Sicht kam, sank er herab und schlug dumpf auf dem Boden auf. Es dauerte eine Weile, bis er merkte, dass es Hurvi war, die sich über ihn neigte. Er sah, dass sie ihre Lippen bewegte, aber ihre Stimme konnte er nicht hören.

»Urdis«, brachte er selbst heraus.

Hurvi legte ihm den Finger auf die Lippen. »Sie hat mir gesagt, dass du kommen würdest. Streng dich jetzt nicht an.« Als die anderen näher kamen und ihre Fackeln hoben, in deren Licht Arvals geschundener Leib sichtbar wurde, schlug sie entsetzt die Hand vor den Mund. Urdis hatte nicht viel geredet vor ihrem Aufbruch, und Hurvi hatte sich bis jetzt nicht vorstellen können, was Arval zugestoßen sein könnte. Was Urdis zugestoßen war. Nun lag es offen zutage, und es erschreckte sie zutiefst. »Schnell«, rief sie den anderen zu. »Oh, helft doch schneller.«

Rasch wurde der Jäger von kräftigen Händen aufgehoben und auf ein Lager getragen. Man holte warmes Wasser, warf Kräuter in die Schüssel und brachte das frisch entfachte Feuer zum Lodern. Es war Hurvi selbst, die den Lederlappen in den Kräutersud tauchte, ihn auswrang und begann, sanft damit über Arvals Haut zu fahren, die schwarz war von verkrustetem Schmutz und Blut. Vorsichtig tastend löste sie Schlammbrocken und Kleiderfetzen aus den Wunden. Nicht, dass sie genau sah, was sie tat. In ihren Augen standen so viele Tränen, dass sie beinahe blind war. »Arval«, begann sie und schluckte. »Ach, Liebster, ich muss dir etwas sagen.« Aber als sie sah, wie seine Augen zur Seite rollten, hielt sie inne. Er war gar nicht in der Lage, ihr zuzuhören. Dennoch fiel es ihr schwer zu schweigen; so viel Unausgesprochenes schnürte ihr die Kehle zu.

Biran legte ihr die Hand auf die Schulter. »Nicht jetzt«, sagte sie, nicht unfreundlich, aber doch bestimmt im Ton.

Hurvi errötete. Sie fühlte sich ertappt, zweifelte sie doch keinen Moment, dass die Anführerin des Seevolkes ganz genau wusste, was sie umtrieb.

Und in der Tat fuhr Biran fort: »Dein schlechtes Gewissen hilft ihm jetzt nicht weiter. Wo ist eure Heilerin?«

Hurvi war, als schlüge das Unglück vollends über ihr zusammen. »Urdis ging, ihn zu holen«, erwiderte sie. Es war mehr ein Schluchzen. »Sie sagte, sie sagte …«

Biran nickte und ersparte es ihr, den Satz zu vollenden. Die Führerin verstand genug von solchen Dingen, um zumindest zu ahnen, was Urdis gewollt und was sie getan hatte. »Seine eigene Kraft hätte nicht ausgereicht, zurückzufinden«, stellte sie fest und erhob sich. »Sie hat sich verströmt für einen anderen.« In ihrer Stimme lag auf einmal Wärme. »Sie war eine Große, diese Urdis.«

Hurvi spürte, wie der Pelz von Birans Umhang an ihrer Wange entlangstrich, und fühlte sich davon wie von ihren Worten seltsam getröstet. Sie schaute auf. »Wohin gehst du?«, fragte sie, so dringend wie ein Kind, das nicht alleine bleiben möchte.

Biran lächelte ernst. »Zu den heiligen Steinen. Urdis' Geist soll den Weg zu den Ihrigen nicht verfehlen.« Ihr Blick streifte über Arval. »Und auch der seine nicht.«

Hurvi nickte. Sie hatte Mühe, zu begreifen, was sie gehört hatte. Ihr Geist weigerte sich einfach, es aufzunehmen. Dann lenkte ein Stöhnen Arvals sie ab. Das Blut aus den Schnittwunden an seiner Brust begann wieder zu fließen. Hurvi konnte das Weiß der Rippen sehen. Und war das, was sich dort bei jedem Atemzug scharlachrot zuckend entfaltete, etwa seine Lunge? Sie unterdrückte die Panik, um weiterzutupfen. Hurvi war Jägerin. Sie verstand sich darauf, kleine Verletzungen mit Ringelblumensud auszuwaschen, wenn beim Ausweiden des Wilds das Messer ausrutschte. Sie konnte aus Birkenrinde einen Fiebertee brauen und Pappelsalbe herstellen für die Brandwunden, die man sich manchmal beim Entfachen der Räucherfeuer holte. Aber sie war keine Heilerin. Nicht wie Urdis eine gewesen war.

»Wir müssen die Hüterin rufen.« Sie wandte sich hilfesuchend zu den anderen um. »Rowena hat die Heilkunst ihrer Mutter erlernt. Sie wird helfen können.«

Der blonde Mann, der sich seit Arvals Ankunft im Hintergrund gehalten hatte, ohne Hurvi aus den Augen zu lassen, stand langsam auf. Sein Name war Mervin. Er war es gewesen, der Hurvi in den letzten Tagen nicht von der Seite gewichen war und dessen Gesellschaft sie schließlich der Arvals vorgezogen hatte. Was er fühlte, als er sie nun so an seiner Seite knien sah, die Hände bebend und das Gesicht aufgewühlt vom Schmerz, das verriet er mit keiner Miene.

»Ich gehe zur Burg«, sagte er.

Hurvi nickte. Röte überflutete ihr Gesicht. Sie wagte nicht, ihm in die Augen zu sehen. »Ich danke dir«, hauchte sie. »Sie wird kommen. Ganz gewiss. Sie muss, oder er ist verloren.«

26

»Ah, ich freue mich schon darauf, Rowena wiederzusehen.« Cedric räkelte sich unter seiner Decke und dachte an die Heimkehr morgen. Schon mittags könnten sie zurück bei der Burg sein, wenn sie stramm ritten. Er hatte die Arme hinter dem Kopf verschränkt und schaute in den Himmel, an dem die Sterne kraftvoll strahlten. Neben ihm lag sein Vater, dem er sich nicht nur des gemeinsamen Lagers wegen näher fühlte als vielleicht jemals in seinem Leben. »Und wie erleichtert sie sein wird zu hören, dass der Vertrag hinfällig ist.«

Der alte Graf nickte. »Es liegt ihr offenbar sehr am Herzen.«

Cedric, der darin einen Hauch von Kritik zu spüren vermeinte, beeilte sich, seine Frau zu verteidigen. »Sie nimmt ihr Amt sehr ernst«, bekannte er.

»Das tut deine Mutter auch, auf ihre Weise.«

»Vater?« Cedric drehte sich auf die Seite, den Kopf auf die Hand gestützt. »Wie war das damals, mit Mutter und deinem Bruder: Du hast sie durch ihn kennengelernt, sagst du?« Er sah seinen Vater schmunzeln.

»Nun, ja, das ist richtig. Treffender freilich wäre es zu sagen, dass sie am Ende mir den Vorzug gegeben hat.«

»Mutter wollte Connor heiraten?«

Jetzt lachte der Graf leise. »Wie sich herausstellte, wollte sie das gerade nicht. Allerdings war es vielleicht nicht ganz ehrenvoll von mir, ihr die Frage überhaupt zu stellen. Sie war meinem Bruder versprochen. Er hatte es schon lange mit ihrer Familie vereinbart. Von seiner eigenen hielt er ja nicht allzu viel. Wie stolz er doch damals war auf die Verbindung zum Königshaus. Und zwei Bischöfe gehörten zu ihrer Verwandtschaft, das war ihm womöglich noch wichtiger. Er kannte sie schon seit ihrer Kindheit, hatte sie früh für sich ausgespäht und darauf bestanden, dass sie in einem Kloster erzogen würde, für ihn. Aber sie hat sich am Ende für mich entschieden.«

»Wie kam es dazu?« Cedric brannte nun vor Neugierde. Er war überzeugt, dass zwischen seinen Eltern eine tiefe Verbundenheit bestand, ein gegenseitiges Verständnis, das mit wenigen Worten auskam. Leidenschaftliche Liebe allerdings war nicht unbedingt das, was er bei ihnen zu spüren geglaubt hatte. Und es faszinierte ihn.

»Oh, das war eine Sache von Augenblicken.« Auch der Graf suchte nun eine bequemere Position. »Es genügte, dass wir einander ins Gesicht sahen. Es geschah, als wir uns vorgestellt wurden, weißt du. Sie nannte ihren Namen, und da wusste ich es. Vielleicht war es das Vibrieren in ihrer Stimme, der Hauch eines Momentes, ehe sie die Wimpern niederschlug, wie es sich geziemte? Aber es genügte mir, um sicher zu sein, dass es ihr genauso ging.« Er lachte leise. »Glaub mir, ich habe mich danach noch oft gefragt, woher ich das Selbstbewusstsein nahm.«

»Fast wie bei Rowena und mir«, entfuhr es Cedric, und er errötete. In der Tat war ihm Rowena bei der allerersten Begegnung unter die Haut gefahren, ihr hellroter Mund, das blasse Gesicht unter dem roten Haarkranz, der unergründliche grüne Blick, den sie ihm zugeworfen hatte. Auch glaubte er empfunden zu haben, dass es ihr ähnlich ging, dass sie ihn aufforderte, für sie in die Turnierbahn zu treten. Aber gewusst hatte er es nicht, allenfalls geahnt. »Mir war sofort klar, dass wir zusammengehörten«, verbesserte er sich. »Dass sie in einem mehr als oberflächlichen Sinne etwas mit meinem Leben zu tun hatte.«

»Nun, Sohn, dann weißt du ja, wovon ich spreche.« Der Herr von Cloagh räkelte sich zufrieden.

»Hast du sie entführt?«, forschte Cedric weiter.

»Wo denkst du hin?« Da war er wieder, der vertraute Tadel im Tonfall seines Vaters. »Nein, nein, wir traten vor Connor hin, Hand in Hand. Sie sagte, dass sie nicht seine Frau zu werden wünschte, sondern meine. Und ich erklärte ihm, dass ich jetzt mit ihr an meiner Seite aus der Burg reiten würde, mit oder ohne seinen Segen. Und dass er die Wahl hätte, mir entgegenzutreten. Oder mein Bruder zu bleiben. Er hat sich für Letzteres entschieden, das muss man ihm lassen.«

»Bis er den Templern diesen Vertrag überließ«, platzte Cedric heraus.

»Ja«, gab der Graf zu. »Bis dahin.«

»Ob er wohl an jenen Tag damals dachte?«, überlegte Cedric laut für sich. Von seinem Vater bekam er darauf keine Antwort.

Beide hingen sie danach ihren Gedanken nach. Vor Cedrics innerem Auge entstand wiederum Rowenas Gesicht. Sie waren nicht im Streit voneinander geschieden, das nicht. Aber es hatte auch nicht die übliche Innigkeit zwischen ihnen beiden geherrscht, und das bedauerte er zutiefst. Er fürchtete, dass nun doch zu spüren war, wie kurz und wie wenig sie einander kannten. Seit ihrer ersten Begegnung bis zu ihrer Heirat hatten sie jeweils nur wenige Augenblicke miteinander verbringen können, manche voller Glückseligkeit, manche voll Verzweiflung, manche in Todesangst. Ihnen fehlte die Erfahrung des Alltags, des friedlichen Miteinanders, die vielen kleinen Gemeinsamkeiten, die einen nach und nach verbanden, bis am Ende die harmonische Gemeinschaft entstand, wie seine Eltern sie lebten.

Wie oft hatten sie nicht gestritten in den wenigen Tagen, die sie zu Hause waren! Sogar Eifersucht hatte er zu spüren begonnen. Dabei war sie doch die Frau seines Lebens! Cedrics Herz begann schneller zu pochen. Er konnte es kaum erwarten, Rowena in die Arme zu nehmen, ihr diese seine Erkenntnis mitzuteilen und ihr zu beschwören, wie sehr er gewillt war, diesen Weg mit ihr für den Rest seines Lebens zu gehen.

Auf der anderen Seite fragte er sich, ob er die Ehe seiner Eltern tatsächlich richtig gesehen hatte all die Jahre. Er war ein Außenseiter ihrer Zweisamkeit, war es wohl immer gewesen, mehr noch, als er es zu spüren meinte, da sie ihm das Geheimnis ihrer Existenz als Hüter verschwiegen hatten. Sah er sie deshalb enger beisammen, als sie es womöglich waren? Wie war das damals wohl wirklich gewesen, als der Graf das Klosterfräulein auf seine Burg brachte und ihr, der Bischofsnichte, beichtete, dass er der Beschützer eines alten heidnischen Volkes war? Wann war er wohl mit dieser Wahrheit herausgerückt? War sie Bestandteil seiner Liebeserklärung gewesen? Hatte seine Mutter gewusst, worauf sie sich einließ, als sie Connor den Rücken zuwandte? Oder hatte er es ihr erst später gesagt, als er sie sicher in den Mauern seiner Burg wusste, ihrer Zuneigung sicherer war? Hatte er es ihr nach und nach gebeichtet oder mit einem Mal? Und wie hatte sie es wohl aufgenommen? Er konnte nicht umhin, an den Verdacht zu denken, den Rowena gegen seine Mutter auszusprechen gewagt hatte. Wie absurd war er ihm erschienen. Und noch immer war er bereit, für seine Mutter die Hand ins Feuer zu legen. Trotzdem erschien nach der Beichte seines Vaters alles in einem neuen Licht für ihn. Er glaubte manches an seiner Mutter besser zu verstehen, anderes wurde ihm fremder. Er wünschte, sie könnten sich darüber noch ein wenig austauschen.

Vorsichtig schielte er zu seinem Vater hinüber, um zu sehen, ob er noch wach war und in welcher Stimmung er sich befand. Ob er es wagen konnte, seine Fragen zu stellen. »Vater?«, begann er.

Da hob der alte Graf die Hand und richtete sich auf.

Erschrocken hielt Cedric inne, besorgt, dass er eine Schwelle überschritten haben könnte. Aber der Blick seines Vaters war angestrengt auf die Silhouette der Bäume im Dunkel jenseits ihres beinahe heruntergebrannten Feuers gerichtet. Cedric brauchte eine Weile, bis er begriff, dass sein Vater nicht ihm das Wort verbieten wollte, sondern etwas gehört hatte. Er folgte seinem Blick. Wie der Graf konnte er nichts erkennen. Aber nun hörte er es auch. Dort im Unterholz bewegte sich etwas. Im nächsten Moment erklang das Protestkrächzen eines Eichelhähers. Sie blickten einander an und dachten dasselbe: Dieser Vogel sollte längst schlafen, wie sie selbst.

Cedric sprang auf. Sein Vater war auch schon auf den Beinen. Er schüttelte den Wächter an der Schulter und fluchte, als er erkannte, dass der im Sitzen, in seine Decke gewickelt, eingeschlafen war. Mit einem Fluch weckte er den säumigen Krieger auf, auch die anderen hoben schlaftrunken die Köpfe. »Auf!«, rief der Graf. »Gefahr!«

Cedric schnallte sich bereits den Waffengurt um, griff nach dem Schild und zückte das Schwert. Mit den Füßen trat er die Glut aus, stieß die kokelnden Holzstücke auseinander. Der noch unsichtbare Gegner sollte nicht den Vorteil haben, sie in ihrem Licht beobachten zu können. Noch immer schlaftrunken scharten sich ihre Männer um sie. Flüsternd stellten sie einander Fragen und stellten ihre Mutmaßungen an, bis Cedric sie streng zur Ordnung rief.

»Den Vorteil der Überraschung haben sie nicht mehr«, keuchte er seinem Vater zu, der ebenfalls mit gezückter Waffe in Kampfstellung gegangen war.

»Nicht ganz«, erhielt er zur Antwort. »Sie wissen, wie viele wir sind. Und was sie von uns wollen.«

»Die Templer? Unsere Haut, was sonst?«, gab Cedric zurück.

Im selben Moment ertönte ein Sirren. Und dicht neben ihm bohrte sich ein Pfeil in den Waldboden. Cedric hob seinen Schild und packte das Schwert fester.

27

Die Dunkelheit war so vollkommen, so körperlich, dass Rowena kaum nach Luft zu schnappen wagte, aus Furcht, die Schwärze könne in sie eindringen, nach ihrem Herz greifen und sie in denselben Fels verwandeln, der sie von allen Seiten umgab. »Colum«, japste sie irgendwann.

»Atmet ruhig«, befahl der Knappe. Aber auch seine Stimme klang rau. »Ich werde …« Er brachte den Satz nicht zu Ende. Rowena erriet am Geräusch, dass er sich die Treppen hinauftastete, um sich oben gegen den Deckel zu stemmen. Nicht einmal ein Knirschen war zu hören.

»Sie scheinen etwas daraufgestellt zu haben«, raunte Colum, als er wieder an ihrer Seite war. Rowena tastete nach seinem Arm. Sie spürte die Narbe, die ihm vom Kampf mit Montforts Männern geblieben war, damals, bei der Verteidigung ihres Zuhauses. Sie selbst hatte sie verbunden. Das erfüllte sie mit einem gewissen Trost. »Was haben die mit uns vor?«, fragte sie leise.

Colum stieß ein Schnauben aus. »Mit uns?«, fragte er zurück. »Ich denke, mit uns sind sie bereits fertig. Was brauchten sie noch zu tun!«

Rowena schauderte, als sie sich die Bedeutung seiner Worte klarmachte. In der Tat, was stand ihnen bevor? Hier unten zu sitzen, bis Durst und Hunger sie verenden ließen. Nein, Durst würden sie nicht leiden müssen, korrigierte sie sich; das Bassin enthielt Süßwasser. Also würde es der Hunger sein, der sie umso langsamer sterben ließe. Wenn der Wahnsinn ihm nicht zuvorkam. Allein bei dem Gedanken hatte sie Mühe, nicht in lautes Geschrei auszubrechen. Warum sich beherrschen, wozu sich bewahren, warum nicht alle Hemmungen fallen lassen, den Mund öffnen, losschreien, um nie mehr aufzuhören, und hoffen, dass der süße Irrsinn einen schützend umfing! Sie schluckte, dann fing sie sich wieder. Das war ihrer nicht würdig. »Ich verstehe«, sagte sie. »Wenn wir keinen Weg hier herausfinden, werden sich unsere Knochen also mit denen der Schlangen vereinen.« Die Schlangen! Im selben Moment kam ihr die Idee. »Die Tiere müssen einen Durchschlupf haben«, rief sie. Das Flüstern hatte sie aufgegeben. Die dort oben würden sich ohnehin nicht mehr um sie kümmern.

Colum allerdings erschrak so sehr, dass er nach ihr griff. Er zielte daneben, geriet ins Stolpern, erhaschte sie doch noch und zog sie mit in seinen Sturz. So verloren sie den Kontakt zu der Nische, in der sie bis dahin gekauert hatten. Nun wusste er nicht mehr, wo er sich befand. Es war, als schwebte er, und Schwindel wollte ihn übermannen. Hektisch tastete Colum nach etwas, was er identifizieren konnte. »Die Stufe, ich habe die erste Stufe wiedergefunden«, keuchte er auf allen vieren, sie umklammernd wie ein Kind das Bein der Mutter.

»Ruhig atmen«, wiederholte Rowena seine Anweisung von vorhin. Sie teilte seine Erregung nicht. Seit ihr der Gedanke gekommen war, der ihnen Rettung versprach, war sie ruhig geworden. Und mit der Ruhe kehrte das Vermögen ihrer Sinne zu ihr zurück. Sie selbst kauerte auf dem Boden und hatte eine Empfindung, die sie als beglückend empfand: Sie spürte die Gestalt Colums so deutlich, als könnte sie ihn sehen – seinen Herzschlag, das Sirren des Blutes in seinen Adern, die Hitze seiner Haut. Sie hätte die Hand ausstrecken und ihn berühren können, so sicher, als stünden sie in hellem Licht. »Weiter links«, sagte sie und streckte ihm die Finger entgegen. »Jetzt ein wenig nach oben, streck den Arm. Und …« Ihre Finger umschlossen die seinen; sie spürte den kalten Schweiß auf seiner Haut.

»Die Schlangen«, wiederholte sie. »Sie leben sicher nicht immer hier im Dunkeln. Es muss einen Weg hinaus geben.«

Es dauerte eine Weile, bis Colum weit genug zu sich kam, um das Gesagte aufzunehmen. »Vermutlich«, gab er dann zurück. »Aber ob wir hindurchpassen, ist fraglich.«

»Wir müssen danach Ausschau halten«, beharrte Rowena. »Vielleicht ist er ja groß genug, oder er lässt sich erweitern, oder man könnte eine Botschaft hindurchschicken.«

»Ausschau halten!« Colum lachte bitter. »Alles, was ich hier unten sehen werde, sind Geister.«

»Ich kann sehen«, bekannte Rowena. »Nicht so wie draußen«, fügte sie hinzu, als sie das unwillige Reißen an ihrer Hand fühlte. »Aber ich – wie soll ich es dir erklären – ich spüre deinen lebenden Körper.« Sie konnte förmlich fühlen, wie er rot wurde, und kicherte leise. »Ich kann sehen, dass du dich jetzt an der Wade kratzt«, flüsterte sie, unwillkürlich leise, um ihn nicht noch mehr in Verlegenheit zu bringen. »Und dass du dir wünschst, etwas zum Sitzen zu finden.«

Colum rang um Fassung. »Na gut«, brummte er. »Dann werde ich Euch bitten, die Augen zu schließen, ehe ich meine Notdurft verrichten gehe.« Er schwieg einen Moment. »Könnt Ihr auch die Schlangen wahrnehmen?«, fragte er dann.

»Es ist schwierig«, bekannte sie. »Gebt mir ein wenig Zeit. Aber ich denke, ja, ich werde es können.«

»Eure Hand wird kälter und kälter.«

Rowena lächelte dankbar, als sie die Sorge in seiner Stimme vernahm. »Macht Euch keine Sorgen«, erwiderte sie. »Das ist normal.« Dann schickte sie ihren Geist auf Wanderschaft.

»Wisst Ihr«, begann Colum nach einer Weile des Schweigens, während er ihre Finger umschloss, die in seinem Griff so kalt wie Stein wurden. Aber er wagte es nicht, sie zu reiben oder warm zu hauchen, aus Angst, ihre Konzentration zu stören. »Ich habe Euch das nie gesagt, und es ist auch nicht meine Art. Aber sollten wir tatsächlich hier sterben, so werde ich stolz sein, ja …«

»Da ist sie.« Es war kaum mehr als ein Wispern. Fast hätte Colum es nicht vernommen, so sehr war er bemüht, Worte für das zu finden, was er sagen wollte.

»Wie schön sie ist!« Ein ganz neuer Ton lag in Rowenas Stimme: Erstaunen und sogar Ehrfurcht.

Ehe Colum etwas erwidern konnte, spürte er einen sanften Zug. Rowena hatte sich in Bewegung gesetzt und nahm ihn mit sich. »Wie wunderschön«, wiederholte sie murmelnd, während sie sich in winzigen Schrittchen hinauswagten in die Dunkelheit. Dann wurde ihre Stimme undeutlicher.

»Herrin?«, fragte Colum besorgt. Er zog sein Schwert und begann, den Weg vor ihnen abzustochern, ob keine Spalten, Steinbrocken oder der Rand des Bassins ihnen zur Stolperfalle zu geraten drohten. Zwar wusste er, dass sie mehr sah als er, aber trotzig hielt er an seiner Pflicht fest. Sie war ihm anvertraut von seinem Herrn, und weder im Diesseits noch im Jenseits wollte er sich von ihm eine Pflichtvergessenheit vorhalten lassen. Sie bewegten sich wie Schlafwandler, quälend langsam, und aus Rowenas Mund kamen Laute, die ihm nach und nach eine Gänsehaut über den Rücken jagten. Zuerst waren es nur unverständliche Töne, dann vermeinte er, einzelne Silben herauszuhören, die ihm aber auch nicht mehr zu sagen vermochten. *»Nosce me«*, murmelte die vor ihm wandelnde junge Frau, *»nosce me, serpens sacra!«*

»Rowena!« Fast war er bereit, sie zu schütteln, um sie aus ihrer Trance zu holen. Die Entscheidung allerdings wurde ihm abgenommen. Mit einem lauten Knirschen öffnete sich ein Rund aus schmerzendem Licht in der Decke der Höhle.

»Hurensöhne«, zischte Colum und schob die verwirrte Rowena hinter sich. »Wollen sie es doch selbst zu Ende bringen.«

Das laute Klopfen am Burgtor alarmierte die Wachen. Nervös wegen der Warnungen, die sie erhalten hatten, dauerte es eine Weile, bis sie begriffen, dass dort draußen weder Templer noch andere Feinde standen, sondern ein Freund und Bote, der die Herrin zu sprechen verlangte. Keiner der Wächter hatte den Mann jemals im Leben gesehen, aber das Amulett, das er hochhielt, mit den beiden ineinander verschlungenen Schlangenleibern, sagte mehr als jeder Name oder Titel. Keiner von ihnen, dem nicht bekannt war, dass jeder, ob Mann, Frau oder Kind, der jemals dieses Zeichen vorzeigte, sofort und ohne Nachfragen zum Grafen zu führen war. Oder in seiner Abwesenheit zur Gräfin.

Die Männer wussten, was sie zu tun hatten. Die Torflügel öffneten sich knarrend, um den Fremdling einzulassen, dessen seltsam verschlungenes Blondhaar im Licht der Fackeln schimmerte. Sie geleiteten ihn, der barfuß ging, mit klappernden Stiefeln über den Innenhof, und niemandem fiel auf, dass die Hunde nicht anschlugen, so aufgeregt waren alle ob des Ereignisses. Sie weckten die Zofe der Herrin, die im Vorzimmer von der Gräfin Schlafgemach auf einer Bank am Feuer vor sich hin schnarchte. Ihr Widerstand war der härteste, den Mervin zu überwinden hatte. Es dauerte eine Weile, bis sie zu bereden war, die Gräfin aus dem Schlaf zu holen. Mit aufgelösten grauen Haaren, die ihr bis auf die Hüften fielen, und einem Nachthemd angetan, das zwei weiteren Frauen Platz geboten hätte, riss sie schließlich Mervin das Amulett aus der Hand, um im Schlafgemach der Gräfin zu verschwinden. »Ihr bleibt«, gebot sie den wartenden Männern mit einer Handbewegung, die nicht misszuverstehen war. Mit verstrubbelten Haaren und großen Augen gehorchten ihr die Krieger.

»Herrin? Herrin!« Die Stimme der Zofe war um vieles sanfter, als sie die Gräfin sacht an der Schulter rüttelte. Mary of Cloagh war tief in die Kissen vergraben. Das Silberhaar zu einem dicken Zopf geflochten, hatte sie einen Zipfel der Decke umarmt, als hinge ihr Leben davon ab. Ihr schönes Gesicht war vor Anstrengung verzerrt, und sie warf sich ächzend hin und her.

Liebevoll strich die Zofe ihr ein paar Strähnen aus der verschwitzten Stirn und rüttelte sie dann erneut. Wie tief die Herrin doch schlief. Und wie lebhaft sie träumte. Die Zofe murmelte eine abergläubische kleine Formel. Hieß es doch, dass die Seelen der Träumer Gefahr liefen, dort zu verbleiben, wo sie waren, wenn man sie allzu hastig aus ihren Wahngebilden herauszureißen suchte. Sie bekreuzigte sich, ehe sie erneut nach der nackten Schulter griff, die sich aus dem Nachthemd herausgearbeitet hatte, so sehr war die Gräfin von ihren Albträumen gepackt.

Ihre Mary, ihr Täubchen. Schon im Kloster hatte sie ihr gedient, auf die Burg von Cloagh war sie ihr gefolgt. Viel wusste die Amme nicht, aber doch genug, um sicher zu sein, dass ihre Mary ein besonderes Mädchen war, das ein seltsames Schicksal zu erfüllen hatte. Sie, Rose, simple Bauerntochter, die sie gewesen war, Laienschwester dann und Zofe nun, konnte nicht viel dazu beitragen. Sie bürstete ihrer Herrin allabendlich voller Inbrunst die Haare, wachte über ihr Essen und ihre Gesundheit, fragte nichts und klagte nicht und sprach dreimal die Woche in der Kapelle oben ihre heimlichen Gebete, um das Seelenheil ihres Schäfchens zu sichern. Denn für sich selbst erbat sie nichts von Gott.

»Mary!«, wagte sie die zärtliche, vertrauensvolle Anrede aus ihrer beider entschwundenen Jugend. »Mary! Das Amulett!« Als sie sich nicht mehr zu helfen wusste, drückte sie das Zeichen, um dessen unbedingte Bedeutung sie verschwommen wusste, der Gräfin auf die nackte Haut der Schulter.

Mit einem Schrei fuhr diese hoch. Erschrocken wich Rose zurück. Obwohl die Gräfin sie direkt anstarrte, war sie sicher, dass ihre Herrin nicht sie sah. Ihr Gesicht war von Grauen gezeichnet. Schüchtern hob sie das Amulett hoch, sodass es neben ihrem Gesicht baumelte. »Ein Bote brachte dies hier«, sagte sie wie zur Entschuldigung und bemühte sich um eine ruhige Stimme. »Bestimmt kommt es von Eurem Gemahl.« Das sollte aufmunternd klingen. Rose versuchte sogar ein Lächeln.

Die Gräfin allerdings reagierte anders. Ihre Wangen verloren jede Farbe; sogar ihre Lippen wurden grau. Ihre Augen schienen tief und dunkel in den Höhlen zu liegen, und ihr Zopf wirkte dünn und glanzlos wie der Schweif eines ausgestopften Tieres. Für Momente sah sie wie eine Tote aus. Rose erschrak zutiefst.

»Mein Mann«, flüsterte die Gräfin, noch immer wie in Trance. Die Bilder ihrer Träume schienen selbst jetzt, da ihre Augen offen standen, mehr Gewalt über sie zu haben als die Wirklichkeit. Plötzlich aber kam Leben in sie. »Mein Mann!« Das klang wacher, hoffnungsvoller. Sie sprang förmlich aus dem Bett, raffte nur notdürftig das Nachthemd zusammen, griff nach dem Amulett wie nach einer Rettungsleine und war schon auf dem Weg in das Vorzimmer, ehe Rose ihr noch vorhalten konnte, es schicke sich nicht, so vielen Männern im Nachtgewand zu begegnen. Sie begriff es nicht. Noch niemals hatte ihr Schützling sich derart vergessen. Kopfschüttelnd griff die Zofe nach dem gräflichen Umhang, der über den anderen, sorgfältig gefalteten Kleidern auf der Truhe lag, und zog ihn an sich, um der Gräfin nachzueilen.

Die stand im Vorzimmer wie eine Erstarrte. Die Wachen, errötend und nicht wissend, wohin blicken, räusperten eine mühsame Begrüßung heraus. Nur Mervin stand aufrecht und blickte der Frau ins Gesicht, die vor ihn getreten war. Er kannte seinen Auftrag und war bereit, ihn zu erfüllen. »Die Hüterin«, begann er und verstummte dann wieder. Die Gräfin hörte ihn nicht. Er war nicht einmal sicher, ob sie ihn sah. Etwas allerdings schien sie wahrzunehmen. Das Haar ihres Zopfes sträubte sich wie bei einer Katze. Ihr Mund öffnete und schloss sich ein paarmal, ohne dass ein Laut herausgekommen wäre. Schließlich sank sie auf die Bank, wo Roses zerknüllte Decken lagen, noch warm vom Schlaf. Ihre blaugeäderte, blasse Hand strich mechanisch darüber, wie um die letzten Spuren menschlicher Nähe in sich aufzunehmen. Aus der Gestalt der Gräfin wich jede Kraft, jeglicher Glanz. Sie sagte nur einen einzigen Satz: »Er ist tot.«

28

Cedric sah es, ohne es glauben zu können. Das war nicht sein Vater, der dort die Arme hochriss und mit beiden Händen den Pfeilschaft umklammerte, der aus seinem Hals ragte. Er hörte sich schreien, aber er spürte nicht, wie der Laut aus seiner Kehle kam. Es war, als sähe er einem anderen zu, wie er losstürmte mit Riesenschritten, hin zu dem Verwundeten, wie er unter dem Anprall des Taumelnden zusammenbrach und mit ihm in den Armen in die Knie ging. Nein, das war nicht sein Vater, dem er mit hektischen Fingern den Helmgurt zu lösen suchte, das waren nicht seine Finger, die an dem verdammten Lederriemen abrutschten, wieder und wieder, bis er ihn endlich gelöst hatte. Das war alles nicht wirklich, was dort so folgerichtig eines nach dem anderen geschah: das Öffnen des Riemens, das Abstreifen des Helmes, das Lächeln im Gesicht seines Vaters, verzerrt vom Schmerz, doch ein Lächeln. Die Erkenntnis, dass der Schaft tief in die Kehle gedrungen war. Als er ihn herauszog, schäumte Blut in Mengen hinterher. Es färbte den Hals seines Vaters rot, die körnige Haut und die angespannten Sehnen. Es quoll zwischen seinen Lippen hervor, unaufhaltsam, unstillbar. Hier war nichts mehr zu tun. Er begriff es und wollte es doch nicht wahrhaben, tobte und wütete mit seinen Schreien, schlug um sich, als Arme nach ihm griffen, um ihn zu überwältigen, hieb mit seiner Klinge nach allem, was sich ihm näherte, ohne seinen Vater aus den Armen zu lassen. Er biss und trat, noch als er entwaffnet war, und klammerte sich an den Leib, an dem nur noch der Blick lebendig schien. Diesen Blick, den Kontakt mit seines Vaters Augen, wollte er nicht verlieren, als hinge davon ihrer beider Überleben ab. Er verrenkte sich fast den Hals, als sie ihn wegschleppten. Und als er sah, wie sein Vater auf den Boden aufschlug, ohne sich noch einmal zu regen, die Haare wirr über der schmutzigen Stirn, den Blick so starr wie zuvor auf ihn nun auf den Sternenhimmel gerichtet, da zerbrach etwas in ihm.

»Vater!« Er wusste, dass er es war, der da schrie. Sonst wusste er nichts mehr. In seinen Ohren dröhnte der dumpfe Laut fort, mit dem seines Vaters Körper auf den Boden gekracht war. Es dauerte lange, bis das Dröhnen verschwunden war und abgelöst wurde von Vogelzwitschern. Cedric hörte den Eichelhäher schreien und fragte sich, ob der Vogel nicht schlafen sollte, so wie er, so wie sein Vater. Doch es war heller Tag. Er hob den Kopf.

Dort drüben lag er noch immer. Jemand hatte eine Decke über seinen Vater gezogen. Aber er erkannte den Schild, der noch an seinem Arm hing. Waffen und Gürtel waren neben ihm aufgeschichtet worden; jemand hatte den Leichnam geplündert. Cedric begriff es nur langsam. Er begann, sich umzusehen, das Bild seiner teils gefesselten, teils ermordeten Männer in sich aufzunehmen. Der Hundeführer war tot, den Arm um seinen Liebling geschlungen, in dessen Fell ein ganzer Strauß Schäfte steckte. Cedric zählte zwei weitere Leichen, konnte aber ihre Gesichter von seinem Platz aus nicht erkennen. Sie lagen hinter dem Berg von Gepäck, den jemand neben der erkalteten Feuerstelle errichtet hatte: Harnische, Mäntel, Stiefel, Sattelzeug, Klingen. Nicht wenige Beutel mit Münzen waren dabei. Er erinnerte sich: Sie waren unterwegs gewesen, ihre Insel auszulösen. Dann hatte das Glück ihnen den Verrat aufgedeckt. Sie hatten sich heimwärts gewandt, alles war gut gewesen, zum Greifen nahe. Warum in aller Welt war nun dies geschehen? Es hatte sie erfasst wie eine plötzliche Welle und sie auf einen harten Strand geworfen. Diese Hunde! Endlich drangen die Stimmen ringsum an sein Ohr, das Murmeln, das Gelächter. Freuten sie sich ihres Sieges, zählten sie das Geld?

Cedric hob den Kopf, in Erwartung, Gentford wieder zu begegnen oder Boisgilbert. Denn er zweifelte nicht, dass sie es gewesen waren, die in letzter Minute eingegriffen hatten, um die Rettung des Seevolkes zu verhindern. Doch als die Wogen des Hasses, die in seinem Kopf brodelten, sich ein wenig beruhigt hatten und er klar sehen konnte, erstaunte er: Nicht einer der Männer, die herumliefen oder -standen, kam ihm bekannt vor. Auch trugen sie weder Harnische noch die Mäntel der Templer, sondern simple Wämser in Braun und Grün, wie Bauern und Jäger sie besaßen, eher ein wenig abgerissener noch. Über ihren Schultern allerdings hingen Bögen, einige trugen Keulen oder Stäbe, und in den Händen hielten sie Jagdmesser, mit denen sie den Gefesselten die Beutel vom Gürtel schnitten.

Es waren Vogelfreie, schlichte Räuber. Cedric glaubte seinen Augen nicht zu trauen. Dass ein erbärmlicher Trupp wie dieser es überhaupt gewagt hatte, Bewaffnete anzugreifen, war ungeheuerlich. Diese Feiglinge! Sie hätten niemals eine Chance gehabt, wenn sie sie nicht überrascht hätten.

Voller Zorn zerrte er an seinen Fesseln. Einer mit einer Häherfeder an der Kappe neigte sich über ihn. »Nur keine Eile«, meinte er amüsiert. »Ihr kommt rasch genug wieder frei, um Leute zu schinden.« Dabei tippte er Cedric auf das Wams mit dem Wappen der Cloagh. »Ihr braucht uns bloß zu sagen, wofür das steht, damit wir Euren Verwandten eine Lösegeldforderung schicken können.«

Geld, diesen simplen Räubern ging es lediglich um Geld. »Ihr habt ja keine Ahnung, was ihr anrichtet!« Cedric versuchte noch immer, sich loszureißen. Er atmete ein und zog mit aller Kraft.

Der andere hob den Fuß und trat ihm gegen den Brustkasten, dass er ins Gras zurückfiel. »Der Name«, knurrte er, »wenn Ihr es denn eilig habt.«

»Jeder hier kennt das Wappen der Cloagh«, fauchte er.

Der andere lachte. »Hörst du das, Will«, meinte er und nickte einem seiner Gefährten zu. »Man könnte meinen, wir sind nicht von hier.« Mehrere Männer lachten. Dann neigte der Anführer sich wieder dicht über Cedric. »Nein«, gab er zu, »wir sind unwissend und nicht aus der Gegend, mein Herr von Cloagh. Wir behaupten nicht, dass uns Land gehört und wir das Recht haben, es mit dem Schweiß anderer Menschen zu düngen. Wir sind von überall und nirgends, frei wie die Vögel. Aber heute sind wir hier. Und was immer Ihr dazu sagt, Ihr werdet unser Gast sein, bis Eure Familie uns für die Unkosten Eurer Bewirtung entschädigt hat.« Er machte die Geste des Geldzählens. Cedric spuckte, traf ihn aber nicht. Der andere lachte nur. »Das sind Gesten für solche, die Ehre besitzen«, sagte er, ehe er zu seinen Männern hinüberging, um sich mit ihnen zu beraten.

Cedric blieb sich selbst überlassen, seiner Wut, seinem Kummer, seiner Ratlosigkeit. Die Trauer über seinen Vater wurde von der brennenden Sorge überlagert, was zu Hause geschehen würde. Was würde Connor tun, nun, nachdem er seinen Verrat enttarnt hatte und da sein Vater ihm nicht mehr entgegentreten konnte? Würde er die Templer nicht warnen, wenn man ihm die Gelegenheit dazu gab? Was sollte seine Mutter, was Rowena denken, wenn die Lösegeldforderung kam? Sie waren allein, mit nur wenigen Kämpfern zurückgeblieben, mit einer Aufgabe belastet, die für die Schultern eines Mannes schon zu viel war. Und sie sollten Geld für ihn aufbringen, das sie kaum mehr besaßen. Wie sollten sie nicht verzweifeln?

Unwillkürlich entfuhr ihm ein Stöhnen. Wieder starrte er hinüber zu dem Umriss, der einmal sein Vater gewesen war. Rowena sagte, die Seele jedes Menschen wandere nicht etwa ins Fegefeuer, um von dort weiter gen Himmel oder Hölle gesandt zu werden, sondern sie ginge direkt ein zu Gott, um von dort auf eine neue Lebensreise gesandt zu werden, ein unendlicher Reigen, eine Kette, die sich durch Zeit und Unendlichkeit schwang, solange der Wissensdurst dieser Seele wach war. Cedric starrte auf die tote Hand im Gras, die wie ein Ding auszusehen begann, so anders als die Hand eines Schlafenden, so zweifellos etwas ohne Leben, dass er mit einem Mal sicher war, was zumindest die Existenz der Seele betraf. Sie und nichts anderes musste es sein, die den Unterschied ausmachte zwischen diesem fünffingrigen Ding dort drüben und dem warmen, tröstenden Griff seines Vaters. Und die Hoffnung, dass nicht alles zu Ende sei, dass die Liebe und Weisheit, die in seinem Vater gelebt hatten, weiterexistierten, dass er ihnen gar einmal wieder begegnen könnte, in welcher Gestalt auch immer, griff mit verzweifelter Macht nach ihm.

»Vater«, murmelte er. »Wenn du mich hören kannst, so komm wieder. Lass uns nicht alleine hienieden wandeln.« Er hing seinen Gedanken nach, und unwillkürlich, ohne dass er selbst es merkte, ergriff eine kleine Melodie Besitz von ihm. Es war ein Lied, das er von Rowena gelernt hatte, und die wiederum kannte es von ihrer Mutter. Ein Trostlied, wie man es Kindern zum Einschlafen sang. Und auch ihn besänftigte es, als er es wiederholte, wieder und wieder, und dabei begann, unwillkürlich mit dem Oberkörper zu schaukeln.

Dass er es laut gesummt hatte, wurde ihm erst bewusst, als er den Blick eines Mannes spürte. Der andere saß nicht weit von ihm entfernt mit gekreuzten Beinen auf dem Boden, damit beschäftigt, an einem Holzstück herumzuschnitzen. Seine Augen allerdings waren auf Cedric gerichtet, wie lange schon, konnte dieser nur vermuten. Der Mann war blond, mit einem Bart, der ein wenig gepflegter aussah als die seiner Kameraden. Wie sein Anführer trug er eine kecke Filzkappe auf dem Kopf. Seine allerdings schmückte eine auffallende, geradezu herausfordernd schillernde Hahnenfeder. Sein Wams war mit geschlitzten Ärmeln versehen wie das eines Adligen, dem es vor langer Zeit auch einmal gehört haben mochte. Das Hemd darunter allerdings war schmutzig und zerlumpt. Seine Hosen wiederum waren zweifarbig wie bei einem Narren, das eine Bein braun-gelb gestreift, das andere scharlachrot. Alleine dafür hätten sie ihn in manchen Gemeinden gehängt, dachte Cedric. Diese Farbe war

Königen vorbehalten. Für einen Narren wiederum war seine Gestalt zu athletisch, sein Gesicht zu reif und ernst. Und er handhabte das Messer mit einem beiläufigen Geschick, das einem einen Schauer über den Rücken jagen konnte. Aus der Tasche über seiner Schulter allerdings ragte der geschnitzte Kopf einer Leier.

Cedric wurde nicht schlau aus dem Mann, der seine Aufmerksamkeit immerhin so weit fesselte, dass er das Summen vergaß.

Der andere legte sein Messer weg. »Warum macht Ihr nicht weiter?«, fragte er und stand auf. Er ließ seine Knochen knacken und blickte sich betont unauffällig um, ehe er zu Cedric herüberkam. Er ging vor ihm in die Hocke und sagte nach einem langen, prüfenden Blick in Cedrics Gesicht: »Das Lied, das Ihr gesungen habt, kenne ich.«

Cedric lachte verächtlich auf. »Das glaube ich kaum«, sagte er und wandte das Gesicht ab. Er wünschte dringend, dieser Halsabschneider käme ihm nicht zu nahe.

Der andere betrachtete seine gespreizten Finger. Schließlich lachte er leise. »Das kann ich mir vorstellen«, sagte er. Seine Stimme war zu einem Flüstern gedämpft, und sein Blick wanderte nervös in die Runde, um seine beschäftigten Kumpane im Auge zu behalten. Cedric folgte ihm und fühlte noch einmal die tiefe Verachtung, die er für diese Kreaturen empfand. Dann allerdings erstarrte er. Denn dicht neben seinem Ohr hörte er die folgenden Worte gehaucht: »Es gibt nicht viele, die ihnen begegnen, nicht wahr?«

Ruckartig hob Cedric den Kopf.

»Will«, ertönte da die Stimme des Anführers. »Geh rüber zu John und hilf ihm mit den Pferden.«

Der Fremde griente und machte eine übertrieben anmutige Verneigung. »Das bin ich«, sagte er. »Will Scarlett.« Er vollführte einen Kratzfuß mit seinem rot behosten Bein. »Sänger und Übermittler von Neuigkeiten. Ganz England kennt meine Stimme.«

»Will!« Die Ungeduld in der Stimme des Anführers klang leidgeprüft. Der Sänger steckte sein Messer ein. »Auch du wirst noch von mir hören.«

Und damit wandte er sich von dem sprachlosen Cedric ab und ging, dem Befehl gehorchend, zu seinen Gefährten. Er pfiff etwas, und Cedric brauchte nicht lange, um es zu erkennen: Er pfiff Rowenas Lied.

29

Rowena und Colum in ihrem Versteck hielten den Atem an, als der Umriss eines Kopfes sichtbar wurde. Der alte Knappe sprach ein stilles Gebet und machte sich bereit zum Zuschlagen.

»Hallo?« Die Stimme klang unerwartet behutsam und beinahe vertraut.

Irritiert hielt Colum in der Ausholbewegung inne. Sein gezücktes Schwert hing in der Luft.

»Herrin Rowena?«

Die erkannte den Frager zuerst, der da durch die Öffnung zu ihnen hinabstieg. »Auled!« Alle Erleichterung lag in ihrer Stimme. Sie umarmte Colum, der sich zwischen sie und die erwarteten Feinde gestellt hatte und sich nun voll Unbehagen fragte, wem diese überbordende Zärtlichkeit galt. Sein Gesicht, als das Fackellicht des Webers es traf, war noch immer angespannt und grimmig verzerrt. Auch die Waffe hielt er noch, bis er sich sicher war, dass keine Gefahr bestand.

»Wir hatten die Tempelritter erwartet«, gestand er. Angesichts von Auleds fragender Miene hielt er diese Entschuldigung für notwendig.

Der Weber nickte ernst. »Sie waren da«, sagte er. »In der Kapelle. Ich war ja schon erstaunt, Euch dort hineingehen zu sehen. Aber als dann noch die fremden Ritter kamen, hielt ich es für angebracht, den Eingang zu verschließen.«

»Ihr wart das?«, entfuhr es Colum. »Ihr habt uns eine Todesangst eingejagt.«

»Ihr mir nicht weniger«, meinte Auled, lächelte aber dazu. »Mit welcher Wucht ihr auch von unten dagegendrücktet. Ich stand auf dem Eingang, während die beiden mich zur Rede stellten. Und wahrhaftig, wäre ich nur ein wenig leichter gewesen, hättet Ihr mich vor ihren Augen hochgehoben und alles wäre verraten gewesen. Ein Glück, dass sie endlich verschwanden.«

Colum betrachtete den Weber und musste anerkennen, dass er kein Leichtgewicht war. Seine schlaksige Größe verdeckte, dass er muskulös und breitschultrig war; er besaß die Statur eines Schwimmers. Colum schätzte, dass er im Kampf keinen leichten Gegner abgäbe, und sein Respekt wuchs ein wenig. Trotzdem, dachte er bei sich, ein Mann, der webte. Und nach Liedern forschte. Unwillkürlich warf er einen Seitenblick zu Rowena, die so froh war, dass sie sich von ihm löste, auf Auled zutrat und ihm ohne Hemmungen um den Hals fiel.

Der Weber blickte nur kurz erstaunt drein, ehe er seine langen Arme um sie schlang.

Colum räusperte sich. »Und was treibt Euch zur Nachtzeit hier herauf? Seid Ihr uns etwa gefolgt?«

Auled löste sich von Rowena, hielt aber noch deren Hände. »Ich komme regelmäßig hierher«, bekannte er. Dann gab er ihre Finger frei und griff nach der Ledertasche, die er sich umgehängt hatte. »Ich füttere sie.«

Sprachlos schauten Rowena und Colum zu, wie er eine Schüssel und einen kleinen Schlauch aus seinem Gepäck zog, dessen Holzstöpsel er zog, um den Inhalt in die Schale zu schütten. Es war Ziegenmilch, sie rochen es sofort, scharf und süßlich zugleich. Dennoch dauerte es eine Weile, bis sie begriffen.

»Die Schlangen?«, fragte Rowena schließlich ungläubig, während sie ihm folgte. Tatsächlich ging er zielstrebig bis zu dem Altar und wandte sich dann suchend um. Er hockte sich hin, um mit den Fingern auf den Boden zu trommeln. Als nichts geschah, setzte er die Schale ab und hob die Fackel, um das Becken auszuleuchten. »Sie mögen es, hier zu schwimmen«, meinte er erklärend.

»Ich weiß«, erwiderte Rowena trocken und tastete nach ihren nassen Kleidern. Inzwischen allerdings vermochte sie nicht mehr zu sagen, ob es Wasser oder Schweiß war, was ihr am Körper klebte. Dennoch war sie fasziniert. Sie trat neben Auled, um gleich ihm auszuspähen.

»Da«, sagte er kurz darauf und wies ihr die Richtung. Auch sie sah nun den schwarzen, dreieckigen Kopf, der sich züngelnd in den Lichtschein tastete.

»Sie kennt mich schon«, sagte Auled. In seiner Stimme schwang Stolz.

»Wie habt Ihr sie entdeckt?«, fragte Rowena, unwillkürlich flüsternd, obwohl Auled ihr versicherte, dass die Schlangen sie nicht hören konnten. Es waren andere Sinne, deren sie sich bedienten und die sie nun zielstrebig auf die Schale mit der Milch zugleiten ließen. Rowena zählte zwei, dann drei der mächtigen Leiber. Sie wagte nicht einen Fuß zu regen.

»Das war draußen auf der Wiese unterhalb der Kapelle«, erklärte Auled. »Ich war auf der Suche nach …« Er beendete den Satz nicht. Colum quittierte das mit einem verächtlichen Schnauben. »Da sah ich sie und wie sie in einer Grotte verschwanden, die ich bis dahin für eine bloße Mulde gehalten hatte. Ich kroch ihnen nach und fand hier herein.« Er hielt die Fackel höher, so dass sie das Götterbild näher betrachten konnten. Noch einmal bewunderte Rowena seine gelassene Schönheit.

»Ich habe schon gehört, dass die Römer sie hierher brachten«, sagte sie, in den Anblick versunken, »und mir gedacht, dass es irgendwo ein Heiligtum geben muss.«

Auled nickte ihr zu. »Früher waren es viel mehr. Aber man merkt, dass ihnen das Klima nicht wirklich behagt, fürchte ich. Jetzt gibt es nur noch diese drei. Und die Grotte ist eingestürzt damals, als nach dem großen Sturm der Hang abrutschte.« Er blickte zustimmungsheischend zu Colum hinüber, der tatsächlich zur Bestätigung nickte.

»Das war vor sieben Jahren«, meinte er streng. »Und all die Zeit habt Ihr nicht ein Wort über all das hier verloren?«

Auled zuckte mit den Schultern. »Wozu?«, fragte er. »Es geht uns nichts an.« Seine Stimme war traurig. Und Rowena begriff, was er meinte.

»Das Lied«, sagte sie mitfühlend und legte ihm die Hand auf den Arm. »Es ist nicht hier?«

Auled schüttelte den Kopf. »Mein Volk ist älter als das hier. Es ist uns fremd.« Er schüttelte den Kopf. »Taube Wesen! Nein«, bekannte er dann. »Mit nichts von dem hier hätte ich Eroc zufrieden gestellt.«

»Oder Nyssa«, fügte Rowena hinzu.

Der Laut, mit dem Auled antwortete, war nicht leicht zu deuten. Da hob eine der Schlangen den Kopf und wandte ihnen ihre unergründlichen schwarzen Augen zu.

Sofort war Rowena wie gebannt. »Sie ist wunderschön«, entfuhr es ihr erneut.

Colum zuckte zusammen, als er es hörte. »Das habt Ihr auch vorhin gesagt«, meinte er leicht schaudernd, »und allerhand seltsames Zeug dazu.«

»Wirklich?«, fragte Auled lebhaft. Seine Augen strahlten. »Sie gefallen Euch?«

»Sehr«, bekannte Rowena und folgte ihm unwillkürlich, als er näher an die Trinkenden heranging.

Vorsichtig streckte er die Hand aus und berührte eine der Schlangen sacht mit dem Finger am Kopf. Sie hob den Leib leicht an, verharrte aber in dieser Stellung, während er über ihren Rücken strich. »Ihr müsst sie anfassen«, beharrte Auled. »Es gibt nichts, was sich damit vergleichen ließe.«

Colum öffnete den Mund, um einzuschreiten, brachte aber nur ein Ächzen heraus, als seine Herrin die Hand ausstreckte und der Schlange über den Kopf strich, als hätte sie einen Hund vor sich.

»Sie ist gar nicht glitschig«, hauchte Rowena. »Und gar nicht so kalt.«

»Nicht kälter als der Felsen«, bestätigte Auled. »Die Quellen heizen ihn auf, und das liebt sie.«

»Ich kann sie verstehen.« Rowena konnte die Finger nicht von der Schlange lassen. Fasziniert hielt sie still, als das Tier mit einer eleganten Bewegung über ihren Arm glitt und sich daran entlang aufwärtsschob.

Colum schnappte nach Luft, als er mit ansehen musste, wie das Ungeheuer sich um Rowenas weißen Hals legte.

Auled hingegen strich ihr sacht die Haare aus dem Nacken, damit die Schlange Platz hatte. »Sie ist nicht giftig«, stellte er fest. Er klang stolz wie ein Vater.

Rowena hob Kopf und Schwanz der Schlange an, die sich sofort um ihre Arme wand und sie für Augenblicke aussehen ließ wie ein barbarisches Götterbild. Ein Zwilling der Statue hinter ihr, so stand sie da, bis die Schlange sich anders besann. Rowena ging in die Knie, um es ihr zu erleichtern, auf den Boden zurückzugelangen. »Wunderschön«, flüsterte sie dem davongleitenden Tier hinterher.

»Wie das wahre Wappen der Cloagh.« Das war Auled. In seinen braunen Augen stand warme Anbetung. Und Rowena erwiderte den Blick.

Es war Colum, der sich schließlich räusperte. »Seid Ihr sicher, dass die Templer fort sind?«, fragte er. Das brachte alle wieder zu sich.

Auled wandte sich dem Ausstieg zu. »Sie haben mich nach Euch ausgefragt. Ich vermute, sie sind Euch gefolgt. Es hat sie nicht wenig verstört, Euch hier nicht vorzufinden. Sie hatten es eilig, wieder zu verschwinden.«

»War einer dabei, der sich Boisgilbert nannte? Oder Gentford?«, erkundigte sich Rowena.

Auled schüttelte den Kopf. »Sie haben mir ihre Namen

nicht genannt. Das brauchten sie auch nicht mit ihren Klingen an meiner Kehle.«

Rowena übermannte schier die Wut. »Wie können sie es wagen. Auf meinem Grund, bei meinem Volk.« Sie ballte die Fäuste.

Colum blieb ruhig und beschrieb den Anführer der Templer. Auled aber hatte den Mann nicht gesehen.

»Es müssen Wachen gewesen sein, Spitzel, die Boisgilbert zurückgelassen hat, während er den Rest seiner Männer holt. Er überlässt wirklich nichts dem Zufall. Wir sollten schleunigst zurück in die Burg.« Er blickte zweifelnd die Treppen hinauf, ungewiss, ob dieser Weg sicher wäre.

Als er aber nach der Grotte fragte, schüttelte Auled den Kopf. »Ich habe sie nicht wieder freigelegt. Damals hatte ich ja längst diesen bequemeren Zugang entdeckt. Und der Grund ist heute gefährlich. Ich würde ihn bei Nacht nicht zu überqueren wagen.«

»Na gut.« Es war schließlich Rowena, die den Entschluss fasste. »Gehen wir also hinauf.«

Die beiden Männer bestanden darauf, die Vorhut zu bilden. Sie fanden die Kirche leer, wollten sich aber nicht lange dort aufhalten. Im Eilschritt geleiteten sie Rowena durch den Raum, der ihr nach dem langen Aufenthalt in der Höhle unten vorkam wie eine fremde Welt. Als sie die Pforte öffneten und ihr schließlich erlaubten zu folgen, griff der Wind wie eine kalte Faust nach ihr.

Es war nicht mehr dunkel. Der Himmel hatte längst das fahle Grün des Morgens angenommen. Wolken allerdings schluckten das Licht. Und vom durchsichtigen Streifen Horizont über dem Meer schimmerte noch ein letzter Stern herüber. Die Welt war ungastlich in diesen frühen Morgenstunden. Rowena fror trotz des raschen Tempos, mit dem sie gingen. Ihr Kleid war noch immer feucht und der weite Rock schlug eisig gegen ihre Beine. Auled, der ihr Zittern bemerkte, legte den Arm um sie und drückte sie unter seinem Mantel an sich, sobald der Weg breiter wurde. Dankbar kuschelte Rowena sich in seine Wärme. Sie spürte nun auch, dass sie müde war. Eine Nacht voller Angst und ohne Schlaf lastete auf ihren schwerer werdenden Lidern.

Leise hörte sie Auleds Stimme nahe an ihrem Ohr: »Was habt Ihr in der Höhle eigentlich gesucht?«

»Einen Schatz«, erwiderte Rowena. Sie hörte selbst, wie seltsam und naiv das klang, mochte ihren Worten aber keine umständlichen Erklärungen hinzufügen.

Auled schien auch keine zu brauchen. »Und?«, fragte er nur. »Habt Ihr einen gefunden?«

Etwas in seinem Ton veranlasste sie, den Kopf zu heben und ihn anzublicken.

»Vorne bei der Burg sind Menschen mit Fackeln.« Colum hielt abrupt im Laufen inne.

Rowena spürte, wie die Kälte erneut nach ihr griff. »Ein Angriff?«, fragte sie. Sie dachte an die Templer, denen Auled begegnet war. Wie es schien, waren sie nicht alleine gekommen. War das der Angriff, vor dem sie sich die ganze Zeit gefürchtet hatte?

30

Cedric glaubte, die längste Nacht seines Lebens zu verbringen. Endlos zog sich die Zeit hin, bis in dem Räuberlager Ruhe eintrat. Noch immer befand er sich an derselben Stelle, isoliert von seinen Männern, trotz der sitzenden Position denkbar unbequem verschnürt. Seine Beine waren taub, die Hände spürte er beinahe nicht mehr. Noch immer lag die Gestalt seines Vaters nicht weit von ihm. Die Fliegen hatten begonnen, den Graf zu umsurren, und Cedric war froh, dass er nicht sah, was sich unter der Decke an Käfern und anderem Getier tummelte. Aber er hatte keinen anderen Zeitvertreib, als die schwirrenden Quälgeister zu beobachten und zu zählen, um seinen Geist von der bohrenden Frage abzulenken, wer der fremde Sänger war und was er von ihm wollte.

Denn er hatte diesen Will Scarlett mit den Augen verfolgt, wann immer es möglich war. Er gab sich gleichgültig ihm gegenüber und schien ihn zu meiden. Dennoch war Cedric sich sicher, dass er sich seiner Anwesenheit bewusst war bei allem, was er tat. Es schien ein unsichtbares Band zwischen ihm und dem Vogelfreien zu geben. Ein- oder zweimal glaubte er sogar, einen Blick erhascht zu haben. Und er wartete darauf, dass der andere sich und seine Absichten zu erkennen geben würde. Wenn doch nur endlich Ruhe herrschen wollte!

Als die Stimmen der Wegelagerer leiser wurden, die Flammen niedriger brannten und sich eine Gestalt nach der anderen in ihre Decke wickelte, um sich neben die Glut zu betten, stieg die Spannung bis ins Unerträgliche. Der Anführer hielt selbst die erste Wache. Er kam zu Cedric herüber, um ihn noch einmal auszufragen. Cedric verweigerte ihm die Antworten wie zuvor. Er biss sich auf die Lippen, wenn der andere ihm in die Rippen trat oder einen Fausthieb gegen seinen ungeschützten Kopf versetzte. Am liebsten hätte er ihm ein »Verschwinde endlich« entgegengezischt. Er hatte Wichtigeres zu tun, was nicht stattfinden konnte, solange dieser Mensch hier war.

Schließlich zog sich der Führer der Vogelfreien zurück, nicht unbeeindruckt von der unnachgiebigen Haltung des jungen Adligen. Er gab die Wache später an einen Hünen ab, der vielsagend auf seinen schweren Kampfstab klopfte, als er zu Cedric herübersah, es sich dann mit dem Rücken zu ihm bequem machte und von da an mit der Spitze des Stabes Figuren in den Sand zeichnete. Er wurde von einem Weißblonden abgelöst; dieser von einem Mann mit geflochtenem Bart. Cedric sah die Sterne wandern und fand keinen Schlaf. Einmal war ihm, als funkelten Augen am Rand des Dickichts. Er starrte hinüber, bis schwarze Funken vor seinem Blick tanzten. Endlich schob sich der spitze Kopf eines Fuchses ins Mondlicht. Cedric atmete scharf ein. Er wusste, warum dieser Räuber gekommen war: Er hoffte auf ein Stück von dem Aas, das er gewittert hatte. Cedric hielt den Atem an und suchte durch die Wucht seines schieren Hasses das Tier von der Leiche seines Vaters abzuhalten. Ob es ihm gelang oder ob das Füchslein sich von der Gegenwart der vielen Menschen abhalten ließ: Der Räuber zog sich zurück.

Cedric seufzte erleichtert. Die Anspannung hatte ihn Kraft gekostet. Er erlaubte es sich, die Augen zu schließen und nach inneren Bildern zu suchen, die ihm neue Zuversicht geben konnten. Er fand vor allem eines: Rowena. Er sah sie vor sich, wie sie auf ihrem Lager ruhen mochte, das Gesicht vergraben in ihrem Haar, den Kopf auf die Arme gebettet wie ein Kind, ihren schlanken Leib unter dem Laken, die Haut weißer schimmernd als der Stoff …

»He!« Als die Stimme an seinem Ohr erklang, schreckte er auf. Dicht vor ihm war das grinsende Gesicht Will Scarletts. »Ihr habt geschlafen.«

»Habe ich nicht«, protestierte Cedric unvernünftig heftig.

Der Sänger zuckte mit den Schultern, als wollte er sagen: *Wenn Ihr meint, was kümmert es mich?* Mit dem Kinn nickte er zu den anderen hinüber. »Ich habe die Wache«, sagte er. »Keine Sorge, sie schlafen.«

Beide schwiegen danach eine Weile. Sie musterten einander, versuchten, sich darüber klar zu werden, wen sie vor sich hatten. Endlich hob der Sänger an zu sprechen. »Euer Lied«, begann er zögernd.

»Ich weiß nicht, wovon Ihr sprecht«, wehrte Cedric automatisch ab, »und was Ihr von mir wollt.«

»Nicht?«, fragte sein Gegenüber spöttisch. »Und warum habt Ihr mich dann den ganzen Tag mit Blicken verschlungen? Ich hatte schon Angst, die Jungen würden anfangen, mich damit aufzuziehen.«

Die Hitze des Ärgers rötete Cedrics Wangen. Er wandte

unwirsch den Kopf ab, sagte aber nichts dazu. »Ich entnehme Eurem Schweigen, dass Ihr eventuell doch wisst, wovon ich spreche.« Der Sänger warf einen letzten forschenden Blick auf seine Kameraden, dann ließ er sich mit gekreuzten Beinen dicht vor Cedric nieder. Dieser konnte ihn nicht länger ignorieren, weigerte sich aber weiterhin, ihn anzusehen.

»Na schön.« Der Sänger seufzte. »Da Ihr in Fesseln liegt, bin ich wohl derjenige, der nichts zu verlieren hat. Also werde ich Euch meine Geschichte zuerst erzählen.« Er korrigierte seinen Sitz, schaute sich um, pflückte einen Grashalm und kaute eine Weile darauf herum. Wahrlich, er verstand sich darauf, es spannend zu machen. Als er das leise Schnaufen Cedrics vernahm, lächelte er, spuckte den Halm aus und begann: »Es war vor ein paar Jahren im Süden des Landes ...«

Bereits an dieser Stelle bekam Cedric eine Gänsehaut. Rowena stammte aus dem Süden. Dort hatte er sie gefunden und auch das Alte Volk. Er ahnte in diesem Moment, was kommen würde.

»Ich lagerte in der Nähe von Glastonbury. Ihr kennt es?«, fragte Scarlett. »Dort gibt es einen seltsamen Hügel. An seinem Fuß erstrecken sich Apfelgärten, die manche Avalon nennen.«

Cedric schüttelte den Kopf. Er hatte von der Gegend gehört, war aber nie dort gewesen. Und auch keiner von Rowenas Stamm, soweit er wusste. Für den Augenblick erleichterte ihn das. Möglicherweise hatte er sich geirrt.

Der Sänger fuhr bereits fort. »Ich hatte Grund, die Stadt rasch zu verlassen. Warum, nun, darüber will ich mich hier nicht auslassen.« Für einen Moment hing er seinen Gedanken nach. »Deshalb ritt ich bis weit in die Nacht. Es war Vollmond, hell genug. So erkannte ich den alten Steinkreis schon von weitem.«

»Stonehenge«, entfuhr es Cedric.

»Ihr kennt ihn?«

»Ich habe davon gehört«, wehrte der junge Graf ab. »Wer hätte das nicht. Gesehen jedoch habe ich ihn nie.«

Der Sänger nickte bedeutsam. »Man kann es nicht verstehen, wenn man es nicht gesehen hat. Der Ort ist magisch, das ist das Wort dafür. Ich ritt darauf zu wie ein Schlafwandler. Schließlich stieg ich ab und zog mein Pferd am Zügel zwischen den Steinen hindurch. Es war wie ein Traum. Ich war auf alles gefasst, alles, sage ich Euch. Wäre ich König Artus persönlich begegnet, ich hätte mich nicht gewundert. Aber es kam anders.«

»Was geschah?«, fragte Cedric atemlos. Er hatte sich unwillkürlich so aufrecht hingesetzt, wie seine Fesseln es erlaubten.

»Es regnete.« Will grinste. »Glaubt mir, sonst hätte ich das Weite gesucht. Mit jedem Schritt war die Erregung in mir gewachsen, und ich hätte lieber meine Seele verkauft, als dort zu übernachten. Aber dann schüttete es, mein Kopf wurde ein wenig nüchterner, und am Ende suchte ich Zuflucht unter einem der Decksteine. Dort wickelte ich mich in eine Decke und wartete auf den Tag.«

»Nun ...«, wollte Cedric sich einmischen. Er verlor langsam die Geduld.

»Da sah ich sie plötzlich. Sie stand auf einmal da. Als wäre sie zuvor unsichtbar gewesen.« Der Blick des Sängers ging in die Weite, als könnte er dort noch einmal sehen, was er beschrieb. Seine Hände malten die Gestalt in die Luft, die er zu beschreiben suchte. »Es war, als wäre sie bis dahin ein Teil der Landschaft gewesen und nur für mich daraus hervorgetreten. Versteht Ihr, was ich meine?« Er sah Cedric so aufrichtig fragend an, dass dieser beinahe versucht war zu sagen: *Ja, ganz genau.* Genauso war Rowena ihm erschienen, damals, als sein Gegner Montfort ihn entwaffnet und in die Ecke getrieben hatte. Plötzlich, als er mit nichts als dem Tod noch gerechnet hatte, hatte sie vor ihm gestanden wie aus dem Nichts. Und in der Hand hielt sie sein Schwert. Er schluckte schwer und sagte dann: »Nachts und im Regen, da kann vieles unverhofft auftauchen.«

»Aber nicht so.« Will Scarlett ließ sich nicht beirren. Über seinem Gesicht lag der Glanz des Gläubigen. »Nicht wie sie. Glaubt mir. Ich wusste es im ersten Moment.« Er verstummte plötzlich.

»Was?«

Will Scarlett wandte ihm sein Gesicht zu, das noch immer erhellt war von dem, was er in seiner Erinnerung erblickte. »Dass sie nicht war wie wir. Es ist schwer zu beschreiben. Es lag nicht an ihrer Kleidung, die seltsam war, oder an ihren langen, offenen Haaren. Es war die Art, wie sie sich bewegte, versteht Ihr? Ihre Haltung, die ganze Ausstrahlung des Mädchens. Ach, ich kann es nicht besser beschreiben. Was für ein armseliger Sänger ich doch bin.« Wieder blickte er vor sich hin. »Ich will Euch nicht mit Einzelheiten langweilen. Sie kam, weil sie es wollte. Und sie blieb die ganze Nacht. Dann verließ sie mich wieder. Weil sie es so wollte, nehme ich an.« Er schluckte. »Ich habe sie niemals vergessen. Niemals.« Er lachte bitter auf. »Ich sage das, als ob es überhaupt möglich gewesen wäre.« Wieder blickte er Cedric an.

Zu genau wusste er, wovon der Mann ihm gegenüber sprach. »Und was geschah dann?«

Scarlett blickte auf wie jemand, den man aus einem Traum geweckt hatte.

»Dann?«, murmelte er. »Ich weiß nicht, ob es jemals ein *Dann* gab. Ich sehe sie jede Nacht beim Einschlafen vor mir.«

»Ihr habt sie gesucht?«, half Cedric ihm auf die Sprünge.

Wieder lachte der Sänger. »Das könnt Ihr glauben. Nachdem ich die Gegend umsonst abgegrast hatte, zog ich weiter. Und ich kam eine Menge herum, das bringt mein Beruf mit sich. Jeder meiner Berufe«, gab er zu mit einem Blick auf seine Gefährten. »Aber nirgends ist sie mir wieder begegnet. Keine wie sie.« Da fixierte er Cedric. »Bis ich Euch traf.« Als

Cedric nur fragend die Brauen hob, fuhr er fort: »Dieses Lied. Es gab einen Moment in jener Nacht, da sang sie für mich. Mein Kopf lag in ihrem Schoß, und sie strich mir übers Haar, während sie mich die Melodie lehrte.«

Cedric schloss abwehrend die Augen. »Ihr wolltet mir die Einzelheiten ersparen.«

Die Augen des Sängers glommen kurz auf. Sein Gesicht wurde hart. »Das sind die Fakten. Sie sang dieses Lied, das ich nie wieder gehört habe. Bis ich Euch gestern traf.«

Cedric leckte sich über die Lippen. Er kam zu dem Schluss, dass es keinen Sinn hatte zu leugnen. Es wäre auch nicht zu seinem eigenen Vorteil. Seine einzige Chance, mit diesem Wegelagerer ins Geschäft zu kommen, lag darin, sein Interesse wachzuhalten. »Und jetzt wollt Ihr wissen«, fragte er, »woher ich es kenne?«

Zu seiner Überraschung schüttelte Will Scarlett den Kopf. Dann packte er seinen Gefangenen an der Schulter. »Nein«, erwiderte er heftig. »Ich will, dass du mich zu ihr bringst.«

Cedric war so überrascht, dass er einen unwillkürlichen Laut ausstieß. Prompt regte sich einer der Schläfer. Will Scarlett richtete sich auf, bereit, so zu tun, als wäre er nur auf einer Runde gewesen. Ein paar endlose Minuten waren sie wie erstarrt. Dann erklang unter der Decke des Mannes, der sich eben geregt hatte, erneutes Schnarchen. Erleichtert atmeten sie aus.

Cedric wollte etwas sagen, aber der Sänger hatte ihn bereits wieder im Griff. »Du wirst mich hinbringen«, forderte er. »Du kannst es, nicht wahr?«

Cedric überlegte, tausend Gedanken schossen ihm durch den Kopf. So vieles gab es zu bedenken, abzuwägen. Und doch, hatte er eine Wahl? In ihm tobte es, während er sich darum bemühte, äußerlich gelassen zu bleiben. Nur ihrer beider Atem war zu hören. Da, endlich, nickte er bedächtig.

Langsam ließ Scarlett ihn los. »Ich wusste es«, sagte er, keuchend vor Erregung. »Ich wusste es.«

Cedric neigte sich vor, so gut er konnte. »Ihr müsst begreifen, Sänger, dass ich Euch nicht zu dem Mädchen bringen kann, das Ihr traft. Ich kenne sie nicht. Aber«, sagte er lauter und in energischem Ton, »ich kann Euch etwas Besseres bieten.«

»Was könnte das sein«, fiel Scarlett ihm ins Wort, »Ihr dreckiger Lügner.«

»Ihr Volk«, sagte Cedric. »Die Menschen, von denen sie abstammt. Ich weiß, wo sie leben, ich bin ihr Hüter. Denn es gibt nicht mehr viele ihresgleichen.«

»Das Alte Volk.« Der Sänger wiederholte die Worte zweifelnd, aber doch voller Sehnsucht. »Das Alte Volk. Ja«, er nickte, »ich wusste, dass etwas in ihr war, älter, erfahrener, als hätte sie andere Zeiten gesehen, andere Götter gekannt. Als erzähle ihr Lied von einer anderen Welt.«

Erstaunt lauschte Cedric den Worten des Sängers, die so schwärmerisch waren und so gut beschrieben, was Rowenas Volk ausmachte. Er nickte. »So ist es. Alle sind sie so, wie Ihr die Eure beschrieben habt. Ich kann Euch Eure Liebste nicht wiedergeben, Sänger. Aber ich könnte Euch ihre Heimat zeigen, ihre Familie.«

»Wenn Ihr mich anlügt...« In Will Scarletts Augen brannte ein Feuer, das selbst Cedric erstaunte. Mit einer raschen Bewegung zückte der Sänger sein Messer.

Cedric hielt die Luft an. Er presste die Lippen zusammen, während die Klinge sich ihm näherte. Und seufzte unwillkürlich auf, als Scarlett sie an die Stricke setzte, die ihn banden. Wortlos sah er zu wie der andere ihm die Fußfesseln löste. Mit einem Stöhnen zog er die Beine an. Er zweifelte, dass er würde laufen können. »Jetzt die Hände«, forderte er. Er sehnte sich danach, die Beine zu reiben und zu kneten, damit wieder Leben in sie käme.

Scarlett streckte sich, um an die Lederschnüre heranzukommen. Plötzlich hielt er inne. Einen Moment lang konnte Cedric nichts sehen als das Gesicht des anderen, dicht an seinem. Es war starr wie eine Maske. Dann trat der Anführer der

Vogelfreien so weit zur Seite, dass Cedric ihn sehen konnte. Seine Schwertspitze allerdings wich keinen Fingerbreit von Will Scarletts Hals.

»Dachte ich mir doch«, sagte er, »dass man dir nicht trauen kann.«

31

Rowena und ihre Begleiter hielten unschlüssig an. Noch war die Dämmerung zu trübe, als dass sie fürchteten, entdeckt zu werden in ihren dunklen Umhängen. Aber das würde sich in dem Moment ändern, in dem die Sonne über den Höhenrand trat. Auf dem durch kurzes Gras führenden Küstenweg wären sie dann schon von weitem gut zu sehen. »Wir müssen zurück«, keuchte Auled.

Rowena schüttelte den Kopf. »Sie würden uns noch auf dem Pfad entdecken. Und dort ist kein Ausweichen mehr.«

»Aber die Krypta«, wandte Auled ein. »Wir könnten uns noch einmal dort verbergen.«

Colum schüttelte den Kopf. »Ich krieche nicht in das Schlangenloch ohne Ausgang zurück.« Prüfend umfasste er sein Schwert. »Ich habe die halbe Nacht darauf gewartet, einen Templer zum Kampf zu fordern.«

»Was ist das für ein Geschrei?«, fragte Rowena und strich sich die feuchten Strähnen aus dem Gesicht, um besser zu sehen. »Ich höre gar keine Waffen.«

»Wahrhaftig«, bestätigte Auled. »Sie laufen wild herum, gar nicht wie disziplinierte Ritter …«

»… sondern so, als suchten sie etwas«, vollendete Colum den Satz, der die Szene ebenfalls aufmerksam beobachtet hatte. Er lauschte noch einen Moment, dann fügte er hinzu: »Es sind unsere Leute.« Er wandte sich an Rowena und warf ihr einen langen Blick zu: »Sie rufen Euren Namen, Herrin. Hört!«

Jetzt war es auch Rowena, als hörte sie in den Stimmen, die der Wind ihnen zutrug, vertraute Klänge. Im ersten Moment fühlte sie nichts als Erleichterung. Endlich hatten die Schrecken dieser Nacht ein Ende, endlich käme sie nach Hause. Sie beeilte sich so sehr, ihrem Empfangskommando entgegenzugehen, dass Auled Mühe hatte, sich an ihrer Seite zu halten. Wie freute sie sich auf eine warme Decke und einen heißen Kräutersaft von Glandys. Sie glaubte sogar, die Köchin unter den Suchenden zu erkennen, und schlug Auleds Mantel ein wenig zurück, um ihr zuzuwinken. Zum ersten Mal kehrte sie gerne zurück zur Burg.

Was sie allerdings empfing, war kein warmes Willkommen, sondern die strenge Miene ihrer Schwiegermutter.

Im selben Augenblick, als ihre Blicke einander begegneten, begriff Rowena, was die Gräfin sah und was sie selbst völlig vergessen hatte. Errötend löste sie sich aus Auleds Armen. *Aber er hat mich doch nur wärmen wollen*, war sie versucht zu sagen und erglühte dabei nur noch mehr. War das wirklich alles gewesen? Sie bekämpfte den Impuls, sich zu verteidigen, biss sich auf die Lippen und schwieg. Dieser Frau gegenüber würde sie ihr Gewissen ganz sicher nicht entblößen.

Das Gesicht der Gräfin wurde noch düsterer. Doch ehe sie etwas sagen konnte, war schon Mervin vorgetreten und brachte seine Botschaft vor. Rowena suchte zu begreifen, was er sagte: Die Templer hatten Arval gefangen genommen, und Urdis hatte ihr Leben gelassen, um ihn zu befreien. Aber er war verwundet, schwer sogar, und sie alle bangten um sein Leben.

»Arval?«, fragte Rowena, ehrlich erschrocken. Sie überlegte einen Moment. Sie selbst war übermüdet und steif gefroren. Sie musste unbedingt zuerst in die Burg, um sich aufzuwärmen und etwas zu sich zu nehmen, damit sie an Arvals Lager von Nutzen sein konnte. »Bringt ihn in die Burg«, bat sie schließlich, »in die Kammer neben meinem Gemach. Ich werde mich dort seiner annehmen.« Unwillkürlich warf sie der Gräfin einen Blick zu. *Als wollte ich ihre Zustimmung einholen*, schalt sie sich selbst. Dabei wusste sie doch, dass auf ein positives Zeichen von ihrer Schwiegermutter nicht zu hoffen war. *Sie denkt Wunder was*, schoss es Rowena durch den Kopf. *Soll sie doch tun, was sie will. Ich schulde ihr keine Rechenschaft, genauso wenig wie irgendeinem Menschen, der mir so feindlich gegenübersteht. Soll sie mir doch erst einmal beichten, was sie Heimliches in der Kapelle zu bereden hatte.* Betont freundlich verabschiedete sie den Weber, ehe sie an ihrer Schwiegermutter vorbei durch das Tor schritt. Mit eisiger Miene schaute die Gräfin ihr nach. Die Feindseligkeit der beiden Frauen war geradezu mit Händen zu greifen.

Die nächsten Stunden kam Rowena nicht dazu, sich den Kopf über diese Szene zu zerbrechen. Arval wurde gebracht, von vier Männern getragen, an seiner Seite Hurvi, die in Tränen aufgelöst war und lauthals verlangte, dass man ihr erlaube, für Arval dasselbe zu tun, was Urdis für ihn getan hatte. Rowena musste sie schließlich bitten, den Raum zu verlassen; es war Mervin, der sie hinausführte. Dann erst konnte sie sich dem Kranken widmen, und sie musste zugeben, dass selbst sie schauderte vor seinen Wunden. Wie sehr wünschte sie, Urdis wäre da, um ihr beizustehen, aber es half nichts. Nicht einmal die Zeit, um die alte Heilerin zu trauern, blieb ihr, wenn sie hier etwas erreichen wollte. Sie holte tief Atem, schob die Ärmel ihrer Cotte hoch und begann.

Zuerst musste sie die Wunden weiter reinigen, das Werk zu Ende führen, das Hurvi und andere Wohlmeinende begonnen hatten. Sie roch die Ringelblume und lächelte. Sie hatten das Richtige getan; der Sud aus den Blüten würde verhindern, dass das Fleisch sich rötete und zu eitern begänne. Vorsichtig setzte sie die Waschung fort. Als alles offen zutage lag, betrachtete sie die einzelnen Schnitte, um zu entscheiden, was als Erstes zu tun war. Keine der Verletzungen blutete noch, aber der junge Jäger schien viel Blut verloren zu haben und schwach zu sein. Neben dem Vermeiden eines Wundfiebers wäre es ihre dringendste Aufgabe, ihn zu stärken und den Verlust auszugleichen. Den langen Riss, der auch Hurvi beunruhigt hatte, betrachtete sie sorgfältiger. Tatsächlich waren die Rippen zu sehen. Sie wiesen Kerben auf, waren aber nicht durchtrennt und schienen den Brustkorb geschützt zu haben. Lange lauschte Rowena dem Herzschlag, der schwach war, aber regelmäßig. Sie roch am Atem des Verletzten und tupfte sorgsam seinen Mund aus. Erleichtert stellte sie fest, dass dort kein Blut war. Also schien auch die Lunge nicht beschädigt.

»Wir werden das gemeinsam schaffen, Arval«, flüsterte sie an seinem Ohr, »hörst du mich?«

Er murmelte eine Antwort, aber aus dem Wenigen, was sie verstand, schloss sie, dass er sie mit Urdis verwechselte. Nun, vielleicht war das nicht das Schlechteste für ihn; er würde Kraft und Trost daraus schöpfen. Rowena kannte diese Wirkung der Alten. Sie hatte sie selbst erfahren, als sie, krank an Leib und Seele nach der Vergewaltigung durch ihren Peiniger Montfort, zum ersten Mal in ein Dorf der Alten gekommen war und Urdis sich ihrer angenommen hatte. Niemals würde sie ihren Aufenthalt in der Heilgrotte vergessen, die Wirkung von Urdis' Gesang. Sie selbst war damals gerettet worden, ja, zu einem neuen Leben erwacht. Sie hoffte nur, einen Bruchteil davon für Arval tun zu können.

Liebevoll streichelte sie seine Stirn, bis er ruhiger war. Unwillkürlich verfiel sie dabei in den Gesang, mit dem ihre Mutter sie selbst tröstend zu wiegen pflegte, damals, als sie noch ein Kind war und nicht wusste, woher die Töne stammten, die ein Teil all ihrer Träume waren, Teil einer Magie, von der sie einst geglaubt hatte, sie wäre allen Müttern zuteil. Sie lächelte, als sie sah, wie auch Arval sich dabei entspannte. Dann wandte sie sich ab, um ihr Kästchen heranzuziehen.

Es war das einzige Erbstück von ihrer Mutter, eine hölzerne Schatulle, deren einziger Schmuck ein eingelegtes Labyrinth auf dem Deckel war. Es war das einzige Besitzstück, von dem sie sich niemals trennen würde. Als sie es öffnete, zeigte sich eine Unterteilung in viele kleine Fächer. Manche enthielten Säckchen, in denen sich Kräuter befanden, Pulver oder Körner. In manchen lagen getrocknete, gebündelte Blätter, schlichte Rindenstücke oder getrocknete Wurzeln, in anderen standen kleine Tiegel mit fertigen Salben. Rowena hob einen Zwischenboden heraus und legte eine Sammlung bunter Steine frei, die sofort im Kerzenlicht zu funkeln begannen. Manche von ihnen waren wertvoll selbst nach den Maßstäben der Welt, einige hatten ihren Wert einzig in der ihnen innewohnenden Kraft. Als Kind hatte sie mit ihnen gespielt, hatte den Granat in die Sonne gehoben, um den roten Lichtfleck über die Wände wandern zu lassen, der aussah wie altes Blut. Hatte den Bergkristall funkeln lassen und sich im Blau des Saphirs verloren. Der Mondstein schien ihr seinen Namen verdient zu haben, der Blutstein blieb ein Rätsel, und den Amethysten nannte sie Bischof und ließ ihn über alle anderen herrschen, die sie vor ihm anordnete wie eine Reihe geschmückter Höflinge. Ganz nebenbei lernte sie, welche ins Mondlicht gelegt werden mussten und welche ihre Energie aus der Sonne erhielten, wann sie mit Morgentau zu netzen und wann in Kontakt mit ihren Brudersteinen zu bringen waren, ehe sie auf der menschlichen Haut ihre Wirkung entfalteten. Es schien ihr selbstverständlich. Dass ein Stein allerdings aufleuchten konnte mit der Plötzlichkeit und Stärke eines Blitzes, dass seine Energie so machtvoll war, dass sie die Augen zu blenden und die Ohren mit ihrem Gesang zu füllen vermochte, das hatte sie erst bei den Alten erfahren.

Sie überlegte lange, bis sie endlich einen Lapislazuli wählte. Er wies kräftige Einschüsse aus Erz auf, was sie befriedigt lächeln ließ; es würde seine Kraft nur noch verstärken. Sie nahm den Stein, wärmte ihn in ihrer Hand und legte ihn dann auf Arvals Kehle. Befriedigt fühlte sie, wie er leise summend zu vibrieren begann.

Es war ein geheimes Tun, sie hatte es schon als Kind gewusst, geheimer als irgendetwas sonst. Ihre Mutter pflegte die Steine nur anzuwenden, wenn sie mit den Kranken alleine war. Mehr als einmal hatte Rowena ihren verstohlenen, besorgten Blick zu den Türen der Krankenstuben bemerkt, oder die unauffällige Handbewegung, mit der sie einen der Kristalle wieder in den Falten ihres Kleides verschwinden ließ. Dass sie darüber niemals sprachen, machte die Sache noch rätselhafter. Und obwohl Rowena heute wusste, was sie tat, und sich unter Freunden fühlte, fuhr sie doch aus alter Gewohnheit herum, als sie hinter sich Schritte hörte.

32

Der Anführer der Vogelfreien ließ seine Schwertspitze nicht von Scarletts Kehle. Mit einem Fußtritt wies er ihn an, sich von Cedric zurückzuziehen, der sich innerlich fluchend zusammenkauerte. Zwar ruckte er an seinen Fesseln, doch er wusste selbst, es war vergebens. Sie saßen fest um seine Handgelenke. Er war noch immer ein verdammter Gefangener.

»Von Anfang an hatte ich ein Auge auf dich«, beschied der andere inzwischen den Sänger. »Schon seit du bei Bristol zu uns gestoßen bist. Du hast nie richtig zu uns gehört, Will Scarlett. Ein Hühnerdieb, ein Beutelschneider und Mädchenverführer. Der seltsame Fragen stellt und seltsame Lieder singt und sich nicht fürs Gold interessiert.« Er lachte rau. »Aber was kann man auch von einem Mann erwarten, der eine Leier führt anstatt einer Klinge.«

Sein Lachen verstummte, als Cedrics Füße ihn mit voller Kraft in die Lenden traten. Die Luft entwich ihm aus den Lungen, und er riss unwillkürlich die Augen auf. Der junge Graf hätte am liebsten aufgeschrien vor Schmerz und Erleichterung. Er war alles andere als sicher gewesen, dass seine so lange blutleeren, abgeschnürten Beine ihm gehorchen würden. Mit aller Kraft hatte er sich zusammengezogen, um für diesen einen Versuch losschnellen zu können. Einen zweiten, das wusste er, würde er nicht zustande bringen, es gab nur diese Chance. Aber es hatte funktioniert.

Der Anführer geriet ins Taumeln. Er fiel gegen Scarlett, der ihn zurückstieß, stolperte rückwärts und hatte, ehe er sich fing, dessen Messer im Hals. Das Letzte, was er von sich gab, war ein ersticktes Gurgeln, als der Sänger, ohne zu zögern, zustieß und die Klinge mit der Gelassenheit des Jägers einmal quer über die Kehle seines ehemaligen Anführers zog.

Er blieb einen Moment über ihn geneigt, bis er sicher war, dass der Angegriffene sich nicht mehr wehren würde. »Tja«, sagte er, als dächte er noch über die letzten Worte des Sterbenden nach, »was nur?« Dann hob er mit der Schnelligkeit eines wilden Tieres den Kopf, um zu hören, ob irgendjemand von dem Kampflärm wach geworden war.

»Worauf wartest du?«, zischte Cedric ihm zu. Aber als sein neu gewonnener Gefährte sich über ihn neigte und mit ein paar energischen Schnitten die Fesseln durchtrennte, grinste er ihn an: »Unterschätze niemals die Macht der Musik«, meinte er.

Der Sänger schaute ihn erstaunt an, dann grinste auch er und streckte dem Grafensohn die Hand entgegen. »Leise«, entfuhr es ihm, als Cedric sich mit einem Ächzen aufrichtete. »Sonst haben wir sie alle auf dem Hals.« Er war schon auf den Beinen, um zu den Pferden hinüberzuschleichen.

Cedric hatte Mühe, ihm zu folgen. Zwar war es ihm unter Aufbietung aller Körperkraft gelungen, hochzuschnellen für diesen Tritt, aber das eigene Gewicht auf den Beinen tragen, das fiel ihm schwer. Immer wieder knickte er ein, verlor das Gefühl für die eigenen Füße. Torkelnd wie ein Betrunkener tastete er nach Ästen, um Halt zu finden, und griff daneben. Gefährlich schwankend – und gefährlich langsam – kam er voran.

Will Scarlett bemerkte es und blieb stehen. Die Pferde

hatten schon die Köpfe gehoben und ihn mit einem leisen Wiehern begrüßt. Auch bei den Schläfern wurde es unruhiger. Der eine und andere wälzte sich herum, kratzte sich und murmelte erste fragende Worte. Es war nur noch eine Sache von Augenblicken, bis sie entdeckt würden.

Scarlett winkte heftig, dass Cedric sich beeilen möge, bis er einsah, dass er umkehren und helfen musste. Fluchend wendete er und eilte zurück.

Im selben Moment hob der erste seiner Gefährten am heruntergebrannten Feuer drüben den Kopf. »Was zum Teufel …«, fragte er und rieb sich die Augen.

Der Sänger warf sich Cedric mit einiger Mühe über die Schulter und stolperte mit seiner Last zu den Pferden. Cedric fühlte sich in den Sattel geworfen. Es gelang ihm, sich dort zurechtzusetzen. Zur Sicherheit wand er sich die Zügel mehrere Male um die Handgelenke, ehe er Will Scarlett zunickte. Sein Hengst begrüßte ihn stürmisch, was ihm in diesem Augenblick alles andere als gelegen kam. Er hatte genug zu tun, sich im Sattel zu halten. Als er sich vorneigte, um ihn zu tätscheln und zur Ruhe zu ermahnen, spürte er zu seiner Freude den Griff seines Schwertes. Gut verschnürt hing es dort mit all seinen Habseligkeiten.

»Ich habe alles vorbereitet«, rief Scarlett ihm triumphierend zu und bückte sich unter dem ersten Pfeil, der in ihre Richtung flog. »Dort entlang.« Er wies Cedric die Richtung, blieb selbst aber noch einen Moment, um mit schrillen Pfiffen und schmerzhaften Schlägen die Pferde auseinanderzutreiben, deren Zügel er bereits früher in dieser Nacht losgebunden hatte. Er hatte wahrhaftig für alles Vorsorge getroffen. Zufrieden sah er zu, wie die Tiere davongaloppierten, und machte sich daran, auch das seine herumzulenken. Cedric winkte ihm vom Rand der Lichtung aus zu. Triumphierend erwiderte er das Zeichen und gab seinem Pferd die Sporen. Sein blondes Haar flog, als er auf ihn zugaloppiert kam. Seine Wangen unter dem scharfen Bogen der Knochen waren gerötet, seine Augen leuchteten unternehmungslustig. Er warf den Kopf zurück und lachte. Cedric war, als sähe er den Mann zum ersten Mal. Unwillkürlich streckte er ihm die Hand entgegen.

Will Scarlett hob die seine, um sie zu ergreifen. »Unterschätze niemals«, rief er froh, »einen Mann, der die Leier und das Schwert führt.« Er wollte etwas hinzufügen, als der heftige Schlag ihn an der Schulter traf.

33

»Was tut Ihr da?«, fragte die Gräfin streng. Irritiert betrachtete sie den Stein auf Arvals Kehle. »So kann er doch nicht atmen.« Sie schien drauf und dran, den Lapis wieder fortzunehmen.

Rowena trat dazwischen. »Der Stein ist genau da, wo er hingehört«, sagte sie.

Die Gräfin schien nicht zufrieden. Mit gerümpfter Nase blickte sie sich um; auch das Kästchen fand vor ihren Augen keine Gnade. Mit spitzen Fingern nahm sie etwas heraus. »Ist das ein Knochen?«, fragte sie.

»Nein«, gab Rowena zurück, »eine Wurzel. Ich bin keine Hexe, wisst Ihr.«

»Ich wünschte wirklich, Biran würde sich der Sache annehmen.« Die Gräfin blieb abwehrend.

Rowena schoss ihr nur einen kurzen Blick zu. »Wenn sie das wollte, wäre sie sicher hier.«

Darauf gab es nichts zu erwidern. Die Gräfin verkniff sich eine Antwort. Als sie aber sah, wie Rowena ein Döschen öffnete, um den Inhalt direkt auf eine von Arvals Wunden aufzutragen, und der Jäger sichtlich zusammenzuckte, forderte sie scharf zu wissen: »Was tut Ihr jetzt? Ich wünsche über alles ins Bild gesetzt zu werden.«

Rowena blickte nicht auf. Konzentriert strich sie weiter

über die Wundmale. »Ich trage Pappelsalbe auf«, sagte sie. »Sie hilft gegen Brandwunden. Denn irgendjemand hat hier, hier und hier«, sie wies die Stellen mit dem Finger, »eine glühende Klinge auf seine Haut gedrückt, bis das Fleisch bloßlag. Ich will vermeiden, dass die Wunden eitern.«

Die Gräfin schlug die Hand vor den Mund. »Wer tut so etwas nur?«, fragte sie schließlich traurig und ratlos.

»Gute Christen.« *Wie ihr*, hatte Rowena hinzufügen wollen. Sie verkniff es sich gerade noch. Es wäre nicht gerecht gewesen, das spürte sie selbst. Sie wandte sich nicht um, um die Wirkung ihrer Worte zu überprüfen.

Die Gräfin schwieg. Eine Weile ließ sie ihre Schwiegertochter gewähren. Während Rowena die Brustwunden mit kühlenden Blättern bedeckte und verband, mischte sie sich mit keinem Wort und keiner Geste mehr ein.

Die junge Heilerin entspannte sich ein wenig. Nach einer Weile hatte sie die Anwesenheit der anderen beinahe vergessen, so konzentriert war sie auf ihren Patienten. Hin und wieder unterbrach sie das Verbinden, um ihm über die Stirn zu streichen. Sie fühlte seine Temperatur und suchte nach immer neuen Erleichterungen für ihn in ihrem Vorrat.

»Warum ich eigentlich hier bin«, unterbrach Mary of Cloagh da ihr langes Schweigen, »ist der Umstand, dass es einige Fragen gibt, was Euer Verschwinden und Euer Wiederauftauchen anbelangt.«

Rowena richtete sich auf. »Mein Verschwinden?«, fragte sie betont verwundert. »Ich wusste nicht, dass ich irgendjemandem zur Rechenschaft verpflichtet bin, wenn ich einen Spaziergang unternehme.«

»Wenn dieser Spaziergang« – die Gräfin betonte das Wort bewusst übertrieben – »des Nachts stattfindet und während wir uns in einer angespannten Lage befinden …«

»Ach«, fiel Rowena ihr ins Wort, »gebt Ihr jetzt wenigstens zu, dass die Lage heikel ist. Als ich Eurem Gemahl gegenüber das letzte Mal davon sprach, dass wir in Gefahr sein könnten, schlug er mir die Tür vor der Nase zu. Und mein eigener Mann …«

Nun war es die Gräfin, die sie nicht aussprechen ließ. »Euer Mann, in der Tat. Es ist schön, aus Eurem Mund zu hören, dass Ihr noch an ihn denkt.«

»Wie könnt Ihr es wagen.« Rowena richtete sich zornentbrannt auf. »Wie könnt Ihr auch nur andeuten, dass es anders sein könnte.«

»Wie? Nun, genauso, wie es all die anderen taten, die Euch in den Armen des Webers haben liegen sehen.«

»Das ist lächerlich.« Rowena wusste vor Wut kaum, wie sie noch Luft bekommen sollte. »Auled hat mich gewärmt, weil ich durchnässt und halb erfroren war. Das ist alles, und mehr gibt es dazu nicht zu sagen.«

Die Gräfin beschränkte sich auf ein ungläubiges Lächeln.

»Ihr seid infam«, zischte Rowena.

»Und Ihr wollt glaubhaft bestreiten, dass der Weber Euch nahesteht?«

Rowena errötete. Schon wollte sie ihrer Widersacherin ein trotziges »Nein« entgegenschleudern. Stattdessen sagte sie: »Er hat einen Namen: Auled. Wie herablassend Ihr über ihn sprecht. Ihr selbst habt Ihnen nie wirklich nahegestanden, nicht wahr? Den Alten, meine ich.«

Nun war es an der Gräfin, Luft zu holen. »Wie könnt Ihr auch nur andeuten, dass ich … Das ist einfach lächerlich.« Sie richtete sich kerzengerade auf. »Das steht Euch einfach nicht zu. Ihr, Ihr … kommt einfach hierher und glaubt, Ihr könntet unser ganzes Leben verändern.«

Zum ersten Mal erlebte Rowena, dass die Gräfin Gefühle zeigte. Es freute sie so sehr, dass sie die Andeutung eines triumphierenden Lächelns nicht unterdrücken konnte.

Die Gräfin bemerkte es und fing sich rasch wieder.

Rowena verschränkte die Arme vor der Brust. »Ich weiß nicht, was Ihr für Pläne für das Leben hier hattet«, sagte sie ein wenig ruhiger, aber unter der Oberfläche brodelte es.

»Aber seid versichert, dass ich im Zweifelsfall mein Leben und meine Seele geben werde, um sie zu durchkreuzen.«

Eine Weile funkelten die beiden Frauen einander an. Dann stöhnte Arval erneut. Rowena stürzte zu ihm, um zu verhindern, dass er sich die frischen Verbände wieder abriss. »Ist ja gut«, suchte sie ihn zu beruhigen.

Die Gräfin rang noch immer um Fassung. Ihr sonst so blasses Gesicht war gerötet, und ihre Augen wirkten dunkel. Hörbar stieß sie den Atem aus. »Das kann ich nicht akzeptieren«, sagte sie.

Rowena achtete nicht darauf. Ihr war es einerlei, was ihre Schwiegermutter vorzubringen hatte. Sie war eine Hüterin, sie bewies es mit jedem Handgriff, den sie tat. Sollte die andere erst einmal ihre eigenen Fähigkeiten beweisen.

Mary of Cloagh schien nichts dergleichen im Sinn zu haben. Den Blick konzentriert auf ihre Schwiegertochter geheftet, schob sie sich langsam rückwärts. Sie redete weiter, bis sie den Türgriff zu fassen bekam. »Ich muss mich mit meinem Mann hierüber beraten«, stieß sie hervor.

»Gut, gut«, gab Rowena zurück, ohne aufzublicken. Arvals Bauchwunde hatte wieder zu bluten begonnen und drohte unter seinem heftigen Atmen weiter aufzureißen. Es quoll ihr rot durch die Finger, als sie die Hände dagegenpresste. Durch die Zähne quetschte sie dennoch hervor. »Ich wiederum werde mit meinem Mann einiges zu besprechen haben, wenn er zurück ist.«

»Davon bin ich überzeugt«, erwiderte die Gräfin spitz. Sie winkte unauffällig nach den Wachen. »Und um sicherzustellen, dass Ihr Euch dieser Pflicht nicht entzieht, werde ich Euch hierbehalten.«

»Wie?« Zum ersten Mal schaute Rowena ihrer Widersacherin direkt ins Gesicht. »Was redet Ihr da nur?«

Die Gräfin lächelte, aber der Schweiß der Erregung glänzte auf ihrer Stirn. »Glaubt mir, mein Kind, so ist es das Beste, auch für Euch.«

»Aber …« Mehr konnte Rowena nicht mehr erwidern. Denn im selben Moment zog ihre Schwiegermutter sich über die Schwelle zurück und die Tür fiel zu. Die alarmierten Wachen traten vor und stemmten ihre Speere dagegen. Obwohl sich Rowena sofort gegen das Holz warf, gelang es ihr nicht, den Flügel aufzudrücken. »Öffnen«, rief sie und hieb mit ihren blutigen Fäusten dagegen. »Sofort werdet Ihr aufmachen. Ihr habt nicht das Recht …«

»Ich habe jedes Recht, die Ehre meiner Familie zu schützen«, erwiderte die Gräfin. »Jedes, hört Ihr, meine Liebe?« Sie hatte laut begonnen, schien sich nun aber langsam zu beruhigen. »Seid versichert, es wird weder Euch noch Eurem Patienten an irgendetwas fehlen.«

»Wenn Cedric davon erfährt …«, begann Rowena.

Aber ihre Schwiegermutter ließ sie nicht ausreden. »Er wird davon erfahren, glaubt mir. Gleich als Erstes, wenn er durch das Burgtor geritten kommt. Dafür werde ich sorgen.«

»Das kann ich mir vorstellen«, zischte Rowena, aber sie tat es leise für sich. Hinter der verschlossenen Tür wurde Hämmern laut, das ihr verriet, dass jemand einen Riegel anbrachte.

Ärgerlich wandte sie sich vom Ausgang ihres Gefängnisses ab. Oh ja, sie konnte es sich nur allzu gut vorstellen, wie die Gräfin Cedric über ihre angebliche Untreue in Kenntnis setzen würde, mit wohl gewählten Worten, jedes so spitz wie ein Dolch. Und ein wenig bekam sie es mit der Angst zu tun, was er wohl dächte und in welchem Zustand er wäre, wenn er endlich bei ihr einträte und ihre Version der Geschichte zu hören bekäme. Wütend hob sie die Hand und fegte den Krug mit Wasser vom Tisch. Er zerbrach laut klirrend in der Stille, die nur von Arvals zittrigen Atemzügen unterbrochen wurde. Sie waren es auch, die Rowena wieder zu sich brachten. Sie hatte nicht die Zeit, sich ihrem Kummer hinzugeben. Es gab noch Arbeit für sie.

Seufzend kniete sie nieder und begann, die Scherben aufzulesen. Das Wasser war über die Bodendielen gesickert. Sie würde um neues bitten müssen. Und abwarten. Und derweil ihre Pflicht erfüllen. Während draußen ihre Schwiegermutter frei schalten konnte. »Selbst schuld«, zischte sie sich dabei in einem neuen Aufwallen von Wut zu. Noch einmal ballte sie so fest die Faust, dass sie sich an einer der Tonscherben schnitt. Der Schmerz tat ihr wohl, er entsprach ihrer Gemütslage. Sie betrachtete den Splitter eine Weile, ehe sie ihn herauszog und ihrem Blut beim Fließen zusah. Was hatte sie getan? Was würde Cedric tun? Und was würden ihre Taten am Ende nützen?

»Hüterin?« Es war ein schwaches Krächzen, sofort von einem Röcheln unterbrochen. Doch es genügte, Rowena zu erreichen.

Sie richtete sich auf. »Ja, Arval«, antwortete sie und bemühte sich, ihrer Stimme einen warmen, zuversichtlichen Klang zu geben. »Ich bin noch hier.« Auch wenn sie sich mit ganzer Seele wünschte, sie wäre es nicht.

34

Die Wegelagerer hatten die Leiche ihres Anführers entdeckt. Mit Wutgeschrei stürzten sie sich auf die beiden Flüchtlinge. Cedric blickte abwechselnd auf die näher kommende Meute und auf den Sänger, der im Sattel nach vorne gesunken war. Der Schaft eines Pfeils ragte unter seiner Achsel hervor, und er schien nicht bei Bewusstsein zu sein. Die Gelegenheit war günstig, all dies hinter sich zu lassen. Cedric zögerte. Dann, mit einem lauten Fluch, reckte er sich nach vorne, schnappte sich die Zügel von Scarletts Pferd und trieb sein eigenes an. »Festhalten!«, brüllte er.

Er schlug den Weg ein, den er gekommen war, immer den Pfad entlang. Solange sie ihre Pferde nicht eingefangen hatten, konnten die Vogelfreien ihnen nicht folgen. Und es galt, zunächst eine große Strecke zwischen sich und ihre Häscher zu legen. Im Wald wäre das trotz des nahenden Morgens, der es schon erlaubte, die Umrisse der Bäume vor dem durchsichtiger werdenden Himmel zu sehen, nicht möglich gewesen. Sie hätten sich am nächsten herabhängenden Ast die Köpfe eingeschlagen, wenn sie versucht hätten, schneller als im Schritttempo voranzukommen. So war es besser. Schleichwege suchen und sich verbergen konnten sie nachher immer noch.

Seufzend überließ Cedric sich dem Rhythmus seines Pferdes. Mit jeder Bewegung spürte er, wie das Blut in seine geschundenen Glieder zurückfloss, wie sie langsam wieder lebendig wurden. Er legte den Kopf zurück und ließ die kühle Nachtluft über seine Stirn streichen. Das Geschrei der Männer hinter ihnen blieb zurück. Dafür meldeten sich erste Vögel. Noch unsichtbar, begannen sie sich im taufeuchten, dunklen Geäst zu regen und begrüßten mit ihrem Lied, was Cedric und sein Gefährte noch nicht sehen konnten: die Sonne.

Cedric betrachtete die Umrisse des Mannes im Sattel. Er würde bald anhalten und nach seinen Wunden sehen müssen; ein weiteres Problem auf seiner langen Liste, in mehr als einer Hinsicht. *Ich hätte ihn zurücklassen sollen*, sagte er sich. Es wäre das Beste gewesen. Das Geheimnis der Cloagh wäre ein weiteres Mal gewahrt geblieben, wie es notwendig war. Wie es seit Jahrhunderten war, eben weil man niemandem außerhalb der Familie, ja nicht einmal dieser selbst vertraut hatte. Wer war er schon, dieser Will Scarlett: ein Bandit, ein romantischer Narr im besten Falle, der keine Ehre besaß, dessen Wort nichts galt, schlimmer noch, der sich davon ernährte, in seinen Liedern Neuigkeiten von einem Ort zum nächsten zu tragen und sie auf den Marktplätzen der Welt zum Besten zu geben. So einem durfte er nicht vertrauen. So einer konnte ihnen allen nur gefährlich werden. Aber zum Teufel!

Cedric spuckte aus. Wie konnte er einen Menschen dem sicheren Tod überlassen, der ihn gerettet hatte, ja, der seinen Hals für ihn riskiert, seinetwegen alle Brücken hinter sich abgebrochen hatte und der überdies sein Wort besaß? Jemanden, der ihm, verwundet und angreifbar, wie er war, den Rücken zuwandte, weil er ihm vertraute! So war er nicht erzogen worden, das waren nicht die Grundsätze, die ihm sein Leben lang eingeimpft worden waren, im Gegenteil. Cedric spürte eine überaus lebendige Wut in sich. Als er das Amt des Hüters übernommen hatte, hätte er nicht gedacht, dass es jemals mit den Ehrbegriffen seines Rittertums in Konflikt geraten könnte. Wie nur sollte er sich entscheiden?

Er war so vertieft in seine Grübeleien, dass er ein wenig brauchte, um zu begreifen, was er sah: Der Sänger vor ihm, den er für vom Blutverlust geschwächt und halb ohnmächtig gehalten hatte, richtete sich mit einem Mal im Sattel auf. Er schüttelte den Kopf, griff sich über die Schulter und zog mit einem Ruck, der Cedric durch und durch ging, den Pfeil aus seinem Schulterblatt. Unglaublich, durchfuhr es den jungen Ritter, er zuckte nicht einmal dabei. Cedric trieb seinem Pferd die Hacken in die Seiten, um zu dem Sänger aufzuschließen. Der betrachtete nachdenklich den Pfeilschaft, ehe er ihn fortwarf und noch einmal nach hinten griff. Mühsam zerrte er den Ledersack nach vorne, den er auf dem Rücken getragen hatte. Er warf einen Blick hinein und schüttelte den Kopf. »Die Spitze hat den Rahmen zertrümmert, sie ist hin«, stellte er voller Bedauern fest.

Nun erst begriff Cedric. »Der Pfeil blieb im Holz der Leier stecken«, rief er aus. »Wahrhaftig!« Gegen seinen Willen musste er lachen. Er streckte die Hand aus, um Will Scarlett kameradschaftlich auf die Schulter zu klopfen, er konnte nicht anders.

Der griente und fing seinen Arm auf. »Nicht ganz«, bekannte er, »ein wenig blutet es. Aber bei den neun Musen, sie hat mir wohl das Leben gerettet.«

»So wie Ihr meines«, erwiderte Cedric knapp. Mit einem Blick streifte er den Rücken seines Gefährten, um den Blutfleck einzuschätzen, der sich nun dort ausbreitete. Aber der Sänger saß kerzengerade im Sattel, ein Lied auf den Lippen und noch immer dasselbe Leuchten in den Augen, das Cedric dort schon bei ihrem Aufbruch bemerkt hatte. *Ein erstaunlicher Mann*, dachte er.

Will Scarlett lachte, ehe er ihm einen raschen Blick zuwarf. »Das war Teil des Handels, mein Freund.« Er schien sehr zufrieden mit sich. »Und nun werde ich das Wunder sehen, nicht wahr?« Bei den letzten Worten hatte seine Stimme etwas beinahe Kindliches bekommen. Cedric bemerkte voll Staunen, wie viel ihm daran lag, das Alte Volk zu finden. Will Scarlett hatte getötet dafür und seine Freunde verraten. Er hatte den Verlust seiner Leier verschmerzt und sich einem Unbekannten ausgeliefert. Cedric begriff, und Trauer überfiel ihn im selben Moment. Wie konnte er das Schicksal all dieser Menschen einem Mann in die Hände geben, der ein Streuner und Dieb war, ein Vogelfreier, ganz und gar unzuverlässig? Und doch war er ihm verpflichtet, mehr noch, er begann ihn zu mögen. Cedric schüttelte den Kopf über sich selbst. Er war im Begriff, ein Verbrechen zu begehen.

»Nicht wahr?«, wiederholte Will Scarlett.

Cedric blickte ihn an und nickte. »Ja«, sagte er bedächtig, »Ihr werdet sie sehen.« So viel immerhin glaubte er versprechen zu können.

Zufrieden nahm der Sänger sein Liedchen wieder auf. Mit den Vögeln um die Wette pfeifend ritt er dem Morgen entgegen. Hinter ihm, sorgenvoll wie die zurückbleibende Nacht, ritt Cedric of Cloagh.

»Herrin, Herrin, seid Ihr wach?«

Mühsam erhob sich Rowena aus dem Sessel, in dem sie eingeschlafen war, als sie die Stimme hinter der Tür hörte. »Hurvi?«, fragte sie schlaftrunken.

Sie taumelte zur Tür, um die Riegel auf ihrer Seite zu lösen, die sie voller Trotz vorgeschoben hatte. Dass Mary of Cloagh sie einsperrte, hieß noch lange nicht, dass sie verpflichtet war, jeden in ihr Gemach zu lassen, der die Wachposten draußen passieren durfte. »Was ist denn passiert?«, fragte sie und ließ das Mädchen ein.

Hurvi stellte ein Tablett ab, auf dem sie einen Krug mit Becher und einen Holzteller balancierte. »Glandys aus der Burg schickt Euch das«, sagte sie und stellte alles auf eine Ecke des Bettes, den einzigen freien Platz, den sie fand. Der Tisch war mit Kräutern und Tiegeln überfüllt, und die Truhe, aus der Rowena Laken und Decken gezerrt hatte, um Arval zu betten und um Verbände daraus zu reißen, stand offen. »Ich bat darum, Euch das Essen bringen zu dürfen, weil …«

Sie hielt inne und folgte Rowena, die an Arvals Lager trat, um nachzusehen, wie es dem Verwundeten ging. Er schlief in diesem Moment friedlich. Eine Weile standen die beiden Frauen da und lauschten seinen regelmäßigen Atemzügen.

»Er wird wieder gesund, nicht wahr?«, fragte Hurvi. Sie seufzte erleichtert, als sie Rowenas kaum merkliches Nicken wahrnahm.

»Ja«, bestätigte Rowena. »Er wird lange schwach sein, noch länger wird es dauern, bis seine Seele heilt. Aber er wird gesund werden.« Sie bemühte sich um ein Lächeln für die junge Jägerin und streckte die Hand nach ihr aus. »Und er hat ja jemanden an seiner Seite, der …«

Überrascht hielt sie inne, als Hurvi zurückwich. Das Mädchen wandte sich ab, nervös spielte sie mit den Federn, die ihre Zöpfe schmückten. »Das freut mich«, stieß sie hervor, »natürlich. Ich hätte nicht leben können, wenn er … Aber …, ich meine …« Endlich hob sie den Kopf und schaute Rowena direkt an. »Eigentlich bin ich hier, um mit Euch zu reden, Hüterin.« Sie ging hinüber zum Bett, hob unschlüssig den Krug, stellte ihn wieder ab, ohne eingeschenkt zu haben, und fuhr dann fort. »Ich hatte gehofft, jemanden zu finden, der mich versteht …«

»Ja?«, fragte Rowena verwundert und trat einen Schritt näher. Sie streckte die Hände aus, um anzudeuten, dass sie bereit war zuzuhören.

Hurvi fasste sich ein Herz. »Es ist so«, sagte sie und hob trotzig den Kopf. »Sobald Arval gesund ist, werde ich ihm sagen, dass ich unsere Verbindung lösen werde.« Als sie Rowenas erstauntes Gesicht sah, biss sie sich auf die Lippen, fuhr aber fort. »Ich werde Mervins Gefährtin sein und an seiner Seite leben.«

»Hurvi!« Es gelang Rowena nicht ganz, Erstaunen und Tadel aus ihrer Stimme zu verbannen. Sie räusperte sich und versuchte es noch einmal. »Ich verstehe«, sagte sie, »dass du mitgenommen bist von dem Geschehen. Ihr hattet vorher gestritten, und vielleicht fühlst du dich schuldig. Aber das bist du nicht. Auch Arval wird das nicht so sehen …«

»Ich weiß.« Die Antwort kam so trocken, dass Rowena innehielt.

Hurvi kräuselte die Lippen zu einem traurigen Lächeln. »Was Arval zustieß, hat nichts mit uns zu tun, dessen bin ich mir bewusst, Hüterin, keine Sorge. Ich bin nur einfach froh, dass er leben wird, um seiner selbst willen, aber auch um meinetwillen. Ich hätte ihn nicht verlassen können, wenn … wenn er ein Krüppel geworden wäre.« Sie brachte die letzten Worte nur mit Mühe heraus.

Rowena überdachte die neue Situation eine Weile. Sie ließ sich auf das Bett sinken. Wie alle hatte sie angenommen, dass Hurvis Aufregung über Arvals Verletzung einfach ihrer Angst um ihn entsprang. Die beiden waren ein Paar; es war natürlich gewesen, es so zu deuten. Sie waren ein fester Bestandteil ihrer Welt, so wie Urdis es gewesen war. So wie Cedric. »Du liebst ihn«, fragte sie unwillkürlich, »nicht mehr?«

Hurvi nickte einfach. »Das tue ich nicht«, bestätigte sie. Es war ihr anzuhören, dass diese Erkenntnis am Ende eines langen Kampfes mit sich selber stand. Als sie weder Wut noch Abscheu in Rowenas Miene las, nur ein großes Erstaunen, ging sie hoffnungsvoll vor ihr in die Knie und nahm ihre Hände. »Arval und ich sind ein Paar gewesen, solange ich denken kann«, sagte sie. »Wir waren füreinander bestimmt von der Gemeinschaft, und wir hatten nie einen Grund gehabt, daran zu zweifeln, dass es so gut war. Unsere Welt war klein, Hüterin. Und in dieser Welt waren wir das Beste füreinander.«

Rowena musste über den Eifer lächeln, mit dem Hurvi in ihrem Gesicht nach einem Zeichen von Verstehen suchte. »Und nun ist diese Welt größer geworden«, fuhr sie von sich aus fort.

Hurvi nickte. »Ja«, bekannte sie, und ihre Augen begannen zu leuchten. »Das ist sie. Ich habe Mervin kennengelernt. Nicht nur ihn«, beeilte sie sich, richtigzustellen. »Auch all die anderen; so viel Neues. Aber doch vor allem ihn. Es war das erste Mal, dass mir das geschehen ist, dieses Seltsame, dieses Prickeln, wenn etwas völlig Fremdes einem mit einem Mal vertraut wird. Einen zum ersten Mal berührt.«

Rowena nickte unwillkürlich. Ja, sie wusste, wovon Hurvi da redete. Eine Gänsehaut kroch ihr über die Arme. Schon wollte Hurvi weitersprechen. »Du hast dich verliebt«, sagte Rowena schnell. »Das ist etwas Wunderbares, glaub mir, ich weiß es. Es ist prickelnd, wie du sagst, ist aufregend und neu, aber …« Sie hielt inne, als sie sah, wie Hurvis Blick sich verdüsterte. Rasch hielt sie die Finger der Jägerin fest, die sich von den ihren zu lösen begannen. »Aber nun«, fuhr sie eindringlicher fort, »da du beides kennengelernt hast und da du die Wahl hast …« Forschend blickte sie das Mädchen an. *Was rede ich da nur*, fragte sie sich dabei bestürzt, *sie ist kaum jünger als ich selbst, nicht ein Jahr!*

Als hätte sie ihre plötzliche Unsicherheit gespürt, lächelte Hurvi. »Ja«, sagte sie. »Ich wähle, da ich wählen kann, Mervin. Glaubt mir, ich habe es mir gut überlegt.« Als Rowena gar nichts dazu sagte, fuhr sie ein wenig vorwurfsvoll fort: »Und ich dachte, gerade Ihr würdet das verstehen.«

Erstaunt hob Rowena den Kopf. »Wie kamst du darauf, dass ich …«, begann sie ratlos.

Hurvi errötete. »Nun, weil doch auch Ihr an einem von ihnen Gefallen gefunden habt«, sagte sie und fügte, als sie die wachsende Bestürzung in Rowenas Gesicht sah, eilig hinzu: »Zumindest glaubte ich das.« Sie presste die Lippen zusammen, erschrocken, aber auch trotzig.

Rowena erhob sich steif. »Wie kommt Ihr darauf?«, herrschte sie die junge Jägerin an, das intime Du vergessend. Dann stieß sie ein böses Lachen aus. »Hat meine Schwiegermutter Euch etwas erzählt?«

»Die Gräfin?« Das Erstaunen in Hurvis Stimme war echt. Sie schüttelte den Kopf. »Es ist doch nur, was jeder denkt«, meinte sie dann zu ihrer Verteidigung. »Ihr habt Ihn so oft besucht, so viel mit ihm gelacht, und heute Morgen, da … da …« Sie hielt verzagt inne.

Rowena hatte begonnen, mit raschen Schritten hin und her zu gehen wie ein Tier in seinem Käfig. Mit einem Mal war ihr, als drückten die Mauern ihres Gemaches sich an sie und raubten ihr die Luft zum Atmen. »Ja?«, brachte sie gerade noch hervor.

Hurvi wagte nur mehr ein Flüstern. »Da lagt Ihr in seinen Armen. Jeder hat das doch gesehen.«

Rowena blieb stehen und starrte ins Leere, als könnte das Bild ihrer Ankunft dort noch einmal für sie erstehen. »In seinen Armen«, flüsterte sie. So also hatten sie es gesehen, nicht nur die Gräfin, nicht nur Hurvi, alle? Nein, sagte sie sich im selben Moment, das war Unfug, das konnte nicht sein. Es war nur die Verzweiflung, die Verblendung eines verliebten Mädchens, das so dringend hoffte, eine Gleichgesinnte zu finden für ihren Verrat … An dieser Stelle hielt Rowena inne. Hurvi hatte keinen Verrat begangen, rief sie sich zur Ordnung, niemand hatte das. Und wieder riss der Faden ihrer Gedanken ab. Rowena öffnete den Mund und schloss ihn wieder. Nur vage bekam sie mit, wie Hurvi sich verabschiedete. Während die hastigen Schritte des Mädchens auf dem Gang verklangen und die Tür wieder geschlossen und von außen verbarrikadiert wurde, sank sie langsam in den Sessel zurück, in dem sie Nachtwache gehalten hatte.

Was habe ich getan?, fragte sich Rowena. *In seinen Armen* – sie hörte den Satz wieder und wieder mit Hurvis Stimme. Und sie konnte sich des leichten, süßen Schauders nicht erwehren, den er in ihr auslöste. Und doch klang er so falsch. *In seinen Armen.* Rowena versuchte, ihre eigenen Gefühle zu verstehen, aber sie konnte zu keinem Schluss kommen. Etwas war geschehen, so viel musste sie sich inzwischen eingestehen. Und es ging über einen Zwist mit ihrer Schwiegermutter oder über ein Missverständnis weit hinaus. *Nun gut*, dachte Rowena unbehaglich, denn sie fühlte, dass es ganz und gar nicht gut war, nichts war das mehr. Wie sollte es weitergehen?

Wie, überlegte sie, wäre es weitergegangen, wenn alles so gekommen wäre, wie sie es erwartet hatte? Cedric wäre eingetroffen, und sie hätten miteinander gestritten. Wenn sie in ihrem Kopf nachforschte, entdeckte sie da kein freudiges Wiedersehen, keine Schwüre. Dafür eine recht genaue Vorstellung davon, worüber sie sich beklagen und was sie ihm alles vorwerfen wollte. Er hätte zweifellos im selben Ton geantwortet. Danach wäre sie ins Dorf gegangen und hätte sich im Kreis ihrer Leute ihre Wunden geleckt. In Auleds Gesellschaft. Ja, so und nicht anders wäre das gewesen. Rowena sah es so klar vor sich, als wäre es bereits geschehen. Und sie hatte sich nicht einmal etwas dabei gedacht! Es erschien ihr normal, so normal wie der Umstand, dass Hurvi und Arval zusammengehörten. Doch das war es nicht. Rowena, noch immer erstaunt und erschüttert über sich selbst, begriff, dass auch sie vor einer Wahl stand. Nichts war selbstverständlich.

Es gab eine Entscheidung, die sie zu treffen hatte. Aber wie sollte die aussehen?

Lange saß sie in ihrem Sessel und starrte an die Wand.

35

Die Gräfin von Cloagh stand hinter dem Tisch, an dem ihr Mann seine Pächter zu empfangen pflegte. Ihre Finger glitten über das Holz, auf dem im Laufe der Jahre so viele Verträge gelegen hatten, erforschten die Schrunden und Unebenheiten in der Oberfläche, die sie so gut kannte. Wie oft hatte ihr Gemahl hier gesessen und mit energischen Federstrichen seinen Willen festgehalten, hatte seine Hände auf die Platte gelegt und die Finger ineinander verschränkt, wenn er etwas Wichtiges zu sagen hatte, wie es seine Art war. Heute war er nicht hier. Und es war allein ihr Wille, der zählte. Sie hatte zu entscheiden, was als Nächstes geschehen würde. Unwillkürlich nahm sie Platz und ahmte die Geste nach, die sie an ihrem Mann so gut kannte.

»Mein Herr de Boisgilbert«, sagte sie endlich mit fester Stimme und blickte auf.

Der Templer ihr gegenüber nickte nur knapp zu dieser Begrüßung und folgte dann dem Wink ihrer blassen Hand, indem er sich ebenfalls setzte. Sein Umhang rauschte, als er ihn zurückschlug. »Mylady of Cloagh«, erwiderte er.

Sie setzte sich zurecht. »Ich bin froh, dass Ihr der Einladung gefolgt seid, die mein Beichtvater Euch überbrachte«, begann sie. Eine weitere Handbewegung über ihre Schulter hinweg galt dem Priester, der sich nur kurz verneigte, um dann nach einer Segensgeste den Raum zu verlassen. Als das Rauschen seiner Soutane verklungen war, räusperte sich Boisgilbert. »Ich muss gestehen«, sagte er, »ich war von der Einladung überrascht. Nach dem, was Euer Mann uns angekündigt hatte …« Er verstummte, als sie abwinkte. Erwartungsvoll neigte er den Kopf zur Seite und musterte die Frau. Sie war nicht mehr jung, aber noch immer schön, schlank wie ein Mädchen und überaus beherrscht. Ob ihr Haar unter dem Schleier blond oder silbern war, vermochte er nicht zu entscheiden. Ihr Gesicht wirkte streng und klar, und ihre hellen Augen besaßen eine Kraft, die sie noch als Greisin auszeichnen würde.

Er wusste, wer vor ihm saß, natürlich. Connor of Cloagh hatte ihm alles über seine Schwägerin mitgeteilt. Sie war ein treues Kind der Kirche, das teils mit, teils ohne Wissen ihres Mannes die alten Kontakte zu ihrer Familie hielt. Er hatte erwartet, dass sie als Fürsprecherin seiner Sache auftreten würde, früher oder später. Der Aussicht, als Stifterin eines Klosters ihr Seelenheil zu sichern, würde sie gewiss nicht dauerhaft widerstehen können. Der Templer lächelte in sich hinein. Sünden genug hatte sie wohl auf sich genommen. Er nahm sich vor, sie wenn nötig ein wenig daran zu erinnern. Vorsichtig natürlich, denn, das spürte er wohl, er hatte hier keinen zu unterschätzenden Gegner vor sich. Sie war eine Frau wie eine Klinge, er kannte diesen Typ. Aber, auch das wusste er, es gab keine Klinge, die man nicht biegen konnte. Und wenn es nötig war, brach man sie.

Doch dazu ließ die Gräfin ihm keine Zeit. »Mein Mann«, erklärte sie sehr bestimmt, »hat in seiner Abwesenheit die Besorgung seiner Geschäfte mir anvertraut. Und ich habe mich nun dazu entschlossen, die Initiative zu ergreifen, um den unnötigen Zwist zwischen uns so rasch als möglich zu beenden. Es geht nicht an, dass diese Sache so lange in der Schwebe bleibt.« Sie hielt inne. »Auch haben meine Bauern sich bereits beschwert, dass herumstreifende Ritter ihnen die Felder zertrampeln.«

Boisgilbert hob die Hände zu den Schultern in einer Geste gespielter Hilflosigkeit. »Meine Männer sorgen durch Jagd für ihren Unterhalt«, erklärte er in bedauerndem Ton. »So weit war ich mit Eurem Gatten übereingekommen. Es tut mir sehr leid, falls sie im Übereifer dabei ein wenig Schaden anrichten. Gewiss steckt keine böse Absicht dahinter.«

Die Gräfin verzog keine Miene. Es war unmöglich zu sagen, ob sie ihm glaubte oder ob sie wusste, was seine Leute in Wirklichkeit beim Umherstreifen in den Feldern und Wäldern suchten. Oder warum sie hier und da einen jungen Burschen bis ins reife Korn verfolgten. »Jedenfalls bin ich zu dem Schluss gekommen, dass unsere Nachbarschaft baldmöglichst feste Formen annehmen sollte.«

Boisgilbert hob die Brauen. Doch er sagte nichts.

Die Gräfin holte Atem. »Daher schlage ich vor, dass Ihr die Insel nunmehr in Besitz nehmt, die Euch den Urkunden nach gehört. Vergessen wir den Zwist, unser Sträuben in dieser Sache war übereilt. Es sei, wie es sein muss, nach Recht und Gesetz.« Sie nickte ihm zu. »Über eine angemessene Versorgung Eurer Leute werden wir uns einigen, ebenso über den Anteil, den die Grafschaft Cloagh an der künftigen Entwicklung des Klosters nehmen wird. Und ich bin sicher, da auch im Namen meines Schwagers zu sprechen.«

Boisgilbert entspannte sich und lächelte breit. Das waren exakt die Nachrichten, auf die er gehofft hatte, wenn auch nicht so schnell, nicht so leicht. Das war der Sieg, nein, es war mehr als das, es war ein Geschenk Gottes. »Nun«, begann er, unfähig, die große Befriedigung in seiner Stimme zu unterdrücken. »Das freut mich zu hören. Sicherlich wird die Einigung zur beiderseitigen Zufriedenheit ausfallen. Wir sind nicht als Bettler gekommen, Gräfin. Und ich verrate wohl kein Geheimnis, wenn ich Euch sage, dass auch Mitglieder Eurer eigenen Familie zu den hochgestellten Persönlichkeiten gehören, die unsere Mission unterstützen.« Er streckte seine mächtigen Arme, dass die Knochen knackten, und legte mit einem zufriedenen Seufzer die Füße übereinander. Als er das Gesicht der Gräfin sah, setzte er sich allerdings rasch wieder aufrecht hin.

»Das freut mich zu hören«, sagte Mary of Cloagh kühl.

Unmöglich zu sagen, was sie empfand. »Und auch meine Bauern wird es freuen. Kann ich doch davon ausgehen, dass sie künftig unbelästigt bleiben werden.« Sie stellte keine Frage, warf ihm nur einen kurzen Blick zu bei diesen Worten.

Boisgilbert deutete eine leichte Verneigung an.

»Nun denn«, sagte die Gräfin und stand auf.

»Nun denn.« Auch der Templer erhob sich. Doch machte er keine Anstalten zu gehen. Als das Schweigen eine Weile gedauert hatte, räusperte sich der Templer schließlich. »Mylady«, sagte er. »Ich will nicht aufdringlich erscheinen, aber meine Männer und ich, wir sind lange genug in der Gegend, um zu wissen, dass die Insel ein Geheimnis birgt.«

Er verbarg nur mit Mühe ein Lächeln, als er sah, wie die Gräfin innerlich erstarrte. Ihre gelassene Miene bekam leichte Risse. Sie wehrte sich nicht, als er näher trat und sich, während sie kraftlos auf ihren Stuhl zurücksank, dicht über sie neigte.

»Welches … welches Geheimnis könntet Ihr meinen?«, fragte sie tonlos.

Boisgilbert ließ sie eine Weile schmoren. Dann sagte er: »Jeder Bauer in dieser Gegend weiß, dass die Gezeiten tückisch sind. Die Insel kann nicht beherrscht werden, so sagt man, ohne eine Karte.«

»Die Gezeitenkarte!« Die Gräfin sah so erleichtert aus, dass sie ihm beinahe leidtat.

»Die Gezeitenkarte«, wiederholte Boisgilbert ruhiger.

»Ihr seid wahrhaftig gut informiert.« Die Gräfin gewann langsam ihre Fassung wieder.

Boisgilbert nickte. »Wir sind in jeder Hinsicht gut informiert«, sagte er, und es klang drohend. Als er sah, wie erneut der Schrecken in ihr hochkroch, fügte er hinzu: »Aber darüber gilt es wohl besser, mit Eurem Mann zu sprechen. Ein andermal. Für heute …« Und er streckte seine Hand mit dem gepanzerten Handschuh aus.

Die Gräfin starrte lange auf das Erz. »Ein andermal«, flüsterte sie schließlich. »Ja.«

»Gräfin?«, musste der Templer sie erinnern. Er bewegte auffordernd die Finger seiner ausgestreckten Hand. »Die Karte.«

Sie schüttelte sich, als erwache sie aus einem Traum, dann schaute sie auf. Es kam wieder Leben in sie. »Ihr habt Recht«, sagte sie und griff an ihren Gürtel. Sorgsam wählte sie unter den vielen Schlüsseln, die dort hingen, einen kleinen, alten, unverzierten aus und ging zu der Truhe, die hinter ihr an der Wand stand.

Es gelang Boisgilbert nur mit Mühe, seine Neugier zu bezähmen, während sie mit ihrem Körper verbarg, was sie tat. Den Geräuschen entnahm er, dass sie den Schlüssel drehte, zweimal, dreimal, und dann noch einen wohl verborgenen Mechanismus in Gang setzte, der vernehmlich einrastete. Endlich richtete sie sich auf.

Rasch trat Boisgilbert einen Schritt zurück. In ihrer Hand hielt sie ein Kästchen, von dem er schon gehört hatte. Eine bronzene Schlange wand sich in vielerlei Schlaufen um das Holz. Ihr Maul hielt das Schloss, das die Gräfin nun für ihn öffnete, um den Deckel aufzuklappen. Vor seinen Augen lag eine Schriftrolle. Ihre hölzernen Griffe sahen abgenutzt und glänzend aus, das Pergament speckig.

»Die Gezeitentafel«, sagte die Gräfin, »nach der Ihr verlangt habt.« Sie schluckte.

Boisgilbert, der seine Hände ausgestrecht hatte, musste sich, da sie ihm kein Stück entgegenkam, noch ein wenig weiter recken, um sie umfassen zu können. Er zog daran, bis sie das Dokument endlich und mit viel Widerstreben losließ. Sofort schloss er seine Faust darum.

Ihr Blick war leer, als sie sprach: »Sobald Ihr für morgen eine Euch passend erscheinende Zeit gewählt habt, will ich mich Euch gerne anschließen, um mit Euch dort bei der Kapelle des Einsiedlers zu beten.«

Boisgilbert nickte. Er hatte sie dort, wo er sie haben wollte. Mit raschem Griff öffnete er das Pergament. Sie schloss die Augen, als sie das Geräusch vernahm. Eine Träne drohte ihren fest zusammengepressten Lidern zu entrollen. Boisgilbert, vertieft in die Tabellen, übersah es geflissentlich. »Morgen früh also, nach dem Morgengottesdienst.« Er sagte es mit aller Bestimmtheit.

Mary of Cloagh nickte ergeben. Dann straffte sie sich. »So sei es«, bestätigte sie ihren Entschluss.

Boisgilbert fügte hochzufrieden hinzu: »Dies soll ein Feiertag sein, den wir mit einer Prozession begehen wollen. Wir werden in vollem Harnisch erscheinen und unsere Banner tragen, Gräfin. Wenn Ihr Eure Leute dasselbe tun lassen wollt.«

Sie schüttelte nur den Kopf. »Nein«, sagte sie. »Ich werde die Hauptleute meines Mannes nicht informieren. Je weniger sie davon wissen, desto besser wird es vorerst sein.« Sie mied Boisgilberts Blick.

»Ein weiser Entschluss, Gräfin.« Boisgilbert heuchelte Verständnis, konnte aber nur mühsam seinen Triumph verbergen. In seinem Inneren stand seine Entscheidung bereits fest. Sollte sie kneifen, würde er sie an den Haaren aus der Burg schleifen, damit sie ihnen folgte. So würde niemand wagen, sie anzugreifen oder ihnen eine Falle zu stellen. Auch wäre sie eine zu kostbare Geisel, deren Aufenthalt auf der Insel den Graf um so vieles gefügiger machen würde.

Mary of Cloagh sah ihm in die Augen. »Aber mein Beichtiger wird gerne mit uns sein.«

»So gebe Gott uns seinen Segen« erwiderte der Templer fromm. Er rollte das kostbare Dokument zusammen, legte die geballte Faust auf die Brust und verneigte sich. »Gott mit Euch, Gräfin«, sagte er zum Abschied.

»Gott mit Euch.« Die Gräfin neigte den Kopf und entließ ihn. »Er weiß, dass wir stets nach dem Rechten streben.«

Boisgilbert lächelte und ging hinaus. Hinter ihm sank die

Gräfin von Cloagh langsam in die Knie. Hart schlugen ihre Knie unter dem Gewand auf den Stein. Sie faltete die Hände. »Oh Gott«, murmelte sie erstickt. Tränen quollen aus ihren Augen, aber kein weiterer Ton entrang sich ihrer Brust.

So fand sie ihr Beichtvater, als er auf der Suche nach ihr wieder eintrat. Er betrachtete sie lange, ehe er näher trat und ihr die Hand auf den Scheitel unter dem Schleier legte. Die Gräfin unterdrückte ein Schluchzen. »Vergib«, flüsterte sie, weiterhin kniend und im Zwiespalt mit ihrem Gewissen und mit ihrem Gott. »Ich will doch nur das Richtige tun.« Mit tränenfeuchten Augen blickte sie endlich in das Gesicht des Priesters, der sich noch immer nicht regte. »Tue ich das Richtige, Vater?«

Statt einer Antwort schlug er das Kreuzzeichen über ihr.

36

Rowena hatte den verhängnisvollen Besuch weder kommen noch gehen sehen. Das einzige Fenster ihres Gefängnisses zeigte hinaus aufs Meer. Hier, in der Mauernische, saß sie auch jetzt und blickte hinaus, die Nase in den frischen Wind gereckt, um sich von den Krankendünsten an Arvals Lager zu erholen und auch, um ein wenig von jener Freiheit zu kosten, die man ihr geraubt hatte. Der junge Jäger schlief und brauchte sie nicht. Rowena konnte sich ausruhen, die Hände im Schoß falten und den Möwen nachblicken. Oh, wie sehr sie wünschte, eine davon könnte Cedric erreichen und ihm eine Botschaft von ihr bringen. Sie hatte bereits versucht, im Geist Kontakt mit ihm aufzunehmen, aber sie war nicht so stark wie ihre Lehrmeisterin Urdis. Es war ihr nicht gegeben, wie das Waldvolk ohne Worte zu kommunizieren; allenfalls vage und verschwommen war ihre Ahnung von der Gegenwart der anderen. Und Cedric, so fürchtete sie, war nicht geschaffen für diese Art von Kontakt. Wie oft hatte sie an den Moment gedacht, da sie ihn im Spiegel der heiligen Quelle gesehen hatte, jenes andere Weib an seiner Seite. Er hatte ihr in die Augen geblickt. Aber nie hatte er ihr gegenüber mit nur einem Wort, einer Geste zu erkennen gegeben, dass auch er sie damals gesehen, dass sie ihn wahrhaftig mit ihrer Anwesenheit berührt hatte. In Anspielungen hatte sie immer wieder versucht, auf das Thema zu sprechen zu kommen. Aber er schien nicht zu wissen, wovon sie redete. Nein, wenn sie ihrer Schwiegermutter zuvorkommen und mit Cedric ungestört sprechen wollte, musste es ihr gelingen, dieses Zimmer zu verlassen.

Sie erhob sich ein wenig und blickte am Mauerwerk hinab. Mehrere Mannslängen trennten sie vom felsigen Grund. Rowena seufzte. Und sähe sie nicht wie ein Flüchtling aus, wenn sie sich auf so etwas einließe, ihm entgegenliefe wie ein Waisenkind? Wäre das nicht schlimmer als ein Schuldeingeständnis?

Ihr Blick schweifte weiter hinaus. Es war schon Mittag, die Sonne stand hoch über dem Horizont, und das Wasser füllte allmählich die Furchen und Mulden im Schlamm auf. Träge betrachtete Rowena das Schauspiel, das von schnell ziehenden Wolken wechselnd in Licht und Schatten getaucht wurde. Sie wusste von Cedric, dass es gefährlich sein konnte, zur falschen Zeit auf der Schlickfläche zu sein. Es gab Kanäle, regelrechte Täler, die sich schneller füllten als andere und einem den Rückweg zum Land abschneiden konnten. Anfangs dachte man, es wären nur Rinnsale, alles ginge so langsam vor sich wie das träge Atmen eines Tieres. Aber das sanfte Schwellen, das eifrige Rieseln, das Kriechen der Wasserfinger, es wurde stärker und stärker, es wuchs unversehens, und mit einem Male war es da, das Meer, mit all seiner atemberaubenden Wucht. Unvorstellbar, dass dort, wo es herrschte, wo es schäumte und sich brach, jemals etwas anderes gewesen sein sollte.

Auch heute ließ Rowena sich wieder von dem Schauspiel

verzaubern, sah Steine, die eben noch unschuldig im Sand lagen, zu Inseln werden, schrumpfen und verschwinden. Sah kleine Bäche zu größeren anschwellen, sah vorwitzige Wasserzungen gegen das Land hin lecken, eilig, gierig und schweigsam. Um die Gezeiteninsel herum schoss ein besonders vorwitziger Strom, füllte sein schmales Bett blitzschnell, ringelte sich um das steinerne Massiv und drang in schlängelnden, suchenden Bewegungen weiter gegen die Küste vor.

Rowena sah ihn im Sonnenlicht blitzen, als er parallel zum Strand vorbeizog. Sie wusste, es war nur ein Siel, der sich füllte, Krümmung für Krümmung. Aber sah er nicht aus wie der glitzernde Leib eines Tieres, das suchend über den Boden kroch, in Serpentinen vorwärtsschoss? Ein wenig ähnelte es den schlängelnden Bewegungen der blauen Banner über ihr im Wind. Ein wenig … nein, nicht nur ein wenig ähnelte es: einer Schlange!

Rowena war aufgesprungen vor Erregung. Sie strich sich das Haar aus der Stirn, damit ihr nichts von ihrer Entdeckung entging, und lehnte sich so weit aus dem Fenster, wie es irgend möglich war. Dort hinten war er nun, der Schlangenkopf, nachdem sein Körper sich wie ein schützendes Band um die Insel gelegt und sie vom Festland abgeschnitten hatte, lange ehe die restliche Bucht sich füllte. Dass ihr das vorher nie aufgefallen war! Vielleicht hatte nie dasselbe Licht über der Bucht gelegen. Vielleicht verlief die Flut nie ganz in denselben Bahnen. Angestrengt reckte Rowena den Hals und hatte dabei die Gezeitenkarte vor Augen, die ihr Volk so stolz zurückgewiesen hatte und die sie deshalb nie in Ruhe hatte studieren können. Vielleicht gab es ja nur eine ganz bestimmte Flut, die diese Gestalt annahm. Sie klammerte sich am Fensterrahmen fest, bis ihre Finger weiß waren vor Anstrengung. Innerlich aber jubelte sie. Dort dicht unterhalb des Felsens, auf dem die Kirche stand, traf das Schlangenhaupt auf die Steilküste. Dort, ja, sie war sich so sicher, wie sie nur sein konnte. Es war weit, aber nicht so weit entfernt, dass sie nicht die dunkle Öffnung wahrgenommen hätte. Eine Spalte, wie es viele gab zwischen all den herabgestürzten Felsen am Fuß der Klippen. Aber diese eine war es, in die die Schlange hineinschoss wie in ihr Nest. Rowena glaubte, bis hierher das Donnern hören zu können, mit dem der Hohlraum sich füllte, ehe er Gischt ausspie und schließlich in der schnell steigenden Flut verschwand. Klang es nicht wie das Brüllen eines mythischen Tieres? Sie musste sich zurücklehnen, die Kraft verließ ihre Arme. Schwer atmend stand sie da, mit klammen Fingern, die sich nur mühsam wieder warm reiben ließen, und mit leuchtenden Augen. Einen Moment lang kam ihr unwirklich vor, was sie gesehen hatte, die Täuschung eines Augenblicks, ein bloßes Nichts aus Licht und Wasser, aber – Wasser! Hatte Eroc nicht von einer Wasserschlange gefaselt? Wieder wallte der wilde Triumph in ihr auf. Wahrlich, das hatte er, nur hatte er keine Schlange im Wasser gemeint, sondern eine aus Wasser! Das war des Rätsels Lösung. Rowena zitterte vor Aufregung. Sie konnte nicht anders: Noch einmal musste sie sich hinausneigen, um nach der verborgenen Höhle zu sehen, die sie so sicher auszumachen geglaubt hatte. Noch war die oberste Spitze jenes schwarzen Dreiecks zu erkennen. Und als ihr Blick es nach oben verlängerte, erreichte er den Turm der kleinen Kapelle. So hatte sie doch Recht gehabt. Der Ort dort war etwas Besonderes, war ein Ort der Kraft. Sie hatte nur zu weit oben mit der Suche begonnen.

Rowena lachte. Sie schüttelte den Kopf, bis ihr verrutschter Schleier sich endgültig löste und davonflog und der kalte Wind mit ihrem Haar spielte. Am liebsten hätte sie laut geschrien. Die Freude brauste in ihr auf wie drunten die See. Heftig verspürte sie den Impuls, sofort etwas zu unternehmen, jetzt gleich, in diesem Augenblick. Sie wollte nicht zurück in das dumpfe Zimmer, in ihr Gefängnis, ergeben wartend auf das, was die anderen beschlössen. Hielt sie doch den Schlüssel für alles in ihren Händen: den Schatz, der all ihre Probleme lösen würde, der ihnen die Insel zurückbrächte, ihrem Volk Sicherheit und eine Heimat gäbe, ihr den Respekt ihrer Schwiegereltern sichern würde und auch Cedric davon überzeugen könnte, dass sie stets nur an ihn gedacht und das Beste gewollt hatte.

In ihrer Begeisterung überlegte Rowena nicht lange. Unter dem Fenster war ein schmaler Sims. Auf den kletterte sie, verschaffte sich Halt und blickte sich um. Von hier aus konnte es weitergehen.

»Mylady! Was treibt Ihr da?«

Völlig überrascht wandte Rowena sich um, als die Stimme erklang. »Colum?«, fragte sie und blickte entgeistert auf den Knappen, der mitten im Zimmer stand, den Schlüssel am Gürtel und ungeschickt ein Tablett in seine Pranken balancierend, auf dem sie einen Teller, einen Kanten Brot und eine Kanne mit Milch erkennen konnte. Es verwunderte sie, mit welcher Deutlichkeit sie all diese Einzelheiten wahrnahm, sogar die rührende Blume, die jemand in einen Becher mit Wasser gestellt hatte. Aber warum sah Colum so entsetzt aus?

»Lady Rowena!« Sie wusste, dass er schrie, doch hörte sie seine Stimme nur wie von sehr weit her. Verwunderung stand in ihren Augen, die sich mit einem Mal weiteten, lange ehe Rowena begriff, dass sie den Halt verloren hatte.

Jetzt erst spürte sie den körnigen Stein unter ihren vor Kälte tauben Fingerkuppen, wie er über die Haut kratzte und ihr entglitt. Langsam fühlte sie, wie der Wind ihr Kleid blähte, während sie nach hinten kippte, der Luft, der Leichtigkeit, dem Nichts entgegen. Sie sah das Tablett durch die Luft fliegen, den weißen Bogen, den die verschüttete Milch beschrieb, ehe sie sich in einen Regen aus Tropfen auflöste, das davonsegelnde Brot. Wie schön, dachte Rowena. Wie seltsam schön. Es war ihr letzter Gedanke.

37

»Vorsicht!«, rief Cedric, doch es war zu spät. Will Scarlett, geschwächt von seiner Verletzung, hatte die Zügel des Pferdes nicht rechtzeitig angezogen. Das Tier war plötzlich eingebrochen, durch Laub und morsches Holz in irgendeinen verlassenen Bau, und dabei ins Stolpern geraten. Der unachtsame Sänger flog in hohem Bogen auf die Erde. Seine Stute wieherte laut auf. Sie brach in die Knie, trat um sich, kam wieder frei und machte einige hinkende Sprünge zur Seite, ehe die Schmerzen sie zwangen, mit hängendem Kopf und zitternden Flanken stehen zu bleiben.

Cedric stieß einen Fluch aus und glitt seinerseits aus dem Sattel. Rasch war er bei dem Sänger und richtete ihn auf. Als er sicher war, dass ihm – abgesehen von einigen Abschürfungen und Prellungen – nichts fehlte, stand er auf und ging mit ausgebreiteten Armen auf das Pferd zu, das nervös schnaubend vor ihm scheute. Langsam trat er näher und gab beruhigende Schnalzlaute von sich. Endlich war er heran und klopfte auf den verschwitzten Hals, strich über das glänzende Fell der Beine und tastete sich behutsam an die Quelle der Schmerzen heran.

Als er sich aufrichtete, war auch Will Scarlett wieder auf den Beinen und herangetreten. Der Sänger las die schlechten Nachrichten in seiner Miene. »Gebrochen?«, fragte er.

Cedric nickte nur zur Antwort. Es gab nichts zu sagen; sie wussten beide, was es bedeutete.

Der Sänger schlang seinen Arm um den Hals der Stute. Lange drückte er sein Gesicht in ihre Mähne.

»Soll ich es machen?«, bot Cedric an und griff schon nach dem Dolch in seinem Gürtel.

Mit einer heftigen Bewegung packte Will ihn am Handgelenk. »Nicht«, sagte er und zog, als er Cedrics überraschtes Gesicht sah, nach einem besänftigenden Druck seine Hand zurück. »Das muss ich selbst tun.«

Cedric brummte zustimmend und wandte sich ab. »Dann tut es schnell«, meinte er über die Schulter. »Unser Vorsprung ist nicht allzu groß.« Mit zusammengekniffenen Augen musterte er die dichte Front der Bäume, die sie umgab.

Will Scarlett schien ihn nicht gehört zu haben. Unbeirrt fuhr er fort, sein Pferd zu streicheln und ihm in die Ohren zu flüstern, die lebhaft spielten.

»Will, sie leidet.«

»Das ist ein Teil des Lebens«, erhielt er zu seinem Erstaunen zur Antwort. »Genau wie der Tod. Alles hat seine Zeit.« Cedric grübelte noch über eine Antwort nach, als der Sänger sich aufrichtete. »Es ist gut«, sagte er. »Sie ist bereit.« Bei diesen Worten nahm er sein Messer aus dem Gürtel und stieß es der Stute mit voller Wucht dort in den Hals, wo die Schlagader war. Er biss die Zähne zusammen, schloss die Augen und führte mit aller ihm verbliebenen Kraft den Schnitt aus. Ein Schwall von Purpur fiel über die dunkle Brust des Pferdes und färbte sie rot. Es sah aus wie eine prächtige Turnierdecke. Die Stute röchelte, brach erst mit den Vorder-, dann mit den Hinterbeinen ein. Will, der den Arm nicht von ihrem Hals genommen hatte, ging mit ihr in die Knie. Als das große Tier endlich auf die Seite sank, musste Cedric ihn wegziehen, damit er nicht unter den schweren Leib geriet. Sofort kroch der Sänger zurück und legte seine Wange wieder an die des Tieres. Er blieb dort, bis eine letzte zitternde Woge über den Körper wanderte und der Atem verstummte. Als er sich aufrichtete, war er blutverschmiert. Er schien es nicht zu bemerken. Noch immer streichelte er liebevoll die Stirnmähne und flüsterte seine Zärtlichkeiten.

Erst als Cedric ihn anstieß und mit einer Bewegung vormachte, sich mit dem Ärmel über das Gesicht zu wischen, richtete er sich auf. »Jetzt tragt Ihr Euren Namen zu Recht, Scarlett«, sagte er und versuchte ein Lächeln.

Der Sänger erwiderte es schwach. Cedric ging neben ihm

auf die Knie. »Ich habe noch nie einen Mann so von seinem Tier Abschied nehmen sehen«, gestand er.

Will Scarletts Blick wanderte zurück zu dem Pferd. Er griff nach einem der Ohren und ließ es sacht durch seine Finger gleiten. »Sie leben und sterben wie wir«, murmelte er. »Und wenn die Pfaffen auch sagen, dass sie keine Seelen haben, so denke ich doch …« Er verstummte, dann blickte er auf. »Ich bin kein Philosoph«, bekannte er und lächelte hilflos.

»Aber doch von flinker Zunge«, meinte Cedric aufmunternd.

Der andere nickte versonnen. »Es gibt allerdings Dinge, für die fehlen einem die Worte.« Er nahm noch einmal sein Messer, schnitt ein Stück der Mähne ab und hielt es eine Weile in der geschlossenen Faust, wo er es unschlüssig zusammenpresste, ehe er es losließ, um zuzusehen, wie der Wind die Strähnen sacht davontrug. Dann hob er die Klinge erneut.

»Was tut Ihr da?«, rief Cedric entsetzt und verhinderte mit einem raschen Griff, dass der andere sich in die Hand schnitt.

»Ich weiß nicht«, bekannte Will und gab durch eine missmutige Geste zu verstehen, dass sein Gefährte ihn loslassen sollte. Mit leiser Verzweiflung in der Stimme wiederholte er: »Ich weiß es nicht. Ich bin eben ein seltsamer Vogel.«

»Vielleicht nicht so selten, wie Ihr denkt«, entfuhr es Cedric, der aufstand, sich das Laub von den Hosen klopfte und seinen neuen Freund am Ellenbogen hochzog.

Erstaunt weiteten sich Will Scarletts Augen. »Was meint Ihr damit?«, fragte er.

Cedric war zu seinem eigenen Tier hinübergegangen und hatte es am Zügel ergriffen. Es war Zeit für sie, aufzubrechen. Noch waren sie nicht sicher vor ihren Verfolgern. Sie durften keine langen Aufenthalte riskieren. Da sie zu Fuß weitermussten, würden sie langsam genug sein. Er schritt weiter auf dem Pfad, den sie eingeschlagen hatten, und wandte sich nach einer Weile um. Will Scarlett stand noch immer neben dem Kadaver.

»Wenn ich es Euch verrate«, sagte er, »kommt Ihr dann endlich?« Ohne eine Antwort abzuwarten, brach er auf. Angespannt lauschte er dabei nach hinten. Als er endlich das Knacken von Zweigen hörte und aus den Augenwinkeln den Sänger neben sich auftauchen sah, seufzte er innerlich erleichtert auf.

»Was meintet Ihr mit ›nicht selten‹?«, wiederholte Will seine Frage.

Cedric konnte ein Lächeln nicht unterdrücken.

»Diese Art, ein Tier zu verabschieden«, begann er, »habe ich bei den Alten gesehen, viele Male schon. Sie vollziehen ein Ritual, wann immer sie eine Jagdbeute erlegen.«

Will sagte nichts, aber er öffnete die Lippen, als wollte er jedes Wort Cedrics in sich einsaugen. Der junge Ritter erzählte ihm, wie erstaunt er selbst gewesen war, als er zum ersten Mal gesehen hatte, wie die Jäger des Clans einen Hirsch verabschiedeten, sich entschuldigten, sein Leben genommen zu haben, und ihm ein Büschel Haar abschnitten, um es der Natur zurückzugeben, der sie dieses Tier geraubt hatten. »Sie tun es auch symbolisch, um der Seele des Tieres den Weg heraus aus dem Leichnam zu erleichtern«, fügte er hinzu. »Wie das Haar auf dem Wind reitet, so soll sie frei werden und aufsteigen.«

»Wohin?«, fragte Will Scarlett atemlos. »Der Pfarrer, den ich als Kind gefragt habe, ob die Tiere eine Seele haben und ob ich meinen Lieblingshund wohl im Himmel wiedersehe, hat mir eine Maulschelle versetzt, dass mir die Lippen geblutet haben. Mein Vater hat dann noch eine draufgesetzt, als er von dem Zwischenfall erfuhr.« Er wischte sich über den Mund, als schmecke er noch immer das Blut.

»Tja, das ist schwierig.« Cedric machte sich daran, die Vorstellungen der Alten vom Wandern der Seelen zu erläutern. Er bemühte sich, möglichst exakt wiederzugeben, was

Rowena ihm davon während ihrer langen Reise erzählt hatte, zögernd an manchen Stellen, da ihm selbst das alles noch so fremd war und er nicht recht wusste, was er davon halten sollte.

»Und warum?«, fragte Will, in dessen Stimme sich Neugier und Skepsis die Waage hielten. »Wozu kommt man wieder und wieder in dieses Leben zurück?«

Cedric hob kurz beide Hände, um seine eigene Ratlosigkeit anzudeuten. »Um ein besserer Mensch zu werden?«, versuchte er es.

Will Scarlett dachte lange nach. Endlich brachte er heraus: »Dazu ist mehr als ein Leben nötig, schätze ich.« Er überlegte wieder. »Wahrhaftig.« Schließlich lachte er. »Wenn man sich so umsieht, haben wir alle noch eine lange Reise vor uns.«

»Tjaha!« Cedric lachte auf.

Nach einer Weile fügte Will Scarlett hinzu: »Eure Frau scheint da schon wesentlich weiter sein. Ist sie …«, er machte eine ehrfürchtige Geste, »eine von ihnen?«

Cedric schüttelte den Kopf. »Zur Hälfte«, bekannte er. »Bis vor kurzem wusste sie gar nichts davon. Aber sie trägt viele ihrer Eigenschaften in sich und hat sich mit Feuereifer in die Aufgabe gestürzt, sie zu entwickeln. Sie ist eine Heilerin«, sagte er und zog sein Wams hoch, um Will Scarlett die üble Narbe zu zeigen von der Turnierwunde, die Rowena behandelt hatte, seinerzeit, als sie einander das erste Mal begegnet waren. »Sie hat besondere Kräfte.«

Will pfiff anerkennend. »Es muss etwas ganz Besonderes sein, mit so einer Frau zusammen sein zu dürfen«, sagte er und seine Augen bekamen den Glanz, den sie immer hatten, wenn er an sein Stonehenge-Mädchen dachte.

Cedric seufzte unwillkürlich. »Wie man es nimmt«, bekannte er dann, selbst überrascht über seine Ehrlichkeit. »Manchmal kann es ganz schön bedrohlich sein, eine Liebste zu haben, die Gedanken lesen kann.« Er dachte an die Schlangenfrau, die er noch immer tief in seinem Gedächtnis verbarg. Es war wie eine Tür, gegen die er sich verzweifelt stemmte, damit sie verschlossen blieb.

Will Scarlett blickte ihn voll an und musste dann losprusten. Cedric verzog erst ein wenig unsicher das Gesicht, dann aber lachte auch er aus vollem Hals. Mit einem Mal erschien ihm vieles leichter.

»Wahrhaftig«, japste Will Scarlett. »Ich verstehe dich.« Er mühte sich, wieder zu Atem zu kommen. Als er endlich weitersprach, klang seine Stimme aber ganz ruhig und andächtig. »Wenn sie mich trotzdem von Herzen lieben sollte, so wäre ich der glücklichste Mann auf der Welt«, bekannte er.

Auch Cedrics Gelächter verstummte. Sehr nachdenklich ging er weiter. Aber die Freude in seinem Herzen war geblieben und wuchs mit jedem Schritt, der ihn näher zu ihr brachte: Rowena.

38

Colum stürmte durch das Zimmer und warf sich in die Fensteröffnung. Im letzten Moment bekam er ein Stück von Rowenas flatterndem Ärmel zu fassen. Der Stoff riss mit einem bösen Laut, aber dem Knappen gelang es, mit der zweiten Hand nachzugreifen. Und diesmal umfasste er ihren Arm. Fest packte er zu und ließ nicht mehr los. Es dauerte einen Moment, bis Rowena begriff, dass ihr Fall gebremst war. Mit brennenden Augen starrte sie in den Abgrund, der sich unter ihren Füßen auftat. Einer ihrer Schuhe löste sich und fiel in die Tiefe. Sie verfolgte ihn bis zu seinem Aufschlag, der hier oben nicht zu hören war. Der Magen drehte sich ihr um. Sie warf den Kopf in den Nacken.

»Colum.« Es klang wie das Klagen eines Kindes.

»Greift mit der Rechten zu«, rief Colum ihr entgegen. Sie nickte, holte mit dem freien Arm, der bislang hilflos herabgehangen hatte, aus und schloss ihre Finger fest um sein

Handgelenk. »Ich hole Euch hoch«, versprach Colum keuchend und suchte einen festen Stand für seine Füße, um dem Zug an seinem Arm etwas entgegenzusetzen. Fast zog ihn ihr Gewicht aus dem Fenster, so weit hatte er sich im ersten Schreck hinausgelehnt. Der Hebel war ungünstig, er konnte nur mit aller Kraft zerren und musste es in Kauf nehmen, dass ihr Arm schmerzhaft über den Fensterrahmen schrappte, was Rowena mit einem erschreckten Keuchen registrierte. Aber sie wand sich, um ihm zu helfen, und gegen die kleinen Widerstände der Stickereien im Stoff gelang es ihm, sie Fingerbreit für Fingerbreit in Sicherheit zu ziehen. Als ihre Schulter erschien, wurde es leichter. Er konnte die Haltung verändern, sich nach hinten legen und sie mit Schwung bis zur Hüfte hereinholen. Wie ein Fischer, dachte er, der ein volles Netz ins Boot hievt. Er lächelte grimmig über das Bild, griff nach ihrem Gürtel und hob sie mit einem Ruck herein. Ein glücklicher Fischzug.

Aufatmend sank Rowena ihm vor die Füße, wo sie sich erst einmal auf den Rücken drehte und liegenblieb, um zu Atem zu kommen. Als sie sein Gesicht über sich sah, lächelte sie zu ihm hoch.

»Ich bin schon einmal so gefallen«, bekannte sie, »an den Klippen von Dover. Damals bremste ein Felsvorsprung meinen Sturz, aber für Augenblicke war ich sicher, mich mit den Möwen zu erheben und davonzufliegen. Ich hatte gar keine Furcht.« Sie runzelte die Stirn und richtete sich auf. Flüchtig wischte sie sich über Haare und Kleider. »Diesmal war es anders.« Sie streckte Colum noch einmal die Hand hin, damit er ihr auf die Beine half. »Ich war nicht bereit zu sterben, so wenig, dass ich glaubte, mich noch im Wind verkeilen zu müssen, damit es ja nicht geschah. Ich wollte es einfach nicht geschehen lassen.« Dann schaute sie ihn offen an. »Aber ohne Euch wäre es geschehen, Colum. Ich danke Euch.« Sie legte ihm die Hand auf den Arm. Einen Moment lang schwiegen beide.

Um ihm die Verlegenheit zu nehmen, ging Rowena an ihm vorbei zu Arval hinüber, der noch immer schlief. Sie prüfte seine Verbände und benetzte seine Lippen mit Wasser, während Colum murmelte: »Gerne doch.«

Dann fragte sie über die Schulter: »Die Tür ist noch immer verschlossen?«

Colum versicherte sich mit einem Blick, dass es tatsächlich so war. »Herrin«, begann er.

Aber Rowena schnitt ihm das Wort ab. »Nennt mich nicht so. Wenn ich deine Herrin wäre, würdet Ihr mich nicht einsperren wie eine Verbrecherin. So bin ich nicht einmal meine eigene.«

»Der Graf hat die Angelegenheiten der Familie in die Hände seiner Frau gelegt«, rechtfertigte Colum sich leise.

Sehr stolz richtete Rowena sich auf. »Und ich bin nicht überzeugt, dass sie dort in den richtigen Händen sind.«

Der Knappe schüttelte müde den Kopf. »Ihr kennt sie nicht«, widersprach er. »Ihr wisst nicht, was sie all die Jahre getan hat.«

»Für mein Volk?«, gab Rowena knapp zurück. »Das sich jetzt in den Wäldern verbirgt und um sein Leben bangt?«

Sein Kopfschütteln wurde heftiger. Die Gräfin, wollte er einwerfen, konnte nichts dafür, nichts für die Templer, nichts für den Vertrag. Aber er dachte an die dunkle Gestalt, die er hatte in die Burg schleichen sehen, geleitet von einem Mönch. Es war ihm nicht entgangen, wo sie hingebracht worden und wann sie wieder gegangen war. Nur eine befriedigende Erklärung dafür hatte er nicht gefunden. Ein Bote des Herrn, so hatte er gehofft, oder ein Verwandter, der Zuspruch brachte in dieser dunklen Stunde. Viele Erklärungen waren möglich, auch wenn der Umhang des Fremden weder Farbe noch Wappen gezeigt hatte. Seit Stunden grübelte Colum darüber nach. Die Gräfin jedoch hüllte sich über den Vorfall in Schweigen. Deshalb blieb er ebenfalls stumm.

Und Rowena konnte fortfahren: »Oder für ihre eigenen

Leute? Was hat sie schon für sie getan? Sie auf eine Insel gepfercht und sie dem Einfluss dieses Alten ausgesetzt, wie heißt er noch, Eroc? Der ihnen predigt, sie wären Exilanten und hätten keine andere Aufgabe, als von hier fortzugehen.« Sie schnaubte verärgert. »Kein Wunder, dass sie keine Kinder haben, dass sie immer weniger werden. Wer so beschäftigt ist, seine Wurzeln anderswo zu suchen, der kann da, wo er ist, keine schlagen.« Sie spürte, wie die Empörung in ihr wuchs, noch während sie sprach, und begann, mit rauschenden Rocksäumen hin und her zu wandern.

Erstaunt lauschte Colum ihren Worten. So hatte er die Dinge noch nie betrachtet. »Schon immer haben sie nach dem einen Lied gesucht«, wandte er ein.

Rowena schnitt ihm das Wort ab. »Wie lange leben sie hier?«, fragte sie zurück. »Jahrhunderte? Jahrtausende? Einst gehörte ganz Britannien ihnen.« Sie breitete die Arme weit aus, um es anzudeuten. »Sie haben Monumente errichtet. Sie waren hier zu Hause, Colum. Mein Waldvolk weiß nicht einmal mehr von diesen Liedern. Glaubst du wirklich, die ganze Zeit über haben nur alle wie Eroc danach getrachtet, wieder von hier fortzukommen?«

Der Knappe schüttelte unsicher den Kopf. »Sie haben es so gehalten, solange ich denken kann.«

»Sie haben es getan, weil sie Angst haben, Colum.« Sie trat auf ihn zu und fasste ihn bei den Oberarmen wie ein Kind, wenn man es zwingen will, einem zuzuhören. Dabei musste sie den Kopf in den Nacken legen, um ihm in die Augen sehen zu können. Ihr Blick aber, grün und klar, war bezwingend. »Angst, Colum, ist immer ein schlechter Ratgeber.«

Der Knappe machte sich los und kratzte sich am Hals. Was er da hörte, leuchtete ihm zum Teil ein, und dennoch. »Ich glaube nicht«, begann er langsam, »dass die Gräfin vor irgendetwas Angst hat.« Dabei warf er ihr einen schnellen Blick zu, vorsichtig, kaum zu bemerken, aber Rowena war er nicht verborgen geblieben, auch nicht der Gedanke, der dahinterstand. Sie fuhr auf, als hätte man sie mit einer Nadel gestochen.

»Ich?«, fauchte sie. »Ich sollte Angst haben?« Sie errötete heftig. Vor Wut, so hoffte sie. Spröde warf sie den Kopf zurück. »Wovor sollte ich wohl Angst haben?« Und da er nicht antwortete, sie aber gleichwohl wusste, was er dachte, wuchs ihr Zorn. »Wie könnt Ihr es wagen.« Ihre Stimme war leise geworden und gefährlich. »Wie könnt Ihr Euch anmaßen, ein Urteil zu fällen über Dinge, die nur mich und meinen Gatten etwas angehen.« Sie trat dicht an ihn heran. »Zieht Ihr etwa meine Ehre in Zweifel, Colum? Ihr wart doch dabei.«

Eben, dachte Colum gequält und wand sich. Endlich rettete er sich in ein Räuspern. Sie hatte Recht, es stand ihm nicht zu, in dieser Sache ein Urteil zu fällen. Er war nur ein Knappe. Als er sie wieder anschaute, war sein Blick traurig.

Rowena bemerkte es und fuhr zurück. Sie hatte einen Fehler gemacht, sie begriff es umgehend, und es tat ihr leid. Er war mehr als ein Knappe, er war ein Freund, und sie sollte ihn auch so behandeln. Aber ehe sie noch etwas sagen konnte, war er einen Schritt zurückgetreten. Fort von ihr, in Richtung der Tür.

»Die Gräfin wird all dies entscheiden«, sagte er mit unbewegter Miene.

Rowena sah, wie er zum Schlüssel griff. Er würde gehen und sie einsperren, ein Freund weniger in dieser Burg. Und mit ihm würde ihre letzte Chance verschwinden, hier herauszukommen, und das musste sie unbedingt, nicht nur um ihrer selbst willen. Es ging doch hier nicht nur um sie. Unwillkürlich streckte sie die Arme nach ihm aus.

»Colum«, begann sie, mit vor Dringlichkeit heiserer Stimme. »Colum, und was wäre, wenn ich in der Lage wäre, all unsere Probleme mit einem Schlag zu klären: die Templer, den leidigen Vertrag, alles?«

Misstrauisch schaute Colum sie an. Ihre blassen Wangen waren gerötet wie im Fieber, ihre Augen glänzten. Zweifellos war sie hocherregt. Er wusste nicht, wie er damit umgehen sollte. »Ich …«, begann er. Dann fand er zu seinem alten, unwirschen Selbst zurück. »Und was sollte das sein?«, fragte er. Dabei atmete er innerlich bereits auf. Er hatte beschlossen, dass sie Recht hatte, ganz und gar Recht: Es war Sache ihres Gatten, sich mit diesen ganzen Gefühlen herumzuschlagen. Er würde sich an seine Befehle und ansonsten heraushalten. Und dabei konnte er noch von Glück reden. Nicht alle Frauen waren so einfach zu handhaben wie seine Isolde, die schimpfte, bis man ihr einen Klaps auf den Hintern und dann einen Kuss verpasste. Und die einem dann am Halse hing. Er lächelte unwillkürlich.

Rowena erwiderte spontan dieses Lächeln, das sie völlig missdeuten musste. »Der Schatz, Colum«, rief sie triumphierend und sprudelte los, um ihm ihre Entdeckung mitzuteilen, so mitgerissen von den eigenen Worten, dass sie nur langsam wahrnahm, wie er ablehnend den Kopf schüttelte.

»Mylady«, sagte er tadelnd, als er zu Wort kam. »Nicht schon wieder. Haben wir uns nicht bereits eine Nacht in einem feuchten Loch um die Ohren geschlagen? Und was kam dabei heraus?«

»Ja, aber diesmal …«, begann sie.

Doch der Knappe hörte ihr überhaupt nicht zu. »Das sind doch alles Märchen«, winkte er ab. »Hirngespinste. Ich kann ja verstehen, wie sehr Ihr Euch das wünscht«, fügte er dann einlenkend hinzu, als er ihr entgeistertes Gesicht sah. »Aber so einfach ist es nun einmal nicht.«

Er hob beide Hände, als sie wieder von den Schlangen anfing. Von Schlangen hatte er wahrhaftig genug. Er verschloss seine Ohren, bis Rowena seine erhobenen Hände packte. Erstaunt gewahrte er ihre ineinander verschlungenen Finger, fühlte ihre Energie, die zu ihm floss. »Nein«, stammelte er, »nein, tut das nicht.«

»Ich sagte«, setzte Rowena erneut mit ruhiger, tiefer Stimme an, sich der Lektionen Urdis' wohl erinnernd, »auf der Flutkarte muss irgendwo ein Schlangensymbol sein, bei einem Datum, und ich wette, es ist nicht fern dem heutigen. Ich bitte Euch doch nur, danach Ausschau zu halten.«

Unwillkürlich nickte Colum. Der Klang dieser Stimme, dunkel und weich, schmeichelte seinem Ohr. Alles, alles erschien ihm so vernünftig, so klar. Dann aber riss er sich los.

»Nein«, rief er, ehe Rowena den Mund aufmachte. »Das dürft Ihr nicht. Das ist nicht fair.« Er warf sich herum und schritt zur Tür.

»Wartet«, rief Rowena ihm nach. »Colum, es tut mir leid. Aber Ihr müsst die Karte ansehen, bitte. Was schadet es denn? Colum?« Sie musste die Stimme erheben, um den Knall der Tür zu übertönen. Hart schrammte der Schlüssel im Schloss. »Colum, was habe ich denn für eine Wahl?«

Sie lauschte auf seine Schritte, die sich schnell entfernten. Dann trat sie wieder ans Fenster. Hatte sie vorhin recht gesehen, waren dort Haken im Mauerwerk eingelassen? Sie neigte sich erneut vor, vorsichtiger diesmal, um es zu überprüfen. Und kam zu dem Schluss, dass es möglich sein musste. Wenn sie aus Arvals Laken eine Schlinge knüpfte und damit nach jenem Haken warf, würde sie daran hängend bis zu der schmalen Kante dort unten gelangen. Von dort aus könnte sie zu einem Fenster gelangen und daran ihre Schlinge ein zweites Mal festmachen. Wenn sie sich dann daran hinabließ, würde es fast bis zum ersten Stock reichen. Den Rest musste sie springen. Wenn sie erst einmal dort hinge, gäbe es kein Zurück, hinauf käme sie nicht wieder. Sie konnte nur hoffen, dass ihre Berechnungen stimmten.

Rowena trat zu ihrem Patienten und bat ihn im Stillen um Vergebung, während sie das Laken unter ihm hervorzog und seinen fiebernden Körper auf die blanken Strohsäcke bettete.

Sie blickte sich noch einmal um und beschloss, auch ihren Umhang mit in dem Strick zu verarbeiten. Das würde ihr eine weitere Armlänge einbringen.

Als sie noch einmal ans Fenster trat, um sich zu versichern, dass sie alles richtig eingeschätzt hatte, hörte sie über sich die Schritte der Wachen auf dem Turm. Ein weiterer Punkt, an den sie nicht gedacht hatte. Rowena biss sich auf die Lippen. Sie würde bis zum Einbruch der Dunkelheit warten, beschloss sie dann. Es fiel ihr zwar schwer, überhaupt ruhig zu bleiben, ihr ganzer Körper dürstete danach, etwas zu tun. Aber, so tröstete sie sich, es war notwendig. Und es würde durch das Warten ja kein Schaden entstehen. Das Nest der Schlange, wie sie es bei sich bereits nannte, war jetzt ohnehin von der Flut überspült. Vor morgen früh würde sie dahin nicht vordringen können.

Mit einem tiefen Seufzer setzte sie sich. Warten! Wer hatte nur bestimmt, dass dies der Teil der Frauen sei?

39

Colum hatte sich in die behaglichen Dünste der Burgküche geflüchtet, wo im rötlichen Hell-Dunkel der Kochfeuer Glandys ihres Amtes waltete, schnaufend, schwitzend und die jungen Knechte und Mägde antreibend, die das Pech hatten, ihr zur Hand gehen zu müssen. Über dem Brodeln und Zischen, dem Hacken, Schaben und Klirren erklang ihre energische Kommandostimme. Es war warm hier drinnen. Durch die kleinen, schachtartigen Fenster drang kaum etwas von der Kälte draußen. Das glühende Abendrot, das die kleinen Himmelsvierecke ausfüllte, schien selbst wie von der Glut der Herde entzündet.

Colum hatte es sich auf einer Bank in der Ecke bequem gemacht, einen der mittlerweile überall herumstromernden Welpen auf dem Schoß, der ihm eifrig die Hand leckte, unbekümmert darum, dass der salzige Schweiß, den er so liebte, aus heftiger Sorge geschwitzt wurde.

»Das ist der kleine Racker, den ich für die junge Herrin ausgesucht habe«, bemerkte Rowan, der alte Hundeführer, der hereingekommen war, um sich einen Becher warme Milch zu holen. Er trat heran und ging in die Knie, um dem Welpen die weichen Ohren zu kraulen. Umstandslos ließ er es geschehen, dass der begeisterte Kleine ihm die weißen Tropfen aus dem Bart schlabberte. »Wird ein Prachtkerl«, stellte er zufrieden fest. Der Kleine bohrte ihm die feuchte Nase in den Mundwinkel und jaulte begeistert. Mit seiner rissigen Hand fuhr Rowan ihm über den Kopf. »An dem wird sie viel Freude haben, die Herrin. Ich gönn's ihr von Herzen.«

Erstaunt hob Colum den Kopf und blickte ihn von der Seite an. Seit die Gräfin Rowena in ihrem Gemach hatte einsperren lassen, war ihr Name unter den Dienstboten nicht mehr laut genannt worden. So als hätte es einen Befehl oder eine geheime Verabredung gegeben, die in Ungnade gefallene Schwiegertochter zu ignorieren. Natürlich tuschelte man im Geheimen, darüber war er sich klar. Er hatte sogar selbst die eine oder andere bösartige Bemerkung aufgefangen. Es schien den meisten in der Burg ausgemacht, dass mit der Fremden nichts als Ärger ins Haus gekommen war. *Rothaarig wie eine Hexe*, hatte er eine Magd zischeln hören, die nichts ahnte von dem, was in den Wäldern und an der Küste sonst noch vorging, *das hätte man doch gleich wissen können.* Colum hörte es mit Scham, denn auch er hatte Rowena einst mit demselben Verdacht beleidigt und wusste, wie aufgebracht sie über das Gerede wäre. Auch die Namen zahlreicher edler Fräulein aus dem Norden waren gefallen, die besser zum jungen Herrn gepasst hätten als diese Zugereiste, Dahergelaufene, die niemand hier kannte und brauchte. Dass jemand dagegen gut von Rowena sprach, hätte er nicht erwartet. Colum hatte geglaubt, der Einzige in den Mauern der Burg von Cloagh zu sein, der Sympathien für die junge Frau hegte. Zu seiner Überraschung mischte sich jetzt auch die Köchin ein.

»Wahrhaftig, ein wenig Freude könnte sie brauchen, die Arme. Es ist eine Schande.« Was genau schändlich war, sprach sie nicht aus. Stattdessen rührte sie in einem großen Topf voll zäher Grütze, bis ihr der Schweiß auf die Stirn trat. Sie sprach erst wieder, als sie an den Tisch trat, um den Männern ihre Schüssel vorzusetzen. »Es ist eine Schande«, wiederholte sie und hieb mit heftigen Bewegungen die Grütze aus der Kelle. Dann knallte sie eine große Schale mit Rübengemüse in die Mitte, das in duftender Soße schwamm. »Mehr sag ich nicht.«

Rowan nahm sich eine große Portion und fügte gemütvoll an: »Ist wie mit den Hunden. Ein edles Tier darf man nicht im Zwinger verkommen lassen. Verkümmert sonst. Ja, mein Guter«, tröstete er den Welpen, der auf seinen Schoß gewechselt war, um seinen Teil vom Essen zu ergattern. Mit den blanken Fingern stopfte Rowan ihm Grütze ins Maul, ehe er selbst zum Holzlöffel griff. Die Köchin, wieder ihren Töpfen zugewandt, nickte zu seinen Worten in heftiger Zustimmung.

Colum starrte sie abwechselnd an, während sein Essen vor ihm dampfte. Er öffnete den Mund, stellte jedoch keine weiteren Fragen. Dies waren keine Menschen, mit denen man groß diskutieren konnte. Sie waren nicht geübt darin, ihre Meinungen in mehr als ein paar schlichte Worte zu fassen, und konnten, wenn man nachfragte, oft nicht sagen, warum sie etwas dachten. Aber in ihrem Urteil waren sie sicher, und Colum hatte gelernt, sich auf ihre schlichte Redlichkeit zu verlassen. Wenn sogar diese beiden in der Lage waren, trotz des Verdikts der allseits verehrten Gräfin, Rowena zu schätzen, wieso hatte dann er so an ihr zu zweifeln begonnen, er, der sie doch so viel länger und besser kannte und um ihre Qualitäten wusste?

Er begann, langsam zu essen, begleitet vom Schimpfen der Köchin und dem Schlabbern des Hundes sowie Rowans behaglichen Rülpsern, während die einzelnen Bilder seines Streits mit Rowena vor seinem inneren Auge vorbeizogen. Noch immer verwirrte ihn die Szene, aber, so sagte er sich nun, hatte sie es wahrhaftig verdient, dass er sich so von ihr abgewandt, ihr nicht einmal mehr zugehört hatte? Wiederum hörte er, was sie atemlos über ihre Entdeckung vorgetragen hatte und was er vorhin nicht aufnehmen wollte.

Er schob die Schale von sich. Sofort hatte der Hund die Schnauze darin. Colum quittierte es nicht einmal mit einem Grunzen. Denn ihm war etwas eingefallen. Er brauchte gar nicht seine reichlich verwirrten Gefühle zu erforschen, er musste keine Entscheidung fällen, Rowenas Motive nicht hinterfragen. Es gab eine ganz einfache Möglichkeit, herauszufinden, ob sie die Wahrheit gesagt hatte oder nicht. Er konnte sich versichern, ehe er handelte. Die Flutkarte! Bei dem Gedanken stand er auf. Er brauchte lediglich die Karte einzusehen und nach dem Schlangenmotiv Ausschau zu halten. Unwillkürlich ballte er die Faust. Wenn es da wäre, dieses Symbol, dann hätte ihre Vermutung eine Grundlage, sagte er sich und leistete sich selbst gegenüber den Eid, ihr in diesem Fall zu Hilfe zu kommen. Sollte es diesen Schatz geben, würde er sich selbst aufmachen, ihn mit ihr zu finden. Nicht auszudenken, was dies für sie alle bedeuten könnte.

Colums Gesicht rötete sich bei dem Gedanken daran, wie der Graf die Templer auszahlen und von seinem Grund weisen würde, wie die Gemeinde des Seevolkes, das sich nun verborgen hielt, neu erstünde, wie seine Herrschaft einander strahlend anblickte, versöhnt mit der Welt und miteinander. Denn ja, auch in diese Richtung wanderten seine Gedanken, nicht wissend, dass sie sich darin mit Rowenas Hoffnungen so innig trafen.

»Isst du das noch?«

Es dauerte einen Moment, bis Colum registrierte, dass

Rowan auf seine Schale wies. Mit einem unverständlichen Brummen schob er dem Mann die Reste zu, die der Hund gelassen hatte. Der machte sich wohlgemut darüber her. »Ich muss noch einmal los …«, erklärte Colum.

Kopfschüttelnd blickten Köchin und Hundeführer ihm nach. »Er hat Sorgen«, stellte Glandys fest. Ein Mann, der nicht aß, stand auf ihrer Skala der Unglücksfälle ganz obenan.

Rowan nickte. »Ist ganz wie bei den Hunden, weißt du? Wenn sie Kummer haben, kannst du ihnen den Napf neben die Schnauze stellen. Sie rühren den nicht an.« Er seufzte und lächelte dann, glücklich, dass es seinem kleinen Liebling nicht so erging.

Colum dagegen wurde es wieder unwohl zumute, kaum war er der Wärme der Küche entflohen. Sein Entschluss stand fest, aber zusammen mit den Schatten in den spärlich beleuchteten Gängen wuchs seine Beunruhigung über die Konsequenzen seines Vorhabens. Unwillkürlich trat er leise auf. Und schämte sich dafür. So weit war es schon gekommen: dass er seine eigene Herrschaft beschlich.

Aber es gab keine andere Möglichkeit. Er wusste es nur zu gut. Die Gezeitenkarte ruhte wohlverwahrt im Zimmer des Grafen, das stets verschlossen war, wenn keine Geschäfte anstanden, zusammen mit all den Dokumenten, auf denen der Ruf und Reichtum derer von Cloagh beruhte. Die Gräfin würde es ihm niemals gestatten, dort ohne einen triftigen Grund hineinzuspazieren, um sie in Augenschein zu nehmen. Und wenn er ihr seinen Beweggrund nannte, würde sie es ihm erst recht verbieten, das wusste er. Er konnte förmlich die kühlen Worte hören, mit denen sie das Ansinnen von sich weisen würde.

Aber er schuldete Rowena diese Chance, sich zu beweisen. Denn die Gräfin würde sie ihr in keinem Falle gönnen. Was das betraf, hatte Rowena Recht, das musste er sich eingestehen, während in seinem Ohr noch immer die lautlose Stimme der Gräfin sprach, fein, vernünftig und mit leisem Spott. Das Verhältnis der beiden Frauen war von Anfang an getrübt gewesen, die Aufnahme, die die junge Frau erfahren hatte, alles andere als unvoreingenommen. Colum hatte es lange nicht wahrhaben wollen. Es war schwer, von einer Frau, die einem stets so makellos erschienen war, zu glauben, dass sie derartige Fehler überhaupt machen konnte.

»Wir sind alle fehlbar«, murmelte er und suchte damit auch das ungute Gefühl zu beruhigen, das ihn befiel, als er begann, das Schloss an der Tür seines Herrn aufzubrechen. Ein rascher Blick nach links und rechts den Korridor hinunter, dann schob er die geschändete Tür auf und trat ein. Um ihn herum war es finster, denn die Abende waren kurz um diese Jahreszeit. Nur ein wenig letzte Röte trieb in den trüben Scheiben. Colum blieb reglos, mit dem Rücken an die Tür gelehnt stehen, bis seine Augen sich an die Dunkelheit gewöhnt hatten. Er kannte dieses Zimmer so gut, so viele Stunden hatte er hier an der Seite seines Herrn zugebracht, die Pächter hereinbegleitet, die Truhen geöffnet, dem Grafen Feder und Tinte zugereicht. Er hätte seinen Weg blind finden können. Aber mit der Zeit traten die Umrisse der wenigen Möbel einigermaßen deutlich zutage, klar genug, dass er seinen Weg zwischen ihnen fand, ohne ein einziges Mal anzustoßen. Rasch war er bei der Truhe, die das Kästchen beherbergte, ein kostbares Stück, wie er wusste, das schon seit vielen Generationen in der Familie weitergegeben wurde. Genauso wie ihr Inhalt. Ihr Schloss war ihm kein Hindernis, wusste er doch, in welchem Hohlraum unter einem Bodenbrett der zweite Schlüssel aufbewahrt wurde. Genauso wenig hielt ihn der geheime Mechanismus, der ihm vertraut war, eine Fingerspielerei, die mit Feingefühl ausgeführt werden wollte. Er hatte lange Übung darin. Es war nicht das erste Mal, dass er diesen Schatz in Händen hielt.

Aber zum ersten Mal war er damit alleine, und zum ersten Mal klopfte sein Herz dabei so heftig. Er fuhr herum, als sich die Tür hinter ihm knarrend bewegte. Das Quietschen ging ihm durch Mark und Bein, und ihm schien, als müsse die ganze Burg es vernehmen. Aber alles blieb still. Keine Schritte, kein verräterisches Rascheln, kein Atmen. Es musste ein Luftzug gewesen sein, er glaubte ihn nun auch auf seiner Haut zu spüren, oder war das ein Schauer des Erschreckens? Der Türflügel schlug noch einmal hin und her und blieb schließlich leicht geöffnet mit einem letzten lang gezogenen Knarzen stehen. Durch die Ritze fiel Licht vom Gang herein. Colum überlegte, ob er umkehren und die Tür fest verschließen sollte. Dann aber beschloss er, dass ihm der Lichtschein gerade zupasskam. So würde er keine eigene Flamme entfachen müssen, um das Dokument in Augenschein zu nehmen.

Er neigte sich wieder über die Kassette. Gewiss hatte er stets gewusst, dass es ein Muster aus Schlangen war, das die Schatulle verzierte. Waren es doch auch die Wappentiere der Cloagh. Aber heute kam ihm dieser Umstand bedeutsam vor. Im geringen, unsteten Licht, das hereinfiel, fuhr er mit dem Finger die metallenen Leiber entlang. Ihre Augen, so bemerkte er, funkelten auf, wenn er sie aus einem bestimmten Winkel betrachtete. Er betastete sie mit seinen dicken, schrundigen Fingern und glaubte zwei Steine zu spüren, die dort eingesetzt waren. Wahrhaftig, die hatte er nie zuvor bemerkt. Und doch schien es ihm jetzt, als glömme darin eine dunkelblaue Flamme, ähnlich der in den Augen seiner Herren. Ob es Saphire waren? Colum schien all dies eine gute Vorbedeutung zu sein.

Er öffnete das Kästchen und starrte auf die Pergamentrolle, die darin lag. Vorsichtig stellte er alles auf dem Schreibtisch ab. Man musste das alte Pergament sorgsam herausheben, mit zwei Händen, an beiden Seiten zugleich, und es ohne Hektik, ohne Zerren und Reißen mit einer gleichmäßigen Bewegung ausbreiten. Es gelang ihm nicht so gut, wie er es sich gewünscht hätte. Colum geriet ins Schwitzen und fluchte leise. Das Pergament raschelte. Unsicher fuhr Colum herum. Hatte er einen Laut gehört, oder war es nur das Knirschen des Staubes unter seinen eigenen Füßen gewesen? Er zwang sich, langsamer zu atmen und seine Aufregung unter Kontrolle zu bringen.

Er tat nichts Verbotenes, sagte er sich selbst ein ums andere Mal. Er konsultierte die Gezeitenkarte, genau so, wie er das unter den Augen seines Herrn schon viele Male getan hatte. Er hatte ja nicht vor, sie zu entwenden oder das kostbare Wissen an Dritte weiterzugeben. Nur nach der Schlange wollte er sehen, die Rowena vorhergesagt hatte. Schweißperlen standen ihm auf der Stirn, als er mit feuchten Fingern erneut nach dem Dokument griff. Es war doch zu dumm, so oft schon hatte er die fein gezeichneten, mit winzigen Zahlen ausgefüllten Tabellen vor Augen gehabt. Er erinnerte sich gut an die Zeichnungen, die hier und da die Aufstellungen auflockerten, an die Meerjungfrau beispielsweise, die sich um eine Minuskel räkelte, an die Fischschwärme, die anzeigten, wann die Thunfische, wann die Aale vor der Küste auftauchten, an die springenden Delfine und blasenden Engelsköpfe und an die Dreizack schwingenden Meergötter mit ornamentierten Bärten. Ob allerdings eine Schlange dabei war, hätte er nicht mit Sicherheit sagen können. Und die Position der einzelnen Bilder hatte er sich ebenso wenig gemerkt. Seltsam war das mit den Dingen, die man regelmäßig sah. Colum nahm einen tiefen Atemzug. Dann drehte er sich so, dass der Lichtstrahl von der Tür her auf das Pergament fiel. Seine Augen wurden groß, und die struppigen Brauen wanderten nach oben. Er öffnete den Mund zu einem Überraschungslaut. Da fiel die Tür mit einem endgültigen Klappen ins Schloss. Es wurde finster um Colum. Und der Ruf blieb ihm in der Kehle stecken, als der Schlag auf seinen Kopf herabfuhr und ihn niederstreckte. Mit schwerem Poltern ging der Leib des Knappen zu Boden.

Eine Weile war nichts zu hören als leiser, hastiger Atem. Der dort den Krieger attackiert hatte, schien solche Übungen nicht gewöhnt zu sein. Schließlich fing er sich. Dann raschelten Kleider. Als der heimliche Besucher die Tür erneut einen Spalt breit öffnete, um wieder hinauszuschlüpfen, fiel Licht auf die ausgestreckten Beine Colums unter dem Tisch. Ein Schuh lag verwaist neben dem nackten Fuß mit den schmutzigen Zehen, die nun für alle sichtbar waren; er rührte sich nicht mehr. Der Angreifer wandte sich ab, zog die Tür ins Schloss und sperrte mit einer energischen Bewegung ab, ehe seine Schritte im Gang verhallten.

40

Mit verschränkten Armen stapfte Nyssa durch den Schlick. Ihr vollgesogener Kleidersaum schlug ihr schwer und kalt gegen die Knöchel. Sie fröstelte und hielt den Blick fest auf ihr Ziel gelenkt, die Gezeiteninsel, die im Moment nur von wenigen glitzernden Bändern umgeben war, die das Mädchen geübt übersprang. Sie hatte keinen Blick für die eleganten Bewegungen des Tanges, der sich darin im Sog einer noch unsichtbaren Strömung entfächerte. Sie beachtete weder die schillernden Leiber der Fische, die ungeduldig darauf warteten, ihrem Gefängnis auf Zeit wieder zu entkommen, noch das eifrige Treiben der vielen Krabben, die herausgekommen waren, um mit ihren Zangen die Steine abzuweiden, während sie den Vögeln auswichen, die in großer Zahl über ihnen kreisten oder mit langsamen, würdevollen Bewegungen im Matsch umherstakten. Wenn Nyssa ihnen nahe kam, wichen sie in aller Ruhe nur wenige Schritte beiseite, hier und da hätte sie einen der Reiher berühren können, wenn sie es gewollt hätte.

Nyssa war es gewohnt. Ihr fiel das Ungewöhnliche im Verhalten der Tiere ihr gegenüber nicht auf. Lebten denn nicht alle Geschöpfe friedlich nebeneinander? Unwillkürlich sang sie das Lied vom Reiher und der Wolke, summte es leise ohne Text vor sich hin und wurde wieder durchströmt von der wärmenden Harmonie der Lebewesen an der Küste. Mit ihrem wehenden, hellblauen Umhang bewegte sie sich wie ein weiterer eleganter Vogel in dem großen Schwarm.

Doch es gab Lebewesen, die sich nicht in diese Eintracht fügten. Nyssa seufzte, denn ihre Gedanken weilten bei nichts anderem. Die fremden Ritter hatten in den letzten Tagen die ganze Gegend durchkämmt und die Bauern in Angst und Schrecken versetzt. Es war offensichtlich, dass sie nach etwas suchten. Sie erkundeten nicht nur ihre neue Heimat, nein, sie hatten ein bestimmtes Ziel, weder Nyssa noch einer ihrer Gefährten zweifelten mehr daran. Sie suchten das Alte Volk, und über ihre Absichten brauchte man nicht lange zu rätseln. Es war ein Wunder, dass sie den verborgenen Wald noch nicht aufgesucht hatten, oder nein, kein Wunder, so konnte es nur jemandem erscheinen, der nicht wusste, dass Biran und die Ältesten Tag und Nacht im Kreis der Steine hockten und alles taten, die Gedanken von jedermann, der sich ihrer Zuflucht näherte, in unverfängliche Richtungen abzulenken.

Wie oft schon war einer der gepanzerten Reiter ihrem Versteck nahe gewesen. Aber schon am Waldrand war ihm irgendwie in den Sinn gekommen, dass er in dieser Richtung nicht weiterreiten müsse, ja, er hatte regelrecht vergessen, dass es für seine Suche die Möglichkeit gab, sich in diese Richtung zu bewegen, es war, als wäre der Wald nicht vorhanden, unsichtbar, undenkbar sogar. Keiner von ihnen, der ins Lager zu seinen Kameraden zurückritt, wäre in der Lage gewesen, die Schlucht mit dem Wäldchen auch nur zu erwähnen. Aber so würde es nicht bleiben können. Sich so zu verbergen kostete alle viel Kraft.

Und ihr Vater verzichtete selbst auf diesen letzten Schutz. Nyssa hielt inne, als sie nahe genug war, um den Hügel zu erkennen, an den sich Erocs Einsiedelei schmiegte. Es war ihr, als hätte sie dort eine Bewegung gesehen. Umso besser, sagte sie sich und nahm ihren Marsch wieder auf. Wenn er zu Hause war, würde er ihr zuhören müssen. Sie war es leid, ihm sein Essen hierherzubringen, sich jede Nacht um ihn zu sorgen und die Fragen der anderen nicht beantworten zu können, die wissen wollten, wo Eroc denn bleibe und warum er nicht zu ihnen stoße.

Sie wusste es doch selbst nicht zu sagen. Ihr Vater war seit jeher ein Dickkopf, und sie war es gewohnt, sich seinen Launen unterzuordnen. Heute aber, so hatte sie sich vorgenommen, würde sie mit ihm sprechen, würde ihm Vorhaltungen machen, ihn anflehen, wenn nötig. Sie brauchten ihn dort drüben. Er gab ihnen die Gewissheit, das Rechte zu tun. Mehr noch als Biran verkörperte er trotz seiner Eigenheiten die Einheit ihrer Gemeinschaft. Er war der Bewahrer, der alte Sänger all ihrer Lieder, er war ihr Gedächtnis. Sie konnten nicht ohne ihn sein.

Nyssa beschleunigte ihre Schritte. Bald hatte sie den festen Stein der Insel unter ihren Füßen. Beherzt griff sie nach den Felsen, um den Aufstieg zu bewältigen. Ihre Finger krallten sich in feuchtes, fettes Moos und graue Flechten. Es duftete nach Schaf und Erde unter ihren Händen. Unwillig wischte sie sich die Fingerkuppen an ihrem Kleid ab. Was fand ihr Vater nur auf dieser Insel? Sie war nicht ihre Heimat, das spürte selbst sie, die hier geboren war, eines der letzten Kinder des Stammes. Die ganze Küste hatte ihnen einst gehört, die fruchtbaren Ebenen dahinter wie die salzigen Buchten. Sie waren mächtig gewesen, das konnte sie fühlen. Sie hatten die Steine dieses Landes bewegt, seine Knochen und sein Fleisch. Hatten ihre Spuren tief hineingegraben.

Auch in ihrem Blut war da ein vager, noch unerlauschter Gesang, etwas, das sie lockte, ihre Flügel auszubreiten und sich in das Blau zu stürzen, das sich weit über das Meer erhob. Aber es war nur eine Ahnung, schwächer noch als ein kaum erinnerter Traum, ohne Worte, ohne Handlung und ohne ein Ziel. Wenn auch ein anderer ihn träumte, so konnten sie einander nichts darüber sagen, alles blieb ungreifbar, am Ende wortlos, und mit einem Achselzucken starrte man aneinander vorbei ins Feuer.

Nyssa wusste nur eines: Dieser Stein hier war ihre Heimat nicht. Und es war an der Zeit, dass Eroc ihn aufgab.

Sie war so vertieft in die Ansprache, die sie ihm zu halten gedachte, dass sie im ersten Moment gar nicht begriff, was sie da hörte. Dann aber hielt sie inne: Stimmen, dort vorne waren Männerstimmen. Eroc war also nicht alleine.

Einen Moment lang hoffte sie, Auled hätte den Weg am frühen Morgen schon auf sich genommen, und ihr Herz schlug ein wenig schneller. Dann verwies sie sich den Gedanken. Auled würde niemals freiwillig mit ihrem Vater sprechen. Nicht, nachdem der ihn so oft vor allen bloßgestellt hatte mit seinen ewigen Vorwürfen. Auled war ein guter Weber und – sie schluckte – ein guter Mann. Was ihr Vater verlangte, war einfach unlösbar. Keiner hatte das Große Lied finden können, keiner vor ihm in der Ahnenreihe und nicht einmal Eroc selbst. Und das würde er auch nicht, dachte Nyssa in einem Moment trotzigen Aufbegehrens. Selbst wenn er bis auf den Grund des Meeres tauchte.

Nein, Auled konnte es nicht sein. Schon deshalb nicht, weil sie seine Stimme unter tausenden erkannt hätte. Nyssa hielt inne und bezähmte ihren nach dem Aufstieg heftiger gehenden Atem. Es war nicht Auled, den sie da hörte, aber auch niemand sonst, der ihr bekannt war. Eine fremde Männerstimme sprach da mit ihrem Vater, eine, die ihr eine Gänsehaut über die Arme trieb, noch ehe sie die einzelnen Worte verstehen konnte. Eine harte, befehlsgewohnte Stimme, die lauerte, sogar lächelte, aber voller Boshaftigkeit. Gewalt, dachte sie, Gewalt und Zorn, das ist es, was den Sprecher ausmacht. Vor Nyssas Augen stand das Gesicht dazu, lange ehe sie es erblickte.

Sie duckte sich und kroch, dicht in das kurze Gras geschmiegt, bis zum Gipfel des Hügels, an dessen Fuß sich ihres Vaters Klause befand. Von hier oben konnte sie unbemerkt die beiden Männer beobachten. Sie hatte es erwartet, dennoch zog es ihr das Herz zusammen, als sie den Umhang Boisgilberts erblickte. Der Templer, so hatte die Hüterin den Mann genannt. Sie hatte es wohl gehört und verstanden, obwohl sie glaubte, dass der dort unten zu niemandem gehörte, keinem Orden und keinem Gott, und dass er nur sich selbst gehorchte und der Wut, die in ihm war und wuchs und wuchs mit jedem Tag. Niemand, dachte Nyssa, nicht Gott und nicht die Welt könnten diesen Krieger besänftigen. Er wollte zu viel, verlangte gierig nach allem. Vielleicht, dachte sie, weil er zu viel in sich vermisste? Oder was konnte diesen Menschen so gekränkt haben?

Sie verstand den Fremden nicht, aber das ging Nyssa mit vielen der *anderen* so. Stets trieb sie etwas, blind rannten sie herum. Sie hatte es sich abgewöhnt, darüber nachzugrübeln, als ihr eingefallen war, dass dies ein Zug war, den Eroc mit ihnen zu teilen begann. Diese Erkenntnis hatte sie erschreckt; sie schien ihr unpassend. Auch wollte sie den Vater nicht als so fremd empfinden. Und war sie selbst in ihrer unerfüllten Liebe zu Auled nicht ebenso blind und hilflos? In derartigen Gedanken verfangen, die unwillkürlich in ihr hochkamen, als sie die beiden Männer sah, brauchte sie eine Weile, bis sie sich auf das konzentrieren konnte, was dort unten beredet wurde.

Boisgilbert, so viel verstand sie, sprach von der Zukunft, von der Macht des Klosters, und wie es viele Menschen aus aller Welt anziehen würde als ein neuer Hort des Glaubens und der Macht Gottes. Es würde ausstrahlen, so versprach er mit ausholenden Bewegungen, die die Kraft dieser Anziehung demonstrieren sollten, auf das Land und selbst über die See und zum Zentrum von etwas ganz Neuem werden.

Sie schauderte bei dem Gedanken, denn sie konnte sich weder vorstellen, dass ihr eigenes Volk in dieser neuen Welt willkommen wäre, noch, dass selbst die, die hier aufgenommen würden, in Milde und Freundlichkeit miteinander leben würden. Biran sagte, sie hätten Urdis getötet und Arval gefoltert, weil sie nach Schätzen gierten. Der Hüter war in Aufruhr, da sie sein Land verlangten. Nach was würde es sie künftig noch gelüsten, und wie würden sie mit denjenigen umgehen, die ihnen im Wege stünden?

»Ich werde Euch hinführen«, hörte Nyssa eine andere Stimme sagen. Es war die ihres Vaters, sie musste es sein, sie kannte sie ja auch gut. Und doch war es unmöglich. Sie musste sich verhört haben, das ergab keinen Sinn. Bestimmt war es der Wind, der die Bedeutung entstellte, die Schreie der Möwen, die zwischen die Sätze fuhren und ihren Zusammenhang gellend zerrissen. Weder dies noch alles Weitere, das sie vernahm, konnte so gesagt worden sein, noch viel weniger gemeint. Sie täuschte sich, bestimmt. Es konnte nicht anders sein.

Als der Templer endlich fort war, hielt Nyssa es keinen Augenblick länger in ihrem Versteck. Sie sprang auf und hastete den Abhang hinab, rannte ihrem Vater förmlich in die Arme. Und doch fühlte ihr ganzer Körper sich seltsam fremd an, fast so, als gehörte er ihr nicht. Dazu war alles, was geschah, viel zu unwirklich. Die Furcht hatte ihre Beine taub und steif gemacht. Selbst ihre Stimme klang, als käme sie nicht von ihr selbst, spröde und hohl, wie die einer völlig Fremden.

»Was hast du vor, Vater?«, fragte sie, um Atem ringend, und fügte, ohne eine Antwort abzuwarten, heftig hinzu: »Wie kannst du nur!« Sie hörte, wie hoch sie in der Aufregung sprach, und hasste sich dafür fast ebenso sehr wie ihn. Nyssa ballte die Hände, mit denen sie sich an seiner Brust abgestützt hatte, um den Aufprall ihrer plötzlichen Ankunft abzubremsen, zu Fäusten, die sein Gewand zerknüllten. »Was soll das alles?«, presste sie heraus.

Mühelos nahm ihr Vater sie bei den Handgelenken und hielt sie ein Stück von sich. Er musterte mit einem raschen Seitenblick den Hügel, schätzte wohl ab, wo sie sich verborgen und wie viel sie gehört haben mochte.

Nyssa bemerkte es und verzog angeekelt den Mund. »Ja, ich habe zugehört«, fauchte sie. »Aber ich begreife es nicht. Vater?«, bettelte sie. Noch immer wollte sie es nicht wahrhaben, sehnte sich nach einer Erklärung, die all dies im alten, friedlichen Licht erscheinen ließe. Sie spürte heiße Tränen in ihren Augen, aber sie wollten nicht rinnen. Nyssa schluckte hart.

Ihr Vater musterte sie kurz, dann stieß er sie von sich. Immerhin wich er ihrem Blick aus, als er zu sprechen begann. »Nein, du kannst das nicht verstehen«, sagte er. »Natürlich nicht.« Er spuckte die Worte förmlich aus. Nyssa senkte den Kopf. Aufgeregt schritt ihr Vater auf und ab. »Du hast dich hier eingerichtet, so wie all die anderen. Denkst nur an Heim und Heirat. Keiner kümmert sich mehr um das, was unsere Aufgabe ist.« Er blieb stehen und starrte einen Moment vor sich hin.

Nyssa ergriff die Gelegenheit, um etwas einzuwerfen, aber er fuhr ihr sofort dazwischen. »Unsere Heimkehr«, donnerte er. »Das ist es, wonach wir streben müssen. Das Große Lied, der Erste Gesang.«

Als er sah, wie seine Tochter das Gesicht verzog, hob er die geballte Faust. »Nicht einmal mehr hören wollt ihr es, ihr alle.« Er blickte erbittert zum Festland hinüber.

»Aber Vater, es ist verschollen, so viele Jahrhunderte schon. Vielleicht ist es nicht mehr als ein Mythos, und …«

»Ein Mythos!« Mehr Verachtung konnte man nicht in zwei Worte legen. »Es ist das Herz unseres Daseins. Wenn wir es je vergessen, sind wir tot. Tot, Nyssa, verstehst du das?« Heftig packte er die junge Frau an den Schultern und schüttelte sie.

»Tot werden wir sein, wenn du diesen Mördern den Weg zu unserem Versteck zeigst.« Es kostete Nyssa all ihre Kraft, dies auszusprechen, trotz der Wut, die in ihr loderte, trotz der Ungeduld angesichts der ewig gleichen, alten Litanei. Zu schmerzhaft war es, ihrem Vater diesen ungeheuerlichen

Vorwurf machen zu müssen. Und noch immer hoffte sie, er würde ihn zurückweisen, sich darüber empören, sie an sich drücken und ihr versichern, dass alles ganz, ganz anders sei. Hilflos drückte sie die Stirn gegen seine Brust, selbst unsicher, ob sie sich an ihn schmiegen oder ihm Schmerz zufügen wollte.

Aber Eroc wurde nicht wütend, er schämte sich nicht, und er brachte auch keine Entschuldigung vor. Sein Gesicht glühte im Gegenteil vor Eifer, als er sie von sich schob und ihr eindringlich ins Gesicht sah, damit sie auch verstand, was er ihr mitteilen wollte. »Sie werden uns nützen, diese Ritter. Niemals hätten Biran und die Alten es über sich gebracht, auf die Große Reise zu gehen, die uns aufgegeben ist. Nie, hörst du mich? Aber nun werden sie müssen. Wenn die Templer erst am Saum des Waldes stehen, dann müssen sie gehen. Dann gibt es hier keinen Platz mehr für uns, kein erniedrigendes Versteck und keinen Zipfel armseliges Geröll, an den wir uns noch klammern könnten. Wir werden aufbrechen, Nyssa, weil wir müssen.« Er ließ sie los und straffte sich. Stolz schloss er: »Ich zwinge sie dazu.«

Als er ihr entgeistertes Gesicht sah, fuhr er rasch fort. »Natürlich habe ich dafür gesorgt, dass die Boote bereitliegen. Seit wir nicht mehr fischen können, liegen sie gut verborgen. Ich habe sie auch mit Vorräten versehen. Die Flucht will gut vorbereitet sein, das werde ich alles in die Hand nehmen. Ich selbst werde die Unseren zum Strand führen und ihnen die Ruder überreichen.«

»Und wo sollen wir hin?«, fragte Nyssa entsetzt.

»Nach Hause!« Einladend breitete Eroc die Arme aus.

Nyssa schüttelte den Kopf. Und wo sollte das sein?, wollte sie fragen. Wie würden sie den Weg dahin finden, ohne Karte, ohne Lied? Und was sollte das überhaupt sein, ein Zuhause, das ihr ganzes Volk seit Tausenden von Jahren nicht gesehen hatte! »Du bist ja wahnsinnig«, rutschte es ihr heraus. Sie hatte kaum mehr als geflüstert, aber noch ehe sie Atem holen konnte, war Erocs Hand bereits niedergesaust und hatte ihr eine Ohrfeige verpasst, die sie ins Taumeln brachte.

Langsam fasste Nyssa nach ihrer Wange. Sie schmeckte Blut auf ihrer Lippe und sog daran. »Das kannst du nicht tun«, sagte sie.

»Ich muss es tun, Kind.« In Erocs Stimme schwang nicht der Hauch eines Zweifels mit. Weder über seine Aufgabe noch daran, dass Nyssa ihm letztlich zustimmen und sich fügen würde. So wie immer.

Erbittert hob sie den Kopf. »Das werde ich nicht zulassen.«

War es das Blut an ihrem Mund oder der glühende Zorn in ihrem Blick? Etwas an der Art, wie sie gesprochen hatte, ließ Eroc einen schnellen Entschluss fassen. Er trat auf seine Tochter zu, packte sie an der Schulter und schob sie vor sich her auf seine Einsiedelei zu. »Das wiederum«, sagte er, »kann ich nicht erlauben.« Er schubste sie durch die Pforte.

Jetzt erst kam das verblüffte Mädchen zu sich und begann sich zu wehren. Sie krallte sich am Rahmen der Tür fest und stemmte die Füße in den Boden, willens, sich nicht von ihm dort hineindrängen zu lassen. »Das«, keuchte sie, »wirst … du … nicht.«

Erocs Antwort war ein unverständliches Ächzen, während er in dem sich anschließenden Handgemenge versuchte, ihre Arme zu fassen zu kriegen.

Nyssa rang mit lang aufgestauter Erbitterung gegen ihren Vater. Aber als sie endlich freikam und die Hand zum Schlag in sein Gesicht erhob, da erstarrte sie für einen Moment, erschrocken über das, was sie da vorhatte. Eroc, den weniger Skrupel plagten, nutzte die Gelegenheit und versetzte ihr einen heftigen Stoß. Sie taumelte rückwärts und schlug mit der Hüfte schmerzhaft gegen ein Mäuerchen. Als sie hinter sich griff, um sich abzustützen, ertastete sie feuchte, halbrund gemauerte Steine. Zu spät begriff sie, dass sie am Rand eines alten Brunnens stand. Als ihr Vater auf sie zukam, konnte sie nur entsetzt die Augen aufreißen. Im allerletzten Moment, ehe er sie hinunterstieß, konnte sie tatsächlich so etwas wie Bedauern in seinem Blick entdecken.

Nyssa schrie auf und fiel. Sie hörte ihre eigene Stimme von den Wänden des engen Schachtes widerhallen. Dann prallte sie auf, und es wurde schwarz vor ihren Augen. Noch ehe sie wieder etwas sah, noch ehe der Schmerz in ihrem Rücken in ihr Bewusstsein drang, hörte sie ihren Vater hoch über sich rufen: »Ich bin vor der Flut zurück.«

Dann war alles still, nur mehr das Tropfen des Wassers auf den Steinen war zu hören, dazu das Rauschen des Meeres, fern, fern von diesem dunklen Ort.

Nyssa tastete über den Grund, der mit Wasser bedeckt war, und versuchte, sich hochzustemmen. Ihr schwindelte, in ihrem Kopf tanzten wilde Echos ihren unverständlichen Reigen. Was, dachte sie und fasste sich an ihren dröhnenden Kopf, meinte er mit *Flut*?

41

William von Gentford war mit großem Respekt aufgenommen worden im Stammsitz derer von Cloagh. Die Stallknechte rissen sich darum, seine Zügel zu übernehmen, um das Pferd zu versorgen, die Lakaien verneigten sich bis zum Boden und beeilten sich, ihm den kürzesten Weg zu ihrem Herrn Connor zu weisen. Auch über dessen Gesicht ging so etwas wie ein Leuchten, als er den unerwarteten Gast sah. Rasch aber verdüsterte sich seine Miene wieder. Man hatte nicht vereinbart, einander so rasch wieder zu treffen, das Erscheinen des Templers konnte daher nichts allzu Gutes bedeuten. Auch hatte er selbst einige unerfreuliche Neuigkeiten. Des Grafen Blick suchte den des Neuankömmlings zu meiden, als er ihm eröffnete, was er zu sagen hatte: »Er weiß alles.«

»Er weiß alles?« Gentford brauchte ein wenig Zeit, die

kryptische Nachricht zu begreifen, die ihm da entgegengeschleudert wurde. Er runzelte die Stirn. »Wer?«, fragte er, als er alles bedacht hatte.

»Der Sohn.« Der alte Graf sprach scharf, verärgert über die unnötige Frage. »Aber das ist so gut, als wüsste es der Vater ebenso. Mein Bruder weiß Bescheid über den … über den …« Seine Stimme stockte.

»Den Vertrag«, half Gentford ihm, der sich wieder gefangen hatte. Sein Ton war nicht ohne Süffisanz. Hatte der Alte doch tatsächlich so etwas wie Gewissensbisse, dachte er. Mag das Wort Verrat nicht aussprechen. Schau einer an. Nun, das war sein Problem, nicht das ihre. Sie hatten einen Handel miteinander, den es einzuhalten galt. Daher fügte er zuckersüß hinzu: »Und was tut das?« Einladend hob er die Hände.

»Für Euch mag das keinen Unterschied machen«, gab der Graf herrisch zurück. Er wandte sich ab und starrte aus dem Fenster in den Hof. »Für mich ist das anders.«

Gentford räusperte sich. »Euer Bruder weiß es also«, begann er. »Das ist kein Schaden, solange es niemand anderes erfährt. Und mit Verlaub, er mag Euer Bruder sein. Aber waren wir uns nicht einig, dass er ein Ketzer ist? Und das mit seiner Ketzerei ein für alle Mal Schluss sein muss, Schluss zu seinem eigenen Besten?« Er war nahe an den alten Grafen herangetreten und sprach über seine Schulter.

»Und zum Besten der Seinen«, erwiderte Connor of Cloagh nach einer Weile leise. »Aber dass es so geschehen muss …«

»Wie auch immer.« Gentford war wieder in den Raum hineingeschritten, zog seine Handschuhe aus und schlug sie sich über den Unterarm, so seine Aussage skandierend. »Es gilt, den nächsten Schritt zu tun. Wir können jetzt nicht zurückstecken. Mein Meister fordert die Männer, die Ihr ihm versprochen habt.«

Connor fuhr herum. »Ich habe ihm gar nichts versprochen«, widersprach er. »Boisgilbert versicherte mir, es würde nicht nötig werden, dass ich selbst eingreife.«

Ungeduldig spitzte Gentford die Lippen, als wollte er pfeifen, während er sich angelegentlich auf den Zehenspitzen wiegte. Endlich blickte er den Grafen voll an und grinste. »Jetzt ist es aber doch nötig geworden«, stellte er fest. »Boisgilbert braucht Eure Unterstützung, und die habt Ihr zugesagt, rückhaltlos.« Auffordernd hob er die Brauen.

»Ich ...« Der Graf verstummte. Er konnte es nicht leugnen, dennoch war ihm alles andere als wohl bei der Sache. Bislang hatte er sich mit der Hoffnung gerettet, es käme, wie Boisgilbert es ausgemalt hatte: Er könnte im Hintergrund bleiben und müsste nicht aktiv in das Geschehen eingreifen. Cloaghs würden nicht gegen Cloaghs die Waffe erheben. Allein der Gedanke drehte ihm den Magen um. Versprochen allerdings, dass es so sein würde, hatte ihm in der Tat niemand. Darin musste er Gentford Recht geben. Es waren seine eigenen Hoffnungen, die ihm dies vorgegaukelt ... Nein, regte sich sein Widerspruchsgeist, mit denen Boisgilbert geschickt gespielt hatte. Dem Alten trat der Schweiß auf die Stirn. War er damals ein Narr, oder war er nun einer, da ihm Bedenken kamen?

Wohl war er sich bewusst, dass Gentfords Blicke ihm mit aufreizender Gelassenheit folgten, während er begann, auf und ab zu gehen. Unwillkürlich straffte er sich. Er fühlte sich gedrängt zu fragen, was das denn für ein Notfall sei, hielt sich jedoch zurück. Er wollte weder als Zauderer erscheinen noch als Feigling.

Gentford, der nur zu gut begriff, was in dem Alten vorging, betrachtete ihn mitleidlos. Er tat den Teufel zuzugeben, dass der vermeintliche Notfall keiner war, dass Boisgilbert es vielmehr von Anfang an so geplant hatte, dass auch von Cloagh sich an dem Vorgehen gegen das Alte Volk würde beteiligen müssen. »Nichts«, pflegte er zu sagen, »bindet einen Mann mehr an dich, als wenn er mit dir gemeinsam Blut vergossen hat. Schau uns an«, fügte er dann meist hinzu und lachte laut. Und Gentford wusste, wovon sein Herr sprach. Gemeinsam waren sie durch Ströme von Blut gewatet. Sie hatten erlebt, was ein Mensch nur erleben kann, und getan, was ein Mensch sich und anderen antun konnte – manchmal mehr, als er für möglich gehalten hätte. Diese Erinnerung, dieses Wissen um die eigenen Abgründe verband sie enger als jeder Eid. Gemeinsam hatten sie allem den Rücken gekehrt und waren hierhergekommen, als sich die Möglichkeit bot, um sich etwas Eigenes aufzubauen. Für sie gab es keine Alternativen und kein Zurück.

Der alte Cloagh musste seinen Teil am Blutzoll leisten. Nur so konnten sie sicher sein, dass er ihnen niemals in den Rücken fallen würde.

Der Graf überlegte lange. Gentford gab ihm die Zeit.

Schließlich erklärte er: »Ich werde niemals, keinesfalls – hört Ihr? – gegen die Burg meines Bruders marschieren.«

Gentford nickte. »Das ist nicht vorgesehen. Es geht lediglich um die Umfassung des Ortes, an dem sich der Feind, unser aller Feind, versteckt hält. Um nichts sonst.« Und er machte eine abschließende Handbewegung.

Connor of Cloagh fasste Mut und hob den Kopf ein wenig höher. »Und ich werde nicht die Waffe erheben gegen einen aus meiner Familie oder einen Mann aus dem Hause der Cloagh, sei es Ritter oder Knappe.«

Gentford lächelte ob dieser Empfindlichkeiten. Aber wie der Alte meinte; das konnten sie ebenso gut selbst erledigen. »So sei es«, bestätigte er mit einem Nicken.

Der alte Graf atmete sichtlich entspannter auf. Mochte der Unterschied zwischen einer Intrige und einem offenen Kampf haarfein sein, er war groß genug, sich daran festzuhalten. Wenn es ihn auch verdross, dass sein Ehrgefühl von derart feinsinnigen Unterscheidungen abhängen sollte. Mit einem Seitenblick suchte er die Gedanken seines Gegenübers zu erforschen. Und was er sah, ließ seinen Gesichtsausdruck noch düsterer werden.

Gentford beeilte sich, zu bemerken, dass ihre gemeinsame

Sache eine große sei und die Nachwelt den Anteil des Grafen zu würdigen wissen werde. Mehr noch, dass Gott, der über ihnen allen stehe, all dem seinen Segen verleihen würde, in handfester Form durch die künftige Macht des neuen Ordenssitzes und in noch wertvollerer Form durch das ewige Seelenheil, das allen Kämpfern gegen das Heidentum gewiss wäre. So auch ihm.

»Wenn Ihr erst einmal vor Seinen Thron tretet«, fragte er leise in salbungsvollem Ton, »was wird dann wohl mehr wiegen: dass Ihr ein blind liebender Bruder wart? Oder dass Ihr Gott die Treue gehalten habt?«

Aus seinen unergründlichen Augenhöhlen heraus blickte Connor of Cloagh ihn an.

42

Rowena hockte am Fuß der Mauer und fror. Ihr Mantel, in Streifen gerissen, baumelte über ihr, weit höher, als sie gehofft hatte, und der abschließende Sprung auf den felsigen Küstenboden war hart gewesen. Noch immer schmerzten ihre Beine, die Füße waren wie taub. Und beide Handflächen waren, soweit sie das im kargen Mondlicht erkennen konnte, großflächig aufgeschürft. Sie fluchte. Keine guten Voraussetzungen für eine Schatzsuche. Aber wenigstens war ihre Flucht unbemerkt geblieben.

Vorsichtig richtete sie sich auf und wagte einen Blick nach oben. Der selbstgefertigte Strick aus Laken und Mantel war grau und unauffällig, solange ihn der Wind nicht zu heftig hin und her bewegte. Auch der Aufprall schien keine der Wachen angelockt zu haben. Hoch oben auf der Brüstung zeigte sich kein Kopf; sie hörte auch keine Schritte. Gut so. Somit hatte sich das Warten auf die Nacht gelohnt. Es war ihr schwer genug gefallen. Wieder und wieder hatte sie die Knoten geprüft, Arval, den sie ihm Stich ließ, noch einmal Wasser eingeflößt und Trostworte zugeflüstert und dabei stets mit einem Ohr gelauscht, ob sie nicht doch noch Colums Schritte vernahm. Zwar war er im Zorn von ihr geschieden, aber ein Rest Hoffnung war doch in ihr geblieben, dass er ihr zugehört und die Gräfin zur Rede gestellt oder gar die Karte besorgt haben könnte. Aber so kam es nicht. Der Korridor blieb still und Colum verschwunden. Ihn dort drinnen zu wissen, verärgert oder – noch schlimmer – verbündet mit ihrer Feindin, machte Rowena den Abschied schwer.

Nein, im Gegenteil, sagte sie sich trotzig. *Das macht es mir gerade leicht. Noch habe ich Freunde hier.* Und sie brach stolpernd auf in die Nacht.

Es dauerte länger, als sie gedacht hatte, in der Dunkelheit das Lager der Alten Völker zu finden. Erst nachdem sie aufgehört hatte, in ihrem Inneren trotzige Dialoge mit ihrer Schwiegermutter und Colum und auch mit Cedric zu führen, und innehielt, gelang es ihr, so weit zur Ruhe zu kommen, dass sie tiefer atmen und ihre Umgebung mit allen Sinnen erfassen konnte. Auf die Augen allein kam es nicht an, hatte ihre Lehrmeisterin Angia ihr erklärt, sondern darauf, die Einheit zu fühlen. Wenn man sich erkannte als ein Teil jenes Ganzen, das die Welt war, hörte man auch auf, in ihr herumzustolpern. Man bewegte sich durch sie hindurch mit derselben Selbstverständlichkeit, mit der ein Blatt im Wind wehte, mit der ein Vogelschwarm die Richtung änderte oder ein Bach seinen Weg über die Kiesel fand.

Rowena atmete die Nachtluft ein, schmeckte die Verbindung von Erde und salziger Luft. Sie lauschte auf die vielerlei Geräusche, die der Wind in den Wipfeln verursachte. Das Singen der Luft, die über die Felsen strich, konnte sie hören und fühlen. Sie spürte den Anprall der Wellen gegen das Land und ihr Echo, das sich in festem Fels, in Kavernen und Wasseradern fortpflanzte. Alles war da. Beglückt streckte sie die Arme aus und ging weiter, ruhiger geworden, gelassener, für Momente beinahe glücklich.

Die Ruhe wich erst wieder von ihr, als sie vor Auleds Hütte stand.

Sie wusste, dass dies das neue Zuhause des Webers war, sie erkannte es auf den ersten Blick, obwohl sich die improvisierten Rundhütten nur wenig unterschieden. Aber sie kannte das Muster auf dem Tuch, das den Eingang verdeckte, sie kannte den Geruch der Kräuter, die er gerne ins Feuer gab, und auch die Stimme, mit der er leise summend sang, während er über einem seiner Kunstwerke saß. Rowena zögerte, als ihr bewusst wurde, wie zielstrebig sie gerade zu dieser Behausung geeilt war. Es gab Menschen hier, die sie länger kannte und denen sie mehr vertrauen sollte. Aber kein Feuer war ihr anziehender erschienen als das in Auleds Herdstatt. Sie hielt den Atem an und trat ein.

Auled fuhr herum, als er hörte, wie das Tuch zurückgeschlagen wurde. Seit Stunden schon war er unruhig. Nyssa hatte ihm versprochen zu kommen, ein letztes Mal. Er hatte um die Aussprache gebeten und sie sich zu seiner Überraschung und Freude nicht verweigert. Im Gegenteil, in ihrem Blick hatte etwas Neues gelegen, das er noch nicht hatte deuten können, das aber in seinem Bauch Gefühle ausgelöst hatte, als schlüge dort etwas frisch Geschlüpftes aufgeregt mit den Flügeln. Noch einmal war eine zarte Hoffnung in ihm aufgekeimt, dass sie sich von ihrem Vater lösen und ihm vertrauen könnte. Zwar hatte er sie in Richtung der Gezeiteninsel losstapfen sehen. Aber das tat sie jeden Tag, um ihrem Vater frische Milch und Brot zu bringen. Heute aber würde sie danach sein Heim aufsuchen, bei ihm sein. Sie hatte es versprochen.

Doch es war später Nachmittag geworden, dann Abend und nun Nacht. Auled hatte gewebt und gewebt und alles, was er schuf, wieder aufgetrennt. Dabei war die Wut in ihm gewachsen und auch die Enttäuschung. So war es also wie immer gekommen, dachte er erbittert, summte laut, um nicht zu schreien, und zog grob den Faden durch das Gewebe. Vielleicht war es sogar besser so, sagte er sich. Es ersparte ihnen einen weiteren Streit. Dann hatte der Vorhang sich bewegt. Und er war auf die Füße geschnellt.

»Rowena!« Es war beinahe ein Schrei, mit dem ihm das Wort entfuhr.

Die junge Frau erschrak. Kerzengerade blieb sie stehen. Im Gesicht des Webers spiegelten sich so viele widersprüchliche Gefühle, dass sie nicht anders konnte, als ihn gebannt anzustarren. Er erschien ihr wie nackt, als könnte sie, wenn sie nur die Hand ausstreckte, seine Seele berühren. Noch nie war sie einem Mann innerlich so nahe gewesen. Ob es daran lag, fragte sie sich, dass sie von demselben Volk abstammten? Selbst das Blut, das in seinen Adern floss und sein Gesicht rötete, flüsterte mit ihr. Unwillkürlich hob sie die Finger, hielt aber inne, als sie die Hitze spürte, die von seiner Wange ausging. Ihr war, als müsste seine Haut lodern vor Glut. Es machte ihr Angst, und doch zog es sie an.

»Auled?«, fragte sie. Ihre eigene Stimme kam ihr unwirklich vor. So vieles hatte sie ihm erzählen, ihr ganzes Leid klagen wollen. Nun brachte sie keinen Ton heraus. Alles fühlte sich an, als wäre sie in eine völlig andere Welt eingetreten.

Auled stand vor ihr und atmete schwer. Eben noch war ihm alles Blut zum Herzen geschossen, alle Hoffnung war aufgewallt in dem einen Moment, in dem er sich umdrehte, und er hatte bereits die Arme ausgestreckt, um sein Glück zu umfassen und an sich zu ziehen. Der Anblick Rowenas war fast wie ein Schlag gewesen, er war nicht darauf gefasst. Bis tief in seine Eingeweide spürte er es nachbeben. War es Verletztheit, Trauer, Wut über die Täuschung? Oder war es eine Offenbahrung, die er da erlebte? War etwa Rowena diejenige, die ihm hier gegenüberstehen sollte? Wie ein Sturm von Bildern überfiel ihn die Erinnerung an ihre bisherigen Treffen, die Gefühle, die sie in ihm geweckt hatte, seine Ahnungen, dass es etwas Besonderes zwischen ihnen gab, eine Vertrautheit, die auch die Masken des Begehrens getragen hatte. Eines

Begehrens, das in diesem stürmischen Moment mit einem Mal übermächtig wurde.

Mit noch immer ausgestreckten Händen stand er vor ihr, dicht vor ihr. Er bemerkte erst nach einer Weile, wie dicht, registrierte nur langsam, dass es ihr Duft war, der ihm in die Nase stieg, ihr Haar, in dem der nächtliche Tau in Tropfen schimmerte, und ihr Blick, der den seinen erwiderte, offen und ohne Verwunderung. Es war kein Traumgebilde, war real und zugleich auch wie ein Blick in den Spiegel seiner eigenen Seele. Er öffnete den Mund und wollte ihren Namen sagen, vermochte es aber nicht, es hätte den Zauber gebrochen. Auled wollte nicht benennen, wer oder was ihm da gegenüberstand, so intim, so nahe, dass er nur zuzugreifen brauchte.

Rowena sah es und legte ihm zart den Finger auf die Lippen. Es war, als spränge ein Funke von einem zum anderen. Heftig zog er sie an sich. Als er sie endlich umschlang, spürte er, wie kalt sie war. Sie zitterte in seinen Armen, aber das dauerte nur Augenblicke, dann erglühte sie langsam unter seinem Kuss.

Er war groß und sein Griff kräftig. Rowena fühlte die Muskeln seiner Arme und sein langes Haar, das über ihr Gesicht und ihren Hals fiel, als er sich über sie neigte, um seine Lippen auf die ihren zu pressen, auf ihre Kehle, ihren Hals den Ansatz ihrer Schultern. Es roch fremd und faszinierend. Sie presste ihr Gesicht hinein und stöhnte, als er sie aufhob und zu seinem Lager trug. Sie wollte die Augen nicht noch einmal öffnen, wollte nicht mehr nachdenken, die letzte leise Stimme des Unbehagens nicht mehr hören. Sie mochte nicht auf dieses Gefühl verzichten, endlich, endlich wieder einmal gehalten zu werden, aufgehoben zu sein in jemandes Armen und sich langsam zu verlieren an diesen anderen Körper. Ja, wollte sie rufen, ja, ja – und auch nein, denn dumpf ahnte sie, dass dies Unrecht wäre. Aber fast schien ihr, als machte dies die Sache nur noch süßer. Sie stöhnte unter seinen Liebkosungen und klammerte sich so fest an ihn, dass er ihren Griff lösen musste, um sich daran zu machen, ihr Kleid aufzuschnüren. Rowena wand sich in seligen Schuldgefühlen. Schamlos, klagte etwas in ihr, aber sie stöhnte nur lauter. Dann wollte sie also schamlos sein. Endlich, endlich dieses köstliche Gefühl spüren, außer sich zu sein, am Leben zu sein, begehrt zu werden.

Auleds Hände, groß und fest, zärtlich und geschickt, brannten auf ihrer Haut, die rosig schimmerte im Licht des Feuers. Sie wölbte ihm ihre Brust und ihren Schoß entgegen, die er mit seinen Lippen versengte. Rowena unterdrückte einen Schrei. Auled hielt ihr die Hand über den Mund, die sie mit Küssen und Bissen bedeckte. Fiebriger werdend zog er an ihrer Cotte und zerriss, was ihm noch im Weg war. Der Zorn und die Leidenschaft mischten sich in ihm, und alles floss in die Umarmung, mit der er Rowena nahm. Sie öffnete ihre Schenkel für ihn und umschlang ihn vom ersten Stoß an. Ihre Hände flatterten über seinen Rücken, sein Gesäß, fanden Halt in seiner Haut, krallten sich in sein Haar. Er saugte sich an ihrem Hals fest, bis sie vor Schmerz und Lust schrie, biss ihre Lippen, trank ihren Atem mit gieriger Wut. Rowena ließ ihn nicht los, als er sich aufrichtete und sie mit sich zog. Ihre Hüften fest im Griff, zog er sie wieder und wieder auf sich, das Gesicht in ihre Brüste vergraben, während sie sich mit zurückgelegtem Kopf seinem Rhythmus hingab. Manchmal entwand sie sich ihm spielerisch, nur um zu erleben, mit welch köstlichem Nachdruck er sie wieder auf sich zwang. Als ihr Seufzen zu einem langgezogenen Wimmern wurde, zu dem ihre Nägel die Partitur auf seinem Rücken malten, ließ er sie sinken, nur um ein allerletztes Mal tief in sie zu dringen, ehe er mit einem leisen Aufschrei über ihr zusammenbrach.

Eine Weile lagen sie in ihrem Schweiß nebeneinander da, benommen von dem, was geschehen war, und unwillig, die Umwelt zu registrieren, von der sie vage ahnten, dass sie fremd und kalt sein könnte.

Rowena war erschöpft, als wäre sie von einer langen Reise zurückgekehrt. Schließlich fühlte sie, wie er die wärmende Felldecke über sie zog. Dankbar murmelte sie etwas und rollte sich zusammen, um in einen tiefen Schlaf zu versinken.

43

»Sind wir bald da?«

»Ihr fragt wie ein Kind, Will Scarlett«, tadelte Cedric den Sänger. Sie waren vor dem Morgengrauen aufgestanden, um den letzten Teil des Weges zurückzulegen. Da sie nur noch ein Pferd besaßen und sich wegen möglicher Verfolger im dichten Teil des Waldes hielten, waren sie den Großteil der Strecke gegangen. Und die Erschöpfung steckte ihnen in den Knochen. Die wenigen Stunden der Ruhe am nächtlichen Feuer hatte Cedric zudem wachend verbracht. Steif daliegend hatte er in die Dunkelheit gestarrt, während eine Kälte in seinen Gliedern wuchs, die nicht allein von der feuchten Nachtluft stammte. Mit dem Ende der Reise stand ihm eine Entscheidung bevor, die ihn, obwohl er sie lange schon gefällt hatte, doch noch immer quälte.

Er hatte Mühe, seine Stimme ruhig und heiter klingen zu lassen. Während ihrer gemeinsamen Reise war eine Kameradschaft zwischen ihnen gewachsen, die er nun bedauerte. Es schnitt ihm wie mit Messern ins Herz. Doch es war, wie es war.

Er hatte nicht den direkten Weg hinab zu der Schlucht gewählt, in der sich das Waldvolk aufhielt, sondern einen Aussichtspunkt an ihrem Rand angesteuert. Von dort aus blickte man auf das Band der Wipfel drunten, das der nahende Herbst in herrlichen Farben leuchten ließ, die sein Geheimnis vor fremden Augen wohl verbargen. Das Pferd hatte Cedric zurückgelassen auf dem Weg zu einem Felsen, von dem aus man einen Einblick in den Steinkreis erhielt. Rowena hatte ihm erklärt, dass dorthin die Seelen der Verstorbenen kämen. Mit etwas Glück, sagte er sich, war jemand aus den nahen Hütten dort, um einer seiner Verrichtungen nachzugehen.

Es war eine mühsame Kletterei. Sie mussten widerspenstiges Brombeergestrüpp umhacken, aus dem sie sich händeweise bedienten für ein improvisiertes Frühstück. Mit purpurn verfärbten Lippen wie zwei Jungen auf Abenteuer im Wald zwängten sie sich auf dem schmalen Sims voran und erreichten schließlich die kleine Felsplatte über dem Abgrund. Es war ein schöner, friedvoller Ort. Der Stein hinter ihnen erwärmte sich in der langsam durch den Frühnebel dringenden Sonne. Das Laub begann heraufzuleuchten und Vogelgesang umschwebte sie von allen Seiten.

Will, der eine Weile aussah, als wollte er Fragen stellen, tat es schließlich einfach Cedric gleich, der am Rand der Plattform in die Hocke gegangen war. »Dort«, sagte der junge Ritter nach einer Weile und wies mit der Hand nach unten. Aber die Geste war überflüssig. Die Gestalten waren gut zu erkennen. Und niemand musste einem erklären, dass man keine gewöhnlichen Menschen vor sich hatte.

»Herrgott im Himmel«, flüsterte Will Scarlett andächtig und sank in die Knie. »Bei allen Engeln im Himmel.«

»Ja«, bestätigte Cedric leise, »dafür könnte man sie halten, nicht wahr?«

Er selbst gewahrte Biran dort unten, gemeinsam mit einigen der Alten, dazu Männer und Frauen des Waldvolkes. Sie alle hatten wohl bis vor kurzem einen Kreis gebildet. Nun waren sie aufgestanden und hatten die Hände voneinander gelöst. Reglos standen sie da, die Köpfe gehoben wie scheues Wild. Das lange Haar fiel ihnen offen über die Schultern herab. Cedric fragte sich, welche Zeremonie sie bis vor kurzem ausgeübt haben mochten. Seine Angst, dass ihre Anwesenheit die dort drunten aufgestört haben könnte, verflog allerdings rasch. Die fernen Gestalten wirkten, als wären sie nicht von dieser Welt. Wo immer ihre Gedanken weilten, sie waren nicht bei den beiden einsamen Männer dort droben, von denen der eine sich so verlassen und traurig fühlte, wie es nur möglich war.

Langsam stand Cedric auf und trat einen Schritt zurück. Als er sein Schwert zog, geschah es beinahe lautlos.

Will Scarlett rührte sich nicht. Ganz ins Schauen vertieft, kniete er am Rande des Abgrundes wie ein Beter. Reglos verfolgte er, wie sich drunten eine Prozession bildete und die Reihe der Fremden sich langsam über den Platz bewegte. Waren es nur die langen Gewänder, oder schwebten sie wirklich über das Moos? Und wie kam es, dass sie sich verständigten, ohne dass ein Wort, ein Laut durch die stille Luft zu ihnen heraufklang? Sie wirkten so eins miteinander, dass es dem Sänger war, als könnte er die Kraft, die von ihnen ausging, mit seiner Haut spüren. Und dann, mit einem Mal, erhob sich der Gesang. Es war nicht das Lied, das Will Scarlett kannte, war nicht das Wiegenlied, das auch Rowenas Mutter einst gesungen hatte. Es war kraftvoller, getragener, trauriger auch und männlicher in seinem Klang. Es öffnete die Herzen der beiden Männer und ließ sie erzittern, denn auch wenn sie die Worte nicht kannten, spürten sie doch, dass etwas Bedeutendes geschah. Unwillkürlich atmeten beide tief ein und hielten die Luft an. Die Sänger unten hielten nicht im Schreiten inne, und langsam verschwanden sie aus dem Blickfeld. Ihr Lied allerdings schwebte noch lange zwischen den Stämmen. Beide spürten sie den Widerhall der Klänge in sich, auch wenn sie zu ihrer unendlichen Trauer unfähig waren, darin einzustimmen. Will Scarletts Lippen allerdings bewegten sich lautlos, als versuche er, die Töne leise für sich zu wiederholen, und seine Hände schlossen sich in dem vergeblichen Versuch zu halten, was doch vergänglich war.

Sie wissen es, dachte Cedric, den der traurige Choral tief berührt hatte, sie wissen, dass es sein muss. Sie stimmen mir zu, dass es notwendig ist. Bebend atmete er aus. Es war das, was er sich vorgenommen hatte am Beginn dieser Reise. Und was er nun zu Ende bringen musste. Er biss sich auf die Lippen und erhob die Klinge. Ein rascher Hieb, zwischen zwei Herzschlägen.

Will Scarlett hatte sich noch immer nicht bewegt. Als er anfing zu sprechen, war es so plötzlich und unerwartet, dass Cedric heftig erschrak.

»Ihr werdet mich töten, nicht wahr?«, fragte er. Dabei wandte er Cedric weiterhin den Rücken zu und veränderte seine Haltung nicht.

Cedric hielt inne, die Klinge in der Luft. »Es tut mir leid«, brachte er mühsam heraus.

Der Sänger nickte. »Ihr verspracht mir, ich würde sie sehen«, sagte er, »und das habe ich. Sie gesehen.« Er stieß etwas wie ein Lachen aus. »Nur fair.«

Cedric lauschte auf eine Spur von Bitterkeit oder Ironie in der Stimme des anderen, doch er fand keine. Unsicher setzte er die Füße neu, um sich seines Haltes zu versichern, eine plötzliche Bewegung, einen letzten, verzweifelten Angriff gewärtigend. Er wusste, wie schnell der Sänger sein konnte. Aber nichts geschah. Schließlich sagte er in das Schweigen hinein: »Ich bin ihr Hüter, wisst Ihr. Es ist meine Aufgabe, das Geheimnis ihrer Existenz zu bewahren.«

»Und Ihr tut, was Ihr müsst, wenn Ihr sie vor einem wie mir schützt«, stellte Scarlett fest. Er nickte versonnen, noch immer im Bann dessen, was er erblickt hatte. »Ich wollte sie sehen«, fuhr er endlich fort. »Und das habe ich.« Da erst wandte er sich um und blickte seinen Gefährten an.

Fassungslos bemerkte Cedric, dass er lächelte. »Ich kannte den Preis, der dafür zu zahlen war«, sagte der Sänger.

Beinahe hätte Cedric die Klinge sinken lassen, so überrascht war er. »Ihr wusstet es?«, fragte er zurück.

Will Scarlett zuckte mit den Schultern. »Ihr wart mit einem Mal so offen zu mir, gabt so vieles preis. Da war mir klar, Ihr wart Euch sicher, dass ich entweder nicht reden würde oder nicht würde reden können.« Er fixierte ihn. »Alles im Leben hat seinen Preis, nicht wahr?«

Der junge Graf von Cloagh schüttelte ungläubig den Kopf.

Aber Will Scarletts Lächeln blieb unerschüttert. »Ihr hättet mich erledigen können, als ich bei meinem Pferd kniete. Ihr wärt schneller gewesen ohne mich. Aber Ihr habt Euer gegebenes Wort gehalten. So etwas schätze ich.« Er machte Anstalten, aufzustehen.

»Bleibt, wo Ihr seid«, herrschte Cedric ihn unsicher an und sah im selben Moment den Griff des versteckten Messers, nach dem der Sänger hatte greifen wollen, aus dessen Stiefel ragen. Scarlett rang sich ein Grinsen ab und hob die Hände. »Ich habe nicht gesagt, dass ich mich wehrlos abschlachten lassen würde«, meinte er. »Obwohl«, versonnen wanderte sein Blick noch einmal hinab zu der Lichtung. »Sie wären es wert.«

Cedric nickte. Dann holte er aus.

Im selben Moment ertönte die Stimme, die ihm Einhalt gebot. Die Köpfe beider Männer fuhren herum. »Lasst ihn, Hüter!«

Vor Verblüffung ließ Cedric die Waffen sinken, als er sah, dass jemand um den Felsvorsprung herum zu ihnen auf den Sims trat. »Biran?«, entfuhr es ihm. Dann fiel ihm Will Scarlett wieder ein. Er besann sich und ging erneut in Angriffsposition. Der Sänger, trotz seiner Überraschung, saß nicht mehr am Klippenrand. Er hatte den Moment genutzt, um aufzuspringen und sich zu bewaffnen. In seiner Hand blitzte das Messer, lächerlich kurz zwar, aber er hielt es wie einer, der damit umzugehen verstand. Und mit einer geschmeidigen Bewegung hatte er sich vom Rand des Abgrundes entfernt hin zu den sicheren Felsen. Es stimmt, fuhr es Cedric durch den Kopf, man sollte nie einen Mann mit einer Laute unterschätzen.

44

Colum erwachte mit dröhnenden Kopfschmerzen und wünschte im ersten Moment, er könnte die Augen wieder schließen. Aber die Stimmen, die auf ihn eindrangen, die zudringlichen Hände, die gegen seine Wangen klatschten und ihn mit nassen Lappen traktierten, und schließlich das dumpfe, bohrende Gefühl, dass da etwas war, was seine Aufmerksamkeit verlangte, ließen ihn langsam zu sich kommen. Er begrüßte die Welt mit einem Fluch.

»Langsam, langsam«, ermahnte ihn Rowan und griff ihm unter die Arme, um ihm aufzuhelfen. »Glandys, jetzt lass doch mal den Aufguss.«

Die Köchin warf ihm einen tadelnden Blick zu, gehorchte jedoch und half dem Hundeführer dabei, Colum zu stützen. »Wie geht es Euch?«, verlangte sie zu wissen, kaum dass er die Augen aufgeschlagen hatte. »Ist es Euch schwindelig, müsst Ihr Euch übergeben?«

Colum brauchte eine Weile, bis er mit trockenem Mund ein paar schmatzende Laute hervorbrachte. »Er hat Durst«, ermahnte Rowan die Köchin, die ihm eine Schale an die Lippen setzte.

Colum trank den ekeligen Sud in tiefen Zügen. Dann sagte er: »Ich möchte sterben.«

»Das hättet Ihr auch beinahe geschafft«, entgegnete die Köchin, aufrichtige Empörung in der Stimme. »Wer hat Euch nur so zugerichtet?«

Colum versuchte den Arm zu heben, um nach seinem Kopf zu tasten, in dem der Schmerz so heftig pochte, dass er glaubte, der Knochen würde ihm zerspringen. Aber die Gliedmaßen wollten ihm nicht gehorchen. Täppisch griff er daneben und musste es zulassen, dass Glandys seine Hand auffing und wie die eines Greises wieder in seinen Schoß bettete. »Ihr habt viel Blut verloren«, sagte sie.

»Hinter dem Tisch des Herrn sah es aus!« Vielsagend schnalzte der Hundeführer mit der Zunge. »Das war das Erste, was wir sahen. Euch hätten wir gar nicht gefunden, wenn der Kleine hier nicht gewesen wäre.« Liebevoll knetete er die Ohren des Welpen. Colum folgte der Bewegung seiner Hände mit den Blicken und erinnerte sich dunkel des Hündchens, das gestern Abend in der Küche auf seinem Schoß gehockt hatte. »Ihr wart in die Truhe gequetscht«, hörte er Rowan weitererzählen, »so seltsam, dass wir schon dachten, ihr wärt tot und sämtliche Knochen gebrochen.«

So fühlt es sich auch an, wollte Colum sagen, der es im zweiten Anlauf schaffte, nach seinem Kopf zu greifen und den Verband zu betasten, den zweifellos Glandys ihm angelegt haben musste. Noch immer fiel es ihm schwer, sich zu konzentrieren, und er begann, in Gedanken von dem Geplauder seiner Retter abzuschweifen. An den Abend erinnerte er sich gut. Er hatte dagesessen und gegessen. Grütze hatte es gegeben, der Hund war da, und Rowan hatte geschwatzt, so wie er es jetzt tat. Aber wie kam er von da in die Truhe – welche Truhe überhaupt?

Er schüttelte ratlos den Kopf und schrie gleich darauf auf. »Bringt mich zu Rowena«, verlangte er und rappelte sich, auf Rowans Schulter gestemmt, hoch. »Sie soll mir etwas gegen die Schmerzen geben.« Er wagte ein paar taumelnde Schritte. »Nichts für ungut, Glandys«, setzte er hinzu, als er die bedrückten Gesichter seiner Begleiter sah. Die blickten verlegen auf ihre Hände, taten aber nichts, um ihn zu unterstützen.

»Was ist?«, fragte Colum, schon ein wenig ungehaltener. Hatten sie nicht gestern noch so gut von Rowena gesprochen? Etwas in seinem Gedächtnis klopfte leise an, sagte ihm, dass dies eine Spur war, die es zu verfolgen galt. »Ich muss zur jungen Herrin«, wiederholte er und streckte die Hände aus, damit man ihn stützte. »Oder soll ich dorthin kriechen?«

Es war Glandys, die zuerst ihre Stimme wiederfand. »Das war das Erste, was wir versucht haben, als wir Euch fanden«, sagte sie leise. »Sie wäre die Beste gewesen, Euch zu helfen, wir waren ja so verzweifelt, als wir Euch sahen. Und an Eurem Gürtel hing der Schlüssel zu ihrem Gemach.« Ihre Stimme war immer leiser geworden, während sie sprach. Die Augen hielt sie niedergeschlagen.

»Ja, und?«, schnauzte Colum, als sie gänzlich stumm blieb.

Da sprang Rowan ein. »Sie war nicht da«, brachte er Glandys' Ansprache zu Ende. »Wir fanden nur ein Seil aus Decken …« Da verstummte auch er.

Colum fasste sich an die Schläfe. Ihn schwindelte. Gegen die Wand taumelnd, suchte er sich abzustützen und sank auf einen zufällig dastehenden Schemel nieder. Rowena war fort, geflüchtet, das begriff er und fühlte sofort, dass es seine Schuld war, irgendwie. Auf irgendeine Weise, die er einfach nicht zu fassen bekam, hatte ihre Tat etwas mit ihm zu tun, mit etwas, was er hätte tun oder sagen oder lassen sollen. Aber er bekam es nicht zu fassen. Am liebsten hätte er sich mit Fäusten bearbeitet. So hockte er nur zusammengesunken da und biss sich auf die Lippen. Nach einer Weile richtete er sich wieder auf. »Wird sie bereits gesucht?«, fragte er und machte Anstalten, sich zu erheben.

Rowan blickte ihn von der Seite an. »Wir hatten gehofft, wir dachten, wir waren nicht sicher …«, stammelte er und rang die Hände.

»Wir hatten Angst«, gestand Glandys. »Wir dachten, Ihr könntet uns sagen, was am besten zu tun ist?« Ihr Ton wurde flehentlich. »Wir haben doch nichts falsch gemacht, oder? Sie hat sich doch nicht etwa in Gefahr gebracht?«

Schwer stützte Colum sich auf ihre Schulter. Rowena, Gefahr, diese beiden Worte klangen seltsam brüderlich in seinem wunden Hirn zusammen. Er wusste nicht warum, aber er war sicher, dass sie zusammengehörten. Rowena und

Gefahr – hatte das nicht einen Sinn ergeben, solange er sie kannte? Hatten sie nicht erst vor kurzem gemeinsam in einer Schlangenhöhle gehockt? Ein Lächeln schlich sich in seine gequälten Züge, das bereits im nächsten Moment gefror. Schlange! Höhle! Ja, er ahnte, wo seine Herrin war: In den Klippen unterhalb der Kapelle, dort, wo sie ihre geheimnisvolle Schatzhöhle gesehen zu haben glaubte. Wie groß mochte ihr Vorsprung sein?

Nun, da sie es wahr gemacht hatte, konnte er sie nicht weiter schützen. Mit einem Ruck straffte er sich. »Wir müssen zur Gräfin!«, verlangte er.

Glandys und Rowan warfen einander einen unglücklichen Blick zu. »Das ist es ja gerade«, sagte sie. »Die Gräfin ist ebenfalls nicht da.«

»Wie, nicht da?«, fragte Colum, drang aber gar nicht durch, da beide mit einem Mal lossprudelten. Alle Dämme ihrer Besorgnis waren gebrochen, nun, da das Schlimmste von allem ausgesprochen war. Die Gräfin weilte nicht in der Burg, da waren sie sich sicher. Und kein Mensch hatte ihnen Auskunft geben können. Deswegen waren sie ja überhaupt erst hierhergekommen, in das Zimmer des Herrn. Das sie doch sonst nie so einfach betraten. Aber die Zofen hatten die Gemächer der Herrin leer gefunden. Und da sie weder in den Wirtschaftsräumen noch in der Kapelle oder in der Halle war und keiner sie durch das Tor hatte gehen sehen, waren sie schließlich auf diesen Ort verfallen. Sonst, betonten sie, hätten sie es ja niemals gewagt. Hätten auch gezögert, erst vorsichtig klopfen wollen. Aber da wäre die Tür auf einmal einen Spalt breit aufgeschwungen. Ganz von alleine. Wo sie doch sonst immer verschlossen war. Wenn nicht der Herr oder die Herrin darin weilten. Also hätten sie ihre Nasen hineingesteckt. Den umgestürzten Tisch gesehen. Dann das Blut. Und dann hatte der Hund angeschlagen.

»Wir hatten gehofft, Ihr wüsstet, was mit ihr geschehen ist«, sagte Rowan. Und Glandys bestürmte ihn händeringend.

»Waren Angreifer da? Hat man sie entführt? Waren das die Männer, die Euch niedergeschlagen haben?«

Die Flut der Fragen überforderte Colum. Wieder schwindelte ihn, und noch einmal musste er sich setzen. Zugleich aber half ihm das, was er hörte, sich wieder zu erinnern. Er war nicht in irgendeiner Truhe eingesperrt gewesen, sondern in derjenigen, die die Gezeitenkarte enthielt. Langsam entstand das Bild der letzten Nacht wieder vor seinen Augen. Er war hierhergekommen, um zu überprüfen, was Rowena ihm von der Flut erzählt hatte. Er hatte nach einem Schlangenbild auf der Karte gesucht. Und gerade, als er sich über sie geneigt hatte, waren da diese Geräusche gewesen.

Er schloss die Augen und atmete tief und langsam ein, versuchte, die Erinnerung noch einmal hervorzulocken.

Glandys wurde blass, als sie ihn so sitzen sah, reglos wie einen Toten. Wieder wollte sie ihn mit Fragen bestürmen. Aber er hob die Hand und brachte sie zum Verstummen. Da war er wieder, der nächtliche Raum. Licht fiel durch die Tür, die leise knarrte. Er wusste nun warum: Dort draußen lauerte jemand, schob sich herein, während er ihm den Rücken zudrehte. Jemand, der sich gut genug auskannte, in der Dunkelheit weder über ein Möbelstück zu stolpern, noch die lose Bohle auf halbem Weg zum Tisch zum Knarren zu bringen. Der Herr hatte sie nie auswechseln lassen. »So bin ich vorgewarnt, wenn sich wieder ein Bittsteller einschleicht«, pflegte er zu sagen. »Und kann rechtzeitig den Kopf aus den Akten heben.« Auch Colum hätte sie gehört. Aber der da kam, hatte kein Geräusch verursacht. Er kannte die Bohle und vermied, auf sie zu treten. Er kannte auch Colum, und Colum kannte ihn.

Der Knappe blinzelte. Und Tränen quollen ihm unter den geschlossenen Augenlidern hervor. Doch es gab keine Hilfe. Die Erinnerung lief weiter, so unaufhaltsam wie ein Fluss bergab fließt.

Er hörte es, nachdem der erste Schlag gefallen war, dieses Wispern des steifen Saums, das sein halbes Leben begleitet hatte. Roch diesen sanften Duft nach Rosenöl. Wusste er doch, wo der Händler lebte, der es jeden Herbst herstellte und vertrieb. Er hatte oft genug die Zofen begleiten müssen, um ein neues Fläschchen zu erstehen. Und hätte er Zweifel gehabt, dann war da noch die Stimme, die nach dem zweiten Schlag dicht an seinem Ohr flüsterte, leise, beherrscht, wie sie immer sprach, und doch mit einem Hauch von Trauer: »Es tut mir leid, Colum.«

»Es tut mir leid.« Colum wiederholte es laut für sich.

Ratlos blickten Glandys und Rowan einander an. »Ist schon gut«, versuchte es die Köchin. »Ich bin sicher, Ihr konntet nichts tun.«

Colum schüttelte den Kopf. Sie verstand ihn so falsch, völlig falsch. Doch bei sich dachte er, dass sie Recht hatte. Er hatte nichts tun können. Wie gelähmt war er gewesen und hatte es geschehen lassen, dass auch der zweite Schlag ihn traf. Im Moment, in dem es geschah, hatte er es noch gar nicht begriffen. Aber heute verstand er es. Er hatte seine Herrin gespürt, sein Unbewusstes hatte ihre Gegenwart wahrgenommen. Und das hatte es ihm unmöglich gemacht, sich so zu wehren, wie er es andernfalls getan hätte. Deshalb war sein Arm so langsam gewesen, deshalb hatte er sich gefühlt wie betäubt, noch ehe er es war. Sie, Mary of Cloagh, die Frau, der er wie einer Mutter vertraut hatte, hatte ihn niedergeschlagen und in eine Truhe geworfen. Sie sagte, es täte ihr leid!

Colums Tränen flossen noch immer, während er sacht den Kopf schüttelte. Er wusste weder, warum sie es getan hatte, noch, warum sie ihre Tat bedauerte.

»Ich begreife es nicht«, murmelte er.

»Da spricht er aus, was ich denke«, grummelte Rowan.

Einer der Wächter erschien außer Atem an der Tür. Nur einen Moment hielt er inne, als er die Verwüstung im Raum und die drei verlorenen Gestalten sah. Dann besann er sich auf das, was ihn hergeführt hatte, und stieß hervor: »Am Strand sind Kreuzritter. Sieht aus wie eine Versammlung.«

Colum, auf dem alle Blicke ruhten, richtete sich mühsam auf. »Wir müssen die Gräfin benachrichtigen«, erklärte er.

»Das ist es ja«, entgegnete der Wächter und mied seinen Blick. »Die Gräfin …« Er druckste herum. »Sie ist bei ihnen«, sagte er endlich, als Colum schon nach seinem Kragen griff.

Glandys schrie auf und schlug sich die Hände vor den Mund. Rowan ballte die Fäuste. »Also haben sie sie doch entführt«, murmelte er.

Colum zwang den Wächter, ihn anzusehen. »Das ist es nicht, nicht wahr?«, fragte er ihn, und der Mann nickte wie benommen.

»Nein«, gestand er schließlich. »Sie scheint … Es sieht eher aus …« Verzagt verstummte er erneut, ehe er endlich herausbrachte: »Sie stand auf einem Felsen und hielt die Flutkarte ausgebreitet. Es sah eher aus, als führe sie die Ritter.«

»Sie haben sie gezwungen.« Rowan war nicht von seinem Standpunkt abzubringen.

»Die Karte«, entfuhr es Colum, und ein bitterer Verdacht machte sich in ihm breit, der sofort verschwand, als Glandys sich bückte und etwas vom Boden aufhob.

Harsch nahm er der Köchin das Pergament ab, brachte mit einem Fußtritt den Tisch wieder in Position und breitete die Karte mit liebevoller Sorgsamkeit darauf aus. Sein Blick wanderte rasch über die ihm vertrauten Bilder, seine Finger glätteten verknitterte Stellen, liebkosten die alten Zahlen, die an manchen Stellen verblassende Tinte, den kleinen Einriss, an dessen Entstehung er sich noch aus seiner Kinderzeit erinnerte. Es gab keinen Zweifel, die Gezeitenkarte der Cloaghs lag vor ihm. Verwirrt hob er den Kopf. Wenn er nicht niedergeschlagen worden war, damit man die Karte entwenden konnte, weswegen dann? Colum kam zu keiner Antwort.

Inzwischen waren Rowan und der Wächter ins Gespräch

gekommen. »Sie sehen aus, als wollten sie zur Insel hinüber«, meinte Letzterer.

»Unfug«, meinte der Hundeführer. »Die Flut kommt bald, und keine kleine, das kann ich Euch sagen.«

»Aber sie stehen am Ufer bereit wie für eine Prozession.«

»Die Fremden mögen so dumm ja sein, aber die Herrin weiß es besser. Ich habe ihr doch von meinen Hunden erzählt«, erwiderte Rowan im Ton desjenigen, der sich sicher war. »Sie wird keinen Fuß auf den Schlick setzen, so kurz vor der großen Flut.«

»Was?«, fragte Colum und hob die Hand. Er wandte das Gesicht von der Karte ab, die ihm ihr Geheimnis nicht anvertrauen wollte. »Was hast du da gesagt? Was für eine große Flut?«

»Na, komm schon, Colum.« Erstaunt sah Rowan ihn an.

»Ja, ja«, winkte Colum ab und wischte sich über das Gesicht. »Ich weiß, die Springflut, die jeden Herbst einmal kommt.«

»Manchmal auch im Winter«, berichtigte Rowan ihn. »Ah, da bist du ja«, fügte er hinzu, als einer seiner Hunde ihn endlich gefunden hatte und sich freudig winselnd an sein Bein drückte. »Siehst du«, sagte er und blickte zu Colum auf, während er den rauen Rücken des Tieres tätschelte. »Sie spüren, wenn es so weit ist. Das habe ich auch der Gräfin schon erzählt. Mehr als einmal, fürchte ich.« Er grinste. »Aber sie ist ja eine nachsichtige Dame.«

Als er die verständnislosen Gesichter der Umstehenden sah, richtete er sich auf. »Na, sie bellen und jaulen wie verrückt, wenn die große Flut kommt. Das hab ich ihr gesagt. Ein Hundeführer braucht keine Karten, um so etwas zu wissen. Und sie sicher auch nicht. Nein, nein, sie wird den Teufel tun und heute auf das Wasser hinausgehen. Sie ist doch eine kluge Frau.«

Im selben Moment, in sein Verstummen hinein, erklang wie zur Bestätigung ein hohles, unheimliches Jaulen von den

Zwingern her. Es klang, als kämpften die Hunde gegen einen unsichtbaren Feind um ihr Leben.

Rowan nickte versonnen. Glandys und der Wächter starrten verdutzt in Richtung der Tür. In Colum dagegen stieg ein Verdacht auf, der so furchtbar war, dass er ihn nicht einmal zu denken wagte. Noch einmal wandte er sich der Karte zu und suchte mit dem Finger die Zeile des heutigen Tages. Er zitterte heftig, doch fand er sich endlich in den langen Zahlen- und Zeichenkolonnen. Am rechten Punkt hielt er inne – und verzagte. Sein Finger zeigte auf das Maul einer Schlange. Weit hatte das Ungeheuer seine Kiefer aufgerissen, bereit, alles und jeden zu verschlingen.

45

Biran trat zwischen die kampfbereiten Männer, als gäbe es keine Waffen und als wäre die Spannung zwischen den beiden nicht geradezu körperlich zu spüren. »Es ist gut«, sagte er nur.

»Da bin ich anderer Meinung«, blaffte Cedric. »Geh zur Seite, Biran. Es muss sein.« Aber er ließ es zu, dass der Führer der Alten die Hand auf seinen Schwertarm legte. Nur kurz zögerte er noch, dann senkte er die Hand. »Er ist ein Vogelfreier«, murmelte er noch.

Will Scarlett stand angespannt da, mit totenbleichem Gesicht. Biran betrachtete ihn lange. Zunächst mied der Sänger den Blick des Anführers, er starrte weiter auf Cedric. Dann senkte er nach einem kurzen Seitenblick die Augen. In ihm wallten die unterschiedlichsten Gefühle auf, Scham, Hoffnung, Angst, Freude, Unsicherheit. Unwohl trat er von einem Fuß auf den anderen.

Biran lächelte. »Er ist ein Sänger«, sagte er. »Er ist zu Hause.«

Cedric war nicht weniger erstaunt als Scarlett über diese Worte, der noch bleicher geworden war und mit großen Augen von einem zum anderen schaute. Der junge Ritter war weit davon entfernt, all dies zu begreifen. Aber wenn es ihm die Last abnahm, einen Freund ermorden zu müssen, dann war er bereit, es zu akzeptieren. Er steckte sein Schwert weg und holte tief Atem. Dann fiel ihm der Grund seiner vorzeitigen Heimkehr wieder ein. »Ich habe schlechte Neuigkeiten«, begann er und fügte nach einem Zögern hinzu: »Und gute.«

Biran lächelte leicht. »So sind die meisten Neuigkeiten«, sagte er, »mein Hüter.«

In Cedrics Innerem wurde etwas berührt bei diesem Wort, ein Ton erklang, dumpf und traurig, und ließ ihn erzittern bis in die Fingerspitzen. Ihr wisst …, wollte er fragen und las in Birans uralten Augen bereits die Antwort darauf. Ja, es gab keinen Zweifel, die Alten wussten, dass ihr Hüter gestorben war. Und sie hatten begriffen, was dies für sie alle bedeutete, vielleicht besser als er, der sich immer noch fühlte wie auf der Flucht.

»Er wird wiederkehren«, sagte Biran gemessen. »So wie wir alle wiederkommen, eines Tages.« Er lächelte. »Das ist die gute Nachricht, auch wenn Ihr noch nicht bereit seid, sie zu begreifen, mein junger Herr. Aber auch ich habe schlechte Kunde zu überbringen.«

Langsam fand Will Scarlett seine Sprache wieder. »Was«, fragte er und verfluchte dabei das Stottern in seiner Stimme, »war das für ein Ritual? Dort unten.« Er wies hinab auf die Lichtung, die inzwischen leer war.

Biran wandte sich ihm zu. Zu Cedrics Erstaunen gab er bereitwillig und sachlich Auskunft. »Unsere Lieder«, sagte er, »sind nicht wie die euren. Sie bewahren nicht nur irgendwelche Empfindungen und Ereignisse. Sie sind unsere Geschichte und diejenige unserer Welt.« Er machte eine umfassende Geste mit den Händen. »Sie schließen die Zeit in sich.« Er wartete, bis Will Scarlett diese Information in sich aufgenommen hatte. Dann wies er in die Schlucht. »Der Ort dort unten ist einer, an dem die Zeitlinien – oder sollte ich besser sagen: Lagen – sich öfter kreuzen und dichter aneinander rühren als anderswo. Darum haben wir ihn benutzt, um ein Lied zu singen, das diesen Wald erwachsen ließ in einer Zeit, da wir ihn noch nicht bewohnten. Also war es so …«

Cedric beendete in einer plötzlichen Eingebung diesen Satz für ihn: »… als wärt ihr gar nicht da. Ihr habt Euch unsichtbar gemacht.«

Biran neigte den Kopf. »Wir gingen nur andere Wege durch die Zeit als diejenigen, die uns hörten«, korrigierte er seinen jungen Hüter.

»Es war wegen der Templer, nicht wahr?«, hakte Cedric nach. »Ihr habt euch vor ihnen verborgen.«

Der Anführer der Alten nickte. »Bislang«, gestand er. »Aber es hat uns große Anstrengungen gekostet und auch Opfer. Wir sind nicht länger in der Lage dazu.«

In diesem Moment erklang Pferdegewieher von der anderen Seite der Schlucht. Laute Stimme riefen und Hundegebell antwortete. Erschrocken blickte Cedric den Alten an, dessen Gesicht unbewegt blieb. »Sie kommen nun«, sagte Biran ausdruckslos.

»Aber, aber …« Cedric rang noch immer um Fassung.

»Ihr werdet sie aufhalten«, stellte Biran fest. »Oder wir folgen Eroc auf die Boote.« Mehr schien er nicht sagen zu wollen, denn er wandte sich von den beiden Männern ab und begann, den Grat zu verlassen.

»Boote?«, fragte Cedric entgeistert. Noch war dies alles zu viel für ihn. Er wollte Biran festhalten, ihm Fragen stellen. Aber da erklang ein Horn, dessen Bedeutung er nur zu gut kannte. Es rief die Hunde von den Leinen. Das Gekläff zwischen den Stämmen wurde lauter. Cedric wandte sich zu Will Scarlett um. »Wollt Ihr mit mir kommen?«, fragte er.

Der Sänger fand sein Lächeln wieder, blass, aber entschlossen. »Habe ich das nicht schon die ganze Zeit getan?«, fragte er.

Sie ließen das Pferd zurück und stiegen auf einer Route ab, an die Cedric sich an anderen Tagen niemals gewagt hätte.

Mit mehr Glück als Verstand erreichten sie den Grund der Schlucht und hatten gerade noch die Zeit, wieder auf die Beine zu kommen und zu ihren Waffen zu greifen, als die ersten Reiter durch die Bäume brachen und vor ihnen zum Stehen kamen. Sie waren ebenso verblüfft wie Cedric, der die weißen Mäntel der Templer erwartet hatte und nun mit offenem Mund auf die blauen Wämser der Ritter starrte, auf denen sich wie auf seinem eigenen die silberne Schlange der Cloagh wand. Eine Weile brachte niemand einen Ton heraus. Endlich trieb ihr Anführer sein Pferd zwei Schritte vor die Reihe und öffnete mit einer steifen Bewegung sein Visier.

»Onkel?«, fragte Cedric entgeistert und starrte in die tiefliegenden Augen Connor of Cloaghs.

Am Ufer des Meeres drängte sich das Waldvolk gemeinsam mit den Alten der See. Schon einmal waren sie auf diese Weise aus ihrer Heimat verjagt worden, hatte ein Hornklang, ein plötzlicher Ruf sie aufgefordert, ihre Hütten zu verlassen, alles hinzuwerfen und mit ihren Alten und Kindern auf dem Rücken vor einer mordlustigen Schar und ihren Hunden zu flüchten. Damals waren die Katakomben von Rowenas Burg ihr Zufluchtsort gewesen. Heute standen sie an einem grauen Strand voller Boote, und nichts schien sich zwischen sie und die noch unsichtbaren Angreifer stellen zu wollen.

Rowena war fern von ihnen auf der Burg, und noch hatte kein Bote sie erreicht. Zwar gab es Stimmen, die behaupteten, sie hätte die Nacht mit ihnen im Dorf verbracht, in der Hütte des Webers. Aber dies waren boshafte Rufer gewesen, und als man am Morgen an Auleds Tür geklopft hatte, war weder die Hüterin dort gewesen noch er selbst. Das Feuer war heruntergebrannt und die Behausung leer. Manche meinten, da auch Nyssa fehlte, wäre es viel wahrscheinlicher, dass sie die nächtliche Besucherin gewesen sei. Möglicherweise waren die beiden schon früh aufgebrochen, um ihrem Vater nicht in die Hände zu fallen.

Denn Eroc hatte seine Insel verlassen und war zu ihnen gestoßen. Die halbe Nacht schon und den ganzen Morgen hatte er nicht innegehalten, ihnen zu predigen, dass die Gefahr nahe wäre und die Rettung alleine im Aufbruch läge, in der Großen Heimkehr, die sie so lange schon erstrebten und für die das Schicksal jetzt den richtigen Zeitpunkt bestimmt habe.

Die vom Seevolk hörten ihm aufmerksam zu, mit so etwas wie Hoffnung in den Augen. Eroc war einer der Ihren und das Meer ihre Heimat. In kleine, schwankende Boote zu steigen, um damit einem unbekannten Horizont entgegenzufahren, kam ihnen nicht ganz so verzweifelt vor wie jenen aus dem Waldvolk, die sich und ihre Kinder auf keinen Fall der Gunst jenes launischen Elementes aussetzen wollten. In den Augen mancher lag Hoffnung, in denen der meisten jedoch lauerte der Zweifel. Sie standen auf dem Kies, ließen die Rinnsale der steigenden Flut an ihren Säumen lecken und lauschten mit erhobenen Köpfen Eroc, der von einem Stein herab auf sie einredete.

»Biran und die Ältesten schützen uns doch«, wandte eine Frau ein, die ein sechsjähriges Kind auf dem Arm trug und es an sich drückte, obwohl die Kleine zappelnd herab verlangte. »Wir werden im Wald am sichersten sein.«

»Nicht mehr lange«, hielt Eroc dagegen. »Ihre Kräfte werden schwächer von Tag zu Tag, bald sind sie erloschen, und dann schützt uns an dieser Küste nichts mehr.«

»Der Hüter wird über uns wachen.« Es war nicht zu erkennen, wer da seine Stimme über die besorgte Menge erhoben hatte.

»Der Hüter ist fort!« Eroc ließ seinen Blick von einem zum anderen schweifen. »Biran weiß, und auch ich weiß es, dass er nie wiederkehren wird, niemals!« Das letzte Wort donnerte er nur so heraus. »Und ihr wisst es ebenfalls, wenn ihr in euch geht. Wir sind auf uns gestellt.«

»Er hat uns verlassen!?« Es war halb Frage, halb Klagelaut. In dem anschließenden Tumult hatte selbst Eroc auf seinem Felsen Mühe, sich Gehör zu verschaffen.

»Er wurde verraten!«, erklang es da laut über dem allgemeinen Gejammer. Unverzüglich wurde es still am Strand. Einige Augenblicke lang war nur das Brausen des Windes in den Blättern des nahen Waldes zu hören. »Verraten«, fuhr Biran fort, der mit großen Schritten herankam, »so wie wir.« Er blieb stehen und fixierte Eroc, der sich hoch aufrichtete unter diesem Blick. »Schlimm, nicht wahr, alter Freund, wenn man Verräter unter sich hat?«, fragte er. Seine Stimme war noch immer liebenswürdig. Sein Blick war es nicht.

»Ihr seid … seid nicht mehr bei der Zeremonie?«, fragte Eroc mit einem leichten Stottern. Dann fasste er sich. »Umso besser. So können wir alle gemeinsam den Aufbruch beschließen.«

Biran schüttelte den Kopf. »Es ist zu spät, Eroc. Die Flut wird gewaltig sein. Sie fesselt uns an das Ufer.«

»Wir haben die Zeit«, widersprach Eroc. So hatte er es mit den Kreuzrittern abgesprochen. *Gebt uns den Tag*, hatte er ihnen gesagt, *seht morgen nach uns. Und alles Blutvergießen wird sich erübrigt haben*. Ja, so würde es sein, unblutig, einfach richtig, für alle Beteiligten. Wieder gewann er seine Zuversicht. »Ihr könnt in Ruhe die Vorräte einladen«, verkündete er, »und ich gehe hinüber …« Er wandte sich nach der Gezeiteninsel um und verstummte. Nyssa, dachte er. Er musste sie jetzt aus dem Brunnen holen, auf die sicheren Felsen. Die Flut würde höher steigen denn je, das fühlte er, so gut wie jeder andere. Aber gemeinsam würden sie in Sicherheit sein und auf die Boote warten, die vorbeikommen würden, wenn alles vorbei wäre. Nyssa würde ihm verzeihen, sie würde es verstehen. Hoffnungsvoll wandte er sich wieder seinem Volk zu, das er doch schon gewonnen glaubte. Selbst wenn sie ihm nicht glaubten, mussten sie doch auf ihn hören. Wer außer ihm hatte ihnen noch eine Alternative zu bieten?

»Nein, Eroc«, gab Biran zurück. »Sie kommen jetzt. Wir haben sie gesehen. Sie werden in wenigen Augenblicken hier sein. Ihre Hunde sind schon auf unserer Spur.«

Der Alte mit dem steingrauen Bart wurde blass. »Das kann nicht sein«, murmelte er. »Das ist unmöglich.« Er blickte von einem Gesicht zum anderen und dann wieder hinüber zu der Insel. Nyssa, dachte er. Ein erstes Wasserschlänglein wand sich durch den Schlick und leckte an seinem Fels. Ihm wurde kalt. »Das war so nicht geplant«, stieß er heraus und erschrak.

Biran blickte ihn an mit Augen, in denen ein Lächeln förmlich loderte, gefährlicher als jeder Zornesfunken es hätte sein können. »Vielleicht, mein Freund«, entgegnete er und verstand es, das Wort »Freund« unnachahmlich zu betonen, »bist ja auch du verraten worden?«

»Neffe«, stieß Connor mit hohler Stimme hervor. Sein Pferd scheute ein wenig, und er hatte Mühe, es in den Griff zu bekommen. Abzusteigen allerdings machte er keine Miene.

Cedric notierte es mit Besorgnis, die er sich jedoch nicht anmerken ließ. Er wechselte einen raschen Blick mit Scarlett, der seine Armbrust gehoben und den alten Grafen im Visier hatte. Mit einem Kopfnicken gab er seinem Gefährten zu verstehen, er hätte die Lage im Griff. Cedric bezweifelte genau dies, aber es blieben ihnen kaum Möglichkeiten. Er musste verhandeln. Und da gab es nicht viel, was er in die Waagschale werfen konnte. Nichts als sein Leben.

»Was hast du vor Onkel?«, fragte er und bemühte sich um einen kecken Ton. »Willst du mit der Waffe in der Hand beenden, was du begonnen hast?«

»Ich habe gar nichts begonnen.« Der alte Graf fühlte sich unbehaglich genug. »Es war mein Bruder, der die Sache angefangen hat.« Wieder flammte der Groll in ihm auf. »Hätte er sich nicht mit diesen Heiden eingelassen …«

Aber Cedric fiel ihm ins Wort. »Mein Vater hat sein Amt von euer beider Vater übernommen, Onkel, von meinem Ahnen, wie der es von den seinen übernahm und so seit alters her. Es ist das Schicksal der Cloaghs, länger als wir beide uns vorstellen können. Länger als der Glaube existiert, für den Ihr Eure Familie opfern wollt.«

»Es ist Unrecht«, brüllte Connor in hilfloser Wut.

»Sagt wer?«, konterte Cedric, der jetzt ebenfalls zornig wurde. »Sagt Ihr, Euer Beichtvater, der Rest der Welt? Meinetwegen«, brüllte er. »Aber Gott habe ich es noch nicht sagen hören, verdammt noch mal. Dafür habe ich gottesfürchtige Männer und Frauen gesehen, die für diejenigen, die ihr Heiden nennt, ihr Leben zu geben bereit waren. Weil die Wahrheit nicht immer unser ist. Weil es vielleicht noch eine andere Wahrheit gibt als nur die eine. Mein Vater hat das gewusst. Er wusste, dass wir alle fehlbar sind. Er hat das große *Vielleicht* gehütet, über all die Zeit hinweg. Und mag Gott über ihn richten, da, wo er nun ist. Ihr werdet es nicht tun.« Er hatte sich in einen Furor hineingeredet, der ihn das Schwert ziehen ließ.

Sein Onkel aber rührte sich nicht. »Da, wo er jetzt ist?«, fragte er tonlos.

Cedric hielt inne. Sein Atem ging schwer. »Ja«, sagte er. »Da, wo er jetzt ist. Wohin Eure Intrigen ihn gebracht haben. Unverscharrt auf einer Waldlichtung, umgeben von Schurken, ein Fraß für die Füchse.« Erneut griff eine Wut nach ihm, die lange in ihm geschlummert hatte und nun endlich, endlich ihr Ventil fand. Sein Vater war tot, und wenn er im Kampf um ihn trauern konnte, dann kam ihm das in diesem Moment gerade recht. Er wies mit der Spitze der Klinge auf seinen Onkel, bereit zum Angriff.

»Nein«, flüsterte Connor of Cloagh. Danach war es still. Schließlich schlug er die Hände vor das Gesicht. Durch seine Finger hindurch brüllte er: »Neeeeiiiiin!«

Nur das aufgeschreckte Flügelklatschen eines Vogels antwortete ihm. Connor of Cloagh hielt die Augen geschlossen. Er sah seinen Bruder vor sich. Wie hatte er sich darauf gefreut, ihn zu demütigen, ihm vor Augen zu führen, wie unrecht er gehabt hatte, all die Jahre schon, all die Zeit. Seit er ihm Mary genommen hatte. Oh, wie gerne hätte er über ihn triumphiert, ihn klein gesehen, seiner Rechte und Ehre verlustig gegangen. Wie hatte er sich danach gesehnt, Mary ihren Irrtum bereuen zu hören, zu spüren, wie sie seine Hand küsste und um Vergebung bat und die Gunst, in ein Kloster gehen zu dürfen. Wie gerne hätte er ihr dieses gewährt. Oder auch das Exil, selbst an seines Bruders Seite. Ach, sein Bruder, der mit Tränen in den Augen seine überlegene Weisheit anerkannt hätte, der sich ihm gebeugt hätte, seiner Macht, seinem Ratschluss. Er hätte wahrhaft gut für ihn gesorgt. »Bei meiner Ehre«, murmelte Connor of Cloagh, »das hätte ich.«

Nichts anderes hatte er doch gewollt. Hätte den Büßenden zu sich hochgezogen und ihm die Lippen auf die welken Wangen gedrückt. Hätte ihn mit Stolz der Kirche wieder zugeführt, er, sein Mentor, sein geistiger Führer, sein Bruder doch. Nun war er tot. Connor kniff die Augen zusammen, damit keine Träne ihm entkam. Sein kleiner Bruder. Den Connor mit seinem Großmut hatte überraschen wollen, später einmal, wenn er an seinem, des Älteren, Sterbebett kniete. Nun stand er an dem seinigen. Er schüttelte den Kopf, spürte den Helm und nahm ihn geistesabwesend ab. Es war nicht gerecht. »Mary?«, fragte er mit vor Schmerz spröder Stimme.

»Weiß es noch nicht«, gab Cedric zurück und fügte bissig hinzu: »Ihr kommt gerade recht, es ihr mitzuteilen, Onkel. Fehle nur noch ich und das Volk, dem ich verpflichtet bin. Metzelt uns auch, dann könnt Ihr ihr Erfolg auf der ganzen Linie vermelden.«

»Stell dich mir nicht in den Weg, Cedric«, erwiderte Connor matt.

»Doch«, fauchte Cedric, »genau das werde ich tun. Weil es mein Amt ist, wie es das meines Vaters war. Weil es das ist, wofür ich einstehe.« Er machte einen Schritt vorwärts. Einer der Begleiter seines Onkels hob die Armbrust. Er wurde sofort anvisiert von Will Scarlett, der mit dem aufgelegten Bolzen zwischen ihm und dem Grafen in wachsender Hektik hin- und herzielte. Cedric hob noch einmal die Hand, um ihn zurückzuhalten. »Was immer du glaubst, tun zu müssen, Onkel. Du musst dabei über meine Leiche gehen.« Einen Moment lang dachte er an seine Mutter, an Rowena. Er wünschte, sie könnten fühlen, was er in diesem Moment für sie empfand. Aber er wankte nicht. Will Scarlett hinter ihm zog zischend die Luft ein. Keiner sagte mehr ein Wort.

Dann hob sein Onkel die Hand. Die Stille wuchs. Endlich sagte der Graf etwas: »Mein ist die Rache, spricht der Herr.«

46

Es dauerte eine Weile, bis Nyssa begriff, wo sie sich befand. Der Schacht, der sie gefangen hielt, war unregelmäßig geformt, teils direkt in den nackten Fels gehauen, teils natürlicher Spalt und an manchen Stellen mit Mauerwerk verstärkt, das alt und moosbewachsen aussah. Wo Licht hereinfiel, hoch über ihrem Kopf, sah sie blässliche Farnbüschel ihre Wedel der Freiheit entgegenschnellen, die sie doch gleichwohl nie erreichten.

Der Grund, auf dem sie stand, nachdem sie sich mühsam aufgerappelt hatte, war uneben. Hie und da versank ihr Fuß in feinem Schlick. An anderen Stellen lagen Felsbrocken herum. Sie verdrehte sich das Fußgelenk, als sie über einen davon im flachen Wasser stolperte, und fluchte leise. Kraftlos glitt ihr Blick die steilen Wände hoch, die sich zum Grund ihres Gefängnisses kugelartig weiteten. Große Chancen, den so entstehenden Überhang zu bewältigen, hatte sie nie gehabt. Nun waren auch die geringsten dahin. Ihr Knöchel brannte so, dass sie dankbar für die Pfütze war, die ihn kühlte.

Nyssa ließ sich ungeachtet der Nässe nieder, die sich in ihr Kleid saugte, und benetzte ihr Gelenk. Das Wasser war kalt, aber klar, wenn man den Schlick nicht aufwühlte. Und es roch frisch nach Salz.

Salz! Das Wort echote in Nyssas Kopf und brauchte eine Weile, um zu ihrem Bewusstsein durchzudringen. Ein wenig ratlos führte sie einige Tropfen an die Lippen und leckte daran. In der Tat, ihre Finger schmeckten salzig, nicht so stark wie das Meer dort draußen, aber doch unverkennbar. Langsam begann sie zu begreifen. Ihr Blick streifte furchtsam die Wände ihres Gefängnisses. Dies hier mochte vor langer Zeit ein Brunnen gewesen sein. Aber irgendetwas – ein Beben, ein Einsturz, vielleicht nur das stete Werk der Wellen – hatte eine Verbindung zum Meer geschaffen. Und das bedeutete …

Als Nyssa die ganze Wahrheit aufging, stand sie unwillkürlich auf. Entsetzt starrte sie auf die unschuldig wirkende Pfütze zu ihren Füßen. Sie schluckte und bemühte sich, ruhig zu atmen. Vielleicht, redete sie sich ein, irrte sie sich ja. Vielleicht war aus Gründen, die klar und unwiderleglich waren, wenn sie sie auch weder fand noch verstand, alles ganz anders, und sie brauchte sich nicht die geringsten Sorgen zu machen. Vielleicht, sagte sie sich und kämpfte tapfer gegen die aufsteigende Panik an, war dies hier ja kein Flutloch.

Den Blick auf das Wasser zu ihren Füßen gerichtet stand sie da. Sie starrte auf die Stellen, wo die Oberfläche der Flüssigkeit gespannt und glänzend die Steine umschloss, und wartete. Die Zeit verfloss zäh, im Tropfen der Feuchtigkeit an den Wänden. Nyssa murmelte lautlos vor sich hin, wusste selbst nicht, ob sie betete oder einfach nur zählte. Erst schien es eine Sinnestäuschung zu sein, nein, es war eine, ganz sicher. Sie wechselte das Gewicht vom linken auf den rechten Fuß, wagte kaum zu atmen, nicht zu blinzeln.

Dann musste sie ernsthaft überlegen, ob jener Vorsprung an dem kleinen Brocken vorher schon berührt worden war oder nicht. Nyssa grübelte und verfluchte ihr Gedächtnis.

Wie schwach war doch das menschliche Auge. Sie konnte es nicht sicher sagen. Nicht mit Gewissheit. Dann, mit einem Mal, war der Punkt schon lange überschritten, an dem der Vorsprung überhaupt noch sichtbar gewesen wäre. Nyssa wünschte sich noch immer, er wäre eine Fata Morgana gewesen, nie wirklich vorhanden. Aber sie konnte es nicht länger leugnen. Das Beben in ihren Beinen, bislang verhalten, wuchs und wuchs, erfasste all ihre Gliedmaßen, schüttelte sie wie eine Puppe und brach sich schließlich Bahn in einem lauten, verzweifelten Schrei.

Am Himmel über der Hütte beantworteten ihn die Möwen.

47

Rowena und Auled wandten den Blick von den Vögeln, die über ihnen kreisten.

»Wir sollten hier nicht weitergehen«, sagte der Weber, ein wenig außer Atem von der Kletterei über die Felsbrocken, die die Macht des Meeres hier am Fuß der Steilklippen angesammelt hatte, zumal sie zum Teil noch feucht waren und rutschig vom Algenbelag. Graue Krabben hockten auf dem glitschigen Flor und weideten ihn mit ihren großen Scheren ab. Sie flüchteten erst im letzten Moment vor den Eindringlingen in ihr Reich. Auch die Seevögel, die in den Klippen über ihnen nisteten, zeigten sich besorgt über das, was die beiden fremden Wesen hier suchen mochten.

»Es führt von hier kein Weg in die Wand hinauf. Wenn die Flut kommt, sitzen wir in der Falle.« Auled blickte zurück auf den Weg, den sie gekommen waren. Es sah nicht weit aus, aber das Gelände war unwegsam und sie würden nur langsam vorankommen. Zu langsam, um dem unerbittlichen Wasser zu entgehen. Wenn sie jetzt nicht kehrtmachten, waren sie dem Meer ausgeliefert.

»Aber die Höhle muss irgendwo da vorne sein«, beharrte Rowena. »Wenn meine Vermutung stimmt, dann werden wir dort Schutz finden.« Sie blickte über die Schulter zu Auled und lächelte. »Ich glaube kaum, dass sie den Schatz unterhalb der Flutmarke verborgen haben. Und außerdem …« Sie sprach nicht weiter. Auled erkannte an ihrem Blick, der die zerklüfteten Wände über ihr streifte, dass sie glaubte, dort im Notfall Zuflucht finden zu können. Er lächelte müde, hätte sie gerne eines Besseren belehrt. Lauschig sahen die vielen Vorsprünge und Klüfte nur von unten aus, mit den zahllosen Nestern, die sie bestückten, und den weißen Streifen von Vogelkot. Er war als Junge in weniger unwegsamen Teilen der Küste herumgeklettert, um ebensolche Nester auszunehmen. Und er wusste, wovon er sprach. Um dort zu überleben, brauchte man, was ihre Bewohner besaßen: Flügel.

»Rowena«, sagte er. »Bist du sicher, dass du hier weitergehen möchtest?« Unwillkürlich räusperte er sich. Trotz der Erlebnisse der Nacht ging ihm das vertrauliche Du nicht leicht über die Lippen. Er errötete und bemerkte, dass auch ihre Wangen sich rot färbten. Sie blieb stehen und wandte sich zu ihm, wartete, bis er zu ihr aufgeschlossen hatte, und ließ sich dann widerstandslos von ihm in den Arm nehmen. Eine Weile sagten sie beide nichts, genossen nur die Wärme des anderen in dieser unwirtlichen Umgebung. Wie zwei Waisenkinder, die Halt aneinander fanden, standen sie auf den Klippen. Dann murmelte er. »Es kommt mir immer noch wie ein Wunder vor.«

»Ja«, bestätigte sie, das Gesicht an seine Schulter gedrückt. Sein Haar und das ihre flossen ineinander. Es war, eingedunkelt von der feuchten Salzluft, von beinahe demselben kupfernen Rot. Unwillkürlich sog sie die Luft ein, um seinen Duft aus der klammen Wolle zu atmen. Alles an ihr roch nach ihm, sogar der kurze Umhang, der sie wärmte, war von ihm gewebt. Ihren eigenen hatte sie als unpraktisch in seiner

Hütte zurückgelassen. Nun umhüllte sie ein Muster, das er geschaffen hatte. Es erschien ihr passend, dass sie gemeinsam hier standen. Etwas sagte ihr, dass sie den Punkt, von dem es keine Wiederkehr gab, bereits überschritten hatten. Im Moment löste das nichts in ihr aus als ein kindliches Staunen.

»Du«, sagte sie und blickte ihn an. Ihre eigene Stimme kam ihr wie etwas Besonderes vor.

Er lächelte und strich ihr eine Strähne aus der Stirn. »Ist es immer so«, begann sie schüchtern, »wenn zwei, ich meine, zwei von unserem Stamm, miteinander …« Sie verstummte, ihre einander umschlingenden Leiber noch immer vor Augen, brachte das Wort dafür jedoch nicht über die Lippen.

Aber Auled verstand sie auch so. »Nein«, lachte er. Dann wurde er ernst. »So, als kröche man dem anderen unter die Haut, so ist es nicht immer. Das ist etwas ganz Besonderes. Rowena.« Behutsam, als wäre er kostbar, setzte er ihren Namen hinzu.

Sie nickte versonnen. »Ja, und weißt du, ich glaube sicher, dass wir einander bereits in einem anderen Leben begegnet sind. Dies ist nicht das erste Mal, dass unsere Seelen einander etwas bedeuten. In welcher Weise auch immer.«

Noch während sie den Ahnungen, die in diesem letzten Satz lagen, nachlauschte, hörte sie das Glucksen drunten zwischen den Steinen und sah weiter draußen, wo sich der Schlick grau erstreckte, die ersten silbernen Finger über die Ebene tasten.

Auch Auled hatte es bemerkt. »Die Flut kommt«, stellte er fest. Sein Blick wanderte noch einmal über die steile Küste, die den Himmel über ihnen abschnitt. »Wir sind bestimmt schon fast unterhalb der Kapelle«, meinte er. »Aber hier ist nichts von einer Höhle zu sehen. Wir sollten …«

»Nur noch um diese Spitze dort«, verlangte Rowena und war bereits auf den nächsten Stein gesprungen in der Hoffnung, von dort einen besseren Blick über die Felsen zu erhalten, über die sie schon so lange kletterten, nie mehr im Blick als die nächsten paar Fuß Land. »Ich glaube«, begann sie, »dort …«

»Rowena.« Seine Stimme klang gequält. Er blieb, wo er war, und streckte die Arme nach ihr aus. »Das wird zu gefährlich.«

Aber sie hörte ihn gar nicht. Konzentriert arbeitete sie sich weiter vor, sicher, dass er ihr folgen würde. Sie stemmte sich einen kleinen Kamin zwischen zwei großen Brocken hoch, klammerte sich mit allen zehn Fingern in den scharfkantigen Fels, reckte den Kopf und sah endlich, wie sich die nächste Bucht vor ihr öffnete, wie eine neu aufgeschlagene Buchseite. »Ich sehe etwas«, rief sie froh und wandte den Kopf. »Auled?«

Verwundert stellte sie fest, wie weit entfernt er war und klein. Er stand mit hängenden Armen da und reagierte auch auf ihr aufmunterndes Winken nicht. Sie suchte sich einen festen Standplatz und stemmte die Hände in die Hüften. »Nur noch diese Öffnung, ich verspreche es«, sagte sie, energisch, aber noch immer guter Dinge. »Wenn die Siele sie auslassen, kehren wir um.« Er sagte nichts, und sie fuhr in dringlicherem Ton fort. »Auled, wir erkennen die richtige Grotte erst, wenn die Flut sie trifft. Ganz ohne ein wenig Gefahr geht es nicht ab. Aber ich bin sicher …« Sie verstummte, als sie seinen abwesenden Gesichtsausdruck bemerkte.

»Was ist?«, fragte sie und kniete sich hin, um ihm ein wenig näher zu kommen. »Was hast du?« Nervös blickte sie immer wieder über die Schulter hin zu der Höhle, die sich wie ein Versprechen vor ihr zu öffnen schien. Würde das Wasser sie erwählen?

»Sie stirbt«, sagte Auled tonlos. Es lag keine Dramatik in seiner Stimme, nur eine gewisse Verwunderung.

Rowena brauchte einen Moment, um sich von ihren eigenen Überlegungen zu lösen und zu begreifen, dass er nicht von der Grotte sprach, natürlich, nicht von der Schlange und auch nicht von ihr. »Wer stirbt?«, fragte sie ungeduldig. »Wovon redest du?«

»Nyssa.« Er trat an den Spalt heran und legte den Kopf in den Nacken, um sie besser ansehen zu können. Wenn sie sich flach hinlegte und vorneigte, soweit es möglich war, wie sie es jetzt tat, konnten sie einander beinahe mit den ausgestreckten Händen berühren.

»Auled!« Sie reckte die Finger nach ihm. »Was redest du da? Dort ist ein Tritt, siehst du?« Sie wies auf einen kleinen Vorsprung. »Und wenn du dann deinen Rücken hier dagegenstemmst und dich hochziehst …«

»Nyssa ruft um Hilfe«, erwiderte Auled. Er achtete nicht auf ihre lebhaften Gesten, sondern lauschte nur in sich hinein.

»Nyssa!« Rowena konnte nicht verhindern, dass der Name eine spontane Gereiztheit in ihr auslöste. Die Eifersucht, die sie Cedrics wegen auf dieses Mädchen verspürt hatte, saß tief. Bei ihrem Ehemann war diese Nyssa schon ihre Konkurrentin gewesen, in der Gunst ihrer Schwiegermutter sowieso. Aber dass nun auch Auled, von dem sie gedacht hatte, er gehöre ganz ihr, seine Gunst offenbar zwischen ihr und der Sängerin teilte … Ein Mann, dachte sie erbost – und begriff im selben Moment erst, was sie da dachte und was dies bedeutete –, ein Mann, von dem sie nicht einmal ganz sicher war, ob sie ihn wirklich wollte. Und er wagte es, in seiner Loyalität ihr gegenüber wankend zu sein. Das ging zu weit!

Rowena hatte die Regung kaum wahrgenommen, da schämte sie sich ihrer bereits. Aber es war nicht zu ändern, mit einem Schlag war nichts mehr in ihr als Wut. Blindlings war sie zu ihm gelaufen, hatte sich ihm anvertraut. Und hatte nicht auch er um sie geworben – und nun. Nyssa starb! Hätte man Rowena in diesem Moment gefragt, so hätte sie ohne viel Federlesens geantwortet: Sollte sie doch sterben! Vielleicht würde sie dann aufhören, ihr, Rowena, alles wegzunehmen. Aber sie biss sich auf die Lippen und beherrschte sich, kämpfte den Zorn in sich nieder und schwieg, bis sie nichts mehr in sich fühlte als eine große, unverwundbare Kälte. Sorgsam stand sie auf und klopfte sich das Salz vom Umhang. »Gut«, sagte sie beinahe beiläufig. »Dann musst du ihr wohl helfen gehen.«

Zweifelnd blickte Auled sie an, das beherrschte Lächeln, die vor der Brust verschränkten Hände. »Sie ist in Lebensgefahr«, sagte er. »Ich bin mir sicher. Und ich kann sie doch nicht … Ich könnte niemanden in so einem Moment …«

»Nein«, bestätigte sie. »Das könntest du nicht. Natürlich.«

Noch immer starrte er sie an. Aber die Unruhe in ihm wuchs; der Ruf, den er spürte, zog an ihm. Nyssa war gefangen, und sie schrie um ihr Leben. Er wusste es mit absoluter Gewissheit. Er konnte es fühlen, es sehen, die Kälte des Wassers kroch an seinen eigenen Beinen hoch. Er war dort bei ihr in der engen Finsternis, obwohl er doch hier im hellen Tageslicht stand, im Angesicht des weiten Meeres. Das eine war so real wie das andere. Niemals zuvor war ihm so etwas begegnet. Der Ruf, der ihn durchdrang, war fast unwiderstehlich. Dennoch blieb er wie gebannt stehen.

»Du …«, begann er und biss sich auf die Lippen.

Rowena neigte erwartungsvoll den Kopf. Ihr Lächeln wirkte zerstreut.

»Du solltest nicht weitergehen«, sagte er. »Es wird sonst gefährlich.«

»Oh«, sagte sie. »Ja.«

Er stutzte. »Heißt das, du machst kehrt?«, fragte er, zugleich misstrauisch und hoffnungsvoll.

Rowena hob abwehrend die Hände. »Ja, ja«, sagte sie. »Was sonst.«

Er nickte zögernd, versuchte dann ein Lächeln. Die stummen Schreie zogen an ihm und drängten ihn, sich abzuwenden. Er wandte sich zum Gehen, dann drehte er sich noch einmal zu ihr um. »Ich möchte nicht, dass du in Gefahr gerätst.«

»Mach dir um mich keine Sorgen.« Rowena ballte die Fäuste in den Falten ihres Kleides, schaffte es aber, den gelassenen Ton beizubehalten. In ihren Ohren klang er giftig, verletzend, war die Kälte, die sie ihm zeigte, Ausdruck ihrer absoluten Verachtung. Ihn dagegen schien es tatsächlich zu beruhigen. Sie verzog den Mund. »Geh schon«, sagte sie. Die weiche Geste, mit der er die Hand hob, um ihr zuzuwinken, war beinahe zu viel für sie.

Sie stand lange da und schaute ihm nach, wie er über die Felsen kletterte, bis er den Schlick erreichte. Und von dort lief er weiter, rannte über die Ebene, die schon keine mehr war, durch Pfützen und Kanäle, die aufspritzten unter seinen Füßen. Manche von ihnen umschlossen Auled schon fast bis zur Hüfte und hemmten seinen Lauf, während er sich hindurchpflügte, halb Läufer, halb Schwimmer. Rowena dachte, dass er vermutlich in größerer Gefahr war als sie selbst. Das aber ließ sie in diesem Moment kalt. Erst Cedric, dann Colum, jetzt Auled. Alle hatten sie sie verraten und verlassen.

Sie legte den Kopf in den Nacken und stieß einen Schrei aus, den nur die Möwen schrill beantworteten. Dann setzte sie ihre Kletterpartie fort. Sie kehrte nicht um. Sie dachte nicht daran, zurückzukehren. Ihr Vorsatz war alles, was ihr geblieben war. Wie viel auch dagegensprechen mochte – schon Auled zum Trotz würde sie jetzt nicht davon abweichen. Sie würde ihren Plan in die Tat umsetzen. Allein, wenn es eben nötig war. Sie war schon einmal alleine gewesen, mit der Verantwortung für alles auf ihren Schultern: Heim, Volk und Vater. Damals hatte sie ihre Entscheidungen ebenfalls einsam getroffen. Und sie hatte Recht damit behalten. Heute würde sie dasselbe tun. Sie wusste einfach, dass sie sich auf dem richtigen Weg befand. Wenn es Auled zu seinem Singmädchen zog, nun, dann zog es sie mindestens ebenso mächtig in diese Richtung. Für sie sang dieser Felsen vor ihr ein ebenso mächtiges Lied.

48

»Du hast uns verraten!« Birans Stimme hallte weithin.

Eroc starrte sie an. Sein Trotz schmolz. Doch noch war sein Gesicht grimmig. »Ich hatte vor, uns zu retten«, entgegnete er. »Der Templer hatte mir geschworen …«

»Er hat seine Eide gebrochen«, donnerte Biran. »Jetzt greift er uns an. Und nicht er allein, sondern der Bruder des Hüters reitet an seiner Seite.« Die Anführerin hielt inne, um die Wirkung dieser Worte auf Eroc abzuwarten. »Lang bewährte Gleichgewichte hast du gestört«, fügte sie dann düster hinzu. »Alles ist in Aufruhr.«

»Es war nie zu unserem Wohl, dieses ›Gleichgewicht‹, wie du es nennst. Dieses Provisorium.« Eroc spuckte das Wort geradezu aus. Aber in seinem Inneren rasten die Gedanken. Falls Biran Recht hatte, saßen sie alle hier wie Ratten in der Falle. Zwischen Ufer und Springflut wären sie Gefangene und könnten nur eines: untergehen. Nyssa, dachte er dann und hatte Mühe, die Panik zu unterdrücken. Wenn er sie retten wollte, durfte er nicht länger warten. Aber Birans Gesicht war unerbittlich. Erocs Hände begannen zu zittern. Nun war er selbst ein Gefangener, ein Gefangener seiner Pläne.

»Ich …«, stammelte er. Dann ermannte er sich. Es war wichtig, dass er seine Überzeugungskraft behielt. »Sie werden uns jetzt nicht angreifen«, rief er den Seinen zu. Aber sein Blick wanderte, ohne dass er es wollte, von ihnen fort und aufs Wasser hinaus. So stark hatte er sich gefühlt die letzten Tage, vor wenigen Stunden noch, als er in seiner Wut Nyssa hinabstieß. Er hatte sie nie opfern wollen. Aber wahrhaftig, er hatte in sich die Bereitschaft gespürt, es zu tun, alles herzugeben, das eigene Leben, ihres, was immer verlangt war, um seine Pläne endlich Wirklichkeit werden zu lassen. Sollte er sich so in sich getäuscht haben? War er so schwach, war das, was er fühlte, etwa Reue? Nyssa, winselte es in ihm. Er schlug sich die Hände vors Gesicht. Wahrlich, er wünschte, so vieles wäre nicht geschehen.

»Sie werden uns nicht angreifen?«, höhnte Biran. »Ihre Hunde bellen schon, und der Geifer befleckt ihre Mäuler. Sie haben die ersten Fackeln an unsere Zäune gelegt, riechst du es nicht? Hörst du es nicht? Alles, was zwischen ihnen und uns noch steht, ist der Sohn des Hüters. Du bist ein Verräter, Eroc. Und schuld an unserem Untergang.« Diese Worte Birans trieben ihn noch einmal auf.

»Ich bin kein Verräter«, brüllte er. »Ich bin der einzige, der einzige …« Die Stimme versagte ihm, als er in die Augen seiner Gefährten blickte. Nirgendwo war Glauben, nirgendwo Hoffnung. Nirgends Verständnis. Kein Funken Mitgefühl. Er war allein. Allein wie Nyssa. »Nyssa«, brach es aus ihm heraus. Keiner begriff, was er meinte. Als Eroc sich umwenden und losrennen wollte, hielten sie es für einen Fluchtversuch. Viele traten vor und versperrten ihm den Weg.

Es waren Hurvi und Mervin, die ihn schließlich an den Schultern packten und seine Arme auf den Rücken drehten. Hurvi wandte sich an die anderen. »Ich habe schon einmal gegen Gepanzerte gekämpft«, rief sie und nickte denen unter dem Volk des Waldes zu, die damals an ihrer und Arveds Seite gefochten hatten. »Ich weiß, wo ihre Rüstungen verwundbar sind. Und ich weiß, dass wir nicht hilflos sein werden. Schon einmal haben wir uns eingemischt. Weil es um unser Volk ging. Weil es um unser Leben ging. Ich und Mervin«, sie blickte leidenschaftlich auf den Mann an ihrer Seite, »werden uns an Cedrics Seite stellen und mit ihm kämpfen.«

Zustimmendes Gemurmel antwortete ihr. Doch es kam aus wenigen Kehlen. Noch ehe Hurvi Atem holen und den Zögernden ein anfeuerndes ›Wer kommt mit uns?‹ entgegenschmettern konnte, hatte Biran erneut das Wort ergriffen. »Wir gehen mit dir«, sagte er ruhig. »Wir gehen zu unseren Hütten, zu den heiligen Stätten. Dort, an der Seite Cedrics, wollen wir stehen.« Einen nach dem anderen blickte sie die

Menschen an, für die sie verantwortlich war, solange sie sich erinnern konnte. Sie kannte sie so gut, jeden Einzelnen von ihnen. Sie lächelte ihnen zu, voller Trauer, unter Schmerzen. Und doch konnte sie die Hoffnung nicht ganz aus ihrem Herz vertreiben. »Dort wollen wir es beenden«, sagte sie.

Angstvoll hörte das Seevolk, wie seine Anführerin zum allerersten Mal die Stimme brach. Ihr Schritt aber war kraftvoll, als sie sich umwandte und dem Wald zuschritt. Sie hielt nicht einen Moment inne. Nicht einmal, als hinter ihr die Schreie Erocs laut wurden, der sich verzweifelt im Griff seiner Wächter wand. »Lasst mich«, schrie er und verlangte nach Nyssa, seiner Tochter, brüllte ihren Namen wie ein verwundetes Tier. Er versuchte nach ihnen zu schlagen und trat um sich.

Hurvi aber biss die Zähne zusammen. Gemeinsam mit Mervin zog sie ihn mit sich. Als die ersten Zweige hinter ihnen zusammenschlugen, war vom Meer und der Insel rasch nichts mehr zu sehen.

Boisgilbert ließ das Pergament mit einem zufriedenen Lächeln zusammenschnurren. Geschickt verschnürte er es und reichte es einem seiner Ritter, der es in einem Lederbeutel barg.

Er blickte über die Ebene, auf der hie und da kleine Pfützen unschuldig im diffusen Licht der halb verhangenen Sonne schimmerten. »So werden wir denn wie Jesus über das Wasser wandeln«, stellte er fest. Er hob den Arm. Ein Hornruf antwortete ihm. Das Banner der Templer wurde angehoben und entfaltete sich im Wind. Der Zug der Ritter formierte sich.

Die Gräfin hörte den Stahl ihrer Rüstungen hinter sich klirren und fröstelte. Sie suchte den Blick ihres Beichtvaters und reichte ihm die Hand, die er warm drückte.

»Wie eben jener«, bestätigte sie. »Doch bändigen wir das Wasser nicht mit einem Wunder. Nur mit schwachen menschlichen Berechnungen.« Sie brachte ein kleines Lächeln zustande.

Boisgilbert deutete eine höfische Verneigung in ihre Richtung an. Auch er reichte ihr nur den Arm, auf den sie vorsichtig die Spitzen ihrer Finger legte, um an seiner Seite hinauszuschreiten in Richtung der Gezeiteninsel. »Und da der Mensch so schwach ist, will ich gerne gestehen, dass mich mit weit mehr Zuversicht als jene Zahlentabellen der Umstand ausstattet, dass Ihr an meiner Seite wandelt, werte Gräfin.«

Sie schenkte ihm keinen Blick, während sie erwiderte: »Ich bin genau dort, wo ich zu sein habe.«

Boisgilbert, der annahm, dies bezöge sich auf ihre jüngste Parteinahme für ihn, nickte. »Euer Schwager prophezeite mir, dass dies früher oder später der Fall sein würde.«

Die Gräfin verzog den Mund zu etwas, was ein Lächeln sein mochte. »Mein Schwager ist ein Mann, der gerne langfristige Pläne schmiedet.«

»So habe ich ihn kennengelernt«, bestätigte Boisgilbert. Vertraulich neigte er sich zu ihr hinab. »Und ich kann Euch versichern, dass er und ich uns darin ähneln. Ebenso wie in unserer Loyalität für diejenigen, die sich auf unsere Seite schlagen.«

»Das freut mich zu hören«, gab sie kurz zurück, »nun, da unser beider Lebensläufe so eng verbunden sind.«

Er lachte selbstgefällig auf. »Es ist ein Bund, der Gottes Wohlgefallen weckt«, sagte er und nickte auch dem kleinen, dicken Priester zu, der hinter ihnen schritt und unentwegt die Lippen in stummem Gebet bewegte. »Er bringt uns alle näher an seinen Thron.«

Die Gräfin nickte. »Ich habe mich meinem Herrn noch nie so nahe gefühlt«, bestätigte sie mit einer Inbrunst, die Boisgilbert kurz erstaunte. Aber nur für einen Augenblick. Was waren die Gläubigen doch für Narren, dachte er, die mit feuchten Augen hofften und dankten, ohne zu ahnen, dass

Gottes alles zerstörende Macht nur in der eigenen Stärke lag, im eigenen, unbezwinglichen Zorn. In der Gewalt. Wie ekelhaft war diese demütige Zuversicht. Wahrlich, Gott musste die Schwäche verachten, so wie er selbst es tat.

Für einen Moment wurde er von diesen Gedanken abgelenkt, da er in einen Siel trat und, da eisiges Wasser in seine Stiefel drang, nach unten blickend feststellte, dass der kleine Kanal bis zum Rand gefüllt war. Aber die Insel, die er erst vor kurzem besucht hatte, ragte mit ihren nun schon bekannten Hügeln und Klippen dicht vor ihm auf. Beinahe schienen sie schon da zu sein. So verzog er nur das Gesicht, raffte seinen vom Wasser schwer gewordenen Umhang energisch um sich und schritt weiter. »Hütet Eure Säume«, riet er beiläufig der Gräfin. Und als er sah, dass sie, der Nässe nicht achtend, einfach weiterschritt, dachte er mit leisem Respekt, sie benähme sich doch wie ein Mann. Fast bedauerte er es, sie so gründlich zu betrügen.

49

Noch nie in seinem Leben waren Cedric Augenblicke so lange vorgekommen. Obwohl er reglos war wie ein Standbild, rann ihm der Schweiß herab. Aber er wankte nicht. So wenig, wie er als Kind seine trotzige Miene aufgegeben oder nur laut geatmet hatte, solange er auf den Scheiten kniete. Für ewige Momente war er wieder der Junge, der vor seinem Züchtiger kniete und sich weigerte, um Vergebung zu bitten, egal, wie hart die Schläge auf seinen Rücken niedergingen.

Endlich ließen die Ritter des Grafen ihre Waffen sinken. Connor of Cloagh starrte ihn lange an. Dann wandte er wortlos sein Pferd und verschwand. Seine Männer folgten ihm.

Will Scarlett atmete aus und wischte sich den Schweiß von der Stirn. Er ging hinüber zu Cedric und legte ihm den Arm um die Schulter. Er musste ihn förmlich rütteln, um wieder Leben in ihn zu bringen. Der junge Ritter stand noch immer da wie zuvor, als wäre er erstarrt, nur sein Blick brannte unstet.

»Ich muss schon sagen.« Auch Scarletts Atem ging noch rascher, als hätte er eine große Anstrengung hinter sich. »Ihr habt eine interessante Verwandtschaft.«

Cedric schnaubte. Dann entfuhr ihm ein Kichern. Will grinste ihn an. Sie betrachteten einander und brachen wie auf Kommando in Gelächter aus. Sie lachten und lachten, bis ihnen die Tränen über die Wangen liefen. »In der Tat«, keuchte Cedric irgendwann, »wir sind keine ganz gewöhnliche Familie.« Die Bemerkung gab ihrem Gelächter neue Nahrung. Sie bogen sich, als wäre es ein besonders gelungener Scherz gewesen, und schnappten nach Luft. Als sie ein wenig zur Ruhe kamen, meinte Scarlett: »Ich bin ja auf Euer Weib gespannt.«

Cedric schüttelte den Kopf und rang um Atem. »Ihr sollt sie kennenlernen«, versprach er. Ein stolzes Leuchten trat in seine Augen. »Ihr werdet staunen, wenn Ihr sie seht.«

»Hab ich schon, als ich von ihr hörte«, schnappte Scarlett und krümmte sich vor unterdrücktem Gelächter. Cedric runzelte erstaunt die Stirn, aber er kam nicht mehr dazu zu fragen. Scarlett konnte nicht mehr und platzte heraus. »Denn sie heißt, wie mein Pferd hieß.«

Einen Moment lang wusste Cedric nicht, ob er lachen oder wütend werden sollte. Dann aber, als er sich an ihre Reise und die Gespräche erinnerte, die sie geführt hatten, packte es ihn mit aller Gewalt. Es schüttelte ihn und rüttelte ihn durch, Wasser lief ihm aus Augen und Nase, und er lachte und lachte, während er sich über das Gesicht wischte, nach Luft rang und sich einfach nur der ungeheuren Erleichterung hingab, die ihn warm durchflutete. Will Scarlett erging es ebenso. Und so fand das Alte Volk sie.

Unter den ernsten Blicken fingen die beiden jungen Männer sich rasch wieder. Die gute Nachricht allerdings, dass es vorbei sei, drang nur langsam in das Bewusstsein derer, für die sie bestimmt war. Zu viel war über das Alte Volk hereingestürmt, das so lange friedlich und ereignislos an seiner Küste gelebt hatte. Die Tage der drohenden Gefahr, der Verrat eines der Ihren, der beinahe schon sichere Tod. Als sie hörten, dass all dies vorüber sei, standen sie zunächst nur da. Sie jubelten nicht, sie lachten nicht, fühlten sich nur, als ob sie träumten. Und Will Scarlett, der ihnen gegenüberstand, erging es ebenso. Er schritt zwischen ihnen hindurch, als wären sie Statuen in einem Garten, betrachtete jede einzelne Gestalt, hob zögernd hier die Hand zum Gruß, wenn ein Blick ihn traf, wagte es dort, einem Kind über den Scheitel zu streichen, nickte einem Greis zu und errötete schließlich heftig, als das erste schüchterne Lächeln ihm geschenkt wurde. Von allen, die dort auf der Lichtung standen, war er wohl der Einzige, den keine zwiespältigen Gefühle quälten.

Biran war die Erste, die wieder zu sich kam. »So habt Ihr also meine Hoffnungen erfüllt«, sagte sie. Und obwohl ihre Stimme rau war, dachte Cedric, der in das vor Freude leuchtende Gesicht des Anführers blickte, war er noch nie so unsicher gewesen, ob Biran nicht doch ein Mann wäre. Etwas Väterliches war in ihr – oder war es in ihm? –, als sie vortrat, um Cedric zu umarmen. Doch diese Zweideutigkeit war ihm nicht unangenehm. Er schloss die Augen und genoss den Druck der alten Arme. Als ihm einfiel, dass sich sein eigener Vater diesem Beifall nicht mehr würde anschließen können, brannten Tränen unter seinen Lidern. »Sogar mehr als das.«

»Es war auch mehr, als wir selbst zu hoffen gewagt hatten«, meinte Will Scarlett und brach damit den schmerzlichen Bann. Er zauberte aus seinem Beutel eine Münze hervor und ließ sie für die Kinder, die sich neugierig um ihn versammelt hatten, zwischen seinen Fingern tanzen, ehe er sie einem der Kleinen vermeintlich aus dem linken Ohr zog. »Das war ein verdammtes Gauklerstück, weiß Gott.« Er schüttelte den Kopf und grinste dann. »Was gäbe das für ein Lied!«

»Ihr seid Sänger?«, fragte eine Stimme neben ihm. Will verlor die Münze, als er das Mädchen bemerkte, das ihn mit schräg geneigtem Kopf betrachtete. Sie war es nicht. Ganz anders sah sie aus. Und doch. Und doch. Des Sängers Herz schlug einen schnellen Rhythmus. »Gelegentlich«, gab er zu und schluckte. Dann reckte er das Kinn. »Und mit nicht geringem Erfolg, darf ich mich rühmen«, fügte er hinzu, in die altvertraute Koketterie verfallend.

Als sie schallend lachte, wurde er über und über rot. Er schämte sich. Aber nicht genug, um nicht glücklich zu sein. Vielleicht wie noch nie in seinem Leben.

Eroc dagegen wand sich in den Händen seiner Wächter. »Lasst mich los«, schrie er und schlug nach ihnen. Hurvi war unsicher, nun, da die Gefahr gebannt schien, ob sie ihn gehen oder in Gefangenschaft halten sollte. Sie warf Mervin einen fragenden Blick zu. Der rief nach Biran. Die Anführerin blickte auf und wandte sich ihnen zögernd zu.

Fragend blickte Cedric in dieselbe Richtung. »Was ist mit ihm?«, wollte er wissen, froh, dass die allgemeine Aufmerksamkeit sich dem Alten zuwandte und er sich unauffällig über das Gesicht wischen konnte.

Biran klärte ihn in wenigen Worten auf.

»Verräter?« Eroc spuckte das Wort förmlich aus. »Ihr glaubt, was ich tat, sei Verrat, und ihr wäret die Retter, ja? Ihr meint, nun wäre alles vorbei? Aber ihr täuscht euch. Ihr alle. Wir werden dennoch untergehen, wenn ihr nicht auf mich hört!« Er trat und schlug und tobte.

Cedric wandte sich Biran zu. »Er hat Recht«, sagte er. »Es ist noch nicht vorbei. Noch stehen die Kreuzritter vor der Burg und lauern auf uns. Sie können jederzeit über euch herfallen, solange ihr schutzlos seid und unsere Truppen keine Befehle haben. Ich muss in die Burg, muss mit meiner Mutter reden und mit Rowena.« Allein ihren Namen auszusprechen ließ warme Freude in ihm aufwallen. Er nickte denen zu, die mit Rowena und ihm aus dem Wald der Forresters hierher gezogen waren. »Eure Hüterin und ich«, versprach er, »werden den Spuk bald beenden. Vertraut mir. Die Kreuzritter haben jedes Anrecht auf dieses Land verwirkt.«

Selbst zu Eroc drang seine Stimme durch, der sich noch immer hartnäckig zu befreien suchte. Noch einmal hielt der erzürnte Greis inne. »Zur Burg wollt Ihr?«, fragte er in gehässigem Ton. »Wozu so weit laufen? Eure Gattin werdet Ihr viel näher finden.«

Rowena? In der Nähe? Cedric hob erwartungsvoll das Gesicht.

Eroc grinste böse, als er es sah. Er hörte seine Tochter sterben und starb innerlich mit ihr. Warum sollte anderen nicht entrissen werden, was sie über alles liebten? »Sie hat die Nacht bei uns verbracht, ihrem geliebten Volk.« Er stieß die Worte voll grimmiger Ironie heraus. Als er sah, dass sich Cedrics Miene erhellte, führte er den Stoß. »In der Hütte des Webers.«

»Eroc!« Birans Stimme war scharf wie ein Schwert. »Das ist nicht wahr.«

»Ist es das nicht?« Der Alte lachte laut. »Warum haben einige von uns sie dann gesehen?«

»Das war gestern Nacht«, wandte ein junger Mann ein, der tatsächlich gestern geglaubt hatte, Rowena zu sehen, und das den anderen verkündet hatte. »Aber heute Morgen war sie nicht zu finden.«

»Weder sie noch Auled«, bestätigte Eroc hasserfüllt.

Cedric war blass geworden. Er wehrte Biran ab, der an ihn herantreten wollte, ließ keine weiteren Fragen oder Einwände zu und setzte sich in Bewegung, den Hütten zu. Sein Herz klopfte wild. Er hatte sich gut vorstellen können, dass sie hier war, an der Seite des Volkes, das zu hüten sie geschworen hatte. Er hatte schon Angst um sie gehabt bei dem Gedanken, dass Connors Männer ihr so nahe gekommen waren, und was geschehen wäre, hätte er sie nicht aufhalten können. Die Freude war schon in ihm aufgewallt, sie so nahe zu wissen.

Schon hatte er geglaubt, gleich ihr rotes Haar zwischen dem Laub aufleuchten zu sehen, ihre Silhouette zu erkennen, die so vertraut war, ihre Stimme zu hören, ihre Haut zu fühlen, ihren Duft ... Und dann Auled.

Oh ja, er konnte sich auch dies vorstellen. In einem Augenblick hatte das Bild sich gewandelt, war hässlich geworden, aber nicht weniger eindrücklich. Er konnte es nur zu gut glauben. Und doch durfte es nicht wahr sein. Rowena!

»Rowena!« Er brüllte ihren Namen, als er in das Dorf stürmte, den Vorhang beiseiteriss und in die Hütte des Webers drang. Dort blieb er stehen. Alles war leer. Alles war still. Die Feuerstelle erloschen, das Tongeschirr unberührt. Auf der Bettstatt lag eine zerwühlte Decke. Cedric hob sie auf, roch daran und warf sie enttäuscht wieder von sich, da sie ihr Geheimnis nicht preisgeben wollte. Er schleuderte sie in eine Ecke. Dort sah er es.

Mit zwei raschen Schritten war Cedric da und hob es auf, entfaltete es. Er hatte sich nicht getäuscht: Das Stoffbündel war Rowenas Mantel. Schwer hing er in seinen Fingern, während die noch klammen Falten sich langsam öffneten und den Geruch nach feuchter Wolle freigaben und jenen anderen, den er so gut kannte.

»Wann«, fragte er, als er Schritte hinter sich hörte, ohne sich umzudrehen, »habt Ihr sie kommen sehen?« Es blieb stumm, aber Cedric kannte die Antwort. Gestern, hatte der Mann gesagt, gestern in der Nacht, als alles dunkel war. Er presste sein Gesicht in das Gewebe, um ein Stöhnen zu unterdrücken. Dann schleuderte er es zu Boden.

Als eine Hand sich auf seine Schulter legte, fuhr er herum. Es war Biran. Beim Anblick der ehrwürdigen Gestalt riss Cedric sich gerade genug zusammen, sie nicht anzuschreien, nicht von sich zu stoßen oder zu schlagen. Aber seine Fäuste ballten sich sehnsüchtig. Bilder der letzten Tage blitzten auf in seinem Kopf: der Verrat seines Onkels. Sein Vater – tot. Die Schmerzen seiner Gefangenschaft, die Todesangst, die

Sehnsucht. Und sie? Mit einem Mal brüllte es aus ihm heraus. Er scherte sich nicht drum, dass draußen vor der Hütte eine Menschenmenge ihn hören konnte, er dachte nicht einmal daran. Cedric entließ seinen Schmerz und seine Wut in einem einzigen, langgezogenen Gebrüll, bis das Blut in seinem Kopf rauschte und er glaubte, seine Kehle müsse bersten. Als es vorbei war, wurde ihm schwarz vor Augen, und er taumelte.

Es war Birans Hand, die ihn am Arm zurückhielt. »Nicht immer«, sagte die Alte nur, »bedeutet etwas das, was man glaubt.«

Cedric riss sich los. »Was soll das heißen?«, fauchte er. »Dass es nicht so ist, wie ich denke? Dass nichts geschah?«

»Nur, dass es nicht die Bedeutung haben muss, die Ihr ihm beilegt.«

Cedrics Blick hatte sich ein wenig geklärt. Aber noch immer war ihm, als walle alles in seinem Inneren und dränge nach draußen, als Schrei, als Auswurf. Ihm war heiß, und es schien ihm, als bekäme er keine Luft. Obwohl sein Atem rasch ging, fühlte er sich beengt, und sein Blickfeld behielt einen flimmernden, schwärzlichen Rand, der trotz Blinzelns nicht verschwand. Seine Augen fühlten sich geschwollen an, sein Kopf platzte schier vor Bildern, ein Fels schien auf seiner Brust zu liegen, und der Alte kam ihm mit Spitzfindigkeiten? Cedric schüttelte den Kopf und senkte ihn wie ein Stier. Er wollte etwas antworten, aber die Worte entglitten ihm immer wieder. Er war steif vor Widerwillen. Schließlich hob er nur abwehrend die Hände.

»Geh mir aus dem Weg«, knurrte er. Als Biran keine Miene machte, beiseitezutreten, kniff er die Lippen zusammen und schlug einen Bogen um die Alte. Der Boden fühlte sich unwirklich an. Ihm war, als wate er durch schweres Wasser, stemmte sich gegen harten Wind. Zu seinem Erstaunen aber kam er voran und schwankte auch kaum. Die Welt war wohl fester, als er sie empfand. Trotz seines Schwindels setzte er einen Fuß vor den anderen.

»Wo geht Ihr hin?«, hörte er Biran hinter sich fragen. Die Stimme klang weit entfernt, fast so, als lausche er ihr von unter Wasser.

»Zur Burg«, sagte er. »Ich muss mit der Gräfin sprechen.« Er sagte nicht Mutter, obwohl es in seinem Inneren nach ihr schrie. *Mutter*, dachte er, *Mutter!* »Wie ich schon sagte, die Gefahr ist noch nicht vorbei.«

Vor der Hütte übersah er Will Scarlett, der ihm seine Begleitung anbieten wollte. Cedric stapfte zu seinem Pferd und saß auf. Hart trieb er es an. Blind, taub für die Freudenrufe und den Applaus lenkte er es durch die Masse der Menschen, die ihn umgaben und feierten. Er wünschte ihren Dank nicht, er hatte zu teuer dafür bezahlt. Es drängte ihn, das Einzige wiederzusehen, dass sich nie, niemals verändern würde.

50

Einen Augenblick hielt Rowena inne und legte den Kopf in den Nacken. Die Klippe ragte bedrohlich über ihr auf und gab nichts preis von dem Land, das dahinter lag. Wie ein Schnitt ging sie durch den Himmel, hier Helligkeit, dort Finsternis. Die Vögel schwebten an ihren Vorsprüngen hinauf dem Licht entgegen, mit einer Leichtigkeit, die sie in diesem Moment nur beneiden konnte. Ihre eigenen Beine waren vom Klettern schwer geworden, ihre Hände waren rot vom rauen Fels. Mehr als einmal hatte sie sich die Knöchel unsanft aufgeschürft. Mit einem Seufzer rieb sich Rowena den Nacken.

Auled hatte gemeint, sie wären noch nicht auf der Höhe der Kapelle. Auled! Wenn sie den Namen nur dachte, kam die Wut in ihr auf und knapp dahinter schon die Verzweiflung über ihr Verlassensein. Trotzig schluckte sie beides hinunter. Sollten sie doch alle verlassen, sollten sie doch auf sie einreden, über sie herziehen. Sie, Rowena, blieb bei ihrer Meinung. Auch in diesem Falle. Sie war auf dem richtigen Weg, und sie würde nicht umkehren. Wozu auch? Um Auled zu begegnen, wie er Nyssa in seinen Armen barg? Um ihrer Schwiegermutter unter die Augen zu treten und dann auf Cedric zu warten und seinen Urteilsspruch?

Nein, der Punkt, an dem sie hätte umkehren können, war lange schon überschritten.

Rowena kletterte weiter wie in Trance. Sie fühlte sich in einem Niemandsland, aber noch dachte sie nicht an den Tod. Im Gegenteil, ihr war trotz der Erschöpfung, als könnte sie ewig weitermachen. Die Aufregung trieb sie voran, äußerlich taub, unempfindlich gegen Schmerzen und Bedenken, innerlich aber aufgewühlt wie das Meer an einem stürmischen Tag, ruhelos und unfähig, innezuhalten.

Wenn über dem gezackten Rand der Steine auch nur das flüchtige, unzuverlässige Muster der Wolken zu sehen war, so glaubte sie doch, ihrem Ziel jetzt nahe zu sein. Sie änderte ihren Kurs ein wenig und versuchte, näher an die Klippen heranzukommen, vielleicht sogar ein wenig an Höhe zu gewinnen, denn das Wasser würde bald hier sein. Den Fuß der Felswand zu untersuchen brachte wenig. Ein Vorsprung folgte dem anderen, jeder veränderte das Bild wie ein fortgezogener Vorhang, jeder neue Winkel gebar neue Klüfte und Höhlen. Überhaupt diese Höhlen: Grotten und Eingänge waren hier Legion. Die meisten führten wohl nicht weit, waren nichts als Spalten zwischen lose liegenden Brocken, ausgewaschene Wannen oder gar nur, wenn man näher kam, ein dunkler verfärbter Teil des Steins. Es nützte Rowena wenig, sich an das zu erinnern, was sie am Vortag gesehen hatte. Aus der Nähe war das Muster unsichtbar. Blieb nur das Wasser als ihre Orientierung. Sie musste bis zum letzten Moment aushalten, um zu erkennen, welche der Öffnungen es auswählen würde. Einen besseren Weg gab es nicht.

»Na, komm schon«, murmelte sie, während sie beobachtete, wie sich die anschwellenden, verräterisch still gleitenden Ströme auf der Ebene ausbreiteten. Hier und da bedeckten sie den Grund bereits, an anderen Stellen ragten noch Gebirge auf, umleckt von salzigen Zungen. Unter ihr zwischen den Felsen gurgelte und klatschte es hohl. Die Sonne war hinter Wolken verschwunden, das verbleibende Licht war trotz des Mittags diesig und matt.

Rowena sah es und nagte an ihrer Lippe. Das hatte sie sich anders vorgestellt. Keine Chance, dass sie den Leib der Schlange silbern würde aufleuchten sehen, so wie gestern, als sie an ihrem Fenster stand.

Zweifelnd blickte Rowena hinaus auf die Ebene. Aber hatte sie sich nicht vieles anders vorgestellt, vor kurzer Zeit noch? Wie lange war es her, dass sie an diese Küste gekommen war und das Banner der Cloagh auf den Burgmauern flattern sah? Wie lange, dass sie Cedrics Hand voll Vertrauen gehalten hatte? Und dann war ihr Nyssa entgegengetreten. Und die Gräfin. Sie hörte die gönnerhafte Stimme des Grafen und die Tür, die ins Schloss fiel. Cedrics gequälte Miene kam ihr in den Sinn. Colum, der den Riegel vor ihr Gefängnis legte. Zuletzt Auled. Und jetzt stand sie hier und hatte alles auf eine Karte gesetzt. Um einen Schatz zu finden, der das retten konnte, was ihr als Letztes geblieben war. Ihr Volk. Und zumindest einen Hauch ihres Selbstwertgefühls. Sollte es misslingen, konnte sie ebenso gut untergehen, ging es Rowena durch den Kopf, doch sie verbot sich das Denken im selben Moment. Sie musste sich konzentrieren, musste schauen. Es kam alles darauf an, dass sie die Zeichen erkannte und schnell genug war.

In welcher dieser Falten, dieser Gruben, würde sich das Wasser formieren, das sie gestern gesehen hatte, wie es schlangengleich auf die Küste zuschoss, um sie mit ihrem Ungeheuermaul zu begrüßen? Angestrengt blickte sie nach draußen. Trotz des diesigen Lichts war es hell und sie musste blinzeln. Als sie es dann sah, hielt sie es zunächst für eine Täuschung.

Rowena öffnete den Mund für einen Schrei, aber heraus kam nur ein Flüstern: »Gott im Himmel.« Das Meer antwortete mit einem Brüllen.

Eroc blickte nicht zum Horizont, auch nicht auf das Wasser, das sich in zudringlichen Bächen um seine Füße wand. Seit er entkommen und aus dem Wald heraus war, hatte er den Kopf nicht ein einziges Mal mehr gesenkt. Wie ein Blinder lief er über den Strand und auf die Ebene hinaus. Er behielt die Insel im Blick, nur sie, während er mit aller Kraft auf sie zuhastete. Er wusste, was kam, was kommen musste. Aber dort drüben war Nyssa, seine Nyssa, sein einziges Kind. Eingesperrt, verloren. Und er war es, der die Verantwortung für sie trug. Eroc rannte.

Er war alt, seine Muskeln schlaff und sein Atem dünn. Aber er lief, stolperte, lief weiter. Wusste er schon, dass er zu spät kommen musste, dass die Insel zu weit draußen war, die Zeit zu fortgeschritten? Hörte auch er seine Tochter rufen, so wie Auled es tat? Malte er sich ihre Verzweiflung aus, ihre Versuche, sich mit den Nägeln in den Fels zu krallen, um dem Schlund zu entkommen, ihre Tränen, ihre Verzweiflung, ihre Flüche auf den Vater? Erinnerte er sich der vielen Male, da sie ihn begleitet hatte? Immer still, immer unauffällig, niemals gegen seinen Willen aufbegehrend – und er hatte sie nicht beachtet, versponnen in seine Pläne. Bis auf dieses eine Mal, da sie die Stimme gegen ihn erhoben hatte, und er hatte sie fortgestoßen, hinein in den Tod.

Eroc rannte.

Seine Lippen bewegten sich, während er Sätze murmelte, die in ihm aufstiegen. Manche voller Hass, Prophezeiungen des Untergangs für die Seinen, die ihn ausgestoßen hatten, manche voller Zärtlichkeit. Für Nyssa, für sein Mädchen. Allzu viel davon hatte er niemals gesagt. Aber er hatte zu lange gezögert. Zu lange hatte er gehofft, sein Spiel spielen zu können, die anderen umzustimmen. Und dann hatte sich alles gewendet und er war gefangen gewesen. Sie hatten ihn festgehalten. Und die Zeit verrann. Das blanke Entsetzen trieb Eroc voran. Er rannte.

Unwillkürlich wurde seine Stimme lauter, fester. Das Murmeln schwoll an. Eroc sang, abgehackt, von pfeifenden Lauten unterbrochen, mit spröde brechender Stimme und gequält vom Mangel an Luft, aber er sang, stemmte sich gegen das, was da kam, was er fühlte, so deutlich, als wäre es bereits da. Er fühlte es wie ein großes Tier, das erwachte, sich regte, die Luft einsog für den ersten großen, entscheidenden Atemzug. Noch lag es, noch bebten seine Flanken nur sacht, noch war da nicht mehr als eine große Spannung in der Atmosphäre. Im Geiste stemmte er seine Hände dagegen wie Sisyphos gegen den Fels.

Eroc nahm die Kraft, die er entstehen fühlte, in sich auf, presste sie in seine Lungen und sang damit das Lied seiner Verzweiflung. Er spürte, wie der Klang auf das prallte, was vor ihm lag, wie seine Kraft sich aufbäumte. Und kämpfte. Er ächzte. Sein Gesicht lief rot an, die Augen traten hervor, als stemme er tatsächlich eine unmenschliche Last. Der Mann erbebte, er zitterte wie ein junger Baum. Der dann mit einem Mal zersplitterte, mitgewirbelt wurde, überspült wurde und unterging, nur mehr ein Teil war des großen Ganzen, das ihn gleich verschlingen würde. Nyssa, dachte Eroc. Es tut mir leid. Es war sein Schrei, so stumm wie er. Eroc hatte keinen Atem mehr. Er rannte.

51

»Mutter?« Mit diesem Ruf auf den Lippen sprang Cedric in der Burg vom Pferd. Die Wächter hatten sofort das Tor geöffnet, als sie ihn hatten heransprengen sehen. Alle waren erleichtert, dass endlich jemand kam, der ihnen sagen würde, was all dies zu bedeuten hatte und was zu tun war. Denn die Besatzung der Burg, die Knechte und Mägde, alle befanden sie sich in ratlosem Aufruhr. Dies war eine Situation, auf die sie nicht vorbereitet waren und der keiner sich gewachsen fühlte.

Colum eilte in den Hof, als er von Cedrics Ankunft hörte. Die beiden Männer, Herr und Knappe, umarmten einander heftig. »Der Graf?«, fragte Colum, doch Cedric schüttelte den Kopf. Fragend wies er im Gegenzug mit dem Kinn auf die Verwundung an Colums Stirn. Aber dieser antwortete nicht. Wie betäubt stand er da und suchte sich die Bedeutung von Cedrics Geste klarzumachen. Er wollte Fragen stellen, aber es gelang ihm nicht, eine einzige zu formulieren. *Ein Glück*, dachte er nur zu seinem eigenen Schrecken. Er schalt sich sofort dafür, aber er konnte es nicht ändern. *Ein Glück*, das war es, was die Stimme in seinem Kopf flüsterte. *So blieb es dem Grafen erspart.* Laut aussprechen konnte er dies aber erst recht nicht.

Stattdessen nahm er Cedric bei der Hand, fast wie ein Kind, und zog ihn mit auf die Mauer, wo der Wind nach ihnen griff. Sie mussten sich durch viel Volk kämpfen, das dort oben stand, dicht an dicht gedrängt, und hinausblickte zum Strand. Die Wachen stützten sich auf ihre Speere, die sie mit beiden Händen festhielten, als fiele es ihnen schwer, andernfalls aufrecht stehen zu bleiben. Die Frauen hatten sich fest in ihre wollenen Umschlagtücher gewickelt und umarmten sich in ihnen gleichsam selbst. Als sie den Grafensohn erkannten, machten sie ihm schweigend Platz.

Energisch verlangte Cedric zu wissen, wo seine Mutter wäre und was geschehen war.

Colum schwieg, solange er konnte. »Es ist so vieles geschehen, Herr«, antwortete er nur. »Ich weiß nicht, wo ich beginnen soll und wie es erklären.«

Cedrics Fragen wehrte er kopfschüttelnd ab, bis sie endlich den Ort erreicht hatten, den er suchte. Dort winkte er die Zuschauer beiseite und bat Cedric mit einer Handbewegung, vorzutreten. Der junge Graf wunderte sich, tat aber, wie ihm geheißen. Mit beiden Händen ergriff er die Brüstung und blickte hinab.

Ein Fluch entfuhr ihm, als er die Prozession der Tempelritter sah. »Verdammt, wie können sie es wagen«, schrie er und neigte sich vor, als könnte er die Kreuzritter mit seiner Stimme erreichen. »Es war ausgemacht, dass nichts geschieht, ehe mein Vater nicht zurückkommt.« Verärgert hieb er mit der Faust auf die Mauer. »Sie versuchen, uns zu überrumpeln, um Fakten zu schaffen.«

»Die Gräfin hat das so angeordnet.« Colum sprach ruhig. Und nur wer ihn gut kannte, hätte gemerkt, dass seine Stimme zitterte.

»Was redest du da?«, fauchte Cedric und fuhr herum. »Sie hätte niemals …«

»Bedienstete haben gesehen, wie sie gestern Boisgilbert empfing. Sie hatte keinem etwas davon gesagt.«

»Das ist nicht wahr.« Noch einmal hieb Cedric auf den Stein. »Das ist einfach unmöglich. Unmöglich, hörst du? Niemals hätte sie sich Vaters Wort widersetzt. Sie weiß doch, wie wichtig die Insel für uns ist.« Fassungslos starrte er hinunter. Dann wandte er sich dem Knappen zu, der die Augen gesenkt hielt. »Wo ist sie?«, fragte er.

Es dauerte lange, bis er begriff, was Colums ausgestreckter Finger bedeutete. Erst wollte er es nicht glauben, dann kniff er die Augen zusammen. Und da, ja wirklich, er erkannte ihren flatternden blauen Umhang zwischen all den weißen der Templer und den Fahnen, die sie vor sich trugen. »Sie haben sie entführt«, stieß er hervor. »Das ist es. Sie haben sie gezwungen.« Er klammerte sich mit aller Macht an diese Vorstellung. Seine Stimme überschlug sich beinahe vor Hast, sie von jedem Verdacht reinzuwaschen. »Unter irgendeinem Vorwand haben sie um ein Gespräch gebeten, das sie ihnen in ihrer Unschuld gewährt hat. Und dann haben sie sie wie Unholde aus ihrem Heim geraubt.« Er drehte sich voll zu Colum um, der noch immer mit gesenktem Kopf dastand. »Nicht wahr?«, fragte er mit flehender Stimme, packte den Knappen an den Schultern und rüttelte ihn. »Nicht wahr, Colum?«

Der Knappe verzog schmerzlich das Gesicht. Wie gerne hätte er mit einem Ja geantwortet. Es wäre eine gute Erklärung gewesen, eine gute Geschichte, klar, einfach, glaubwürdig. Und sie würde Schmerz und Leid in gerade Bahnen lenken. Aber er wusste nur zu gut, dass es zu viele gab, die dem Grafensohn – dem Grafen jetzt, korrigierte er sich in Gedanken – eine andere Version erzählen würden. Angefangen mit den Wächtern, die Mary of Cloagh an diesem Morgen auf ihr eigenes Geheiß hin die Tore geöffnet hatten.

»Nein«, sagte er also. Und es fiel ihm nicht leicht, es auszusprechen. »Sie ist freiwillig zu ihnen gegangen. Ihr Beichtvater mit ihr.«

Cedrics Hände fielen herab, schwer, als wären sie aus Stein. »Nein«, stammelte er. Rowena fiel ihm ein und der Verdacht, den sie immer gegen seine Mutter zu säen versucht hatte. Dass sie der Kirche zu sehr ergeben war, mehr als dem Hüteramt, das ihr Mann versah. Dass sie Heimlichkeiten hatte. Dass sie die Cloagh verriet. Und wenn er seine Frau an diesem Morgen gehasst hatte, als er ihre Kleider in der Hütte eines anderen fand, so hasste er sie in diesem Moment noch mehr, da sie ihm nahm, woran er geglaubt hatte wie ein Kind. Ja, er hasste sie so glühend, dass er kaum zu sprechen vermochte. Das Gefühl brannte in ihm, mit versengender Wucht. Es brannte ihn leer, bis er nichts mehr zu fühlen glaubte.

»Nein«, flüsterte er noch einmal.

Colum schaute hinaus auf die Ebene, über die Insel hinweg, bis zum grauen Horizont. Er sah, was den anderen entging, die die Augen gebannt auf den kleinen bunten Zug von Menschen gerichtet hielten, der jetzt auf halbem Wege zu der Gezeiteninsel angelangt war. Colum bewegte lautlos die Lippen. Er zählte. Er betete. Dann schloss er die Augen. Es war so weit. Es gab kein Zurück mehr. Er konnte nicht mehr zum Verräter werden. »Herrin, wie du es gewünscht hast«, flüsterte er. Er hörte ihre Stimme an seinem Ohr, die um Vergebung bat.

»Was brabbelst du da?«, verlangte Cedric zu wissen, dessen Zorn ein Ziel suchte, auf das er sich richten konnte. »Und warum zum Teufel bringt niemand die Hunde zum Schweigen?«, schrie er unvermittelt in die Luft. In der Tat, sie bellten und jaulten ununterbrochen, als würde ihnen jemand den Hals umdrehen wollen.

Colum hatte es schon gar nicht mehr gehört. Auch jetzt, da Cedric davon sprach, reagierte niemand. Wenn das Gekläff einmal nachließ, hörte man Fetzen von Musik auf dem Wind reiten. Die dort drunten gemessenen Schrittes vorangingen, sangen einen christlichen Choral.

»Sie hat noch mehr getan«, sagte Colum da. Er ließ sich nicht davon beirren, dass Cedric den Kopf zurückwarf und ihn anfunkelte. »Sie hat ihnen ein Pergament überreicht aus der Schatulle Eures Vaters. Der mit der Schlange darauf.«

»Die Flutkarte?« Cedric schrie es heraus. Er packte Colum am Saum seines ledernen Hemdes. »Du lügst«, zischte er.

Colum ließ sich nicht beirren. »Die Templer hielten es dafür«, erwiderte er. »Wir alle sollten es dafür halten. Und damit sie der Karte vertrauten, vereinbarte die Gräfin, mit ihnen zu gehen, wenn sie die Insel in Besitz nahmen.« Er hielt einen Moment inne. »Aber heute Morgen habe ich das hier gefunden.« Er verschwieg, dass er den Fund schon am Vorabend gemacht hätte, wenn er nicht ertappt und niedergeschlagen worden wäre. Er verschwieg sein Gespräch mit Rowena und die Zweifel an der Gräfin, die es für kurze Zeit in ihm geweckt hatte. Über seine Lippen sollte nichts kommen, was Cedrics Herz noch schwerer hätte machen können. Colum hoffte inbrünstig, die letzten Stunden irgendwann in seinem Leben vergessen zu können. Statt weiterzusprechen, zog er das Pergament aus seinem Gewand.

»Ich fand dies«, sagte er und überreichte es Cedric, der es aufrollte und verständnislos betrachtete. »Und da es zweifellos die echte Flutkarte ist«, fuhr der Knappe fort, »muss das, was sie den Templern gab, eine Fälschung gewesen sein.« Die beiden Männer blickten einander an. »Alles geschieht, wie sie es geplant hat.«

Gentford trat an Boisgilberts Seite. »Das Wasser steht hoch«, stellte er mit einer gewissen Beunruhigung fest und wies auf den Saum seines Mantels, wo das Weiß dunkel geworden war von der salzigen Nässe, die es bei jedem Schritt aufsog.

Der Anführer der Ritter hob den Kopf wie ein witterndes Tier. »Der Wind steht gegen das Land«, stellte er fest. Darum wurde wohl das Wasser hereingedrückt. Er war nicht verunsichert, noch nicht, warf aber einen Blick nach vorne. Doch die Insel, die vor ihnen aufragte, verstellte ihm den Blick hinaus aufs Meer. Er fühlte nach dem Pergament an seiner Brust, das dort beruhigend knisterte. Die Aufzeichnungen hatten ihm versichert, dass die Flut erst in drei Stunden einträfe, das war mehr als genug Zeit. Dann wanderte sein Blick zu der Gestalt der Gräfin, die ihm vorausging, seiner Garantie, seiner Verbündeten, seiner Glücksbringerin. Er grinste zufrieden. Weder sie noch der dicke Mönch an ihrer Seite verrieten in ihren Schritten das geringste Stocken. Im Gegenteil, ihr Kopf war hoch erhoben, ihre Haltung frei von Angst. Sie schritt dahin, als gäbe es die Pfützen, die rings um sie herum wuchsen, gar nicht. Beruhigt von dem Anblick nickte der Templer Gentford aufmunternd zu. »Das Ziel ist nah«, erwiderte er.

Als sie es hörte, lächelte die Gräfin stumm. Ein letztes Mal betrachtete sie den Umriss der Insel vor sich, deren Hügel und Felsen sie so gut kannte wie die Gesichter der Wesen, die dort zu Hause waren. Für jene allein tat sie das. Für sie alle und für ihren Mann, der nicht hier bei ihr war. Sie richtete ihre Gedanken auf ihn und suchte mit ihm zu sprechen. Verzeih mir, Geliebter, bat sie im Stillen. Aber wenn die Wölfe kommen, nutzen weder Gold noch Verträge. Ich habe sie jagen sehen vor unserer Tür, jeden Tag, bis ich es nicht mehr ertrug. Ich musste etwas dagegen tun, und es war das Einzige, was ich vermochte. Sie versuchte sich sein Gesicht vorzustellen, seine Augen, die so dunkel waren wie die See, an die er sie entführt hatte, um dort mit ihm zu leben. Ich habe es nie bereut, Liebster, versicherte sie ihm und legte all ihre Kraft in die stummen Worte, voller Hoffnung, ihn irgendwie damit zu erreichen, seine Seele noch einmal zu berühren. Ich bereue auch jetzt nichts. Nur dass du nicht hier bist. Unwillkürlich hob sie die Hand, als könnte sie das vertraute Antlitz ihres Mannes noch einmal erreichen.

»Da vorne ist etwas«, stellte Boisgilbert fest und kniff die Augen zusammen.

»Es ist der komische Alte.« Gentford hob beschattend die Hand an die Stirn, um besser sehen zu können. »Muss wohl auf dem Weg in seine Klause sein. Aber wieso rennt er so?« Unwillkürlich lachte er auf, als die zappelnde Gestalt vor ihnen stürzte und sich eilig auf alle viere aufrappelte. »Was hat den denn gebissen?«

Boisgilbert öffnete schon den Mund für eine zynische Antwort. Da auf einmal hörte er es. Es klang wie ein fernes Donnern, tief und bedrohlich. Unwillkürlich legte er den Kopf in den Nacken und starrte in den Himmel, der hellgrau war und dunstig und wenig bedrohlich. »Was zum Teufel …«, begann er.

In diesem Moment begann der Mönch an der Seite der Gräfin zu singen.

Cedric wollte es nicht begreifen. »Aber sie musste es doch wissen«, rief er und neigte sich so weit über die Brüstung, dass seine ausgestreckte Hand die Umrisse der Frau dort unten zu berühren schien. So nah war sie, fast konnte er ihr Gesicht erkennen. Noch immer hatte er ihre Stimme im Ohr. Und doch ... – aber diesen Gedanken mochte er nicht zu Ende führen. »Wenn sie die echte Karte kannte, dann wusste sie doch, dass es Wahnsinn war, heute hinauszugehen.« Seine Augen weiteten sich unwillkürlich, als er die Wasserwand sah, die sich weit draußen auf dem Meer aufgebaut hatte. Sein Blick war unverstellt, er konnte den fremdartigen, bedrohlichen Horizont, der auf sie zugewandert kam, in aller Deutlichkeit erkennen. Fassungslos blickte er wieder auf den Zug der kleinen, puppenhaften Gestalten dort drunten, der noch immer nichts bemerkt hatte und mit wehenden Bannern und feierlichem Schritt weiterging. In sein Verderben. Cedrics Stimme sank zu einem Flüstern. »Wie konnte sie?«

Colum räusperte sich. »Ich denke mir, sie wollte sichergehen, dass die Templer in die Falle tappen. Solange sie dabei wäre, würden die Ritter, ohne Verdacht zu schöpfen, überall hingehen. Das war wohl ihre Überlegung.« Auch er wandte den Blick wieder nach unten, um Zeuge der letzten friedlichen Momente vor dem Verhängnis zu werden. Beide wünschten sie in diesem Moment, ihr Blick könnte die dort drunten tragen und beschützen, sie einhüllen wie in Bernstein und für alle Zeiten bewahren.

Hinter ihnen im Hof tobten die Hunde gegen die Gitter. Glandys' Schluchzen war zu hören. Rowan stand nur stumm da und umklammerte den warmen, weichen Leib des Welpen in seiner Hand auf der Suche nach Trost.

»Sie war der Köder in der Falle.« Cedric war sich nicht sicher, ob er es war, der das gesagt hatte. Er fühlte sich kalt und taub und seine eigene Stimme klang fremd in seinen Ohren. »Mutter«, flüsterte er.

Als hätte sie es gehört, wandte die Gräfin den Kopf zurück zur Burg. Sah sie die Menschen auf der Brüstung des Turmes? Erkannte sie, wer da nach ihr Ausschau hielt? Sie hob den Arm. Ein Schutz gegen das Licht oder ein letzter Gruß?

»Was ist das?«, wiederholte Boisgilbert, als das Brüllen der See erneut erklang. In seinem verzerrten Gesicht stand eine Ahnung, als er die erhobene Hand Mary of Cloaghs packte und sie zu sich heranriss. »Was hast du getan, du Schlange?« Er schüttelte sie, als sie nicht antwortete. Dann folgte er ihrem Blick, der stetig über seine Schulter gerichtet war. Und er erstarrte.

Dort auf den Klippen standen sie wieder. Wie damals im Sturm. Eine Reihe von Gestalten, eine neben der anderen. Ausgeburten einer anderen Welt. Fremd wie die Nacht, die sie damals umgeben hatte. Nun lag das Tageslicht auf ihren Schultern. Und doch schienen sie der Hölle entschlüpft.

Unwillkürlich bekreuzigte sich der Templer bei dem Anblick. Wind kam auf, heftig, feucht, seufzend wie das Einatmen einer trauerbeschwerten Brust. Er flog den Wellen voran, von denen er getrunken hatte. Boisgilbert spürte den Boden unter seinen Füßen wanken, als stünde er wieder auf den Planken des sterbenden Schiffes. Diesmal jedoch würde keine Armbrust, kein im letzten Moment herumgeworfenes Steuer ihm mehr helfen. Seine Hände sanken herab. Der Herr der Templer hatte begriffen, dass er sterben würde.

An seiner Stelle trat Gentford vor, Panik in den Augen und in der Stimme. Er schüttelte die Frau so heftig, dass sie die Haube mit dem Schleier verlor.

Cedric auf der Mauer erstickte seinen Schrei mit der Faust, als er die silbernen Haare seiner Mutter aufleuchten sah.

»Mach, dass sie aufhören«, brüllte Gentford die Gräfin an. Seine Stimme schnappte beinahe über. »Was immer sie da tun, sie sollen damit aufhören. Schluss mit dem Hexenwerk!«

Mary of Cloagh lächelte. »Sie tun nichts«, sagte sie. »Sie nehmen nur Abschied.«

»Könnten sie etwas unternehmen?«, fragte Cedric. Er

fasste sich an die Brust, die so heftig schmerzte, dass er kaum Atem zu holen vermochte. Als hielte eine eiserne Faust ihn gepackt. »Kann das Seevolk uns helfen?«

Colum schüttelte den Kopf. »Ich weiß es nicht«, sagte er.

Biran blickte hinunter zu der Frau, die des Hüters Gemahlin war, ihre Vertraute über viele Jahre hinweg. An ihrer Seite standen die Ältesten des Stammes, die Abzeichen ihrer Würde in den Händen. Sie alle waren bereit. Die Aufgabe war groß, sie würde all ihre Kraft kosten. Sie würde ihnen Schmerzen bereiten, jenseits dessen, was vorstellbar war. Sie würde sie zerschmettern und aufsaugen. Keiner von ihnen wäre mehr am Leben, wenn ihr Lied zu Ende wäre. Dennoch waren sie bereit. Sie spürten den Atem in sich und den Klang, der darauf wartete, sich aufzurichten und zu entfalten wie ein Segel.

Nacheinander blickten sie auf Biran, die mit starrem Gesicht dastand und beobachtete. Keiner regte sich. Es war, als besäßen sie bereits keine Körper mehr. Der salzige Atem der heranstürzenden See zerrte an ihren Kleidern und ließ ihr Haar wie Schlangen um ihre Köpfe tanzen. Sie spürten es nicht mehr, hörten nur mehr das Summen des Liedes in ihrem Inneren. Biran hob die Hand.

»Tu was!«, brüllte Gentford die reglose Gräfin an. Dann stieß er sie von sich und begann zu rennen. Er wandte sich zurück, dem Ufer zu, von dem sie gekommen waren. Er wählte den weiteren Weg, den, der ihm vertraut war, den dorthin zurück, wo vor wenigen Augenblicken noch alles in Ordnung gewesen war. Er wählte den falschen.

Die Reihe der Ritter, an der er blindlings vorbeistürmte, zerbrach. Erschrocken blickten manche ihrem Anführer nach, andere starrten dem entgegen, was auf sie zukam. Einige folgten Gentford, andere versuchten, klüger zu sein, und warfen sich der Flutwelle entgegen, in der Hoffnung, knapp vor ihr noch die rettenden Klippen der Gezeiteninsel zu erreichen. Wie Ameisen unter einem aufgehobenen Stein liefen sie auseinander. Inmitten des Gewusels blieb nur die Gestalt im blauen Mantel an ihrem Platz. Silberne Schlangen umwanden sie, eine nach der anderen. Und der Horizont hatte sich hinter ihr erhoben zu einem unbezwinglichen blauen Banner.

»Mutter«, flüsterte Cedric.

Die Gräfin blickte Boisgilbert an. »Es ist zu spät«, sagte sie.

Der Templer, stumpfen Blickes, hob sein Schwert über ihrem Haupt.

»Biran?«, fragte Mervin und neigte sich nach vorne. Die Anführerin des Seevolkes regte sich nicht.

Keuchend erreichte Eroc den ersten Vorsprung der Insel und klammerte sich daran fest. Die Algen unter seinen Fingern waren feucht. Er rutschte ab, scharrte mit den Füßen gegen den Stein wie ein Hund und schaffte es, sich auf die erste Plattform hinaufzuziehen. »Ja«, keuchte er und kroch weiter. »Ja. Ja. Ja. Nyssa, warte auf mich. Ich komme, gleich bin ich da. Ich hole dich, ich … ich …« Sein Gewand war nass und schwer, seine Knie zerschunden. Er legte den Kopf in den Nacken und schaute die graue Wand hinauf. Er war beinahe da. Ein Lächeln verzerrte sein Gesicht. Nur noch ein paar Tritte, ein Handgriff. Und dann konnte er ihr sagen, dass er all dies nicht gewollt hatte. »Nyssa«, flüsterte Eroc.

Da erfasste ihn die Wasserwand wie ein kalter Schlag. Er öffnete den Mund, um zu brüllen, aber sein Schrei wurde übertönt vom Brausen der Flut, das lauter war als jeder Donnerschlag. Verzweifelt klammerte er sich fest. Unter dunklen Wogen und sprühender Gischt konnte man ihn eine Weile erkennen, wie er am Felsen hing, ein verkrümmter brauner Buckel auf dem Stein, einer Entenmuschel gleich. Dann wurde er weggespült und verschwand, als wäre er niemals da gewesen.

Und Eroc ergab sich. Eroc ließ los. Sein letzter Gedanke, als die Kälte nach ihm griff, galt dem, mit dem er sich so oft getroffen, der zuletzt mehr Wissen mit ihm geteilt hatte als seine menschlichen Gefährten. Dem großen Fisch, dessen Gedächtnis seine letzte Zuflucht gewesen war. Und der graue Schatten in der Tiefe hörte ihn.

»Biran?!« Eine leichte Unruhe ging durch die Reihe derjenigen auf dem Kliff. Aber die Anführerin schüttelte langsam den Kopf.

»Sie will es nicht«, sagte sie endlich. Es war, als müsste sie Steine von ihrer Brust stemmen, um für diese wenigen Worte Atem zu holen. Sie öffnete den Mund noch einmal, doch es gab nichts mehr zu sagen. Die Gräfin hatte sich entschieden. Und sie respektierten ihren Wunsch. Im selben Moment rollte die blaue Woge über die Ebene zu ihren Füßen wie ein schwerer Teppich, alles bedeckend, alles verschlingend, und brach sich mit einem letzten Donnern an der Küste.

Die droben spürten das Beben des attackierten Landes unter ihren Füßen. Ihnen war, als müssten auch sie wanken, als wären es auch ihre Knochen, die unter dem Angriff ächzten.

»Sie will es nicht«, wiederholte Biran leise. Da war die Gräfin nicht mehr als ein tanzender Punkt auf dem tobenden Wasser. Hier blähte sich ein bunter Wimpel noch wie eine Blase auf dem Wasser, dort war ein schwarzer Kopf zu erkennen. Das letzte Lied des Seevolks blieb ungesungen.

Auf der Burg fühlten sie ebenfalls das Beben der Mauern. Dann wurde es still. Die Hunde waren verstummt. Endlich verstummt. Das Meer schäumte und kämpfte in seinem Gefängnis zwischen Küste und Insel, schwappte hin und her, drehte sich und mahlte alles klein, was ihm in die Fänge kam.

»Ihre Rüstungen«, sagte Rowan tonlos. »Sie ziehen sie hinunter.«

»Vielleicht«, entfuhr es Cedric. Wirre, hoffnungsvolle Gedanken tanzten durch seinen Kopf, von denen keiner sich recht fassen ließ. Er machte Anstalten, aufzuspringen.

Colum hielt ihn am Arm fest. »Es ist vorbei«, sagte er. »Es ist vorbei.« Er spürte, wie der junge Graf unter seinem Griff zusammensackte.

»Mein Gott«, flüsterte Rowan. Glandys an seiner Seite bekreuzigte sich.

Colum starrte über das unruhige Meer in der Bucht, das Raubtier im Käfig. Da kam ihm ein anderer Gedanke. Und ehe er es verhindern konnte, hatte er es ausgesprochen: »Rowena!«

52

Auled hatte die Ausläufer der Gezeiteninsel etwa zur selben Zeit erreicht wie Eroc. Er war von Nordosten gekommen und hatte das Glück, sich dort in einen Felskamin retten zu können. Das Wasser überflutete auch ihn im ersten Ansturm, aber es gelang ihm, sich in der Spalte so zu verkeilen, dass er nicht herausgespült und mitgerissen werden konnte. Und der Stein fing den härtesten Anprall der Wogen ab.

Nach Luft schnappend, blind vom Salz in seinen Augen und mit Kleidern, die vollgesogen Tonnen zu wiegen schienen, suchte er sich seinen Weg nach oben. Wieder und wieder kam eine Welle und umklammerte ihn, sog an ihm und suchte ihn mit sich in die Tiefe zu ziehen. Auled presste sich an den Stein, drückte seine Stirn dagegen und versuchte, nicht an den Schmerz in seinen zerschundenen, zerschnittenen Fingern zu denken, die hielten. Und hielten. Und endlich war es geschafft.

Es war der Tag der großen Flut. Selbst Gebiete der Insel, die sonst über der Wasserlinie lagen, waren heute Teil des Meeres. Auled sah wogendes Gras unter Wasser wie einen Algenwald, sah Vogelnester davontanzen, umflattert von seinen hilflos kreischenden Besitzern. Schmutz und Gezweig färbte den Schaum, der um die fremd aussehenden Umrisse der Felsen quoll. Es dauerte einen Moment, bis Auled sich orientiert hatte. Auf den kahl gefegten Grasmatten der Hochebene war Nyssa nirgends zu entdecken. Aber das, was er wahrgenommen hatte, als ihr Hilferuf zu ihm drang, hatte auch mehr einer Höhle geähnelt, einem Schacht. Auled schauderte bei dem Gedanken. Wie tief unter der Insel mochte sie stecken? Und wo zwischen den Klippen war der Einstieg verborgen?

Er schaute sich um, noch immer außer Atem. Das Blut in seinen Ohren brauste lauter als die See. Auled war ratlos. Dort drüben hinter der Felsnadel lag Erocs Hütte. Von dort aus konnte er Ausschau halten. Sie war noch am Leben, sagte er sich. Das, was er in sich spürte, war ihre Stimme. Ihre eigene, lebendige Stimme. Und nicht nur ein Echo von ihr. So redete er sich zu, während seine Füße über die bemoosten Steine stolperten, trotz seiner Müdigkeit schneller und schneller.

Er öffnete die Tür der Hütte mit einem Schrei: »Nyssa!«

Und gegen all seine Hoffnungen wurde er beantwortet. »Auled!«, tönte es dumpf und voller Angst. Als seine Augen sich an das Dämmerlicht in dem Verschlag gewöhnt hatten, entdeckte er das gemauerte Rund in der Ecke. Ein Brunnen! Er hatte nicht gewusst, dass es in Erocs Hütte einen Brunnen gab. Wie hatte der Alte so ein Geheimnis hüten können? Trotz der Gefahr wallte für einen Moment die Wut in ihm hoch über Eroc, der so ein Eigenbrötler war, der selbst seine eigenen Leute manipulierte und betrog. Dann aber neigte er sich über den Rand. Und er verstand.

Der Brunnen war lange schon keiner mehr. Niemandem wäre er von Nutzen gewesen. Denn er hatte sich der See ergeben. Der Geruch, der heraufdrang, war brackig. Und das Geräusch, dieses zischende, köchelnde Brodeln, sagte ihm genug.

»Auled«, rief Nyssa, die den Umriss seines Kopfes eher erkannte, als es ihm gelang, sie in der Dunkelheit dort drunten auszumachen.

»Das Wasser steigt.« Hilfloses Entsetzen klang aus ihrer Stimme. »Ich stehe schon auf einem Vorsprung, aber weiter …« Sie spuckte und hustete, und Auled ahnte einen bangen Herzschlag lang, dass das Wasser ihren Mund erreicht hatte. Er blinzelte, und endlich sah er ihr blasses, wasserglänzendes Gesicht. Den Rest ihrer Gestalt hatte die Flut bereits verschlungen. Nyssa spuckte und keuchte. »Aber höher geht es nicht. Es ist ein Überhang. Auled?«

»Ich bin hier.« Ein furchtbares Gurgeln drohte seine Worte zu übertönen.

»Auled, ich kann mich nicht gut halten.«

»Halt dich fest.« Er hörte selbst, wie wenig trostreich das klang. »Kannst du schwimmen?«

»Das Wasser ist voller Wirbel. Es … es saugt einen nach unten. Auled, bist du da?«

»Halt dich fest«, wiederholte er hastig und trat vom Brunnenrand weg. Es tat ihm körperlich weh, ihr seinen Anblick zu entziehen. Er wusste, dass er ihr letzter Trost war. »Ich bin da«, brüllte er deshalb, während er sich hastig die Kleider vom Leib streifte. »Ich lasse dich nicht allein, hörst du? Ich tue alles, was ich kann. Nyssa!« Er zog sich den Kittel über den Kopf. Dann begann er alles in breite Streifen zu reißen. Er fluchte, wenn der Stoff seinen vor Eile zitternden Fingern Widerstand entgegensetzte. Blut floss in die Fasern. Er achtete nicht darauf, zerrte, zog, klopfte steife Stellen weich, knüpfte Knoten, prüfte hektisch ihre Festigkeit, von der gleich alles abhängen würde. Endlich war es geschafft.

»Nyssa?«, rief er atemlos und neigte sich über den Brunnen. Wie groß war seine Erleichterung, als er den verschwommenen Fleck ihres Gesichts noch erkannte. »Ich habe ein Seil für dich. Ich lasse es hinunter, verstehst du? Du musst dich festhalten. Festhalten, sonst nichts. Alles andere überlass mir.«

Er holte aus und warf das improvisierte Seil, das sich plump entrollte. Es dauerte einige atemlose Augenblicke, bis er sie rufen hörte: »Ich habe es.«

»Gut«, gab er mit sich vor Hoffnung überschlagender Stimme zurück. »Dann ziehe ich jetzt an.«

Seine Muskeln schwollen, sein Kopf platzte fast, als er das ganze Gewicht des Mädchens und seiner nassen Kleider spürte. Auled biss die Zähne zusammen und zog. Langsam, ganz langsam spürte er, wie die Last ihm näher kam. Er zog sich Schritt für Schritt zurück, nicht wagend, den einmal gefassten Griff um den Stoff zu lockern. Mit einem Mal verschwand der Gegenzug, das Seil wurde leicht. Auled stolperte und fiel gegen die Hüttenmauer. »Nyssa«, schrie er, noch während er sich wieder hochrappelte.

Diesmal dauerte es, bis ihr Gesicht aus den dunkel schäumenden Wassermassen wieder auftauchte. »Ich …«, spuckte sie und keuchte, »kann nicht …«

»Ist gut«, unterbrach er sie hastig. »Alles gut, gut, hörst du, Liebste? Du musst es dir umbinden.« Er wiederholte das Wort, als spräche er zu einem Kind oder einem Schwerhörigen. »Ja, so ist es gut«, begleitete er ihre Bemühungen, die er nur undeutlich wahrnahm, und hoffte dabei, dass sie die Panik in seiner Stimme nicht hörte. Denn die Furcht hatte ihn so gepackt, dass er am ganzen Körper zu zittern meinte. »Wir schaffen das, hörst du? Nur bind es dir um.«

»Auled?«, kam ihre Stimme nach einer Zeit, die endlos lang erschien. Sie klang leise und klein. »Es ist zu kurz. Es tut mir leid.«

Wann hatte Rowena begriffen, dass sie sterben würde? War es, als sie den Kopf der Schlange auf sich zurasen sah, ein Ungeheuer mit weit geöffnetem Maul, bereit, zu verschlingen, was sich ihm in den Weg stellte? Oder geschah es, als sie die Front aus Wasser erblickte, die dem schrecklichen Boten folgte?

Noch während sie einsam in ihrem Nest aus Klippen gewartet hatte, war ihr unwohl zumute gewesen. Umkehren, umkehren, hatte es in ihren Gedanken geechot. Wo war die Stelle gewesen, an der sie hätte umkehren sollen, die unsichtbare Grenze? Hätte sie sie unter ihren Füßen spüren sollen? War es dieser Fels gewesen oder jener? War es gewesen, als sie Auled zum ersten Mal zulächelte? Als sie das Seil knüpfte, um aus ihrem Zimmer zu fliehen, oder erst, als sie in den Armen des Webers lag?

Rowena wusste es nicht. Doch nun war die Katastrophe geschehen. Und obwohl sie unversehrt hier hockte, frei von Schmerzen, warm und geborgen auf ihrem Stein, hatte sie doch das Gefühl, irgendwo, irgendwann falsch abgebogen zu sein und schon nicht mehr ihrem eigenen Leben anzugehören. Verquer und verloren kam sie sich vor, unfähig zu Wut oder Selbstmitleid. Das Einzige, was half, war, auf das Wasser zu starren und sich zu sagen, dass die Probe noch bevorstand, dass alles sich noch erweisen würde. Auch wenn sie selbst nicht mehr daran glaubte.

Als die Seeschlange ihr Haupt erhob, klar, deutlich erkennbar, als wäre sie ihren Visionen entstiegen, hätte Rowena jubeln sollen, sie wusste es. Stattdessen erstarrte sie bei dem Anblick. Für einen Moment war ihr, als hätte sie wieder in das Orakelbecken des Waldvolks geschaut. Wie damals bot sich ihr ein Bild, das sie fast verzweifeln ließ. Wie damals zischte ihre Widersacherin ihr tödlich entgegen.

Und wieder entschloss sich Rowena, zu kämpfen.

Sie sprang auf und hastete zu der Öffnung, die unter dem tosenden Anprall der ersten Woge beinahe ganz verschwunden war. Die eiskalte Woge des rückflutenden Wassers überspülte Rowena, aber sie achtete nicht darauf. Der Weg war ihr gewiesen worden, und sie war bereit, ihn zu beschreiten. Hätte in diesem Augenblick irgendein Zweifel noch in ihr Raum gehabt, so wäre er in dem Moment verschwunden, als das Wasser die Höhle freigab und sie im selben Moment im

Fels über der Rundung eine Gravur erkannte, alt, flach, nur erkennbar, weil das Meer sie mit seiner Nässe aufgefrischt hatte: Es war ein Labyrinth.

Rowena stieß einen Schrei aus, als sie es erblickte, in dem all ihre aufgestaute Erregung und Furcht gebündelt war. Laut und hemmungslos brüllte sie den Elementen ihre Qual und ihren Triumph entgegen.

Sobald der Sog nachließ, stieß Rowena sich von den rettenden Felsen ab und watete in die Grotte hinein, die ihr ihren feuchtkalten Atem entgegenhauchte und sie mit einem drohenden Rülpser begrüßte. Rowena verschwendete keinen Gedanken daran, dass sich unter ihren Füßen, die noch immer überspült waren, Spalten, ja, ganze Abgründe verbergen mochten, in die sie stürzen könnte. Ihr ganzes Streben war nach vorne gerichtet. Sie musste so rasch wie möglich so tief wie möglich in diese Höhle hineinkommen. Wenn es hier einen Schatz gab, und daran zweifelte sie nicht mehr, dann musste er irgendwo in Sicherheit untergebracht sein, hoch und trocken, so dass die Fluten sämtlicher Jahrhunderte ihn nicht erreichen konnten. Er musste im Herzen des Labyrinthes ruhen, das sie gesehen hatte. Dorthin brauchte sie nur zu gehen, an allen Ungeheuern vorbei, die es außerdem bergen mochte. Dann wäre auch sie gerettet.

Und – als wollte sie Rowena bestärken, sie trösten oder auch verlocken – der Weg in die Höhle führte aufwärts. Rowena tastete sich voran, im schwächer werdenden Licht. Das Wasser, das an ihren Knöcheln sog, war eisig kalt, die Geräusche um sie herum klangen dumpf und grausig, Gemurmel von Ungeheuern, die sie langsam umzingelten. Hier und da trafen ihre Finger auf etwas, das ihre Augen im Halbdunkel als Bilder erkannten, Gesichter aus Träumen, die andere Wesen geträumt haben mochten, in fernen Zeiten. Die bewegten Reflexe des vom Wasser gespiegelten Lichts, umherspringende Scherben, erweckten sie zu trügerischem Leben. Rowena öffnete den Mund, um sie anzusprechen, kannte jedoch ihre

Namen nicht und begnügte sich damit, ihre raue Steinhaut im Vorbeigehen zu liebkosen. Ihren Beistand erflehte sie stumm. Sie blieb kein einziges Mal stehen.

Noch immer führte der schmaler werdende Durchgang Rowena nach oben. Sie wusste, das war kein Grund zum Aufatmen. Der Feind, der hinter ihr lauerte, würde ihr folgen bis in die letzte Ritze und mit ihr um die Wette steigen. Schon jetzt war ihr, als würde er ihr die Luft streitig machen. Oder war das der lastende Fels über ihr, die Decke, die Wände, die näher und näher kamen, je weiter sie vordrang? Es war, als zöge der Stein der Höhle sich um sie zusammen, eine sich ballende Faust, bereit, Rowena zu zerquetschen.

Ihr Atem ging keuchend. Schon musste sie sich bücken, um voranzukommen. Wenig später kroch sie auf allen vieren, die Hände im Wasser, das gurgelnd und kichernd, spielerisch um sie herum stieg und stieg, bald ihre Schenkel eisig liebkoste, bald ihren Bauch umschloss, ihr Kinn kitzelte.

Rowena schnappte nach Luft. Sie achtete nicht auf ihre zerschundenen Knie. Hastend, krabbelnd wie ein lächerliches kleines Tier, beeilte sie sich, vorwärtszukommen. Als sie endlich das Ende des Korridors erreichte, ließ sie sich von dem nachdringenden Wasser in den Raum spülen und lag einen Moment nur da. Dann fuhr sie hoch, schnappte nach Luft und richtete sich auf.

Auf einen Blick begriff sie, dass sie angekommen war. Rowena stand in einer Höhle, ringsum, wohin sie sich auch wandte, war massiver Fels. Es gab keinen Weg, der weiterführte. Aber so rasch ihre Blicke über den Fels glitten, so hastig sie den Kopf auch wandte – da war auch nichts anderes: kein Schrein, kein Altar, keine Galerie, die ein Geheimnis hätte bergen können. Nichts als nackter, schwarzer Stein, der hinaufreichte, höher, als sie es zu erkennen vermochte und in nichts führte als beängstigende Schwärze.

Rowena begriff, dass sie am Grund eines Kamins stand. Sie war am Ende angekommen, in einer Sackgasse. Als sie das Gurgeln hörte, fuhr sie herum zu dem Loch, aus dem sie gekrochen war: Das Wasser strudelte heraus mit weißem Rauschen. Dann beruhigte es sich und zog sich glatt zu einer spiegelnd schwarzen Oberfläche. Der Ausgang war versenkt. Er lag unter Wasser. Nur der kräftige Druck an ihren Beinen, gegen den sie sich mit aller Macht stemmen musste, wie Rowena erst jetzt bewusst wurde, verriet, dass das Meer weiter mit aller Macht von dort hereinströmte. Dies und das Steigen des Wassers, das bereits begann, ihr das Kleid die Schenkel hochzuschieben.

53

Als er den Namen seiner Frau hörte, zuckte Cedric zusammen. »Ich weiß«, sagte er. Und alle Bitterkeit wallte wieder in ihm auf, als er einen anderen sich um ihren Verbleib sorgen hörte. »Ich weiß, wo sie gewesen ist. Ich habe ihr Gewand in der Hütte des Webers gefunden.«

Zu seiner unendlichen Verwunderung sah Colum erleichtert aus, als er das hörte. »Dann hat sie also ihn um Hilfe gebeten«, stieß er hervor. »Dem Himmel sei Dank. Ich hatte schon Angst, sie wäre alleine losgezogen, um …« Er vollendete den Satz nicht und wandte sich stattdessen den Klippen zu, die sich in furchterregender Formation nach Norden hinzogen. Sie alle waren schon dem wütenden Angriff der Flut ausgesetzt. »Aber er kennt die Gewässer. Er wird nicht zulassen, dass sie eine Dummheit macht.«

Cedric verstand nicht, wovon sein Knappe sprach. Alles in seinem Kopf drehte sich. Er begriff nur eines: »Willst du damit sagen, du wusstest, dass sie zu ihm wollte?« Was, dachte er verzweifelt, sollte er davon halten? War das Ausmaß des Verrates so groß, dass alle an ihm teilhatten? War die Welt verrückt geworden, oder war er es?

Schuldbewusst wandte Colum sich ihm zu. »Es war die

naheliegendste Wahl, nachdem ich ihr meine Hilfe versagt hatte«, bekannte er. Dann neigte er den Kopf und ließ sich auf ein Knie nieder. »Verzeiht mir, Herr. Ich hätte ihr um Euretwillen besser dienen sollen.«

Cedric begriff noch immer nicht. Aber ein Funken Hoffnung stahl sich in die bittere Nacht seiner Eifersucht. »Sie nahm ihn statt deiner?«, fragte er und suchte zu verstehen, was dies bedeutete und warum es ihn mit einer leisen Ahnung von Glück erfüllte. »Aber wofür?«

Colum erklärte es ihm. Er berichtete zunächst von ihrem ersten gemeinsamen Ausflug, der Schatzsuche in der Gruft der Kapelle.

»Ich erinnere mich.« Cedric nickte und zog die Stirn kraus. Aber die Bilder jenes Morgens, einer der letzten, den sie gemeinsam in Harmonie verbracht hatten, glätteten die Falten wie von selbst. »Wir waren selbst zusammen dort oben.«

»Und wir fanden schließlich einen Weg hinab, Herr!« Colums Augen begannen unwillkürlich zu leuchten. »Ihr würdet es nicht glauben, ich glaubte es selbst nicht, wenn ich es nicht mit angesehen hätte. Sie hatte es prophezeit, und es war da. Wie ein Wunder!« Sogar Cedrics Gesicht hellte sich auf, als Colum ihm von dem Schlangenheiligtum berichtete. Und verdüsterte sich schlagartig wieder, als er von der Gefahr hörte, in der sie sich unerwartet befunden hatten.

»Wäre der Weber nicht gewesen«, endete Colum, »so hätten uns diese verdammten Kreuzritter damals erwischt.« Und er spuckte aus in Richtung der Wellen, die die verhassten Feinde ein für alle Mal verschlungen hatten. »Deshalb«, fuhr er dann fort, »hat sie sich wohl auch an ihn gewandt, als ich mich weigerte, mit ihr einen zweiten Versuch zu wagen.«

Cedric packte ihn an der Schulter. »Einen zweiten Versuch?«, fragte er und rüttelte seinen Knappen an der Schulter. »Wovon redest du bloß?«

Colum erklärte auch dies, alles, was Rowena ihm bei ihrem

letzten Gespräch anvertraut hatte, angefangen bei ihrer Vermutung über die wahre Natur der Schlange der Cloagh bis hin zu ihrer Hoffnung, in den Klippen fündig zu werden. Auch den Streit mit der Gräfin und dass sie eingesperrt war, verschwieg er nicht. Als er geendet hatte, malte sich Entsetzen in Cedrics Gesicht.

»Die Klippen?« Er schrie es beinahe.

Colum senkte den Kopf. »Sie sprach davon.« Seine Stimme war nur mehr ein Murmeln. »Aber ich glaubte sie ja sicher eingeschlossen. Ich wollte sogar mit der Herrin darüber reden. Sie hat die junge Herrin nicht gerecht behandelt, das hat sie nicht. Ihr dürft nicht glauben …«

Aber Cedric hörte ihm schon gar nicht mehr zu. In ihm kämpften die seltsamsten Gefühle. Da war die ungeheure, süße Erleichterung darüber, dass es eine Erklärung für Rowenas Treffen mit Auled gab. Heimlich, nachts, war sie wie ein Flüchtling zu ihm gegangen, weil keiner ihr hatte zuhören wollen. Aber nicht für ein Rendezvous, sondern weil sie einen Helfer brauchte für ihren verrückten Plan, die Cloaghs zu retten. Ihm zu helfen. Er schluckte heftig. *Rowena*, dachte er, *Rowena*. Sein Herz begann erneut, im Rhythmus ihres Namens zu schlagen.

Zugleich wuchs in ihm die Erkenntnis, dass – wenn dieser Auled ein Narr war oder ihrem Starrsinn nicht gewachsen – die Frau, die er mehr liebte als sich selbst, sich irgendwo dort unten in jenem Mahlstrom befand, dessen lebensfeindliches Donnern er bis hier herauf hören konnte. Und er ertappte sich bei dem Gedanken, dass er zum ersten Mal hoffte, der Weber wäre ein ganzer Mann und besäße Einfluss auf Rowena. *Rowena!* Er flüsterte ihren Namen. Seine vom Entsetzen beengte Brust weitete sich schmerzhaft.

Als könne er sie mit seinen Blicken finden, erreichen, halten, starrte er hinaus auf den weißen Streifen brodelnder Gischt, der sich die Küste entlangzog. Dann blieb sein Blick an etwas hängen. »Du sagst, ihr wart in der Kapelle?«

»Ja«, bestätigte Colum verwundert.

»Und sie vermutete den Eingang zu ihrer Schatzhöhle«, er konnte das Wort nur mit Bitterkeit aussprechen, »in etwa unterhalb des Heiligtums?«

Wieder bestätigte Colum dies. Aber er wusste sichtlich nicht, wohin all dies führen sollte. »Glaubt Ihr, da gibt es einen Zusammenhang, Herr?«

»Ich weiß nicht.« Cedric biss sich auf die Lippen. Wenn er es laut ausgesprochen hörte, erschien ihm der Gedanke selber verwegen. Aber hatte die Existenz des römischen Tempels unter der christlichen Kirche nicht bewiesen, dass es Orte gab, die schon länger als heilig galten, als die Menschen sich erinnern konnten? Die Grotte des Einsiedlers fiel ihm wieder ein. Der Alte hatte ihn gepflegt, damals, als er beim Turnier verwundet und von Rowena gerettet worden war, ehe er dann hatte flüchten müssen. Er hatte in etwas gehaust, was zum Teil die Ruine einer Kirche gewesen war. Die Statue, die er in einer Ecke aufgestellt hatte, war allerdings älter gewesen als jedes christliche Gottesbild. Auch wenn er sie auf seine naive, mariengläubige Weise verehrt hatte. Und hatte die Erhebung bei Rowenas Heimat nicht im Volksmund Feenhügel geheißen, obwohl kein Mensch auch nur ahnte, dass sich darunter ein Heiligtum des Alten Volkes verbarg? Manche Orte besaßen eine Magie von alters her, das jedenfalls war kein Hirngespinst von ihm. Was also sollte er halten von der Idee, die in seinem Kopf Gestalt annahm?

»Du sagtest, dass der Weber von einer Erdspalte erzählte?«, murmelte er leise, mehr zu sich selbst. Dann klärte sich sein Blick, und er schaute Colum direkt an. »Eine Spalte, die zur Küste führte.«

»Ja, aber … Er meinte, sie führte nur hinaus auf den Steilhang, und …« Er verstummte, als er Cedrics Gesicht sah. Die Qual, die Hoffnung, die er darin las, waren zu viel für den alten Knappen. Er behielt seine Gegengründe für sich und ergab sich. »Ja«, wiederholte er nur leise.

»Was«, spann Cedric seinen Gedanken fort, »wenn es dort noch andere Spalten gibt, Colum? Was, wenn die Römer taten, was auch wir getan haben: ihr Heiligtum auf einem errichten, das viel älter war? Was meinst du?«

Ich weiß nicht, hätte der Knappe antworten wollen. Ihm war nicht wohl dabei. Er hielt den Blick gesenkt und betrachtete, ohne sie wirklich zu sehen, die um den Griff des Schwertes verkrampften Finger seines Herrn. Es tat ihm weh zu sehen, wie weiß sie waren. Gerne hätte er sie gelöst und beruhigend in die seinen genommen. Hätte irgendeinen Trost ausgesprochen, den es in solchen Fällen doch nicht gab. Aber er brachte keinen Ton über die Lippen. Und war am Ende nicht jeder Wahn besser als die Erkenntnis, dass sein Herr mit diesem Tage alles verloren hatte, seine ganze Familie, all seine Liebe? »Ja«, flüsterte er also endlich.

Cedric hörte seine Zustimmung gar nicht mehr. Er war schon losgegangen, mit langen, ungeduldigen Schritten. Alles, alles war besser, als hier oben zu bleiben – ein hilfloser, schicksalsergebener Narr – und nichts tun zu können. Nichts, als das Meer anzustarren, das er an diesem Tag zum ersten Mal in seinem Leben hassen gelernt hatte.

54

Auled neigte sich über den Brunnenrand. »Nyssa?«, rief er. »Ich komme jetzt runter, hörst du?« Er zog an dem Strick, den er notdürftig befestigt hatte. »Ich habe das Seil angebunden und lasse mich zu dir hinab. Bleib, wo du bist.«

»Auled, ich … ich kann nicht.« Es war beängstigend deutlich, dass Nyssa immer wieder unter Wasser geriet. Ihre Stimme erstickte bisweilen, dann wieder hörte er sie keuchend Luft holen.

Auled zwang sich, nicht in Panik aufzuschreien, während er sich, so rasch es ging, über den Rand schwang und an dem

Stoffseil hinabließ. Er hörte das Gewebe dicht an seinem Ohr knarren und ächzen und wollte nicht einmal daran denken, was geschehen würde, wenn es ihrer beider Gewicht tragen müsste. »Nyssa«, rief er, um einen ruhigen Atem bemüht, obwohl seine Arme brannten vor Schmerz, während er sich langsam, Griff um Griff, hinabließ. »Gleich bin ich da. Du musst durchhalten.« Er stieß einen Laut aus, der Stöhnen oder Gelächter sein konnte. »Tu bitte einmal, was ich dir sage.«

Er hörte, dass auch sie etwas wie ein Lachen von sich gab, und mit einem Mal fühlte er eine Welle von Kraft in sich. Es hatte so vertraut geklungen. Und so nah. In diesem Moment wusste er, er würde sie erreichen. Oder sie stürben hier gemeinsam.

»Nyssa!« Diesmal flüsterte er ihren Namen. Denn sie war da, in seinen Armen, dicht an seinen Leib geschmiegt. Zwar war sie kalt und schwach, aber sie schlang die Arme um seinen Hals und barg ihr Gesicht mit einem Aufschluchzen an dem seinen. Es war nicht nötig, dass sie irgendetwas sagte.

»Nyssa.« Zärtlich strich er ihr die nassen Strähnen aus dem Gesicht, suchte sie mit der Wärme seiner Hände zu beleben. Dann küsste er sie. Sprudelnd umfasste das Wasser sie, als sie untertauchten. Aber sie hielt ihn fest. Und er umklammerte das rettende Seil.

In Auled war mit einem Mal eine große Ruhe. Mit wenigen, kräftigen Fußstößen brachte er sie beide wieder an die Oberfläche. Dann hievte er Nyssa auf einen kleinen Vorsprung im Fels, der ihr vorübergehend einen einigermaßen sicheren Stand verlieh. Mit klammen Fingern schlang er das verbleibende Ende des Stricks um ihre schlanke Taille. Als es geschafft war, lächelte er sie an. »Jetzt kannst du mir nicht mehr weglaufen«, sagte er.

Statt einer Antwort streckte sie die Hände nach ihm aus. Wie ein Kind nahm er sie huckepack, ergriff selbst das straff gespannte Seil und machte sich mit seiner Last an den Aufstieg. Es ging quälend langsam, Handbreit um Handbreit. Mehr als einmal hörte er den Stoff böse reißen. Mehr als einmal fühlte er seine Finger, seine Arme nicht mehr, die taub waren trotz des Feuers, das darin brannte. Dennoch zweifelte Auled nicht einen Moment. Der Weg, jeder Tritt, jeder Griff stand ihm vor Augen wie das Muster eines Teppichs. Und er folgte ihm, Tritt für Tritt, Zug für Zug, längst nicht mehr eingesperrt in diese Röhre, längst nicht mehr von Gewicht beschwert, zögernd, gläubig, ein Land durchschreitend, das neu war, als erfände er es mit jedem Schritt. Aber er war nicht alleine. Nyssa war an seiner Seite, folgte mit ihm den Arabesken, die sich vor ihren Augen neigten und entfalteten, am gleißenden Blau entlang, hinweg über das Rot, schwebend, treibend, in violetten Spiralen steigend von Gelb zu Weiß. Das Licht vor seinen Augen barst.

Auleds Stirn schlug hart gegen Stein. Er war kalt, rau. Es war der Rand des Brunnens. Tageslicht floss in Staubschleiern unter der Hüttentür hindurch. Sie waren zurück in der Klause, die ihm noch niemals so tröstlich erschienen war. Mit einer letzten Anstrengung zog Auled sich und seine süße Last hinauf.

Sie fielen auf den staubigen Boden und blieben dort liegen. Noch immer umklammerten sie einander mit aller Kraft. Erst langsam entspannten sich ihre Glieder, streckten sie sich, blickten sich um in dem vertrauten grauen Raum. Draußen rauschte die graue Flut, die Möwen schrien wie alle Tage, das Gras zwischen den Felsen sang im rauen Wind sein ewig gleiches, niemals verstummendes Lied. Und doch war alles anders.

Auled streckte die Finger aus und strich über die Wange der Frau, die sich an ihn schmiegte, frierend, ganz blass, dem Tode entronnen. Aber sie blickte ihn an. Er wusste nichts von einem Sänger namens Orpheus, der vor langer, langer Zeit bei einer Mission gleich der seinen gescheitert war. Er kannte nicht den Namen der Frau, nach der dieser sich verzehrt hatte. Er wusste nur eines: Er selber würde nicht mehr zurückblicken. Alles, was er sich wünschte, lag vor ihm. »Nyssa«, flüsterte Auled verzückt. »Meine Nyssa, Nyssa, Nyssa.«

Cedric rannte, so schnell er konnte, in Gedanken stets bereits einen Schritt weiter, noch eine Biegung voraus, längst schon bei der Kapelle, deren Silhouette doch so greifbar nahe vor ihm stand. Es war zum Verzweifeln, wie lahm seine Beine waren! Wie unerträglich der Weg sich zog! Selbst Flügel hätten ihm nicht genügt.

Colum hinter ihm suchte keuchend, aber vergeblich, mitzuhalten. »Im Herz des Labyrinthes«, rief er seinem Herrn zu, als ihm klar wurde, dass der nicht einzuholen war. »Zieht an dem Ring.«

Murmelnd wiederholte Cedric die rätselhafte Botschaft, kaum dass er in den stillen Kirchenraum gestürmt war. Der Zug hatte die Kerzen verlöschen lassen, doch drang durch die weit geöffnete, im Wind leise knarzend sich bewegende Tür genügend Tageslicht herein. »Im Herzen des Labyrinthes, im Herzen des Labyrinthes«, betete er ratlos vor sich hin und fuhr in der Kapelle herum wie ein eingesperrtes Raubtier, bis er endlich auf die Idee kam, seine Blicke auf den Boden zu richten. Ab da war es einfach.

Zwar zitterten seine Hände zu sehr, um den bronzenen Ring zu ergreifen, als er ihn endlich gefunden hatte, doch tat sein Schwert, unter die Steinplatte geschoben, dieselben Dienste. Mit einem Schrei stemmte Cedric sich gegen die Klinge und sah voller Triumph, wie der Eingang sich öffnete. Er war schon halb die Treppe hinunter, nur noch sein Kopf schaute heraus, als Colum endlich ankam und mit seinem Umriss das Kircheninnere verdunkelte.

»Halt, Herr«, rief er, wenn auch vergeblich. »Die Schlangen, wartet, ich …«

Er fluchte, als er sah, wie Cedric ungerührt ob seiner Warnung verschwand, und lief selbst zum Altar. So rasch er konnte, zündete er mit dem dort liegenden Werkzeug die Kerzen wieder an und nahm den Leuchter in die Faust, ehe auch er sich dem Einstieg im Boden zuwandte. Er würde sich den Ungeheuern dort drunten kein zweites Mal ohne ausreichende Zurüstung stellen, mochten sie die Schoßtiere des Webers sein oder nicht.

»Vorsicht«, rief er hinunter, während er selbst sich in den Einstieg schob und nach den ersten Stufen tastete. »Dort hinten ist ein Wasserbecken.«

Das heraufklingende Platschen sagte ihm, dass Cedric es gefunden hatte. Colum beeilte sich, hinunterzukommen und seinem wütend umherwatenden Herrn aus der misslichen Lage zu helfen. Als er jedoch vor ihm stand, den Leuchter in der Linken, die Rechte fürsorglich ausgestreckt, ergriff Cedric die dargebotene Hand nicht. Wie erstarrt stand er da und blickte über die Schulter seines Knappen. Der wandte sich langsam um.

Beide standen sie lange vor dem im Kerzenlicht schimmernden Standbild der Gottheit und der Schlange in ihrer Hand. Colum bemerkte erst jetzt, dass sie sich von der Scham bis zu den Lippen der Statue zu räkeln schien. Im flackernden Schein der Kerze sah sie beinahe lebendig aus. »Beeindruckend, nicht wahr?«, fragte der Knappe endlich flüsternd.

Aber er musste heftig an Cedrics Arm rütteln, bis dieser endlich zu sich kam. »Was habt Ihr?«, fragte Colum erstaunt. Er versuchte es mit einem Scherz. »Man könnte ja meinen, Ihr hättet einen Geist gesehen.«

»Das Schlangenweib.« Mehr war Cedric für den Augenblick nicht zu entlocken. Aber er stand da wie einer, der schlafwandelt, Aug' in Aug' mit dem Geist aus seiner Vergangenheit, den er bis heute vergeblich zu bannen gesucht hatte. Ihm zu begegnen hatte er an diesem Ort am wenigsten erwartet. Noch immer blieb er stumm. Nur sein Atem ging qualvoll.

Colum, der Knappe, war einen Schritt zurückgetreten. Er begriff nicht genau, was da vorging, aber er wagte es nicht noch einmal, seinen Herrn zu berühren.

Schließlich ging es vorüber. Als kostete es viel Kraft, schüttelte der junge Graf endlich den Kopf, unwillig wie ein Hund, der aus dem Wasser kommt. Tropfen spritzten aus seinen Locken. Er seufzte tief. Dann schien der Bann gebrochen. »Wo«, fragte er mit einer Stimme, die ihre alte Sicherheit noch nicht ganz wiedergewonnen hatte, »begann die Spalte, von der Auled sprach?«

Colum musste eingestehen, dass er es nicht wusste. Da sie verschüttet war, hatten sie seinerzeit auf eine Besichtigung verzichtet.

Cedric seufzte. Er nahm Colum den Leuchter ab und hielt ihn höher, um sich einen Eindruck von der Form der Höhle zu verschaffen. An manchen Stellen sah er Mauerwerk, an anderen trat ihm der nackte Fels entgegen. Schließlich fanden sie auch die Stelle, die Auled gemeint haben musste. Sie befand sich an der Westwand, den Klippen zugewandt, die irgendwo dort draußen von Wind und Wasser umtost wurden, während sie hier in der ruhigen, ungerührten Dunkelheit standen. Aber es war, wie der Weber gesagt hatte: Dort gab es kein Durchkommen mehr.

Cedric versuchte es wider seine eigene Einsicht, setzte die Klinge seines Schwerts mal als Brechstange, mal als Schaufel ein und musste doch bald schwer atmend einsehen, dass er hier nicht weiterkommen würde.

Colum redete ihm darin zu. »Er sagte doch, der Weg führt auf die abrutschenden Wiesen über den Klippen. *Über* den Klippen, Herr.« Erleichtert atmete er auf, als Cedric sein wütendes Tun aufgab und sich aufrichtete, um zu Atem zu kommen.

»Du hast Recht«, sagte sein junger Herr endlich. Er wischte sich über die Stirn. Dann griff er nach seinem Umhang und benutzte ihn, um Erde und Staub von seiner Schwertklinge zu wischen. »Wir sind noch lange nicht tief genug.« Erbittert schaute er sich um. »Dieses Loch«, verkündete er mit lauter Stimme, »ist eine verdammte Sackgasse.« So groß waren seine Wut und seine Hilflosigkeit, dass er mit dem Fuß aufstampfte wie ein trotziges Kind.

Und es war im selben Moment, als antwortete der Felsen ihm.

Beide Männer hoben die Köpfe. »Hörst du das?«, fragte Cedric schließlich. Er zögerte einen Moment, dann wiederholte er das Experiment. So heftig, dass der Fuß schmerzte, trat er auf den steinigen Boden. Wieder antwortete ihm ein Ton, unerwartet, dumpf und hohl, der nur eines bedeuten konnte. Ein verzweifeltes Lächeln stahl sich in sein Gesicht. »Ich hatte Recht, Colum«, sagte er. Seine Stimme war kaum mehr als ein Flüstern. So klein war die Hoffnung, die sich ihm da bot, dass er sie durch keinen lauten Ton vertreiben wollte. Und doch stampfte er noch einmal auf, und wieder und wieder. Bis Colum voller Sorge das Gesicht verzog. Sein Herr aber begann wie irre zu lachen. »Hörst du das, Colum? Hörst du es?« Diesmal rief er. »Wir sind noch nicht tief genug!« Jetzt verkündete er es voller Triumph. Dann lief er zu dem Knappen hinüber und packte ihn an den Schultern. »Colum, mein Freund, wir sind nicht tief genug, verstehst du?« Er ließ den Knappen los und begann wieder, seine unruhig suchenden Runden durch die Höhle zu ziehen. Diesmal aber war es der Fußboden, den er in Augenschein nahm. Hin und wieder stieß er prüfend mit dem Fuß oder dem Knauf seines Schwertes gegen den Boden. Dabei murmelte er unentwegt vor sich hin.

Colum, der all das misstrauisch beobachtete, folgte ihm zögernd. Hin und wieder glaubte er zu verstehen: »Eines unter dem anderen.« Eine Formel, die seinem Herrn so wichtig schien, dass er sie wieder und wieder hersagte. Das andere verstand Colum nicht.

Er runzelte die Stirn. »Meint Ihr etwa …«, begann er

dann. Cedric hörte ihm gar nicht zu. Unbeirrt zog er immer weitere Kreise um seinen ersten Ausgangspunkt, stampfte und lauschte.

Zögernd ließ Colum sich auf die Knie nieder. Er neigte den Kopf vor und legte ein Ohr auf den Boden, der wärmer war, als er es erwartet hatte. Die heißen Quellen, erinnerte er sich. Erwartungsvoll presste er sich gegen den Stein. Und da war es, er konnte es nicht leugnen. Der Fels unter ihm besaß eine Stimme. Dumpf und leise, aber in unregelmäßigen Abständen immer wieder, schien er grollend etwas sagen zu wollen. Es war kaum mehr als ein Vibrieren, dem Beben der straff gespannten Trommelhaut nicht unähnlich, von dem man nicht genau wusste, ob man es hörte oder fühlte. Aber es war da, wurde leiser, wurde lauter.

Cedric ballte die Faust und ließ sie mächtig auf den Boden niedersausen. Dann riss er die Augen auf. »Der Untergrund ist hohl!«, rief er.

»Nicht überall«, bestätigte Cedric. Seine Stimme klang munter, aber fern. Er war mittlerweile jenseits des Wasserbeckens. »Aber es gibt da drunten zweifellos weitere Hohlräume. Hörst du das Rauschen?«, fragte er nach einer Weile zurück.

Colum lauschte erneut. »Ich bin nicht sicher«, bekannte er, sich wieder aufrichtend. »Was soll das sein? Die Quellen?«

»Das Meer!« Cedrics Stimme klang laut und triumphierend. Endlich hielt er inne, um sich seinem Knappen zuzuwenden. »Ein Heiligtum ruht auf dem anderen, Colum, ein Hohlraum baut auf den nächsten. Und am Grund von allem ist …« Er hielt inne, um einen erneuten Klopfversuch zu starten.

»… das Meer«, vollendete Colum an seiner statt den Satz. Nun, da er es wusste, hörte er es auch ohne fremde Hilfe. Die Stimme des Meeres war überall, im Stein, in seinen Händen, die noch auf dem Boden lagen, seinen Füßen, pflanzte sich fort durch seinen Körper, erfüllte den Raum. Er begriff nicht, wie er sie jemals nicht hatte wahrnehmen können. Es war wie ein Lied, so vertraut, dass man gar nicht mehr bemerkte, wenn man es summte.

Lieder sind Wege, erinnerte er sich. Das war es, was das Seevolk ihn gelehrt hatte, was die Alten glaubten. Solange das Lied erklang, hatten sie eine Chance, den richtigen Weg zu entdecken.

»Ja«, bestätigte Cedric. Und diesmal klang er entschlossen. Wieder ließ er den Schwertknauf gegen den Boden donnern. Ein paar der wunderbar blauen Fliesen, die das Bassin säumten, zersplitterten unter dem Stoß, ohne dass er es im Geringsten beachtet hätte. »Wir brauchen ihn bloß noch zu finden.«

55

Unwillkürlich wich Rowena vor dem eindringenden Wasser zurück bis an die Wand. Dies also war der Ort, an dem sie sterben würde. Sie hätte ihn sich nicht einsamer, hässlicher und qualvoller vorzustellen vermocht. Bei dem Gedanken stieß sie einen wimmernden Laut aus, ein Kind allein im Dunkeln. Ihr Vater in seiner Bettgruft in Forrest Castle, er konnte ihr nicht helfen. Cedric war fort. Und kehrte er zurück, er würde sie hassen; sie wusste es.

Gepeinigt lehnte sie sich an den Fels und stieß ein paarmal mit dem Hinterkopf dagegen. Damals, als ihr großer Widersacher Montfort sie überfallen und fast getötet hätte, da war Angia gekommen mit den Ihren, dem Alten Volk. Sie hatten sie aufgehoben und in ihr Dorf getragen. Angia hatte sie gebettet, gewaschen, ihre Wunden verbunden und ihre zutiefst verletzte Seele getröstet. Wer würde sich jetzt ihrer annehmen?

Die Tränen stiegen Rowena in die Augen, als sie an die

Grotte dachte, in der Angia das Heilzeremoniell an ihr durchgeführt hatte, an die leisen Lieder, die Hände auf ihrer Haut, die Güte, die alles durchdrang. Selbst der Stein dort schien sie auszustrahlen.

Dieser Fels hier dagegen war schwarz und kalt. Er würde sie in seinem Würgegriff halten, bis die Krabben ihr verwesendes Fleisch gefressen hätten. Selbst der Schleim, der auf ihm wuchs, dachte sie, stammte von den Körpern toter Wesen. Sie würde sich dazugesellen und niemand auch nur ahnen, dass sie je hier gewesen war. Mit trotzigem Mut legte sie die Finger auf den Stein.

Der Impuls, den sie empfing, war so heftig, dass sie die Hand sofort wieder zurückzog. Ungläubig bewegte sie die einzelnen Finger. Was war nur geschehen? Es hatte sich wie ein kleiner Schlag angefühlt. Nun war ein Prickeln in den Kuppen, ein leises Vibrieren. Sie konnte es spüren, wenn sie sie sacht an ihre Lippen legte. Und es schien sich mit jedem Schlag ihres Pulses in ihr fortzupflanzen. Es fühlte sich an wie – Leben!

Hastig wandte Rowena sich der Wand zu und presste beide Hände dagegen. Zuerst war sie enttäuscht. Da war nichts, nur Taubheit, Kühle, kleine scharfe Vorsprünge und die Umrisse abgesprengter Muschelschalen. Mit wachsender Verzweiflung tastete sie herum. Aber dann, als sie sich konzentrierte und den Ort der ersten Berührung wiederzufinden suchte, entdeckte sie die Empfindung wieder. Sie war da, ganz eindeutig, und sie ging von einem Fleck aus, nein, ein längliches Stück war es, das derart vor sich hin bebte, eingebettet in den Granit der Klippen. Im Dunkeln fuhr Rowena daran entlang. Ihre Finger zitterten, aber die Angst, die sie bislang beherrscht hatte, die bittere Verzweiflung, war von ihr gewichen. Fieberhaft suchte sie zu ergründen, was sie da entdeckt hatte. Die Stelle war nicht breiter als ihr kleiner Finger, aber lang, länger, als sie zunächst gedacht hatte.

Abwärts führte sie bis unter das Wasser. Rowena reckte sich danach, musste aber aufgeben, als das Wasser ihr in Mund und Nase drang und sie das Ende noch immer nicht erreicht hatte. Es schien so etwas wie ein Band zu sein, eine lange, dünne Linie, die sich vom Boden des Schachtes hinaufschlängelte bis ... ja, bis ... Rowenas Finger krochen das Band hinauf. Es fühlte sich wärmer an als seine Umgebung, glatter und deutlich kristalliner. Zu gerne hätte sie es bei ausreichend Licht gesehen, doch sie konnte es nur mit den Fingerkuppen ertasten, die sich sehnsüchtig, ja gierig daran entlangarbeiteten. Längst stand Rowena auf den Zehenspitzen. Aber die Kristallader reichte weiter.

Rowena reckte sich, streckte sich, ächzend, nach Halt suchend. Sie fand, ehe sie überhaupt nachdachte, einen Tritt für ihren linken Fuß, krallte die Rechte an einen kleinen Zacken, stieg hinauf, hielt sich nur mit Mühe, musste die linke Hand von dem Band lösen, um den nächsten Griff zu suchen, und lehnte sich mit der Stirn dagegen, um den Kontakt mit ihr nicht zu verlieren, um weiter zu spüren, dass sie keiner Täuschung verfiel.

Mit weit gespreizten Armen und Beinen hing Rowena an der Wand. Hände und Füße brannten vor Schmerz. Es kam ihr wie ein Wunder vor, dass sie nicht abstürzte.

Ihr gequälter Atem behauchte den Kristall, wenn sie innehielt, um Kraft zu sammeln, Mut zu sammeln für den nächsten Griff. Und wie ein weiteres Wunder fand sich immer wieder ein neuer Halt, ging es jedes Mal noch ein wenig weiter. Fast war ihr – sie hoffte es mit pochendem Herzen –, als gehorche sie einem Wegweiser. Denn auch die Ader im Stein führte voran, aufwärts in langsam sich um den Schacht windenden Spiralen. Rowena folgte ihr, als wäre es die Nabelschnur, die sie mit dem Leben verband.

Daran, was geschähe, wenn sie plötzlich endete, wollte sie nicht denken. Nur einmal legte sie den Kopf in den Nacken, um zu sehen, welchem Ziel sie entgegenkletterte. Über ihr jedoch war nichts als undurchdringliche Schwärze. Und das Wasser, nun wenige Handbreit unter ihr, stieg unerbittlich mit.

Am Strand vor der Burg hatte Hurvi ihre Position bezogen. Rechts und links von ihr standen die Jagdgefährten des Alten Volkes. Auch Mervin war mit dabei und einige der jungen Fischer des Seevolks, lange Speere in den Händen, ihre Netze wurfbereit. Sie alle warteten mit unbewegten Mienen, nur ihr Atem ging rasch. Und als Mervin seiner Geliebten einen raschen Blick zuwarf, musste diese schlucken, um ihm mit einem Lächeln antworten zu können.

Nur wenige der Männer Boisgilberts hatten es bis an das rettende Ufer geschafft. Den meisten war ihre Rüstung zum Verhängnis geworden. Noch ehe sie den Mund zum Schrei hatten öffnen können, waren sie hinabgezogen worden, hatte ihre Kehle sich mit Wasser gefüllt. In der wirbelnden Gischt war nicht einmal mehr das hilflose Schlagen der Hände zu sehen, nicht mehr das Aufsteigen der letzten Luftblasen, als sie auf den Grund sanken. Dort standen sie aufrecht, von den bald ruhigeren Wogen willenlos gewiegt wie Tang, eine silbern schimmernde Armee von Unterwasserkriegern. Ihre Rüstungen würden bald von Muscheln überkrustet, die Visiere von flinken Fischen aufgesucht werden.

Nur wer Harnisch und Waffen rechtzeitig von sich geworfen hatte, gelangte bis zum rettenden Sand. Einigen war dies geglückt. Auf Händen und Knien aufs Trockene kriechend, hatten sie Meerwasser erbrochen und die Galle der Besiegten. Diesen standen Hurvi und die Ihren jetzt gegenüber. Als die Ritter bemerkten, dass sie erwartet wurden und von wem, rappelten sie sich auf. Und ihren salzverbrannten Kehlen entfuhr ein Kampfschrei. Da waren sie also, die lang gesuchten Heiden, das Trugbild, dem sie hinterhergejagt hatten an dieser fernen Küste, der Gegner, den zu besiegen sie all die Zeit geträumt hatten. Nun waren sie es, die ausgelöscht zu werden drohten. Erbittert und mit der Wut derjenigen, die nichts zu verlieren hatten, gingen sie auf die Krieger des Alten Volkes los.

Hurvi sandte ihnen ihre Pfeile entgegen, ruhig, konzentriert, mit trockenen Augen, in Gedanken an Arvals Wunden und Urdis' Tod. Die Templer ihrerseits kämpften wie die Berserker. Manchen spickten ein, zwei oder mehr Geschosse, ohne dass er in die Knie gegangen wäre. Unerbittlich stapften sie den Strand hinauf, bewegten sie sich auf die Kette der Bogenschützen zu, bereit, sie alle zu töten, und sei es mit den bloßen Händen. Keiner unter ihnen, der dies nicht schon einmal in seinem Leben getan hätte. Es war, was sie gelernt hatten, was sie geprägt hatte. Das Töten war ihr Gebet geworden, es war ihre Kommunion. Knurrend fletschten sie die Zähne, bereit, sie dem verhassten Gegner ins Fleisch zu schlagen.

Sie hatten Steine aufgehoben und Knüppel, die sie schwenkten. Als sie näher kamen, zückten einige die Dolche, die ihnen verblieben waren. Einer stürzte sich auf Hurvi. Mervin trat dazwischen und warf sein Netz. Er traf den Mann am Kopf und brachte ihn mit einem Ruck aus dem Gleichgewicht. Als der Templer mit beiden Händen an dem Geflecht vor seinem Gesicht zerrte, suchte Mervin den Speer zwischen seine Rippen zu treiben. Der Mann reagierte allerdings schnell und geschickt und fing die Waffe ab. Eine Weile rangen die beiden Männer miteinander. Endlich stieß der Ritter dem Fischer seinen noch immer gepanzerten Ellenbogen ins Gesicht. Blut spritzte aus Mervins Nase und vermengte sich mit der blauen Farbe, mit der er lange Striche über seine Wangenknochen gezogen hatte.

Den Moment nutzend, entriss der Ritter ihm den Speer. Sofort wirbelte er ihn herum und stach damit nach seinem Opfer.

Hurvi schrie auf. Ein rascher Satz aber brachte Mervin außer Reichweite. Er achtete nicht auf das Blut, das auf seine nackte Haut tropfte und sich in Klumpen in sein langes Haar hing. Geduckt umschlich er den Templer, der sich angespannt mitdrehte, mit der Klinge immer wieder drohend nach ihm stochernd. Eine Weile belauerten die beiden einander so. Im verzerrten Gesicht des Ritters mischten sich Abscheu und Triumph, während er den Waffenlosen umschlich. »Teufel«, zischte er ihn an. »Ich werde dich da hinschicken, wo du herkommst.« Und er hob den Speer. Als er im selben Moment einen seiner eigenen Gefährten röchelnd aufschreien hörte, blickte er kurz beiseite. Mervin nutzte diesen kurzen Augenblick, um mit dem Fuß in den Sand zu fahren und das Netz aufzuschleudern, das unbeachtet dort hingefallen war.

Der Ritter kniff die Augen zusammen vor den aufgewirbelten Sandkörnern. Unwillkürlich hob er seine freie Hand, um das Netz abzuwehren. Dabei pendelte die Spitze des Speeres kurz von Mervins Brust fort. Mervin sprang vor. Ehe der Ritter reagieren konnte, hatte er seine Beine umfasst und ihn zu Fall gebracht. Einer über dem anderen rollten sie durch den Sand, der an ihren nassen, blutverschmierten Körpern kleben blieb. Der Speer verkeilte sich, und mit einem Aufschrei ließ der Templer ihn los, um sich nicht das Handgelenk zu brechen. Mit bloßen Händen verkrallten sich die Männer ineinander, rissen sich die Köpfe an den Haaren zurück und suchten, als kein Fausthieb sein Ziel finden wollte, mit den Zähnen die Kehlen herauszureißen.

»Mervin!« Es war Hurvi.

Der Fischer löste sich, sprang mit letzter Kraft zurück. Der Ritter wollte nachdringen, blieb aber wie erstarrt sitzen. Die Pfeilspitze der jungen Jägerin zeigte direkt auf seinen Hals.

Der Templer starrte sie an. Er war ein großer Mann, breit gebaut, nicht mehr jung, mit der Erfahrung vieler Schlachten im Blick, mit schwarzem Bart und dichten Brauen über den dunklen Augen, deren Blick sich nun mit Hurvis traf. Lange blickten sie einander an, die zierliche Frau und der Krieger. Er musterte ihr schmales braunes Gesicht, die langen Zöpfe mit den eingeflochtenen Federbälgen, die wilden Zeichen auf ihrer Haut, die geweiteten, traurigen Augen. Schließlich verzog sich sein Mund zu einem Lächeln. Er streckte die Hand aus.

»Gib mir das«, sagte er. Seine Stimme war tief, zuversichtlich, befehlsgewohnt. Er machte ein paar beruhigende, schnalzende Laute, wie man sie Tieren gegenüber benutzt. Zweifellos fraßen seine Hunde ihm aus der Hand. »Es ist gut, Kleine«, fuhr er fort. Über seine Augen legte sich mit einem Mal ein Schleier. Hurvi zwinkerte, als sie es sah, ungläubig, irritiert. Ihre Hand zitterte ein wenig. War das Zärtlichkeit? Dieses Glänzen in seinem Blick mit einem Mal, diese Sanftheit, die süß in ihre Adern floss ... War es denn möglich?

»Hurvi«, sagte Mervin warnend. Sie hörte es nicht.

Der Ritter neigte leicht den Kopf. »Hurvi«, sagte er, als kostete er einen Wein. Seine Stimme war tief und streichelnd. »Hurvi, gib mir den Bogen.«

Die Jägerin hob den Arm.

»Hurvi«, rief Mervin. Scharf sog er den Atem ein. »Tu es nicht!«

Doch der Pfeil war bereits von der Sehne gesirrt. Zitternd stak er im Hals des Ritters, dessen Mund noch lächelte, während sich in seinen Augen bereits ein ungläubiges Staunen entfaltete. Langsam verschwand, was, wie Hurvi wusste, die Zärtlichkeit des Todes gewesen war.

Eines Tages würde sie sich ihr ergeben. Aber nicht heute, nicht jetzt.

»Doch«, sagte sie, an Mervin gewandt. Ihre Stimme klang spröde. Sie schluckte. »Für Urdis und Arval.« Langsam rann eine Träne über ihre Wange. Mervin zog Hurvi an sich und schloss sie, so fest er konnte, in seine Arme. »Und für dich«, fügte sie mit aufwallender Wärme hinzu. Sie drängte sich an ihn. Er roch metallisch nach Blut. Salzgeschmack legte sich auf ihre Lippen, als sie ihr Gesicht an ihn presste. Es war ihr gleichgültig. Denn seine Haut war warm, sie waren am Leben.

Sie durften es sein. »Es musste sein«, stieß sie noch hervor. Dann endlich schluchzte sie heftig.

Mervin sagte nichts. Reglos hielt er das weinende Mädchen. Andere standen da wie sie, erschöpft, betroffen. Zu ihren Füßen lagen die Leiber der Erschlagenen.

56

»Es muss hier irgendwo sein. Ich sage dir: Es muss!« Aus Cedrics Stimme war die frohe Zuversicht gewichen, die ihn am Beginn seiner Suche noch erfüllt hatte. Wie lange war das mittlerweile her? Er wusste es nicht, hätte nicht zu sagen vermocht, wie lange er nun schon mit seinem Knappen durch die feuchtwarme Dunkelheit kroch, die Augen angestrengt auf den Boden gerichtet im mageren Schein der Kerzen, der ihm immer nur einen kleinen Ausschnitt der Grotte eröffnen wollte. Und doch war ihm inzwischen, als hätte er jedes der kleinen ausgeleuchteten Vierecke bereits mehrfach gesehen. Wieder und wieder tauchten sie vor ihm auf wie lästige Traumbilder, die er abschritt, beklopfte, noch einmal und noch einmal und gegen jede Vernunft ein weiteres Mal. Aber keines davon wollte sein Geheimnis preisgeben, besaß vielleicht noch nicht einmal eines.

Am Ende konzentrierte er seine Aufmerksamkeit auf das Wasserbecken. Rücksichtslos stapfte er durch das aufrauschende Wasser, um die Fliesen am Grund zu testen. Nicht einmal die Schlangen beachtete er, die sich wie beim letzten Mal in der warmen Flüssigkeit hatten treiben lassen und sich nun mit nervös pendelndem Kopf vor ihm zurückzogen.

Colum allerdings stand bei diesen Begegnungen der Schweiß auf der Stirn. Mehrmals musste er sich vorsagen, dass die Äskulap-Nattern harmlos waren, ungiftig und wenig aggressiv. Auled hatte es ihm ja versichert. Dennoch waren die Tiere ihm unheimlich. Ihm schien, als stammten sie direkt aus einer alten, längst vergangenen Zeit und trügen den Geist einer bösen Gottheit in sich. Um den Gedanken loszuwerden, zog er umständlich ein Schweißtuch und wischte sich über das Gesicht.

Endlich hob Cedric den Kopf.

»Herr?«, sagte Colum zaghaft. Mehr wagte er nicht zu fragen. Er kannte die Antwort ja selbst: Sie waren nicht fündig geworden. Die Möglichkeit, die sich ein paar Momente lang so greifbar vor ihren Augen befunden hatte, hatte sich in nichts aufgelöst, ein Schemen, ein Scherz, den das Schicksal mit verzweifelt Hoffenden trieb. Cedric hatte die Wahl zwischen der Erkenntnis, dass unüberwindbare Massen massiven Gesteins ihn von seiner Geliebten trennten, die rettungslos verloren war, und der Einsicht, dass es zwar einen geheimen Weg zu Rowena gab, er aber nicht in der Lage war, ihn zu finden. Dass er also, so kurz vor dem Ziel, jämmerlich versagte.

Colum sah die Verbitterung an seinem Herrn nagen, der vorgeneigt, auf das mit beiden Händen gehaltene Schwert gestützt, dastand und düster vor sich hin brütete, während ihm das Wasser aus den Kleidern tropfte. Er wollte etwas sagen, irgendetwas, was genau, wusste er nicht, als er den Mund auftat, denn es schien ihm schwer, hier einen Trost zu bieten. Er schaute sich um, als könne von irgendwoher eine Eingebung erfolgen.

Währenddessen fiel Cedrics Blick auf die Statue. Der Anblick des leise lächelnden Gesichts, das von der Schlange geküsst wurde, köchelte alle Wut in ihm hoch. Und er hatte gedacht, er hätte sie besiegt, die Schlangenfrau aus seiner Vergangenheit. Hatte geglaubt, er hätte sie überwunden, sie, die ihn mit ihren Liebeszaubern in ihrer Höhle in den Bergen Jerusalems festgehalten hatte, so viele vergeudete Wochen, in denen er nicht er selbst gewesen war.

Er hatte sie verlassen und ihre Schlange erschlagen. Er war zu Rowena zurückgekehrt und hatte jede Erinnerung an diese Zeit in den hintersten Winkel des Vergessens gekehrt. Aber da stand sie wieder vor ihm, gelassen, triumphierend, als wollte sie zeigen, dass er sie niemals überwinden könnte.

»Herr, vielleicht sollten wir gehen.« Colum versuchte, so neutral wie möglich zu klingen. Er machte einen Schritt auf Cedric zu, der wie gebannt dastand, den Blick auf das Steinbild gerichtet, dabei offenbar in düstere Grübeleien versunken, denn seine Augen loderten.

Vorsichtig streckte Colum die Hand aus, um sie Cedric auf die Schulter zu legen. »Wir könnten die Alten befragen«, schlug er vor. »Ich bin sicher, Biran kann sie erspüren und uns sagen, ob sie am Leben ist oder …« Er vollendete den Satz nicht. Er wollte es nicht. Im selben Moment überwältigte auch ihn der Kummer.

Er hatte dieses ungewöhnliche, wilde junge Mädchen geschätzt. Mehr als das. Er hatte sie auf seine Weise geliebt. Zwar wusste er, solch ein Urteil, solche Gefühle standen ihm nicht zu. Er war ein einfacher Mann, was hatte er schon zu sagen zu einem so komplizierten Gebilde, wie es die hohen Frauen waren. Aber er hatte sein Leben an der Seite des Alten Volkes verbracht, hatte sich ihnen geweiht. Sie waren die heimliche, große Liebe seines Lebens. Er hatte sie bewundert und von ihnen gelernt. Und sie hatten seine Augen für vieles geöffnet, seine Sinne geschärft, ihn ein paar Künste gelehrt. Vor allem aber verdankte er ihnen ein sicheres Gespür für den wahren Wert eines Menschen. Und Rowena, das wusste er, war, obwohl er sie schwierig fand und von einer manchmal beängstigenden Energie, etwas ganz Besonderes gewesen.

Zuweilen war sie ihm erschienen wie die reine Verkörperung all dessen, wofür er lebte. Er hätte sie gerne sein Leben lang beschützt, sie gehütet wie einen kostbaren Stein. Aber nun war sie ihm durch die Finger geschlüpft. Er schloss die leere Faust und wehrte sich gegen das Brennen in seinen Augen. Das war ja einfach lächerlich. Er räusperte sich. »Ich glaube, das wäre vernünftig.«

Bei dem Wort zuckte Cedric zusammen, als hätte man ihm einen Stich versetzt. Ohne Vorwarnung holte er aus. Begleitet von einem markerschütternden Schrei der Wut, ließ er seine Klinge durch die Luft zischen und hieb sie mit all seiner Kraft gegen den Hals der Statue. Der lächelnde Kopf brach mit einem Knirschen ab und rollte in die Dunkelheit davon. Aber der Anblick des geborstenen Steinstumpfes von Hals beruhigte Cedric nicht. Wieder und wieder schlug er auf die Statue ein. Funken und Marmorsplitter flogen. Dabei stieß er wilde Verwünschungen aus, die keinerlei Sinn zu ergeben schienen. Schweiß tropfte ihm von der Stirn. Und auch Blut, wo einer der umherfliegenden, messerscharfen Abschläge ihn verletzt hatte. Endlich brach er abrupt ab und ging in die Knie. Sein Kopf hing herab, das Gesicht hinter den Locken verborgen, in die er seine Finger krallte.

Colum näherte sich vorsichtig und legte ihm die Hand auf die Schulter. Es war vorbei. Er wusste es. So unwirklich ihm der Gedanke schien, er musste ihn akzeptieren. Wie die Weichheit in seinen Knien, wie den Schwindel in seinem Kopf, der ihm das Gefühl gab, er bewege sich eher durch einen Traum als durch die reale Welt. Sie mussten dringend zurück ins Licht, an die Oberfläche. Dorthin, wo der Seewind die Schatten fortblies. Er wusste, es würde viel Zeit vergehen müssen. Aber er war in einem Alter, in dem die Erfahrung ihn gelehrt hatte, dass sie genau das tat. Sie verging unerbittlich, gnädig, alles bedeckend wie die Flut. Man musste nur warten können. »Herr«, sagte er.

Da bäumte Cedric sich noch einmal auf. Das Schwert hatte er fallen lassen. Jetzt stürmte er in einer letzten kindischen Aufwallung nach vorne und stieß mit den bloßen Händen gegen die Statue, die all seinen Hass auf sich versammelt hatte. Zu seinem eigenen Erstaunen gab der misshandelte, von vielen Scharten gezeichnete Torso nach. Er wankte, neigte sich zur Seite und stürzte dann mit einem dumpfen Krachen zu Boden, wo er eine Weile hin- und herwippte, bis er knirschend zur Ruhe kam. In der darauf folgenden Stille hockten die beiden Männer reglos da.

»Colum«, brachte Cedric schließlich heraus. Sein Mund war trocken vom Marmorstaub.

»Ja«, ächzte der Knappe. Er sah es ebenfalls. Als die Füße des Götterbilds sich von ihrem Steinpodest gelöst hatten, war dieses ein klein wenig angehoben worden. Es war nicht exakt in die alte Position zurückgesunken, sondern hatte sich verschoben. Und dort nun, zwischen seinem alten Umriss und dem Stein, klaffte ein winzig kleiner Spalt, in den der uralte Staub der Höhle mit eifrig knisterndem Flüstern hinabfloss und verschwand.

Rowena war am Ende ihrer Kräfte. So lange schon war sie geklettert, ohne auf ihren Körper Rücksicht zu nehmen. Sie hatte die Müdigkeit ihrer Arme ignoriert, die Taubheit in den Beinen und das schmerzende Brennen ihrer wieder und wieder zerschnittenen Fingerkuppen. Ohne nachzudenken oder innezuhalten, war sie über ihre Grenzen hinausgegangen, bis zu einem Punkt, an dem sie nicht mehr zu staunen, nicht mehr nachzudenken vermochte. Aber jetzt war es vorbei.

Sie spürte das Zittern ihrer gemarterten Muskeln, fühlte, wie es ihren ganzen Körper erfasste und schüttelte. Sie wusste, es war das letzte Aufbäumen. Danach würden ihre Finger sich lösen, ihre Knie einknicken, sie würde loslassen, aufgeben, einfach so. Sie konnte nicht mehr. Sie wollte nicht mehr. Es war genug. Wie hatte Angia es sie gelehrt: Am Ende eines Lebens ist es das Beste, loszulassen, die Seele freizugeben und ihr zu gestatten, sanft in ihre nächste Existenz überzugehen. Angia hatte es so gemacht. Sie hatte sich geopfert für ihr Volk, hatte den Mann, den sie liebte, umarmt und war mit ihm in den Tod gegangen, auf eigenen Wunsch und Willen.

Rowena vermisste ihren Rat und Trost wie den einer Mutter. Aber sie hatte nie daran gezweifelt, dass Angias Seele weiterexistierte und irgendwo in irgendeiner Form ein neues Leben beginnen würde. Vielleicht sogar eines, in dem sie ihrer Geschwisterseele wieder begegnen würde.

Rowena lächelte in der Dunkelheit. Geschwisterseele! Auch dieses Wort stammte von Angia. Einst hatte sie selbst geglaubt, in Cedric diesen einen Menschen gefunden zu haben. Dann hatte sie zu zweifeln begonnen. Nüchtern gestand Rowena es sich ein. Es tat nicht einmal mehr weh, stellte sie fest. Sie war über den Zustand der Trauer hinaus. Sie bedauerte nichts mehr. Sie wollte keinen Abschied mehr nehmen. Verzückt und als könne sie sich selbst von außen zusehen, beobachtete sie, wie sie sich langsam aus ihrem gequälten Körper löste.

Mit einem Mal spielte der Schmerz keine Rolle mehr. Rowena war nicht einmal mehr sicher, ob sie überhaupt noch an der Wand festgeklammert war. Vielleicht hatte sie ja längst losgelassen und fiel bereits. Und fiel. Und schwebte. Waren das Möwen, die sie da umgaben? Sie glitten um sie herum und durch sie hindurch, nein, sie stieg wie auf Stufen auf ihnen langsam hinab. Oder war es hinauf? Das eine war zum anderen geworden.

Die Möwen blickten sie mit Gesichtern an, als Männer, als Frauen, alte und junge. Sie waren fremd und doch ihre eigenen. Und Rowena begriff. So viele Formen hatte ihr Leben bereits angenommen, so viele Ichs hatte sie besessen. So vielem war sie begegnet. Für einen Moment fühlte sie sich glücklich und reich.

Sie entdeckte Auled, in einem anderen Sein, und streckte die Hand nach ihm aus. Sie wollte ihm sagen, dass sie jetzt verstanden hatte. Wir sind verbunden, hätte sie ihm gerne gesagt, seit langer Zeit schon, immer wieder. Auf vielerlei Weise. Es war nichts Schlechtes, was uns zueinanderzog, und es war auch kein Irrtum. Aber in diesem Leben hätte es nicht auf diese Art geschehen dürfen. Sie dachte es ohne Bedauern, versöhnt. Es gab so viele Formen zu lieben. Ihr Kopf sank ihm entgegen. Sie fühlte eine kühle, raue Oberfläche. Da war er also noch, der Stein, ihre letzte Verbindung mit der Welt. Sie spürte den Kristall an ihren Lippen und küsste ihn.

Im selben Moment flammte das Licht auf. Die Finsternis ringsum zerbarst. Mit einem glücklichen Lächeln breitete Rowena die Arme aus.

»Noch einmal, jetzt!«, kommandierte Cedric und holte Atem. Gemeinsam stemmten er und Colum sich mit aller Kraft gegen den Podeststein. Ihre Sehnen waren zum Zerreißen gespannt, ihre Lungen schienen fast zu platzen. Als sie schon aufgeben wollten, kam endlich, endlich Bewegung in die schwere Platte. Erst langsam, dann so überraschend nachgiebig, dass die beiden fast das Gleichgewicht verloren hätten, glitt sie zur Seite. Beinahe wären sie einer über den anderen in den Abgrund gestürzt, der sich so plötzlich zu ihren Füßen auftat. Noch rangen sie mit den Armen rudernd um Halt. Cedric war der Erste, der sich fasste und zum Rand kroch, um hinunterzuspähen. »Eine Höhle«, rief er, schnappte sich die Kerze, um den Weg auszuleuchten, und schwang sich schon hinab, ehe Colum protestieren konnte. »Das glaubst du nicht«, rief er von unten. »Nun komm schon. Es ist wirklich nicht tief.«

Mit einem Seufzer sprang Colum seinem Herrn hinterher. Was er drunten sah, ließ ihn Mund und Augen aufsperren. Doch hatte er keine Zeit zu bewundern, was ihn umgab. Denn dicht vor ihnen klaffte ein schwarzes Loch, aus dem heraus ein Ungeheuer donnerte und tobte: die eingesperrte See.

»Ist das …?«, fragte Cedric und trat zögernd näher, um die unbekannte Tiefe zu untersuchen.

Da traf sie der Lichtblitz wie ein Schlag.

Colum schrie auf und hob die Arme vors Gesicht. Cedric aber erkannte inmitten der gleißenden Helligkeit einen Moment lang etwas, das er nicht mehr wiederzusehen geglaubt hatte: Rowenas Antlitz. Und in dem kurzen Augenblick, ehe der Schmerz, den das Licht verursachte, in seine Augen schoss und er zu erblinden glaubte, griff er impulsiv zu und packte Rowenas Hand.

Sie war kalt und glitschig vom Salzwasser. Aber Cedric, die Augen zusammengepresst gegen das Brennen, hielt sie fest und warf sich gegen den Zug, der sie und ihn in den unsichtbaren Schlund zu saugen drohte. Er scharrte mit den Füßen wie ein verzweifeltes Tier, tastete mit der freien Hand hinter sich und versuchte, irgendeinen Halt zu gewinnen. Er wusste nur eines: Er durfte nicht loslassen, um keinen Preis. Aber unaufhaltsam spürte er, wie er dem Abgrund näher schlitterte. Drunten brüllte das entfesselte Ungeheuer.

Da fühlte er die beruhigende Wärme von Colums prankengleicher Faust, die sich um sein Handgelenk schloss. Cedric erwiderte den Griff, und mit vereinten Kräften gelang es den beiden, die Frau aus dem Loch herauszuziehen. Während Cedric sie in seine Arme bettete und die ohnmächtig Scheinende zu wärmen suchte, indem er sie wieder und wieder an sich zog, seine erhitzte Wange an ihre legte und abwechselnd ihre tödlich kalten Hände zwischen den seinen rieb, neigte Colum sich neugierig über das Loch, aus dem sie Rowena gezogen hatten. »Es ist kein Grund zu sehen«, rief er über die Schulter. »Aber dort unten muss Wasser sein, irgendwo.«

Er ließ den Kerzenschein über die Wände gleiten und schüttelte den Kopf. Von dort unten musste Rowena heraufgekommen sein. Aber er konnte keine Stufen, keine Tritte, kaum ein Hilfsmittel erkennen, dessen sie sich dabei hätte bedienen können. Wenn sie sich nicht in eine Spinne verwandelt hatte, dann begriff er nicht, wie sie es hatte schaffen können, diesen Aufstieg zu bezwingen.

An einer Stelle bemerkte er ein leises Glitzern und bewegte die Flamme probeweise ein paarmal davor hin und her. Erst glaubte er, es wäre ein feuchtes Rinnsal, dann aber verfolgte er es bis zu seinem Ausgangspunkt, der direkt vor seinen eigenen Füßen lag. Colum ging in die Knie und befühlte die Stelle, wo die dünne Spur den Rand des Lochs erreichte. Er spürte die glatten Spitzen von Kristall und lächelte ungläubig. Im selben Moment glomm es unter seiner Hand kurz auf. Erschrocken zog er sie fort. Das Licht im Stein erstarb, so schnell, dass er nicht einmal sicher war, es wirklich gesehen zu haben. Es war schwach gewesen, kein Vergleich mit dem Blitz von vorhin, von dem sie immer noch keine Ahnung hatten, woher er gekommen war. Colum schüttelte den Kopf. Nein, auch er begriff es nicht. Obwohl er ein Schüler der Alten war. Aber Rowena war eine besondere Frau. Und sie lebte. Damit wollte er mehr als zufrieden sein.

Cedric stellte sich keinerlei Fragen. Er blickte nur auf Rowena, die mit geschlossenen Augen in seinem Schoß lag, blass wie der Tod, aber am Leben und leise atmend. Er war wie betäubt, stumm vor Glück und vollkommen damit zufrieden, sie zu betrachten und sacht das Blut von ihren Fingerkuppen zu küssen. Als Colum hinzutrat und seinen Umhang als Decke über die junge Frau breitete, schaute er nicht einmal auf. Rowena aber regte sich. Wieder ging ein entrücktes Lächeln über ihr Gesicht.

Spontan erwiderte er es und strich ihr sacht über die Lippen. »Rowena«, flüsterte er und fügte drängender hinzu: »Rowena.« Als sie die Augen aufschlug, klopfte sein Herz schneller. »Meine Rowena«, sagte er. »Du bist wieder da.« Voller Erleichterung lächelte er sie an und fügte hastig hinzu: »Und ich kann dir sagen, dass ich begriffen habe, dass die Ehe mehr ist, dass sie wichtiger ist als die Erwartungen, die andere haben mögen. Ich hätte …«

Verwirrt blinzelte Rowena ihn an. »Auled?«, fragte sie matt. Dann streckte sie die Hand nach ihm aus. »Wir brauchen uns nicht zu schämen«, flüsterte sie. »Es gibt so viel, so viel Liebe.«

Die Worte auf Cedrics Lippen erstarben. Und sein Lächeln verschwand.

57

Anderntags wurde die Leiche der Gräfin am Strand der Waldschlucht angeschwemmt. Delfine brachten die Last bis in die Nähe des Landes. Das Alte Volk nahm sich ihrer an, wusch und kleidete sie in eines ihrer weiten, buntgewebten Gewänder, ehe sie sie auf eine Trage legten und zum Platz der heiligen Steine brachten.

Cedric empfing sie dort und leitete in stummer Würde die Beerdigungszeremonie. Es war seine erste Handlung als Hüter des Alten Volkes. Rowena stand in einiger Entfernung hinter ihm. Sie hielt sich zurück und sprach während all der Zeit kein Wort. Ein Schleier verbarg ihr Gesicht, so dass nicht zu erkennen war, was sie fühlte.

Hurvi, die junge Jägerin, beobachtete sie lange und nickte ihr schließlich vorsichtig zu, nachdem sie selbst vorgetreten war und den Leichnam mit Blumen geschmückt hatte. Aber sie erhielt von Rowena kein Zeichen des Erkennens. Verlegen, wenn sie an ihr letztes Gespräch dachte, biss sie sich auf die Lippen. Sie wollte schon zurücktreten, da verfing sich ihr Blick in dem schmerzerfüllten Gesicht Arvals, der sich von seinem Lager hierhergeschleppt hatte und sich nun darum bemühte, allein unter seinen Freunden und aufrecht zu stehen. Die Narben auf seiner Brust, wo das Gewand sie freiließ, leuchteten scharlachrot. Hurvi senkte den Kopf und huschte an Mervins Seite, dessen Hand sie ergriff und fest umfasste. Sie schloss die Augen, als sie fühlte, dass er den Griff kraftvoll und warm erwiderte. Gestärkt hob sie das Kinn.

Auled und Nyssa standen aneinandergeschmiegt da, wie man sie zuvor niemals gesehen hatte. Alle wussten, dass Nyssas Vater Eroc verschwunden war. Noch hatte Biran nicht die Zeit gehabt zu versuchen, mit ihm in Verbindung zu treten, doch zweifelte niemand am Schicksal des Alten, am wenigsten seine Tochter, die, als sie an die Reihe kam, ihre Blumen abzulegen, um zwei Tote trauerte: ihren Vater und ihre gräfliche Mentorin. Für ihr Volk bedeutete diese ihre Geste auch, dass sie Abschied nahm von der Erwartung, eines Tages die Nachfolge der Gräfin anzutreten. Mit Mary of Cloagh wurde auch die ewige Braut Nyssa begraben. Sie war nicht länger die Auserwählte der Hüterin.

Und doch – oder eben deswegen – sah sie glücklich aus. Als sie den Gesang anstimmten, stieg ihre Stimme leicht und federnd über die anderen empor, umspielte und umschlang sie mit einem süßen, wehmütigen Ton des Glücks, den man lange nicht in der Stimme der Sängerin gehört hatte.

Anders erging es Colum, der, düster die Melodie mitbrummend, ebenfalls traurig für zwei war, für eine Tote und eine Lebende. Er war dabei gewesen, als Cedric und Rowena einander zum ersten Mal klar in die Augen blickten, dort am Rande des Abgrundes. Und er hatte keines der Worte vergessen, die dabei gefallen waren. Er war es gewesen, der die geschwächte junge Frau aus der Höhle geleitet hatte, während Cedric mit steifen Schritten vor ihnen hergegangen war. Er hatte ihnen geleuchtet, sich aber nicht ein einziges Mal umgewandt. Seither hatten sie keinen Ton mehr miteinander gesprochen. Ruhe aber war nicht eingekehrt.

Sein Herr war wütend und verletzt, wie ein junger Mann es war, der sich betrogen sah. Er tobte stundenlang und kämpfte mit dem Schmerz, mit sich und den anderen. Er brüllte, hieb mit der Faust gegen Wände und schlief des Nachts tief und erschöpft.

Mehr Sorgen bereitete Colum die stille, gefasste Haltung Rowenas. Sie hatte nach der ersten Aussprache nicht mehr viel gesagt und nur gelächelt, wenn er sich in ihrer Gegenwart hilflos geräuspert und auf ein Wort der Verständigung gewartet hatte. Aber er hörte ihre Schritte jede Nacht, wenn sie unruhig in den Gängen wanderte, und lauschte ihnen, bis ihm die Augen zufielen.

Der Knappe hätte gerne geholfen, aber er wusste nicht,

was zu tun war, und beschränkte sich für diesen Moment darauf, seine ineinandergefalteten Finger zu betrachten, die er in der Schnalle seines Waffengurtes eingehängt hatte. Ihm war klar, dass kein Schwerthieb diese verknotete Situation auflösen würde.

Auled war hin- und hergerissen zwischen dem warmen Gefühl, das ihm die Brust weitete, wenn er Nyssa an seiner Seite spürte, und der Scham, die Rowenas ungewohnte Verhüllung ihm in die Wangen trieb. Er war sich sicher, daran schuld zu sein, dass sie sich hinter einem Schleier verbarg, überzeugt davon, dass vor allem sein Blick es war, den sie zu meiden suchte. Er hatte sie verraten, das musste sie empfinden. Er fühlte es selbst und hielt den Kopf gesenkt zum Zeichen, dass er den Vorwurf annahm. So standen viele an diesem Tag einsam in der Menge, und ihre Blicke mieden einander.

Die Gräfin fand ihre letzte Ruhe bei den Gräbern des Volkes, für dessen Schutz sie gelebt hatte. Drei Tage verbrachte Biran an ihrer Seite, um ihre Seele zu geleiten auf dem neuen Weg, den sie gehen wollte. Einsam konnte man sie die Nächte am Feuer sitzen sehen und die Sterne betrachten, während sie mit dem Stab Zeichen in die Erde ritzte. Das Lied, das hin und wieder leise erklang, war neu, eine Melodie, die sich aus dem Zwiegespräch erschuf, dass die Alte und ihre Hüterin miteinander führten. Auleds Aufgabe würde es später sein, daraus ein Tuch zu weben, das die Melodie festhielt und über die Zeiten hinweg aufbewahrt werden würde.

Am Ende der Trauerzeit formierte sich eine große Prozession und zog zur Kirche. Bäuerinnen aus den umliegenden Weilern, die drinnen gerade damit beschäftigt waren, die Kerzen zu erneuern und den Blumenschmuck für einen nahen Feiertag zu arrangieren, gingen verwundert in die Knie und bekreuzigten sich, als sie die seltsamen Gestalten näher kommen sahen: Männer mit wallenden Haaren und Frauen in langen Kleidern, wie man sie noch nirgends gesehen hatte. Diese Fremden schritten, als würden ihre Füße nicht den Boden berühren. Ihre Gesichter waren von einem Ebenmaß wie die der gemalten Heiligen auf den Wänden der Kirchen. Und sie sangen sogar noch schöner als die Engel.

Die Neuigkeit verbreitete sich wie ein Lauffeuer. Manche schimpften die Berichtenden betrunken oder verrückt, andere mutmaßten, man habe adeligen Besuch empfangen droben auf der Burg. Einige fühlten sich erinnert an alte Sagen über Meeressänger, denen ihre Vorfahren hier und da zwischen den Klippen begegnet sein wollten. Aber keiner wusste sicher zu sagen, ob eine solche Begegnung ein gutes oder böses Omen war.

Am Ende aber war man sich einig, dass es Engel gewesen sein mussten, Himmelsboten, die gekommen waren, um die verstorbene Gräfin zu ehren, deren Überreste die Bauern in der Gruft unter der Kapelle geborgen glaubten. Dass der junge Graf, nun ihr Herr, den Zug angeführt hatte, beglaubigte die Geschichte nur umso mehr. Ihrem Cedric, den sie liebten und verehrten, trauten sie es durchaus zu, Engel und Heilige herbeirufen zu können. Und wäre da nicht Rom gewesen, das in solchen Fragen umständlicherweise konsultiert werden wollte, so hätte man die Seligsprechung der Gräfin Mary zur beschlossenen Sache erklärt.

Kein Außenstehender sah jedoch, was danach in der Kapelle geschah. Die gesamte Prozession verschwand nämlich, kaum eingetreten, durch einen Einstieg im Boden und ließ nichts zurück als den fernen Hall ihrer Stimmen und den warmen Schein der mitgeführten Laternen. Auch im Schlangentempel hielten sie sich nicht auf.

Angeführt von Cedric, an dessen Seite Biran ging, sammelten sie sich um die Öffnung, die unter der gestürzten Statue entstanden war. Colum trat vor und ließ mit vor Aufregung zitternden Händen eine hölzerne Leiter hinab, die er an diesem Morgen erst im Burghof angefertigt hatte. Mit einer Verneigung zog er sich zurück.

Cedric aber wandte sich an Rowena. »Du hast an diesen Ort geglaubt«, sagte er sehr förmlich. »Ohne dich hätten wir ihn nicht gefunden.« Seine Stimme klang reserviert. Mit einer unverbindlichen Geste wies er auf den Eingang.

Rowena erbebte. Sie hielt einen Moment inne. Dann schlug sie den Schleier zurück. Man sah, dass sie geweint hatte, sie wirkte blass, aber ihre Miene war gefasst. Sogar ein leises Lächeln brachte sie zustande, als sie Cedric mit einem Nicken dankte. Dann raffte sie ihre Cotte mit einem energischen Griff. Sehr aufrecht schritt sie die Stufen hinunter.

Ihr Gewand schabte hörbar über das raue, frisch geschlagene Holz. Fichtenduft stieg auf. Einen Moment lang war ihr, als müsse sie diesen Duft irgendwoher kennen. Rowena hielt inne.

Es war der Geruch der Logen beim Turnier in Windfalls, damals, in einem anderen Leben, als sie ein junges Mädchen gewesen war in Erwartung ihres ersten Auftritts in der Gesellschaft und ohne eine Ahnung von allem, was noch kommen würde. Sie schloss die Augen und sah sie wieder, die fröhlich flatternden Wimpel von damals, die in der Salzluft von Dorsets Küste wehten, die bunten Kleider der Damen, die ihre Schleier zu bändigen suchten, während sie fröhlich Ausschau hielten über das Gedränge. Sie hörte noch einmal das erwartungsfrohe Rumoren über dem Platz, auf dem die Kämpfer sich sammelten, vernahm das Klirren der Rüstungen, das Schnauben der Pferde und die Musik.

Wie lebendig hatte sie sich doch gefühlt an jenem Tag, wie erwartungsfroh, wie sicher, dass alles, was auf sie zukäme, wunderbar sein müsste. Und wie anders war alles heute, dachte sie. Und doch ging sie wiederum einer Zukunft entgegen, die offen war. Ohne noch einmal anzuhalten, schritt sie die restlichen Stufen hinab.

58

Die Alten entzündeten die mitgebrachten Fackeln. Was sich in ihrem Schein enthüllte, war ein Gewölbe von fast perfekter natürlicher Rundung. Der nackte Stein trug keinen Schmuck, keine Gravuren oder Bilder. Nur Stelen aus unterschiedlichen Gesteinsarten standen in regelmäßigen Abständen entlang der Wände und akzentuierten sie. Jeder von ihnen schien eine andere Struktur und Farbe zu besitzen – und eine eigene, ganz besondere Stimme. Die Angekommenen verstummten, umgeben und umhüllt von diesem feinen, lautlosen Gesang des Steins.

Auch Rowena, die nahe dem Abgrund stand, aus dem Cedric sie gerettet hatte, sah sich andächtig um. Sie hatte damals, erschöpft an Körper und Seele, kaum einen Blick gehabt für die Umgebung, in der sie wieder ins Leben emporgestiegen war. Nicht einmal Triumph hatte sie empfinden können darüber, dass sie Recht gehabt hatte. Nur flüchtig hatte sie sich umschauen können, verhüllt von Tränen und flirrend vor Kummer darüber, dass Cedric sie verstieß. Sie erinnerte sich nur noch daran, dass hier kein Gold und keine Edelsteine aufgehäuft waren. Ein Umstand, dem sie nicht einmal mehr Bedauern entgegenzubringen vermochte. Dass der Schatz nicht existierte, war vollkommen bedeutungslos geworden.

Jetzt war ihr, als beginne sie zu verstehen, dass es andere Schätze gab als solche aus Edelmetallen und Geschmeide. Was die Schlange der Cloagh über die Jahrhunderte behütet und was sie, Rowena, ihr entrissen hatte, war mehr als das: Es war ein Heiligtum des Alten Volkes, tief in die Knochen der Erde gegraben.

Vielleicht, so dachte Rowena, während sie sich langsam um sich selbst drehte, um alles in Ruhe betrachten zu können, war dies der Anfang von allem gewesen. Gedankenversunken stand sie da und kam erst wieder zu sich, als Auled einen leisen Ruf ausstieß. Er hatte an der Rückwand etwas entdeckt und kniete nun davor, Nyssa an seiner Seite. Seine Hände, die über den Stein fuhren, bebten vor Aufregung.

Im ersten Moment konnte Rowena nichts anderes erkennen als Fels. Erst als sie näher trat, wie viele andere, die der Ruf des Webers angelockt hatte, und als jemand eine Fackel über ihre Köpfe hob, konnte sie erkennen, was Auled so sehr fesselte: Was auf den ersten Blick aussehen mochte wie Einschlüsse im Fels, Kristalladern gleich der, die Rowena aus dem Abgrund heraufgeführt hatte, das erwies sich bei genauer Betrachtung als ein absichtsvoll zusammengesetztes Mosaik, komponiert aus kleinen Steinplatten, die so kunstvoll zusammengefügt waren, dass man die Fugen und Übergänge kaum sehen oder mit den Fingern ertasten konnte. Rowena fuhr wieder und wieder über das Wunder und konnte es nicht fassen. Und den Menschen um sie herum ging es nicht anders. Das Geheimnis einer Handwerkskunst, die so etwas vollbrachte, in massivem Fels und von solchem Ebenmaß, kannte keiner von ihnen. Ehrfürchtig standen sie davor.

Einzig Auled begnügte sich nicht mit Staunen. Fieberhaft studierte er das Muster, das sich seinen Augen in umso mehr Einzelheiten eröffnete, je länger er hinsah und je mehr er sich hineinvertiefte. Bald war es ihm, als zögen die Arabesken und Gestalten dort in das Bild hinein, und unwillkürlich begann er sich in ihrem Rhythmus zu wiegen. Es dauerte eine ganze Weile, bis er bemerkte, dass er vor sich hin zu summen begonnen hatte. Wirklich bewusst wurde es ihm erst, als Nyssa, die neben ihm kniete, die Melodie mit ihrer Stimme aufnahm und variierte. Den sich schlängelnden Linien auf dem Mosaik gleich, wand ihr Gesang sich um den seinen, zog ihn mit sich, beflügelte ihn, bis er glaubte, die Höhle hätte sie längst freigegeben, und sie flögen dahin, rauschend, rasend schnell, hinweg über ein lebendiges Meer. Erschrocken hielt er inne und schaute sie an.

Ihre Augen leuchteten ihm entgegen. Heftig griff er nach ihrer Hand und drückte sie. Dann wandte er sich Biran zu. »Es ist ein Lied«, bestätigte er. Andächtiges Gemurmel erhob sich bei diesen Worten. Er aber nickte Nyssa zu und lächelte. »Es ist ein Weg. Dein Vater hatte Recht.«

Keiner sagte danach mehr etwas. Das Neue, das begonnen hatte, war für Worte zu groß.

Tagelang geschah nichts. Es war, als wären die Burg und das Dorf des Seevolks in einen tiefen Schlaf gefallen. Ohne deutliche Absicht schienen sich alle langsam zu bewegen, leise zu sprechen, jeden Lärm zu vermeiden. Zwischen die Zeiten gefallen, traumwandlerisch lag die Küste da, während die letzten rostfarbenen und gelben Blätter abfielen und ein Tuch aus Raureif sich über die Gräser auf den Anhöhen legte. Der Himmel bespiegelte sich selbst in klarem Grau, und sogar das Meer schien von anderer Konsistenz zu sein und bewegte sich wie eine selbstvergessene Tänzerin.

Es gab keinen Aufruf an jenem Morgen, niemand hatte die Parole ausgegeben, kein Befehl war ergangen. Dennoch waren sie alle da und standen am Ufer. Die Boote waren bereitet worden. Die es getan hatten, hatten nicht viel darüber nachgedacht. Und die zum Aufbruch bereitstanden, hatten ihre Habe gepackt, ganz ohne den Tumult der Entscheidung. Auch die zu bleiben wünschten, waren gekommen, denn dies hier ging sie alle an.

Rowena hatten unruhige Träume an den Strand gezogen. In ihren Mantel gehüllt stand sie da. Der Kies unter ihren Füßen knirschte, unwirklich und laut wie aus einer anderen Welt, einer, die sie zwar sehen, aber nicht berühren konnte. Das Wasser, das die Spitzen ihrer Lederstiefel umspülte, war nicht kälter als ihre Zehen.

Cedric war von Biran benachrichtigt worden, die einzige Botschaft, die an jenem Tag gesendet worden war. Colum, stets aufmerksam bei Rowan und seinen Hunden herumlungernd, hatte gar nicht erst gefragt, ob er ihm folgen dürfe. Und er war auch nicht zurückgewiesen worden.

»Dann ist es also wahr«, sagte Cedric. Es war keine Frage, nur eine verwunderte Feststellung.

Biran nickte. »Ja. Es war die ganze Zeit wahr. Auch wenn ich gestehen muss, dass selbst ich am Ende nicht mehr daran geglaubt habe. Aber wir wussten stets, dass wir aus einer anderen Heimat stammen. Das ist wahr. Dass wir eine Herkunft haben, die ein Geheimnis umgibt, etwas, das in uns ruht und doch nie ganz zur Ruhe kommt.«

»So ist eure Zeit hier abgelaufen?«, fragte Cedric.

Die Worte kamen ihm leicht über die Lippen, dachte Rowena. Obwohl er wohl begreifen mochte, wie seltsam es doch war, dass so viele Jahre und so viel Geschichte so schnell und leicht in ein einziges, rasch ausgesprochenes Wort gepackt werden konnten: Zeit. Hätte sie erklären wollen, was diese Zeit bedeutet hatte, was alles geschehen war, wie alles sich mit allem verband, bis vor einem lächerlichen Augenblick ihr Vater und ihre Mutter einander begegnet waren und sich aus ihnen der Keim ihres eigenen Selbst entfaltet hatte, sie wäre hoffnungslos gescheitert. Genauso gut hätte man versuchen können, einem Baum beim Wachsen zuzusehen. Man hätte sie erleben müssen, die Zeit. Von den Anfängen, die Eroc auf dem Grund einer Haiseele gesucht hatte, bis zu diesem Augenblick. Übrig blieb ein einziger dürrer Satz: Es war nun also Zeit.

Biran lächelte. »Nicht für uns alle.« Sie hob die Hand und wies auf die Versammlung des Wald- und Seevolks. »Viele von denen, die neu zu uns kamen, wollen hierbleiben. Wenn auch nicht alle. Und manche von denen, die zu uns gehörten, waren niemals innerlich bereit zu der Reise, nach der Eroc sich so gesehnt hatte.« Sie nickte den Wartenden zu.

Sie verstanden das als Aufbruch und hoben ihre Bündel an. Rowena und Cedric blieb nur, zuzusehen und mit Staunen die Entscheidungen der Einzelnen zur Kenntnis zu nehmen. Manches war klar: dass Hurvi und Mervin blieben, schien ebenso selbstverständlich wie Nyssas und Auleds Aufbruch. Die beiden standen bereits am Bug eines Schiffes und hatten die Gesichter der See zugewandt. Vor ihrem geistigen Auge standen wohl schon die Bilder, die das Lied, das sie bald laut für alle singen würden, ihnen versprach, die Landmarken ihrer großen Reise.

Dass Arval ging, erfüllte Rowena mit schmerzlichem Verständnis, dass einige seiner Gefährten ihm folgten, während andere blieben, mit zaghafter Hoffnung. Langsam, mit bedächtigen, fast widerstrebenden Bewegungen teilte sich die Menge, bis die einen auf den Schiffen standen, die anderen am Strand. Für einen Moment hielten alle inne, als präsentierten sie ihre Entscheidung einem Gott, der stillschweigend darüber richten würde. Dann gab es eine allerletzte Bewegung.

Rowena schlug den Mantel zurück und umfasste das Bündel, das darunter zum Vorschein kam, fester. Es war der Medizinkasten ihrer Mutter. Cedric erkannte ihn an dem so vertrauten Labyrinthmotiv auf dem Deckel. Er wusste, dass die Kiste immer an ihrer Seite war. Dennoch weigerte er sich zu begreifen, was es bedeutete, als sie die Kiste über die Reling reichte.

59

Da wandte Rowena sich noch einmal um. Lange blickte sie Cedric an. Sie wollte etwas sagen, lächelte dann aber nur und machte eine Geste mit der Hand, die eine Bitte um Vergebung oder ein Zeichen der Ohnmacht sein mochte. »Ich bin aufgebrochen, nun muss ich weitergehen.« Das waren die Worte, die Cedric endlich, als sie sich schon halb abgewandt hatte, von ihr vernahm.

Er schloss die Augen und scherte sich nicht darum, was die anderen darüber denken mochten. Mit zusammengepressten Lidern hörte er, wie Colum vorstürmte, und konnte nur ahnen, wie heftig er sie umarmte, was er zum Abschied in ihr Ohr flüsterte, was sie antwortete. Er lauschte den Kommandos, dem Knirschen der Bootsleiber über den Sand und dem Aufschlag der Ruder im Wasser. Mit anzusehen vermochte er all das nicht.

Als er die Augen wieder öffnete, waren die Boote schon einige Schiffslängen hinausgelangt, über den ersten Saum der Brandung hinweg. Noch immer aber heftig schaukelnd hoben sie ihre Insassen weit in den Himmel, ehe sie sie im nächsten Wellental verschwinden ließen. Es hatte etwas Hypnotisches, dieses Wiegen auf und ab. Und Cedric war eine Weile von dem Anblick gefesselt, unfähig, etwas zu denken, zu sagen oder zu tun.

Rowena war gut zwischen den anderen Gestalten zu erkennen, die an der Reling standen, ohne zu winken oder zu rufen. Der Wind zerrte an ihrem Umhang und hatte ihr Haar in seinen Fängen, das selbst in diesem grauen, fernen Licht noch so lebendig leuchtete. Wieder senkte das Boot sich. Und dann, mit einem Mal, war es Cedric, als sähe er Rowena nicht mehr. Ganz deutlich stand ihm vor Augen, wie der Bootsleib sich wieder emporwälzte, und der Platz, an dem sie eben noch gestanden hatte, wäre leer. So als hätte es sie niemals gegeben, gäbe es sie niemals wieder. Im selben Augenblick griff das Gefühl des Verlustes mit einer Heftigkeit nach ihm, dass er beinahe in die Knie gegangen wäre. Er griff sich mit beiden Händen an den Leib, als könnte er die schneidende, unerträgliche Leere darin aus sich herausreißen. Cedric wusste es nicht, aber er schrie. Er war zur Brandung vorgelaufen, hatte die Stiefel abgestreift, den Umhang abgeworfen und war ins eisige Wasser hinausgewatet, noch ehe er irgendetwas davon begriffen hatte.

Das Schiff war wieder aufgetaucht, Rowena mit ihm. Aber er wurde das Bild nicht los von dem leeren Platz, und er wusste, die Wunde, die es ihm zugefügt hatte, würde niemals, niemals heilen, wenn er es zuließe. Er schrie ihren Namen.

»Rowena!«

Sie hörte ihn über den Lärm der Brandung hinweg. Er wusste es, er spürte es. Sie blickte in seine Richtung, direkt in seine Augen. Mit einem Mal war es, als wäre ein Damm gebrochen, und der Strom der Bilder und Gedanken zwischen ihnen floss heiß, ungeachtet des kalten Wassers, das Cedric umgab, je weiter er hineinschritt. Er endete auch nicht, als er sich in die Wogen warf und verzweifelt zu schwimmen begann. Wasser drang in seine Nase, Salz in seine Augen, die Wellen warfen ihn hin und her, sogen ihn vor und zurück. Cedric achtete nicht darauf. Er sah nur die Bilder, Rowenas Gedanken, die sie ihm zusandte, die er dachte, für sie, mit ihr. Es war etwas, was ihn wärmte, was ihn erhielt und die äußere Welt nicht mehr spüren ließ.

Rowena hatte die Arme um sich verschlungen, alle Muskeln angespannt. Sie atmete nicht einmal mehr. Es wurde ihr erst bewusst, als Auled sie sanft am Arm berührte. Sie schob seine Hand fort, nicht unfreundlich, aber auch ohne Innigkeit. Dann stieg sie auf die Reling und sprang mit einem Satz ins Wasser.

Als Cedric es sah, lachte er laut auf. Mit neuer Kraft schwamm er voran, sah sie näher und näher kommen, konnte sie schließlich erreichen, berühren, fest an sich ziehen. Sie gingen unter. Er spürte ihre Wärme durch all das Wasser hindurch und wusste, er würde sie halten, sich erhalten, immerzu. In ihren Kuss mischte sich bitteres Salz. Aber das störte sie nicht.

Nach Luft schnappend kamen sie wieder nach oben.

Cedric betrachtete sie, als sähe er sie das erste Mal. Sacht berührte er ihre Wange. »Du hast es die ganze Zeit gewusst«, stellte er fest. Sie schüttelte vage den Kopf, wollte etwas sagen. Er legte ihr den Finger auf die Lippen.

»Ab jetzt«, versprach er, »werde ich allen Schlangen, die unseren Weg kreuzen, den Kopf abschlagen.«

»Und ich …«, begann Rowena. Aber er verbot ihr das Weitersprechen mit einem Kuss. Sie wussten beide, dass sie gefunden hatten, was sie suchten. Ihre Lippen waren blau und zitterten, dennoch versanken sie ineinander. Die Dünung trieb sie sanft an Land. Dort empfing Colum sie mit wärmenden Umhängen. Er rubbelte und rieb sie so heftig warm, dass es sie beinahe von den Füßen riss. Anders vermochte er sein Glück und seine Freude nicht zum Ausdruck zu bringen.

Lachend wehrten die beiden ihn endlich ab, lächelnd verloren sie sich danach wieder einer in des anderen Blick, der eine so grün wie der Waldfarn, der andere blau wie die See der nördlichen Küsten.

Colum überließ sie eine Weile sich selbst. Dann räusperte er sich. »Willkommen«, sagte er, »ihr Hüter unseres Volkes.«

Cedric blickte Rowena an. »Willkommen«, wiederholte er flüsternd. Und sie wusste, sie war es wie nirgendwo sonst auf der Welt. »Wenn du es willst.«

»Ja«, erwiderte sie. Sie holte tief Atem, befreit und glücklich. Es gab nichts anderes zu sagen als dies: »Ja.«

Das Schicksal eines geheimnisvollen alten Volkes liegt in ihren Händen

Tessa Korber
DIE HÜTERIN
Historischer Roman
Originalausgabe
476 Seiten
Gebunden mit Schutzumschlag
ISBN 978-3-7857-2325-8

Bei einem Ritterturnier vor den Toren Londons verliert die junge Lady Rowena ihr Herz an einen Außenseiter. Eine beinahe magische Kraft scheint die Baroness zu dem unbekannten Ritter hinzuziehen. Doch als sie ihm erlaubt, ihre Farben zu tragen, verletzt sie damit die Ehre eines anderen und macht sich einen mächtigen Mann zum Feind. Zu spät erkennt Rowena, dass sie mit der unbedachten Offenbarung ihrer Gefühle nicht nur sich selbst in Gefahr bringt, sondern auch die Wahrung eines jahrtausendealten Geheimnisses gefährdet. Auf dem Spiel steht die Existenz eines ganzen Volkes, geheimnisvoller und älter als die Kelten …
Eine junge Frau, der Zauber der großen Liebe und ein Hauch von Magie im England des 13. Jahrhunderts.

Gustav Lübbe Verlag